ଲାବଣ୍ୟବତୀ

ଓ ଅନ୍ୟାନ୍ୟ ଗଳ୍ପ

ଲାବଣ୍ୟବତୀ

ଓ ଅନ୍ୟାନ୍ୟ ଗଳ୍ପ

ନୃସିଂହ ତ୍ରିପାଠୀ

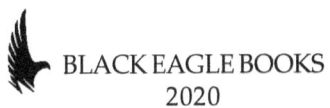

BLACK EAGLE BOOKS
2020

BLACK EAGLE BOOKS

USA address:
7464 Wisdom Lane
Dublin, OH 43016

India address:
E/312, Trident Galaxy, Kalinga Nagar,
Bhubaneswar-751003, Odisha, India

E-mail: info@blackeaglebooks.org
Website: www.blackeaglebooks.org

First International Edition Published by
BLACK EAGLE BOOKS, 2020

LABANYABATEE O ANYANYA GALPA
by **Nrusingha Tripathy**

Copyright © **Nrusingha Tripathy**

Cover & Interior Design: Ezy's Publication

ISBN- 978-1-64560-109-8 (Paperback)

Printed in United States of America

ମୋ'ର କାହାଣୀଗୁଡ଼ିକ ପଢ଼ି
ମାନସିକ ସନ୍ତୋଷ ଏବଂ ତୃପ୍ତିପାଉଥିବା
ପାଠକମାନଙ୍କ ପାଇଁ...

ସୂଚୀପତ୍ର

ଅଦିନ ଦେଖା

ଏମିତି କାହିଁକି ଘଟେ, ଯାର କୌଣସି କାରଣ ମୁଁ ଖୋଜି ପାଇନାହିଁ। ମୋ' ଗଳ୍ପର ଅଧିକାଂଶ ମୁଖ୍ୟ ଚରିତ୍ରଙ୍କୁ ମୁଁ ଭ୍ରମଣବେଳେ ଭେଟେ - ପ୍ଲେନ୍‌ରେ, ଟ୍ରେନ୍‌ରେ ବା ବସ୍‌ରେ। ଏଇ ଗଳ୍ପର ନାୟିକା ମବିକୋଣ୍ଡା ଅନୁରାଧାଙ୍କ ସହିତ ଭେଟହେଲା ଫଲକନାମା ଏକ୍ସପ୍ରେସରେ। ଆଜିକୁ ଆଠଦିନ ତଳେ ଆମେ ଦୁହେଁ ଦିନ ଦୁଇଟାବେଳେ କଲିକତାରୁ ସିକନ୍ଦରାବାଦ ଗାଡ଼ିରେ ଉଠିଲୁ। ଏସି ଦ୍ୱିତୀୟ ଶ୍ରେଣୀ, ସାମ୍‌ନାସାମ୍‌ନି ବର୍ଥ। ସେ ବିଜୟୱାଡ଼ାରେ ଓହ୍ଲେଇଗଲେ ଆଉ ମୁଁ ସିକନ୍ଦରାବାଦରେ। ସେଇଠି ଗାଡ଼ିରହେ।ଏତିକି ଜାଣି ଆପଣ ଆଉ କେତେ କଥା ଜାଣିବାକୁ ମନ କରିବେଣି - ଏଇ ନାରୀ ଜଣକ କିଏ, ବିବାହିତ କି ନା, ବୟସ କେତେ, ସାଙ୍ଗରେ କେହି ନାହାଁନ୍ତି କାହିଁକି ? ଆଉ ତାଙ୍କ ସହ ଆପଣଙ୍କ ଯାତ୍ରା ସୁଖଦ ଥିଲା ତ ? ଆଜ୍ଞା, ଦୁଃଖ କ'ଣ ଆଉ ସୁଖ କ'ଣ ? ଦୁଇ ପ୍ରକାର ମାନସିକ ଅବସ୍ଥା। ଏଇ କାହାଣୀଟି ପଢ଼ିସାରିଲା ପରେ, ଆପଣ ମୋ' ଜାଗାରେ ଥିଲେ କ'ଣ ଭାବିଥାନ୍ତେ, ସୁଖ କି ଦୁଃଖ ? କାହାଣୀ ଆଗକୁ ବଢୁ ।

ଗାଡ଼ି ଛାଡ଼ିବାର ଦୁଇଚାରି ମିନିଟ୍ ଆଗରୁ ମୋ' ଡ୍ରାଇଭର ଓ ଜଣେ ବନ୍ଧୁ, ମୋ' ଜିନିଷପତ୍ର ରଖିଦେଇ 'ଭଲରେ ଯାଅ' କହି ପ୍ଲାଟ୍‌ଫର୍ମରେ ଗାଡ଼ିର ଝରକା ବାହାରେ ଠିଆହୋଇ ଭିତରକୁ ଚାହୁଁଛନ୍ତି। ସେମାନେ ନୀଳ କାଚ ଯୋଗୁ ମତେ ଦେଖିପାରୁ ନାହାଁନ୍ତି, ମୁଁ କିନ୍ତୁ ତାଙ୍କୁ ଦେଖୁଚି। ଏତେ ପାଖାପାଖି, କିନ୍ତୁ ମୋ' ଜଗତ ତାଙ୍କ ଜଗତ ନୁହେଁ। ଗାଡ଼ିରେ ଯାଉଥିବା ଯାତ୍ରୀର ଜଗତ, ପ୍ଲାଟଫର୍ମରେ ଠିଆହୋଇ ହାତ ହଲଉଥିବା ଲୋକର ଜଗତଠାରୁ କେତେ ନିଆରା ! ଆମେ ସମସ୍ତେ ନିଜନିଜ ଜଗତରେ ରହୁ, ବଞ୍ଚୁ। ସେଇ ଜଗତ ଭିତରେ ଥାଇ ଅନ୍ୟ ଜଗତ କଥା ଭାବୁ ନାହିଁ, ସେଇଠି ବୋଧହୁଏ ଦୁଃଖର ମଂଜି ଆମେ ପୋତୁ; ଆଉ କିଏ ପୋତିଦେଇଚି ବୋଲି

ପାଟିକରୁ । ମଣିଷ ଯେ ତା' ନିଜ ଦୁଃଖର କାରଣ, ଏକଥା ତା'ର ମଥାକୁ କେବେ ପଶେ ନାହିଁ।

ଗାଡ଼ି ଛାଡ଼ିଲା। ଉପର ଦୁଇଟି ବର୍ଥ୍ ଖାଲି। ଆମେ ଜଣେ ଅନ୍ୟକୁ ଦେଖି ନ ଦେଖିଲା ହୋଇ, କଥା କିଏ ଆଗ ଆରମ୍ଭ କରିବ, ଏଥିନେଇ ଇତସ୍ତତଃ ହେଲାବେଳେ ଟିକେଟ୍-ଯାଞ୍ଚ ବାବୁ ଆସି ଆମ ଟିକେଟ୍ ଉପରେ ଗାରେଇଦେଇ ଆଗକୁ ଗଲେ। ସହଯାତ୍ରୀ ଭଦ୍ରମହିଳାଙ୍କୁ ମୁଁ ଏ କାହାଣୀରେ ଏବେଠୁ ମାଡାମ୍ ବୋଲି ଡାକିବି । ସେ ତାଙ୍କ ପାଖରେ ଥିବା ବ୍ୟାଗ୍‌ରୁ ପୁରି, ତରକାରି ପୁଡ଼ିଆ ବାହାର କରି ଝରକା ବାହାର ପରିବେଶକୁ ଦେଖି ଦେଖି ଖାଇବା କଥା ମୁଁ ଆଖି କଣେଇ ଖବରକାଗଜ ପଢ଼ିବାବେଳେ ଦେଖିଲି। ଏବେ ବସନ୍ତକାଳ, କିନ୍ତୁ ଏ ବର୍ଷ ଖରା ପ୍ରଚଣ୍ଡ। ଦୁଇଦିନ ହେଲା ଆକାଶ ମେଘୁଆ, ଗୁମ୍ ହୋଇ ରହିଚି କିନ୍ତୁ ବର୍ଷୁ ନାହିଁ। ନୀଳ ଝରକା ସେପଟ ପରିବେଶ ମ୍ଳାନ ଓ କ୍ଳାନ୍ତ ଦିଶୁଚି। ଗଛର ପତ୍ରରେ ହଲଚଲ ନାହିଁ। ଖାଇବା ସାରି ହାତଧୋଇ ଫେରିଆସି ମାଡାମ୍ ମୁହଁ ପୋଛୁପୋଛୁ ପଚାରିଲେ - ଆପଣ କେତେ ଦୂର ଯିବେ?

- ସିକନ୍ଦରାବାଦ।

- ମୁଁ ବିଜୟୱାଡ଼ାରେ ଓହ୍ଲେଇବି, ରାତି ଦୁଇଟାପରେ, ଟିକିଏ ବିଶ୍ରାମ ନେବା କି?

ମୁଁ ତାଙ୍କ କଥାରେ ରାଜିହୋଇ ଝୁଲନ୍ତା ପରଦାକୁ ଟାଣି କବାଟ କିଲିଦେଲି। ଗୋଟିଏ ଦୁନିଆ ତିଆରି କଲି, ଯେଉଁଠି ଆମେ ଦୁଇଜଣ କେବଳ। ଆମେ ବିଛଣା ସଜାଡ଼ି ଚିତ୍ ହୋଇ ପଡ଼ିଗଲୁ, ଆଖି ବୁଜି ଶୋଇବାକୁ ଚେଷ୍ଟାକଲୁ। ମାଡାମ୍‌ଙ୍କ ବୟସ ପଞ୍ଚାବନ ଟପିଲା ପରି, ସୁନ୍ଦର ସ୍ୱାସ୍ଥ୍ୟ, ଡେଙ୍ଗା। ମୁହଁରେ ଲାବଣ୍ୟ, ଯଦିଓ ରଙ୍ଗ ଶ୍ୟାମଳ। ସେ ବିବାହିତ ନା ଅବିବାହିତ ବା ବିଧବା, ଜାଣିବା କଷ୍ଟ। ସେ ଧଡ଼ିବାଲା ଧଳାଶାଢ଼ି ଓ କହୁଣିଲମ୍ୱ ଧଳା ବ୍ଲାଉଜ ପିନ୍ଧିଥିଲେ, ନାକ ଉପରକୁ ଲାଲ୍‌ବିନ୍ଦି, କେଶ କାନ ପାଖକୁ ଛାଡ଼ିଦେଲେ ପ୍ରାୟ କଳା। ରାଜନୈତିକ କର୍ମୀ, ଖ୍ରୀଷ୍ଟାନ ଧର୍ମ ପ୍ରଚାରିକା, ବ୍ରହ୍ମକୁମାରୀ ସଂସ୍ଥା-ସେବିକା କିଛି ବି ହୋଇପାରନ୍ତି - ମୁଁ ଶୋଇ ଶୋଇ ମାଡାମଙ୍କ ବାବଦରେ ଏତିକି ଭାବିଲାବେଳକୁ ଆଖି ଲାଗିଗଲା। ଆମେ ଉଠିଲୁ ବ୍ରହ୍ମପୁର ଷ୍ଟେସନରେ ସଂଧ୍ୟା ଚାରିଟାପରେ। ଦିନ ଥାଇ ବି ଗୋଟିଏ ପାଖରେ ମାଲଗାଡ଼ି ଠିଆହୋଇ ଓ ଆରପାଖରେ ପ୍ଲାଟ୍‌ଫର୍ମର ଟିଣଘୋଡ଼ଣୀ ତଳେ ଆମ ଗାଡ଼ି ରହିଥିବା ଇଲାକାରେ ମାଛିଅନ୍ଧାର। ଏଇ ମାଛିଅନ୍ଧାର ଭାରି ମାରାତ୍ମକ। ମନକୁ ବିନା କାରଣରେ ଫିକା କରିଦିଏ। ଜୀବନରେ ହାଲିଆ, ହାରିଯିବାର ଭାବ ପୂରେଇଦିଏ। କଫିବାଲା ଆସିଲା। ଆମେ କଫିନେଇ ପଇସା ଦେଲାବେଳକୁ ମାଡାମ୍ ପର୍ସ ଖୋଲିଲାବେଳେ ଭାରତୀୟ କମ୍ୟୁନିଷ୍ଟ ପାର୍ଟିର ସନ୍ତକ - ଧାନକେଣ୍ଡା, ହାତୁଡ଼ି ଦେଖି ଚମକିପଡ଼ିଲି।

ଇଏ ତା'ହେଲେ କମ୍ୟୁନିଷ୍ଟ ପାର୍ଟିର କର୍ମୀ; ନକ୍‌ସାଲାଇଟ୍ ନୁହନ୍ତି ତ? ନକ୍‌ସାଲପନ୍ଥୀମାନେ ଏବେ କିଛିଦିନ ତଳେ ନୟାଗଡ଼ ପୁଲିସ ଥାନା ଉପରେ ଅଚାନକ ଆକ୍ରମଣ କରି କର୍ମଚାରୀମାନଙ୍କୁ ଗୁଳିକରି ମାରିଦେଲେ - ଚାରିଆଡ଼େ ଖୁବ୍ ଧରପଗଡ଼ ଚାଲିଚି। ପଚାରିଲି - ଆପଣ ଭୁବନେଶ୍ୱର କ'ଣ କେଉଁ ସଭାସମିତିରେ ଯୋଗଦେବାକୁ ଆସିଥିଲେ? ଆମେ ଇଂରାଜୀରେ କଥା ହେଉଥିଲୁ। ସେ ମୋ' ପ୍ରଶ୍ନର ଉତ୍ତର ନ ଦେଇ ପାଲଟା ପଚାରିଲେ - ଆପଣ କ'ଣ କରନ୍ତି?

ମୁଁ ବିଶ୍ୱବିଦ୍ୟାଳୟରେ ଅର୍ଥନୀତି ପଢ଼ାଏ - ରିଡର। ଆଉ ଦୁଇ ବର୍ଷ ଚାକିରି ଅଛି ବୋଲି ଶୁଣିଲାପରେ ତାଙ୍କ ମୁହଁ ପ୍ରସନ୍ନ ଦିଶିଲା। ସତେକି ମୁଁ ତାଙ୍କ ଗୋଷ୍ଠୀ; ସେ ଗୋଡ଼ ଉଠାଇ, ଚକାପକାଇ ବସି, ନିଜକୁ ଫିଟେଇଦେବା ପରି ଗଳ୍ପ ଆରମ୍ଭ କଲେ। ପଚାରିଲେ, ଏବେ କେଉଁ ତତ୍ତ୍ୱ ଉପରେ ବିକାଶ ପାଇଁ ଗୁରୁତ୍ୱ ଦିଆଯାଉଚି? ମୁଁ ଜାଣିଲି ଯେ ସେ ଅର୍ଥନୀତି ପଢ଼ିଛନ୍ତି, ବୁଝିନେଲି ଯେ ସେ ଅଶୀ ମସିହାରେ ଅର୍ଥନୀତିରେ ଏମ୍.ଏ. ପାଶ୍ କରି ତିନି ଚାରିବର୍ଷ ପରେ ତାଙ୍କ ଜନ୍ମସ୍ଥାନ ବିଜୟୱାଡ଼ା ପାଖ ସେତେବେଳର ବଡ଼ ତାଲୁକ ଓ ବର୍ତ୍ତମାନ ଛୋଟ ଟାଉନ ତଣକୁରେ ନିଜ ଚେଷ୍ଟାରେ ଗୋଟିଏ ସ୍କୁଲ ଆରମ୍ଭ କରି, ଏବେ ପ୍ଲସ୍ ଦୁଇ ସ୍କୁଲର ପ୍ରଧାନ ଶିକ୍ଷୟିତ୍ରୀ। ମୁଁ ତାଙ୍କ ଆଡ଼େ ଘଡ଼ିଏ ଚାହିଁଲି ଓ କହିଲି - ଆପଣ ତ ଜାଣିଥିବେ ଯେ ମାର୍କ୍‌ସବାଦ ହିଁ ପ୍ରଥମ ଅର୍ଥନୈତିକ ତତ୍ତ୍ୱ, ଯାହାକୁ ରାଜନୀତିରେ ପ୍ରୟୋଗ କରାଗଲା। କିନ୍ତୁ ବର୍ତ୍ତମାନ ଦେଖାଗଲା ଯେ ସବୁ ଭୁଲ୍‌ଭାଲ୍ ହୋଇଗଲା। ସୋଭିଏତ ଋଷିଆରେ ଓ ଚୀନରେ କମ୍ୟୁନିଜମ୍ ଉପରୁ ଭରସା ତୁଟିଲା। ମାର୍କ୍‌ସ ଯେଉଁ ଶ୍ରମିକ ଶ୍ରେଣୀ ଓ କାରଖାନା ମାଲିକ ଗୋଷ୍ଠୀ ଭିତରେ ବିଦ୍ୱେଷ ଓ ସେଥିରୁ ବିପ୍ଳବର କଥା ଘୋଷଣାକଲେ, ତାହା ପ୍ରକୃତରେ ଘଟିଲା ନାହିଁ। ଋଷରେ ବିପ୍ଳବ କଲେ କୃଷକଗୋଷ୍ଠୀ, ସେତେବେଳର ଏକଛତ୍ରପତି ଅନ୍ୟାୟୀ ଜାର୍ ବିରୋଧରେ। ମାର୍କ୍‌ସ ମତଦେଇଥିଲେ ଯେ ଉତ୍ପାଦନ ଲାଗି କେବଳ ଶ୍ରମ ଜରୁରୀ, ପୁଞ୍ଜିର କୌଣସି ଆବଶ୍ୟକତା ନାହିଁ, କିନ୍ତୁ ପୁଞ୍ଜି ଖଟେଇଲାଲୋକ ଲାଭ, ମୁନାଫାରେ ବଡ଼ଲୋକ ହୋଇଯାଉଚି ଅଥଚ ଶ୍ରମିକର ଭାଗ୍ୟରେ ଅଭାବ, ଦାରିଦ୍ର୍ୟ ଗଂଜଣା ଛଡ଼ା କିଛି ନାହିଁ। କିନ୍ତୁ ଦେଖାଗଲା ଯେ ପୁଞ୍ଜିବିନା ଉତ୍ପାଦନ ସମ୍ଭବ ନୁହେଁ ଆଉ ବିଜ୍ଞାନର ଅଗ୍ରଗତି ସହିତ ତାଳଦେବାକୁ ହେଲେ ବହୁ ପୁଞ୍ଜି ଦରକାର। ଯେଉଁ ଦେଶରେ ଲେସି ଫେଆର ବା ଅବାଧ ବାଣିଜ୍ୟ ରୀତିକୁ ଭିତ୍ତି କରି ସରକାରୀ ନିୟମକାନୁନ, ସେଠାରେ ଶ୍ରମିକର ଆୟ ମଧ୍ୟ ବେଶ୍ ବଢ଼ିଚି। ତା' ଛଡ଼ା, ସର୍ବସାଧାରଣ ଶ୍ରମିକସଂଘ ତ କେବେ ସମସ୍ତେ ଗାଦିରେ ବସି ରାଷ୍ଟ୍ର ଚଳାଇବେ ନାହିଁ; ଚଳାଇବେ ତାଙ୍କ ନେତାମାନେ। ସେମାନେ ଉପଭୋଗ କରିବେ, ଅନ୍ୟାୟକୁ

ନ୍ୟାୟ କହିବେ, ରଜାରାଜୁଡ଼ା, ଗଣତନ୍ତ୍ରରେ ଯାହା, ସମାଜବାଦ ବା ଉଗ୍ର-ସମାଜବାଦ ଶାସନରେ ବି ସେୟା, ତେଣୁ ଏବେ ରାଷ୍ଟ୍ର ଅନୁବର୍ତ୍ତୀ ଅବାଧ ରାଜନୀତିରେ ଅର୍ଥନୈତିକ ବିକାଶ ଖୁବ୍ ଚଞ୍ଚଳ ହେବ ବୋଲି ଅର୍ଥନୀତିଜ୍ଞମାନେ କହୁଛନ୍ତି। ଦେଖାଯାଉ।

ଏତିକି କହିସାରି ମୁଁ ପଚାରିଲି - ଆପଣ କ'ଣ ପାଇଁ ଭୁବନେଶ୍ୱର ଆସିଥିଲେ ?

- ଜଣକୁ ଖୋଜିବାକୁ।

- ସେ କିଏ ?

- ସେ ତିରିଷବର୍ଷ ତଳର ମାର୍କ୍ସ ଓ ମାଓବାଦୀ, ବିପ୍ଳବୀ।

- ପାଇଲେ ?

- ହଁ, ପାଇଲି ଓ ପାଇ ସାଙ୍ଗେ ସାଙ୍ଗେ ହରାଇଲି।

- ମାନେ ?

- ମାନେ ଏୟା ଯେ ମଣିଷ ଗୋଟିଏ ବିଶ୍ୱାସକୁ ନେଇ ବଞ୍ଚିରହେ। ସେଇ ବିଶ୍ୱାସ ଯଦି ଭୁଲ୍ ଭାବେ କରାଯାଇଚି ବୋଲି ଧରାପଡ଼ିଯାଏ, ତେବେ ମଣିଷ ଏକାକୀ ହୋଇଯାଏ। ଆଉ ମଣିଷ ମନରେ ଏକା ହୋଇଗଲେ ବସିଉଠିପାରେ ନାହିଁ, କେଉଁଠି ରହିପାରେ ନାହିଁ। ସେ ଖାଲି ବୁଲୁଥାଏ ଓ ଖୋଜୁଥାଏ।

ତାଙ୍କର ବୟାନ ଆମ ଦୁହିଁଙ୍କ ଭିତରେ ଥଣ୍ଡା, ଅଥଚ ପ୍ରାୟ ସ୍ଥିରପବନକୁ ଓଜନିଆ କରିଦେଲା। ତାଙ୍କ ଭିତରେ ଗୋଟିଏ ଘା' କଥା ସେ ବୁଲେଇବଂକେଇ ଇଙ୍ଗିତରେ କହିବାକୁ ଚାହିଛନ୍ତି, କିନ୍ତୁ ମତେ କହିବେ କି ନାହିଁ, ଏଇ ଦ୍ୱନ୍ଦ୍ୱରେ ବେଙ୍ଗଳା ବୁଲୁଛନ୍ତିକି ? ମୁଁ ତାଙ୍କ ଆଡ଼କୁ ଦେଖି ନଦେଖିଲା ପରି ଆଖି ଅଳ୍ପ ତଳକୁ କରି ଚାହିଁଲି। ସେ ମୋ' ନାଁ ପଚାରିଲେ ଓ ତା' ପୂର୍ବରୁ ନିଜ ନାଁ କହିଲେ। ମୁଁ ଦାର୍ଶନିକ ତତ୍ତ୍ୱ ପରି ଧୀରେ କହିଲି - ମଣିଷ ଜୀବନରେ ତ ହଜିବା ଖୋଜିବା ଲାଗିଚି।

- ଠିକ୍ କହିଲେ ମି: ଦାସ - ସେ କହିଲେ - କେତେ ମଣିଷ ଏମିତି ଆସିଯାଆନ୍ତି ଯେ ସେମାନେ ଆମ ଜୀବନରୁ ନିଜେ ନିଜେ ବାହାରିଗଲେ ମଧ୍ୟ ଆମେ ସେମାନଙ୍କୁ ପୂରାପୂରି କାଢ଼ିଦେଇପାରୁନା । ସେମାନେ ଯେ ଆମ ପାଇଁ ଅନାବଶ୍ୟକ, ଏକଥା ବୁଝିବାପରେ ବି ସେମାନଙ୍କୁ ଦେଖିବାକୁ ଇଚ୍ଛାହୁଏ। ଏବେ କିନ୍ତୁ ସେଇ ଇଚ୍ଛା ପୂରଣ ହୋଇଗଲା - ଛିଃ...

ଛିଃ, କହିଲାବେଳେ ସେ ପାଟିର ମାଂସପେଶୀକୁ ଏମିତି ବୁଲାଇଲେ, ମୁଁ ଭାବିଲି ଘୃଣାରେ ଛେପ ପକେଇଲେ କି କ'ଣ। ପଚାରିଲି - ଯାହାକୁ ଖୋଜିବାକୁ ଆସିଥିଲେ, ସେ ଆପଣଙ୍କର କ'ଣ ସମ୍ପର୍କୀୟ ?

'ହଁ, ସେ ମୋ ସ୍ୱାମୀ' - ସେ କହିଲେ - 'ଅଠେଇଶ ବର୍ଷ ପରେ ତାଙ୍କୁ

ପାଇଲି। ସେ ମାର୍କ୍ସବାଦ-ମାଓବାଦ ଛାଡ଼ି ଏବେ ବରପାଲିରେ ବହୁ ଉର୍ବର ଚାଷ ଜମିର ମାଲିକ - ଧନୀ, ଋଣ ବ୍ୟବସାୟ କରି ସେଇ ଅଞ୍ଚଳର ପୁଞ୍ଜିପତି।

ଏତକ ଶୁଣି, ମୋର ବି.ଏ. ପଢ଼ିଲାବେଳେ ଜଣେ ଅର୍ଥନୀତି ଅଧ୍ୟାପକ ଯାହା କହିଥିଲେ, ମନେପଡ଼ିଲା - ଅଧିକାଂଶ ମଣିଷ ଯୁବାବେଳେ କମ୍ୟୁନିଷ୍ଟ, ବୟସ ବଢ଼ିଲେ ସୋସିଆଲିଷ୍ଟ ବା ସମାଜବାଦୀ ଓ ପଚାଶ ବର୍ଷ ପରେ ପୁଞ୍ଜିବାଦୀ। କହିଲି - ମଣିଷକୁ ପରିସ୍ଥିତି ଓ ପରିବେଶ ବଦଳାଇଦିଏ।

- ନାଇଁ ନାଇଁ, ସ୍ୱାର୍ଥ: ନିଜେ ସୁଖରେ ରହିବାର ଇଚ୍ଛା ଆଦର୍ଶକୁ ମାରିଦିଏ। ନଚେତ୍ ଏଇ ଲୋକର କଥାରେ ମୁଁ ଭାସିଯାଇ ତାଙ୍କୁ ବାହାହୋଇନଥାନ୍ତି।

ଏବେ ଗାଡ଼ି ବିଶାଖାପାଟଣା ଷ୍ଟେସନ୍‌ରେ ରହିଚି। ମୁଁ ବାହାରକୁ ଯାଇ ପତ୍ରିକା ଷ୍ଟଲରୁ ଗୋଟିଏଦୁଇଟି ପତ୍ରିକା କିଣି ଓଲଟାଇଲି, ଚା' ପିଇଲି। ଗାଡ଼ି ଛାଡ଼ିଲାବେଳକୁ ନିଜ ଜାଗାକୁ ଆସି ବସିଲାବେଳେ ମାଡାମ୍ କହିଲେ - ଏଇ ଷ୍ଟେସନ୍‌ରେ ସେ ମତେ ଛାଡ଼ିଦେଇ ନିଖୋଜ ହୋଇଯାଇଥିଲେ। ତା'ପରେ ସେ ପ୍ଲାଟଫର୍ମ ବାହାରକୁ ଚାହିଁଲେ, ବତିଗୁଡ଼ିକ ନୀଳ କାଚ଼ ଝରକା ସେପଟେ ନିହାତି ମଳିନ ଦେଖାଯାଉଥିଲେ। ସେଇ ଆଡ଼କୁ ଚାହିଁ କହିଲେ - ସେତେବେଳେ ମୁଁ ଗବେଷଣା କାମରେ ବିଶାଖାପାଟଣା ଆସୁଚି ବୋଲି ଘରକୁ ମିଛ ଖବର ଦେଇ ଏଠାକୁ ଚାଲିଆସିଲି ଓ କେତେ ଘଣ୍ଟା ପରେ ଆଉଗୋଟିଏ ଟ୍ରେନ୍‌ରେ ସେ ଆସି ପହଂଚିଲେ। ବିଜୟୱାଡ଼ାରେ ଗୋଟିଏ ଟ୍ରେନ୍‌ରେ ଦୁହେଁ ଉଠିଲେ ଚିହ୍ନା ଲୋକଙ୍କ ହାବୁଡ଼ରେ କାଳେ ପଡ଼ିଯିବୁ, ସେଇଥିପାଇଁ। ସେତେବେଳକୁ ରାତିହେଲାଣି, ତା'ପରେ ଦିନ ଗୋଟାଏବେଳେ ମାଡ୍ରାସମେଲ୍ ଏଇବାଟଦେଇ କଲିକତା ଯିବ। କଲିକତାରେ କମ୍ରେଡ୍‌ମାନେ ଅପେକ୍ଷା କରିଥିବେ। ଆମେ ଯିବୁ ନକ୍ସଲବାଡ଼ି। ବିଶାଖାପାଟଣା ଦେଇ ସେଇଠୁ ଆରମ୍ଭ କରିବୁ ସମାଜକୁ ବଦଳାଇବାର ଅଭିଯାନ। ଫାଷ୍ଟ୍‌କ୍ଲାସ୍ ବିଶ୍ରାମାଗାରରେ ଗୋଟିଏ ବେଞ୍ଚ୍ ଉପରେ ବସିଲୁ ଓ ମଝିରେ ମୁଁ, ମୋ' ବାକ୍ସ ଓ ସେ, ତାଙ୍କର ହାଣ୍ଡବ୍ୟାଗ୍ ଧରି କୌଣସି ପ୍ରକାରେ ଗୋଡ଼ ମେଲାଇବାର ବ୍ୟବସ୍ଥା କଲୁ। ରାତି ବାରଟାପରେ ଟ୍ରେନ୍‌ର ଚଳପ୍ରଚଳ କମିଗଲା। ବର୍ଷାଦିନ, ୱେଟିଙ୍ଗ୍ ରୁମ୍‌ରେ ବିଶେଷ ଗହଳି ନ ଥିଲା। ମୁଁ ରାତି ବାରଟାପରେ ଶୋଇପଡ଼ିଲି। ସକାଳୁ ଉଠି ଦେଖେ ତ, ମୋର ସ୍ୱାମୀ ଆପନ୍ନା ଆଉ ସେଠାରେ ନ ଥିଲେ - ତାଙ୍କର ବ୍ୟାଗ୍ ନେଇ ଚାଲିଯାଇଥିଲେ ଓ ମୋ' ବାକ୍ସ ତଳେ ଛାଡ଼ିଯାଇଥିଲେ ଖଣ୍ଡେ ଛୋଟ ଚିଠି - ରାଧା, ମୁଁ ତମକୁ ବାହାହୋଇ ଭୁଲ୍ କରିଚି; ଜଣେ ବିପ୍ଳବୀର ସଂଘର୍ଷମୟ ଜୀବନରେ ନାରୀ, ବିବାହବନ୍ଧନ ସବୁଠାରୁ ବଡ଼ ବାଧା। ତମେ ତମ ମାମୁଙ୍କୁ ବାହାହୋଇପଡ଼ିବ। ଲାଲ୍ ବିଦାୟ।

- ହେଁ? ମାମୁକୁ କାହିଁକି? - ମୁଁ ଚମକିପଡ଼ି ପଚାରିଲି।

- ଆନ୍ଧ୍ରରେ ମାମୁକୁ ବାହାହୁଅନ୍ତି। ସେଇଟା ବିଧିଗତ। ସେ କହିଲେ।

- ତା' ହେଲେ ବାହାହେଲେ ନାହିଁ? ମୁଁ ପଚାରିଲି।

- ନାରୀ ତ ପାର୍କର ଗୋଟିଏ ବେଞ୍ଚ୍ ନୁହେଁ ଯେ ଜଣେ ଆସିଲା, ବସିଲା, ଆରାମ କଲା ଆଉ ଚାଲିଗଲାପରେ ଅନ୍ୟ ଜଣେ ବସିବ। ମୋ' ମାମୁଙ୍କ ସହ ମୋର ବାହାଘର ପିଲାଦିନରୁ ହେବା କଥା, ମୋ' ମା' ମତେ କହୁଥିଲେ। ସେ ଡାକ୍ତରୀ ପଢ଼ି ଡାକ୍ତର ହେଲେ ମୋର ଏମ୍.ଏ. ପାସ୍ କରିବାର ଦୁଇବର୍ଷପରେ। ସେ ମୋଠୁ ଚାରି ବର୍ଷ ବଡ଼। ମୁଁ ବାହା ନ ହୋଇ ସମାଜସେବା କରିବି ବୋଲି ମୋ' ଜିଦ୍‌ରେ ଅଟଳ ରହିଲି। ସେ ଅନ୍ୟତ୍ର ବାହାହେଲେ।

- ଆପଣ ଆପନ୍ନାକୁ ବାହାହେବା କଥା ଆପଣଙ୍କ ପରିବାରରେ କ'ଣ ସେତେବେଳେ କେହି ଜାଣିନଥିଲେ କି ବର୍ତ୍ତମାନ ବି କେହି ଜାଣି ନାହାନ୍ତି? ମୁଁ ପଚାରିଲି।

- ସେତକ ଈଶ୍ୱରଙ୍କର ମୋ' ଉପରେ ଆଶୀର୍ବାଦ ବୋଲି କହିବି। ମୁଁ ତ ବହୁଦିନଧରି ଭାବୁଥିଲି ଯେ ମଣିଷ ଜୀବନରେ ଈଶ୍ୱର କୁହନ୍ତୁ କି ଆଉଏକ ଅଜଣା ସତ୍ତା କୁହନ୍ତୁ, ତାଙ୍କ ଆଡ଼େ ସଚେତନ ହୋଇଥିଲେ ଏପ୍ରକାରର ଦୁର୍ଘଟଣା ହୋଇନଥାନ୍ତା।

- ଦୁର୍ଘଟଣା? ମୁଁ ପଚାରିଲି।

ହଁ ଦୁର୍ଘଟଣା, ୧୯୮୦ ମସିହାରେ ମୁଁ ଅର୍ଥନୀତିରେ ଏମ.ଏ. ପାସ୍ କଲାବେଳକୁ ଏଇ ଆପନ୍ନାଙ୍କୁ ବାହାହୋଇସାରିଥିଲି। ଆମ ଗାଁରେ ସେତେବେଳେ କଲେଜ ନଥିଲା। ତେଣୁ ମୁଁ ମାଟ୍ରିକ ପାସ୍ ପରେ କଲେଜ ପାଠ ପାଇଁ ବିଜୟୱାଡ଼ା ଆସି ହଷ୍ଟେଲରେ ରହିଲି। ସେଇ ସମୟରେ ବିଜୟୱାଡ଼ା ଥିଲା ଆନ୍ଧ୍ର ପ୍ରଦେଶରେ କମ୍ୟୁନିଷ୍ଟ ପାର୍ଟିର ମୁଖ୍ୟ କେନ୍ଦ୍ର। ବି.ଏ. ପାସ୍ କରିବାପରେ ଏମ.ଏ. ଅର୍ଥନୀତିରେ ସିଟ୍ ପାଇଲି। ଆମେ କେତେକ ଛାତ୍ରଛାତ୍ରୀ ସଭାସମିତିରେ ହେଗେଲ ଓ ମାର୍କ୍‌ସ ଦର୍ଶନ, ଆମ ଦେଶରେ ସ୍ୱାଧୀନତାର ପଚାଶ ବର୍ଷ ପରେ ମଧ୍ୟ ମଳିମୁଣ୍ଡିଆ ଚାଷୀ, ଖଟିଖିଆଙ୍କ ଆର୍ଥିକ ଅବସ୍ଥାର କୌଣସି ପରିବର୍ତ୍ତନ ନହେବା କଥା, ଆଲୋଚନା କରୁ। ମୋର ଜମିଦାରମାନଙ୍କ ଉପରେ ପଲାଦିନରୁ ରାଗ। କାରଣ ମୋ' ବାପାଙ୍କୁ ମୁଁ ପିଲାବେଳୁ ଘୃଣାକରୁଥିଲି।

- ବାପାଙ୍କୁ କାହିଁକି ଘୃଣାକରୁଥିଲେ?

- ମୋ' ବାପା ତଣକୁର ଜମିଦାର ଥିଲେ। ଜମିଦାରି ନଥିଲା; କିନ୍ତୁ ତାଙ୍କ ହାତରେ ଯଥେଷ୍ଟ ଉର୍ବର ଜଳଜମି ଓ ବଜାରରେ ଗୁଡ଼ାଏ ଦୋକାନ ଘର ଥିବାରୁ ଆମ

ପରିବାର ପାଇଁ ଅର୍ଥର ଅଭାବ ନଥିଲା। ବାପାଙ୍କ ହାତରେ ଗୁଡ଼ାଏ ଖାଲି ସମୟ; ସେ ଗାଁରେ ଛୋଟକାଟିଆ ନେତା ଓ ମାମଲତ୍କାର। ଆମର ଖଞ୍ଜା ପଛରେ ବଗିଚା, ବଗିଚାରେ ଆମୋଦଘର। ମାସରେ ଥରେଦୁଇଥର ମଦ ଓ ବାଈଙ୍କ ଆଡ୍ଡା ବସେ। ପାଖଆଖ ଗାଁରୁ ସୁନ୍ଦରୀ ଗରିବ ଝିଅମାନଙ୍କୁ ପୋଇଲୀ ଭାବେ ବାପା ଏକପ୍ରକାର କିଣିଆଣୁଥିଲେ। ସେମାନଙ୍କୁ ଉପଭୋଗ କରୁଥିଲେ। ପ୍ରଥମ ପୋଇଲୀର ପିଲାହେଲାପରେ ତାକୁ ଚାକରଚାକରାଣୀ ରହୁଥିବା ଘରକୁ ପଠାଇ ଦିଆଯାଉଥିଲା। ଆସୁଥିଲା ଦ୍ୱିତୀୟ ପୋଇଲୀ। ମୁଁ ନବମ ଦଶମରେ ପଢ଼ିଲାବେଳକୁ ଚାରିଜଣ ପୋଇଲୀ ସେମାନଙ୍କର ଗୋଟିଏ ଗୋଟିଏ ପିଲାଧରି ଚାକରାଣୀନିବାସକୁ ଚାଲିଯାଇଥିଲେ। ପଞ୍ଚମ ଥିଲା ଖୁବ୍ ଗୋରୀ, ସୁନ୍ଦରୀ ଓ ଅମାନିଆ। ବାପାମା'ଙ୍କ ଶୋଇବା କୋଠରି ପରେ ମୋର ସାନଭାଇର ରୁମ୍, ଆଉ ତା'ପାଖ ରୁମ୍‌ଟି ମୋର ପଢ଼ା ଓ ଶୋଇବାଘର। ସେଇଠି ମତେ ଜଗିବା ଆଳରେ ପୋଇଲୀ ଶୁଏ। ବାପା ରାତିରେ ଆସି, ମଦନିଶାରେ ଚୁର୍‌ହୋଇ ପୋଇଲୀ ସହ ତାଙ୍କ କାମ ସାରି ଫେରିଯାଆନ୍ତି। ଏଇ ପଞ୍ଚମ ପୋଇଲୀ ସହିତ ବାପା ରାତିରେ କ'ଣ କରୁଚନ୍ତି ଜାଣିଲି। ଅନେକ ରାତିରେ ବାପାଙ୍କର ଆସ୍ତେ କବାଟ ଖୋଲି ମୋ' ଘରକୁ ଆସିବା, ମଦର ଦୁର୍ଗନ୍ଧ, ସୁନାଗହଣା ପାଟଶାଢ଼ି ପାଇଁ ପୋଇଲୀର ଦାବି, ପୋଇଲୀର ଖର କଥା ଓ ବାପାଙ୍କ ସାକୁଲେଇବା ସ୍ୱର, ଧର୍ଷଣର ଅନୁଭବ ମୋର ସ୍ମୃତିରେ ଏବେ ବି ମତେ ଅଶାନ୍ତ କରେ। ପିଲାବେଳେ ଯାହା ମଣିଷ ଦେଖେ, ଶୁଣେ କି ଘଟୁଥିବାର ଅନୁଭବ କରେ, ସେଇସବୁ ଶିଳାରେ ଲେଖିଲାପରି ସହଜେ ଲିଭେନାହିଁ। ମୋର ବାପାଙ୍କୁ ଓ ସେଇ କିସମର ସବୁ ଧନବନ୍ତ ଲୋକଙ୍କ ଉପରେ ପିଲାଦିନରୁ ଘୃଣାର ଯେଉଁ ବସାବାନ୍ଧିଥିଲା, ଆପନ୍ନାଙ୍କ ଓଜସ୍ୱିନୀ ଭାଷଣ ସେଠାରେ ନିଆଁ ଧରାଇଦେଲା। ସେ ଯେପରି ମୋ' ମନକଥା ତାଙ୍କ ଭାଷଣରେ କହୁଥିଲେ ଯେ ଏଇ ଧନବନ୍ତମାନେ ଦରିଦ୍ରମାନଙ୍କର ରକ୍ତ ପିଇ ଯେଉଁ ଅୟସ ଆରାମ କରୁଛନ୍ତି, ଧନ ତାଙ୍କଠାରୁ ଛଡ଼େଇନେଲେ ତାଙ୍କର ବଦ୍‌ମାସି ବନ୍ଦ୍ ହେବ। ଜବରଦସ୍ତ ଧନ ଛଡ଼େଇନିଅ - ଧନ ନଥିଲେ ମଦ-ବାଈର ଆଡ୍ଡା ନାହିଁ କି ଗୋଟିଏ ପରେ ଗୋଟିଏ ପୋଇଲୀ ରଖି ଯୌନବ୍ୟଭିଚାର ନାହିଁ। ବ୍ୟଭିଚାରକୁ ରୋକିବାର ଏଇ ତ ଏକମାତ୍ର ରାସ୍ତା।

ମୁଁ କମ୍ୟୁନିଷ୍ଟ ସଭାସମିତିକୁ ଅହରହ ଗଲି। ମୁଁ ଯେ ସେମାନଙ୍କ କାତର୍‌ର ଲୋକ, ଏ କଥା ଶୁଣିଲେ ମୋ' ଛାତି କୁଣ୍ଢେମୋଟ ହୋଇଯାଉଥିଲା। ଆପନ୍ନା ଥିଲେ ମୋର ଆଦର୍ଶ। ସତ କି ମିଛ, ସେତେବେଳେ ଯୁବକମ୍ରେଡ୍‌ମାନଙ୍କ ଭିତରେ ଆଲୋଚନା ହେଉଥିଲା ଯେ ବଡ଼ ସରକାରି ଚାକିରିରେ ଯୋଗଦେବାକୁ ସେ ମନା

କରିଦେଇଥିଲେ। ଏ ବିଷୟରେ ମୁଁ ତାଙ୍କୁ ପରେ କେତେଥର ପଚାରିଚି। ସେ କେବେ ହସନ୍ତି ତ କେବେ କହନ୍ତି, ଏଇ ପ୍ରଶ୍ନର କିଛି ପ୍ରାସଂଗିକତା ନାହିଁ, ଇରେଲିଭାଣ୍ଟ କୋଶ୍ଚେନ୍। ଆପନ୍ନାଙ୍କୁ ମୁଁ ଆଦର୍ଶ ଭାବେ ଗ୍ରହଣ କଲାପରେ, ଆମେ ପୁରୁଷ-ନାରୀରୁ ସ୍ୱାମୀ-ସ୍ତ୍ରୀ ହୋଇଗଲୁ। କିନ୍ତୁ ମନ୍ଦିରରେ ବା କୋର୍ଟକଚେରିରେ ବିବାହଚୁକ୍ତି ଗୋଟାଏ ପ୍ରହସନ ବୋଲି ସେ ବୁଝାଇଦେଲେ ଓ ମୁଁ ତାଙ୍କୁ ବିଶ୍ୱାସ କଲି। ସେ ସମୟରେ ତାଙ୍କର ପ୍ରଧାନ ଶତ୍ରୁ ଥିଲା ଆଉଜଣେ ଯୁବ ନେତା, ଗଦ୍ଦର। ସେ ବେଶି ପାଠ ପଢ଼ି ନଥିଲା। ତା'ର ଡାହାଣ ଗୋଡ଼ ଦୁର୍ଘଟଣାରେ କଟିଯାଇଥିଲା। ସେ ସେଇ ଗୋଡରେ ନକଲି ଗୋଡ ଯୋଡ଼ି, ଜୋତା ତଳେ ଚକ ଲଗାଇ ଗାଁ ଗାଁ ବୁଲି ସମାଜବାଦୀ ଗୀତ ନିଜେ ଲେଖି, ଗାଇ, ସାଧାରଣ ଜନତାକୁ ଆକର୍ଷଣ କରୁଥିଲା। ଆପନ୍ନାଙ୍କ ଟାଉନ ସଭାସମିତିରେ ଲୋକେ ବକ୍ତୃତା ଶୁଣି ସିନା ତାଳି ମାରୁଥିଲେ, କିନ୍ତୁ ଗଦ୍ଦରର ବିପ୍ଳବୀଗୀତ ଶୁଣି ତା' ସହ ଖଣ୍ଡେବାଟ ଗୋଡ଼େଇଯାଉଥିଲେ, ଗଦ୍ଦର ଗାଇ ଗାଇ ଯାଉଚି ମାନେ, ଗୋଟିଏ ଶୋଭାଯାତ୍ରା। ମତେ ଦିନେ ଆପନ୍ନା କହିଲେ - ରାଧା, ଏଇ ଯଉ ଗୀତ ଲେଖିବା, ଗାଇବା, କାହାଣୀଉପନ୍ୟାସ ନାଟକ ଲେଖିବା କରିବା, ଏଇ ଲୋକଗୁଡ଼ାଙ୍କର ସମାଜପ୍ରତି କୌଣସି ଦାୟିତ୍ୱ ନାହିଁ କି ଅବଦାନ ନାହିଁ। ଏମାନେ ଅନପ୍ରଡକ୍ଟିଭ, ଅଣ-ଉତ୍ପାଦନକାରୀ। କେବେ ମାର୍କ୍ସ, କି ଲେନିନ୍ କି ମାଓ ସେତୁଙ୍ଗ କବିତା ସାହିତ୍ୟ କି ଚିତ୍ର କରିବା କଥା ତାଙ୍କ ଜୀବନୀରୁ ଜାଣିଚ କି ? ମୁଁ ଭାବିଲି, ଠିକ୍ କଥା। ତା'ପରଦିନ ମୋ'ର କବିତାଖାତାରେ ତାଙ୍କ ସାମ୍ନାରେ ନିଆଁ ଲଗାଇଦେଲି। ସେ ମତେ ଗୁଡ଼ାଏ ଚୁମା ଦେଇ କହିଲେ - ତମପାଇଁ ମୁଁ ଗର୍ବକରେ, ତମେ ପକ୍କା ମାଓବାଦୀ।

ଟ୍ରେନ୍ ଏବେ ବିଶାଖାପାଟଣାରୁ ଅଢ଼େଇଘଣ୍ଟା ପରେ ରାଜମହେନ୍ଦ୍ରୀ ଷ୍ଟେସନ୍‌ରେ ଠିଆହୋଇଚି। ଦୁଇ ଖାଇବାଥାଳି କେତେବେଳୁ ଥୁଆହୋଇଥିଲା। ସେଥିରୁ କିଛି ଖାଇବାକୁ ଇଚ୍ଛା ହେଲାନାହିଁ, ପରିଚାରକକୁ ଉଠାଇନେବା ଲାଗି ମୁଁ କହିଲି। ମାଡାମ୍ ବି କହିଲେ - ମୋର ମଧ୍ୟ କିଛି ଖାଇବାକୁ ଇଚ୍ଛାନାହିଁ। ଥାଳି ଫେରସ୍ତ ଗଲା। ମାର୍କ୍ସଙ୍କ ଜୀବନୀରୁ ମୋର ଗୋଟିଏ କଥା ମନେପଡ଼ିଲା। ମାଡାମ୍‌ଙ୍କୁ କହିଲି - ଆପଣ ଆପଣଙ୍କ ବାପାଙ୍କୁ ପିଲାଦିନୁ ଯେଉଁଥିପାଇଁ ଘୃଣା କରୁଥିଲେ, ମାର୍କ୍ସ ଠିକ୍ ସେୟା କରିଥିଲେ। ତାଙ୍କ ଚାକରାଣୀ ସହିତ ଲିପ୍ତ ଥିଲେ। ତା'ଠାରୁ ଅବୈଧ ସନ୍ତାନକୁ ସ୍ୱୀକାର କଲେ।

ମାଡାମ୍ ଚୁପ ରହିଲେ। କିଛି ସମୟ ପରେ କହିଲେ - ଏଇ ଲୋକଟାକୁ ମୁଁ ଗତ ଅଠେଇଶ ବର୍ଷ ଭିତରେ କେତେ ଜାଗାରେ ନ ଖୋଜିଚି ! ସାରା ଭାରତର ଅଧାରୁ ବେଶି ଏ ଖୋଜିବାରେ ବୁଲିଥିବି !

- ଦେଖାହେଲାରୁ ସେ କ'ଣ ଆପଣଙ୍କୁ ଚିହ୍ନିଲେ ? ମୁଁ ପଚାରିଲି ।

- ହଁ, ମୁଁ ଜଣେ ଆତ୍ମୀୟଙ୍କ ଘରକୁ ଆସିଚି ଓ ସୁନାହାର ବନ୍ଧାଦେଇ ଟଙ୍କାନେବାକୁ ତାଙ୍କ ଦୋକାନରେ ପହଞ୍ଚିଲି । ଦୋକାନ ପଛପାଖକୁ ତାଙ୍କ ଘର । ସ୍ତ୍ରୀ ଓ ତିନି ପୁଅ ଥିଲେ ବୋଲି ଖବର ନେଇଥିଲି । ତାଙ୍କ ପାଖରେ ବସି ହାର ଓଜନପାଇଁ ଦେଲାବେଳକୁ ସେ ମତେ ଚିହ୍ନିଲେ । ସେତେବେଳେକୁ ତାଙ୍କର ଯେଉଁ ବ୍ୟକ୍ତିତ୍ୱ ମୁଁ ଦେଖିଥିଲି, ତାହା ପୋଡ଼ିଜଳି ଖତ ହୋଇଯାଇଥିଲା । ଖତ ନୁହେଁ ଘସି । ସେ ମତେ ଚିହ୍ନିଲାମାତ୍ରେ, ମୁଣ୍ଡ ବୁଲାଇ ଅଚେତ ହେଲାପରି ତାଙ୍କର ଅବସ୍ଥା ହେଲା । ଚାକରପିଲା ଦଉଡ଼ିଯାଇ ଘରେ ଖବରଦେଲା । ଦୁଇ ପୁଅ ଓ ସ୍ତ୍ରୀ ଆସି ତାଙ୍କୁ ଟେକି ଘରକୁ ନେଇଗଲେ । ମୁଁ ବାହାରକୁ ପଳାଇଆସିଲି । ବାସ୍ ।

ଆମେ ଏଇ କଥାହେଲାବେଳେ ତଳକୁ ଚାହିଁ ଦେଖିଲି ଯେ ଗୋଟାଏ ଅସରପା ମୋ ଚପଲ ପାଖରେ ଓଲଟି ଛଟପଟ ହେଉଚି । ତାକୁ ଗୋଡ଼ ଆଙ୍ଗୁଠିରେ ଓଲଟାଇ ସିଧା ଗୋଡ଼ରେ ଠିଆକରାଇ ଦେଲେ ବି, ତା ଭିତରୁ ବାତ ମାରିଲା ପରି ସେ ପୁଣି ଓଲଟିଯାଇ ଛଟପଟହେଲା । ମାଡାମ୍ ଦେଖିଲେ ଓ କହିଲେ - ଅସରପାର ଯେତେବେଳେ ଶେଷବେଳ ଆସେ, ତାକୁ ଗୋଡ଼ରେ ଯେତେ ଠିଆକରାଇଲେ ବି ସେ ଓଲଟିଯାଏ, ଛଟପଟ ହୋଇ ମରେ ।

ବିଜୟୱାଡ଼ା ଷ୍ଟେସନ୍‌ରେ ଆମ ଗାଡ଼ି ପଶିଲାବେଳେ, ମାଡାମ୍ ଦୁଇ ସିଟ୍ ମଝିରେ ଥିବା ଟ୍ରେ ଷ୍ଟାଣ୍ଡ୍‌କୁ ହାତରେ ବାଡ଼େଇଦେବାରୁ ମତେ ଉଠାଇ ବିଦାୟ ମାଗିଲେ । ତାଂକୁ ଗାଡ଼ିରୁ ଓହ୍ଲାଇ ବଳାଇଦେବାକୁ ମୁଁ ତାଂକ ସୁଟ୍‌କେଶ୍‌କୁ ଗଡାଇ ଗଡାଇ ନେଲି । ଆମେ ଜଣକ ପରେ ଜଣେ ଗାଡ଼ିରୁ ଓହ୍ଲାଇଲାବେଳେ ଧଳା ଦାଢ଼ି, ଧଳା ପ୍ୟାଣ୍ଟସାର୍ଟ ପିନ୍ଧି ଜଣେ ବୟସ୍କଲୋକ ଠିଆହୋଇଥିଲେ । ମାଡାମ୍‌ଙ୍କୁ ଦେଖି କହିଲେ - ରାଧା, ଆସ । ମାଡାମ୍ ତାଙ୍କୁ ଦେଖି ପଡ଼ିଯିବା ଭଳି ହେଲେ । ମୁଁ ଧରିପକାଇଲି । ସେ କହୁଥିଲେ ଆପନ୍ନା, ତମେ ଏଠି...କେମିତି ? କ'ଣ... !

■

କାଳକାଳକୁ ଅହଲ୍ୟା

ଓଡିଶାର ଗୋଟିଏ ବିଶ୍ୱବିଦ୍ୟାଳୟରେ ମୁଁ ସମାଜଶାସ୍ତ୍ର ପଢ଼ାଏ । ପୁରାତନ ସମାଜ ଶାସ୍ତ୍ର ମୋ'ର ପାରଙ୍ଗମତାର ବିଷୟ । ହିନ୍ଦୁଶାସ୍ତ୍ର ସଂହିତାସମ୍ମତ ବିବାହରୀତି ଓ ନିଯୋଗ ପରମ୍ପରା ବିଷୟରେ ମୁଁ ଗବେଷଣା କରି ଦୁଇବର୍ଷ ତଳେ ସଫଳ ହେଲାରୁ ପ୍ରାଧ୍ୟାପକ ହେଲି । ଏବେ ଦିନ ତିନିଟା ହେବ । ଗୋଟିଏ କ୍ଲାସ୍-ଭରପୂର ପିଲାଙ୍କୁ ଖୁବ୍ ମଜେଇ ଗପ କହିଲା ପରି ଆମ ହିନ୍ଦୁ ବିବାହଶାସ୍ତ୍ରରେ ନିୟୋଗ ପରମ୍ପରା କଥା ବୁଝାଉଥିଲି। କୁଳ ଓ ବଂଶ ରକ୍ଷାକରିବା ହେଉଚି ମଣିଷର ଧର୍ମ । ଆମ ଶାସ୍ତ୍ର କହୁଚି, କସ୍ମିନକାଳେ କୁଳକୁ ବୁଡ଼ିବାକୁ ଦିଆଯିବ ନାହିଁ, ସେଥିପାଇଁ ଯାହାକୁ ଯେତେ ତ୍ୟାଗ କରିବାକୁ ପଡୁ ପଛେ । କଥାଟାକୁ ଟିକେ ତଳେଇ କରି ଘଟୁଥିବା ପରି ଭାବିଲେ ରାଜା-ରାଣୀ, ଶ୍ରେଷ୍ଠୀ-ଶ୍ରେଷ୍ଠାଣୀ କି ସାଧାରଣ ଘରର ଲୋକ, ଯିଏ ହୁଅନ୍ତୁ ନା କାହିଁକି, କେତେ ଚେଷ୍ଟା, କେତେ ଯତ୍ନ, କେତେ ଉପାୟ କରି ଜାଣିଲେଣି ଯେ ନାଇଁ, ଔରସ କିଛି କାମକୁ ନୁହେଁ । ବିହନ ଧାର୍ ଆଣି ଫସଲ ଉପୁଜାଇବାକୁ ପଡ଼ିବ । ତାହା ହେଉଚି ଆମ ପୂର୍ବଜମାନଙ୍କ ନିୟୋଗ ନିୟମ । ସ୍ୱାମୀ-ସ୍ତ୍ରୀ ଭିତରେ ଆଉ ଜଣେ କିଛିକାଳ ପାଇଁ ପଶିଆସିବ । ସଂଭୋଗ ଆନନ୍ଦଦାୟକ ନହେଲେ ସେଥିରୁ ଜନ୍ମ ହେବା ଶିଶୁ ଉଚ୍ଚକୋଟୀର ହେବ ନାହିଁ ବୋଲି ଆମର ବିଶ୍ୱାସ । ସେଥିପାଇଁ ସ୍ତ୍ରୀ ବିଚାରୀକୁ ସ୍ୱାମୀଠାରୁ ନିଯୋଗକାରୀକୁ ଅଧିକ ଭଲପାଇବାକୁ ପଡ଼ିବ । ସ୍ୱାମୀ ସେଇ ଅପମାନ ସହିବ । ସ୍ତ୍ରୀଟିର ଗର୍ଭ ହେବାପରେ ଆଉ ସେ ନିଯୋଗକାରୀର ମୁହଁକୁ ବି ବାକି ଜୀବନତମାମ୍ ଚାହିଁପାରିବ ନାହିଁ । ଯାହାକୁ ପାଇବା ପାଇଁ ନାରୀ ତା' ସ୍ୱାମୀକୁ ଛାଡ଼ିଲା, ସେ କ'ଣବକଟେ ଦେଇକି ଗଲା ଯେ ଗଲା ।

କି ଦହଗଞ୍ଜ ଅବସ୍ଥାରେ କାଟିବାକୁ ପଡ଼ିବ ବିଚାରୀକୁ ତା' ଜୀବନ! ଆଉ ରହିଲା ନିୟୋଗକାରୀ। ତା' ଦୁଃଖ କ'ଣ କମ୍? ତା' ସ୍ତ୍ରୀର ସମ୍ମତିରେ ଗୋଟିଏ ଭଲ

ସମ୍ପର୍କରେ ଲହଡ଼ି ଭାଂଗିବାକୁ ଯାଇଥିଲା ଯେ ପାଣିରେ ପଶୁ ପଶୁ ସବୁ ଶୁଖିଲା । ଏବେ ବଢ଼ିଆ ଗେହ୍ଲା, ଧରୁ ଧରୁ ତ ମିଳେଇଗଲା, ଚାଖିବାକୁ ବେଳ କାହିଁ ? ଆଉଥରେ ସେମିତି ହୁଅନ୍ତା କି, ମନ ହାଇଁପାଇଁ ହେଉଚି; କିନ୍ତୁ ସେ ଜାଣିଚି ଯେ ସେପରି ହେବା କେବେ ସମ୍ଭବ ନୁହେଁ । ନିୟୋଗକାରୀର ମନରେ ଯେଉଁ ନିଆଁ ଲାଗିଲା, ତାକୁ ଲିଭେଇବ କିଏ ?

ପିଲାମାନଙ୍କୁ କ୍ଲାସ୍‌ରେ ଏଇ ଭାବରେ ବୁଝାଇବାରେ ମୁଁ ବେଶ୍ ଜମାଇଦେଇ ପାରିବି ବୋଲି ସେମାନଙ୍କ ମୁହଁର ହାବଭାବରୁ ଠଉରାଇ, ଭିତରେ ଖୁସିଟାଏ ହୋଇ କମନ୍‌ରୁମ୍ ଆଡ଼କୁ ଫେରଚି ଏବେ, ଅଚାନକ ଅହଲ୍ୟା ମନେପଡ଼ିଯାଇ ମନଟାକୁ ପିତା କରିଦେଲା । ଅହଲ୍ୟା କାହିଁକି ମନେପଡ଼ିଲା ବୋଲି ମନକୁ ପଚାରି ମୁଁ କିଛି ଉତ୍ତର ପାଇଲି ନାହିଁ; ବରଂ ଭୟପାଇଲି ଯେ ଆଜିକାଲି ମୋ' ମନକୁ ଯିଏ ଆସିଯାଉଚି, ତା' ସହିତ ତୁରନ୍ତ କେଉଁଠି ନା କେଉଁଠି ଭେଟ ହୋଇଯାଉଚି । ନାଇଁ, ନାଇଁ, ମୁଁ ଅହଲ୍ୟାକୁ ଭେଟିବାକୁ ଚାହେନାହିଁ, ମୁଁ ମନକୁମନ କହିଲି । ତାକୁ ଭେଟିଲେ ମନଟା ଏତେ ଦୁଃଖିଆଦୁଃଖିଆ ହୋଇଯାଏ ଯେ କରୁଣ ମନକୁ ବାଗକୁ ଆଣିବାକୁ ଦୁଇଦିନ ଲାଗେ । ପିଲାଦିନରୁ ମୁଁ ସବୁଦିନ ସକାଳୁ ଉଠି ଗୋଟିଏ ଶ୍ଳୋକ ବୋଲୁଥିଲି : ଅହଲ୍ୟା-ଦ୍ରୌପଦୀ-ତାରା-କୁନ୍ତୀ-ମନ୍ଦୋଦରୀ ତଥା ପଂଚକନ୍ୟା...। ମାମୁଘରେ ଥିଲାବେଳେ ଶୀତୁଆ ସକାଳେ ଅଜା ଆମକୁ ନିଦରୁ ଉଠାଇ ଯେତେଗୁଡିଏ ସଂସ୍କୃତ ଶ୍ଳୋକ ଓ ସ୍ତବ ଶିଖାଇଥିଲେ, ସେଥିରେ ଆମେ ଏଇଟିକୁ ପ୍ରଥମେ ଶିଖିଲୁ । ପ୍ରତିସକାଳୁ ଶ୍ଳୋକଟି ପଢ଼ିଲେ ଅଜା ମନେପଡ଼ିଯାଆନ୍ତି । ସକାଳୁ ସକାଳୁ ସେଇ ପିଲାଦିନର ଆତ୍ମତୃପ୍ତିର ବିଭୋରତା ଭିତରେ ଦିଶିଯାଏ କେତେକୋଳରୁ ଚାଲିଯାଇଥିବା ଅଜାଙ୍କ ମୁହଁ । ଆଉ କେବେ କେବେ ଦିଶିଯାଏ ଆମକୁ ଷଷ୍ଠ ଶ୍ରେଣୀରେ ପ୍ରାଥମିକ ସଂସ୍କୃତ ପଢ଼ାଇଥିବା ପଣ୍ଡିତଙ୍କ କୁଣ୍ଡଳଯୁକ୍ତ ଗୋଲିଆ ମୁହଁ । ପଣ୍ଡିତେ ମହାଶୟଙ୍କ ମୁହଁ ମନେପଡ଼ିଲେ, ଗୋଟିଏ ଘଟଣା ମନେପଡ଼େ ଓ ହସମାଡ଼େ । ତାହା ଏଇପରି: ପ୍ରଥମ କ୍ଲାସ୍ ନେବାକୁ ଆସି ପଣ୍ଡିତ ମହାଶୟ କାହାକୁ ସଂସ୍କୃତରେ କିଛି ଗୀତ କି ଶ୍ଳୋକ ଜଣା ବୋଲି ପଚାରିବାରୁ ମୁଁ ଶୈଶବରେ ଅଜାଙ୍କଠାରୁ ଶିଖିଥିବା ଏଇ ଶ୍ଳୋକଟି ବୋଲିଲି; ଅହଲ୍ୟା-ଦ୍ରୌପଦୀ-ତାରା-କୁନ୍ତୀ-ମନ୍ଦୋଦରୀ ତଥା, ପଂଚକନ୍ୟା ସ୍ମରେତ ନିତ୍ୟଂ ମହାପାତକ ନାଶନମ୍ । ଅଜା ଶ୍ଳୋକଟିକୁ ମୁଖସ୍ଥ କରାଇଦେଇଥିଲେ ସିନା, ତା'ର ମର୍ମଟି ଆମେ ଜାଣିବା ଦରକାର ବୋଲି ଭାବିନଥିଲୁ । ମୁଁ କହିଲି – ସାର୍, ସେମାନେ ସମସ୍ତେ ଦେବୀ ।

: 'ଦେବୀ ନା ତୋ' ମୁଣ୍ଡଟା ଗୋଟେ ଫୁଲକୋବି !' ସାର୍ ଏମିତି ଟାପରା

କରି କହିଲେ ଯେ ମୁଁ ଲାଜରେ ବସିପଡ଼ିଲି । ତା'ପରେ ସେ ଅନ୍ୟସବୁ ପିଲାଙ୍କୁ ପଚାରିଲେ, 'ଆଚ୍ଛା ତମ ଭିତରୁ କେହି ଯଦି ଏମାନଙ୍କ ଇତିହାସ ଜାଣିଚ, କହିଲ ଦେଖି, ଆମେ ଟିକେ ଜାଣିବା, ତାଙ୍କ ଦେବୀଗୁଣ କେମିତିକା ! ମଝି ବେଂଚ୍‌ରୁ ଜଣେ ପିଲା ଠିଆହୋଇ ଅହଲ୍ୟାଙ୍କ କାହାଣୀ କହିଲା, 'ମୁଁ ରାମାୟଣରୁ ପଢ଼ିଚି ଯେ ସେ ସମୟରେ ଅହଲ୍ୟା ବୋଲି ଜଣେ ଭାରି ସୁନ୍ଦରୀ ନାରୀ ଥିଲେ । ସେ ଋଷି ଗୌତମଙ୍କୁ ବାହାହୋଇ ତାଙ୍କ ଆଶ୍ରମରେ ରହୁଥିଲେ । ଦିନେ ଋଷି ବାହାରକୁ ଗସ୍ତରେ ଯାଇଥିଲେ, ଫେରୁ ଫେରୁ ରାତି ହୋଇଗଲା । ଆଶ୍ରମରେ ପହଂଚି ଦେଖନ୍ତି ତ ଦେବରାଜ ଇନ୍ଦ୍ରଙ୍କ ସହିତ ଅହଲ୍ୟା ମନସୁଖରେ ଏକାଠି ଅଛନ୍ତି। ଋଷି ମହାରାଗୀ; ଘଟଣା ଦେଖିଲାରୁ ମୁଣ୍ଡକୁ ପିତ୍ତ ଚଢ଼ିଗଲା । ତା'ଠୁ ବଳି ଆହୁରି ଭୟଙ୍କର ଘଟଣା ଘଟିଲା । ସେ ଦିହେଁ କହିଲେ, ଆମେ ଅଲଗା ହେବୁ ନାହିଁ, ତମେ ଯାହା କରୁଚ କର । ଗୌତମ ଋଷି ସେଠୁ ଅଭିଶାପ ଦେଇ ଅହଲ୍ୟାଙ୍କୁ ପଥର କରିଦେଲେ; ପଥର-ଅହଲ୍ୟାକୁ ନେଇ ଇନ୍ଦ୍ରରାଜା କରିବେ କ'ଣ ? ସେ ବି ପଳେଇଲେ । ଏମିତି ପଥର ହୋଇ ଅହଲ୍ୟା କେତେକାଳ ପଡ଼ିଥାନ୍ତି । ଦିନେ ସେଇବାଟ ଦେଇ ଯାଉଥିଲାବେଳେ ରାମଚନ୍ଦ୍ରଙ୍କ ପାଦ ପଥର-ଅହଲ୍ୟାଠି ବାଜିଗଲା । ଅହଲ୍ୟା ପୁଣି ମଣିଷ ହୋଇଯାଇ ଋଷି ଗୌତମଙ୍କ ଆଶ୍ରମରେ ରହିଲେ ।'

ପିଲାଟି ଏଇ ଅହଲ୍ୟା ଗପ କହିବସିଲାରୁ ପଣ୍ଡିତେ ମହାଶୟ ପଚାରିଲେ : ଅହଲ୍ୟା ଯେ ଚରିତ୍ରହୀନା, ତମେ ତ ଏଇ ଗପରୁ ଜାଣିଲ । କିହୋ, ସକାଳ ହେଲେ ତାକୁ ମନେପକେଇବ କାହିଁକି ? ଷଷ୍ଠ ଶ୍ରେଣୀରେ ପଢ଼ିଲାବେଳେ ଆମେ କେହି ପିଲାମାନେ ଏତେକଥା ଭାବି ନଥିଲୁ, ତେଣୁ ଚୁପ୍ ରହିଲୁ । ମହାଶୟେ କିନ୍ତୁ ପାନ ଚୋବାଉ ଚୋବାଉ ମୁରୁକେଇ ହସୁଥିଲେ ଯେ ଏମିତି ଗୂଢ଼ତତ୍ତ୍ୱର ଅର୍ଥ କେବଳ ତାଙ୍କରି ପରି ଜ୍ଞାନୀମାନଙ୍କଠାରେ ହିଁ ମିଳିବ । ସେ ବ୍ରହ୍ମପୁର ଆଡ଼ର ଲୋକ ଥିଲେ, ତେଣୁ ସେଇ ଶୈଳୀରେ କହିଲେ, 'କେତେକେତେ ସଭାରେ ଏଇ ପ୍ରଶ୍ନଟି ପଚାରି ବଡ଼ା ବଡ଼ା ପଣ୍ଡିତଙ୍କ ଅକଲଗୁଡୁମ କରଦେଇଚି; ହଇହେ, କହିଲ ଦେଖି, ସକାଳୁ ଉଠି ଏମିତି ବେଧେଇ ମାଇପଙ୍କ ନାଁ ମନେପକାଇବାକୁ ଆମ ଶାସ୍ତ୍ର କାହିଁକି କହିଲା ?' ସାର୍ ଅସଭ୍ୟ କଥା କହିଲେ ବୋଲି ଆମେ ହସିଉଠିଲାବେଳକୁ ତାଙ୍କ ମୁହଁର ଗଭୀର ରେଖା ଆମକୁ ଚୁପ୍ କରାଇଦେଲା। ପଣ୍ଡିତ ମହାଶୟ କହିଲେ - ଅସଲ ଭିତରି ରହସ୍ୟ ମତେ ବିଭୁକ୍ତପାରୁ ପଇଟ ହୋଇଗଲା, କଣ୍ଟକେ ନୈବ କଣ୍ଟକମ୍। ବୁଝିଲ ପିଲେ, ଗୋଡରେ କଣ୍ଟା ପଶିଲେ, ଆଉଗୋଟେ କଣ୍ଟାରେ ଯେମିତି ତାହାକୁ ବାହାର କର, ସେଇମିତି ସବୁଠୁ ପାପୀକୁ ସକାଳୁ ଭାବିଦେଲେ, ପାପ ଆଉ ପଶିବ କଉବାଟେ,

ଚାରିଆଡେ ତ ପାପୀ ଜଗିଚି !' ଆମେ ପଣ୍ଡିତଙ୍କ କଥାରେ ସେତେବେଳେ ବିଶ୍ୱାସ ଯାଇଥିଲୁ ଓ ପରେ ମୁଁ ତାହା ଭୁଲିଯାଇଥିଲି । ସେଇ ପିଲାବେଳର ଅହଲ୍ୟା ଉପାଖ୍ୟାନ ମନେପଡ଼ିଲା, ଆମ ଅହଲ୍ୟାକୁ ଭେଟିଲାରୁ ।

ଅହଲ୍ୟା ମୋର ପୂଜ୍ୟ ଗୁରୁଦେବ ଶ୍ରୀ ଈଶ୍ୱରଚନ୍ଦ୍ର ବଳବନ୍ତରାୟଙ୍କ ଏକମାତ୍ର କନ୍ୟା । ସାର୍‌ଙ୍କ ଉପରେ ମୁଁ ଚିରକୃତଜ୍ଞ । ଏମ୍.ଏ. ପଢ଼ିଲାବେଳେ ମୁଁ ତାଙ୍କର ସବୁଠୁ ପ୍ରିୟ ଛାତ୍ର ଥିଲି ଓ ତାଙ୍କରି ନିର୍ବାଚିତ ବିଷୟରେ ଗବେଷଣା କଲି ଓ ତାଙ୍କଠୁ ବହୁ ସାହାଯ୍ୟ ପାଇଲି । ମୋର ଅଧ୍ୟାପକ ରୂପେ ନିଯୁକ୍ତି ପଛରେ ତାଙ୍କର ସୁପାରିଶ କାମ ଦେଇଥିଲା । ତେଣୁ ସାର୍ ଏଠି କ୍ୱାଟର୍ସରେ ଥିଲାବେଳେ, ମୁଁ ପ୍ରାୟ ଦିନେଦୁଇଦିନରେ ଯାଉଥିଲି । ସେତେବେଳକୁ ଅହଲ୍ୟା କଲେଜରେ ନାଁ ଲେଖାଇଥିଲା । ଗୋରୀ ଓ ଲମ୍ବା ଗଢ଼ଣର ଡଉଲଡାଉଲ ଝିଅ, ମୁହଁଟା ଟିକେ ଟାଣ । ସାର୍‌ଙ୍କୁ ଅତି ଗେଲବସରରେ ତୁ' ତା' କରେ । ମୋ' ସାଂଗରେ କଳିକରେ । ମୁଁ ତାକୁ, ପଣ୍ଡିତେ ବୁଝାଇଥିବା ପରି, ଅହଲ୍ୟାର ବ୍ୟାଖ୍ୟା କରି ଚିଡାଏ । ସେ ମତେ 'ଭାଇ' ବୋଲି ଡାକେ । ମୋର ଗବେଷଣା ସରିବା ବର୍ଷ, ଅହଲ୍ୟା ଏମ୍.କମ୍. ଦ୍ୱିତୀୟ ବର୍ଷରେ ପଢୁଥିଲା। ସାର୍‌ଙ୍କ ଚାକିରି ଆଉ ବର୍ଷେ ଥାଏ । ଆମେ ଶୁଣିଲୁ ଯେ ଅହଲ୍ୟା ଜିଦ୍ କରୁଚି, ତା'ଠୁ ଚାରିବର୍ଷ ବଡ଼ ଏମ୍.କମ୍. ପଢ଼ି ବ୍ୟାଙ୍କରେ ଚାକିରି ପାଇଥିବା ଦୋମୋଦରକୁ ତୁରନ୍ତ ବାହାହେବ । ତେଣୁ ଅହଲ୍ୟାକୁ ଶେଷ ପରୀକ୍ଷା ଦେବାକୁ ଆଉ ବେଳ ନାହିଁ । ଦାମୋଦର ଓ ଆମ ସାର୍‌ଙ୍କ ଘର ବଉଦରେ । ଦାମୋଦରର ବାପାଙ୍କୁ ଆମ ସାର୍ ଭଲଭାବରେ ଜାଣିଥିଲେ ଓ ଦାମୋଦର ଓ ଅହଲ୍ୟା, ପ୍ରେମରୁ ବାହାହେବାର ନଷ୍ଟଭି କେବେ ନେଇଯାଇଥିଲେ । ବ୍ୟାଙ୍କ୍ ଚାକିରିରେ କୋରାପୁଟରେ ନିଯୁକ୍ତି ହେଲାପରେ ଦାମୋଦରକୁ ଭାରି ଏକୁଟିଆ ଲାଗିଲା । ଅହଲ୍ୟାକୁ ଡାକିଲା, ପଢ଼ାକୁ ମାର୍ ଗୁଲି, ଚାଲ ବାହା ହୋଇପଡ଼ିବା । ସାର୍ ବାହା କରେଇଦେଲେ । ସାର୍‌ଙ୍କ ଘରେ ମୁଁ ଦାମୋଦରକୁ ଜାଣିଥିଲି; ପିଲାଟି ଭଲ ଯେ, ସବୁଥିରେ କିନ୍ତୁ ବଡ଼ ମାନ୍ଦା ।

ଅହଲ୍ୟାର ବାହାଘର ସରିବାର ଛ'ମାସ ପରେ ସାର୍ ଅବସର ନେଇ ବଉଦ ଚାଲିଗଲେ । ଆମେ କେବେକେମିତି ଚିଠି ଦିଆନିଆ ହେଉଥିଲୁ । ସାର୍ ଖୁସି ଅଛନ୍ତି ଜାଣିଲେ ମତେ ଭଲ ଲାଗେ। ଆଠନଅମାସ ତଳେ ଗୋଟିଏ ନିଷ୍ଠୁର ସମ୍ବାଦ ମିଳିଲା ଯେ ଦାମୋଦରକୁ ନକ୍‌ସଲ ଉଗ୍ରପନ୍ଥୀମାନେ ରାତିଅଧରେ ମାରିଦେଲେ । କୋରାପୁଟର ଛୋଟ ସହରରେ ଦାମୋଦର ଚାକିରି କରୁଥିଲା ଓ ସେଠିକା ଗୌନ୍ତିଆଙ୍କ ଘରର ପଛ ପାଖ ଦୁଇ ବଖରା ଘରେ ସେ, ଅହଲ୍ୟାକୁ ନଇେ ରହୁଥିଲା । ସେଦିନ ଗୌନ୍ତିଆବାବୁ

ତାଙ୍କ ଜମି ସରକାର ନେବା ବାବଦକୁ, ବଡ଼ ରକମର ଟଙ୍କା କଚେରିରୁ ପାଇଲେ । ସେଇ ଟଙ୍କା ବାକ୍ସ ଗୌନ୍ତିଆବାବୁ ତାଙ୍କ କାର୍ ପଛରେ ଘରକୁ ଆଣିବା କଥା, ପିଛାକରି, ନକ୍ସଲପନ୍ଥୀମାନେ ଜାଣିନେଇଥିଲେ । ରାତିରେ ଡକାୟତି । କାଳେ ଗୌନ୍ତିଆଘର, ତାଙ୍କ ଘର ପଟୁ ଡାକିଲେ ତରକିଯିବେ, ତେଣୁ ନକ୍ସଲ୍ ଟୋକା ଚାରିଟା ଦାମୋଦରକୁ କବାଟ ଖୋଲେଇ ତା' ଘର ଦେଇ ପଶିଲେ । ତା' ଘରକୁ କେହି ଉଗ୍ରପନ୍ଥୀ ଆସିବା କଥା ଦାମୋଦର କେବେ କଳ୍ପନା କରିନଥିବ । ସେ କବାଟ ଖୋଲିଦେଲା ଓ ତା' ବେକରେ ଲୁହା ରଡ୍‌ରେ ଏମିତି ମାଡ଼ହେଲା ଯେ ସେ ବେହୋସ୍ ହୋଇ ତଳେ ପଡ଼ିଗଲା । ତାକୁ ଜଣେ ଜଗିରହିଲା, ଆଉ ତିନିଜଣ ଗୌନ୍ତିଆଙ୍କ ଘରେ ପଶିଲେ, ଘଣ୍ଟାଏ ଦେଢ଼ଘଣ୍ଟା ଚାରିଆଡ଼ ଖୋଜିଲେ, ପରିବାରର ସମସ୍ତଙ୍କୁ ନିସ୍ତୁକ ମାଡ଼ଦେଲେ; କିନ୍ତୁ କାଣିକଉଡ଼ିଟିଏ ବି ପାଇଲେ ନାହିଁ । କାରଣ ଗୌନ୍ତିଆବାବୁ, ଡକାୟତି ହୋଇପାରେ ବୋଲି ଆଶଙ୍କା କରି, ନିଜ ଗାଡ଼ିରେ ଖବରକାଗଜର ପୁରୁଣା ବଣ୍ଡଲକୁ ଟ୍ରଙ୍କରେ ଭର୍ତ୍ତି କରି ଘରକୁ ଆସିଲେ । ତାଙ୍କ ମୋହରିରକୁ ନୋଟ୍ ବିଡ଼ା ଦେଇ ବ୍ୟାଙ୍କ୍‌କୁ ପଠାଇଦେଇଥିଲେ । ଉଗ୍ରପନ୍ଥୀମାନେ ନିରାଶ ହୋଇ ଫେରିଯିବାର ଅଳ୍ପ ସମୟ ପରେ ପୁଲିସ୍ ଓ ଆମ୍ବୁଲାନ୍ସ ଆସି ପହଂଚିଲେ । ଡାକ୍ତରଖାନାରେ ଦାମୋଦର ପ୍ରାଣ ହରାଇଲା । ବେକରେ ଶକ୍ତ ଆଘାତଯୋଗୁ ରକ୍ତଗ୍ରନ୍ଥି କଟିଯିବାରୁ ତା' ଜୀବନ ରଖିହେଲା ନାହିଁ । ଆମ ସାର୍ ଓ ଦାମୋଦରର ବାପା, ଦୁହେଁ ଯାଇ ଅହଲ୍ୟାକୁ ନେଇଆସିଲେ। ସେ ସାର୍‌ଙ୍କ ପାଖରେ ବଉଦରେ ଥିଲା, ଜଣାପଡିଲା ଯେ ସେ ଗର୍ଭବତୀ । ଦାମୋଦରର ବାପାମା'ଙ୍କ ଶୁଖିଲା ଜୀବନରେ ସତେ ଯେମିତି ବର୍ଷା ଅସରାଏ ଆସିଲା। ଦାମୋଦର ସେମାନଙ୍କର ଏକମାତ୍ର ସନ୍ତାନ ଥିଲା ଓ ତା'ର ମୃତ୍ୟୁରେ ତାଙ୍କର ବଂଶ ଲୋପ ପାଇଗଲା ବୋଲି ସେମାନେ ଭାଂଗିପଡ଼ିଥିଲେ । କିନ୍ତୁ ଏବେ ମନକୁ ଟିକେ ସାନ୍ତ୍ୱନା, ଦାମୋଦର ନଥାଉ ପଛେ, ବକଟେ ତ ଛାଡ଼ିଯାଇଚି । ତା'ରି ଭିତରେ ଅଛି ସେମାନଙ୍କ ପୁଅ ଦାମୋଦର ଓ ସେମାନଙ୍କ ବଂଶ-ସ୍ରୋତ । ତାକୁ ପାଳିବେ, ମଣିଷ କରିବେ । ଅହଲ୍ୟା ବଉଦରୁ ଆସି ତା' ଶାଶୂ-ଶଶୁରଙ୍କ ପାଖରେ ନୟାପଲ୍ଲୀ ଘରେ ରହିଲା । ବ୍ୟାଙ୍କ୍‌ବାଲା କିରାଣୀ ଚାକିରି ଯାଚୁଥିଲେ, ସେ ମନାକଲା । ସାର୍ କହୁଥିଲେ ଯେ ଦାମୋଦରର ପୁଅକୁ ଗଢ଼ିତୋଳିବା ପାଇଁ, ମା' ଭାବରେ ତା' ଦାୟିତ୍ୱ ଖୁବ୍ ବେଶି ବୋଲି ସେ ଚାକିରି କରିବାକୁ ରାଜି ହେଲା ନାହିଁ । ଅହଲ୍ୟାକୁ ଏଇ ଦୁର୍ଘଟଣା ପରେ ମୁଁ କେତେଥର ଭେଟିଚି । ସେ ମୋ' ପାଖରେ ମନଖୋଲି କାନ୍ଦି କହେ ଯେ ତା' ଜୀବନର ପଛରେ ଦୁଃଖ, ଆଗରେ ଦୁଃଖ । ମୁଁ ସାନ୍ତ୍ୱନା ଦେଇ ତାକୁ ବୁଝାଉଥିଲି, ସମୟ ସବୁ ଠିକ୍ କରିଦେବ । କିନ୍ତୁ

ମନେମନେ ମୁଁ ଅହଲ୍ୟାର ଉପସ୍ଥିତି କେବେ ହେଁ ଚାହୁଁନଥିଲି; କାରଣ ତା' ସହିତ କିଛି ସମୟ ରହିଲେ ମନଟା ଏତେ କରୁଣ ହୋଇଯାଏ ଯେ ଭାରି ଖାଲିଖାଲି ଲାଗେ ।

ମୁଁ ବର୍ତ୍ତମାନ ପିଲାଙ୍କ କ୍ଲାସ୍ ସାରି ଖୁସି ମୁଡ୍‌ରେ କମନ୍‌ରୁମ୍‌କୁ ଫେରୁଚି, ପୁରୁଣା ନୂଆ ଅହଲ୍ୟା ଉପାଖ୍ୟାନଗୁଡ଼ିକ ମୋ' ଭିତରେ ପେଣ୍ଟୁ ପେଣ୍ଟୁ ଫୁଲ ଦୋହଲିଲା ପରି ମନେପଡ଼ିଯାଉଛି । ଷଷ୍ଠ ଶ୍ରେଣୀରେ ସେଦିନ କ୍ଲାସ୍‌ରେ ପଣ୍ଡିତ ମହାଶୟେ ତ୍ରେତୟା ଯୁଗର ଅହଲ୍ୟାଙ୍କୁ ଏତେ ଗାଳି ଦେଲାପରେ ମୁଁ ସବୁଦିନେ ସକାଳୁ ଉଠିଲେ ସେଇ ଶ୍ଲୋକ ବୋଲିବା ଛାଡ଼ିନଥିଲି। ପକୃତ ଅର୍ଥ ବୁଝିଲି ମୋର ବି.ଏ. ପରୀକ୍ଷା ସରିବା ବର୍ଷ ।

ଆମେ ବାଦୀପାଲା ଦେଖିବାକୁ ଯାଇଥିଲୁ। ପ୍ରଥମ ଭାଗର ଗାୟକ, ପାଲା ସାରିଲାବେଳକୁ ତାଙ୍କ ପ୍ରତିଯୋଗୀ ଗାୟକଙ୍କ ଉତ୍ତର ପାଇଁ, ଏଇ ପ୍ରଶ୍ନଟି ଛାଡ଼ିଦେଇଗଲେ ଯେ ଅହଲ୍ୟାଙ୍କଠାରୁ ମନ୍ଦୋଦରୀଙ୍କ ପର୍ଯ୍ୟନ୍ତ ଯେଉଁ ପାତକନାଶିନୀ ପଂଚକନ୍ୟାଙ୍କ କଥା ଆମ ଶାସ୍ତ୍ର କହିଚି, ସମସ୍ତଙ୍କର ତ ପତି-ପୁରୁଷ ଏକରୁ ଅଧିକ, ସେମାନେ କେଉଁ କାରଣରୁ ଏପରି ମହୀୟସୀ ଯେ ସକାଳେ ସେମାନଙ୍କୁ ସ୍ମରଣ ମାତ୍ରକେ ପାପ ନଷ୍ଟ ହୋଇଯିବ ?

ଆରପକ୍ଷ ଗାୟକ ଆସିବାଯାଏ, ଆମ କଲେଜର ଯେତେକ ସାଂଗ ପିଲା ଏକାଠି ବସି ପାଲା ଦେଖୁଥିଲୁ, ଆମ ଭିତରେ ଟୁପୁରୁଟାପର ହୋଇ ଉତ୍ତର ପାଉନଥିଲୁ । ପରବର୍ତ୍ତୀ ଗାୟକ, ତାଙ୍କ ପାଳିଆମାନଙ୍କ ସହିତ ରୀତିମତ ଅଭିନୟ କରି, ପ୍ରାଂଜଳ ଭାବରେ ଉପାଖ୍ୟାନଟି ବୁଝାଇ ଦେଇଥିଲେ । ତାହା ଏଇପରି:

ଶ୍ରୀରାମଚନ୍ଦ୍ର ତାଙ୍କର ଅସୁର-ଦମନ ଜଙ୍ଗଲ ଯାତ୍ରାରେ ସରଯୁ ନଦୀ ପାରି ହେଲାପରେ, ଶ୍ରୀ ଗୌତମ ମୁନିଙ୍କ ଆଶ୍ରମ ପଡ଼ିଲା । ଗାୟକ ନିଜେ ରାମଚନ୍ଦ୍ର ଓ ପାଳିଆ ତିନିଜଣରୁ ଜଣକୁ ଋଷି ଗୌତମ, ଅନ୍ୟ ଜଣକୁ ଅହଲ୍ୟା ଓ ଆରଜଣକୁ ଇନ୍ଦ୍ର ଭୂମିକାରେ ଅଭିନୟ କରିବାର ଆମେ ଦେଖିଲୁ । ସେ ସମୟରେ ଉତ୍ତରାଖଣ୍ଡ ଓ ଅଯୋଧ୍ୟାରେ ଋଷି ଗୌତମଙ୍କ ନାମ ଡାକ; ସେ ବହୁତଗୁଡାଏ ସିଦ୍ଧିର ଅଧିକାରୀ । ତାଙ୍କର ସାଧନା ଓ ସେଥିରେ ଉତ୍କର୍ଷକୁ ନେଇ ସେ ସର୍ବଦା ବ୍ୟସ୍ତ । ବଡ଼ କୋପୀ । ଆଶ୍ରମରେ ଶ୍ରୀରାମଚନ୍ଦ୍ରଙ୍କ ଅଭ୍ୟର୍ଥନା ପର୍ବ ସରିବା ପରେ, ସେ ଋଷି ଗୌତମଙ୍କୁ ଆଶ୍ରମର ହାଲଚାଲ ପଚାରିଲାବେଳେ ଗୁରୁପତ୍ନୀଙ୍କ କୁଶଳ ମଧ୍ୟ ପଚାରିଦେଲେ। ଗୌତମ ମୁନି ଅକଳରେ ପଡ଼ି ସତକଥା କହିଲେ: ଆପଣ ତ ମହାଭାଗ ପୁରୁଷୋତ୍ତମ, ଆପଣଙ୍କୁ ବା କେଉଁକଥା ଅଜଣା ! ମୋ' ସ୍ତ୍ରୀ ଅହଲ୍ୟା ଦେବରାଜ ଇନ୍ଦ୍ର ସହିତ ପାପପ୍ରଣୟରେ ଲିପ୍ତ ଥିବା କଥା ମୁଁ ଦିନେ ନିଜ ଆଖିରେ ଦେଖିଲି । ଆଶ୍ରମ ପଛପାଖେ

ଯେଉଁ ଆମ୍ବବଗିଚା, ସେଇଠି ଗୋଟେ ଚଉତରା ଉପରେ ଅହଲ୍ୟା, ଇନ୍ଦ୍ର ସମନାରେ, ଘଣ୍ଟା ଘଣ୍ଟା ବସିଥିବ, ମୁହଁ ଚାହାଁଚୁହିଁ ଚାଲିଥିବ, ହସାହସି ଚାଲିଥିବ, ମୁଁ ଯେତେ ବାରଣ କଲେ ବି ଖାତିର ନାହିଁ। ଉତ୍ତର କ'ଣନା, ମୁଁ କିଛି ପାପ କରୁନାହିଁ । ମୋ' କଥା ନ ମାନିଲାରୁ ଆଶ୍ରମରୁ ବାହାର କରିଦେଇଛି, ପାଂଚବର୍ଷ ହେଲାଣି, ବାହାରେ ଭଂଗା କୁଡ଼ିଆରେ ରହୁଚି । ଶିଷ୍ୟମାନଙ୍କଠୁ ଖବର ପାଉଚି ଯେ ଉଦାସ ହୋଇ ଆକାଶକୁ ଅନେଇ ପଥର ପରି ଭଂଗାକୁଡିଆ ପିଣ୍ଡାରେ ସର୍ବଦା ବସିରହୁଚି । ତା'ର ଅନୁତାପ ଆସୁନାହିଁ । ଆଉଥରେ ଏଠିକି ଆସିଲେ ମନ୍ତ୍ରପାଣି ପକେଇ ଜାଳିଦେବାକୁ ଚଦିଲାରୁ ଇନ୍ଦ୍ର ପଳେଇଲା । ମୁଁ ଜାଣେ, ସେ ଆଉ ଭୟରେ ଏ ଖଣ୍ଡମଣ୍ଡଳ ମାଡ଼ିବ ନାହିଁ । ଅହଲ୍ୟା ସିନା ଆଶ୍ରମରୁ ବାହାରିଗଲା, କିନ୍ତୁ ତା' ଦୋଷ ପାଇଁ ଉଚିତ ଦଣ୍ଡବିଧାନ ହୋଇନାହିଁ । ଋଷି-ସମାଜ ଆଗରେ ନିଜ ସ୍ତ୍ରୀର ପାପପ୍ରଣୟ ବୟାନ କରି ଦଣ୍ଡ ଆଦେଶ ମାଗିବାକୁ ମତେ ଲାଜମାଡୁଚି । ଆପଣ ତ ମର୍ଯ୍ୟାଦାପୁରୁଷ, ଆପଣ ବିଚାର କରି ଅହଲ୍ୟାକୁ ଦଣ୍ଡିତ କରନ୍ତୁ ।

ଋଷି ଗୌତମଙ୍କ କଥା ସରିବା ପରେ, ଶ୍ରୀରାମଚନ୍ଦ୍ର ଅହଲ୍ୟାଙ୍କୁ ଡକାଇଲେ। ପ୍ରଣାମ କଲାରୁ ତାଙ୍କୁ ମୁଣ୍ଡଛୁଇଁ ଆଶୀର୍ବାଦ କଲେ । ଘଟଣାଟା ପ୍ରକୃତରେ କ'ଣ, ଅହଲ୍ୟାଙ୍କଠୁ ଜାଣିବାକୁ ଆଖିରେ ସଂକେତ କଲେ। ଅହଲ୍ୟା ବିନୀତଭାବେ ରାମଚନ୍ଦ୍ରଙ୍କୁ ପଚାରିଲେ : ବିବାହ ଯେଉଁ ସାମାଜିକ ଚୁକ୍ତି, ତାହା ଦୈହିକ ନା ମାନସିକ, ନା ଉଭୟ ?

– ପ୍ରଥମେ ଏହା ଦୈହିକ ପରି ଜଣାଯାଉଥିଲେ ବି ମାନସିକତା ଚାହେ । ନଚେତ୍ ପାରିବାରିକ ସଂହତି, ଯାହା ଚୁକ୍ତିର ମୂଳ ଲକ୍ଷ୍ୟ, ତାହା ଘଟିତ ହେବା ସମ୍ଭବ ହେବ ନାହିଁ । କିନ୍ତୁ ଏହା ବି ସତ୍ୟ ଯେ ତା' ସ୍ୱାମୀ ବ୍ୟତୀତ ଜଣେ ବିବାହିତ ସ୍ତ୍ରୀ, ଯଦି ଆଉ କାହା ସହିତ ମାନସିକ ସ୍ତରରେ ଜଡ଼ିତ ହୋଇଥାଏ, ତେବେ ତାହାକୁ ପରଖିବାର ସମ୍ଭାବନା ନଥିବାରୁ, ସାମାଜିକ ନିୟମର ଉଲ୍ଲଙ୍ଘନ ବୋଲି ଦୋଷ ଦେଇହେବ ନାହିଁ – ଶ୍ରୀରାମଚନ୍ଦ୍ର କହିଲେ ।

ଅହଲ୍ୟା ଭୂମିକାରେ ଅବତରିତ ପାଳିଆ ଭାଇଙ୍କ ସ୍ୱର ନାରୀସୁଲଭ ଥିଲା। ସେଇ ଅହଲ୍ୟା କହିଲେ – ମୁଁ ଜାତସ୍ମର । ଗତ ଜନ୍ମରେ ମଗଧ ରାଜା ଇନ୍ଦ୍ରଦ୍ୟୁମ୍ନଙ୍କ ଅବହେଳିତ ରାଣୀ ଥିଲି । ରାଜାଙ୍କ ଉପେକ୍ଷା ଅସହ୍ୟ ମନେହେଉଥିଲା । ରାଜ୍ୟର ସେନାପତି ଇନ୍ଦ୍ରଦେବ ମୋର ମନକୁ ଲୋଡ଼ିଲେ । ତାଙ୍କୁ ସମର୍ପିଦେଲି । ସେ ମଧ୍ୟ ମତେ ଖୁବ୍ ଭଲପାଇବସିଲେ ଓ ତାଙ୍କ ମନ ପୂରାପୂରି ମୋ ଉପରେ ଢାଳିଦେଲେ। ଆମେ ପ୍ରେମ-ବିଭୋର ଆନନ୍ଦମୟ ସ୍ତରରେ ପହଁଚିବାକୁ ଲାଗିଲୁ; ପ୍ରେମ ଭିତରେ

ଆମ ପ୍ରାଣ ମଜ୍ଜିଗଲା । ରାଜାଙ୍କୁ ମୋ ବ୍ୟବହାର ସହ୍ୟ ହେଲାନାହିଁ । ଆମକୁ ନିଆଁରେ ଜାଳିବା, ବରଫରେ କୁଟିବା ଇତ୍ୟାଦି ଯେତେ କଷ୍ଟକାରକ ଦଣ୍ଡଦେଲେ, ତିଳେହେଲେ ବାଧିଲା ନାହଁ।

- ମୋର ଏ ଜନ୍ମର ପତି ନାନା ସିଦ୍ଧିର ଅଧିକାରୀ; ମନ୍ତ୍ରପାଣି ପକେଇ ଶତ୍ରୁକୁ ଭସ୍ମ କରିଦେବା, ନଈରୁ ପାଣି ଶୁଖେଇଦେବା, ନିଜେ ନ ଯାଇ ଦୂର ଜାଗାରେ ନିଆଁ ଲଗେଇଦେବା, ଏମିତି କେତେ କ'ଣ ତାଙ୍କୁ ଜଣା। ସେ ଭୂମିଠାରୁ ଚାରିହାତ ଉପରେ, ଯେତେବେଳେ ଚାହିବେ, ବସିବାକୁ ସାଧିଦେଇଛନ୍ତି ବୋଲି ମୁନିମହଲରେ ତାଙ୍କର ବହୁ ପ୍ରଶଂସା । ସେଇ ପ୍ରଶଂସା, ସେଇ କ୍ଷମତା ପଛରେ, ସିଦ୍ଧି ପଛରେ ଗୋଡେଇ ମୋ' ପତି କ୍ରୋଧୀ। ମୁଁ ତାଙ୍କୁ ଯେତେ ମନ ଦେବାକୁ ଚାହିଲି, ସେ ତିଳେହେଲେ ନେବାକୁ ଚାହିଲେ ନାହିଁ । ତାଙ୍କର ଦେହର ଚାହିଦା ଚରିତାର୍ଥରେ ମୁଁ ଊଣା କିମ୍ବା ବିଶ୍ୱାସଘାତକତା କରିନାହିଁ । ମନକୁ ଅଜାଡ଼ିଦେବାର ଆନନ୍ଦ ଯିଏ ଥରେ ପାଇଚି, ସେ ମନ ନଦେଇ ରହିପାରିବ ନାହିଁ । ମୋ' ଗତଜନ୍ମର ଇନ୍ଦ୍ରଦେବ, ଏବେ ଦେବରାଜ ଇନ୍ଦ୍ର । ସେ ଦେଖାହେଲେ। ସେଇଦିନୁ ଆମେ ମନ ଦିଆନିଆର ଆନନ୍ଦରେ ବୁଡ଼ିରହିଲୁ ।

ଏତକ ଶୁଣିବା ପରେ ରାମଚନ୍ଦ୍ର ଗୁରୁ ବଶିଷ୍ଠ ଭୂମିକାରେ ମୃଦଂଗ-ବାୟକଙ୍କୁ ପଚାରିଲେ ତଟସ୍ଥ ସ୍ୱରରେ : ଗୁରୁଦେବ, ଇଏ ତେବେ କ'ଣ ସେହି ଅହଲ୍ୟା, ଯାହାର ସଂପୂର୍ଣ୍ଣ ମନ ବିଲୀନ ହେବାର ପରାକାଷ୍ଠା ଉପରେ, ଆପଣ ଆମକୁ ଥରେ ଇନ୍ଦ୍ରଦ୍ୟୁମ୍ନ ରାଜାଙ୍କ ରାଣୀ ଅହଲ୍ୟା ଗପ କହିଥିଲେ ? ଗୁରଦେବ ବଶିଷ୍ଠ ହଁ ମାରିଲେ । ଶ୍ରୀରାମଚନ୍ଦ୍ର ଘୋଷଣା କଲେ ଯେ ଅହଲ୍ୟା କେବଳ ନିର୍ଦ୍ଦୋଷ ନୁହନ୍ତି, ସେ ପରମ-ଯୋଗିନୀ, ଯିଏ ଆତ୍ମସମର୍ପଣରେ ନିଜର ସତ୍ତା ବିଲୀନ କରିଦେଇପାରନ୍ତି । ପ୍ରତିଟି ପ୍ରଭାତରେ ସେ ପ୍ରଥମେ ନମସ୍ୟ, ଏମିତି ଗୁଡିଏ ପୁରୁଣା କଥାଖିଅ ଭିତରେ ମୁଁ କମନରୁମ୍ ପାଖ ମୋ' ରୁମ୍‌ରେ ପହଂଚିଯାଇଥିଲି । ପରଦା ଟେକିଦେଇ ଚମକିପଡ଼ିଲି । ଅହଲ୍ୟା ବସିଚି, ମୋ ପାଇଁ ଥିବା ଚଉକି ଆଡ଼କୁ ମୁହଁକରି । ପେଟ ବେଶ୍ ବଡ଼ ଦିଶୁଚି । ଦୁର୍ଘଟଣା ତ ଛଅମାସ ତଳେ ହେଇଚି କି କ'ଣ, ମୁଁ ମନେପକାଇଲି ଓ ବସୁ ବସୁ ଅହଲ୍ୟାକୁ ପଚାରିଲି -ଆରେ ହଠାତ୍! କ'ଣ, ସବୁ ଭଲ ତ ? ଅହଲ୍ୟା ଟେବୁଲ ଉପରୁ ମୁହଁ ଉଠାଇଲା ଓ ମତେ ଅନେଇ କହିଲା - ହସ୍‌ପିଟାଲ ଚେକ୍‌ଅପ୍ ପାଇଁ ଯାଇଥିଲି । ଫେରିବା ବାଟରେ ତମ ସହିତ ଗୋଟେ ଜରୁରି କଥା ପାଇଁ ଆସିଚି, ମୋର ତମ ସାହାଯ୍ୟ ଦରକାର । ଅହଲ୍ୟା ଯାହା କହିଲା, ଚୁମ୍ବକରେ ଏଇପରି ଥିଲା:

ଦାମୋଦର ଓ ଅହଲ୍ୟା କୋରାପୁଟର ସେଇ ଛୋଟ ସହରରେ ବେଶ୍ ଖୁସିରେ ଥିଲେ । ହାରାହାରି ଦେଢ଼ବର୍ଷ ଗତ ହେଲେ ବି ଅହଲ୍ୟାର ଗର୍ଭସଞ୍ଚାର ହେଉନଥିବାରୁ ଦୁର୍ଘଟଣାର କିଛି ମାସ ପୂର୍ବରୁ ସେମାନେ କଟକ ଆସି ଡାକ୍ତର ଦେଖାଉଥିଲେ ଓ ଦାମୋଦର ଔଷଧ ଖାଉଥିଲା, କିନ୍ତୁ କିଛି ଫଳ ହେଉ ନଥିଲା । ଦୁର୍ଘଟଣା ଦିନ ରାତିରେ, ସେମାନେ ଶୋଇବାକୁ ଗଲାବେଳକୁ ଆତଙ୍କବାଦୀମାନେ କବାଟ ବାଡ଼େଇଲେ, ସେ ଦୁହିଁଙ୍କ ଦେହରେ ନିହାତି କମ୍ ଲୁଗା ଥିଲା । ଦାମୋଦର କବାଟ ଖୋଲିବାକ୍ଷଣି ବେକରେ ଚୋଟ ଖାଇ ତଳେ ବେହୋସ୍ ହୋଇ ପଡ଼ିଗଲା । ତା' ପାଖରେ ଅସ୍ତ୍ର ଆଲୁଅରେ ଜଣକୁ ଜଗେଇ ବାକି ତିନିଜଣ ଗୌଣ୍ଡିଆଘରେ ପଶିଲେ । ଜଗିଥିବା ଯୁବକ ଦାମୋଦର ବୟସର ଥିଲା ଓ ଖୁବ୍ ବଳିଷ୍ଠ ଥିଲା ।। ଅହଲ୍ୟା ଦାମୋଦରର ହାଲ୍ ଦେଖି ସେଇ ଯୁବକର ପାଦତଳେ ଲୋଟିଯାଇ ଅନୁନୟ କରିଥିଲା, ୟାଙ୍କୁ ଡାକ୍ତରଖାନାକୁ ନେଇ ବଂଚାଇଦିଅ । ଅହଲ୍ୟା ସଂଜ୍ଞାହୀନ-ପ୍ରାୟ ହୋଇଯାଇଥିଲା ଓ ଦାମୋଦରର ଜୀବନ ବଂଚାଇବାକୁ ସବୁକଥା ପାଇଁ, ତା'କୋଳରେ ରହି ରାଜି ହେଉ ହେଉ, ବିଳିବିଳଉଥିଲା ... ତାଙ୍କ ଜୀବନ ବଂଚା, ତାଙ୍କ ଜୀବନ ବଂଚା । ଆତଙ୍କବାଦୀ ଦଳ ଫେରିଯିବାର ପନ୍ଦର ମିନିଟ୍ ଭିତରେ ପୁଲିସ୍ ଆସି ଜିପ୍‌ରେ ଦାମୋଦରକୁ ଡାକ୍ତରଖାନା ନେଇଗଲେ, କିନ୍ତୁ ସବୁ ସରିଯାଇଥିଲା । ସେଇ ଯୁବକ ଫୋନ୍ କରି ଥାନାକୁ ଖବର ଦେଇଥିଲା ।

ଦାମୋଦର ମୃତ୍ୟୁ ଖବରରେ ସେ ଯୁବକ ଏତେ ବ୍ୟଥିତ ଓ ଅନୁତପ୍ତ ହେଲା ଯେ ଆତଙ୍କବାଦରେ ସମାଜର କୌଣସି ମଂଗଳ ହେବନାହିଁ ବୋଲି ଉଗ୍ରବାଦୀ ସଂଗଠନରୁ ପଳେଇ ଆସିଲା । ଦାମୋଦର ମରିବାର ମାସେ ଯାଇନାହିଁ, ସେ ଆସି ଅହଲ୍ୟାକୁ ସାରଙ୍କ ଘରେ ମଝିରେ ମଝିରେ ଦେଖାକଲା । ଅହଲ୍ୟା ତା' କଥା ମନଦେଇ ଶୁଣିଲା; ସେ ଏମ୍.ଏ. ପାସ୍ କରି ତା' କାକା ଚଳାଉଥିବା ଚିନିକଳର ହକ୍‌ଦାର ଭାବେ କାମ କରିବା କଥା, ପର ବୁଦ୍ଧିରେ ଉଗ୍ରପନ୍ଥୀ ହୋଇଯାଇଥିଲା। ଦାମୋଦରର ମରଣ ତା' ଆଖିଖୋଲିଦେଇଚି । ସେ ଏବେ ଚିନିକଳର ସର୍ବେସର୍ବାଙ୍କ ଭିତରୁ ଜଣେ । ଅହଲ୍ୟା ପାଇଁ ଓ ଦାମୋଦରର ପୁଅର ଭବିଷ୍ୟତ ପାଇଁ ଯାହା ଦରକାର, ସେ କରିବାକୁ ପ୍ରସ୍ତୁତ । କିଛି ଲୋଡ଼ା ନାହିଁ ବୋଲି ଅହଲ୍ୟା କହିଲା; କିନ୍ତୁ 'ଘରୁ ବାହାରି ଯା' ବୋଲି କହିପାରିଲା ନାହିଁ । ଚିତ୍କାର କରିପାରିଲା ନାହିଁ 'ମୋ ସ୍ୱାମୀର ଖୁଣୀମାନଙ୍କ ଭିତରୁ ଜଣେ ଆସିଚି, ତାକୁ ଧରିପକାଅ।' ଏକଥା ସେ କହିପାରିଲା ନାହିଁ; ବରଂ ବୀରେନ୍ଦ୍ର ଭିତରେ ଗୋଟିଏ ନିଷ୍ଠା, ଗୋଟିଏ ସଙ୍କୋଚପଣିଆର ସାହସ ଅଛି ବୋଲି ମନେମନେ ତାକୁ ତାରିଫ୍ କଲା । ବୀରେନ୍ଦ୍ରଚିଠିର ଉତ୍ତର ଦେଲା ।

ବୀରେନ୍ଦ୍ର, ଦାମୋଦରର ଘନିଷ୍ଠ ବନ୍ଧୁବୋଲି ତା' ବାପାଙ୍କୁ ଓ ଶଶୁରଙ୍କୁ ମିଛ କହିଲା । ବୀରେନ୍ଦ୍ର, ଏବେ ଅହଲ୍ୟାକୁ ରାଜି କରାଇନେଇଚି ଯେ ସେମାନେ ପିଲା ଜନ୍ମହେବା ପୂର୍ବରୁ ବାହାହୋଇପଡ଼ିବେ । ସେମାନେ ପରସ୍ପରକୁ ଭଲପାଉଥିବା ବାବଦରେ ନିଶ୍ଚିତ ହେବା ପରେ ବରେନ୍ଦ୍ର ଥରେ ଅହଲ୍ୟାକୁ କହିଥିଲା ଯେ ତାକୁ ବାହାହୋଇ ଓ ଦାମୋଦର ପୁଅର ଭବିଷ୍ୟତର ଦାୟିତ୍ୱ ନେଇ, ସେ ଦାମୋଦର ପ୍ରତି ହୋଇଥିବା ଅନ୍ୟାୟର ପ୍ରାୟଶ୍ଚିତ୍ତ କରିବ। ଅହଲ୍ୟା ଜାଣିଥିଲା ଯେ ତା' ପେଟରେ ଯେଉଁ ପିଲା ଅଛି, ତାହା ଦାମୋଦରଦ୍ୱାରା ସମ୍ଭବ ହେବାର ନଥିଲା ଓ ତା'ର କାରଣ ହେଉଚି ବୀରେନ୍ଦ୍ର । କିନ୍ତୁ ବିବାହ ହେବା ପର୍ଯ୍ୟନ୍ତ ବୀରେନ୍ଦ୍ର ଏକଥା ନଜାଣୁ ବୋଲି ତା'ଠାରୁ କଥା ଲୁଚାଇରଖିଥିଲା ।

ଅହଲ୍ୟା ମୋ' ସାହାଯ୍ୟ ଲୋଡ଼ିବାକୁ ଯାଇ କହିଲା - ବିକାଶଭାଇ, ମୁଁ କ'ଣ ଠିକ୍ କରୁନାହିଁ ? ଦାମୋଦର ତ ଗଲା, ଆଉ ଫେରିବ ନାହିଁ; କିନ୍ତୁ ବୀରେନ୍ଦ୍ରକୁ ବାହହୋଇ ମୋ ଦୁର୍ଭାଗ୍ୟକୁ ମୁଁ ସୁଧାରିନେବି । ତା'ଛଡ଼ା, ତା'ରି ପିଲାର ତ ମୁଁ ମାଆ । ତମେ ମୋ' ବାପାଙ୍କୁ ଓ ଶଶୁରଙ୍କୁ ସବୁକଥା କହି ରାଜି କରେଇନିଅ । ତାଙ୍କ ବିନା ଅନୁମତିରେ ମୁଁ ଶାଶୂଘରୁ ବାହାରି ବୀରେନ୍ଦ୍ର ସହିତ ପଳାଇ ଯାଇପାରିବି ନାହିଁ । ଚାରିଟା ବୁଢ଼ାବୁଢ଼ୀ ଦୁଃସମ୍ବାଦ ସମ୍ଭାଳି ନପାରି ଠକ୍ଠାକ୍ ମରିଯିବେ ।

ଅହଲ୍ୟାକୁ ଦେଖିବାକୁ ଯାଇ ତା' ଶଶୁର ଓ ଶାଶୂଙ୍କୁ ମୁଁ କେତେଥର ଭେଟିଚି, ଗପ କରିଚି, ଚା' ଜଳଖିଆ ଖାଇଚି । ସେମାନେ ନିହାତି ସରଳ ଓ ଅମାୟିକ ଲୋକ - ଦାମୋଦରର ମରଣ ଖବର ଜାଣିବା ପରେ ଏତେଦିନ ବୋଧହୁଏ ବଂଚିନଥାନ୍ତେ, କେବଳ ବଂଚିରହିଛନ୍ତି ନବଜାତକର ଅପେକ୍ଷାରେ। ତାଙ୍କର ନାତି, ତାଙ୍କ ପୁଅର ପୁଅ, ତାଙ୍କ ବଂଶଧର। ବଂଚିଯିବା ପାଇଁ ମଣିଷ ସବୁବେଳେ ଗୋଟେ ସାହା ଖୋଜୁଥାଏ; ତାହା ଇନ୍ଦ୍ରଧନୁ ପରି କ୍ଷଣିକ ହେଉ ବା ଅଳୀକ ହେଉ, ଯାଏଆସେ ନାହିଁ । ଅହଲ୍ୟା ତା' ଶଶୁରଙ୍କର ସ୍ୱପ୍ନ-ପାହାଡ଼ ଉପରେ ବୋମା ପକାଇ ଧ୍ୱଂସ କରିଦେବାକୁ ମୋତେ ଉସ୍କଉଚି । ଏପଟେ ସାର୍ଙ୍କର ଥରେ ହାର୍ଟ୍ ଆଟାକ୍ ହୋଇସାରିଲାଣି । ମୁଁ ଅହଲ୍ୟା ମୁହଁକୁ ଅନେଇଲି । ସେ ଯେମିତି କହୁଚି - ଯା, ବିକାଶଭାଇ, କାଲି ବଉଦ ଯାଇ ମୋ'ବାପାଙ୍କୁ ମାରିଦେଇଆସ, ବୁଢ଼ାଟା କଣ୍ଟା। ମୁଁ ଅଜାଣତରେ କହିପକେଇଲି - ତମେ ତମ ଶାଶୁଘର ଛାଡ଼ି କୁଆଡ଼େ ଯାଇପାରିବ ନାହିଁ, ଘରକୁ ଯା'।

- କାହିଁକି ? ଅହଲ୍ୟା ଚିଡ଼ିଲା ସ୍ୱରରେ ପଚାରିଲା।

- ସ୍ୱାମୀର ମୃତ୍ୟୁପରେ ଗର୍ଭବତୀ ସ୍ତ୍ରୀ ପିଲା ଜନ୍ମକରିବା ଆଗରୁ ଅନ୍ୟ ପୁରୁଷ

ସହ ପଳେଇଲେ ସମାଜ ତାକୁ କେବେ ମାଫ୍ କରିପାରିବ ନାହିଁ । ତମ ବାପା, ତମ ଶଶୁରଙ୍କ ଜୀବନକୁ ଆଂଚ୍ ଆସିପାରେ । ତମ ଶଶୁରଙ୍କ ବଂଶଧର ଉପରେ ମୁଁ କୁରାଢ଼ିମାରି ତାଙ୍କଠାରୁ ଅଲଗା କରିଦେଇପାରିବି ନାହିଁ ।

- ମୋ ପେଟରେ କାହାର ବଂଶଧର ? ଅହଲ୍ୟା ପଚାରିଲା ।

- ଦାମୋଦରର ବଂଶଧର, ଆମ ଶାସ୍ତ୍ରସମ୍ମତ ନିୟୋଗ ପରମ୍ପରା ଅନୁସାର ।

ମୁଁ କଥାଟାକୁ ବୁଝେଇ ଆସୁଥିଲି, ଅହଲ୍ୟା ରାଗରେ ଉଠି ଚାଲିଯିବାକୁ ବସିଲାଣି । ଗଲାବେଳେ ମୋତେ ନ ଅନେଇ ଝାଡ଼ିଦେଇଗଲା - 'ଶାସ୍ତ୍ର ନା ତମ ମୁଣ୍ଡ, ପଚା ପରମ୍ପରାକୁ ଧରି ଧେଇଧେଇ ନାଚୁଥା ।'

ମୁଁ ଆଖିବୁଜି ଭାବୁଥିଲି, ଅହଲ୍ୟା କ'ଣ ନିଷ୍ପତ୍ତି ନେବ ? ଯାହା ବି ନେଉ, ତା' ନାଁ ଅହଲ୍ୟା, ତେଣୁ ତା' କପାଳରେ ନ୍ୟାୟ ଲେଖା ନାହିଁ ।

■

କୁମାରୀ ପର୍ବତର ମୁକ୍ତି ଗୁମ୍ଫା

ଆଜି ଜାନୁଆରି ମାସର ଊଣେଇଶ ତାରିଖ। ଗତବର୍ଷର ଆଜି ତାରିଖ ରବିବାର ଥିଲା। ସେଦିନ ଆମ ପ୍ରଶାନ୍ତି ଆପାର୍ଟମେଣ୍ଟର ମୋ' ଉପର ଫ୍ଲାଟ୍‌ରେ ରହୁଥିବା ସୁଶାନ୍ତ କୁମାର ସାବତ୍ ପ୍ରାଣତ୍ୟାଗ କଲେ। ସେଇ ଦିନଟିଯାକ ତାଙ୍କ ପାଖରେ ମୋ' ଛଡ଼ା ଆଉ କେହି ନ ଥିଲେ। ସେ ସଞ୍ଜବେଳକୁ ମଲେ। ତା'ପରେ ମୁଁ ଆପାର୍ଟ୍‌ମେଣ୍ଟ୍‌ର କେତେ ଜଣ ବାସିନ୍ଦାଙ୍କୁ ଡକାଇ ଆମ ଆସୋସିଏସନ୍ ତରଫରୁ ଶବ ସତ୍କାର କରାଇଲୁ। ତାଙ୍କର ସ୍ଥାୟୀଠିକଣା ଥିଲା ବାଲେଶ୍ୱର ଜିଲ୍ଲାର ଗୋଟିଏ ଗାଁ। କିନ୍ତୁ କାହା ନାମରେ ତାଙ୍କ ମରଣ ସମ୍ପର୍କରେ ଜଣାଇବୁ? ତାଙ୍କର କୌଣସି ଆତ୍ମୀୟଙ୍କ ନାମ କିମ୍ବା ଠିକଣା ସେ କାହାକୁ ଦେଇ ନ ଥିଲେ। ପାଞ୍ଚ ବର୍ଷ ତଳେ ମୁଁ ଫ୍ଲାଟ୍‌କୁ ଆସି ପରିବାର ସହ ରହୁଚି। ଭୁବନେଶ୍ୱରରୁ ଖୋର୍ଦ୍ଧା-ବ୍ରହ୍ମପୁର ଯିବା ରାସ୍ତାରେ କିଛି ବାଟ ଗଲେ ଖଣ୍ଡଗିରି ପର୍ବତକୁ ଗୋଟିଏ ଛୋଟ ରାସ୍ତା ଯାଇଚି। ଖଣ୍ଡଗିରିରେ ପହଞ୍ଚିବାର ଦେଢ଼କିଲୋମିଟର ପୂର୍ବରୁ ଆମ ପ୍ରଶାନ୍ତି ଆପାର୍ଟ୍‌ମେଣ୍ଟ, ରାସ୍ତାର ବାମ ଦିଗରେ ପଡ଼ିବ। ସେଠାରେ ଆମେ ସର୍ବମୋଟ ଚଉତିରିଶ ଜଣ ବାସିନ୍ଦା; ମୋ' ପରି କେହି କେହି ମାଲିକ, କିନ୍ତୁ ଅଧିକାଂଶ ଭଡ଼ାଟିଆ। ମୋର ଫ୍ଲାଟ୍ ପ୍ରଥମ ଫ୍ଲୋର୍ ବା ମହଲାରେ, ଠିକ୍ ତା' ଉପର ଫ୍ଲାଟ୍‌ଟି ସାବତ୍‌ବାବୁ କିଣିଥିଲେ। ଦୁଇ ବର୍ଷ ମାଲିକଙ୍କ ଦେଖା ନ ଥିଲା। ଆମ ଆସୋସିଏସନ୍‌ର ମାସିକିଆ ବୈଠକରେ ଏକଥା କେହି ପଚାରିଲେ, ସେକ୍ରେଟେରୀ ଉତ୍ତର ଦେଉଥିଲେ: 'ଯେତେ ଚିଠି ଯାଉଚି, ଫେରୁ ନାହିଁ କି କୌଣସି ଉତ୍ତର ଆସୁ ନାହିଁ। ସେ ବାବୁ ମିଲିଟାରିର କିଛି ବଡ଼ ପୋଷ୍ଟ୍‌ରେ ଥିଲେ ବୋଲି କିଏ ଜଣେ କହୁଥିଲା। ବାଲେଶ୍ୱର ଜିଲ୍ଲାର ଯେଉଁ ଠିକଣା, ସେଠାରେ ସେ ରହୁଛନ୍ତି କି ନା, କିଏ ଜାଣେ।'

ଗୋଟିଏ ମିନି ଟ୍ରକ୍‌ରେ ଜିନିଷପତ୍ର ଧରି ସେ ଯେଉଁଦିନ ଆମ ଆପାର୍ଟମେଣ୍ଟକୁ ପ୍ରଥମ କରି ଆସିଲେ, ମୁଁ ଅଫିସ ବାହାରୁଥିଲି। ଅଫିସ୍‌ରୁ ଫେରିଲାପରେ ଏକଥା ପୂରା

ଭୁଲିଯାଇଥିଲି । ରାତିରେ ଶୋଇଲାବେଳେ ସ୍ତ୍ରୀ କହିଲେ, 'ଆମ ଉପରବାଲା ଆଜି ଆସିଲା । ସେମିତି କିଛି ବେଶି ଜିନିଷ ନାହିଁ । ବୁଢ଼ାଟା ଏକା, ପୁଣି ଷ୍ଟାଇଲ୍ ଦେଖ, କଳା ପ୍ୟାଣ୍ଟ୍ ଉପରେ ଗୋଟେ ଶାଗୁଆ ମିଲିଟାରୀ ରଙ୍ଗର ହାଫ୍ ପଞ୍ଜାବି ଆଉ ବେକରେ ଗୋଟେ ଧଳା ସ୍କାର୍ଫ୍ ଗୁଡ଼ା ହୋଇଚି । ମୁହଁରେ ହଳେ ବାଘୁଆ ନିଶ । ଲୋକଟା ଲହକା ପତଳା, ଜୀବନ ଯାଉଚି କି ଆସୁଚି, କିନ୍ତୁ କୁଲିଙ୍କ ସାଙ୍ଗରେ କାନ୍ଧରେ ଜିନିଷ ବୋହୁଥାଏ । ଇଏ କି ବଡ଼ ଅଫିସର ଥିଲା କିହୋ ? ଇଡିୟଟ୍ ।'

ମୋ' ସ୍ତ୍ରୀ ସାବତ୍‌ବାବୁଙ୍କୁ କାହିଁକି ପାସଙ୍ଗରେ ପକାଇଲେ ନାହିଁ, ତା'ର କାରଣ ଠଉରାଇ ମନେ ମନେ ହସିଲି । ଏବେ ସମାଜରେ ମଣିଷକୁ ମାନସମ୍ମାନ ତା' ଘରର ଆସବାବପତ୍ର ଓ ଅନ୍ୟାନ୍ୟ ବ୍ୟବହାର୍ଯ୍ୟ ସରଞ୍ଜାମର, ଗାଡ଼ିର ଦାମ ଉପରେ, ପରିବାରର ମହିଳାମାନଙ୍କ ସୁନାଗହଣା ଅନୁସାରେ ପ୍ରାପ୍ୟ ହୁଏ । ଯାହାର ଘରେ ଗୁଡ଼ାଏ ଦାମୀ ଜିନିଷ ନାହିଁ କି ଦାମୀ ଗାଡ଼ି ନାହିଁ, ସେ କେଉଁ ଲୋକରେ ଗଣା ? ଅଳ୍ପ ଜିନିଷପତ୍ର ନେଇ ଚଳିଲେ, ମଣିଷ ଯେଉଁସବୁ ମୁଣ୍ଡବିନ୍ଧାରୁ ରକ୍ଷା ପାଇ, ଶାନ୍ତିରେ ଜୀବନ କାଟେ, ତାହା ବୁଝିବା ତ ଦୂରର କଥା, ଶୁଣିବାକୁ କେହି ରାଜି ନୁହନ୍ତି । ଯିଏ ସରଳ ଜୀବନକୁ ଆପଣେଇଲା ସେ ଇଡିୟଟ୍, ମୂର୍ଖ ନୁହଁ ତ ଆଉ କ'ଣ ?

ମୋ' ସ୍ତ୍ରୀଙ୍କ ଉକ୍ତିର କୌଣସି ପ୍ରତିବାଦ କଲେ ତାହା ନିଷ୍ଫଳ ବୋଲି ମୋର ପୂର୍ବ ଅଭିଜ୍ଞତାରୁ ଜାଣି କଥା ସାରିବାକୁ କହିଲି – "ହଉ ଦେଖିବା, କେବେ ଯାଇ ତାଙ୍କୁ ଦେଖିଆସିବା ।"

"ନା, ନା, ତମେ କାହିଁକି ଯିବ ମ ? ତା'ର ଦରକାର ପଡ଼ିଲେ ସେ ଆସିବନି !" ସ୍ତ୍ରୀ କହିଲେ ।

ପ୍ରାୟ ମାସେ ପରେ, ଗୋଟିଏ ରବିବାର ସକାଳେ ଜଳଖିଆ ଖାଇସାରି ଖବରକାଗଜ ଲେଉଟାଉଥିଲି । ହଠାତ୍ ତାଙ୍କ କଥା ମନେପଡ଼ିଲା । ଏ ଭିତରେ କେବେ କେବେ ଗପବେଳେ ମୋ ସ୍ତ୍ରୀ ସାବତ୍‌ବାବୁଙ୍କ ବାବଦରେ କିଛି ଖବର ମତେ ଦେଇଛନ୍ତି । ତାଙ୍କର ସମ୍ବାଦଦାତା ହେଲେ ଆମ ଘର ଚାକରାଣୀ ଓ ସିକ୍ୟୁରିଟି ଗାର୍ଡ଼୍ ପିଲା । ଚାକରାଣୀଟି ସକାଳବେଳା ଆମ ଘରକୁ ଆସିବା ଆଗରୁ ଆଉ ଯେଉଁ ଚାରିଘରେ କାମ ସାରି ଆସିଥାଏ, ସେମାନଙ୍କ ବାବଦରେ ନାନାପ୍ରକାରର ସୁଆଦିଆ ଗପ, କାମ କଲାବେଳେ, ମୋ' ସ୍ତ୍ରୀ ଆଗରେ ଗପେ । ସାବତ୍‌ବାବୁଙ୍କ ଘରେ ସେ କାମ କରୁଥିବାରୁ ତାଙ୍କ ବାବଦରେ ମଧ୍ୟ କହେ । ସେଇ ସମ୍ବାଦରୁ ଜଣାଗଲା ଯେ ସାବତ୍‌ବାବୁଟା ଗୋଟେ ଆଡ଼ପାଗଳ । କାହିଁକିନା ଦିନ ଏଗାରଟାବେଳକୁ ଯାହା ଥରଟିଏ ଖାଇବ, ସେଦିନ ଆଉ ଖାଇବ ନାହିଁ । ପୁଣି ଯାହା ଖାଇବ ଗୋଟିଏ ପଦାର୍ଥ – କିଛି ମିଶିବ ନାହିଁ ।

କେଉଁଦିନ ଭାତ ଖାଇଲା ତ କେଉଁଦିନ ଖାଲି ଭାତଗୁଡ଼ା ଖାଇବ, ସାଙ୍ଗରେ କିଛି ନାହିଁ। ଆଉ ଦିନେ ଯଦି ଡାଲି ଖାଇଲା, ତେବେ ସେଇଆ ଖାଇ ପେଟ ପୂରେଇବ। ପରିବା ସେମିତି କେହି କାହା ସାଙ୍ଗରେ ମିଶିବେ ନାହିଁ। ପୋଟଳ କି ଆଳୁ କି କୋବି, ଯାହା ଯଉଦିନ ତରକାରି ହେବ, ସେଇ ଗୋଟିଏ, ଭାତ ନାହିଁ କି ଡାଲି ନାହିଁ। ଏମିତି ଯୋଉ ଲୋକ ଖାଉଚି, ସେ ପାଗଳ ନୁହେଁ? ମୋ' ସ୍ତ୍ରୀ ପଚାରିଲାରୁ ମୁଁ ହଁ ମାରିଲି। ତା'ପରେ ସିକ୍ୟୁରିଟି ଗାର୍ଡ୍ ଟୋକାଠୁ ମିଳିଥିବା ସମ୍ବାଦ; ବୁଢ଼ା ରୋଜ୍ ଦିନ ବାରଟା ଆଗରୁ ଖଣ୍ଡଗିରି ପାହାଡ଼କୁ ଯାଏ, ଫେରେ ସଞ୍ଜ ହେଲେ। ତା'ଘରକୁ କେହି ବନ୍ଧୁବାନ୍ଧବ ଆସିବା ବା କେହି ତାଙ୍କୁ ଗାଡ଼ିରେ ଆଣି କେତେବେଳେ ଛାଡ଼ିଦେବା, ସିକ୍ୟୁରିଟି ନଜରକୁ ଆସି ନାହିଁ। ସାବତ୍‌ବାବୁ ମନେପଡ଼ିଲାବେଳେ, ତାଙ୍କ ବାବଦରେ ମୋ ସ୍ତ୍ରୀଦ୍ୱାରା ସଙ୍ଗୃହୀତ ସମ୍ବାଦ ପୁଣି ସତେଜ ହେଲେ।

ମୁଁ ଘରେ କାହାକୁ କିଛି ନ କହି, ସାବତ୍‌ବାବୁଙ୍କ ଫ୍ଲାଟ୍‌କୁ ଯାଇ ଘଣ୍ଟିମାରିଲି। କବାଟ ଖୋଲିଲା ଓ ପ୍ୟାଣ୍ଟ-ପଞ୍ଜାବିପିନ୍ଧା ଯେଉଁ ବାବୁ ମତେ ଆଗ୍ରହରେ ଭିତରକୁ ଡାକିଲେ, ମୁଁ ଯେ ତଳ ଫ୍ଲାଟ୍ ତେର ନମ୍ବରରେ ରହେ, ସେ ଜାଣିଥିଲେ; ବାକି ଦଶବାରଜଣ ବାସିନ୍ଦାଙ୍କୁ ମଧ୍ୟ ସେ ଚିହ୍ନିଥିଲେ। ଘର ଭିତରଯାକ ଆଖି ବୁଲାଇଲି। କେଉଁଠି କିଛି କାନ୍ଥ ନ ଥିଲା, ତେଣୁ ବଖରା ମଧ୍ୟ ନ ଥିଲା। ଘର ମୁହଁର ଟିକିଏ ଦୂରରେ ପୁରୁଣା କାଳର ଚୌକି କେତେଖଣ୍ଡ ଓ ସୋଫା, ଶେଷ କାନ୍ଥ ପାଖରେ ଗୋଟିଏ ଅତି ପୁରାତନ ପଲଙ୍କ, ଆଉ ତା' ସାମ୍‌ନାରେ ଶେଷ କଣରେ ଗୋଟିଏ କାଠ ଟେବୁଲ ଉପରେ ଗ୍ୟାସ୍ ଚୁଲି, କିଛି ରୋଷେଇ ସରଞ୍ଜାମ ଓ ତା'ପାଖରେ ଫ୍ରିଜ୍। ମୁଁ ଘରେ ପଶିଲାବେଳେ ସେ ପଚାଶ ପଞ୍ଚାବନ ବୟସର ଲାଗୁଥିଲେ; କିନ୍ତୁ ସେ ଫ୍ରିଜ୍ ପାଖକୁ ଯାଇ, ଦୁଇ ଗ୍ଲାସ୍ ସରବତ୍ ଧରି ଯେତେବେଳେ ସୋଫା ପାଖ ଟ୍ରେ'ରେ ରଖି ବସିଲେ ମୁଁ ତାଙ୍କ ମୁହଁକୁ ଅନାଇଲି। ଏ କ'ଣ, ୟାଙ୍କ ବୟସ ତ ଶହେରୁ ଅଧିକ ହେବ; ଏତେ ବୁଢ଼ା? ମୁଁ ତାଙ୍କୁ ଗୋଟାପଣେ ଦେଖିଲି। ନହକା ପତଳା ଲୋକ, କିନ୍ତୁ ମୁହଁଟି ବେଶ୍ ବଡ଼। କପାଳ ଓସାରିଆ, ଘନକେଶ, ମାଟି ରଙ୍ଗର ବାଳ, ସେଇ ରଙ୍ଗର ବାଘୁଆ ମୁଛ - ମୋ' ପିଲାଦିନେ ଦେଖିଥିବା ମହାବଳ ବାଘର ମୁହଁ ପରି ଲାଗିଲା। ମୁଁ ଯେଉଁ ଗଡ଼ଜାତ ଜିଲ୍ଲାରେ ଜନ୍ମ ହୋଇ ସେଇଠି ସ୍କୁଲ ପାଠ ସାରିଲି, ସେଠିକା ଭୂତପୂର୍ବ ମହାରାଜାଙ୍କ ନଅର ସର୍ବସାଧାରଣଙ୍କ ପାଇଁ ଦଶହରା ଦିନ ଖୋଲିଦିଆଯାଏ। ସେହି ଦରବାର ହଲ୍‌ରେ ମହାରାଜାଙ୍କ ବାପା-ରାଜା ମାରିଥିବା ଗୋଟିଏ ବାଘକୁ ଜୀବନ୍ତ କରି ତାଙ୍କ ଫଟୋ ତଳେ ରଖାଯାଇଚି। ଗୁଳି ପେଟରେ ବାଜିଥିଲା, ତେଣୁ ମଲାବାଘର ମୁହଁଟିରେ

ଖୁଣ ନ ଥିଲା । ସାବତବାବୁଙ୍କ ନିଶ, ମୁଁ ଲକ୍ଷ୍ୟ କଲି, ସେଇ ମହାବଳ ବାଘର ନିଶପରି ସ୍ୱର୍ଦ୍ଧିତ । ଆଖି ମଧ୍ୟ ସେହିପରି ଘନ ଓ ଗୋଲାକାର । ପତା ଭିତରୁ ବାହାରକୁ ଫୁଟିଆସିଲା ପରି ଲାଗୁଚି । କିନ୍ତୁ ନିସ୍ତେଜ ସ୍ଥିର ଓ ଜାଲଜାଲୁଆ । କଥାବାର୍ତ୍ତା କଲାବେଳେ ତାଙ୍କ ଡୋଳା ଦୁଇଟି ଗୋଟିଏ ପ୍ରାନ୍ତରୁ ଆର ପ୍ରାନ୍ତ ଯାଏ ଅକ୍ଲେଶରେ ଘୂରିଆସିପାରୁଥିଲେ । ସେ ଆଖି ଦୁଇଟିକୁ ନିରେଖି ଅନେଇଲାରୁ ମତେ କେମିତି ନିଦୁଆ ନିସ୍ତେଜ ଲାଗିଲା । ଆମ ଫ୍ଲାଟର ଅନ୍ୟ ବାସିନ୍ଦାମାନଙ୍କ ସଂପର୍କରେ ମୋ'ଠାରୁ ଖବର ନେଲେ । ମୁଁ କହିଲି, "ଏଠି ସବୁ ଭଲ, କିନ୍ତୁ ସ୍କୁଲ ବହୁତ ଦୂର, ବିଶେଷକରି ଛୋଟ ପିଲାଙ୍କୁ ନବାଆଣିବାରେ ଅସୁବିଧା । ଆଜିକାଲି ଅଟୋରିକ୍ସାରେ ଛାଡ଼ିବାକୁ ସାହସ ହୁଏନା ।" କଥାର ପ୍ରସଙ୍ଗ ବଦଳାଇବାକୁ ପଚାରିଲି- "ଆପଣ କ'ଣ ଏକା ?"

"ଏଠି କିଏ ଦୁକ୍କା କି ?" ସେ ଉତ୍ତର ଦେଲେ ।

"କାହିଁକି, ଆମେ ତ ଅଧିକାଂଶ ଫ୍ୟାମିଲି ନେଇ ରହୁଚୁ !" ମୁଁ କହିଲି ।

"ପକ୍କା ଫ୍ୟାମିଲି ନା କଚ୍ଚା ଫ୍ୟାମିଲି ?" ସେ ପଚାରିଦେଇ ହସିଲେ ।

ତାଙ୍କ ଉତ୍ତର ଶୁଣି ମତେ କିଛି ଭଲ ଲାଗିଲା ନାହିଁ । ଭାବିଲି ମୋ ସ୍ତ୍ରୀ ଯାହା କହିଥିଲେ ଏ ଲୋକଟା ପାଗଳ ବୋଲି, ଇଏ ଖାଲି ପାଗଳ ନୁହେଁ, ମାନସିକ ରୋଗୀ । ଏମିତି ଏକ ପ୍ରକାରର ଲୋକ ଥାଆନ୍ତି, ଯିଏ ନିଜର ହୀନମନ୍ୟତାକୁ ଘୋଡ଼ାଇବା ପାଇଁ କଥାବାର୍ତ୍ତାବେଳେ ସହଜ ନ ହୋଇ ନିଜ ଚାତୁରୀ ବଡ଼ିମା ଦେଖେଇହୁଅନ୍ତି । ତାଙ୍କୁ ଅପଦସ୍ତ କରିବାପାଇଁ କହିଲି - "ଆମେ କେବେ କେବେ ଆପଣଙ୍କୁ ନେଇ ଚର୍ଚ୍ଚା କରୁ ଆଉ ହସୁ ଯେ ଆପଣ ଖାଇଲାବେଳେ ଗୋଟିଏ ପ୍ରକାର; ଭାତ ତ ଭାତ, ଡାଲି ତ ଡାଲି, ପରିବା ତ ସେଇ ଗୋଟିଏ ପରିବା, ଫଳ ତ ସେଇ ଗୋଟିଏ ପ୍ରକାରର ଫଳ, ଖାଇ ପେଟ ପୂରାନ୍ତି- ଏମିତି ଅଜବ ଅଭ୍ୟାସ ତ ମୁଁ କଉଠି ଦେଖିନାହିଁ ?"

"ଦେଖିବେ କେମିତି ? ଆପଣ କେତେକାଳର ଲୋକ କି ? ମୁଁ ପରା ଶହେ ତିରିଶ ବର୍ଷ ହେଲା ଏମିତି ନିରୋଗ ଅଛି ।"

"ମୁଁ ଭାବୁଚି, ଇଏ ଗୋଟେ ପ୍ରକାର ପାଗଳାମି । ଏଥିରେ ରୋଗ ନ ହେବା ସହିତ କ'ଣ ସମ୍ପର୍କ ?"- ମୁଁ ପଚାରିଲି ।

"ନାଇଁ, ଏଟା ପାଗଳାମି ନୁହେଁ, ଆପଣମାନେ ଯେଉଁଭାବେ ଖାଉଛନ୍ତି, ସେଥିରେ ଆପଣଙ୍କ ପେଟ, ପାକସ୍ଥଳୀ ପାଗଳ ଭଳି ହେଲାରୁ ରୋଗ ହେଉଚି ।" ସେ କହିଲେ ।

"ମାନେ?" ମୁଁ ବୁଝି ନ ପାରି ପଚାରିଲି ।

"ଖାଦ୍ୟ ହଜମ ପାଇଁ ପାକସ୍ଥଳୀ ଯେଉଁ ପାଚନରସ ତିଆରି କରେ, ତାହା ସେ ଖାଦ୍ୟ ଅନୁସାରେ କରେ। ଭାତ ହଜମ କରିବାକୁ ଯେଉଁ ରସ, ତାହା ଡାଲି ହଜମ କରିବ ନାହିଁ। ତା'ପାଇଁ ଅଲଗା କିସମର ରସ, ସେମିତି ମାଂସ, ମାଛ, ଫଳ, ଏ ସବୁ ପାଇଁ ସେଇ ପଦାର୍ଥକୁ ହଜମ କରିବା ଉପଯୋଗୀ ପାଚନରସ, ପାକସ୍ଥଳୀକୁ ତିଆରି କରିବାକୁ ହୁଏ। ଖାଦ୍ୟରେ ଅନେକ ପଦାର୍ଥ ମିଶାଗୋଳିଆ ହୋଇଗଲେ ପାକସ୍ଥଳୀ ନାନାପ୍ରକାରର ପାଚ଼ନରସ ତିଆରି ନେଇ ଗଣ୍ଡଗୋଳ ଭିତରେ ନିସ୍ତେଜ ଓ ଦୁର୍ବଳ ହୋଇଯାଏ। ପେଟ ଠିକ୍ ନ ରହିଲେ, ରୋଗର ମଞ୍ଜି ପୋତାହୁଏ।" ସେ ବୁଝାଇଦେଲେ।

"ଏହା କ'ଣ ବିଜ୍ଞାନସମ୍ମତ ? ଖାଦ୍ୟ ଉପରେ ଏତେ ଗବେଷଣା ଚାଲିଚି, କିନ୍ତୁ କାଇଁ ଏ କଥା ତ କେଉଁଠି ଉଠି ନାହିଁ"- ମୁଁ କହିଲି।

"ଆପଣଙ୍କ ବିଜ୍ଞାନ ଏବେ ପିଲା, ଏକଥା ଧୀରେ ଧୀରେ ଜାଣିବେ। ଏହା ସ୍ୱାସ୍ଥ୍ୟର ଆଦି ତତ୍ତ୍ୱ। ଏତିକିରୁ ବୁଝିପାରୁନାହାନ୍ତି ଆପଣଙ୍କ ଓଡ଼ିଶା ବଙ୍ଗଳା ଏଇସବୁ ଅଞ୍ଚଳରେ ଗୁଡ଼ାଏ ପ୍ରକାରର ତରକାରି, ଭଜା, ଆମିଷ, ନିରାମିଷ ଖାଇବା ଯୋଗୁଁ ସମସ୍ତେ ପେଟରୋଗୀ ଓ ଦୁର୍ବଳ ?" ତାଙ୍କଠାରୁ ଏତକ ଶୁଣିଲାପରେ ଓଡ଼ିଆ ପଞ୍ଜିକାରେ ବିଭିନ୍ନ ଯୁଗର ମଣିଷଙ୍କ ସ୍ୱାସ୍ଥ୍ୟ ଓ ଆୟୁ ବିଷୟରେ ସଂସ୍କୃତ ଶ୍ଳୋକର ଓଡ଼ିଆ ବ୍ୟାଖ୍ୟା ମନେପଡ଼ିଲା। ସତ୍ୟଯୁଗରେ କୁଆଡ଼େ ମଣିଷର ଆୟୁ ଥିଲା ଏକଲକ୍ଷ ବର୍ଷ ଓ ଉଚ୍ଚତା କୋଡିଏ ହାତ ବା ପଚିଶ ଫୁଟ। ତ୍ରେତାରେ ତାହା ଚଉଦ ହାତକୁ ଖସିଆସିଲା ଓ ଆୟୁ ହେଲା ଦଶ ହଜାର ବର୍ଷ। ଦ୍ୱାପରରେ ତାହା କମି ହଜାରେ ବର୍ଷ ହେଲା ଓ ମଣିଷର ଲମ୍ବ ହେଲା ସାତ ହାତ ବା ଦଶ ଫୁଟ୍। କଳିକାଳରେ ମଣିଷର ପରମାୟୁ ସର୍ବାଧିକ ଶହେ କୋଡ଼ିଏ ବର୍ଷ ଓ ଉଚ୍ଚତା ତିନି ହାତ ବା ପାଞ୍ଚ ଫୁଟ୍ ଅଧେରୁ ଛ' ଫୁଟ ଭିତରେ। ମୁଁ ଆଗରୁ ଭାବୁଥିଲି ଯେ ପଞ୍ଜିକାର ସେଇ ଶ୍ଳୋକଗୁଡ଼ିକରେ ଯେଉଁ କଳନା, ତାହା ବାଚାଳାମି ଛଡ଼ା ଆଉ କିଛି ନୁହେଁ। ଏବେ ହଠାତ୍ ଭାବିଲି, ହୁଏତ ସେଇ ଉକ୍ତିଗୁଡ଼ିକ ଠିକ୍। କିନ୍ତୁ ମଣିଷ ତ ସଭ୍ୟତାରେ ପ୍ରଗତି କରୁଚି, କିନ୍ତୁ ତା'ର ଆୟୁ ଓ ଆୟତନ କାହିଁକି କମିକମିଯାଉଚି ?

ସେ ଉଠିବାଉଠିବା ହେଲାରୁ ହାତଘଡ଼ିକୁ ଚାହିଁଲି । ଏଗାରଟା ପରେ ହେଲାଣି ସମୟ। ମୋ ସ୍ତ୍ରୀଙ୍କୁ ସିକ୍ୟୁରିଟି ଗାର୍ଡ୍ ସମ୍ବାଦ ଦେଇଥିଲା ଯେ ବୁଢ଼ା ପ୍ରତ୍ୟେକ ଦିନ ଖଣ୍ଡଗିରି ପାହାଡ଼ ଆଡ଼େ ଯାଏ ଓ ସଞ୍ଜକୁ ଫେରେ। ପଚାରିଲି- "ଆପଣ ପ୍ରତିଦିନ ଖଣ୍ଡଗିରି ପାହାଡ଼ରେ ଦିନଟିଯାକ କଟାନ୍ତି ବୋଲି ଶୁଣିଚି, ସେଠି ଯାଇ କ'ଣ କରନ୍ତି ଏତେ ସମୟ ?"

"ମୁଁ ଯାହା ଖୋଜୁଚି ପାଇଲେ କହିବି"। ତାଙ୍କର ଏ ଉତ୍ତରରୁ ମୁଁ ବିଶେଷ କିଛି ତଥ୍ୟ ପାଇଲି ନାହିଁ, ଯାହା ମୋ' ସ୍ତ୍ରୀଙ୍କୁ ଫେରିଯାଇ କହିପାରିବି।

କିନ୍ତୁ ଆମର ଏହି ପ୍ରଥମ ସାକ୍ଷାତ ପରେ, ମୁଁ ତାଙ୍କ ଆଡ଼କୁ ଆସ୍ତେ ଆସ୍ତ ଟାଣି ହୋଇପଡୁଥିଲି। ରବିବାର ସକାଳ ଆସିଲେ, ତାଙ୍କ ପାଖକୁ ଯିବାକୁ ଭାରି ମନ ହୁଏ। କିନ୍ତୁ ସବୁଥର ଯାଇପାରେ ନାହିଁ। ରବିବାର ସକାଳେ ଖାସିମାଂସ ପାଇଁ ଲାଇନ୍ ଲଗାଇ ଘରକୁ ଫେରିଲାବେଳକୁ ତାଙ୍କ ଖଣ୍ଡଗିରି ପାହାଡ଼କୁ ବାହାରିବାବେଳ ଆଉ ବେଶି ଦୂର ନଥାଏ। ଯେଉଁ ଦିନ ଚାକରଟୋକାକୁ ସକାଳୁ ସକାଳୁ ଖାସି ମାଂସ ଚିହ୍ନିବାର ମହତ କାମରେ ତାଲିମ ଦେଉଥାଏ, ସ୍ତ୍ରୀ ଜାଣନ୍ତି ଯେ ଯେ ଆଜି ବୁଢ଼ା ପାଖକୁ ଯିବେ। ମତେ ପଚାରି ଅଥୟ କରନ୍ତି- "କାହିଁକି ସେ ବୁଢ଼ା ସାଙ୍ଗରେ ଏତେ ପ୍ୟାର୍ ତମର ? ତା'ର ତ ଆଗକୁ ପଛକୁ ବନ୍ଧୁବାନ୍ଧବ ସାଙ୍ଗସାଥୀ, ପିଲାମାଇପ କେହି ନାହାନ୍ତି। ତମେ ତା' ସାଙ୍ଗରେ କି ଗପ କର ?" ମୁଁ କିଛି ଉତ୍ତର ଦିଏ ନାହିଁ। ଏମିତି କେତେଗୁଡ଼ିଏ ଅନୁଭବ ତାଙ୍କ ସଂସ୍ପର୍ଶରେ ମିଳେ, ଯାହାକୁ କଉଠି କହିହେବ ନାହିଁ, କହିଲେ ଲୋକେ କହିବେ, ମୁଁ ଜଣେ ପାଗଳ। ଶୁଣିବେ କି ଗୋଟିଏ ?

ଥରେ ତାଙ୍କ ସହିତ ବସି କଥା ହେଉଚି, ସେ ଗୋଟେ ମାଛି ହୁରୁଡ଼ାଇଦେଉଦେଉ ହାତ ହଲାଇ କହିଲେ,"ଛେ- ଛେ..."। ମତେ ଲାଗିଲା ଯେ ମାଛିକୁ ନୁହେଁ, ମୋତେ ଛେ, ଛେ କରୁଛନ୍ତି କି ? ମୁଁ ଅବଗତ ହେଲି ଯେ ମୁଁ ଏଇ ଯାହା ମଣିଷଭାବେ ଚଳପ୍ରଚଳ ହେଉଚି, ମୋର ଆଦିସ୍ୱଭାବ ହେଉଚି କୁକୁର ସ୍ୱଭାବ। ମୋ' ଫ୍ଲାଟ୍‌କୁ, କିଛି ସମୟ ପରେ ଫେରି ବାଥରୁମ୍ ଆଇନାରେ ମୋ' ମୁହଁଟି ଦେଖିଲାରୁ ମତେ ଅବିକଳ କୁକୁରମୁହଁ ମୋ' ମଣିଷମୁହଁ ଭିତରୁ ବାରିହୋଇ ଦିଶିଲା। ଏଇ ଆବେଶ ଦୁଇତିନିଦିନ ରହିଲା। ସେଇ ସମୟରେ ମୁଁ ଯାହାକୁ ଦେଖିଲି, ତାକୁ ତା'ର ପଶୁମୁହଁରେ ଦେଖିଲି। କାହା ମୁହଁ ନେଉଳ ପରି ତ ଆଉ କାହାର ଗାଈ କି ଷଣ୍ଢ, କାହାର ବିଲୁଆ ତ କାହାର ଛେଳି କି ମେଣ୍ଢା, କାହାର ଘୋଡ଼ା ତ ଆଉ କାହାର ଗଧ କି ମାଙ୍କଡ଼। ସେଇ ଲୋକର ଚରିତ୍ର ତା'ଠାରେ ମୁଁ ଦେଖୁଥିବା ପଶୁର ଚରିତ୍ର ସହିତ ହାରାହାରି ଖାପ୍‌ଖାଇଯାଉଥିଲା। ମୋର ଏଇ ଅନୁଭବ କଥା ପରେ ସାବତ୍‌ବୁଢ଼ାଙ୍କୁ ପଚାରିଲାରୁ ସେ କହିଲେ- "ଈଶ୍ୱର ମଣିଷକୁ ନିଜ ଛବିପରି ତିଆରି କଲେ ବୋଲି ବାଇବେଲ୍‌ରେ ଯେଉଁ ଉକ୍ତି, ତାହା ସତ। ସାଧନାଦ୍ୱାରା ମଣିଷ ଈଶ୍ୱରୀୟ ଶକ୍ତି ଲାଭ କରେ। ଏଇ ଶକ୍ତି ଲାଭ କଲେ, ମଣିଷକୁ ଦେଖିଲାମାତ୍ରେ ତା'ର ଚରିତ୍ର, ସ୍ୱଭାବ ଇତ୍ୟାଦିର ଗୋଟିଏ ଚିତ୍ର ତା'ଠାରେ ବାରିହୋଇପଡ଼େ। ତେଣୁ ଜଣକୁ ଦେଖିଲାମାତ୍ରେ ତା'ର ଆଦିସ୍ୱଭାବ ଜାଣିଯିବାରୁ କେଉଁ ପ୍ରକାର ବ୍ୟବହାରଦ୍ୱାରା ତାକୁ ଆପଣାର କରିନେଇହେବ,

ଜାଣିହୁଏ। ସେଥିପାଇଁ ସିଦ୍ଧପୁରୁଷ, ଅବତାର ପୁରୁଷମାନେ ଖୁବ୍ କମ୍ ସମୟରେ ବହୁ ମଣିଷଙ୍କୁ ଆପଣାର କରିନିଅନ୍ତି।।" କଥାଟା ଯୁକ୍ତିଯୁକ୍ତ ଲାଗିଲା।

ପୁରୀ ସମୁଦ୍ର ଏବେ ସହର ଭିତରକୁ ପଶିଆସୁଚି। ଏହି ଘଟଣା ଓ ସରକାରଙ୍କ ପ୍ରତିକାର ବ୍ୟବସ୍ଥା ମଝିରେ ମଝିରେ ଆମେ ଖବରକାଗଜରେ ପଢୁଚେ। ମୁଁ ବୁଢ଼ାଙ୍କୁ ଏ ବିଷୟରେ ପଚାରିଲାରୁ ସେ କହିଲେ ଯେ, "ମହାବିସ୍ଫୋରଣ- ଯାହାକୁ ତମ ଇଂରାଜୀରେ ବିଗ୍ ବ୍ୟାଙ୍ଗ କହୁଚ, ତାହା ଜଲଦି ଜଲଦି ଘଟିବାରୁ ସାରା ବିଶ୍ୱବ୍ରହ୍ମାଣ୍ଡ ଫୁଲିଉଠୁଚି। ତା'ର ସଂପ୍ରସାରଣ ତ୍ୱରାନ୍ୱିତ ହେବାରୁ ଓ ସେହି ଅନୁପାତରେ ଅଣୁପରମାଣୁମାନଙ୍କର ମିଳନ ଓ ବିଚ୍ଛେଦ, ଯାହାକୁ ବୈଜ୍ଞାନିକମାନେ କୋଷ ବିଭାଜନ କହନ୍ତି, ଶୀଘ୍ରତର ହେବାରୁ ସୂକ୍ଷ୍ମ ବ୍ରହ୍ମାଣ୍ଡ ଫୁଲିଉଠୁଚି। ବସ୍ତୁଜଗତରେ ବସ୍ତୁଗୁଡ଼ିକର ଆୟତନ ବଢ଼ିଯାଇଚି। ତେଣୁ ସମୁଦ୍ର ବଢ଼ିବ, ପାହାଡ଼ ପର୍ବତମାନଙ୍କର ଆୟତନ କମିବ। ସେହି ପ୍ରଭାବରେ ମଣିଷ ଅଧିକରୁ ଅଧିକ ବସ୍ତୁସର୍ବସ୍ୱ ହୋଇପଡ଼ିବ। ବସ୍ତୁଆସକ୍ତି କାରଣରୁ ପୁରୁଷମାନଙ୍କଠାରେ ପ୍ରଜନନର କ୍ଷମତା କମିଯିବ। ପ୍ରକୃତି ଯଦି ତାହା ନ କରେ, ତେବେ ଜନସଂଖ୍ୟା ହ୍ରାସ ନ ହେଲେ, ଏତେ ଲୋକଙ୍କ ରହିବାପାଇଁ ଜାଗା କାହିଁ?" ମୋର ଆମ ଅଚ୍ୟୁତାନନ୍ଦଙ୍କ ମାଳିକାରୁ ଉକ୍ତି ମନେପଡ଼ିଲା: ଏମିତି ବେଳ ଆସୁଚି, ଯେତେବେଳେ ପୃଥିବୀର ଲୋକସଂଖ୍ୟା ଧାନ ବିହନ ପରି ହେବ।

ଏଇପରି ମାସିକ ଗୋଟିଏ ଦୁଇଟା ରବିବାର ସକାଳୁଆ ଆସର ଯୋଗୁଁ ସାବତ୍ ବୁଢ଼ା ସହିତ ମୋର ଭାବଦୋସ୍ତି ବେଶ୍ ବଢ଼ିଥିଲା, ତାଙ୍କ ଆସିବାର ଦୁଇ ବର୍ଷ ଭିତରେ। ଗତବର୍ଷ ଏଇ ସମୟରେ ସେ ପାଞ୍ଚଦିନ କୁଆଡ଼େ ଗାଏବ୍ ହୋଇଗଲେ। ସେ ଯେତେବେଳେ ତାଙ୍କ ଫ୍ଲାଟ୍‌କୁ ଫେରିଲେ, କିଛି ଦେଖିପାରୁନଥିଲେ; କାନରେ ଖୁବ୍ କ୍ଷୀଣ ଭାବରେ ଶୁଣୁଥିଲେ ଓ ତାଙ୍କ କଥା ଆଦୌ ସ୍ପଷ୍ଟ ନ ଥିଲା। ମୁଁ ଅଫିସରୁ ଫେରି, ସିକ୍ୟୁରିଟି ଗାର୍ଡ୍ ପାଖରୁ ତାଙ୍କ ହାଲତର ଖବରପାଇ ତାଙ୍କ ପାଖରେ ପହଞ୍ଚିଲି। ସେ ବିଛଣାରେ ଶୋଇଥିଲେ। ମତେ ଚିହ୍ନିଲେ, ପାଖରେ ବସିବାକୁ କହିଲେ। ସେ ଯାହା କହିଲେ, ସେଥିରୁ ମୁଁ ଜାଣିଲି, ସେ କାହିଁକି ଦୁଇ ବର୍ଷ ଧରି ପ୍ରତିଦିନ ସକାଳୁ ସନ୍ଧ୍ୟା ପର୍ଯ୍ୟନ୍ତ ଖଣ୍ଡଗିରି ପାହାଡ଼ ବୁଲୁଥିଲେ ଓ କ'ଣ ଖୋଜୁଥିଲେ। ତାଙ୍କର ଅସ୍ପଷ୍ଟ ଉଚ୍ଚାରଣ ଓ କଥା କହିବାର ଅକ୍ଷମତା ସତ୍ତ୍ୱେ ସେ ଯେଉଁ ବିବରଣୀ ଦେଲେ, ତାହା ଏଇପରି।

"ଭାରତ ସ୍ୱାଧୀନତା ପାଇବାର ବହୁବର୍ଷ ଆଗରୁ ମତେ ନେପାଳ-ଭାରତ ସୀମା ରକ୍ଷାବାହିନୀରେ କାମ କରିବାକୁ ପଡ଼ିଥିଲା। ଘୋର ଜଙ୍ଗଲରେ ବୁଲୁ ବୁଲୁ ମୁଁ ଗୋଟିଏ ସିଦ୍ଧପୀଠରେ ପହଞ୍ଚିଗଲି। ସେଠାରେ ଯୋଗୀମାନଙ୍କର ମୁଖ୍ୟଙ୍କ ବୟସ ପାଞ୍ଚଶହ ବର୍ଷରୁ ଅଧିକ ଥିଲା। ତାଙ୍କ ଦେହରେ ପତଳା ହାଡ଼ ଓ ଚର୍ମ ବ୍ୟତୀତ ଆଉ

କିଛି ନ ଥିଲା। ସେ କିଛି ଆହାର କରୁ ନ ଥିଲେ। ମୁଁ ଓଡ଼ିଶାର ଲୋକ ବୋଲି ଜାଣିଲେ ଓ କହିଲେ – ତତେ ହିଁ ମୋର ଅପେକ୍ଷା ଥିଲା। ତା'ପରେ ସେ କ'ଣ ଗୋଟିଏ ଆଣିବାକୁ ତାଙ୍କ ସେବାରେ ଥିବା ଶିଷ୍ୟକୁ ନିର୍ଦ୍ଦେଶ ଦେଲେ। ତାହା ଥିଲା ପ୍ରାୟ ଚାରି ଫୁଟ୍‌ର ଲମ୍ବା ଚଉଡ଼ା ତାଳପତ୍ର ପୋଥି। ସେବକ ସେଇ ପୋଥିକୁ ଫିଟାଇ ମତେ ଦେଖାଇଲା। ତାଳପତ୍ର ଗୋଟିକ ପରେ ଗୋଟିଏ ଯୋଡ଼ା ହୋଇ ସେଇ ଲମ୍ବା ଚ଼ଉଡ଼ା ପୋଥି ତିଆରି ହୋଇଥିଲା ଓ ତିନି ଚାରୋଟି ବଡ଼ ବଡ଼ ପାହାଡର ନକ୍‌ସା ସେଥିରେ ଅଙ୍କାଯାଇଥିଲା। ସେ ମତେ ତାକୁ ଦେଖାଇ କହିଲେ, ଏହା କୁମାରୀ ପର୍ବତ, ପୁରୁଷୋତ୍ତମ ଶିବକ୍ଷେତ୍ରରେ ଏହାର ଅବସ୍ଥିତି। ଏଠାରେ ଯୁଗ ଯୁଗ ଧରି ବହୁ ଗୁମ୍ଫାରେ ସାଧକମାନେ ବିଭିନ୍ନ ସାଧନା କରି ଜାଗତିକ କି ଆଧ୍ୟାତ୍ମିକ ସିଦ୍ଧି ଲାଭକରିଛନ୍ତି। କିନ୍ତୁ ଅସଲ ଗୁମ୍ଫା କଥା କେହି ଜାଣିଥିବା କଥା ମୋର ମନେହେଉନାହିଁ, କାରଣ ଏଇ ମାନଚିତ୍ରର ବିନା ସାହାଯ୍ୟରେ ରାସ୍ତା ପାଇବା ମୁସ୍କିଲ୍। ଆଉ ସେଇ ଗୁମ୍ଫାର ନାମ ହେଉଚି ମୁକ୍ତିଗୁମ୍ଫା। ତା'ଭିତରେ ଏପରି ଶକ୍ତି ଅଛି ଯେ ସେଠାରେ ପ୍ରବେଶ କଲେ ମୁକ୍ତି ମିଳିଯାଏ। ତତେ ଦେବାକୁ ନିର୍ଦ୍ଦେଶ ଅଛି।' କିଏ ନିର୍ଦ୍ଦେଶ ଦେଇଚି - ଏହାର ଉତ୍ତର ନ ଦେଇ ସେ ଚୁପ୍ ରହିଲେ। ମୋର ଚାକିରିରୁ ଅବସର ପରେ ମୁଁ ଗତ ପଚାଶ ବର୍ଷ ହେଲାଣି, ବର୍ଷକର ଅଧେଦିନ ଏଇ ଅଞ୍ଚଳରେ ବୁଲି ବୁଲି ଜାଣିଲି ଯେ କୁମାରୀ ପର୍ବତ ହେଉଚି ଖଣ୍ଡଗିରି ପର୍ବତ। ତା'ପରେ ସେଇ ଗୁମ୍ଫା ଖୋଜିବା ଆରମ୍ଭ କଲି। ଖୋଜିବା ସହଜ କାମ ନୁହେଁ। ବାରମ୍ବାର ପ୍ରତ୍ୟେକ ଗୁମ୍ଫା ସେଇ ଗୁମ୍ଫା କି, ମାନଚିତ୍ର ସହ ମିଳାଇ ସିଦ୍ଧାନ୍ତରେ ପହଞ୍ଚିବା କଷ୍ଟକର। ଏହାକୁ ଲୋକଲୋଚନକୁ ଏଡ଼ାଇ କରିବାକୁ ପଡ଼ିବ, ନଚେତ୍ ଧରାପଡ଼ିଯିବାର ବିପଦ। ପ୍ରଶାନ୍ତି ଆପାର୍ଟମେଣ୍ଟ୍ ତିଆରି ହେବା ଦେଖି ଏଇଠି ଗୋଟିଏ ଫ୍ଲାଟ୍ କିଣିଲି। ମତେ ଖଣ୍ଡଗିରିର ପାଖଆଖ ଲୋକେ ଏଇଠିକାର ଲୋକ ବୋଲି ଜାଣିଲେ। କେହି ସନ୍ଦେହ କରୁ ନଥିଲେ। ଖୋଜି ଖୋଜି ମୁକ୍ତି ଗୁମ୍ଫାର ସନ୍ଧାନ ପାଇଲି। ଏହାର ଦ୍ୱାରଦେଶ ଅତି ସଙ୍କୀର୍ଣ୍ଣ ଥିଲା ଓ ତା' ଉପରେ ଗୋଟିଏ ବଡ଼ ପଥର ଘୋଡ଼ାଯାଇଥିଲା। ତେଣୁ ଏହା ଭିତରେ ଏତେ ଲମ୍ବା ଗୁମ୍ଫା ଥାଇପାରେ, ଏକଥା କେହି ଜାଣିବା ସମ୍ଭବ ନ ଥିଲା। ମୁଁ ପଥର ଉଠାଇ, ଗଳିପଡ଼ିଲାପରି ଗୁମ୍ଫା ଭିତରକୁ ପଶିଯାଇ ଅଣନିଶ୍ୱାସୀ ହୋଇପଡ଼ିଲି। ରାତିଠାରୁ ବଳି ଅନ୍ଧକାର। ଭିତରେ ଚିନ୍‌ଚିନ୍ ଶବ୍ଦ। ସେଇ ଶବ୍ଦକୁ ବାରି ବାରି ମୁଁ ଆଗକୁ ଚାଲିଲି। କେତେ ସମୟ ଏମିତି ମୁଁ ଚାଲିଲି ମତେ ଜଣା ନାହିଁ। ଶେଷରେ ଯେଉଁଠି ପହଞ୍ଚିଲି ସେଠାକାର ଅନ୍ଧାର ଇନ୍ଦ୍ରିୟଙ୍କଦ୍ୱାରା ବର୍ଣ୍ଣନା କରାଯାଇପାରିବ ନାହିଁ। ରାତିର କଳା ଅନ୍ଧକାର

ସେପରି ନୁହେଁ। ସେଠାରେ ବିଶ୍ୱବ୍ରହ୍ମାଣ୍ଡର ଶୂନ୍ୟସ୍ଥାନ ପ୍ରସାରିତ ହୋଇଯାଇଚି। ଶୂନ୍ୟସ୍ଥାନର ଅର୍ଥ ଖାଲି ଜାଗା ନୁହେଁ; ଏହା ସମସ୍ତ ଶକ୍ତିର ମୂଳସ୍ଥଳୀ। ମୁଁ ସେଠାରେ ପହଞ୍ଚି ଜାଣିଲି ଯେ ଇନ୍ଦ୍ରିୟ-ଅନୁଭବ ଦ୍ୱାରା ଯାହା କିଛି ଜାଣିହୁଏ, ତାହା ଅତି ନଗଣ୍ୟ। ବୁଦ୍ଧିଦ୍ୱାରା ଯାହାକୁ ଧରିହୁଏ, ତାହା ଅତ୍ୟନ୍ତ ଅଳୀକ। ବର୍ଷା ବିନ୍ଦୁଟିଏ ସମୁଦ୍ରରେ ପଡ଼ିଲେ ସେଇ ବିନ୍ଦୁର ଉପଯୋଗିତା ଆଉ ଯେପରି ରହେ ନାହିଁ, ସେଇ ସ୍ଥାନରେ ଇନ୍ଦ୍ରିୟଗୁଡ଼ିକୁ ନିଶ୍ଚିହ୍ନ ହୋଇଯିବାକୁ ହୁଏ। ଇନ୍ଦ୍ରିୟମାନଙ୍କ ଆସକ୍ତି ମଣିଷମନକୁ ବାଟବଣା କରେ ଆଉ ସେଥିପାଇଁ ଜନ୍ମ ପରେ ଜନ୍ମ ନେବାକୁ ପଡ଼େ । ଇନ୍ଦ୍ରିୟମାନଙ୍କ ଆସକ୍ତି ଯେତେବେଳେ ମନରୁ ପୋଛିଦିଆଯାଏ, ଇନ୍ଦ୍ରିୟମାନେ ଆଉ ଦାଉ ସାଧିପାରନ୍ତି ନାହିଁ, ଇନ୍ଦ୍ରିୟମାନଙ୍କ ଆସକ୍ତିର ଉପରକୁ ଉଠିଯିବା ହିଁ ମୁକ୍ତି ।

ସାବତ୍ ବୁଢ଼ାଙ୍କ ବକ୍ତବ୍ୟରୁ ମୋର ଜଗନ୍ନାଥଙ୍କ ନବକଳେବର କଥା ମନେପଡ଼ିଲା। ବ୍ରହ୍ମଙ୍କୁ ଯେଉଁ ବୁଢ଼ା ପୂଜାରୀ ପୁରୁଣା ଦାରୁ ଦେହରୁ ନୂଆ ଦେହକୁ ହାତସ୍ପର୍ଶଶକ୍ତିହୀନ, ଆଖି-ଅନ୍ଧ ହୋଇ ବଦଳାଏ, ସେ କୁଆଡ଼େ କିଛିଦିନ ପରେ ମରିଯାଏ। ବୋଧହୁଏ ଏଇ ବଦଳାଇବାବେଳେ ସେ ସେଇ ଅସୀମ ଶକ୍ତିର ପାଖାପାଖି ହୋଇଯିବାରୁ ସମୁଦ୍ରରେ ବର୍ଷା ବିନ୍ଦୁ ପରି ତା'ର ଇନ୍ଦ୍ରିୟମାନେ କାମନାରହିତ ହୋଇଯାଆନ୍ତି । କାମନାରହିତ ହୋଇ ବଞ୍ଚିବା ଅଭ୍ୟାସ ବଡ଼ କଠିନ ।'

ମୁଁ ଆଶ୍ଚର୍ଯ୍ୟ ହୋଇ ପଚାରିଲି- 'ଆପଣଙ୍କର ଇନ୍ଦ୍ରିୟ ଚେତନା ସବୁ ଲୋପ୍ ପାଇଯାଇଛି ?'

ସାବତ୍‌ବାବୁ କ୍ଷୀଣ ଅଥଚ ଶାଣିତ ସ୍ୱରରେ କହିଲେ – 'ଇନ୍ଦ୍ରିୟ ଶକ୍ତି ଲୋପ୍ ପାଇଯାଇଛି ଯଦି କଥା କିପରି କହୁଛି ? ଆପଣ କହୁଥିବା ବକ୍ତବ୍ୟଗୁଡ଼ିକୁ କିପରି ଶୁଣିଛି ? ଆପଣ ବୁଝିପାରିବେନି।' ମୁଁ ପୁଣି ଅସହାୟ ଭାବରେ ପଚାରିଲି – 'ଆପଣଙ୍କ କଥା କିଛି ବୁଝିପାରୁନି। ଟିକେ ସରଳ କରି ବୁଝାଇ ଦିଅନ୍ତୁ।'

'ଶୁଣନ୍ତୁ, ଇନ୍ଦ୍ରିୟମାନେ ଶରୀରରେ ରହିବା କଥା, ରହିବେ। କାନ, ନାକ, ଆଖି, ପାଟି - ଏସବୁ କୁଆଡ଼େ ଯିବେ ? ଏମାନେ ମଣିଷର ଶତ୍ରୁ ନୁହନ୍ତି। ଶତ୍ରୁ ହେଉଛି, ଇନ୍ଦ୍ରିୟ ଲାଳସା। ଇନ୍ଦ୍ରିୟମାନଙ୍କୁ କୁପଥରେ ବାଟକଢ଼େଇନିଏ। କାମନାର ନାଭିକେନ୍ଦ୍ରରୁ ଲାଳସା ପରେ ଲାଳସା ସୃଷ୍ଟିହୋଇ ମଣିଷକୁ ବାସନାର ନାଗଫାଶରେ ବାନ୍ଧିପକାଏ, ଯେଉଁଥିରୁ ମଣିଷ ମୁକ୍ତି ପାଏନା।'

କିଛି ସମୟ ନିରବ ରହି ସେ ପୁଣି କହିବାକୁ ଆରମ୍ଭ କଲେ – 'କାମନା ଥିବା ପର୍ଯ୍ୟନ୍ତ ମଣିଷର ମୋକ୍ଷ ନାହିଁ। ସେ ବାରମ୍ବାର ଜନ୍ମଗ୍ରହଣ କରୁଥିବ। ମୁକ୍ତିଗୁମ୍ଫା

ଏପରି ଏକ ପବିତ୍ର କ୍ଷେତ୍ର, ଯାହାକୁ ସ୍ପର୍ଶ କରିବାମାତ୍ରେ ଇନ୍ଦ୍ରିୟଲାଳସା ଲୋପ ପାଇଯାଏ। ମୁଁ ଅନୁଭବ କରିସାରିଛି, ମୋର ସମସ୍ତ ପାର୍ଥିବ ଆସକ୍ତି ଲୀନ ହୋଇଯାଇଛି। ଏବେ ମୁଁ ମୁକ୍ତ, ମୋର ଆଉ ଏଠାରେ କିଛି କାମ ନାହିଁ ।'

ସାବତ୍‌ବାବୁ ଧଇଁସଇଁ ହେବାକୁ ଲାଗିଲେ। କଥା କହିବାର କିଛି ସମୟ ପରେ ସେ ଶେଷନିଶ୍ୱାସ ଛାଡ଼ିଲେ। ତାଙ୍କର ସ୍ଥାୟୀ ଠିକଣାରେ କେହି ନ ଥାଇ ପାରନ୍ତି ବୋଲି ଆମେ ଜାଣିଲେ ମଧ୍ୟ ଚିଠି ଦେଇଥିଲି। କିଛି ଫଳ ହୋଇ ନ ଥିଲା। ଆମ ଆପାର୍ଟମେଣ୍ଟ୍‌ର ଆସୋସିଏସନ୍ ତରଫରୁ ଶବସତ୍କାର କରିସାରି ତାଙ୍କ ଅଳ୍ପ ଜିନିଷପତ୍ରର ତାଲିକା ନେଲାବେଳେ ତାଙ୍କ ବିଛଣା ପାଖ ଛୋଟ ଟେବୁଲ ଡ୍ରୟାରରେ ଗୋଟିଏ ଦସ୍ତପତ୍ର ପାଇଲୁ। ସେ ତାଙ୍କ ଫ୍ଲାଟ୍‌ଟିକୁ ଛୋଟ ପିଲାଙ୍କ ଖେଳ ସ୍କୁଲ କରିବାପାଇଁ ଆମ ଆପାର୍ଟମେଣ୍ଟ୍ ଆସୋସିଏସନ୍‌କୁ ଦାନ କରିଦେଇଥିଲେ।

■

ନିଜ ଶବ ସହ ବାରଟି ରାତି

ମନୋହରବାବୁଙ୍କ ଶୋଇବାଘର । ରାତି ବାରଟା । ସେ ଶବ୍ଦ ପୁଣି ତାଙ୍କ କାନ ଭିତରେ ପଶିଯାଇ ତାଙ୍କୁ ବ୍ୟସ୍ତବିବ୍ରତ କରିବାକୁ ଲାଗିଲା । ଅତି ଉତ୍କଟ ଓ ଅପରିଚ୍ଛନ୍ନ ସେଇ ଶବ୍ଦ । ସେ ଶବ୍ଦ ଯେତେବେଳେ ତାଙ୍କୁ ଆକ୍ରମଣ କରେ, ସେ ଗୋଟିଏ କାନରୁ ଆରକାନକୁ ତୁରନ୍ତ ଡେଇଁପଡ଼େ । ଦୁଇଟି କାନକୁ ତାବ୍‌ଦା କରିଦେଇ ସେ ନାକ ଭିତରେ ପଶିଯାଏ, ସେତେବେଳେ ସେଇ ଶବ୍ଦର ଆକ୍ରମଣରେ ମନୋହରବାବୁ ଅସ୍ଥିର ହୋଇପଡ଼ନ୍ତି । ଏତେ କଦର୍ଯ୍ୟ ସେ କଂପନ ଯେ ମନୋହରବାବୁ ଶ୍ୱାସକୁ ଚାପି ରଖନ୍ତି ସେଇ କଷ୍ଟର ଦୌରାତ୍ମ୍ୟରୁ ମୁକୁଳିବାପାଇଁ । ଦେଖୁ ଦେଖୁ ସେ ଗଳା ଭିତର ଦେଇ ତାଳୁକୁ ଉଠିଯାଏ । ସେଇଠାରୁ ତାଙ୍କ ଧମନୀ ଭିତର ଦେଇ ସାରା ଶରୀରଟାଯାକ ଖେଳିଯାଏ । ଲୋମକୂପ ଭିତରେ ସେ ଶବ୍ଦକୁ ବାରିପାରନ୍ତି । ସଂପୂର୍ଣ୍ଣ ଅସହାୟବୋଧ ତାଙ୍କୁ କାବୁ କରିନିଏ । ସେ ଛଟପଟ ହୁଅନ୍ତି । ଶବ୍ଦର ସେଇ ଜ୍ୱାଳା ଯନ୍ତ୍ରଣାରୁ ମୁକୁଳିବା ଚେଷ୍ଟାରେ କପାଳରୁ ଝାଳ ବୁହେ । ଦେହ, ହାତ, ଗୋଡ଼ ପୋଡ଼େ । ପରିସ୍ରା ପୋଡ଼େ । ସେ ଘନଘନ ପରିସ୍ରା କରିବାକୁ ଦୌଡ଼ନ୍ତି । ସେତିକିବେଳେ ତାଙ୍କ ଆଖିରୁ ମାଳ ମାଳ ଜୁଳୁଜୁଳିଆପୋକ ଖସିପଡୁଥିବା ପରି ଲାଗେ । ବାଷଠି ବର୍ଷର ଜୀବନରେ କେତେକ ରୋଗବ୍ୟାଧିର କଷ୍ଟକୁ ସେ ବରଦାସ୍ତ କରିଛନ୍ତି । ତାଙ୍କୁ ଅଳ୍ପକେ ଥଣ୍ଡା ଧରେ, ଗଳା ଫୁଲିଯାଏ, କାଶିକାଶି ସେ ବେଦମ୍ ହୁଅନ୍ତି । କାସରେ ରକ୍ତ ପଡ଼େ, ଗଳା ଛିଣ୍ଡିଯାଇ ଖାଇଲାବେଳେ ଭୀଷଣ ପୋଡ଼େ । କଷ୍ଟକୁ ପେନ୍ କିଲର ବା ନିଦ ବଟିକା ଖାଇ ଦବାଇଦେଇହୁଏ । କିନ୍ତୁ ଏଇ ଯେଉଁ ଶବ୍ଦର କଷ୍ଟ ତାଙ୍କୁ ଏବେ ଘାରୁଚି, ସେ ପେନ୍ କିଲର କି ନିଦ ବଟିକାକୁ ମାନୁନାହିଁ । ମନକୁ ଚିପୁଡ଼ି ସାଙ୍କୁଟାଇ ଦେଉଚି, ମରିଯିବାକୁ ଇଚ୍ଛାହେଉଛି । ସେଇ ଶବ୍ଦର ପ୍ରକୋପରେ ତାଙ୍କୁ ଲାଗୁଚି ଯେ ସେ

ସବୁଠୁ ଅପାରଗ ଓ ବୁଦ୍ଧୁ । ଗୁଡ଼ାଏ ବିଷାକ୍ତ ଉକୁଣି ତାଙ୍କ ମୁଣ୍ଡବାଳ ମୂଳରୁ ବାହାରି ଆସି ତାଙ୍କ ଛାତି, ପେଟ, ଜଂଘର ଲୋମରେ ଠାକି ତାଙ୍କ ଦେହର ସବୁ ଶକ୍ତି ଟାଣିନେଉଛନ୍ତି । ସେ ଅତି ଜଘନ୍ୟ ଅନ୍ଧାର - ପଚା ଅନ୍ଧାର ଭିତରେ ଅଣନିଶ୍ୱାସୀ ।

ସେ ମରିବାକୁ ପ୍ରସ୍ତୁତ ହେଲାବେଳେ ଜାଣିଲେ ଯେ ମରଣ ମଣିଷକୁ ମୂଳପୋଛ କରିବା ଆଗରୁ ତାକୁ ପଶୁ କରିଦିଏ । ପଶୁର କେବଳ ବଞ୍ଚିରହିବା ଥାଏ । ମଣିଷର ବଞ୍ଚିରହିବା ସହିତ ବଢ଼ିବାର ଇଚ୍ଛା ମଧ୍ୟ ଥାଏ । ମରଣ, ସେଇ ବଢ଼ିବା ଇଚ୍ଛାକୁ ପ୍ରଥମେ ହରଣଚାଲ କରିନିଏ । ତା'ପରେ ସେ ବଞ୍ଚିବାକୁ ଖଣ୍ଡବିଖଣ୍ଡିତ କରିଦିଏ । ମରଣବେଳେ ସାଧାରଣ ମଣିଷ ପଶୁପରି ଅସଙ୍ଗଠିତ ଓ ଅସହାୟ । ମଣିଷ ମଲାବେଳେ ପଶୁ ହୋଇ ମରେ ।

ଆଜିକୁ ବାର ଦିନ ତଳେ ମନୋହରବାବୁଙ୍କ ଅନ୍ତରଙ୍ଗ ବନ୍ଧୁ ନିରଞ୍ଜନବାବୁଙ୍କ ଦେହାନ୍ତ ହେଲା । ଶବଦାହ ପାଖରେ ସେ, ତାଙ୍କ ଦୁଇ ପୁଅ ଓ କେତେକ ସଂପର୍କୀୟଙ୍କ ସହିତ, ଆରଂଭରୁ ଶେଷ ପର୍ଯ୍ୟନ୍ତ ଉପସ୍ଥିତ ଥିଲେ । ଶବର ମୁଣ୍ଡଟି ଯେତେବେଳେ ଫାଟିଲା ଚିଂ ଚିଂ ଶବ୍ଦ ହେଲା ଓ ସେଇ ଶବ୍ଦ କିଛି ସମୟ ଧରି ରହିଲା । ନିରଞ୍ଜନବାବୁଙ୍କ ଶବ ପୋଡୁଥିଲାବେଳେ ମନୋହରବାବୁଙ୍କୁ ଲାଗିଲା ଯେ ସେ ଯେମିତି ନିଜେ ପୋଡ଼ିହୋଇ ଯାଉଛନ୍ତି, ନିରଞ୍ଜନବାବୁଙ୍କ ମୁଣ୍ଡ ପୋଡ଼ିହୋଇ ଦି' ଫାଳ ହେଲାବେଳେ ସେ ନିଜ ମୁଣ୍ଡ ପୋଡ଼ିହୋଇ ଫାଟିଯିବାର ଯନ୍ତ୍ରଣାରେ ଛଟପଟ ହୋଇ, ସେଇ ଜୁଇ ପାଖରେ ପଡ଼ିଗଲେ । ଲୋକେ ତାଙ୍କୁ ଟିକେ ଦୂର ଜାଗାକୁ ଉଠାଇନେଇ ମୁହଁରେ ପାଣି ମାରିଲେ, ଥଣ୍ଡା ସରବତ ପିଆଇଲେ । ମନୋହରବାବୁ ଉଠିବସିଲେ, ଠିଆହେଲାବେଳେ ଜାଣିଲେ ଯେ ଗୋଟିଏ ଶବ୍ଦ ଚିଂ ଚିଂ ଘିଂ ଘିଂ ତାଙ୍କ କାନପାଖରେ ବୁଲି ମୁଣ୍ଡ ଭିତରକୁ ପଶିଯିବ କି କ'ଣ! ପୋକଟାଏ କାନ ଭିତରେ ପଶିଗଲା କି? ସେ ଦୁଇ କାନ ଝାଡ଼ିହେଲେ; କିନ୍ତୁ ନାଇଁ, ପୋକଫୋକ କିଛି ନାଇଁ, କିନ୍ତୁ ସେଇ ଶବ୍ଦର ରଡ଼ି ମୁଣ୍ଡଭିତରେ ପରିକ୍ରମା କରୁଚି । ଶ୍ମଶାନରୁ ନିରଞ୍ଜନବାବୁଙ୍କ ଘର ଓ ସେଠାରୁ ସ୍ତ୍ରୀଙ୍କୁ ନେଇ ସେ କଟକ ଫେରିଲେ । ସେତେବେଳକୁ ରାତି ବହୁତ ହୋଇଯାଇଥିଲା । ଶୋଇବାଘରେ, ସ୍ତ୍ରୀ ଶୋଇ ଘୁଙ୍ଗୁଡ଼ି ମାରିଲେଣି, କିନ୍ତୁ ମନୋହରବାବୁଙ୍କୁ ସେଇ ଶବ୍ଦ ଅସ୍ତବ୍ୟସ୍ତ କରୁଚି, ଝୁଣିପକାଉଚି ତାଙ୍କର ସର୍ବାଙ୍ଗ । ପାହାନ୍ତା ହେଲାରୁ ଧୀରେ ଧୀରେ ସେଇ ଶବ୍ଦର ପ୍ରକୋପ କମିଗଲା, ସକାଳେ ଆଉ ନ ଥିଲା । ପରଦିନ ସଂଧ୍ୟାବେଳେ ସେ ସ୍ତ୍ରୀଙ୍କୁ ଧରି ନିରଞ୍ଜନବାବୁଙ୍କ ଘରେ କିଛି ସମୟ ବସିଛନ୍ତି - ପୁଣି ସେଇ ଶବ୍ଦ ତାଙ୍କୁ ଆକ୍ରମଣ କଲା ଓ ବାଁ କାନଦେଇ ମୁଣ୍ଡ

ଭିତରେ ପଶିଯାଇ ତାଙ୍କୁ ଅସ୍ଥିର କରିବାକୁ ଲାଗିଲା । ସେ ଘରକୁ ଫେରି ନିଜ ବିଛଣାରେ ମରିଯିବା ପରି ଛଟପଟ ହେଲେ ସକାଳଯାଏ । ଗତ ବାର ଦିନ ଧରି ମନୋହରବାବୁ ପ୍ରତି ରାତିରେ ସେଇ ଶବ୍ଦର ପ୍ରକୋପରେ ମରୁଛନ୍ତି, ମରଣର ଚରମ କଷ୍ଟରେ ସେ ମରିଯିବେ ବୋଲି ଭାବୁଛନ୍ତି, କିନ୍ତୁ ମରୁନାହାନ୍ତି ।

ନିରଞ୍ଜନବାବୁଙ୍କ ସହିତ ତାଙ୍କର ସଂପର୍କ ଗତ ତିରିଶ ବର୍ଷର । ମନୋହରବାବୁ ତାଙ୍କ ବାବାମାଆଙ୍କର ଏକମାତ୍ର ସନ୍ତାନ । କଟକରେ ଘର ଓ ଲୁଗାଦୋକାନ ବାବାଙ୍କ ଅମଳରୁ । ମନୋହରବାବୁ ଭଲ ଛାତ୍ର ଥିଲେ ଓ ଅର୍ଥନୀତିରେ ପ୍ରଥମ ଶ୍ରେଣୀରେ ଏମ୍. ଏ. ପାସ୍ କଲେ । ମାଆ ଚାକିରିକୁ ଛାଡ଼ିଲେ ନାହିଁ... ବାପାଙ୍କ ଦୋକାନ ଚଳା ଆଉ ମୋ ଆଖି ସାମ୍ନାରେ ଥା' । ମନୋହରବାବୁ ଧୀରେ ଧୀରେ ଦୋକାନକୁ ବଢ଼ାଇଲେ । ଆଧୁନିକ ରୁଚି ଭର୍ତ୍ତିକଲେ । ତାଙ୍କ ଜେଜେମା'ଙ୍କ ନାଁରେ ବାପାଙ୍କ ଅମଳର ଶାନ୍ତିଲତା ବସ୍ତ୍ରାଳୟର ନାଁ ବଦଳିଲା - ଶାନ୍ତିଲତା ଡ୍ରେସ୍ ହାଉସ୍ । ବାପାଙ୍କୁ କାର୍ ଚଢ଼ାଇଲେ । ପଢ଼ିଲାବେଳେ ସେ ଶ୍ରୀଶ୍ରୀଠାକୁର ଅନୁକୂଳଚନ୍ଦ୍ରଙ୍କ ଦୀକ୍ଷା ନେଇଥିଲେ । ବିବାହ ପରେ ସେ ଆମିଷ ଛାଡ଼ିଲେ, ତାଙ୍କ ସ୍ତ୍ରୀ ପିଲାଦିନରୁ ନିରାମିଷାଶୀ । ସେ ଦୀକ୍ଷା ନେଇଯାଇଥିଲେ ସିନା କିନ୍ତୁ ଦୀକ୍ଷା ସମୟରେ ଯେଉଁ ଶୃଙ୍ଖଳାରେ ରହିବାପାଇଁ ସେ ପ୍ରତିଜ୍ଞା କରିଥିଲେ, ତାକୁ ମାନିଲେ ନାହିଁ । କେବଳ ଦୋକାନ ଖୋଲିଲାବେଳେ ଶ୍ରୀଶ୍ରୀଠାକୁରଙ୍କର ଯେଉଁ ଫଟୋଟି କ୍ୟାସ୍ କାଉଣ୍ଟର ଉପରକୁ ଝୁଲୁଥାଏ, ଦୁଇଟି ଧୂପକାଠି ଜଳାଇ ନମସ୍କାରଟି ପକାନ୍ତି । ବ୍ୟବସାୟ ତ ବଢୁଚି, ତାଙ୍କ ବାପାଙ୍କ ବେଳର ପୁରୁଣା କୋଠାକୁ ସେ ଚଉଡ଼ା ଓ ଉଚ୍ଚତାରେ ବଢ଼ାଇ ନୂଆ ଚକ୍‌ଚକ୍ କରି ରଖିଛନ୍ତି । ପୁଅ ଦି'ଜଣ - ଏବେ ବଡ଼କୁ ଅଠେଇଶ ଓ ସାନକୁ ଛବିଶ । ଭୁବନେଶ୍ୱରରେ ତାଙ୍କ ନାଁ, ଓ ସ୍ତ୍ରୀଙ୍କ ନାଁରେ ଦୁଇଟି ଅତ୍ୟାଧୁନିକ ଲୁଗାଦୋକାନ – ମନୋହର ଜେଣ୍ଟ୍ସ୍ ଓୟାର ଓ ମାଳିନୀ ଶାଢ଼ି ସେଣ୍ଟର ସେମାନେ ବୁଝୁଛନ୍ତି। ଭୁବନେଶ୍ୱର-ଖୋର୍ଦ୍ଧା ରାସ୍ତା ପାଖେ ଦଶ ଏକର ଜାଗାରେ କୃଷି ଫାର୍ମ୍ ଓ ଫାର୍ମ୍ ହାଉସ୍ । ତାଙ୍କ ଭାଗ୍ୟଟି ଭଲ । ଖାଲି ଗୋଟିଏ ଦୁର୍ବଳତା, ଯାହାକୁ ସେ ଦିନଯାକର ଖଟଣି ପରେ ସାମାନ୍ୟ ଆମୋଦ-ହକ୍ ବୋଲି ଭାବନ୍ତି । ରାତିରେ ବାରଟା ଗୋଟାଏଯାଏ ଜୁଆ ଖେଳିବା ।

ବଡ଼ପୁଅକୁ ଯେତେବେଳେ ଚାରି ବର୍ଷ ଓ ସାନକୁ ଦୁଇ, ସେ ସ୍ତ୍ରୀ ପିଲାଙ୍କୁ ନେଇ ରାତି ଖାଇବା ପାଇଁ କଟକର ଗୋଟାଏ ହୋଟେଲରେ ବସିଥା'ନ୍ତି । ଖାଇବା ଆସି ନ ଥାଏ । ଏତିକିବେଳେ ଚାରି ପାଞ୍ଚ ଜଣ ଲୋକ ହସଖୁସି କଥାବାର୍ତ୍ତା ହୋଇ ହୋଟେଲ୍

ଭିତରକୁ ପଶିଆସିଲେ । ସେମାନେ ଟିକେ ଦୂର ଟେବୁଲ ଆଡ଼କୁ ଗଲାବେଳେ ବଡ଼ପୁଅ ତାଙ୍କ ସ୍ତ୍ରୀଙ୍କୁ କହିଲା : 'ମା', ଦେଖ ଆମର ଆଉ ଗୋଟେ ପାପା କଉଠୁ ଆସିଲେ ?' ତାଙ୍କ ସ୍ତ୍ରୀ ନଜର ଦେଲେ । ସେମାନଙ୍କ ଭିତରୁ ଜଣେ ଦେଖିବାକୁ ଅବିକଳ ମନୋହରବାବୁଙ୍କ ପରି । ଖାଲି ଏତିକି ଯେ ସେ ଟିକେ ଡେଙ୍ଗା ଓ ନିଶ ରଖିଛନ୍ତି । ସାକ୍ଷାତ୍ କଥାବାର୍ତ୍ତା ହେଲା । ଟେବୁଲ ଯୋଡ଼ା ହୋଇ ସମସ୍ତେ ଏକାଠି ଖାଇଲେ । ସେଇଦିନଠୁ ସାଦୃଶଙ୍କ ଘନିଷ୍ଠତା ବଢ଼ିଲା । ସେତେବେଳେ ନିରଞ୍ଜନବାବୁ ତାଙ୍କ ଅଞ୍ଚଳ ବ୍ଲକ୍‌ର ଚେୟାରମ୍ୟାନ୍ ଥିଲେ, ପରେ ଏମ୍.ଏଲ୍.ଏ. ହେଲେ, ମନ୍ତ୍ରୀ ହେଲେ, ମରିବାର ଦୁଇ ବର୍ଷ ପୂର୍ବ ନିର୍ବାଚନରେ ହାରିଯାଇଥିଲେ । ଏମିତି ତ ଦୁଇବନ୍ଧୁଙ୍କ ପରସ୍ପର ଘରକୁ ଯିବାଆସିବା, ଦୁଇ ପରିବାରକୁ ନେଇ ଫାର୍ମ୍ ହାଉସ୍‌ରେ ଛୁଟିଦିନ ବିତାଇବା ଜାରିରହିଥିଲା ଏଯାବତ୍ । ନିର୍ବାଚନବେଳେ ମନୋହରବାବୁ ନିଜକୁ ନିରଞ୍ଜନବାବୁ କରିଦିଅନ୍ତି ପୂରାପୂରି । ନିଶ ରଖନ୍ତି; ଉଚ୍ଚତା ବଢ଼ାଇବାକୁ ଉଚ୍ଚା ଜୋତା, ଟ୍ରାଉଜର ପଞ୍ଜାବି ପିନ୍ଧି ଖୋଲାଜିପ୍‌ରେ ଗାଁ ଗାଁ, ହାତ ହଲାଇ ନିରଞ୍ଜନବାବୁ ସାଜି ବୁଲନ୍ତି । ସେ ଅବଶ୍ୟ କେଉଁଠି ମୁହଁ ଖୋଲନ୍ତି ନାହିଁ । ଯେଉଁ ପ୍ରଚାରରେ ଭାଷଣ ଦରକାର, ସେଠାକୁ ଯାଆନ୍ତି ନିରଞ୍ଜନବାବୁ ନିଜେ, ଆଉ ଯେଉଁଠି ଖାଲି ଜିପ୍‌ରେ ବସି ହାତହଲା, ହାତଯୋଡ଼ି ମୁରୁକିହସା, ସେ କାମ ତୁଲାନ୍ତି ମନୋହରବାବୁ, ନେତାଙ୍କ କା' ହୋଇ ।

ଗତ ଛ'ମାସ ତଳେ ବନ୍ୟାବେଳେ ତାଙ୍କ ଅଞ୍ଚଳରେ ରିଲିଫ୍ ବାଣ୍ଟିବାବେଳେ ନିରଞ୍ଜନବାବୁଙ୍କ ଗୋଡ଼ କାଦୁଅରେ ଖସିଗଲା, ପଡ଼ିଯିବାରୁ ମୁଣ୍ଡରେ ଆଘାତ ଲାଗିଲା । ବେହୋସ ଅବସ୍ଥାରେ କଟକ ବଡ଼ଡାକ୍ତରଖାନା, ସେଠାରୁ ନୂଆଦିଲ୍ଲୀ ଓ ସେଠାରୁ ଭୁବନେଶ୍ୱର । ମାସେ ହେଲା ଗୋଟିଏ ପ୍ରାଇଭେଟ୍ ହସ୍‌ପିଟାଲର ଆଇ. ସି. ୟୁ. ରେ ସେଇ ଅଚେତ ଅବସ୍ଥା । ବାର ଦିନ ତଳେ ହୃଦ୍‌କ୍ରିୟା ହଠାତ୍ ବନ୍ଦ୍ ହୋଇଗଲା । ନିରଞ୍ଜନବାବୁଙ୍କର ଗୋଟିଏ ପୁଅ । ସେ ବାପାଙ୍କ ଶବକୁ ତାଙ୍କ ଭୁବନେଶ୍ୱର ଘରକୁ ଆଣି ଗୋଟିଏ ଦିନ ରଖିଲା । ରାଜନେତା, ବନ୍ଧୁବର୍ଗ ଓ ବହୁଲୋକଙ୍କ ସମାଗମ, ଶେଷ ଦର୍ଶନପାଇଁ । ସେଠାରୁ କେନ୍ଦ୍ରାପଡ଼ା ପାଖ ତାଙ୍କ ଗାଁ ଶ୍ମଶାନରେ ଦାହର ବ୍ୟବସ୍ଥା । ମନୋହରବାବୁ କଟକ ବଡ଼ଡାକ୍ତରଖାନା ଓ ଭୁବନେଶ୍ୱର ପ୍ରାଇଭେଟ୍ ହସ୍‌ପିଟାଲକୁ ପ୍ରତିଦିନ ଦେଖିବାକୁ ଯାଉଥିଲେ । ଗାଁ ଶ୍ମଶାନରେ ଦାହ ହେଲାବେଳକୁ ଅପରାହ୍ଣ, କୋଡ଼ିଏ ହଜାରରୁ ବେଶି ଲୋକ ଆସିଥିଲେ ଶବ ଶୋଭାଯାତ୍ରାରେ । ଦାହବେଳେ ନିରଞ୍ଜନବାବୁଙ୍କ ପୁଅର ପାଖେ ପାଖେ ଥିଲେ ମନୋହରବାବୁ । ନିରଞ୍ଜନବାବୁଙ୍କର ଜଣେ ବିଶ୍ୱସ୍ତ କର୍ମୀ ମନୋହରବାବୁଙ୍କ ପାଖକୁ ଆସି କହିଲା, 'କ'ଣ ସା'ରେ,

ଭୋଟବେଳେ ତ ତମେ ଆମ ନେତାଙ୍କ ଅବତାର ସାଜି ହାତ ହଲେଇ, କେତେ ମୁରୁକିହସା ଦେଇ, ଲୋକଙ୍କଠୁଁ ନମସ୍କାର ନେଇଚ, ଏବେ ଦେଖିବା ତମ କଲିଜା, ଦେଖି, ପଶିଗଲ ନିଆଁରେ!' ମନୋହରବାବୁ ଚମକିପଡ଼ିଲେ । ନିରଞ୍ଜନବାବୁଙ୍କ ମରଣ ତାଙ୍କ ଉପରକୁ ଡେଇଁପଡ଼ିଲା । ତେଣୁ ଶବ ଜଳିଲାବେଳେ ସେ ନିଜେ ପୋଡ଼ି ହୋଇଯାଉଥିବାର ଓ ଶବର ମୁଣ୍ଡକୁ ନିଆଁ ଫଟାଇଲାବେଳେ ଯେଉଁ ଭୟାବହତା, ତାଙ୍କୁ ସମ୍ପୂର୍ଣ୍ଣ ଅକାମୀ, ନିର୍ଜୀବ ଓ ଦୁର୍ବଳ କରିଦେଲା । ସେତେବେଳଠୁ ଏଇ ବିକଟ ଶବ୍ଦ ନିରଞ୍ଜନବାବୁଙ୍କ ପୋଡ଼ିଯାଉଥିବା ଫଟାମୁଣ୍ଡରୁ ବାହାରି ତାଙ୍କ କାନ ଦେଇ ତାଳୁକୁ ଚଢ଼ିଗଲା । ସେଇ ଶବ୍ଦ ଜ୍ୱାଳାରେ ସେ ମରଣାନ୍ତକ କଷ୍ଟ ଭୋଗନ୍ତି । କିନ୍ତୁ ଏଇ ଶବ୍ଦର ପ୍ରକୋପରେ ମରଣ ମରିବା ସଂଧ୍ୟାବେଳଠାରୁ ପାହାନ୍ତା ପର୍ଯ୍ୟନ୍ତ । ସକାଳ ହେଲେ ସେଇ ତୀକ୍ଷ୍ଣ କଟୁ ଶବ୍ଦ ଧୀରେ ଧୀରେ ଅପସରିଯାଏ, ତାଙ୍କ ମୁଣ୍ଡ ଓ ଦେହକୁ ଆଉ ଘାଏଲା କରେ ନାହିଁ ।

ନିରଞ୍ଜନବାବୁଙ୍କ ଶବସଂସ୍କାର ଦିନଠାରୁ ଆଜି ବାର ଦିନରେ ପ୍ରାୟ ତିରିଶ ହଜାର ଲୋକ ତାଙ୍କ ଗାଁରେ ଏକତ୍ର ହୋଇ ସଭା କଲେ, ତାଙ୍କ ଗୁଣଗାନ କଲେ, ତାଙ୍କୁ ଝୁରି ହେଲେ, କେହି କେହି କହିଲାବେଳେ କାନ୍ଦିଲେ । ତା'ପରେ ପଙ୍କ୍ତିଭୋଜନ, ନିରଞ୍ଜନବାବୁଙ୍କ ପୂରା ଫଟୋକୁ ଗାଡ଼ିରେ ସଜାଇ 'ନିରଞ୍ଜନ ନାଏକ ଜିନ୍ଦାବାଦ୍' ଧ୍ୱନିରେ ବିରାଟ ପଟୁଆର, ଏସବୁ ସରିଲାବେଳକୁ ସଂଧ୍ୟା ପାଞ୍ଚଟା । ମନୋହରବାବୁ କଟକ ଆସିବାକୁ ବାହାରିଲାବେଳେ ସେଇ ଉକ୍ରଟ ଶବ୍ଦ ତାଙ୍କ ବାଁ କାନରେ ପଶିଯିବାର ସେ ଅନୁଭବ କଲେ । କଟକରେ ଘରକୁ ପହଞ୍ଚିଲାବେଳକୁ ସନ୍ଧ୍ୟା ସାତଟା । ଏଇ ବାର ଦିନ ହେଲା ରାତିରେ କିଛି ଖାଇବାକୁ ତାଙ୍କର ଇଚ୍ଛା ହୋଇନାହିଁ । ଶବ୍ଦର ପ୍ରଚଣ୍ଡ କଷ୍ଟ ତାଙ୍କୁ ଏତେ କୋରିଦିଏ ଯେ ସେ ଏକାକୀ ହୋଇ ରହିବାକୁ ଚାହାନ୍ତି, ସ୍ତ୍ରୀ ତାଙ୍କ ସହିତ ବେଶି କଥାବାର୍ତ୍ତା ହେଲେ ଚିଡ଼ିମାଡ଼େ । ଜୁଆ ସାଙ୍ଗମାନଙ୍କଠାରୁ ପ୍ରତି ରାତିରେ ନଅଟା ଦଶଟା ବେଳକୁ ଫୋନ୍ ଆସେ, ଦେହ ଭଲ ନାହିଁ ବୋଲି ସେ ମନା କରନ୍ତି - ଆଖଡ଼ାକୁ ଯିବାକୁ ମନ ବଳେ ନାହିଁ । ମନ ଭଲ ନ ଥିଲେ ସବୁ ଛିଃ!

ଆଜି ରାତିରେ ଶବ୍ଦର ଆକ୍ରମଣ ଅତି ତୀବ୍ର ଓ ସଙ୍କୁଚିତ । ସ୍ତ୍ରୀ ଦୁଇ ଦିନ ହେଲା ତାଙ୍କ ନୟାଗଡ଼, ବାପଘରକୁ ଯାଇଛନ୍ତି; ଘରେ ଚାକର ବ୍ୟତୀତ ସେ ଏକା । ଘରକୁ ଫେରି ତାଙ୍କ ଶୋଇବାଘରକୁ ଯାଇ ଲୁଙ୍ଗି ବଦଳାଇ ବିଛଣାରେ ପଡ଼ିଗଲେ । ତାଙ୍କ ଘରେ ଯେତେଗୁଡ଼ିଏ ମଣିଷ ଥିଲେ, ତାଙ୍କୁ ଲାଗିଲା ଯେ ସମସ୍ତେ ଯେମିତି ତାଙ୍କ ପ୍ରତି

ଉଦାସ ଓ ନିରୁଦ୍‌ବିଗ୍ନ । ତାଙ୍କର ଏଇ ଚରମ ଦୁଃଖରେ ସେ ଅତିମାତ୍ରାରେ ଅସହାୟ । ଏଇ ଅସହାୟବୋଧରୁ ମୁକ୍ତି ପାଇବାଲାଗି ସେ ବୋଧହୁଏ ରାତିରାତି ଜୁଆ ଖେଳୁଥିଲେ । କିଛି ଗୋଟାଏ ଲାଭ – ଯାହା ପାଇଁ ସେ ଦାୟୀ ନୁହନ୍ତି - ଏଇ ଆଶା ତାଙ୍କୁ ବଞ୍ଚାଇ ରଖିଥିଲା, କିନ୍ତୁ ବର୍ତ୍ତମାନ ଜୁଆଖେଳକୁ ମନ ଆଉ ଚାହୁ ନାହିଁ । ଭୟର ତୁମୁଳ ଅନ୍ଧାର ଭିତରେ ସେ ଜଡ଼ସଡ଼ । କଷ୍ଟ ସହିନପାରି ମରିବାକୁ ଚାହିବାବେଳେ ମଣିଷ ଅତି ଭୟପାଏ ଓ ସେଇ ଭୟର ଦୌରାତ୍ମ୍ୟରେ ହଗିମୂତିପକାଏ । ମଣିଷ ମଲାବେଳେ ପଶୁପରି ଅତି ଭୟ-ସଙ୍କୁଚିତ ଅବସ୍ଥାରେ ନିଜ ଦେହକୁ ଛାଡ଼େ । ଆଗରୁ ପଶୁ ପରି ଯେଉଁ ମରିବା କଥା ମନୋହରବାବୁ ବହିପତ୍ର ପଢ଼ି ଆଭାସ ପାଇଥିଲେ, ଏବେ ଜାଣିଲେ, ସେଇ ସଙ୍କୁଚିତ ଅବସ୍ଥାରେ ମଣିଷ ଭିତରେ ଆଉ ସାହସର କାଣିଚାଏ ନ ଥାଏ ।

ତାଙ୍କ ଜୀବନକୁ ତାଙ୍କଠାରୁ ଅଲଗା କରିଦେବାକୁ ଇଚ୍ଛା ପ୍ରବଳ ହେଲାବେଳେ ଗୋଟାଏ ସୁଗନ୍ଧ ତାଙ୍କ ନାକରେ ବାଜିଲା । ସେ ସେଇ ଉଚ୍ଛନ୍ନ ଅବସ୍ଥାରେ ମନେପକାଇଲେ ଯେ ଦୋକାନରେ ଶ୍ରୀ ଶ୍ରୀ ଠାକୁରଙ୍କ ଫଟୋରେ ଧୂପକାଠି ବୁଲାଇଲାବେଳେ ଯେଉଁ ଗନ୍ଧ, ଇଏ ସେଇ ଗନ୍ଧ । ସେଇ ଗନ୍ଧକୁ ସେ ଜାବୁଡ଼ିଧରିଲେ, ସେଇ ଗନ୍ଧକୁ ଧରି ଫଟୋ ତଳେ ଯେଉଁ ଗୋଟିଏ ଛୋଟିଆ ବାଣୀ ଲେଖାଥିଲା - 'ମା ମ୍ରିୟସ୍ୱ, ମା ଜହି ଶକ୍ୟତେ ଚେତ ମୃତ୍ୟୁମ୍ ଅବଲୋପୟ – ମରନା-ମାରନା, ପାର ତ ମୃତ୍ୟୁକୁ ଅବଲୁପ୍ତ କର' - ତାକୁ ସ୍ପଷ୍ଟ ପଢ଼ିପାରିଲେ । ସେଇ ବାଣୀକୁ ପଢ଼ିବାମାତ୍ରେ ଓ ସେଇ ଧୂପ ବାସ୍ନାକୁ ଆଘ୍ରାକରି ସେ ଆଉ ଏକ ଜଗତରେ ପହଞ୍ଚିଲେ, ଯେଉଁଠି ମୃତ୍ୟୁ ଅବଲୁପ୍ତ । ଏଇ ମୃତ୍ୟୁ-ଅବଲୁପ୍ତ ଜଗତ୍‌ରେ ଭୟର ପ୍ରକୋପ ନ ଥାଏ । ସେ ପୁଣି ଦେଖିଲେ ଯେ ତାଙ୍କର ଅନୁପସ୍ଥିତିରେ ମଧ୍ୟ ଏଇ ଜଗତ୍ ଆଗରୁ ଯେଉଁ ତାଳ-ଲୟରେ ଚାଲୁଚି, ସେଇପରି ଚାଲୁଥିବ । ତାଙ୍କର ଅନୁପସ୍ଥିତି ଆଖିପିଛୁଳାକେ ପାଣିର ଗାରଟିଏ ପରି । ସେ ସବୁବେଳେ ଉପସ୍ଥିତ । ମୃତ୍ୟୁ କାହାକୁ ହଜାଇପାରେ ନାହିଁ। ସେଇ ଧୂପଧୂଆଁର ମହକରେ ସେ ଏଇ ଜଟିଳ ଦୁନିଆରେ ଥାଇ ମଧ୍ୟ ଆଉଏକ ସହଜ ଜଗତରେ ଅଛନ୍ତି, ଯେଉଁଠି ଋଣାନୁବନ୍ଧନ ନାହିଁ ।

ସେ ଜାଣିପାରିଲେ ଯେ ମଣିଷ ତା'ର ଭାଗ୍ୟ, ତା'ର କର୍ମଫଳ, ଏସବୁକୁ ସେ ନିଜେ ସଞ୍ଚୟ କରିଚି, ଫସଲ ସଞ୍ଚୟ କଲାପରି । କିନ୍ତୁ ସେଇ ସଞ୍ଚିତ ଫଳ-ଜଞ୍ଜାଳରୁ ମୁକ୍ତି ପାଇବାକୁ ହେଲେ ସେ ଆଉ ଋଣ କରିବ ନାହିଁ, ଯେତିକି ଋଣ ଆଗରୁ କରିଛି ଓ ଯାହା ଶୁଝିପାରିଛି ଓ ଆଉଯାହା ଶୁଝାସରିନାହିଁ, ସେସବୁକୁ ଗୋଟେଇଗାଟେଇ ଗାଁ

ପଧାନଙ୍କ କୋଠଘରେ - ଏକ ଉଚ୍ଚତର ଶକ୍ତି ପାଖରେ ମୁଝାମ ଦେଇଦେବ । ତେଣୁ ପୁରୁଣା ଋଣ ପରିଶୋଧ କରୁ କରୁ ଆଉ ନୂଆ ଋଣ କରିବ ନାହିଁ, କାରଣ ତା'ର ପୁରୁଣା ନୂଆ ସବୁ ସଂପର୍କରେ ଆଉ ତା'ର ଅଧିକାର ନାହିଁ, ସେଗୁଡ଼ିକ ତା'ର ହୋଇ ଆଉ ନାହାନ୍ତି - ସେମାନଙ୍କୁ ସେ ହସ୍ତାନ୍ତର କରିଦେଇଚି, ସେଇ ଉଚ୍ଚ ଶକ୍ତିସତ୍ତାକୁ ଜଗତର ପଧାନଙ୍କ ପାଖରେ ।

ରାତିଯାକ ଛଟପଟ ହୋଇ ମନୋହରବାବୁଙ୍କର ଭୋର୍ ବେଳକୁ ଟିକେ ଆଖି ଲାଗିଯାଇଥିଲା । କୋଇଲିର କୁହୁ କୁହୁ ଡାକରେ ତାଙ୍କ ନିଦ ପତଳା ହେଲା । ଖୋଲା ଝରକାର ଟିକେ ଦୂରରେ ଦୁଇ ବର୍ଷର ଛୋଟ ଆମ୍ବଗଛଆଡୁ ସେ ଶବ୍ଦ ଆସି ତାଙ୍କ ବାଁ କାନ ଭିତରେ ପଶି, ମଥାରେ ଚଢ଼ି, ନାକରେ ବୋଝେଇ ହୋଇ, ଧମନୀରେ ବୋହିବାକୁ ଲାଗିଲା । ସେ ଅତିମାତ୍ରାରେ ଉତ୍‌ଫୁଲ୍ଲ ହୋଇଉଠିଲେ । ଗତ ବାରଟି ରାତିର ଦୌରାତ୍ମ୍ୟ କଥା ଭାବିଲାରୁ ତାଙ୍କ ଦେହ ଶିହରିଗଲା । ଓହୋ, ସେ ମରିବାଟା କ'ଣ, ଜାଣିଲେ, ଏଇନେ ମରିବାକୁ ବାଦ୍ ଦେଇ ବଞ୍ଚିବେ । ଜୀବନର ପ୍ରଧାନ ଲକ୍ଷ୍ୟ ହେଲା ବଞ୍ଚିରହିବା ଓ ଏଇ ବଞ୍ଚିରହିବା ନିଶାରେ...

■

ସ୍ୱପ୍ନ ସମାଧି

ଥାନା, କଚେରି ଆଉ ଡାକ୍ତରଖାନା - ସେଠାକୁ ଯିବାକୁ ପଡ଼ିଲେ ମୋ' ପିଳେହିପାଣି। ଏଇଟା ପିଲାଦିନରୁ। ମୋ' ବାପାଙ୍କ କାମ ଥିଲା କଚେରିରେ ଆଉ ଯେଉଁ ଘରେ ମୁଁ ପିଲାଦିନ କଟାଇଲି, ସେଟା ଥାନାର ପଛ ପାଖରେ। ରାତିରେ ଆମେ ତିନି ଭାଇଭଉଣୀ ବୋଉ ପାଖରେ ଘରେ ଶୋଇଥିବୁ ଆଉ ଲଣ୍ଠନ ଆଲୁଅ ମିଞ୍ଜିମିଞ୍ଜି ହୋଇ ଜଳୁଥିବ- ବାପା ଶୋଇଥିବେ ପିଣ୍ଡାରେ, ଦଉଡ଼ିଆଖଟ ପକେଇ- ଥାନା ଆଡୁ ସେଇ ଶବ୍ଦ ଶୁଭିବ- ଇଲୋ ମା'ଲୋ, ମରିଗଲି, ମରିଗଲି- ଧାଏଁ ଧାଏଁ ବଟାସ୍ ବଟାସ୍- ଶଳା କହ ସତ କଥା, କହିଦେ- ଆଜ୍ଞା ତମେ ବାପା ମା', ମୁଁ ଜମା କିଛି ଜାଣିନି- ଶଳା ଜାଣିନୁ ଭଡ଼ାସ୍, ଭଡ଼ାସ୍- ତା'ପରେ ବାହୁନା କାନ୍ଦ ସହ ମରିଗଲି ମରିଗଲି, କହୁଚି କହୁଚି। ପ୍ରାୟ ସବୁ ରାତିରେ ଏମିତିକା ଶୁଭେ। ବୋଉ ବାପା ଓ ମୋ' ସାନ ଭଉଣୀଙ୍କର ଅଭ୍ୟାସ ପଡ଼ିଯାଇଥାଏ, ସେମାନେ ଡରନ୍ତି ନାହିଁ, ମୋ ବଡ଼ଭାଇର ବିଛଣା ଧରିଲେ ଘୁଙ୍ଗୁଡ଼ି; ମୁଁ କିନ୍ତୁ ଏଇ ଶବ୍ଦ ଶୁଣି ବିଛଣାରେ ମୂତିପକାଏ। ବୋଉ ପ୍ୟାଣ୍ଟ୍‌ରେ ହାତମାରି ମୋ' ଅବସ୍ଥା ଦେଖି କହେ- ଆରେ ତୁ ଏମିତି ଡରୁଚୁ କାହିଁକି ? ଚୋର ଡକାୟତ ଖୁନୀକୁ ହାଜତରେ ପୂରେଇ ପୁଲିସ ସତକଥା ଆଦାୟ କରୁଚି, ତୁ ଏମିତି ଥରୁଚୁ କାହିଁକି ? ବିଛଣାଚଦର, ମୋ' ପ୍ୟାଣ୍ଟ ବଦଳାହୁଏ। ଏମିତି ହେଉଥିଲା ମୋର ନବମ ଶ୍ରେଣୀ ପର୍ଯ୍ୟନ୍ତ। ତା'ପରେ ବାପା ମତେ ମାମୁଘରକୁ ପଠାଇଦେଲେ। କାରଣ ଯେତେ ଯିଏ ଯାହା ବୁଝାଇଲେ ବି ଥାନାରୁ ଆବାଜ ଶୁଣିଲେ ମୋ' ମୂତିବା ନିଶ୍ଚିତ। ଦିନବେଳା ରାସ୍ତାରେ ପୁଲିସ୍ ଦେଖିଲେ ମୁଁ ବାଟଭାଙ୍ଗି ପାଖଘରେ ପଶିଯାଉଥିଲି କି ପଛେଇ ପଛେଇ ଦଉଡ଼ି ପଳଉଥିଲି। ବାପା ଯେତେ ଗାଳି ଦେଲେ ବି ମୁଁ ସୁଧୁରିଲି ନାହିଁ- ବୋଉ ଖାଲି ସାନ୍ତ୍ୱନା ଦିଏ- 'କାହିଁକି ତା' ଉପରେ ରାଗୁଚ ? ଶ୍ରୀକାନ୍ତଟା ସବୁ ଭାଇ ଭଉଣୀ ଭିତରେ ଖୁବ୍ ନରମ।'

ମାସର ପ୍ରଥମ ସପ୍ତାହରେ ସ୍କୁଲ ଫି ଦେବା ପାଇଁ ଘରେ ପଇସା ନ ଥାଏ; ଯେଉଁଦିନ ନ ଦେଲେ ନାଁ କଟିଯିବ, ମୁଁ କିମ୍ବା ଭାଇନା କଚେରିକି ଯାଉ ଆଉ ବାପା କୌଣସିମତେ ପଇସା ବ୍ୟବସ୍ଥା କରନ୍ତି। କିନ୍ତୁ ମୁଁ ଯଉଥର ପଇସା ଆଣିବାକୁ ଯାଏ, ସେଥର ଆମ ତିନି ଭାଇ ଭଉଣୀଙ୍କ ନାଁ କଟିଯାଏ। କାରଣ ଖେଳଛୁଟିବେଳେ ମୁଁ ଯାହା ଯାଏ, ସଞ୍ଜ ହେବାଯାଏ କଚେରି ଯାକ ବୁଲେ। କଚେରି ପଛପଟେ ମହକିଲମାନେ ଇଟାଚୁଲିରେ ଭାତଡାଲମା ରୋଷେଇ କରି ଖଲିପତ୍ରରେ ଖାଉଥାନ୍ତି – କିଛି ଲୋକ ଆଠ ଦଶ ବର୍ଷ ହେଲାଣି ମକଦ୍ଦମା ଛିଣ୍ଡୁ ନ ଥିବାରୁ ତାଙ୍କ ଘରଡିହ ବନ୍ଧାପକେଇ ଧକେଇ ହୋଇ ଗପୁଥାନ୍ତି- ଜେଲ୍‌ରୁ ଯେଉଁମାନେ ପୁଲିସ୍ ଗାଡ଼ିରେ ହାତକଡ଼ିରେ କୋର୍ଟ୍‌କୁ ଆସନ୍ତି, ସେମାନଙ୍କ ସ୍ତ୍ରୀ, କି ବାପା, ମାଆ କି ଭାଇ ଭଉଣୀମାନଙ୍କ କରୁଣ ଆଖିରେ ତାଙ୍କ ପଛରେ ଗୋଡ଼େଇଯିବା- ଏଇସବୁ ଦେଖିଲାରୁ ମୁଁ ଖୁବ୍ ଛୋଟ ଥିଲାବେଳେ ପୁରାଣରେ ଯେଉଁ ଯମଲୋକର କଥା କହି ବୋଉ ମତେ ଶୁଆଇ ପକଉଥିଲା, ତା'ର ଅବିକଳ ଚିତ୍ର ଦେଖେ କଚେରିରେ। ଚତୁର୍ଥ ଶ୍ରେଣୀରେ ପଢ଼ିଲାବେଳେ ଗୋଟେ କୁକୁର ଦଉଡ଼ିଆସି ମୋତେ କାମୁଡ଼ିଦେଲା, ବାଁଗୋଡ଼ର ଆଣ୍ଠୁ ପଛରେ। ଆଉ ଦେଖିବାକୁ ମିଳିଲା ନାହିଁ। ସେଥିପାଇଁ ଡାକ୍ତରଖାନା ଦଉଡ଼ିବାକୁ ପଡ଼ିଲା ଦେଢ଼ମାସ ଘା' ଶୁଖିବାଯାଏ। ଗ୍ଲାସ୍ ଭଳି ଗୋଟେ ସିରିଞ୍ଜ ତା' ଛୁଞ୍ଚିଟା ଡାମ୍ଫଣ ପରି। ପେଟ ପାଖରେ ଚଉଦଟା ଇଂଜେକ୍‌ସନ। ଇଂଜେକ୍‌ସନ୍ ନବାର ଦଶପନ୍ଦର ମିନିଟ୍ ପର୍ଯ୍ୟନ୍ତ ସେଇ ଜାଗାଟା ଆବୁ ଭଳି ଫୁଲି ରହିବ, ନେଲାବେଳେ କି କଷ୍ଟ।

ଏମିତି ଗୋଟିଏ ଡରକୁଳା ପିଲାଦିନ ସାରି ମୁଁ ଯେତେବେଳେ କଲେଜରେ ଭର୍ତ୍ତି ହେଲି, ମୋର ସେଇ ଡର ଓ ନରମା ଭାବ ମତେ ଛାଡ଼ିଲା ନାହିଁ। ଖେଳାଖେଳିକୁ ପାରେ ନାହିଁ, ଏକା ରହିବାକୁ ଭଲଲାଗେ; ସାଙ୍ଗମାନଙ୍କ ସହିତ ଯୁକ୍ତିତର୍କରେ କି ବାହାପିଆ କଥାରେ ମୁଁ ପାରେ ନାହିଁ, ତେଣୁ ଗପ କବିତା ପଢ଼େ। ସେଇ କଲେଜ ସମୟରୁ ମୋର ପ୍ରିୟ ଗାଳ୍ପିକ ଏଯାବତ୍ ମହାପାତ୍ର ନୀଳମଣି ସାହୁ। ତାଙ୍କର ଗୋଟିଏ ଗପ- 'ଅହଲ୍ୟା ଦେବୀଙ୍କ ପ୍ରେମ ସମାଧି'- ସେତେବେଳେ ମତେ ଖୁବ୍ ଭଲଲାଗିଥିଲା। ସେଇ ଗପରେ ଦୁଇଟା ଚରିତ୍ର : ଅହଲ୍ୟାଦେବୀ, ଅବିବାହିତା, ବୟସ ପଞ୍ଚାବନ, ଶିକ୍ଷୟିତ୍ରୀ। ଆଉ ପୁରୁଷ ଚରିତ୍ରଙ୍କ ନାଁ ଶ୍ରୀକାନ୍ତ ସାମନ୍ତରାୟ। ଦୁହେଁ ପରସ୍ପରକୁ ପ୍ରେମ କରୁଛନ୍ତି କିନ୍ତୁ ଆଗେଇ ପାରିଲେ ନାହିଁ ଜୀବନତମାମ୍। ଶ୍ରୀକାନ୍ତର ଶେଷ ଚିଠି – ଅହଲ୍ୟା, ସଂସାରର ବହୁ ଲୋକ ସବୁ ହରାଇସାରି ସବୁ ପାଇଥାନ୍ତି। ଆମର ନିୟତି ହେଲା – ସବୁ ପାଇ ସାରି ସବୁ ହରାଇବସିବା। ମନେକରାଯାଉ ଯେ ଆମେ ଦୁହେଁ

ସବୁ ପାଇସାରିଛେ – ଏବଂ ସବୁ ମଧ୍ୟ ହରାଇସାରିଛେ। ଆମର ଅବଶିଷ୍ଟ ଜୀବନ ଏଇସବୁ ପାଇଁ ସବୁ ହରାଇବାର ବିଷାଦସଙ୍ଗୀତ ଗାଇବାରେ ବି ଅତିବାହିତ ହେଉ – କ୍ଷତି କ'ଣ ?' (ଗଳ୍ପରୁ ଉଦ୍ଧୃତ)

ଏଇପରି ତାଙ୍କ ସମ୍ପର୍କର ବିଷାଦସଙ୍ଗୀତର ଚୂଡ଼ାନ୍ତ ପରେ ଅହଲ୍ୟା କିନ୍ତୁ ଅବଚେତନ ମନରେ ହାଇଁପାଇଁ, ଶ୍ରୀକାନ୍ତ ସହ ଦେହରେ ମିଶିବାପାଇଁ। ଦିନେ ରାତିରେ ସ୍ୱପ୍ନଟିଏ ଦେଖି ଝାଳନାଳ। ସେଇ ସ୍ୱପ୍ନଟି ଏଇପରି ଥିଲା - 'ସେ ଶୋଇଛନ୍ତି – ହଠାତ୍ କୁଆଡୁ ଗୁଡ଼ାଏ ନଙ୍ଗଳା ପିଲା ତାଙ୍କ ଚାରିପଟେ ବେଢ଼ିଯାଇ ଖାଲି ହସିଲେ – ଆଉ କ'ଣ ସବୁ ଗୁଲୁରୁଗୁଲୁରୁ କଥା କହୁ କହୁ ହାତ ଧରାଧରି ହୋଇ ସେମାନେ ନାଚିଲେ। ସେ ସେଇ ଗୁଲୁଗୁଲିଆ ଛୁଆଙ୍କ ଭିତରୁ ଗୋଟେଦି'ଟାଙ୍କୁ ଧରିପକାଇବାକୁ ଠିକ୍ ହାତ ବଢ଼ାଇଛନ୍ତି- କିଏ କୁଆଡ଼େ ଉଭାନ୍। କୁଆଡୁ ଗୁଡ଼ାଏ କାଳିଆ ଜନ୍ଦା ଆସି ତାଙ୍କ ଦେହଯାକ ବେଢ଼ିଗଲେ। କଲବଲ ହୋଇ ନିଦ ଭାଙ୍ଗିଗଲା। ଆଉ ଆଦୌ ରାତିଯାକ ନିଦ ନ ହୁଏ। ନିଦ ଟିକେ ହେଲା ଯାଇ ପାହାନ୍ତା ପହରକୁ। ନିଦ ତ ନୁହେଁ, ଠିକ୍ ଆଖି ଦୁଇଟା ବୁଜିହୋଇଆସିଲା- ତା'ପରେ ପୁଣି, ଇସ୍, କି ଆବୁର୍ଜିଆ ସ୍ୱପ୍ନ ! ଶ୍ରୀକାନ୍ତ ଚୌଧୁରୀ କୋଉଠି ଥିଲା, ହଠାତ୍ ଆସି ତାଙ୍କ ଉପରେ ଶୋଇପଡ଼ି ତାଙ୍କ ଗାଲ ଆଉ ଚିବୁକରେ ଚୁମା ପରେ ଚୁମା- ଛି, ଛି, ଇସ୍, କ'ଣ ମ ଇଏସବୁ ! ଶ୍ରୀକାନ୍ତ ଚୌଧୁରୀ ଆସି ବୁଢ଼ାହେଲାଣି। ଷାଠିଏ ବର୍ଷରେ କ'ଣ ବୁଢ଼ା ହେବ ନାହିଁ ? ତା'ର ପରା ଦୁଇଟା ନାତି ହେଲେଣି ? ବାଳରେ କଳା ଲଗେଇଲେ, ସେଇଠୁ କ'ଣ ହେଲା ? ପାଟିରେ ଦାନ୍ତ ଲଗେଇଲେ କ'ଣ ହେଲା ? ଅବଶ୍ୟ ସାମାନ୍ୟ ଦୂରରୁ କି ଅଳ୍ପ ଆଲୁଅରେ ତା' ଚେହେରା ଏମିତି ଯେ ବୁଢ଼ା ଦେଖାଯାଏନି। ହଁ, ହଁ – ତଥାପି ବୁଢ଼ା ଦେଖା ଯାଏନି କ'ଣ ? ଦେଖାଯାଏ ଯେ.... କିନ୍ତୁ ତଥାପି। ଛାଡ଼ନା – ଶ୍ରୀକାନ୍ତ ଚୌଧୁରୀ ବୁଢ଼ାହେଲେ କି ଟୋକାହେଲେ ତାଙ୍କର କ'ଣ ଯାଏ ଆସେ ? ୟା ବୋଲି, ସେ ଏମିତି ଗୁଲୁଗୁଲିଆ ରାତିରେ ଆଖିପତା ପଡୁ କି ନ ପଡୁ, ତା' କଥା କିଏ ଭାବୁ କି ନ ଭାବୁ, ଆସି ଏମିତି ସପନେଇବ ନା କ'ଣ ? ଆଚ୍ଛା, ଆଉ କ'ଣ ଭଲ ସ୍ୱପ୍ନ ନାଇଁ ? ଉପରେ ଆସି ଭୁସ୍‌କିନା ଶୋଇପଡ଼ି ଚୁମା ପରେ ଚୁମା'(ଏଇ ବର୍ଣ୍ଣନା ଗଳ୍ପରୁ ଉଦ୍ଧୃତ)।

ମୋର କଲେଜବେଳଠୁ ଏଇ ଶ୍ରୀକାନ୍ତ ଚୌଧୁରୀ ଚରିତ୍ରର ଖୋଳ ଭିତରେ ମତେ ପଶିଯିବାକୁ ବେଶ୍ ସୁବିଧା ହେଲା। ଲୋକଟି ମୋ' ପରି ନିହାତି ଡରକୁଳା ଆଉ ବାଉଳା ହୋଇଥିବ ନିଶ୍ଚୟ ! ମୋ' ନାଁଟି ବି ଶ୍ରୀକାନ୍ତ। ପାଠପଢ଼ା ପରେ ଅଧ୍ୟାପକ ହେଲି; ମୋ ଡିପାର୍ଟମେଣ୍ଟ୍‌ରେ ବର୍ଷକ ପରେ ଜଏନ୍ କଲା ନିର୍ଝରିଣୀ ଦାସ।

ତାକୁ ଝରଣା ବୋଲି ଡାକୁଥିଲି। ସେତେବେଳେ ଆମେ କେହି ବାହା ହୋଇନଥିଲୁ। ମୁଁ କବିତା ଲେଖୁଥିଲି ଓ ଝରଣା ମୋ' ପ୍ରେମରେ ପଡ଼ିଯାଇଚି ଭାବି ଖୁବ୍ କବିତା ଲେଖିଲି – ଧୀରେ ଧୀରେ ସେଗୁଡ଼ିକ ପ୍ରକାଶିତ ହେଲା – ସଙ୍କଳନ ବାହାରିଲା, ମତେ ଲୋକ କବି ବୋଲି ଜାଣିଲେ। ଆମେ ଦୁଇ ଜଣ କଲେଜ କମନ୍ ରୁମ୍‌ରେ, ସଭାସମିତିରେ, ସରସ୍ୱତୀ ବା ଗଣେଶପୂଜା ଭୋଜିବେଳେ, ଏକାଠି ପାଖକୁପାଖ ଲଗାଲଗି ହୋଇ ବସୁ। କେବେକେବେ, ଦରକାର ପଡ଼ିଲେ କଲେଜରୁ ଫେରିଲାବେଳେ ମୁଁ ତାକୁ ସ୍କୁଟର ପଛରେ ବସାଇ ତା' ବସାରେ ଛାଡ଼ିଦିଏ। କଲେଜର ଶିକ୍ଷକ ଓ ଛାତ୍ରମାନଙ୍କ ଭିତରେ ଟୁପୁରଟାପୁର – ଭଲ ଯୋଡ଼ିଟିଏ, ଆହା ରସରସିଆ ଦି'ଜଣ ଇତ୍ୟାଦି କମେଣ୍ଟ୍ ଆମ କାନରେ ପଡ଼ିଲେ ମତେ ଭଲଲାଗୁଥାଏ। ଥରେ ଏକାଠି ମିଶି ସିନେମା ଯାଇଥିଲୁ। ପରଦାରେ ଯେତେବେଳେ ହିରୋ-ହିରୋଇନ୍ ପ୍ରେମଆଳାପ ଆଉ ଗୀତରେ ମସ୍‌ଗୁଲ, ଝରଣା ମୋ' ହାତଟାକୁ ତା' କୋଳକୁ ନେଇ ଚିପୁଥାଏ। କେତେ ସମୟ ସେ ଏମିତି କଲାରୁ ମତେ ଭଲଲାଗୁଥିଲା, କିନ୍ତୁ ହଠାତ୍ ପରିସ୍ରା ମାଡ଼ିଲା – ମୋ' ହାତ ଛଡ଼େଇଆଣି ଫେରିଲାପରେ ମୁଁ ଆଉ ତା'ହାତ ଧରିବାକୁ ସାହସ କଲି ନାହିଁ କି ସେ ମୋ' ହାତ ଆଉ ମାଗିଲା ନାହିଁ। ତିନିମାସ ପରେ ତା'ର ଆଉଗୋଟିଏ କଲେଜକୁ ବଦଳି ହେଲା। ତା'ର ଯିବା ଦିନ ମୁଁ ତାକୁ ଛୋଟ ଚିଠି ଖଣ୍ଡିଏ ଦେଇଥିଲି। ସେଥିରେ ନୀଳମଣି ସାହୁଙ୍କ ଗପରେ ଶ୍ରୀକାନ୍ତ ସାମନ୍ତରାୟର ଶେଷ ଚିଠିକୁ ମୁଁ ମୋ' ଭାଷାରେ ଦୋହରାଇ ଥିଲି – 'ଆମର ଭାଗ୍ୟ ଏମିତି ଯେ ଆମେ ସବୁ ପାଇବା ଏବଂ ପାଉ ପାଉ ତାକୁ ହରାଇବା; ଆମେ ତ ସବୁ ପାଇସାରିଚେ ଏବଂ ତମର ବଦଳିରେ ସବୁ ହରାଇବାର ଆରମ୍ଭ ହେଲା, ନାଇଁ ନାଇଁ ମୁଁ ତମକୁ ହରାଇବି ନାହିଁ – ଆମର ଅବଶିଷ୍ଟ ଜୀବନ – ଆମର ନ ହେଲେ ବି ମୋର – ତମ ସ୍ମୃତିର ବିଷାଦ ସଙ୍ଗୀତ ଗାଇବାରେ ଅତିବାହିତ ହେବ।' ଚିଠିଟି ଦେଲାବେଳେ ଖୁବ୍ ଗୋଟିଏ ବିରହୀ ପ୍ରେମିକର ଦୁଃଖଦ ଅବସ୍ଥା ମୁହଁରେ ଆଣିଲି। ଚାରି ପାଞ୍ଚ ଘଣ୍ଟାପରେ ସେଦିନ ରାତିରେ ତାକୁ ବିଦାୟ ଦେବାପାଇଁ କେତେକ ଛାତ୍ରଛାତ୍ରୀଙ୍କ ସହିତ ମୁଁ ଷ୍ଟେସନ ଆସିଥିଲି। ଟ୍ରେନ୍ ଛାଡ଼ିବାର ଟିକେ ଆଗରୁ ସେ ମତେ ଟିକେ କଡ଼କୁ ଡାକି ମୋ' ଚିଠିଟି ଫେରାଇଦେଇ ମୋ' ପ୍ରେମିକ ବ୍ୟକ୍ତିତ୍ୱର ଆକଳନ ଦୁଇଟି ଶବ୍ଦରେ କରି ଦେଇଗଲା – ଡରକୁଳା, ଇଡିୟଟ୍।

ଏଇ ଡରକୁଳା ଆଉ ଇଡିୟଟ୍ ସ୍ୱଭାବ ନେଇ ମତେ ଏବେ ବାଷଠି ବର୍ଷ ହେଲାଣି। ମୁଁ ଚାକିରିରୁ ଅବସର ପାଇଲିଣି। ଦୁଇଟା ପୁଅ – କାହା ଦେଇ ଭଲ ପାଠ ହେଲା ନାହିଁ – କିନ୍ତୁ ଦୁଇଜଣଯାକ ବେଶ୍ ରୋଜଗାର କରୁଛନ୍ତି: ଜଣେ କଣ୍ଟ୍ରାକ୍ଟର,

ଆଉଜଣେ ରିୟଲ ଇଷ୍ଟେଟ୍- ଜମିଜମା ନେଣ୍‌ଦେଣ୍ ଦଲାଲ୍। ମୋର ଡାଇବେଟିସ୍, ବ୍ଲଡ୍ ପ୍ରେସର ଇତ୍ୟାଦି କୌଣସି ଶାରୀରିକ ଅବ୍ୟବସ୍ଥା ନାହିଁ। ଝରଣା କଥା ଏବେ, ଖାଲି ହାତରେ ସମୟ ବହୁତ ମିଳିବାରୁ, ଖୁବ୍ ମନେପଡ଼େ। ସ୍ତ୍ରୀଙ୍କଠାରୁ ଲୁଚେଇ ମନେପକାଏ। ସତରେ, ମୁଁ ଗୋଟିଏ ମହାଡରକୁଳା ଆଉ ବୋକା। ଏବେ ଖାଲି ମନ ହେଉଚି ଝରଣାକୁ ସେତେବେଳେ କୁଣ୍ଢେଇଥିଲେ ଭଲ ହୋଇଥାଆନ୍ତା; ତାକୁ ଚୁମା ଦେଇଥିଲେ କେତେ କଥା – ବାହାହେବା ଲାଗି ସେ କାହିଁକି କହିଲା ନାହିଁ? ମୁଁ ବି କାହିଁକି ମୋ' ତରଫରୁ ପ୍ରସ୍ତାବ ଦେଲି ନାଇଁ? ଶୁଣିଚି ଯେ ସେ ଏଇ ଭୁବନେଶ୍ୱରରେ ରହୁଚି। ତା'ର ସ୍ୱାମୀ ଜଣେ ପଦସ୍ଥ ଅଫିସର୍।

ମୋ'ର ଏମିତି ସ୍ୱାସ୍ଥ୍ୟ ଭଲ ସିନା, କିନ୍ତୁ ମୁଣ୍ଡ ବୁଲେଇବାରୋଗ ବର୍ଷେ ତଳୁ ବାହାରିଚି – ଇଂରାଜୀରେ ଭର୍ଟିଗୋ। ହଠାତ୍ ଏମିତି ମୁଣ୍ଡ ବୁଲେଇବ ଯେ ଚାରିଆଡ଼ ଅନ୍ଧାର ଦିଶିବ, ଘରଦ୍ୱାର, ରାସ୍ତା, ଚୌକି, ଖଟ, ସବୁ ଯେମିତି ଥରହର। ଥରେ ଦି'ଥର ପଡ଼ିଗଲିଣି। ଏବେ ନିୟମିତ ଔଷଧ ଖାଇବାକୁ ପଡ଼େ। ମାସେ ତଳେ ରାତିରେ ମୁଣ୍ଡ ବୁଲେଇବା ଆରମ୍ଭ ହେଲା – ସେତେବେଳକୁ ବିଜୁଳି ଲାଇନ୍ କଟିଯାଇ ଚାରିଆଡ଼େ ଅନ୍ଧାର। ସ୍ତ୍ରୀ ତାଙ୍କ ବାପଘରେ, ଦୁଇ ପୁଅ ବାହାରେ, ଆଉ ଚାକର ପିଲା ବଜାର କରି ଫେରି ନାହିଁ। ଏମରଜେନ୍‌ସି ଲାଇଟ୍ ଖୋଜିଲାବେଳେ ପଡ଼ିଗଲି। ମୁଣ୍ଡ ଖଟରେ ବାଡ଼େଇହୋଇଗଲା, ଡାହାଣ କଡ଼ ପଛ ପାଖରେ। ବିଛଣା ଉପରେ ଗଡ଼ିପଡ଼ିଲି କୌଣସି ଉପାୟରେ ହାତ ବୁଲେଇ। ଚାକର ପିଲା ଆସିବାପରେ ଏମରଜେନ୍‌ସି ଲାଇଟ୍ ଜଳେଇ ଚା' କରି ମତେ ଡାକିଲାରୁ କେତେବେଳକେ ହୋସ୍ ଆସିଲା । ମୁଣ୍ଡରେ ହାତମାରି ଦେଖିଲି। ଖଣ୍ଡିଆ ହୋଇ ରକ୍ତ ବୋହୁନାହିଁ, କିନ୍ତୁ ସେଇ ଜାଗାଟା ଫୁଲିଯାଇଚି। ଦୁଇଦିନ ପରେ ଫୁଲା କମିଗଲା; ଏକଥା କହିବା କ'ଣ ଦରକାର ଭାବି ସ୍ତ୍ରୀ ବା ପୁଅ ଦୁହିଙ୍କୁ ମଧ କିଛି କହିଲି ନାହିଁ।

ସବୁ ଠିକ୍‌ଠାକ୍ ଥିଲା, କିନ୍ତୁ ଆଠଦିନ ତଳେ ମୁଣ୍ଡ ଭୀଷଣ ବୁଲାଇବାକୁ ଆରମ୍ଭ କଲା; ଭର୍ଟିଗୋ ପାଇଁ ଯେଉଁ ଔଷଧ ନିୟମିତ ଖାଏ, ତାହା କାମଦେଲା ନାହିଁ; ଭୋକ କମିଗଲା, ଦେହହାତ ଅବଶ ଲାଗିଲା, ଏମିତି ହେଲା ଯେ ମୋ ଦୁଇ ହାତରେ ଶକ୍ତି ରହିଲା ନାହିଁ; ଡାହାଣ ହାତ ବେଶି। ସେଇ ହାତରେ ଆଉ ଖାଇବା କି ପାଣିଗ୍ଲାସ ଉଠାଇବାକୁ ବଳ ପାଇଲା ନାହିଁ। ମତେ ବିଶେଷଜ୍ଞଙ୍କ ପାଖକୁ ନିଆଗଲା, ସେ ନାନା ପରୀକ୍ଷାର ବରାଦ୍ କଲେ। ଧରା ପଡ଼ିଲା ଯେ ମସ୍ତିଷ୍କରେ ଗୋଟିଏ ଜାଗାରେ ରକ୍ତ ଜମାଟ ବାନ୍ଧିଯାଇଚି ଆଉ ମସ୍ତିଷ୍କ ତନ୍ତ୍ରୀକୁ ଚାପିଦେଇଚି । ତୁରନ୍ତ ଅପରେସନ୍ ନ କଲେ ପାରାଲିସିସ୍ – ବିଛଣାରୁ ଉଠିପାରିବ ନାହିଁ, ସବୁ ଅଙ୍ଗ ଅକାମୀ। ମୋର ଦୁଇ

ବାଲୁଙ୍ଗା ପାରିବାର ପୁଅ ମଟରସାଇକେଲ ଛୁଟାଇ ଭୁବନେଶ୍ୱରର ସବୁ ହସ୍‌ପିଟାଲ ବୁଲିଲେ – କେଉଁଠି କମ୍ ପଇସାରେ ଅପରେସନ। ଡାକ୍ତରଖାନା ଓ ଦିନ ଠିକଣା ହେଲା। ଗୋଟିଏ ଦିନ ଆଗରୁ ପହଞ୍ଚିଲି। ଅପରେସନ୍ ହେଲା; ଦୁଇଦିନ ଆଇ. ସି. ୟୁ. ରେ ରହି ଏବେ ଚାରି ଶଯ୍ୟାର ଗୋଟିଏ ରୁମ୍‌ରେ ମତେ ଆଣି ରଖାଯାଇଚି। ମୋ' ଖଟ ପାଖକୁ ଗୋଟିଏ ସୋଫା, ରାତିରେ ଆଉଜଣେ ଜଗିବା ଲୋକ ଶୋଇଯାଇପାରିବ। ଗୋଟିଏ ଚେୟାର। ଚେତନ ଓ ଅଚେତନ ଏଇ ଦୁଇ ଅବସ୍ଥାରେ ମଝିରେ ମୁଁ ଶୁଣିଲି ଯେ ଡାକ୍ତର ମୋ ଖଟ ପାଖରେ ଠିଆହୋଇ ମୋ ସ୍ତ୍ରୀ କି ପୁଅ, କିଏ ସେଇଠି ଥିବେ ତାଙ୍କୁ ବୁଝାଉଛନ୍ତି ଯେ ଏପରି କୋମା ଷ୍ଟେଜ୍ ଏବେ ରହିବା କଥା ନୁହେଁ, କିନ୍ତୁ ସେ ଟିକେ ଫେରିଆସୁଛନ୍ତି ଓ ପୁଣି ସେଇ କୋମାରେ ରହୁଛନ୍ତି। ବ୍ଲଡ଼ ଆହୁରି ଲାଗିବ। ଏତିକିବେଳକୁ ମୋ' ଚେତା ଟିକେ ଆସିଲା। ମୁଣ୍ଡର ଡାହାଣ ପାଖ ଓଜନିଆ ଲାଗୁଚି, ସେଇଠି ବିନ୍ଧୁଚି, ମୁଁ କହିବାକୁ ଚାହୁଁଚି, କିନ୍ତୁ କିଛି କହିପାରୁ ନାହିଁ। କିଏ ଜଣେ ତୁଳା ପାଣିରେ ମୋ' ଓଠ ପୋଛି ଦେଉଚି। ନାକରେ ଫିଣ୍ଡି ଟ୍ୟୁବ୍, ଅକ୍‌ସିଜେନ୍ ଟ୍ୟୁବ୍, ଆଉ ଡାହାଣହାତ ମଣିବନ୍ଧ ପାଖରେ ରକ୍ତ ଦେବା ଛୁଞ୍ଚି ଫୋଡ଼ାହୋଇଚି – ଆଉ ଗୋଟେ ଷ୍ଟାଣ୍ଡରେ ଓଲଟା ବୋତଲରୁ ରକ୍ତ ପଡୁଚି – ଠପ୍, ଠପ୍, ଠପ୍। ଏଇ ରକ୍ତ ପଡ଼ିବାକୁ ଦେଖିଲାରୁ ମୋ ଭିତର କବିଟା, କେଉଁଠି ଶୋଇଥିଲା, ହଠାତ୍ ଉଠିପଡ଼ିଲା – ମୃତ୍ୟୁ, ମୃତ୍ୟୁ, ମୃତ୍ୟୁ – ସେଇ ଚେତନା ଜକେଇଗଲା - 'ଠପ୍ ଠପ୍ ଜୀବନର ବୁନ୍ଦା କାହିଁକି କରୁଚ ମୋର ଶାନ୍ତିକୁ ଅସ୍ଥିର/ ଥୟ ଧର ମୁଁ ଯେ ଏବେ ଚାଖୁ ଅଛି ମରଣର ସ୍ୱାଦ/ କି ସୁନ୍ଦର କି ସୁନ୍ଦର।' ତା'ପରେ ମନକୁ ଆସିଲା ରମାକାନ୍ତ ରଥଙ୍କ କବିତା କେଇ ଧାଡ଼ି – 'ମିଛ ମିଛ ସବୁ ମିଛ/ ମିଛ ମୋର ନିଜର ଜୀବନ। ତା'ର ଏଇ ରକ୍ତ ମାଂସ ଆଶା ହତାଶାର/ ଥିବା ଏବଂ ନ ଥିବା ସମାନ।' ଏମିତି ଏକ ଉଜ୍ଜ୍ୱଳ ଜଗତରେ ଥାଇ ସ୍ତ୍ରୀଙ୍କ ସ୍ୱର ଶୁଣିଲି – ୟାଙ୍କ ପାଇଁ ବ୍ଲଡ୍ ଯୋଗାଡ଼ କରିବା କ'ଣ କମ୍ କଷ୍ଟ ? 'ଓ ପଜିଟିଭ୍'। ଅପରେସନ୍‌ବେଳେ ଲାଗିଥିଲା ସାତ ବୋତଲ। ଏବେ ଏଠିକି ଆସିଲାବେଳଠୁ ଲାଗିଲାଣି ତିନି ବୋତଲ, ଏଇ ତିନି ବୋତଲ ପାଇଁ ଆମ ଲେଡିଜ୍ କ୍ଲବ୍‌ର ତିନି ଜଣ 'ଓ ପଜିଟିଭ୍' ଆସି ଆଜି ସକାଳେ ବ୍ଲଡ୍ ବ୍ୟାଙ୍କ୍‌ରେ ରକ୍ତ ଦେଇଛନ୍ତି। କଥାଟା ଶୁଣିଲାରୁ ଦେହ ଗୋଟାକଯାକ ଶିରଶିରେଇ ଉଠିଲା – ଆଃ କି ଭାଗ୍ୟ ମୋର ! ତିନି ଜଣ ନାରୀଙ୍କ ରକ୍ତ ମୋ' ଦେହରେ ପ୍ରବାହିତ ହେଉଚି ! ମତେ ଗୋଟିଏ ନୂଆ ଆବିଷ୍କାର କରିବାର ସୁଖ ମିଳିଲା। ମନ ଦିଆନିଆ, ଦେହ ଦିଆନିଆ ଯାହା ତା'ଠାରୁ ଆହୁରି କେତେ ଗୁଣରେ ମହୀୟାନ୍, ଏଇ ରକ୍ତ ଦିଆନିଆ; ପ୍ରେମର ଶୀର୍ଷ ସ୍ଥାନ ହେଉଚି ଏଇ ରକ୍ତ ଦିଆନିଆ। ଅପରେସନ ସରିଲାପରେ

କ'ଣ ମୋ' ମସ୍ତିଷ୍କଟା ବେଶି ଉର୍ବର ହୋଇଗଲା କି ? ଆଉ ଝରଣା ମତେ କାହିଁକି ସେଦିନ କହିଲା – ଇଡିୟଟ୍, ବୋକା। ଦେଖାହେଲେ ପଚାରନ୍ତି। ମୁଁ କୁଆଡ଼େ ଯାଉଚି ମ ? ଯାଏ, ଯାଏ !

ଜହ୍ନ ରାତିରେ ଏତେଗୁଡ଼ାଏ ଧଳା ଧଳା ଗାଈ କୁଆଡ଼େ ଯାଉଚନ୍ତି ! ସମସ୍ତଙ୍କ ବେକରେ ଘୁଙ୍ଗୁର ବନ୍ଧାହୋଇଚି। ଗୋଠ ପଛରେ ଯେଉଁ ଗାଈ କେତେଟା, ତାଙ୍କ ପଛେ ପଛେ ଧଳା-ସୁବର୍ଣ୍ଣ ରଙ୍ଗର ବାଛୁରି। ଗାଈମାନଙ୍କ ପହ୍ନାରୁ କ୍ଷୀର ବୋହିପଡୁଚି। ଏତିକିବେଳେ ଜହ୍ନ ଉପରେ କିଛି ମେଘ ଘୋଡ଼ାଇହୋଇଯିବାରୁ ଟିକେ ଅନ୍ଧାରୁଆ ଲାଗିଲା। ବର୍ଷା ଟପ୍‌ଟପ୍ ପଡ଼ିଲା, କିଏ ଜଣେ ଆମ ଘରପିଣ୍ଡାକୁ ଉଠିଆସିଲା। ସେଇଠି ଦଉଡ଼ିଆ ଖଟ ପକେଇ ମୁଁ ଶୋଇଚି। ଯେମିତି ଉଠିଆସିଚି, ମୋ' ଉପରୁ ଚଦର ଉଠେଇଦେଇ, ମୋ' ଉପରେ ଶୋଇପଡ଼ି, ମୋ' ଗାଲବେକ ମୁହଁକାନ ଖାଲି ଚୁମା, ଖାଲି ଚୁମା - ଚୁମା ନୁହେଁ ତ, ଦୀର୍ଘ ସମୟଧରି ମୋ ଭିତରେ ପଶିଗଲା ପରି ଲାଗୁଚି। ଝରଣା। ତା' ମୁଣ୍ଡ ବର୍ଷାରେ ତିନ୍ତିଯାଇଚି । ମୁଁ ପଚାରିଲି - ଏତେ ଭଲପାଉଥିଲ ତ ମତେ ବାହାହେଲନି କାହିଁକି ? ମୁଁ ଇଡିୟଟ୍ ବୋଲି ? ନିଦ ଭାଙ୍ଗିଲା। ସ୍ତ୍ରୀ ପାଖରେ ଠିଆହୋଇ ମତେ ଚାହିଁ ରହିଚି। ରକ୍ତ ଓଲଟା ବୋତଲରୁ ଠପ୍ ଠପ୍ ପଡୁଚି। କଥା କହିବାକୁ ଚେଷ୍ଟା କରିପାରିଲିଣି । ସ୍ତ୍ରୀଙ୍କୁ ପଚାରିଲି- 'ସେ ଗାଈଗୋଠ କାଇଁ ? ଝରଣା କୁଆଡ଼େ ଗଲା ? ମୋ ସ୍ତ୍ରୀ ଆଶ୍ଚର୍ଯ୍ୟ ହୋଇ କହିଲା- ଗାଈଗୋଠ, ଝରଣା - କ'ଣ ସବୁ ଗପୁଚ ? ତମେ ପରା ହସ୍‌ପିଟାଲରେ ଅଛ !

■

ମିଛିମିଛିକା

ଖରାଦିନ। ଆଜି ଶନିବାର। ମୁହଁସଞ୍ଜ ସମୟ। ଶୁଭଶ୍ରୀ ଦେବୀ ତାଙ୍କ ନାତୁଣୀ ଇତିଶ୍ରୀକୁ ଘର ପଛପଟ ବଉଳଗଛ ତଳ ଖେଳ ଆଖଡ଼ାରୁ ଟେକିଟାକି, ଅଧା କାଖେଇ, ତାଙ୍କ ଶୋଇବାଘରକୁ ନେଇଆସି ଚଉଡ଼ା ପଲଙ୍କର ମୋଟା ବିଛଣା ଉପରେ ଗଡ଼ାଇଦେଲେ। ପିଲାଟି ଦେଖିବାକୁ ପତଳା କିନ୍ତୁ ବେଶ୍ ଓଜନ ତ ! ତାଙ୍କୁ କେତେ ଧଇଁସଇଁ ଲାଗୁଚି, ଦେହଯାକ ଝାଳ। ଝାଳ କାନିରେ ପୋଛିଲେ- ମୋଟା ଅଣ୍ଟା ଚାରିପଟ, ପିଠିପଟ ବେକ ଉପରୁ ତଳକୁ ଯେଉଁଯାଏ ହାତ ପହଞ୍ଚିପାରିବ, ବ୍ଲାଉଜ୍ ଆବୃତ କରିପାରି ନ ଥିବା ଛାତି, ତା'ପରେ ମୁହଁ। ଟିକିଏ ସାଷ୍ଟାମ ହେଲେ। ପଲଙ୍କ ପାଖ ସାନ ଫ୍ରିଜ୍‌ରୁ ପାଣିବୋତଲ ବାହାରକରି ଦୁଇ ଢୋକ ପାଣି ପିଇଲେ। ଘରେ ଏ.ସି. ଚାଲୁଥିଲେ ବି ତାଙ୍କୁ ଗରମ ଲାଗୁଥିଲା। ପଙ୍ଖା ଚଳାଇ ପଲଙ୍କ ବାଡ଼ାରେ ଦୁଇଟା ତକିଆ ଲଗାଇ ଆଉଜିବସି ଗୋଡ଼ ଲମ୍ବାଇଲେ। ପଲଙ୍କ ମଝିରେ ଆଠ ବର୍ଷର ନାତୁଣୀ ଖେଳବେଳର ଧଳା କପଡ଼ା ଗୁଡ଼େଇ ମୁରୁକିହସା ଦଉଚି। ଓଃ, କେତେ ଅସ୍ତବ୍ୟସ୍ତ ଲାଗିଲା ମ, ଶୁଭଶ୍ରୀ ମୁଣ୍ଡବାଳ ଫିଟାଉ ଫିଟାଉ ଭାବିଲେ, ତାଙ୍କର କେତେ ଦମ୍ଭ ଛାତି, କିନ୍ତୁ ଏଇ ଟିକିଏ ଆଗରୁ ଲାଗିଲା ସତେକି ଫାଟିଯିବ। ଘଡ଼ିଏ ପରେ ଶ୍ୱାସକ୍ରିୟାର ଗତି ସାଧାରଣ ହେବାରୁ ସେ ନାତୁଣୀ ଆଡ଼େ ଚାହିଁଲେ। ମୁରୁକିହସି ଆଖି ମିଟିମିଟି କରୁଚି। ବାଁ ହାତରେ ନାତୁଣୀର ଡାହାଣକାନକୁ ମୋଡୁ ମୋଡୁ ଡାକିଲେ, 'ଆଲୋ, ଏଗୁଡ଼ିକ କି ଖେଳ ? ତୁ ଏତେ ଫାଜିଲ ହୋଇଗଲୁଣି !'

'ଆମେ ମିଛିମିଛିକା ଖେଳୁଥିଲୁ ନା, ତମେ ଏତେ ବ୍ୟସ୍ତ କାହିଁକି ହଉଚ ଆଈ ?' ଇତିଶ୍ରୀ ମୁହଁରେ କାନମୋଡ଼ା କାଟୁଚିକାଟୁଚିର ଭାବ ଆଣି କହିଲା।

'ଏମିତି ମିଛିମିଛିକା ମରିବାଖେଳ କିଏ ଖେଳେ କିଲୋ ? ରହ, ମୁଁ ସେ ବଜାତ୍ ଟୋକୀକି ଦଉଚି ପାନେ। ସେ ସାବି ସାଙ୍ଗରେ ପଡ଼ି ଯେତକ ବେଆଡ଼ା

କଥା ତୁ...' ନାତୁଣୀର କାନମୋଡ଼ି ସାରି, ହାତଉଠାଇ ଆଶୁ ଆଶୁ, କହିଲେ ଶୁଭଶ୍ରୀ ଦେବୀ।

ଶୁଭଶ୍ରୀ ସାମନ୍ତରାୟଙ୍କୁ ଏବେ ସତାବନ ବର୍ଷ। ସହରର ବିରଳ ଜନବସତି ସ୍ଥାନରେ ଏକରେରୁ ବେଶି ଜାଗା ଉପରେ ତାଙ୍କ ବଙ୍ଗଳା। ବାପାଙ୍କ ଅମଳରୁ ତିଆରି। ଗେଟ୍‌ରୁ ପୋର୍ଟିକୋ ପାଖକୁ ଗାଡ଼ି ଯିବାଆସିବା ରାସ୍ତାକୁ ବାଦ୍‌ଦେଲେ ବାକି ସବୁଠି ବଗିଚା। ପୋର୍ଟିକୋ ପାଖକୁ ଅରାଏ ଜାଗାର ଲନ୍। ସେଇଠି ସବୁଦିନ ସକାଳେ ସେ ଘଣ୍ଟାଏ କାଳ 'ପ୍ରଭାତଫେରି' କରନ୍ତି। ବଞ୍ଚିବାକୁ ପଡ଼ିବ, ଭଲ ସ୍ୱାସ୍ଥ୍ୟ ନେଇ। ସ୍ୱାସ୍ଥ୍ୟ ହିଁ ସମ୍ପଦ। ବାକି ସମ୍ପଦର ତ ଅଭାବ ନାହିଁ। ସବୁ ତାଙ୍କ ବାପାଙ୍କ ଦୂରଦୃଷ୍ଟିର ଫଳ। ବଡ଼ ପାରିବାର ଲୋକ ଥିଲେ ସେ। ଧନବଳ, ଜନସମ୍ମାନ, ପ୍ରତିପତ୍ତି, ସବୁ ତାଙ୍କ ବାପାଙ୍କ ଅମଳର, ଏବେ ତାଙ୍କୁ ଭୋଗ ହେଉଚି। ଶୁଭଶ୍ରୀଙ୍କ ଅନ୍ତେ ତାଙ୍କର ଏକମାତ୍ର ସନ୍ତାନ ତନୁଶ୍ରୀ, ତା'ପରେ ତା'ର ଗୋଟିଏବୋଲି ଝିଅ ଇତିଶ୍ରୀ...... ଏମିତି ଗଡ଼ି ଗଡ଼ି ଚାଲିବ। ବାପା, ଦୟାନିଧି ସାମନ୍ତରାୟ ବିଶେଷ ପାଠ ପଢ଼ିନଥିଲେ। ସ୍କୁଲରୁ ନାଁ କାଟିଦେଇ ଚଉଦ ବର୍ଷ ବୟସରେ ଫେରାର ହୋଇଗଲେ। କୋଡ଼ିଏ ବର୍ଷ ପରେ ଫେରିଲେ ରେଙ୍ଗୁନରୁ, ଦେଶ ସ୍ୱାଧୀନ ହେଲାବେଳକୁ। ଏଇ ସହରରେ ଛୋଟିଆ ଲୁହା ଦୋକାନଟିଏ କଲେ। ନାମୀ ଇସ୍ପାତ କାରଖାନାର କର୍ମଚାରୀମାନଙ୍କୁ ଏମିତି ଖୁସ୍ କରି ରଖିଥିଲେ ଯେ ଖତରା ଲୁହା ନାମରେ ଅସଲି ଲୁହା ତାଙ୍କ ଗୋଦାମରେ ପହଞ୍ଚିଯାଏ। ଶସ୍ତା କିଣାକୁ ଚଢ଼ାଦାମରେ ବିକ୍ରି, ଖୁବ୍ ମୁନାଫା। କେତେ ବର୍ଷ ପରେ ସେ ଲାଭକୁ ମୂଳଧନ କରି ଛୋଟ ଲୁହାକାରଖାନାଟିଏ ଆରମ୍ଭ କଲେ। କାରଖାନାର ନାମ ଦେଲେ ଶୁଭମ୍ ଷ୍ଟିଲ୍। ଶୁଭଶ୍ରୀଙ୍କ ନାଁରେ କାରଖାନା ଚାଲୁ ହେଲାବେଳେ ତାଙ୍କୁ ହୋଇଥିଲା ଦୁଇ ବର୍ଷ। ତାଙ୍କ ହେତୁ ହେଲାବେଳଠାରୁ ବ୍ୟବସାୟ ସଫଳତାର ବୀଜମନ୍ତ୍ରଟି ବାପାଙ୍କଠୁ ଶୁଣି ଶୁଣି ତାଙ୍କର ଘୋଷା ହୋଇଯାଇଛି। ଏଯାବତ୍ ତାକୁ କାମରେ ଲଗାଇ ସେ ସଫଳତା ପାଇଆସିଛନ୍ତି। ମନ୍ତ୍ରଟି ହେଲା, ବାପା ସବୁବେଳେ କୁହନ୍ତି ଯେ ପ୍ରତ୍ୟେକ ଲୋକର ଗୋଟାଏ ଦାମ୍ ଅଛି, ଦର୍ ଅଛି, ମୂଲ୍ୟ ଅଛି। କେହି ସେଥିରୁ ବର୍ତ୍ତିନାହାନ୍ତି। ସେଇ ଦାମ୍‌ଟା କ'ଣ, ପ୍ରଥମେ ଜାଣିଯିବାକୁ ପଡ଼ିବ। ଦାମ୍ ଦିଅ, କାମ ହାସଲ କର। ଏଇ ମନ୍ତ୍ରଟିକୁ ପ୍ରୟୋଗ କରି ସେ ଶୁଭମ୍ ଷ୍ଟିଲର ଉତ୍ପାଦନ ଓ ଆମଦାନି ବଢ଼ାଇଲେ। ଭଲ ହେଲା, ବିବାହର ଚାରି ବର୍ଷଠାରୁ ସ୍ୱାମୀ ବାବୁ ନିରଞ୍ଜନ ପାଖରେ ନାହାନ୍ତି। ନ ହେଲେ ସେ କ'ଣ ଏତେ ସ୍ୱାଧୀନ ହୋଇ ଯେତେବେଳେ ଯାହାକୁ ଯାହା ଲୋଡ଼ା ଦେଇ, କାମ ହାସଲ କରିପାରିଥାଆନ୍ତେ? ନିରଞ୍ଜନବାବୁ ଇଞ୍ଜିନିୟର ବୋଲି ଦୟାନିଧି ସାମନ୍ତରାୟ ତାଙ୍କୁ ଜୋଇଁ କରିଥିଲେ। କିନ୍ତୁ ଏକବାଗିଆ

ବେଆଡ଼ା ମଣିଷ। ନିମ୍ନମଧ୍ୟବିତ୍ତ ପରିବାରର ସଂସ୍କୃତିରେ ଗଢ଼ା! ଶ୍ୱଶୁରଙ୍କ ପାଖରେ ରହି ଉଚ୍ଚପଦ ଭୋଗ କରି, ବଙ୍ଗଳା, କାର୍, ଚାକରବାକର, ଅୟସସୁଖ ତାଙ୍କୁ ରୁଚିଲା ନାହିଁ। ନ ରୁଚୁ, ଯେଉଁଠି ଅଛ, ସେଇଠି ଥାଅ। ତମର ଶଶୁର ଘର ଆଉ ସ୍ତ୍ରୀ ସାଙ୍ଗରେ ଆଉ ସମ୍ପର୍କ କ'ଣ? ସ୍ତ୍ରୀଟି ଏତେ ସମ୍ପଦ ଛାଡ଼ି ତମର 'ଢୋକେ ପିଇ ଦଣ୍ଡେ ଜିଇ' ଜୀବନ ପଛରେ ଗୋଡ଼େଇଥିବ କି? ଛାଡ଼ପତ୍ର କେହି କାହାକୁ ଦେଇନାହାନ୍ତି। ଶୁଭଶ୍ରୀ ଛାଡ଼ପତ୍ର ସପକ୍ଷରେ ନୁହନ୍ତି। ସ୍ୱାମୀ ତାଙ୍କ ପାଇଁ ଏବେ ଡ୍ରାଇଭିଂ ଲାଇସେନ୍‌ସ ପରି । କେହି ତାଙ୍କୁ କଦବା ଖୋଜନ୍ତି; କିନ୍ତୁ ସେଇଟିକୁ ହାତଛଡ଼ା କଲେ କି ହଜେଇଦେଲେ ବିପଦ । ତେଣୁ ଶୁଭଶ୍ରୀ ସବୁଦିନ ଗାଧୋଇସାରି ସୁନ୍ଥାରେ ଲମ୍ବା ସିନ୍ଦୂର ଗାରଟିଏ ପକାନ୍ତି, ଦୁଇ ଆଖି ମଝି କପାଳ ଉପରେ ବଡ଼ ସିନ୍ଦୂର ଟୋପା। ଆଇନା ଆଗରେ ଏଇ ସଧବା-ପ୍ରସାଧନ କଲାବେଳେ କେବେକେମିତି ନିରଞ୍ଜନବାବୁ ମନେପଡ଼ିଗଲେ ସେ ତୁରନ୍ତ ମନକୁ ଆଉଆଡ଼କୁ ଠେଲିଦେଇ ଭାବନ୍ତି: କାଙ୍ଗାଳ ବୋକାଟିଏ ବଞ୍ଚିଥାଉ। ନିରଞ୍ଜନବାବୁଙ୍କ ବଞ୍ଚିରହିଥିବା ଖବର ସମୟ ସମୟକୁ ଯୋଗାଇ ଦେବାପାଇଁ ସେ ଗୋଟିଏ ଗୁଇନ୍ଦା ସଂସ୍ଥାକୁ କାମରେ ଲଗାଇଛନ୍ତି। ସେଇ ସଂସ୍ଥାରୁ ଖବର ଆସିଛି ଯେ ଦୁଇ ବର୍ଷ ତଳେ ଚାକିରିରୁ ଅବସର ନେଇ, ପୁନା ପାଖରେ ବିକଳାଙ୍ଗମାନଙ୍କ ଥଇଥାନ ପାଇଁ ଗୋଟିଏ ଅନୁଷ୍ଠାନ କରି, ବାବୁ ନିରଞ୍ଜନ ସେଇଠି ରହୁଛନ୍ତି। ଭଲ କଥା। ତନୁଶ୍ରୀ ମୁଣ୍ଡରେ ସେ ସେଇ କଥାଟି ଭର୍ତ୍ତିକରିଦେଇଛନ୍ତି ଯେ ତୋ'ର ବାପା ଅଛି, କିନ୍ତୁ ନାହିଁ। ସେ ଥିଲେ କେତେ, ନଥିଲେ କେତେ! ସେ ତା'ର, ମୁଁ ମୋର। ତୁ ମୋର। ସହରରେ ଶୁଭଶ୍ରୀଦେବୀଙ୍କର ବେଶ୍ ଖାତିର। ଶୁଭମ୍ ଷ୍କିଲକୁ, ଆଇନ୍ ଅଦାଲତ, କାନୁନ୍ ଘଣାରେ ପେଷିନହୋଇ ଆଗକୁ ବଢ଼ିବାକୁ ହେଲେ ଛୋଟକାଟିଆ ରାଜନୀତି କରିବାକୁ ପଡ଼ିବ। କର୍‌ପୋରେସନ୍‌ର କାଉନସିଲର, ରୋଟାରୀ କ୍ଲବ୍‌ର ନାରୀ ଗୋଷ୍ଠୀର ମୁଖ୍ୟ, ଗୋଟିଏ କଲେଜ ଓ ଦୁଇଟି ସ୍କୁଲର ପରିଚାଳନା କମିଟିରେ ସେ ସଦସ୍ୟା। ମନ୍ତ୍ରୀ, ଏମ୍.ଏଲ୍.ଏ. ଆଉ ନେତାମାନଙ୍କୁ ଘରକୁ ଡାକି ପାର୍ଟି ଦିଅନ୍ତି। କଲେକ୍ଟର, ଏସ୍.ପି. ଆଉ ବଡ଼ ବଡ଼ ବାବୁଭାୟାମାନେ ଗୋଡ଼େଇ ହୋଇ ଆସନ୍ତି। ଖବରକାଗଜବାଲାଙ୍କୁ ହାତରେ ରଖିଛନ୍ତି। କାହାକୁ କିଛି ଦେଲେ, କେଉଁ ସଭାସମିତିକୁ ଗଲେ କି ସେଠାରେ ପଦେ ଦି'ପଦ କହିଲେ ବଢ଼େଇଚଢ଼େଇ ଆଖିଦୃଶିଆ ଜାଗାରେ ସେମାନେ ତାହା ଛପେଇଦିଅନ୍ତି।

ଶୁଭମ୍ ଷ୍କିଲର ସେ ମୁଖ୍ୟ ବା ଚେୟାରପର୍ସନ। ତାଙ୍କ ଝିଅ ତନୁଶ୍ରୀ ତା'ର ପରିଚାଳିକା, ଯାହାକୁ ଇଂରାଜୀରେ କହନ୍ତି, ଏମ୍. ଡି.। ଝିଅକୁ ଶୁଭଶ୍ରୀ ନିଜ ଆଖିଆଗରେ ରଖି ମଣିଷ କରିଛନ୍ତି ତାଙ୍କ ଢାଞ୍ଚାରେ। ଦୁନିଆଦାରି କେମିତି କରିବାକୁ

ହେବ, ଶିଖେଇଛନ୍ତି । ଦିଲ୍ଲୀରେ ଏମ୍. ବି. ଏ. ପଢ଼ିଲାବେଳେ ତା'ଠୁ ଦୁଇ ବର୍ଷ ସିନିୟର ଜଣେ ପିଲାକୁ ପ୍ରେମ କରି ବାହାହେବାକୁ ଜିଦ୍ କଲାରୁ, ଶୁଭଶ୍ରୀ ତାକୁ ବାହାକରେଇ ନିଜ ସଂସ୍ଥାରେ ଭଲ ପଦବିରେ ରଖିଲେ । କିନ୍ତୁ ଅମଣିଷ ବର୍ଷେ ରହିଛି କି ନାହିଁ, ଟଙ୍କା ପଇସାରେ ହେରାଫେରି କଲା । ଭାଇ ନାଁରେ ଗାଁରେ ଜମି କିଣିଲା, କୋଠା ପିଟିଲା, ଭଣଜା ନାଁରେ ବ୍ୟବସାୟ ଆରମ୍ଭ କରି ଗୁଡ଼ାଏ ଟଙ୍କା ଖଟାଇଲା । ଅଫିସର ବଚ୍‌ସା କ୍ରମେ ମନାନ୍ତରର ରୂପ ନେଲା । ଶାଶୂ-ଜୋଇଁ, ସ୍ୱାମୀ-ସ୍ତ୍ରୀ ଭିତରେ ଗାଳିଗୁଲଜ ପାଟିତୁଣ୍ଡ ଲାଗିରହିଲା । କିନ୍ତୁ ସରୋଜରଞ୍ଜନଙ୍କ ଖୋଇ ବଦଳିଲା ନାହିଁ । ତାକୁ ବ୍ୟବସାୟରୁ ଓ ଘରୁ ବାହାରିଯିବାକୁ ପଡ଼ିଲା । ଏବେ ଚାଷବାସ ଜମେଇ ଗୋଟାଏ ବଡ଼ ଫାର୍ମ ହାଉସ୍ କରି ଏଇ ସହରଠାରୁ ଚାଳିଶ' ମାଇଲ ଦୂରରେ ରହୁଚି । ଗୋଟିଏ ବିଧବାଯୁବତୀ ପରିବାର ସହିତ ଲଟରପଟର ହେଉଚି ବୋଲି ଖବର ମିଳିଛି । ବଡ଼ କଦର୍ଯ୍ୟ ସ୍ୱଭାବ । ତନୁଶ୍ରୀ ଏକଥା ଜାଣିଲାଦିନୁ ତା' ମୁହଁ ଦେଖିବାକୁ ମନ ବଳାଏ ନାହିଁ । ସରୋଜରଞ୍ଜନ କିନ୍ତୁ ନଛୋଡ଼ବନ୍ଧା । ମାସେ ଦି' ମାସରେ କିଛି ଗୋଟେ ବାହାନା କରି ବଙ୍ଗଳାକୁ ଗଡ଼ିପଡ଼େ । ବାରଣ୍ଡାରୁ ଟଙ୍କା ପୁଳାଏ ଦେଇ ଶୁଭଶ୍ରୀ ତାକୁ ବିଦା କରନ୍ତି, ଘରେ ପୂରାନ୍ତି ନାହିଁ । କେତେବେଳେକେମିତି ବ୍ୟବସାୟ ଲାଗି ହେଉ ବା ଫୂର୍ତ୍ତି କରିବାକୁ ହେଉ ତନୁଶ୍ରୀ ଦିଲ୍ଲୀ, ବାଙ୍ଗାଲୋର କି ଚଣ୍ଡିଗଡ଼ ଗସ୍ତରେ ଗଲେ କାରଖାନାରେ ପ୍ରଚାର ହୋଇଯାଏ ଯେ ସେ ସ୍ୱାମୀଙ୍କ ପାଖକୁ ଯାଇଛନ୍ତି । ତନୁଶ୍ରୀ କାଲିକା ପିଲା, ପଇଁତିରିଶ ପୂରି ଛତିଶ ଚାଲୁଚି । ଦେହର କାନ୍ତି ଏମିତି ଯେ ନୂଆ ଦେଖା ଲୋକ କହିବ ଅଭିଆଡ଼ୀ ଝିଅଟିଏ । ସକାଳେ ଜିମ୍, ତା' ପରେ ଗାଧୋଇସାରି ଯୋଗାସନ, ମୁଗଗଜା, ବୁଟଗଜା, ଫଳରସ ହେଲା ମୁଖ୍ୟ ଆହାର । ଦେହର କଉଠି ଚର୍ବି ଟିକେ ନାହିଁ । ରଙ୍ଗରେ ଶୁଭଶ୍ରୀଙ୍କଠାରୁ ଢେର ସଫା । ରାତିରେ କ୍ଲବରୁ କି ବାହାର ପାର୍ଟିରୁ ଡେରିରେ ଫେରିଲେ, ଝିଅ ନ ଫେରିଲାଯାଏ ଶୁଭଶ୍ରୀଙ୍କ ନିଦ ଚାଉଁକା ଥାଏ । ଗାଡ଼ି ଶବ୍ଦ ଓ ଗେଟ୍ ଖୋଲା ଶବ୍ଦରେ ତନୁଶ୍ରୀ ଘରକୁ ପଶୁଥିବାର ସେ ତାଙ୍କର ଝର୍କାଫାଙ୍କରୁ ନଜର କରନ୍ତି । ଗୋଡ଼ ଟିକେ ଏପଟ ସେପଟ ପଡ଼େ କି କ'ଣ । ହଉ, ସଭ୍ୟତା ବଦଳୁଚି, ସମାଜର ଦାବିକୁ ମାନିନେଲେ କ୍ଷତି କ'ଣ ? ଯେଉଁଦିନ ନାଲିବତି ଗାଡ଼ି ତନୁଶ୍ରୀକୁ ଗେଟ୍ ପାଖରେ ଛାଡ଼ିଦେଇଯାଏ, ଶୁଭଶ୍ରୀ ମନକୁ ମୋଟା କରି ଭାବନ୍ତି ଯେ ଝିଅ ସେମିତି କିଛି ଭୁଲ୍ ବାଟରେ ଯାଇ ନାହିଁ । ଯଉଠି ଯାହା କରୁ, ଏମିତି କାଇଦାରେ କରିବ ଯେ କେହି କିଛି ଟେର୍ ବି ପାଇବେ ନାହିଁ ।

ପାଣିରେ ଯିଏ ଘର କରିଚି, ତାକୁ କୁମ୍ଭୀରଗୁଡ଼ାଙ୍କୁ ହାତରେ ରଖିବାକୁ ପଡ଼ିବ । ନଚେତ୍ ଝୁଣିପକାଇ ମାରିଦେବେ । କୁମ୍ଭୀର ତ କୁମ୍ଭୀର, ଏଇ ଯଉ ଓଡ଼ିଆ କୁମ୍ଭୀରନା,

ସବୁଠୁ ବଡ଼ ନିଆଁଗିଲା। ପାଣିରେ ଯଦି ଦେଶୀ ମାଛଟିଏ ବଡ଼ ହେଇଚି କି ବିହନ ଦଉଚି ଦେଖିଲେ, ତା'ହେଲେ ତ ଘେରିଯାଇ ଝୁଣିପକେଇବେ ! ସେ ନ ମଲାଯାଏ ଲାଗିଥିବେ। ଏଠି ବାହାର ମାଛ ଅଙ୍କେବହୁତେ ଉଧେଇବେ ସିନା, ଦେଶୀମାଛ ହେଲେ ମଲା। ସେଇଥିପାଇଁ ପରା 'ଓଡ଼ିଶ୍ୟା କାଙ୍ଗାଲ ଦେଶ୍'। ଠିକ୍ କହିଥିଲା ସେଇ ମାରଓ୍ୱାଡ଼ି ଲୋକଟା ରାଜୁ ରାୟଙ୍କ ଗପରେ । ଶୁଭଶ୍ରୀ ତାଙ୍କ କଲେଜବେଳର ଗୋଟିଏ ଗପରୁ ଏଇ ଉକ୍ତିଟି ମନେପକେଇଲେ। ଠିକ୍ କଥା, ଠିକ୍ କଥା। ତାଙ୍କ ଝିଅ ତନୁଶ୍ରୀ କଲେବଲେକଉଶଳେ ସବୁ କାମ ହାସଲ କରିନେଉଚି, ଏହା କ'ଣ କମ୍ କଥା ! ନଚେତ୍ କେତେଦିନୁ କାରଖାନାରେ ନାଲିକନା ବୁଲନ୍ତାଣି।

ତନୁଶ୍ରୀ ଛାତିର ଦମ୍ଭ, ନେଇଆଣି ଥୋଇପାରିବା ଗୁଣକୁ ଶୁଭଶ୍ରୀ ପସନ୍ଦ କରନ୍ତି। ଏତେଦିନଯାଏ ଇତି ତାଙ୍କ ପାଖରେ ଶୋଉଥିଲା, ଗଲା କେଇମାସ ହେଲା ତାଙ୍କ ପାଖ ରୁମ୍‌ରେ ତା'ର ଶୋଇବାର ବ୍ୟବସ୍ଥା ହୋଇଚି। ସେ ବଡ଼ ହେଉଚି। କଢ଼ ବାହାରି ଲଣ୍ଠିକଢ଼ରୁ ଫୁଲ ଫୁଟିବାକୁ କେତେଦିନ ? କାରଖାନାରୁ ଭଲ ଲାଭ ଉତୁରିଥିଲେ କି ଆଉ କେଉଁଥିରେ ମନ ଖୁସି ଥିଲେ ନାତୁଣୀର ଛାତି ପେଟକୁ ଆଉଁଶିଦେଇ ଶୁଭଶ୍ରୀ କହନ୍ତି, 'ମୋର ଯେମିତି ତୋ' ମାଆର ସେମିତି, ତୋ'ର ବି ସେମିତି। ଛାତି ଉପରେ, ଭିତରେ ଭାରି ଦମ୍ଭ।'

ଏତେ ଦମ୍ଭିଲା ଛାତି ଥିଲେ ବି ମରଣ କଥା ପଡ଼ିଲେ ଶୁଭଶ୍ରୀ ଖୁବ୍ ଡରିଯାଆନ୍ତି। ତାଙ୍କ ଗୋଡ଼ହାତ ଥରେ, ଦେହ ଝିମ୍‌ଝିମ୍ ହୁଏ। ଲାଗେ ଚେତାବୁଡ଼ିଯିବ କି ! ତାଙ୍କ ବାପାଙ୍କ ଦେହାନ୍ତ ବେଳେ ସେ ନିଜେ ତିନି ଦିନ ବିଛଣାରୁ ଉଠିପାରିନଥିଲେ। ମରଣକୁ ତାଙ୍କର ବଡ଼ ଭୟ। ଆଜି ସଞ୍ଜଯାଏ ଇତି କେଉଁଠି ଖେଳୁଚି ବୋଲି ଚାଲବୁଲ ହୋଇ ବଙ୍ଗଳା ପଛକୁ ଆସି ଦେଖନ୍ତି ତ ଇତି ଆଉ ତାଙ୍କ ଡ୍ରାଇଭର ଅବନୀର ଝିଅ ସବିତା ବଉଳଗଛ ଚାନ୍ଦିନୀ ଉପରେ ଧଳା କନା ଗୁଡ଼େଇହୋଇ ମଲାପରି ପଡ଼ିଛନ୍ତି। ଶୁଭଶ୍ରୀଙ୍କୁ ଛାନିଆରେ ପରିସ୍ରା ମାଡ଼ିଲା, ଦେହ ଭିତରଟାଯାକ ରକ୍ତ ଯେମିତି ପାଣି ହୋଇଗଲା। ଝିଅ ଦି'ଟାଙ୍କୁ ମାରି କିଏ ଏଠି ପକେଇ ଦେଇଯାଇଛି ନା କ'ଣ ! ସେ ପ୍ରାଣବିକଳରେ ଡାକ ଛାଡ଼ିଲେ, 'ଇତି, ଇତି।' ଇତି ଉଠୁ ଉଠୁ ତାକୁ କାଖେଇକୋଳେଇ ବିଛଣାରେ ଆଣି ପକେଇଦେଲେ। ଶୁଣୁ ଶୁଣୁ କ'ଣନା ଖେଳ ଖେଳୁଥିଲେ। ଡ୍ରାଇଭର ଅବନୀର ଝିଅ ସବିତା, ଶୁଭଶ୍ରୀ ଭାବନ୍ତି, ଭାରି ଚୁପ୍‌ସଇତାନ। ଇତିଠୁ ଛ'ମାସ କି ବର୍ଷେ ବଡ଼ ହେବ। ଇତିର ଏକା ଜିଦ୍ ଯେ ତା'ରି ସାଙ୍ଗରେ ଖେଳିବ। ସେ ପୁଣି ଇତିକୁ ତୁ'ତା' କରି ଡାକିବ। ଶୁଭଶ୍ରୀଙ୍କୁ ଏଗୁଡ଼ାକ ଭଲ ଲାଗେ ନାହିଁ। ମାଲିକଙ୍କ ଝିଅ, ତୁ ବୟସରେ ଟିକେ ବଡ଼ କି ସମାନ ହେଲୁ ବୋଲି ସଣ୍ଡୁଣା ଭୁଲି ତୁ'ତା' କରିବୁ ! ଛି, ଛି। ଠିକ୍

କଲେ, ଅବନୀକୁ କହିବେ ସେ ଭଡ଼ାଘର ନେଇ ବାହାରେ ରହୁ। ସେ ଟୋକୀ ଏ ଖଣ୍ଡମଣ୍ଡଳରୁ ଯାଉ। ଏମିତି ଗୋଟାଏ ସମାଧାନରେ ପହଞ୍ଚିବାରୁ ମନଟା ଟିକେ ଶାନ୍ତ ଲାଗିଲା। ଶୁଭଶ୍ରୀ ଦେବୀ ହାଇ ମାରିଲେ।

ବଙ୍ଗଳା ପଛପଟକୁ ପୂଝାରୀଚାକର, ଗେଟ୍‌ର ଦରୁଆନ, ଡ୍ରାଇଭର ରହିବାପାଇଁ ପାଚେରିକୁ ଲାଗି ଏକପାଖିଆ ଟିଣଛାଉଣି ଘର। କୋଣରେ ଗୋଟିଏ ଘରେ ଡ୍ରଇଭର ଅବନୀ, ତା'ର ସ୍ତ୍ରୀ, ଝିଅ ସବିତା ଓ ବର୍ଷକର ପୁଅ ରବିକୁ ନେଇ ରହେ। ଘରକଣକୁ ଚାଳିଟିଏ କରି ତା' ସ୍ତ୍ରୀ ରୋଷେଇଘର କରିଚି। ବାକି ଯେଉଁ ଚାରି ପାଞ୍ଚ ଜଣ ଚାକର, ପୂଝାରୀ, ଟହଲିଆ, ସେମାନେ ପାଖ ଦୁଇଟା ବଡ଼ଘରେ ରୁହନ୍ତି। ବଙ୍ଗଳାରେ ସେମାନଙ୍କ ପାଇଁ ନିଆରା ରୋଷେଇରେ ଖାଆନ୍ତି। ଅବନୀ ବି.ଏ. ପାସ୍ କରି ଚାକିରି ନ ମିଳିବାରୁ ଡ୍ରାଇଭର ହୋଇଛି। ଗତ ବାର ବର୍ଷ ହେଲା ଶୁଭମ୍ ଷ୍ଟିଲରେ ଚାକିରି, ବଙ୍ଗଳା ଡିଉଟି। ଏକପାଖିଆ ଟିଣଘରଠାରୁ କୋଡ଼ିଏ ପାହୁଣ୍ଡ ଛାଡ଼ି ପାଚେରିର ଗୋଟିଏ କଣକୁ ଝଙ୍କାଳିଆ ବଉଳଗଛ। ଚାନ୍ଦିନୀ ଘେରାହୋଇଛି। ଖରାଦିନେ ପୂଝାରୀଚାକର ଗାମୁଛା ପକେଇ ଗଡ଼ନ୍ତି, ପବନ ଖାଆନ୍ତି। ଶନିବାର ଦିନ ଖରାବେଳକୁ ଇତିଶ୍ରୀ ତା' କନ୍‌ଭେଣ୍ଟ୍‌ରୁ ଓ ସବିତା ତା' ଓଡ଼ିଆ ସ୍କୁଲରୁ ଫେରି ସେଇ ବଉଳଗଛ ଚାନ୍ଦିନୀ ଉପରେ ଖେଳନ୍ତି। ରବିବାର ସଞ୍ଜରେ ବି ସେଇଠି ଖେଳ। ସପ୍ତାହର ଅନ୍ୟ ଦିନଗୁଡ଼ିକରେ ଯେଝା ବାଟରେ ଯେ। ଇତିଶ୍ରୀର ସ୍କୁଲରେ ବିଲାତି ଖେଳ। ସାଜ-ସରଞ୍ଜାମ ନ ଥିଲେ ଖେଳିହୁଏ ନାହିଁ। ସବିତା ସ୍କୁଲର ଖେଳଛୁଟିବେଳେ ଯେଉଁ ଖେଳ ତା' ସାଙ୍ଗମାନଙ୍କ ସହିତ ଖେଳେ, ବଉଳଗଛ ତଳେ ତାକୁ ଦୋହରାଏ।

ଆଜି ସ୍କୁଲରୁ ଫେରି ଇତି ବଙ୍ଗଳା ପଛ ଅବନୀ ଘର ଆଗରେ ଠିଆହୋଇ ସବିତାକୁ ଡାକିଲା। ଦୁହେଁ ଚାନ୍ଦିନୀ ପାଖକୁ ଗଲେ। ସବିତା ହାତରେ ଗଣ୍ଠିଲିଟିଏ ଧରିଥାଏ। ଇତି ପଚାରିଲା, 'ଏ ଗୁଡ଼ାକ କ'ଣ ?'

ସବିତା ଛୋଟ ଉତ୍ତର ଦେଲା, 'ଖେଳରେ ଲାଗିବ।' ଚାନ୍ଦିନୀ ଉପରେ ଗୋଟିଏ ଛିଣ୍ଡା ସପ ପାରିଦେଲା ସବିତା। କହିଲା, 'ଆଜି ଆମେ ବାପା-ମାଆ ଖେଳ ଖେଳିବା।'

'ସେ କି ଖେଳ ?' ଇତି ପଚାରିଲା।

'ମାନେ, ମୁଁ ବାପା ଆଉ ତୁ ମା'। ସେମାନେ ଯେମିତି ରହନ୍ତି, ଯାହା କରନ୍ତି, ଆମେ ତା' କରିବା,' ଉତ୍ତର ଦେଲା ସବିତା।

'ମୋର ବାପାଙ୍କ କଥା କିଛି ମନେନାହିଁ।' ଇତି କହିଲା।

'ତୋ ବାପା-ମା' ନୁହଁ, ମୋ ବାପା-ମା' କେମିତି କ'ଣ କରନ୍ତି, ସେଇଆ ଖେଳିବା, ମୁଁ ବତାଇ ଦେବି,' ସବିତା ବୁଝାଇଦେଲା।

ଚାନ୍ଦିନୀର ଗୋଟିଏ କଣରେ ଦୁଇଟା ବଡ଼ ବଡ଼ କାଗଜ ଡବା ପଡ଼ିଥିଲା। ସବିତା ତାକୁ ଉଠାଇଆଣି ଛିଣ୍ଡା ସପର ଦୁଇପଟେ ରଖିଦେଇ କହିଲା, 'ଏଇଟା ଆମ ଘର।' ଗଣ୍ଠିଲିରୁ କଳା ପେନ୍‌ସିଲ ବାହାର କରି ତା' ନିଜ ନାକ ତଳ ଗାରେଇ ନିଶ କଲା। ତା' ଫ୍ରକ୍ ଉପରେ ତା' ବାପାର ଗୋଟାଏ ପୁରୁଣା ହାଫ୍ ପ୍ୟାଣ୍ଟ ପିନ୍ଧି ବାପା ସାଜିଲା। ଗୋଟିଏ ରଙ୍ଗିନ ଗାମୁଛା ଇତି ଦେହରେ ଗୁଡ଼େଇଦେଇ କହିଲା, 'ତୁ ଏବେ ମାଆ, ହେଇ ଏଇ ଶାଢ଼ି ପିନ୍ଧିଚୁ। ତୁ ଶୋଇପଡ଼। ସକାଳ ହେଲେ ବାପା ଆଗ ଉଠିବେ, ମା'କୁ ଉଠେଇବେ।' ତା' ପରେ ନିଜ ସ୍ୱର ପୁରୁଷ ସ୍ୱର ପରି ଗାଢ଼ା କରି କହିଲା, 'ଉଠ, ଉଠ ସୁଲି, ସକାଳ ହେଲାଣି।' କହିଲାବେଳେ ତା'ର ଗାଲ ଇତି ଗାଲରେ ଘଷିଦେଲା।

ଇତି ପଚାରିଲା, 'ଗାଲ କାହିଁକି ଘଷିଲୁ ?'

'ବାପା ଏମିତି ମାଆକୁ ଉଠାନ୍ତି।' କହିଲା ସବିତା, 'ତା'ପରେ ମାଆ ମୁହଁହାତ ଧୋଇ ଚା' ବସେଇବେ। ତୁ ସେମିତି କର।' ଇତି ହାତ ଧୋଇବାର ଅଭିନୟ କଲା। ଗଛମୂଳରେ ତିନିଟା ଛୋଟ ପଥର ଚୁଲି, ସେଇଠି ଚା' କେଟଲି ବୋଲି ଭଙ୍ଗା ଗିନାଟିଏ ବସିଲା। ଚା' ହେଲା। ଦୁଇଟା ଫଟା ପ୍ଲାଷ୍ଟିକ ଗ୍ଲାସରେ ଚା' ଢାଳିବାର ଓ ପିଇବାର ଅଭିନୟ ହେଲା।

'ତା ପରେ କ'ଣ ହେବ ?' ପଚାରିଲା ଇତି।

'ବାପା ଏଇନା ଗାଧୋଇଯିବେ, ଫେରି ପଖାଳ ଖାଇବାକୁ ବସିବେ, ମୁଁ ଗାଧୋଇ ଯାଏ।' ସବିତା ଉଠି ଗୋଟିଏ କଡ଼ରେ ଭଙ୍ଗା ପ୍ଲାଷ୍ଟିକ ଛୋଟ ବାଲଟି ଓ ଛୋଟ ମଗ ନେଇ ଗାଧୋଇବା ପରି ହେଲା ଓ ଫେରି ପ୍ୟାଣ୍ଟ, ଶାର୍ଟ, ଘଣ୍ଟା ପିନ୍ଧିବା, ମୁଣ୍ଡ କୁଣ୍ଡେଇବା ଇତ୍ୟାଦି ତା' ବାପାଙ୍କ ପରି କରି ପଖାଳ ଖାଇବାକୁ ଚକା ମାରି ବସିଲା। ଇତିକୁ କହିଲା, 'ମା' ପଖାଳ ଦେଇ, ବାପା ଖାଇବା ଶେଷ କରିବାଯାଏ, ତାଙ୍କ ପାଖରେ ବସିବେ, ଆଉ ଦି'ଟା ଖାଅ ଖାଅ ବୋଲି ବଳେଇ ଖୋଇବେ, ରୋଷେଇଘରକୁ ଉଠିଯାଇ ପୁଣି ଭାତ ଆଉ ଭଜା କି ତରକାରି ଆଣି ତାଙ୍କ କଂସା ଆଉ ଗିନାରେ ଢାଳିବେ। ତୁ ସେମିତି କରିବୁ।' ଇତି ସେଇପରି କଲା ଓ ସବିତା ତା' ବାପାଙ୍କ ପରି ପଖାଳ ମିଛିମିଛିକା ଖାଇ ଉଠି ହାତ ଧୋଇବା ପରି ଅଙ୍ଗଭଙ୍ଗୀ କଲା। ଇତି ପଚାରିଲା, 'ତୋ ବାପା କ'ଣ ସବୁଦିନେ ପଖାଳ ଖାଆନ୍ତି ?'

'ହଁ,' ସବିତା କହିଲା। 'ପଖାଳରେ କୁଆଡ଼େ ଭାରି ଗୁଣ, ଗୁଡ଼ାଏ ଭିଟାମିନ୍, ମୁଁ ବି ଖାଏ ସ୍କୁଲ ଯିବା ଆଗରୁ।'

'ମୁଁ ପଖାଳ ଖାଇବାକୁ ଖୋଜିଲେ, ଆଈ ଚିଡ଼ିବେ, କହିବେ, ପଖାଳ

ଛୋଟଲୋକ ଖାଆନ୍ତି। ତୁ ସେଗୁଡ଼ା ଖାଇବୁ କାହିଁକି? ଭଲ ଜିନିଷ ଖା,' କହିଲା ଇତି 'କିନ୍ତୁ ତୁ ତ ପଖାଳ ଖାଇ ମୋଠୁ ବେଶି ଗୋଲଗାଲ ହେଇଛୁ!' ସବିତା ହସିଲା ଓ ମିଛ ଟିଫିନ୍ ବାକ୍ସ ଧରି ତା' ବାପାଙ୍କ ପରି ଚାଲି କାମକୁ ବାହାରିବାବେଳକୁ ଇତିର ନାକ ଓ ଓଠକୁ ଟିକେ ଚିପିଦେଇ କହିଲା, 'ବାପା ଯିବାବେଳେ ଏମିତି କରନ୍ତି।' ବଉଳଗଛ ଚାରିପଟେ ଘେରାଏ ବୁଲି ଆସି କହିଲା, 'ଏବେ ବାପା କାମରୁ ଫେରିଲେ। ଚା' ପିଇବେ, ଧୁଆଧୋଇ ହେବେ। ବାପା ଆଉ ମା' ସେଇ ରୋଷେଇଚାଳିକୁ ଯାଇ ଭାତ ତରକାରି ରାନ୍ଧିବେ, ଗପ ହେଉଥିବେ। ସମସ୍ତେ ମାନେ ବାପାମାଆ, ମୁଁ ଆଉ ସାନଭାଇ ପାଖାପାଖି ବସି ଖାଇବୁ। ଚାଲ, ସେମିତି କରିବା।' ସେମାନେ ସେଇପରି ଅଭିନୟ କରି ଦୁଇଟି କଣ୍ଢେଇକୁ ସବିତା ଓ ସାନଭାଇ ସଜାଇ, ପାଖରେ ରଖି ଖୁଆଇ ନିଜେ ଖାଇଲେ। ଖାଇବା ଅଭିନୟ ସରିବା ପରେ ସବିତା ତା' ବାପା ପାନ ଭାଙ୍ଗିବାର ଅଭିନୟ କରି, ପତ୍ର ମେଞ୍ଚାଏ ପାଟିରେ ପୂରାଇ ଚାକୁଲେଇ କହିଲା, 'ଏବେ ଶୋଇପଡ଼ିବା।' ସେମାନେ ଦୁଇଟି କଣ୍ଢେଇ ପାଖରେ ଶୁଆଇ ଛିଣ୍ଡା ସପ ଉପରେ ବାପାମା' ଶୋଇବାପରି ଚିତ୍‌ହୋଇ ଶୋଇପଡ଼ିଲେ।

ଦି' ସାଙ୍ଗ ଚିତ୍‌ହୋଇ ଶୋଇଥାନ୍ତି। ସବିତା କହିଲା, 'ଗୋଟେ କଥା ତତେ କହିବି, ଆଉ କାହାକୁ କହିବୁ ନାହିଁ ତ?'

'ନାଇଁ, ପ୍ରମିଶ୍।' କହିଲା ଇତି।

ସବିତା ଛେପ ଢୋକି ଇତି ଆଡ଼କୁ କଡ଼ ବୁଲେଇ ଶୋଇ, ହାତକୁ ତକିଆ କରି, ମୁଣ୍ଡଟେକି ଇତି ପାଖକୁ ଲାଗିଯାଇ କହିଲା, 'ଆମ ବାପାଙ୍କୁନା କେବେ କେବେ କାଳିଶି ଲାଗେ। କେଉଟସାହି ମଙ୍ଗଳା ଠାକୁରାଣୀଙ୍କୁ ଯେଉଁ ଦେହୁରି ପୂଜା କରେ, ତା'ଠାରେ ଯେମିତି ଠାକୁରାଣୀ ଆସନ୍ତି, ସେମିତି। ଥରେ ଅଧରାତିରେ ମୋର ନିଦ ଭାଙ୍ଗିଗଲା। ଘରଟାଯାକ ତ ଅନ୍ଧାର। ଖାଲି ଝରକାବାଟେ ବାହାରଆଲୁଅ ଯାହା ଟିକେ ପଡ଼ି ଝାପ୍‌ସା ଦିଶୁଥାଏ। ମୁଁ ଡରରେ ଅଧା ଆଖି ଖୋଲୁଥାଏ, ପୁଣି ବୁଜିଦେଉଥାଏ। ମଙ୍ଗଳାଙ୍କ କାଳିଶି ଯେମିତି ଭୂତ ଲାଗିବା ଲୋକକୁ କାବୁ କରି ଭୂତ ଛଡ଼ାଏ, ଆମ ବାପା ସେମିତି ମାଆ ଉପରେ ଘଷି ହୋଇ ଝୁଲୁଥାଆନ୍ତି। କାଳିଶି ଗୁଣୁଗୁଣୁ ହୋଇ ମନ୍ତ୍ର ବୋଲିବା ପରି ବାପା କ'ଣ ଗୁଣୁଗୁଣେଇ ହଉଥାନ୍ତି। ମାଆ ସବୁ ସହି ଓଃ ଆଃ ହେଉଥାଏ। ତା'ପରେ କ'ଣ ହେବନା, ହଠାତ୍ ଠାକୁରାଣୀ ଛାଡ଼ିଯିବେ, ବାପାଙ୍କ ଝୁଲିବା ବନ୍ଦ୍ ହୋଇଯିବ। କେବେକେବେ ଆମେ ଶୋଇବାର ଟିକେ ବେଳ ଯାଇନଥିବ, ଠାକୁରାଣୀ ଆସି ବାପାଙ୍କୁ ଲାଗିବେ। ମୋ' ଛାଇନିଦ ଭାଙ୍ଗିଯାଏ, ଭାରି ଡର ଲାଗେ।'

'ଠାକୁରାଣୀ କାଳିଶି କ'ଣ ଖାଲି ରାତିବେଳେ ଲାଗନ୍ତି ନା ଦିନରେ ବି ଲାଗନ୍ତି ?' ପଚାରିଲା ଇତି।

'ନାଇଁ, ଦିନରେ ମୁଁ କେବେ ଦେଖି ନାହିଁ। ଚାଲ୍, ଆମେ ବାପା ମାଆ ହେଇ କାଳିଶିଖେଳ ଖେଳିବା। ମୋ ଡର ଛାଡ଼ିଯିବ।' କହିଲା ସବିତା।

ସବିତାର ନିର୍ଦ୍ଦେଶନାରେ କାଳିଶିଖେଳ ହେଲା। ତା'ଦେହରେ ସବିତା ଘଷିହେଲାବେଳେ ତାକୁ ଲାଗିଲା ଠାକୁରାଣୀ ତା' ଦେହରେ ଯେମିତି ପଶିଗଲେ। ସବିତାର ଘଷାଘଷିରେ ଦେହଟାଯାକ ଚମକିପଡ଼ି ଖୁବ୍ ଭଲ ଲାଗିଲା । ଠଉରେଇ ହେଲା ନାହିଁ। ଖାଲି ଭଲ ଲାଗିବା ଟିକକ ଥରେ ଦି'ଥର ଅନୁଭୂତ ହୋଇ ଲିଭିଗଲା। ଖେଳିସାରି ସେମାନେ ଲୁଗାପଟା ପିନ୍ଧି ବସିଲେ। 'କାଲି ବି ଏମିତି କାଳିଶିଖେଳ ଖେଳିବା ?' ପଚାରିଲା ଇତି।

ସବିତା କହିଲା, 'ବାପାମାଆ ଏବେ ବୁଢ଼ାବୁଢ଼ୀ ହୋଇଗଲେ, ଝିଅ ବାହାଘର କରିବେ, ପୁଅ ବାହା କରିବେ। ଆଉ ଦୁଇଟି କଣ୍ଢେଇ ଆଣି ସେମାନେ ଝିଅ ପୁଅଙ୍କ ବାହାଘର କରି କଣ୍ଢେଇଗୁଡ଼ିକ ଗୁଡ଼େଇ ରଖିଲେ। ପୁଅ ଗାଡ଼ି ଚଲେଇବା ଚାକିରି କରୁଛି। ଗୋଟେ ପ୍ଲାଷ୍ଟିକ ମଟରଗାଡ଼ିରେ କଣ୍ଢେଇକୁ ବସାଇ ସୂତୁଲିରେ ଦୁଇଘେରା ଟାଣି ସବିତା ବୁଲେଇଆଣିଲା। ଏବେ ବାପାମାଆ ଖେଳ ସରିବ। ସବିତା କହିଲା, 'ଏବେ ବାପାମାଆ ମରିଯିବେ।' ଦୁଇ ସାଙ୍ଗ ଛିଣ୍ଡା ସପ ଉପରେ କାର୍ ସିଟ୍ ଖୋଳ, ମଳିଛିଆ ଧଳା କନା ଗୁଡ଼େଇହୋଇ ହାତଗୋଡ଼ ମେଲାଇ ନିସ୍ତେଜ ହୋଇ ପଡ଼ିଥିବାବେଳେ ଶୁଭଶ୍ରୀ ଦେବୀଙ୍କ ଆଖି ପଡ଼ିଲା। ସେଇଠୁ ଚାଲିଚି ଆଜି ସନ୍ଧ୍ୟାର ଘଟଣା।

ଅବନୀକୁ ତାଙ୍କ ବଙ୍ଗଳା ପଛପଟ ଘରୁ ବାହାର କରିଦେବାର ସିଦ୍ଧାନ୍ତ ନେଇ ଶୁଭଶ୍ରୀ ବେଶ୍ ଖୁସି ହେଲେ। ଇତି ସେଇ ସବିତା ଟୋକୀ ପାଲରୁ ମୁକ୍ତି ପାଇବ। ସେ ଅବନୀ ସ୍ତ୍ରୀକୁ କେବେ ସହିପାରନ୍ତି ନାହିଁ। କେତେ ବର୍ଷ ହେଲାଣି ତା' ହାବଭାବ ଲକ୍ଷ୍ୟକରୁଛନ୍ତି। ସ୍ୱାମୀ ସ୍ତ୍ରୀ ବୋଲି ଏତେ ଗୋଟାଏ ପ୍ରେମ କ'ଣ ? ଭାରି ସତୀସାବିତ୍ରୀ ଦେଖେଇ ହଉଚି ! ଯାଉ ସେଇଟା ଏଠୁ।

ଶୁଭଶ୍ରୀ ଇତି ଆଡ଼କୁ ଟିକେ ହସି ଚାହିଁଲେ। ଆଈଙ୍କ ମିଜାଜ ଥଣ୍ଡା ହେବାର ଲକ୍ଷ୍ୟକରି ସେ କହିଲା, 'ଆମେ ମିଛିମିଛିକା ମରିବା ଖେଳୁଥିଲୁ ପରା, ତମେ ଆଈ ଏତେ ରାଗୁଛ କାହିଁକି ? ଆଚ୍ଛା ଆଈ, ମଣିଷ ଯାହାସବୁ କରିଥାଏ ମରିଗଲେ କ'ଣ ତା'ର ସବୁ ମନେରୁହେ ?'

'କେଜାଣି, ମତେ ସେଗୁଡ଼ା କିଛି ପଚାରନା, ବଦମାସ୍ ! ଯା, ଗାଧୋଇ

ଭଲ ଡ୍ରେସ ପିନ୍ଧି ଆ'। ନାତୁଣୀକୁ ଆକଟ କଲାବେଳେ ଗୋଟିଏ ଚିନ୍ତା ତାଙ୍କ ମଥାରେ ପଶିଲା, 'ସେ କ'ଣ ମରିଯିବେ କି? ନାଇଁ ନାଇଁ, ତାଙ୍କର ତ ପ୍ରେସର ନାହିଁ କି ସୁଗାର ନାହିଁ। ଟଙ୍କାପଇସା, ଧନଦୌଲତ, ଇଜ୍ଜତ ସବୁ ଅଛି। ସେ ମରିବେ କିଆଁ?' ସେଇ ନେଗେଟିଭ୍ ନିଷ୍ଫଳ ଚିନ୍ତାକୁ ତାଙ୍କ ମୁଣ୍ଡରୁ କାଢ଼ିବାକୁ ସେ ଠାଏକିନା ନିଜ ଗାଲରେ ଗୋଟାଏ ଚାପୁଡ଼ା ମାରିଲେ।

ପ୍ରଳୟର ପ୍ରଥମ ପାଦ

ମୁଁ ଜଣେ ସାମ୍ବାଦିକ । ଫ୍ରିଲାନ୍‌ସର୍ । ଏଇ ରାଇଟ୍-ଅପ୍ ବା ଘଟଣା-ସମ୍ବାଦଟିକୁ ତିନିମାସ ତଳେ ଲେଖିଥିଲେ ମଧ୍ୟ ମୁଁ ତାକୁ ପ୍ରକାଶ ପାଇଁ ଦେଇନଥିଲି । ମୋର ସବୁବେଳେ ଆଶଙ୍କା ହେଉଥିଲା ଯେ ମଣିଷ-ସତ୍ତାକୁ ଲୋପ କରିବା ଲକ୍ଷ୍ୟନେଇ ଏଇ ଯେଉଁ ଦର୍ଶନ, ତା'ର ସଂକ୍ରମଣ ଓ ପ୍ରଭାବରେ ମୋ' ଦେଶ ଓ ସମାଜ ଯଦି ସେଇଆଡ଼କୁ ଗତିକରେ ! କିନ୍ତୁ ଏବେ ସେଇ ସମ୍ବାଦ ମୋ' ଉପରେ ଘନଘନ ଆକ୍ରମଣ କରୁଛି । ସେତିକିବେଳେ ମୁଁ ଦେଖୁଚି ଯେ ପୃଥିବୀର ଏକତୃତୀୟାଂଶ ସ୍ଥଳଭୂମି ଧୀରେଧୀରେ ଜଳରାଶି ଭିତରେ ବିଲୀନ ହୋଇଯାଉଚି । ମତେ ପାଗଳ କରିଦେଉଚି ସେଇ ଦୃଶ୍ୟ । ପ୍ରକାଶ କରିଦେଲେ ମୁକ୍ତ ହେଇଯିବି କି ସେ ଭୂତସବାରଠାରୁ ?

ଗୋଟିଏ ଛୋଟିଆ ଦ୍ୱୀପକୁ ନେଇ ସେ ଦେଶ । ତା'ର ଶାସନକର୍ତ୍ତା ବିଭିନ୍ନ ପତ୍ରପତ୍ରିକାରେ ବିଜ୍ଞାପନ ଦେଲାଭଳି ପ୍ରଚାର କରୁଛନ୍ତି ଯେ ସେ ଏପରି ଏକ ଶାସନ-ଦର୍ଶନ ଉଦ୍‌ଭାବନ କରିଛନ୍ତି, ଯାହା ହିଂସା ଓ ସନ୍ତ୍ରାସକୁ ସମୂଳେ ବିଲୋପ କରିଦେଇଚି । ଦେଶରେ ଅଶେଷ ଶାନ୍ତି । ଗୋଟିଏ ଜନପ୍ରିୟ ଦୈନିକର ସମ୍ପାଦକ ଆଖିଦେଖା ରିପୋର୍ଟ ପାଇଁ ମତେ ପଠାଇଥିଲେ ସେଠାକୁ ।

ପ୍ରଥମେ ଜାହାଜ ଓ ପରେ ବୋଟ୍‌ରେ ଆସି ସହର-ସୀମାରେ ପହଂଚିଲାବେଳକୁ ସମୟ ଆଠଟା ତିରିଶ । ସେଇ ସହରଟି ସମ୍ପୂର୍ଣ୍ଣ ଦେଶ । ସେଠାକା ଭାଷାରେ ସେଇ ସହରର ନାଆଁ ଧର୍ମସ୍ଥଳ । ବିଦେଶୀମାନଙ୍କ ପାଇଁ ଉଦ୍ଦିଷ୍ଟ ରିସେପ୍‌ସନ୍ ଘରକୁ ବୋଟ୍ ଚାଳକ ହାତଠାରି ଦେଖାଇଦେଲା । ସେଠାରେ ଲୁହାଜାଲିରେ ଆବୃତ ଗୋଟିଏ କୋଠରି ଭିତରେ ତିନି ଚାରି ଜଣ ଠିଆହୋଇଥିଲେ । ସମସ୍ତଙ୍କ ହାତରେ ଥିଲା ବନ୍ଧୁକ । ଅଣ୍ଟାରେ, କୋଷ ଭିତରେ ଝୁଲୁଥିଲା ଛୁରି ଓ କାନ୍ଧରୁ ଅଣ୍ଟା ପର୍ଯ୍ୟନ୍ତ ଓହଳିଥିଲା ବୋମାର ମାଳା । ମୋର ପରିଚୟପତ୍ର ଇତ୍ୟାଦି ଯାଂଚ୍ ସରିବା ପରେ

ତାଙ୍କ ଭିତରୁ ଜଣେ ମୋ'ର ଗାଇଡ୍ ହେବା ପାଇଁ ବାହାରକୁ ଚାଲିଆସିଲା । ଇଂରାଜିରେ କହିଲା - ଚାଲ, ସହର ପରିକ୍ରମା ପରେ ତମକୁ ଦିନ ଦୁଇଟାବେଳେ ରାଷ୍ଟ୍ରପତିଙ୍କ ପାଖକୁ ନେଇଯିବାର ଆଦେଶ ଅଛି । ଆମ ସହରରେ ଯାନବାହନର ଚଳାଚଳ ବହୁଦିନୁ ବନ୍ଦ୍ କରିଦିଆଯାଇଚି । ଚାଲି ଚାଲି ଯିବାକୁ ପଡ଼ିବ । ଆରମ୍ଭ ହେଲା ମୋର ସାମ୍ବାଦିକ ଅଭିଯାନ ।

ସହରର ରାସ୍ତା ନିହାତି ପରିଚ୍ଛନ୍ନ ଥିଲା, ଯେମିତି ବେଶି ବ୍ୟବହାର ହେଉନାହିଁ । ଦୁଇପଟରେ ଭିନ୍ନ ଭିନ୍ନ ପରିପାଟୀ ଓ ଶୈଳୀରେ ତିଆରି ସୁନ୍ଦର ସୁନ୍ଦର କୋଠାଘର । ରାସ୍ତାରୁ ଗଳି ଆଡ଼କୁ ନେଇଯାଉଥିବା ଛୋଟ ରାସ୍ତାଗୁଡିକ ମଧ୍ୟ ନିତାନ୍ତ ପରିଷ୍କୃତ ଦିଶୁଥିଲା । କିନ୍ତୁ ଦିନ ନଅଟା ବାଜିଲେ ବି କେହି ଲୋକ ରାସ୍ତାରେ ଦିଶୁନଥିଲେ । ସବୁ ଘରର କବାଟ ବନ୍ଦ୍ ଥିଲା। ମୁଁ ପଚାରିଲି :

- ଏଠି କ'ଣ କର୍ଫ୍ୟୁ ଜାରିହୋଇଚି ?

- ନାଇଁ ନାଇଁ, ଏଠି ଆମର କର୍ଫ୍ୟୁଫର୍ଫ୍ୟୁ କେବେ ହୁଏନା । ଉତ୍ତରଦେଲା ଗାଇଡ୍ ।

- ଆଉ କେହି ମଣିଷ ଦିଶୁନାହାନ୍ତି ଯେ !

- ମଣିଷ ? ସେମାନେ ତାଙ୍କ ନିଜ ନିଜ ଘରେ ବ୍ୟସ୍ତ । ତାଙ୍କୁ ବାହାରକୁ ଆସିବାକୁ ବେଳ କାଇଁ ? ସମସ୍ତେ ବାହାରକୁ ବାହାରିବେ ଦଶଟାରୁ ଏଗାରଟା ଭିତରେ, ଗୋଟିଏ ଘଣ୍ଟା ପାଇଁ । ତମେ ଚାଲ, ଆଗକୁ ଚାଲ, ସବୁ ବୁଝିନେବ ଧୀରେ ଧୀରେ ।

କିଛିବାଟ ପରେ ଗୋଟିଏ ବଡ଼ ଘର ପଡ଼ିଲା । ଗାଇଡ୍ ହାତ ଠାରି ଦେଖାଇଦେଲା, ଏଇଟା ଆଗରୁ ଥାନା ଥିଲା । ଏବେ ଆଉ ତା'ର କୌଣସି ଦରକାର ନାହିଁ । ତେଣୁ ଘରଟା ଖାଲିପଡ଼ିଚି । ମୁଁ ହଇରାଣରେ ପଡ଼ିଗଲି । ଏଇ ସହରରେ ଥାନା ନାହିଁ, ଅଥଚ ଶାନ୍ତିଶୃଙ୍ଖଳା ରହୁଚି କେମିତି ?

ଆମେ ଚାଲୁଥିଲୁ ଓ ଗାଇଡ୍ ମତେ ବୁଝାଇବାରେ ବ୍ୟସ୍ତ ଥିଲା । ଯେତେବେଳେ ଚୋରି, ଡକାୟତି, ହତ୍ୟା ଅଳ୍ପ ସଂଖ୍ୟା ଭିତରେ ସୀମିତ ଥିଲା, ସେତେବେଳେ ପୁଲିସ୍ ତାକୁ ଆୟତ୍ତ କରିପାରୁଥିଲେ । କିନ୍ତୁ ସେଗୁଡିକ ଏତେ ଦ୍ରୁତଗତିରେ ବଢ଼ିଲା ଯେ ପୁଲିସ୍ ପରିସ୍ଥିତିକୁ ସମ୍ଭାଳିପାରିଲା ନାହିଁ । ଜଣେ ଜଣେ ଲୋକ ପାଇଁ ତ ଗୋଟିଏ ପୁଲିସ୍ କର୍ମଚାରୀ ନିୟୋଜନ କରିହେବ ନାହିଁ, ତେଣୁ ଏଇ ଅନୁଷ୍ଠାନଟାକୁ ଉଠାଇଦେବାକୁ ନୂଆ ସରକାର ବାଧ୍ୟ ହେଲେ ।

କିଛିଦୂର ଗଲାପରେ ଗୋଟିଏ ବିରାଟ ପ୍ରାସାଦ ଉପରେ ଉଡୁଥିଲା ସେ ଦେଶର ଜାତୀୟ ପତାକା। ଗାଇଡ୍ ବୁଝାଇଦେଲା ଯେ ଏଇ ଶାସନ ପୂର୍ବରୁ ଏଇଟା ଥିଲା

ଦେଶର ସର୍ବୋଚ୍ଚ ନ୍ୟାୟାଳୟ। କିନ୍ତୁ ଏବେ ତାକୁ ବନ୍ଦ୍ କରିଦିଆଯାଇଛି । କାରଣ ଆମ ଦେଶରେ କିଛି ଆଇନ୍ ନାହିଁ । ପୁରୁଣା ଆଇନ୍ ସବୁ ବାତିଲ କରିଦିଆଯାଇଚି । ମୋ' ଆଖି ମୁଣ୍ଡ ଉପରକୁ ଉଠିଗଲାପରି ଲାଗିଲା । ଆଇନ୍‌କାନୁନ୍ ନାହିଁ, ନ୍ୟାୟାଳୟ ନାହିଁ, ତେବେ ଦେଶଟା ରହିଚି କେମିତି ? ଗାଇଡ୍ କହୁଥିଲା - ଆଇନ୍ ବା ଅନୁଶାସନକୁ ମାନିଲେ ସିନା ସବୁ କାର୍ଯ୍ୟକାରୀ ହେବ! କିନ୍ତୁ ଏ ଦେଶରେ ତାହା ହେଉ ନଥିଲା । ଆଇନ୍ ପ୍ରଣୟନ କତିପୟ କ୍ଷମତାଶାଳୀ ଲୋକଙ୍କୁ ଦୃଷ୍ଟିରେ ରଖି କରାଗଲା । ନ୍ୟାୟାଳୟରେ ସେମାନେ ରହିଲେ । କାରଣ, ନ୍ୟାୟାଧୀଶମାନଙ୍କୁ ସେମାନେ ଧନ, ପ୍ରମୋଶନ ବା ସେଇପରି କିଛି ପ୍ରଲୋଭନ ଦେଖାଇ କିଣିନେଇ ପାରୁଥିଲେ । ନ୍ୟାୟ ନ ପାଇବାରୁ ସାଧାରଣ ଲୋକେ ଏକଜୁଟ୍ ହେଲେ । ସେମାନେ ସଂଘବଦ୍ଧ ହେବା ପରେ ଶକ୍ତି ବଢ଼ିଗଲା ସେମାନଙ୍କର । ଆଇନ୍ ସେମାନେ ନିଜ ହାତକୁ ନେଇଗଲେ । ଆଇନ୍‌କାନୁନ୍ ବହିରେ ଥିଲେ ବି ତାକୁ ମାନିବାକୁ କେହି ପ୍ରସ୍ତୁତ ନଥିଲେ । ତେଣୁ ସବୁ ଆଇନ୍‌କୁ ବାତିଲ୍ ଓ ଆଇନ୍‌ରକ୍ଷକ ସଂସ୍ଥାଗୁଡିକୁ ଭାଂଗିଦେଲେ ଆମ ନୂଆ ଶାସକ । ଏଣିକି ପ୍ରତ୍ୟେକ ଘର ଗୋଟିଏ ଗୋଟିଏ ଥାନା ଓ ନ୍ୟାୟାଳୟ । ଜନତାର ସୁରକ୍ଷା ଏବେ ଶାସନ ହାତରୁ ଚାଲିଯାଇଚି, ବ୍ୟକ୍ତିବିଶେଷଙ୍କ ହାତକୁ । ନିଜ ପାଇଁ ସେମାନେ ଦାୟୀ । ମୁଁ ଘାବରେଇଗଲି । ମତେ ଯଦି କୌଣସି ଅଶୋଭନୀୟ ପରିସ୍ଥିତିର ସମ୍ମୁଖୀନ ହେବାକୁ ପଡ଼େ, ମୋ ଉପରେ ଯଦି କେହି ଆକ୍ରମଣ କରେ, ତେବେ ମୁଁ କାହା ପାଖକୁ ନ୍ୟାୟ ପାଇଁ ଯିବି ?

ଦିନ ଦଶଟା ବେଳକୁ ସାଇରନ୍ ବାଜିଲା । ଆମେ ବଜାର ପାଖରେ ପହଂଚିଯାଇଥିଲୁ । ଗୋଟିଏ ଜାଗାରେ ଗୁଡାଏ ଦୋକାନ । ସାଇରନ୍ ଶୁଣି ସବୁ ଘରୁ ଲୋକମାନେ ମାର୍କେଟ ଆଡ଼କୁ ଦୌଡ଼ିବାକୁ ଆରମ୍ଭ କରିଦେଇଥିଲେ । ବିଭିନ୍ନ ବସ୍ତୁର ବିଭିନ୍ନ ଦୋକାନ । ଗୋଟିଏ ଗୋଳାବାରୁଦ ଦୋକାନକୁ ନେଇଗଲେ ମତେ ଗାଇଡ୍। ସେଠି ପାସ୍ ଭଳି କାଗଜ ଦେଖାଇବାରୁ ମତେ ଦିଆଗଲା ଗୋଟିଏ ବନ୍ଧୁକ, କିଛି ଗୁଳି, ଗୋଟିଏ ଛୁରା ଓ କିଛି ହାତବୋମା ।

'ଏଗୁଡାକୁ ନେଇ ମୁଁ କ'ଣ କରିବି ?' ଗାଇଡ୍‌କୁ ପଚାରିଲି ।

- ନିଜର ସୁରକ୍ଷା: ସେ ଉତ୍ତରଦେଲା ।

ତା' ପରେ ସେ ମତେ ମାର୍କେଟ ଭିତରକୁ ବୁଲାଇବାକୁ ନେଇଗଲା । ଦୋକାନରେ ବିକୁଥିବା ଓ କିଣୁଥିବା ସବୁ ନାରୀ-ପୁରୁଷ ବନ୍ଧୁକଧାରୀ ଥିଲେ । ସେମାନଙ୍କ ଦେହରେ ଝୁଲୁଥିଲା ବମ୍‌ର ମାଳା ଓ ଛୁରି । ଲାଗୁଥିଲା ଯେ ସେମାନେ ଆତଙ୍କିତ । ତାଙ୍କ ପାଖରେ ଠିଆହୋଇଥିବା ଲୋକଟି କାଳେ ତାଙ୍କୁ ମାରିଦେଇପାରେ,

ସେଥିପାଇଁ ସେମାନେ ସର୍ବଦା ଜାଗ୍ରତ । ତେଣୁ ତାଙ୍କ ବ୍ୟବହାରରେ, କାର୍ଯ୍ୟକଳାପରେ, ଉକୁଟିଦିଶୁଥିବା ସନ୍ଦେହ, ଯେକୌଣସି ମୁହୂର୍ତ୍ତରେ ତା'ର ପ୍ରାଣହାନି ଘଟିପାରେ, ସେଠି ବିଚରଣ କରୁଥିବା ଅନ୍ୟ କେଉଁ ଲୋକ, ବନ୍ଧୁକରେ । ଫେରିଲାବେଳକୁ ମତେ କିଛି ପ୍ୟାକେଟ୍ ଖାଦ୍ୟ ଆଣିଦେଲା ଗାଇଡ୍।

କିଛି ଦୂରରେ ପ୍ରସାଦ-ସମୂହ ଆଡ଼କୁ ହାତଠାରି ଗାଇଡ୍ କହିଲା - ଏଇ ଆମ ରାଜ୍ୟର ବିଶ୍ୱବିଦ୍ୟାଳୟ ଥିଲା । କିନ୍ତୁ ସରକାର ଏବେ ତାକୁ ବନ୍ଦ୍ କରିଦେଇଛନ୍ତି । ଏହାର କୌଣସି ଆବଶ୍ୟକତା ନାହିଁ ଆମ ଦେଶରେ । ଗୁଡାଏ ବେକାର ଓ ଉଚ୍ଛୃଙ୍ଖଳ ଯୁବକ ସୃଷ୍ଟିକରିବା ବ୍ୟତୀତ ସଂସ୍ଥା ଆଉ କ'ଣ କରୁଥିଲା କି ?

ତା' ପରେ ଗାଇଡ୍ ମତେ ନେଇଗଲା ସହରର ସବୁଠୁ ବଡ଼ ଡାକ୍ତରଖାନା ଆଡ଼କୁ। ସେଠାରେ କେହି ରୋଗୀ କିମ୍ବା ଡାକ୍ତର ନଥିଲେ । ସବୁ ବିଛଣା ଖାଲିପଡ଼ିଥିଲା । ଡାକ୍ତରଖାନା ସମ୍ନାରେ ଥିବା ପ୍ରାଙ୍ଗଣରେ ଗୋଟିଏ ଭାଗରେ ଥିଲା ବଡ଼ ପୋଖରୀ - ଆୟଚନର ସ୍ଥାନ ଓ ଏଠାରେ ଶିଶୁମାନଙ୍କ ମୃତଦେହ ପରିଷ୍କାର ଦିଶୁଥିଲା । ଦୁର୍ଗନ୍ଧମୟ ଥିଲା ପାଖର ବାତାବରଣ। ପଚାରିଲି - ଏତେ ଶିଶୁଙ୍କୁ ମାରିଲା କିଏ ? ଗାଇଡ୍ ଉତ୍ତରଦେଲା - ସେମାନଙ୍କ ମାଆମାନେ । କିନ୍ତୁ ଏଇଟା ଗୋଟାଏ ଅସ୍ଥାୟୀ ସମସ୍ୟା; ମିଳିତ ଗର୍ଭଗୃହ ତିଆରିହେଲାପରେ ସୁଧୁରିଯିବ ? - 'ମିଳିତ ଗର୍ଭଗୃହ କ'ଣ ?' ମୁଁ ପଚାରିଲି । ଗାଇଡ୍ ବୁଝାଇଦେଲା ଯେ ଖୁବ୍ ଗବେଷଣା ଦ୍ୱାରା ସେ ଦେଶର ବୈଜ୍ଞାନିକମାନେ ଏଇ ପରୀକ୍ଷାରେ ସଫଳ ହୋଇଛନ୍ତି । ଏଇ ଯେଉଁ ନୂଆ ଗର୍ଭଗୃହର ପରିକଳ୍ପନା, ତାହା ହଜାର ହଜାର ନାରୀଙ୍କ ଗର୍ଭାଧାନ ପରି । ପୁରୁଷମାନେ ଆଉ ନାରୀମାନଙ୍କ ସହ ସହବାସ କରିବେ ନାହିଁ । ତାଙ୍କର ଦରକାରବେଳେ ଏଇ ଗର୍ଭଗୃହକୁ ଆସି ବୀର୍ଯ୍ୟପାତ କରିଦେଇଯିବେ । ପିଲାମାନେ ଜନ୍ମନେବେ ଏଇଠି । କିଏ କାହର ପିଲା, ଜାଣିବାର ଉପାୟ ନାହିଁ । କାରଣ, ଇତିହାସ ଓ ବଂଶପରମ୍ପରା ଜାତିଆଣାକୁ ବଢ଼ଉଚି। ଏବେ ଏଇ ସହର ବ୍ୟତୀତ ଅନ୍ୟ ଜାଗାରେ କ'ଣସବୁ ଚାଲିଚି ? କଳା ଧଳା ଚମଡା ମଣିଷଙ୍କ ଭିତରେ ହଣାକଟା, ଜାତି ଜାତି ଭିତରେ ହିଂସା, ଦ୍ୱେଷ, ଘୃଣା । ଏବେ ମଣିଷ ଆଉ ଜଣକର ଚରିତ୍ର ବା ସ୍ୱଭାବ ବା ପାରଙ୍ଗମତାକୁ ଗୁରୁତ୍ୱ ଦେଉନାହିଁ । ପ୍ରଥମ ପ୍ରଶ୍ନ, ତମର ଜାତି କ'ଣ ? ତେଣୁ ସମାଜରୁ ଯଦି ଏଇ ଜାତିଭାବଟା ନିର୍ମୂଳ କରିଦିଆଯାଏ, ତେବେ ଏଇ ଯେଉଁ ଅଶାନ୍ତି, ଯେଉଁ ଭାଗ ଭାଗ, ତା'ର ପରିସମାପ୍ତି ଘଟିବ କି ନାହିଁ ?

- ତେବେ ସେଇ ପିଲାଗୁଡିକ କେଉଁ ଧର୍ମର ହେବେ ?'

- ଆମ ରାଜ୍ୟରେ ଧର୍ମଫର୍ମ କିଛି ନାହିଁ; ଗାଇଡ୍ ଉତ୍ତରଦେଲେ । ଏଇ

ଧର୍ମଟା ସବୁ ସମସ୍ୟାର ମଂଜି । ଅସଲ ଗୁରୁଙ୍କ ପାଖକୁ ଲୋକେ ଯିବେ ନାହିଁ । କାରଣ ସେ ଭେଳିକି ଦେଖାଇବାକୁ ଅମଂଗ ହେବେ । ସେମାନେ ଯିବେ ନକଲି ଗୁରୁ ବା ତଥାକଥିତ ଧର୍ମଯାଜକମାନଙ୍କ ପାଖକୁ । ସାଧାରଣ ମଣିଷ ଆଉ ଘୁଷୁରି ଭିତରେ ବିଶେଷ କିଛି ଫରକ୍ ନାହିଁ । ଦଳ ଭିତରେ ସେ ନିଜକୁ ନିରାପଦ ମନେକରେ । ମଣିଷର ଏଇ ଦୁର୍ବଳ ମନସ୍ତତ୍ତ୍ୱର ଫାଇଦା ଉଠାଉଛନ୍ତି ଦୁଇ କିସମର ଚାଲାକ୍ ଲୋକ, ଧର୍ମଯାଜକ ଓ ନେତା । ଧର୍ମଯାଜକ ମଣିଷର ମନକୁ ଦୁର୍ବଳ କରାଇଦେଉଚି, ଏକଥା କହି କହି ଯେ ମଣିଷ ଏଠି ଖାଲି ପାପ କରୁଚି ଓ ସେଥିପାଇଁ ତାକୁ ଭବିଷ୍ୟତରେ ବହୁ କଷ୍ଟ ଭୋଗିବାକୁ ପଡ଼ିବ । ବର୍ତ୍ତମାନର ଦୁଃଖ ପୁରୁଣା ପାପର ଫଳ । ଏଇ ପାପସମ୍ଭୂତ ଦୁଃଖକଷ୍ଟରୁ ପରିତ୍ରାଣ ପାଇଯିବାର ବଟିକା ତାଙ୍କ ହାତରେ ଅଛି । ଧର୍ମଯାଜକଙ୍କୁ ବିନା ସର୍ତ୍ତରେ ମାନିନିଅ, ଧନ ଯେତେ ପାର ତାଙ୍କ ପାଖରେ ପଇଠ କର, ସେ ତମ କାନବାଟେ ସେଇ ଦୁଃଖହାରୀ, ସୁଖର ମହାମନ୍ତ୍ରଟିକୁ ତମ ଦେହ, ଜୀବନ ଭିତରକୁ ଫୋପାଡ଼ିଦେବେ । ଏଇ ମିଛକଥାରେ ବିଶ୍ୱାସ କରି ଲୋକେ ବିଭିନ୍ନ ଧର୍ମର ଛତା ତଳେ ଏକତ୍ରିତ ହେଉଛନ୍ତି ଆଜିଯାଏ । ଧର୍ମ ଧର୍ମ ଭିତରେ ଯୁଦ୍ଧ ଚାଲିଚି, କେଉଁ ଧର୍ମ ତା’ ପାଖ ଧର୍ମଠୁ ଜିତିଯିବ । ଜିତିବା ପାଇଁ ପଶୁବଳ ଦରକାର । ତେଣୁ ଧର୍ମ ମଣିଷକୁ ଏକାଠି କରି ପଶୁବଳ ତିଆରି କରୁଚି, ଅନ୍ୟ ଧର୍ମ ବିରୋଧରେ । ସରଳ ଘୁଷୁରି-ମଣିଷ କିଛି ବୁଝୁ ନାହିଁ । ତାକୁ କୁହାଯାଉଚି ଯେ ତୋ ଧର୍ମ ସଂକଟାପନ୍ନ, ତାକୁ ରକ୍ଷା କରିବା କର୍ତ୍ତବ୍ୟ ଓ ଦାୟିତ୍ୱ ତୋର; ତେଣୁ ଅନ୍ୟ ଧର୍ମର ଲୋକକୁ ଖତମ୍ କର, ତେବେଯାଇ ତୁ ଧାର୍ମିକ ଭିତରେ ଗଣାହେବୁ ଓ ଈଶ୍ୱରଙ୍କୁ ଭେଟିବାର ବାଟ ପାଇଯିବୁ । ତେଣୁ ଆମ ଶାସକ ଠିକ୍ ଠଉରେଇ ନେଇଛନ୍ତି ଯେ ଏଇ ଧର୍ମଯାଜକଙ୍କ ମୁହଁରୁ ଦାଢ଼ି ବା ମଥାରୁ ଚୁଟି କାଟି ନ ପକାଇବାଯାଏ, ତାଙ୍କଠାରୁ ଜନତାର ଅନ୍ଧବିଶ୍ୱାସରୁ ଜାତ କ୍ଷମତାକୁ ଛଡ଼େଇ ନ ନେଲାଯାଏ, ଶାନ୍ତି ଆଶା କରିବା ବୃଥା ।

ଆମ ଶାସକଙ୍କ ଦ୍ୱିତୀୟ ଲକ୍ଷ୍ୟ ହେଉଛନ୍ତି ଏଇ ନେତାମାନେ । ଧର୍ମଯାଜକ ଓ ନେତା, ଏମାନେ ପରିପୂରକ। ଧର୍ମଯାଜକମାନଙ୍କୁ ଆଦର ଦେଖାଇ, ସାଧାରଣ ମଣିଷ ମନରେ ପ୍ରହେଳିକା ସୃଷ୍ଟିକରିବାରେ, ନେତାଙ୍କ ଲାଭ ଖୁବ୍ ଅଧିକ । ମଣିଷମନ ଯେତେ ଦୁର୍ବଳ ହେବ, ସେ ଅନ୍ୟକୁ ସେତିକି ମାନିବ । ଧର୍ମଯାଜକ ଏହା କରି ଖୁବ୍ ଆଡ଼ମ୍ବାଚଉଡା ଓ ଆରାମରେ ରହୁଚି । ନେତା ମଧ୍ୟ ଆଉଏକ ସୁନ୍ଦର କାଲିର ସ୍ୱପ୍ନକୁ ନେଇ ଦୁର୍ବଳ ମନ ଉପରେ ସହଜରେ ଲଦିଦେଇ, ନିଜର ଫାଇଦା ଉଠାଇନେଇ ଚାଲିଯାଉଚି । ଜନତା, ଦେଶ, ସମାଜର ସେବା ଓ ସେଥିପାଇଁ ତ୍ୟାଗର ବାହାନାରେ ସେ ଉପଭୋଗ କରୁଚି ସବୁ । ତେଣୁ ଆମ ରାଜ୍ୟର ଶାସକଙ୍କୁ ଛାଡ଼ିଦେଲେ, ଆଉ କେହି ନେତା ରହିବେ ନାହିଁ।

ଏସବୁ ଦୃଶ୍ୟରେ ମୋର ମୁଣ୍ଡ ବୁଲାଇବାକୁ ଆରମ୍ଭ କରିଥିଲା ପ୍ରବଳ ବେଗରେ । କିନ୍ତୁ ରାଷ୍ଟ୍ରପତିଙ୍କୁ ଭେଟିବାର ସମୟ ହୋଇଯାଇଥିଲା । ଆମେ ତାଙ୍କ ବାସସ୍ଥାନ ପାଖରେ ପହଂଚିଯାଇଥିଲୁ । ସେଠି ତାଙ୍କ ସୁରକ୍ଷା ବନ୍ଦୋବସ୍ତ ଥିବାଭଳି ମନେହେଲା ନାହିଁ। କାରଣ ଗେଟ୍‌ରେ କେହି ପ୍ରହରୀ ନଥିଲେ। ଗେଟ୍ ଦେଇ ରାଷ୍ଟ୍ରପତିଙ୍କ ଡ୍ରଇଁରୁମ୍‌କୁ ମତେ ନେଇଗଲାବେଳେ ମୁଁ କେବଳ ଦୁଇତିନିଜଣ ମହିଳାଙ୍କୁ ଦେଖିଲି । ସେମାନେ ଖୁବ୍ ସହଜ ଓ ଶାନ୍ତ ଦିଶୁଥିଲେ । ତାଙ୍କ ଦେହରେ କୌଣସି ଅସ୍ତ୍ର ନଥିଲା ।

ରାଷ୍ଟ୍ରପତି ଚାଳିଶ ବର୍ଷର ମଧ୍ୟମ ସ୍ୱାସ୍ଥ୍ୟର ବ୍ୟକ୍ତି। ଖୁବ୍ ବେପରୁଆ ଭାବରେ ତାଙ୍କ ସ୍ତ୍ରୀଙ୍କ ସହିତ ଖେଳୁଥିଲେ ଲୁଡୁଜାତୀୟ ଖେଳ । ମଝିରେ ହସି ହସି ବେଦମ୍ ହୋଇପଡୁଥିଲେ । ମତେ ଟିକେ ଚାହିଁଦେଇ ଖେଳ ଆଡେ ମନ ଦେଇ କହିଲେ - କ'ଣ, ସବୁ ଦେଖିନେଲ ତ ? କେମିତି ଲାଗିଲା ? ବସ୍, କ'ଣ କିଛି କୁହ ।

- ମୁଁ ଦେଖୁଚି ଯେ ଆପଣଙ୍କ ସୁରକ୍ଷାର ସମାନ୍ୟତମ ବ୍ୟବସ୍ଥା ଏଠାରେ ନାହିଁ । ଆପଣଙ୍କ ଦେଶର ସାରା ଜନତା ଏତେ ସଶସ୍ତ୍ର ଥିଲାବେଳେ ଆପଣ ଏମିତି ଖାଲିଟାରେ ଅଛନ୍ତି କେମିତି ? ଆପଣଙ୍କୁ ଯଦି କିଏ ମାରିଦିଏ ?

ସେ ହୋ ହୋ ହୋଇ ହସିଲେ। ଛାତଟା ଫାଟିପଡ଼ିବ କି କ'ଣ!

ଟିକେ ସଂଯତ ହେବା ପରେ କହିଲେ - ମୋର କିଏ କ'ଣ କରିବ? ମୁଁ ଏମିତି ଗୋଟାଏ ବ୍ୟବସ୍ଥାକୁ ଚାଲୁ କରିଦେଇଚି ଯେ ପ୍ରତ୍ୟେକ ଲୋକ ନିଜ ସୁରକ୍ଷା ପାଇଁ ବ୍ୟସ୍ତ। ସ୍ୱାମୀ ସ୍ତ୍ରୀକୁ ବିଶ୍ୱାସ କରୁନାହିଁ । ଭାଇ ଭାବୁଚି, ସେ ମରିବ ତା'ର ଭାଇ ହାତରେ । ବାପା ଭାବୁଚି ଯେ ତା' ପୁଅ ତାକୁ କୌଣସି ମୌକା ପାଇଁ ମାରିଦେଇପାରେ । ତେଣୁ ସମସ୍ତଙ୍କ ମନରେ ସବୁବେଳେ ସେଇ ସନ୍ଦେହ ଯେ ତା' ଜୀବନ ବିପନ୍ନ । ଆଉ ମୁହୂର୍ତ୍ତକରେ ମୋ'ଠୁ ଖସିଯାଇପାରେ । ତେଣୁ ପ୍ରତ୍ୟେକେ ନିଜନିଜ ସଂରକ୍ଷଣରେ ବ୍ୟସ୍ତ ।

କିଛି ସମୟ ଖେଳରେ ମନୋନିବେଶ କରି ସେ ମୋ' ଆଡେ ପୁଣି ଚାହିଁଲେ। ମୋ ମଧ୍ୟାହ୍ନ-ଭୋଜନ କଥା ପଚାରିବା ପରେ କହିଲେ - ମୋ ପୂର୍ବରୁ ଯେଉଁ ଶାସନ ପଦ୍ଧତି ଥିଲା, କ'ଣ ହେଉଥିଲା ସେଠାରେ? ଶସକମାନେ ପ୍ରଥମେ ଧନୀ ଓ ପ୍ରତିପତ୍ତିସମ୍ପନ୍ନ ଗୋଷ୍ଠୀର ପକ୍ଷ ନେଉଥିଲେ। ଦେଶର ନବେ ଭାଗ ଧନର ମାଲିକ ଥିଲେ ଏଇମାନେ । ସେମାନେ ଯାହା ଇଚ୍ଛା, ତାହା କରିପାରୁଥିଲେ । ଜନସଂଖ୍ୟା ଦ୍ରୁତଗତିରେ ବଢୁଥିଲା ଓ ସାଧାରଣ ବର୍ଗମାନଙ୍କ ପାଖରେ ଦୁଇଓଳିର ଖାଦ୍ୟ ପାଇଁ ସାମର୍ଥ୍ୟ ନଥିଲା । କିନ୍ତୁ ତାଙ୍କ ପାଖରେ ଥିଲା ଆଉ ଏକ ଶକ୍ତି, ଯାହାକୁ ଶାସକମାନେ

ଠଉରେଇ ପାରିନଥିଲେ: ତାହା ହେଉଛି – ଅନ୍ୟାୟ ଓ ପୀଡ଼ନ ବିରୋଧରେ ସଂଘବଦ୍ଧ ହେବା । କ୍ଷମତାସୀନ ଶକ୍ତିଶାଳୀ ଗୋଷ୍ଠୀକୁ ସେମାନେ କେବଳ ସେମାନଙ୍କ ସଂଖ୍ୟାଶକ୍ତି ବା ପଶୁଶକ୍ତିଦ୍ୱାରା ପରାହତ କରିଦେଲେ । ତେଣୁ ଅରାଜକତା ପହଂଚିଲା ତା'ର ଶେଷ ସୀମାରେ । ଡକାଏତି, ଲୁଟ୍‌ତରାଜ, ହତ୍ୟା, ଧର୍ଷଣ ନିହାତି ସହଜଭାବରେ ହୋଇପାରୁଥିଲା । କାରଣ ପୁଲିସ୍ ଅକର୍ମଣ୍ୟ ହୋଇପଡ଼ିଲେ ଏଇ ଆତଙ୍କବାଦୀମାନଙ୍କ ସମୂହ କ୍ଷମତା ସାମ୍‌ନାରେ । ସାଧାରଣ ଲୋକ କିନ୍ତୁ ସବୁଠୁ କ୍ଷତିଗ୍ରସ୍ତ ହେଲା । କାରଣ ନିଜକୁ ରକ୍ଷା କରିବା ପାଇଁ ଅସ୍ତ୍ର ତା' ପାଖରେ ନଥିଲା ।

ତେଣୁ ଦୁଇବର୍ଷ ତଳେ ନିର୍ବାଚନ ବେଳେ ମୋ ବିରୋଧୀ ପାର୍ଟିର ସ୍ଲୋଗାନ୍ ଥିଲା ଯେ ସେମାନେ ପୁଣି ଆଇନ୍ ବ୍ୟବସ୍ଥା ଫେରେଇଆଣିବେ; ଶାନ୍ତିଶୃଙ୍ଖଳା ବ୍ୟବସ୍ଥାକୁ ଆହୁରି ଦୃଢ଼ ଓ ପ୍ରସାରିତ କରିବେ । କିନ୍ତୁ ମୋ ପାର୍ଟିର ମ୍ୟାନିଫେଷ୍ଟୋ ଥିଲା ଯେ ମୁଁ ଶାସନକୁ ଆସିଲେ ପ୍ରତ୍ୟେକ ସାଧାରଣ ମଣିଷ ପାଇବ ନିଜ ସୁରକ୍ଷା ପାଇଁ ଯଥେଷ୍ଟ ମାରଣାସ୍ତ୍ର। ତେଣୁ ଆତଙ୍କବାଦୀ, ଗୁଣ୍ଡା, ଅସାମାଜିକ ଲୋକ, ଏମାନଙ୍କୁ ଆଉ ଭୟ କରିବାକୁ ପଡ଼ିବ ନାହିଁ । ଲୋକେ ମୋ' କଥା ଶୁଣିଲେ । ମୋ' ପାର୍ଟି ବହୁ ଅଧିକ ଭୋଟ୍‌ରେ ଜିତିଲା । ମୁଁ ରାଷ୍ଟ୍ରପତି ହେବା ପରେ ମୋ' ପାର୍ଟିକୁ ଆଗ ଭାଂଗିଦେଲି । କାରଣ ମଣିଷ ସଂଘବଦ୍ଧ ହେଲେ କି ବିପଦ ସୃଷ୍ଟିକରିପାରେ, ତାହା ମୁଁ ଅଂଗେ ନିଭାଇସାରିଥିଲି ।

ମୋର ଦ୍ୱିତୀୟ ଟାର୍‌ଗେଟ୍ ଥିଲା ବିଶ୍ୱବିଦ୍ୟାଳୟ । ସେଠାରେ କାମଧନ୍ଦା ନଥିବା ଗୁଡାଏ ଶିକ୍ଷକ ଯୁବକମାନଙ୍କୁ ନାନା ଇଜମ୍ ନାମରେ ନାନା ଖରାପ ଶିକ୍ଷା ଦେଇ ପଥଭ୍ରଷ୍ଟ କରୁଛନ୍ତି । ସଂସ୍କୃତି, ପରମ୍ପରା, ସାହିତ୍ୟ, କଳା, ଏଇସବୁ ଜୀବନରେ ନିହାତି ଦରକାର, ପିଲାମାନଙ୍କ ମୁଣ୍ଡରେ ଏଇପରି ବେକାର କଥାଗୁଡାଏ ପୂରାଇ ସେମାନଙ୍କ ସର୍ବନାଶ କରୁଛନ୍ତି । ସାମ୍ୟବାଦ କେବେ ତିଷ୍ଠିପାରିବ ନାହିଁ ବୋଲି ମୁଁ ଜାଣିଥିଲି । କାରଣ, ମଣିଷ ଯେ ସ୍ୱାର୍ଥପର, ଏଇ ନିରାଟ ସତ୍ୟଟିକୁ ତା'ର ସ୍ରଷ୍ଟାମାନେ ଭୁଲିଯାଇଥିଲେ । ପୁଂଜିବାଦ ଏଇନା ତାଉ ଦେଖାଉଥିଲେ ବି ନିଜେ ଖୋଳୁଥିବା ଗାତରେ ଅଚିରେ ପଡ଼ିବ । ଚୁମ୍ବକରେ କହିଲେ, ପୁଂଜିବାଦର ପ୍ରଗତି ହେଉଚି, ଅଧିକରୁ ଅଧିକ ବଜାର ବା ମାର୍କେଟ୍‌ର ସୃଷ୍ଟି । ବିଶେଷକରି ମାରଣାସ୍ତ୍ରର ମାର୍କେଟ୍ । କିନ୍ତୁ ବର୍ତ୍ତମାନ ଏତେ ମାରଣାସ୍ତ୍ର ଗଚ୍ଛିତ ଯେ କେହି ଆଉ କିଣିବାକୁ ଚାହିବେ ନାହିଁ । ତେଣୁ ସେଇ ବାଦଟା ବି ମରିବ । ମୁଁ ପରମ୍ପରା ସଂସ୍କୃତିରେ ବିଶ୍ୱାସ ରଖେ ନାହିଁ । ସେଗୁଡା ମଣିଷର କେଉଁ କାମରେ ଲାଗିବେ ? ତେଣୁ ମୋ' ଦେଶରେ ସମସ୍ତ ଅଧ୍ୟାପକ ଶିକ୍ଷକବର୍ଗଙ୍କୁ କେବଳ ଗୋଟିଏ ମେସେଜ୍ ଜନତାର ମୁଣ୍ଡରେ ଭର୍ତ୍ତି କରିଦେବାକୁ

ଆଦେଶ ଦେଲି । ତାହା ହେଉଚି ଯେ ମଣିଷ ସବୁଠୁ ସ୍ୱାର୍ଥପର । ତମର ନିହାତି ବିଶ୍ୱସ୍ତ ଲୋକ ତମର ଚରମ ଶତ୍ରୁ ହୋଇପାରେ । କାହାକୁ ବିଶ୍ୱାସ କରନା । ସନ୍ଦେହ କର । ପାରିବ ତ, ତାକୁ ମାରିଦେବାକୁ ଚେଷ୍ଟାକର । କାରଣ, କାଲି ସେ ଯେ ତମର ମୃତ୍ୟୁର କାରଣ ନହୋଇପାରେ, ଏକଥା କିଏ କହିବ ? ଦୁଇବର୍ଷର ଏଇ ଶିକ୍ଷା ପରେ ଶିକ୍ଷକ ଓ ଛାତ୍ର, ଉଭୟେ ଏତେ ଭୀତତ୍ରସ୍ତ ଯେ କେହି ନିଜ ହାତରୁ ବନ୍ଧୁକ ଛାଡ଼ିବାକୁ ରାଜି ନୁହନ୍ତି । ଘରୁ ବାହାରିବାକୁ ରାଜି ନୁହନ୍ତି ।

- ତେବେ ଏ ଦେଶର ଖାଦ୍ୟ ସମସ୍ୟା ? ମୁଁ ପଚାରିଲି ।

- ଆଦୌ ନାହିଁ । ରାଷ୍ଟ୍ରପତି କହିଲେ । ଖାଇବାକୁ ମଣିଷର ଦରକାର ସୁସ୍ଥ ମନ । ଏଇନା ନିଜ ସଂରକ୍ଷଣରେ ତା' ମନ ଏତେ ଭାରାକ୍ରାନ୍ତ ଯେ ବଂଚିବାକୁ ଯେତିକି ଲୋଡ଼ା, ସେ ସେତିକି ଖାଉଚି । ମୋ' ପାଖରେ ଦଶବର୍ଷର ଖାଦ୍ୟଶସ୍ୟ ଅଛି । ତା'ଛଡ଼ା ଗୁଡାଏ ମାରଣାସ୍ତ୍ର ଅନ୍ୟ ଦେଶରେ ବିକ୍ରି ହେଉଚି । ସେଥିରୁ ଆମଦାନି ଯଥେଷ୍ଟ ।

ମୁଁ ଥରିଗଲି । ପଚାରିଲି - ତେବେ ଆପଣ କ'ଣ ଚାହାନ୍ତି ?

- ଆଇ ୱାଣ୍ଟ୍ ଟୋଟାଲ୍ ଟ୍ରାନ୍ସଫରମେସନ୍ ଅଫ୍ ଦ ହ୍ୟୁମାନ୍ କନ୍ସସ୍‌ନେସ୍ । ମୁଁ ମାନବିକ ଚେତନାର ସମ୍ପୂର୍ଣ୍ଣ ପରିବର୍ତ୍ତନ ଚାହେ । ଟୋଟାଲ୍ ।

- ସେଥିରେ ଆପଣ କ'ଣ ବର୍ତ୍ତମାନକୁ ମଣିଷ ମନରେ ଥିବା ହିଂସା, ଦ୍ୱେଷ, ଅସୂୟାକୁ ପୂରା ହଟାଇ ଦେଇପାରିବେ ?

- ଆଉ ଥରେ ଆସ, ବସିବା । ତମ ଇଣ୍ଟରଭ୍ୟୁ ସମୟ ସରିଯାଇଚି । ସେ ଅନ୍ଦର ମହଲକୁ ଚାଲିଗଲେ ସ୍ତ୍ରୀଙ୍କ ସହିତ ।

ମୋ ବୋଟ୍ ପାଖରେ ପହଂଚିଲାବେଳକୁ ସଂଧ୍ୟା ହୋଇଆସୁଥିଲା । ମତେ ଲାଗିଲା, ଏଇ ଦ୍ୱୀପର ଏଇ ଦର୍ଶନ, ସମୁଦ୍ରପାଣି ଦେଇ ଜମ୍ବୁଦୀପ ଭାରତଖଣ୍ଡ ଆଡ଼କୁ ଖୁବ୍ ଜୋର୍‌ରେ ମାଡ଼ିଚାଲିଚି ଯେମିତି । ଯେଉଁ ଅବ୍ୟବସ୍ଥାରୁ ଏଇ ଦର୍ଶନ, ତାହା ତ ଘଟୁଚି ହାରାହାରି ଭାବରେ ମୋ' ଦେଶରେ । ତେବେ ? ତେବେ ?

ଏଇ ଚିନ୍ତାର ଭୂତ ମୋ ଜୀବନକୁ ଅତିଷ୍ଠ କରିଦେଉଚି । ମତେ ଲାଗୁଚି, ମୁଁ ପାଗଳ ହୋଇଯିବି ପ୍ରକାଶ ନକଲେ । କାହା ପାଖରେ ଏହାର ହୁଏତ କିଛି ଉତ୍ତର ଥାଇପାରେ ।

■

ଶାହାଜାହାନ୍‌ଙ୍କ ସହ ଗୋଟିଏ ରାତି

ଅଗଷ୍ଟ ମାସର ତୃତୀୟ ସପ୍ତାହ। ଦୁଇ ଦିନ ତଳେ ଅଗଷ୍ଟ ପନ୍ଦର, ସ୍ୱାଧୀନତା ଦିବସ ଗଲା, ତିନି ଚାରି ଦିନ ପରେ ରାଖୀ ପୂର୍ଣ୍ଣିମୀ, ଆଜି ରାଜଧାନୀ ଏକ୍‌ସପ୍ରେସରେ ମୁଁ ଦିଲ୍ଲୀ ବାହାରିଲି। କେନ୍ଦ୍ର ସରକାରଙ୍କ ଚାକିରିରୁ ଦେଢ଼ବର୍ଷ ହେଲାଣି ଅବସର ମିଳିଲାଣି। କିନ୍ତୁ ମୋର ସବୁ ପାଉଣା ମିଳି ନାହିଁ, ଝାମେଲା ତୁଟି ନାହିଁ। କେତେକ ଅସହିଷ୍ଣୁ ଲୋକଙ୍କ ଈର୍ଷାର ଶିକାର ହୋଇ, ସେମାନଙ୍କ ଅଭିଯୋଗ ମିଥ୍ୟା ବୋଲି ଜଣାଗଲା ପରେ, କାମ ଛିଣ୍ଡାଇବାକୁ ସରକାରୀ କଳ ନାରାଜ। ଯଦି କେହି କ୍ଷମତାରେ ରହିଥିବା ଲୋକଙ୍କର ନିର୍ଦ୍ଦେଶ ବା ହସ୍ତକ୍ଷେପ ନ ଥାଏ, ତେବେ ଅମଲାତନ୍ତ୍ର ମାଦଳ। ଚାରିପାଞ୍ଚଥର ଏଇ ଦେଢ଼ବର୍ଷ ଭିତରେ ଦିଲ୍ଲୀ ଯାଇ ମୁହଁ ଶୁଖାଇ ଫେରିଲିଣି। ଶୁଖିଲା ଆଶ୍ୱାସନା, ପ୍ରତିଶ୍ରୁତି ଶୁଣି ଫେରିବା ବ୍ୟତୀତ କାମ ଆଗଉ ନାହିଁ ।

ଏଇପରି ବିଷାଦ ସମୟରେ ଦେଖାହୋଇଗଲେ ମୋର ପିଲାଦିନର ବନ୍ଧୁ, ଅମୂଲ୍ୟ ରତନ ମହାନ୍ତି। ଗୋଟିଏ ସାହିରେ ଘର, ଏକା କ୍ଲାସ୍‌ରେ ପଢୁଥିଲୁ, ତା'ଦେଇ ପାଠ ହେଲା ନାହିଁ, ବାଲୁଙ୍ଗା ଅମୂଲ୍ୟ ମାଟ୍ରିକ୍ ଫେଲ୍ ହୋଇ ରାଉଲକେଲା ତା' ମାମୁ ପାଖକୁ ପଳାଇଗଲା। ଆଉ କେତେଦିନ ପରେ ସେଇ ଅଞ୍ଚଳର ଜଣେ ରାଜନେତାଙ୍କୁ ଧରି ଆରମ୍ଭ କଲା ତା' କ୍ୟାରିୟର। ଏବେ ଦିଲ୍ଲୀରେ ଗୁଡ଼ଗାଁରେ ନିଜର ଘର ତୋଳି ରହିଚି। ପୁଅ ଦି' ଜଣ ଧୁରନ୍ଧର ବ୍ୟବସାୟୀ; ଜଣେ ଜର୍ମାନିରେ ଆଉ ଜଣେ ଶ୍ରୀଲଙ୍କା-ଯୁକ୍ତରାଷ୍ଟ୍ର-ଜାପାନ ଏଇ ଚେନ୍‌ରେ ବଡ଼ ଧନ୍ଦାରେ ବେଶ୍ କମଉଚି। ମୋର ଚାକିରିବେଳେ ବର୍ଷରେ ପାଞ୍ଚସାତଥର ଦିଲ୍ଲୀ ଗସ୍ତ ପଡ଼େ। କୋଡ଼ିଏ ବର୍ଷ ତଳେ ତାକୁ ଭେଟି ପଚାରିଲି, 'ଆରେ ! ତୁ ଏଠି କ'ଣ କରୁଚୁ ?' ସେ ଉତ୍ତର ଦେଲା, 'ଆରେ ମୁଁ କ'ଣ କରୁ ନାହିଁ, କହ ?' ତା' ପରେ ସେ ତା' କର୍ମକାଣ୍ଡର ଯେଉଁ ବିବରଣୀ ଦେଲା, ମୁଁ ଶୁଣି କହିଲି, 'ତା' ହେଲେ ତୁ ଦଲାଲି କରୁଚୁ ?'

'ଚୁପ୍! ଦଲାଲି ନୁହେଁ, ମଧ୍ୟସ୍ଥି,' ସେ କହିଲା। ପୁଳାଏ କାଜୁ ଆଉ କିସ୍‌ମିସ୍ ପକେଟରେ ପୂରାଇ ସବୁବେଳେ ଚୋବାଉଥାଏ। ବେଶ୍ ମୋଟା ହୋଇଗଲାଣି ଧୀରେ ଧୀରେ। ମୁଁ ଏଣିକି ତାକୁ ଡାକେ 'ଧଳା ହାତୀ'। କାରଣ ପୋଷାକ, କେଶ, ଜୋତା ଆଦି ତା'ର ସବୁ ଧଳା। କିନ୍ତୁ ଯେଉଁ ଯାନଟିରେ ସେ ମଧ୍ୟସ୍ଥତା କରି ଦିଲ୍ଲୀ ସହରଟାଯାକ ଖେଦୁଥାଏ, ସେଇଟି ତ୍ରିପଣ୍ଡ କଳା। ଏପରି ଓଲଟା ରୀତି କିଆଁ ? ଥରେ ମୋର ଦିଲ୍ଲୀ ଗସ୍ତ ଅବସରରେ ଦୁହେଁ ତା' ଗାଡ଼ିରେ ଏକାଠି ଗଲାବେଳେ ଏଇ ପ୍ରଶ୍ନଟି କରିବାରୁ ଧଳା ହାତୀ କହିଲେ, 'ଗୁଡ୍‌ବକ୍! ଏତିକି ଜାଣିନୁ, ଧଳାକୁ କଳା ଚଳାଏ, ନହେଲେ ଧଳା ଅଥର୍ବ।'

ଗତ ଦୁଇମାସ ତଳେ ଜଣେ ବଡ଼ବଡ଼ିଆଘର ଝିଅର ବାହାଘର ଅବସରରେ ତା' ସହିତ ଭେଟ ହୋଇଗଲା। ମୁଁ କିଛି ପଚାରିବା ଆଗରୁ ସେ କହିଲା, 'ମୁଁ ଏ ବାହାଘର ଆଟେଣ୍ଡ୍ କରିବା ସହିତ ଗୋଟିଏ ପ୍ରୋଜେକ୍ଟ କାମରେ ଭୁବନେଶ୍ୱର ଆସିଛି।'

'କିରେ! ଦଲାଲର ପ୍ରୋଜେକ୍ଟ କ'ଣ ?'

ସେ ହସିଲା ଓ କହିଲା, 'ମାଷ୍ଟର ପ୍ରୋଜେକ୍ଟ। ନ୍ୟାସନାଲ ଇଣ୍ଟିଗ୍ରେସନ୍ ଥ୍ରୁ ମ୍ୟୁଜିକ୍ ଆଣ୍ଡ ଡ୍ୟାନ୍‌ସ; ସଙ୍ଗୀତ ଓ ନୃତ୍ୟଦ୍ୱାରା ଜାତୀୟ ସଂହତି।' ତା' ପରେ ବ୍ୟାଖ୍ୟା କରି ବୁଝାଇଦେଲା ଯେ ଓଡ଼ିଶୀ ନୃତ୍ୟଶିଳ୍ପୀ ମହାରାଷ୍ଟ୍ରରେ ନାଚିବେ, ଭାରତନାଟ୍ୟମ୍ କଲିକତାରେ, କଥକ ଆସାମରେ କି ଗୁଜୁରାଟରେ, ମଣିପୁରୀ, ପଞ୍ଜାବ କି ହରିଆନାରେ। ସାଂସ୍କୃତିକ ଅଦଳବଦଳ, ମିଳାମିଶା ହେଲା କି ନାଇଁ ? ସେମିତି ଆନ୍ଧ୍ର ଗାୟକ ଯିବେ ବିହାର, ପଞ୍ଜାବୀ ଯିବେ କର୍ଣ୍ଣାଟକ, କାଶ୍ମୀରୀ ଯିବେ କେରଳ, ବଙ୍ଗାଳୀ ଯିବେ ଚିନ୍ନାଇ! ଖାଲି କଳାକାର ନୁହନ୍ତି, ଅନୁଷ୍ଠାନମାନେ, ନେତାମାନେ ଯିବେ, ଟିମ୍‌ରେ ପଦସ୍ଥ କର୍ମଚାରୀ ରହିବେ। ସେମାନେ ପରସ୍ପରକୁ ଚିହ୍ନିବେ, ନିକଟେଇଯିବେ। ଦେଶର ସମସ୍ୟା ବାବଦରେ ମସୁଧା କରିବେ, ମୁଖ୍ୟ ଅତିଥି, ବିଶିଷ୍ଟ ଅତିଥି, ସମ୍ମାନିତ ଅତିଥି, ସଂପାଦକ, ଆବାହକ, ପ୍ରସ୍ତାବକ, ଏମିତି ଗୁଡ଼ାଏ ଲୋକ। ଫୁଲମାଳ, ଶାଲ୍, ଭାଷଣ, ମଞ୍ଚାସୀନ ନେତା ଓ ପଦସ୍ଥମାନଙ୍କୁ ଖୁସି କଲେ, ଯାହା ପାଖରେ ଯେଉଁ କାମ, କରିନେବାକୁ ରାସ୍ତା ଫିଟିଯାଏ। ତା'ପରେ ବଙ୍ଗାଳୀମାନେ ଯେମିତି କଥାଟିଏ କହି ପଚାରନ୍ତି, ସେ ପଚାରିଲା, 'କେମନ ?'

ମୁଁ ପଚାରିଲି, 'ପଇସା କିଏ ଦେବ ? ଏଗୁଡ଼ାକ ତ ଖୁବ ଖର୍ଚ୍ଚର କଥା !'

'ଆରେ ବୋକା ! ଯେଉଁ ଶିଳ୍ପପତି, ବାଣିଜ୍ୟ-ଗୃହ ଉଦ୍ୟୋଗପତି, ଯାହାର ଯାହା ପାଖରେ କାମ ସେମାନଙ୍କୁ ମଞ୍ଚରେ ଏକାଠି କରେଇଦିଅ। ଜାତୀୟ ସଂହତି ବ୍ୟାପାର ତ ! ଆଉ କ'ଣ ବୋଲି କହିବାକୁ କାହାର ଜିଭରେ ହାଡ଼ ଅଛି କି ?'

ସେ ମୋ' ହାତ ବାଡ଼େଇ କହିଲା। ମୁଁ ହାତ ଉଠେଇଆଣି କହିଲି, 'ଆରେ,

ଦେଶର କେତେ ସମସ୍ୟା ରହିଛି; ଆତଙ୍କବାଦୀମାନେ ସରଳ ନିରୀହ ଜନତାଙ୍କୁ ମାରିପକାଉଛନ୍ତି, ନକ୍ସଲମାନେ ଓଡ଼ିଶା, ଆନ୍ଧ୍ର, ମଧ୍ୟପ୍ରଦେଶ, ଛତିଶଗଡ଼, ବିହାରରେ ଉପଦ୍ରବ କରି ଦେଶର ଶୃଙ୍ଖଳାକୁ ହୁଲସ୍ଥୁଲ କଲେଣି। ଚୋର, ଡକାଏତ, ଖୁନୀ ଓ ବଳାତ୍କାରୀ ଏତେ ବଢ଼ିଗଲେଣି ଯେ ରାତି ଦଶଟା ପରେ ଭୁବନେଶ୍ୱର କି କଟକ ରେଳଷ୍ଟେସନରୁ ଘରକୁ ଫେରିଲାବାଟରେ କିଏ ଅଟକାଇ ଲୁଟ୍ କରିବ କି ଜୀବନରୁ ମାରିଦେବ ସେ ଭୟରେ ମଣିଷ ଥରୁଚି। ଇଆଡ଼େ ଦୁଃଖୀ ଓ ଦୁର୍ଗତମାନଙ୍କ ପାଇଁ ଆସୁଥିବା ସାହାଯ୍ୟ ବାଣ୍ଟିବାବାଲା ନିଜ ନିଜ ଭିତରେ ବାଣ୍ଟିନେଲେଣି, ଆଉ ତୁ ମୁନାଫାଖୋର କରୁଚୁ ଜାତୀୟ ସଂହତି ନା ଦୁର୍ନୀତିସଂହତି ?' ସେ ହସିଲା ଓ କହିଲା, 'ତୁ ଏଗୁଡ଼ାକ ସବୁ ଭାବୁଥା, ଆଉ ଘରେ ଖାଇପିଇ ଶୋଇପଡୁଥା। ଆରେ ତମ ପରି ତଥାକଥିତ ବୁଦ୍ଧିଜୀବୀ ଗୋଷ୍ଠୀଦ୍ୱାରା କେବେ କିଛି ହେଲାଣି ନା ହବ ?' ମୁଁ ପଚାରିଲି, 'ଆରେ, ତୁ ତ ଏତେ କଥା ଗପୁଚୁ, ମୋର ଗୋଟେ ଛୋଟିଆ କାମ କରିଦେଇପାରିବୁ ?' 'ତମର ମନ୍ତ୍ରୀ କିଏ ?' ସେ ପଚାରିଲା ଓ ମୁଁ ନାଁ କହିଲି। ସେ କହିଲା, 'ଅମରନାଥ ଶିବ ଯେବେ ତରଳି ବୋହିଗଲେ, ଆମେ ଦୁହେଁ ଏକାଠି ସେଇଠି ଥିଲୁ। ଦିଲ୍ଲୀ ଆ'- ତୋ' କାମ ହେଲା ବୋଲି ଜାଣ୍।'

ସେଇ ପିଲାଦିନର ବାଲୁଙ୍ଗା ଓ ବର୍ତ୍ତମାନର କରିତ୍‌କର୍ମା ବନ୍ଧୁ ଅମୂଲ୍ୟରତନର ସାହାଯ୍ୟ ପାଇଁ ତା' ସହିତ ଯୋଗାଯୋଗ କରି ମୁଁ ଦିଲ୍ଲୀ ବାହାରିଚି। ରେଳବାଇରେ ଏଇ ମାସଗୁଡ଼ିକ ଅଳସମାସ, ଭିଡ଼ ନାହିଁ, ରାଜଧାନୀ ଏକ୍ସପ୍ରେସର ଏ. ସି. ଟୁ-ଟାୟାରରେ ଦଶପନ୍ଦର ଜଣ। ମୋ' ଚାରିଟିକିଆ ପରଦାଘେରା କେବିନ୍‌ରେ କେହି ନାହାନ୍ତି। ଭୁବନେଶ୍ୱରରୁ ଟାଟାନଗର ପର୍ଯ୍ୟନ୍ତ ଖୁବ୍ ଆରାମରେ କଟିଲା । ଟାଟାରେ ପରଦା ହଟେଇ ଜଣେ ଯାତ୍ରୀ ପଶିଆସିଲେ, ନମ୍ବର ମିଳାଇ ପାଖ ତଳ ବର୍ଥରେ ଜିନିଷ ରଖି ବସିଲେ। ମୋ' ସୁବିଧା କିଏ ଛଡ଼ାଇନେଲା ବୋଲି ମନଟା ଖଟା ହୋଇଗଲା। ତାଙ୍କ ଆଡ଼େ ଚାହିଁଲି। ମୋ' ବୟସର ଲୋକ। ଗୋରା, ସୁନ୍ଦର ସ୍ୱାସ୍ଥ୍ୟ, ଦାଢ଼ି ସତୁରି ଭାଗ ପାଚିଯାଇଚି, ପିନ୍ଧିଛନ୍ତି ଟ୍ରାଉଜର କୁର୍ତ୍ତା, ହେନାଫୁଲର ଘନବାସ୍ନା। ସେ ମୋ' ଆଡ଼େ ଚାହିଁଲେ, ଖୁବ୍ ନିରେଖି କ'ଣ ଖୋଜୁଥିବା ପରି। ଗାଡ଼ି ଛାଡ଼ିଲାରୁ ମତେ ଅନେଇ ପଚାରିଲେ, 'ଆପଣ ଦାସଜୀ ନୁହନ୍ତି ତ ! ଜେ. ଦାସ୍।'

'ହଁ, କିନ୍ତୁ ମୁଁ ଆପଣଙ୍କୁ ଚିହ୍ନିପାରୁ ନାହିଁ !' ମୁଁ କହିଲି।

'କେମିତି ଚିହ୍ନିବେ, ଗତ ପଇଁତିରିଶ ବର୍ଷ ଭିତରେ ତ ଆମର କେବେ ଭେଟ ହୋଇ ନାହିଁ, ଆଉ ସେତେବେଳେ ମୁଁ ଦାଢ଼ି ରଖୁନଥିଲି, ବି.ଏଚ୍. ୟୁ. ରେ ଆମେ ପଢ଼ିଲାବେଳେ ଆମେ ଅମୁକ ହଷ୍ଟେଲରେ ରୁମ୍‌ମେଟ୍ ନ ଥିଲେ ? ହରିଶଙ୍କର ତିୱାରି।'

ଆମେ ଛାତ୍ରଜୀବନକୁ ଫେରିଗଲୁ। ମୁଁ ରାଜନୀତିରେ ଓ ସେ ଇତିହାସରେ ବନାରସ ହିନ୍ଦୁ ବିଶ୍ୱବିଦ୍ୟାଳୟର ହଷ୍ଟେଲରେ ଗୋଟିଏ ରୁମ୍‌ରେ ଦୁଇ ବର୍ଷ କଟାଇ ବେଶ୍ ଅନ୍ତରଙ୍ଗ ହୋଇପଡ଼ିଥିଲୁ। ପାଠ ପରେ ସେ ସେଇ ବିଶ୍ୱବିଦ୍ୟାଳୟରେ ଅଧ୍ୟାପକ ହେବା ଓ ମୁଁ ପ୍ରତିଯୋଗିତାମୂଳକ ପରୀକ୍ଷା ଦେଇ ଚାକିରି କରିବା ପରସ୍ପରକୁ ଜଣାଥିଲା। ତା'ପରେ କେହି କାହାର ଖବର ରଖିନାହାନ୍ତି। ଘରସଂସାର, ପିଲାଛୁଆ, ସେମାନଙ୍କ ବୃତ୍ତି, ବିବାହ, ଏସବୁର ଖବର ପରସ୍ପରକୁ ଦେଲୁ। ମୁଁ ଜାଣିଲି ଯେ ଅଧ୍ୟାପନାରେ ଯୋଗଦେଇ ଗବେଷଣା ଇତ୍ୟାଦି କରି ଶେଷ ଦଶ ବର୍ଷ ଆଲିଗଡ଼ ବିଶ୍ୱବିଦ୍ୟାଳୟର ଇତିହାସ ବିଭାଗର ମୁଖ୍ୟ ଅଧ୍ୟାପକ ଥିଲେ। ବହି ଲେଖିଚନ୍ତି। ତାଙ୍କର ପ୍ରିୟ ବିଷୟ ହେଲା, 'ଭାରତରେ ମୋଗଲ ରାଜତ୍ୱ।' ମୋଗଲମାନେ ପାରସ୍ୟରୁ ଆସିଥିଲେ ଓ ସେ ସମୟରେ ରାଜଭାଷା ଥିଲା ପାର୍ସୀ। ତେଣୁ ତିୱାରିଜୀ ପାର୍ସୀ ଶିଖିଲେ। ଏବେ ଭାଷଣ ଦେବାକୁ ଡକରା ପାଇ ଇରାନ୍ ଗଲେ ସେଇ ଭାଷାରେ ଭାଷଣ ଦିଅନ୍ତି। ତାଙ୍କର ଲେଖା ବିଶ୍ୱର ବିଭିନ୍ନ ଇତିହାସ ପତ୍ରିକାରେ ଆଦୃତି ଲାଭକରିଛି ବୋଲି ଶୁଣିଲି। 'ଆପଣ ତ ମୈଥିଳୀ ବ୍ରାହ୍ମଣ, ଶାକାହାରୀ, ଆପଣଙ୍କ ଇରାନ ଗସ୍ତବେଳେ ତ ଖାଇବା ପିଇବାରେ ଖୁବ୍ ଅସୁବିଧା ହେଉଥିବ?' ମୁଁ ପଚାରିଲି। 'ଚଲ୍ ଯାତା ହୈ', ସେ କହିଲେ।

ଆମେ ଏକାଠି ଆଗ୍ରାଯାଏ ଯିବୁ, ସେଇଠି ସେ ଓହ୍ଲେଇଯିବେ।

'ଆଗ୍ରା କାହିଁକି ଯାଉଛନ୍ତି? ତାଜମହଲ ବୁଲିବାକୁ ନା ସେ ବିଶ୍ୱବିଦ୍ୟାଳୟ ଡାକିଚି?' ମୁଁ ପଚାରିଲି।

'ତାଜମହଲ ଦେଖାଇବାକୁ'- ଛୋଟ ଉତ୍ତରଟିଏ ଦେଇ ସେ ହାତ ଧୋଇବାକୁ ଉଠିଗଲେ। ଖାଇବାଥାଳି ଆମ ଦୁଇ ସିଟ୍ ମଝି ଟେବୁଲରେ ଜଣେ ଥୋଇଦେଇ ଗଲାଣି। ସେ ଫେରିଲେ ଓ ଆମେ ଦୁହେଁ ଖାଇବା ଆରମ୍ଭ କଲୁ। ଟିକେ ପରେ ମୁଁ ପଚାରିଲି, 'ଆପଣ ତ ଏକା, ଆଉ ତାଜମହଲ କାହାକୁ ଦେଖେଇବାକୁ ନଉଛନ୍ତି?' ସେ ମୋ ପ୍ରଶ୍ନର ଉତ୍ତର ନ ଦେଇ କହିଲେ, 'ବୁଝିଲେ ଦାସ୍‌ଜୀ, ମୁଁ ମୋଗଲମାନଙ୍କ ଉପରେ ଗବେଷଣା କରି ଏମିତି ଏକ ଅବସ୍ଥାକୁ ଚାଲିଆସିଚି ଯେ ସେମାନଙ୍କ ସହିତ ରହେ ବୋଲି କହିଲେ ଆପଣ ବିଶ୍ୱାସ ଯିବେନାହିଁ।' କଥାଟା ଆହୁରି ଅବୁଝା ହେଲା। ମୁଁ କହିଲି, 'ସେମାନେ ତ ସବୁ ମରିହଜିଗଲେଣି, ଭାରତରେ ମୋଗଲ ରାଜତ୍ୱ ମଧ୍ୟ କାଳବକ୍ଷରେ ଲୀନ ହୋଇଗଲାଣି, ଆଉ ଆପଣ ତାଙ୍କ ସହିତ ରହିବେ କେମିତି?' ସେ ଖାଇବା ବନ୍ଦ୍ ରଖି କହିଲେ, 'ଆମ ଜଗତରେ ବସ୍ତୁ ବା ଜୀବ କେହି କେବେ ଲୀନ ହୁଅନ୍ତି ନାହିଁ, ସେମାନଙ୍କ ସ୍ଥିତି ବା ଅବସ୍ଥାର ଯାହା କେବଳ ପରିବର୍ତ୍ତନ ଘଟେ।

ସେଇଥିପାଇଁ ତ ଜ୍ୟୋତିର୍ବିତ୍‌ମାନେ ଅତି ଦୂର ତାରକାର ମଳିନ ଆଲୋକରେଖାକୁ ହିସାବକୁ ନେଇ ଏଇ ପୃଥିବୀର ଭୂଗୋଳ କୋଟି କୋଟି ବର୍ଷତଳେ କିପରି ଥିବ, ଜାଣିବାକୁ ସକ୍ଷମ ହେଉଛନ୍ତି। ଏଠାରେ ଯାହାସବୁ ଘଟିଯାଇଚି, ସେଗୁଡ଼ିକର ସୂକ୍ଷ୍ମ ସ୍ପନ୍ଦନକୁ ଅନୁଭବ କରିବାର କମ୍ପନ ସୃଷ୍ଟି କରିପାରିଲେ, ସେଇ ବିଗତ ଘଟଣା, ଚରିତ୍ର ପୁଣି ଏକପ୍ରକାର ଜୀବନ୍ତ ହୋଇଉଠନ୍ତି।' ମୁଁ ତାଙ୍କର ଏଇ ରହସ୍ୟମୟ କଥାରୁ ବିଶେଷ କିଛି ବୁଝିପାରିଲି ନାହିଁ। ଖାଇବା ଶେଷ ହେବାରୁ ସେ ଜବରଦସ୍ତ ମୋ' ଅଇଁଠା ଥାଳି ସହିତ ତାଙ୍କ ଥାଳିକୁ ନେଇ ବାହାରକୁ ଗଲେ। ମୁଁ ତାଙ୍କ ପଛେ ପଛେ ଗଲି ଓ ଦୁହେଁ ହାତ ଧୋଇ ଯେଝା ସିଟ୍‌କୁ ଫେରିଲୁ।

ମୁଁ ଗୁଆ-ଦୋକ୍‌ତା ପାଟିରେ ପକାଇ କହିଲି, 'ଖବରକାଗଜରେ ପଢ଼ିଥିଲି ଯେ ଏବେ ବିଶ୍ୱର ଆଶ୍ଚର୍ଯ୍ୟ ଓ ଅନନ୍ୟ ସ୍ଥାପତ୍ୟକୃତି ବୋଲି ତାଜମହଲକୁ ବିଶେଷ ମାନ୍ୟତା ମିଳିଲା, ଆଉ ଆପଣ କହୁଥିଲେ ଯେ କାହାକୁ ତାହା ଦେଖାଇବାକୁ ଆପଣ ଯାଉଛନ୍ତି। ସେ କିଏ ?' ସେ ମୋ ଆଡ଼କୁ କିଛି ସମୟ ଚାହିଁଲେ, ଖୁବ ଭାବ-ଗମ୍ଭୀର ଜଣାଗଲେ। କ'ଣ ଗୋଟାଏ କହିବାକୁ ଚାହୁଛନ୍ତି, କିନ୍ତୁ କେମିତି କହିବେ, କହିବେ କି ନାହିଁ, ଏଇ ଭିତରେ ଏପାଖସେପାଖ ହେଉଛନ୍ତି। ମୁହଁରୁ ଅଳ୍ପ ହସଟିଏ ଉକୁଟିଉଠିଲା ଓ ସରିଲାବେଳେ ଲାଗିଲା ଯେମିତି ସେ ହସ ତାଙ୍କ ମୁହଁରୁ ବାହାରି ଖସିପଡୁଚି, ଚାହିଁଲେ ହାତରେ ଧରିନେଇହେବ। ମୋର ଏଇ ଅନୁଭବରେ ମୁଁ ଭିତରେ ଭିତରେ ଅବାକ୍ ହେଲି। ହସ ଗୋଟିଏ ଭାବ ନା ବସ୍ତୁ ?

ମୁହଁ ଚାରିପାଖ ଡାହାଣ ହାତ ବୁଲାଇନେଇ ସେ କହିଲେ, 'ବୁଝିଲେ ଦାସଜୀ, ମୋର ଗବେଷଣାର ବିଷୟ ଥିଲା 'ମୋଗଲ ରାଜୁତି' । ଷୋଳଶହ ଶତାବ୍ଦୀରୁ ଆରମ୍ଭ ହୋଇ ଅଠରଶହ ଶତାବ୍ଦୀର ମଝିବେଳକୁ ତା'ର ସମ୍ପୂର୍ଣ୍ଣ ଅବସାନ ଘଟିଲା। ଗବେଷଣାରେ ମୁଁ ଏତେ ମଜ୍ଜିଗଲି ଯେ ସେଇ ସମୟ, ସେଇ ପରିସ୍ଥିତି, ସେଇ ସମ୍ରାଟ୍‌ମାନଙ୍କୁ, ସେଇ କୋଠାବାଡ଼ି, ରାଜମହଲ, ସବୁ ଯେମିତି ମୋ' ମନଭିତରେ ଅବିକଳ ଦେଖିପାରିଲି। ରାଜୁତିରେ ତ ସମ୍ରାଟ୍‌ମାନେ ମୁଖ୍ୟ, ତେଣୁ ତାଙ୍କର ଜୀବନ, ଆଚାର-ବ୍ୟବହାର, କୂଟନୀତି, ବୁଦ୍ଧି-ବିବେକ, ଏସବୁ ସଠିକ୍ ଓ ବିସ୍ତୃତଭାବେ ଜାଣିବାକୁ ବହୁ ବହି, ପୋଥି ଘଣ୍ଟାଚକଟା କଲି। ଏମିତି ସମୟ ଥିଲା ଯେ ମୋର ରହିବା, ଶୋଇବା, ଚାଲିବା, ବସିବା – ସବୁବେଳେ ମୁଁ ସେଇକଥା ହିଁ ଭାବୁଥାଏ। ମୋର ଗବେଷଣାର ମୁଖ୍ୟ ଅଂଶ ଥିଲା ଶାହାଜାହାନ୍‌ଙ୍କ ରାଜତ୍ୱକାଳ। ମୁଁ ସେଇ ଚରିତ୍ରକୁ ନେଇ ବହୁତ ସମୟ ଭାବୁଥିଲି ଓ ମତେ ଲାଗିଲା ଯେ ମୋର ଯେଉଁଠି କିଛି ବିଶେଷ କଥା ଜାଣିବାକୁ ମନ ଚାହୁଚି ଅଥଚ ମୁଁ ଜାଣିପାରୁ ନାହିଁ, ମତେ କିଏ ଜଣେ

ଅଦୃଶ୍ୟ ସତ୍ତା ସେଗୁଡ଼ିକ ଜାଣିବାରେ ସାହାଯ୍ୟ କରୁଚି । ମୁଁ ଆଲିଗଡ଼ ବିଶ୍ୱବିଦ୍ୟାଳୟରେ ଇତିହାସ ବିଭାଗର ମୁଖ୍ୟ ହୋଇ ଯୋଗଦେଲି । ଗେଷ୍ଟହାଉସ୍‌ରେ ଏକା ରହୁଥାଏ ଓ ଶାହାଜାହାନ୍‌ଙ୍କ ବୈଦେଶିକ ନୀତି ଉପରେ ଗୋଟିଏ ପ୍ରବନ୍ଧ ଲେଖୁଥାଏ । ଏଇ ଦିଗରେ ବିଶେଷ ଲିଖିତ ତଥ୍ୟ ନ ଥିବାରୁ ମନ ଖରାପ କରି, ଟେବୁଲ ସାମ୍ନାରେ ବସିଚି, କିଏ ଜଣେ ଆଦେଶଦେଲେ – ଲେଖ, ମୁଁ ଲେଖିଲି । ସେ ପାର୍ସୀ ଭାଷାରେ କହିଯାଉଥାନ୍ତି ଓ ମୁଁ ଲେଖିଯାଉଥାଏ । ଦଶ ପୃଷ୍ଠା ସରିଲାବେଳକୁ କହିଲେ - ଇରାନ୍‌ରେ ଅମୁକ ସଂଗ୍ରହାଳୟରେ ଏଇ ହସ୍ତଲିପି ଗଚ୍ଛିତ ଅଛି । ଦୁଇ ବର୍ଷ ପରେ ଇରାନ୍ ଯାଇଥିଲି ଓ ସେଇ ସଂଗ୍ରହାଳୟରେ ହସ୍ତଲିପିକୁ ଦେଖିଲି । ମୋର ବ୍ୟକ୍ତିଗତ ମତ ଯେ ଶାହାଜାହାନ୍‌ଙ୍କ ପରି ବିବେକୀ, ଦୟାଳୁ ସମ୍ରାଟ୍ ବା ଶାସକ ଏଯାବତ୍ ପୃଥିବୀରେ ଜନ୍ମ ହୋଇନାହାନ୍ତି । ଆଉ ତାଙ୍କ ପ୍ରେମ - ଏକାଗ୍ରତାର ତୁଳନା ନାହିଁ । ସମ୍ରାଟ୍ ଆକବରଙ୍କ କଥା ନିଆରା ।'

ମତେ ଏସବୁ ଶୁଣି ଡର ଲାଗିଲାଣି । ଆରେ ବାବା ! ଇଏ ତ ସବୁ ଭୂତପ୍ରେତଙ୍କ ଘଟଣା । ମୃତ୍ୟୁ ପରେ ଆତ୍ମାର ଅବସ୍ଥିତି ନେଇ ମୁଁ ଇଂରାଜୀରେ ଓ ହିନ୍ଦୀରେ କିଛି ବହି ପଢ଼ିଥିଲି । ଯେଉଁମାନେ ବିଦେହ ଆତ୍ମାକୁ ନିଜ ଦେହକୁ ଡାକିଆଣିପାରନ୍ତି, ତାଙ୍କୁ ଇଂରାଜୀରେ କହନ୍ତି – ମିଡିୟମ୍, ଓଡ଼ିଆରେ ମଧ୍ୟମ । ମୁଁ ପଚାରିଲି, 'ଆପଣ କ'ଣ ଜଣେ ମିଡିୟମ୍ ?'

'ନାଇଁ'- ସେ କହିଲେ- 'ମରିଥିବା ମଣିଷର ଆତ୍ମାକୁ ଡାକିବା ମୋର ପେସା ନୁହେଁ କି ସେଥିରେ ମୋର ଆଗ୍ରହ ନାହିଁ । ଶାହାଜାହାନ୍‌ଙ୍କ ଆତ୍ମା ସହିତ ସମ୍ପର୍କିତ ହୋଇ ମୁଁ ତାଙ୍କୁ ଅନୁଭବ କରେ, ତାଙ୍କୁ ଭଲପାଏ ।'

'ସେ ଏବେ କେଉଁଠି ଅଛନ୍ତି ?' ମୁଁ ପଚାରିଲି ।

'ଶାହାଜାହାନ୍ ଓ ତାଙ୍କ ପତ୍ନୀ ମମତାଜମହଲ ବିଦେହରେ ସେଇ ତାଜମହଲର ସମାଧିସ୍ଥଳରେ ଅଛନ୍ତି । ସମ୍ରାଟ୍‌ଙ୍କର ନିର୍ଦ୍ଦେଶ ଯେ କାଲି ରାଖୀ ପୂର୍ଣ୍ଣମୀରେ, ସେ ମୋ' ଭିତରେ ପ୍ରବେଶ କରି ଜହ୍ନକିରଣରେ ତାଜମହଲ ଦେଖିବେ । ତାଙ୍କରି ନିର୍ଦ୍ଦେଶରେ ମୁଁ ଆଗ୍ରା ଯାଉଛି ।' - ତିୱାରିଜୀ କହିଲେ ।

'ସେ ତ ସେଇଠି ଅଛନ୍ତି, କ'ଣ ତାଜମହଲ ଦେଖିପାରୁନାହାନ୍ତି ?' ମୁଁ ପଚାରିଲି ।

'ନା, ପ୍ରକୃତ ଉପଭୋଗ ବା ଅନୁଭବ ପାଇଁ ମଣିଷଶରୀର ଆବଶ୍ୟକ । ସେଥିପାଇଁ ତ ମଣିଷଜନ୍ମକୁ ଏତେ ପ୍ରାଧାନ୍ୟ ଦିଆଯାଇଚି ।' ସେ ବୁଝାଇଦେଲେ ।

ଆମ ଡବାରେ କମ୍‌ସଂଖ୍ୟକ ଯାତ୍ରୀ । ରାଜଧାନୀ ଏକ୍‌ସପ୍ରେସ୍‌ର ମାତ୍ରାଧିକ

ଖାଦ୍ୟ ଆକଣ୍ଠ ଗ୍ରାସ କରି ପ୍ରାୟ ସମସ୍ତେ ଶୋଇଗଲେଣି । ଅଧା ଅଞ୍ଚଳ ଅନ୍ଧାର । ଏ.ସି.ର ଥଣ୍ଡା ପ୍ରବଳ । କେବଳ ଟ୍ରେନର ଦ୍ରୁତଗତିର ଚାପା ଶବ୍ଦ ଶୁଭୁଚି ! ବର୍ତ୍ତମାନ ବିହାର- ଝାଡ଼ଖଣ୍ଡ ଡକାୟତପ୍ରବଣ ଅଞ୍ଚଳ ଦେଇ ଗାଡ଼ି ଗତି କରୁଛି କି କ'ଣ । ପାଖ ଲୋକଟି, ଲାଗୁଚି, ଅଧା ଏ ଜଗତରେ, ଅଧା ଭୂତମାନଙ୍କ ଜଗତରେ । ଇଲୋ ମା' ଲୋ ! ମୋ ଦେହ ଭିତରଟା ଶିହରିଗଲା । ମୁହଁଘୋଡ଼ି ହୋଇ ଶୋଇପଡ଼ିଲେ ଭୟରୁ ମୁକ୍ତି ମିଳିବ ଭାବି ତିୱାରିଜୀଙ୍କୁ କହିଲି, 'ନିଦ ଲାଗିଲାଣି, ଶୋଇଯିବା ।' ତିୱାରିଜୀ ଶୋଇବା ବ୍ୟବସ୍ଥା କରୁ କରୁ କହିଲେ, 'ଚାଲୁନାହାନ୍ତି କାଲି ପୂର୍ଣ୍ଣମୀ ଜହ୍ନର କିରଣରେ ତାଜମହଲ ଦେଖିବେ ଆଉ ସମ୍ରାଟ୍ ଶାହାଜାହାନଙ୍କ ସହିତ ଆଳାପ କରିବେ ।' ପ୍ରସ୍ତାବଟା ଶୁଣିଲାରୁ ଆହୁରି ଡର ଲାଗିଲା । କହିଲି, 'ମୁଁ ଏସବୁରେ ବିଶ୍ୱାସ କରେନା । ତା'ଛଡ଼ା କାଲି ମୋର ବ୍ୟକ୍ତିଗତ ଜରୁରୀ କାମରେ ଜଣକ ସହିତ ସାକ୍ଷାତ କରିବାର ଅଛି, ଦିଲ୍ଲୀରେ ।'

ମୁଁ ଶୋଇପଡ଼ିଲି । ହଠାତ୍ ନିଦ ଭାଙ୍ଗିଯିବାରୁ ହାଲୁକା ଆଲୋକରେ ଦେଖିଲି, ତିୱାରିଜୀ ଧ୍ୟାନସ୍ଥ ଓ ମୋ' ହାତ ଘଣ୍ଟାରେ ବାରଟା ବାଜି ଚାଳିଶ ମିନିଟ୍ । ମୁହଁ ଘୋଡ଼େଇ କାନ୍ଥ ଆଡ଼କୁ କଡ଼ ଲେଉଟାଇଲି । ସିନ୍ଦୂରା ଫାଟିବାବେଳକୁ ନିଦ ଭାଙ୍ଗିଲା । ରେଳଡବାର ନୀଳ କାଚଝର୍କା ସେପଟେ, ପୂର୍ବ ଦିଗରେ, ଆକାଶ ଲାଲ୍ ହୋଇଉଠୁଚି । କିଛି ସମୟ ପରେ ତିୱାରିଜୀ ଉଠିଲେ । ମୁଁ ନିରବରେ ଅଧାଶୁଆ ହୋଇ ଆକାଶ ଆଡ଼କୁ ଚାହିଁଥାଏ । ତିୱାରିଜୀ ନିଜର ଚାଦର ଚଉତାଇ ବ୍ୟାଗ୍‌ରେ ରଖିଲେ, ପୁଣି ଟିକେ ଗଡ଼ିଲେ ହାତଘଣ୍ଟାକୁ ଚାହିଁ । ଆଗ୍ରା ଷ୍ଟେସନ୍‌ରେ ଚା'ବାଲା ଆସିଲା । ଆମେ ଚା' ପିଇଲୁ । ସେ ତାଙ୍କ ସୁଟ୍‌କେଶ, ବ୍ୟାଗ୍ ବାହାର କରି ମୋଠୁ ବିଦାୟ ନେବାବେଳେ କହିଲେ, 'ପୁଣି କେବେ କେଉଁଠି ଭେଟ ହେବ, କିଏ ଜାଣେ, ଦାସ୍‌ଜୀ ! ହେଇଟି ମୋ' କାର୍ଡ ରଖନ୍ତୁ ।' କାର୍ଡ ନେଇ ତାଙ୍କ ସହିତ ହାତ ମିଳାଇଲାବେଳେ ମୋ' ମନରେ ଏକ ଅଜବ ପରିବର୍ତ୍ତନ ଆସିଲା । କେଉଁଠୁ କିଏ ଜଣେ ଯେମିତି ଇଙ୍ଗିତ ଦେଲା- 'ଏମିତି ଏକ ବିରଳ ଅନୁଭବକୁ ହାତଛଡ଼ା କରନା, ତିୱାରିଜୀଙ୍କ ସହିତ ଓହ୍ଲେଇପଡ଼ ।

ସେଇ ନିର୍ଦ୍ଦେଶ ରୋକ୍‌ଠୋକ୍ ଓ ଅତି ପ୍ରାଞ୍ଜଳ ଥିଲା । ମୁଁ ଓହ୍ଲାଇବାପାଇଁ ଜିନିଷ ଚଞ୍ଚଳ ସଜାଡ଼ି ତାଙ୍କୁ କହିଲି, 'ଚାଲନ୍ତୁ, ମୁଁ ଆପଣଙ୍କ ସହିତ ଏଇଠି ଓହ୍ଲାଉଚି ।' ସେ ମୁରୁକି ହସିଲେ ।

ଆଗ୍ରାରେ ତିୱାରିଜୀଙ୍କର ଜଣେ ପୁରୁଣା ବନ୍ଧୁ ମହମ୍ମଦ ୱାସିକ୍ ଖାନ୍‌ଙ୍କ ଘରେ ଆମେ ଅତିଥି । ତିୱାରିଜୀ ଓ ୱାସିକ୍ ଖୁବ୍ ଅନ୍ତରଙ୍ଗ ବୋଲି ସେମାନଙ୍କ ବ୍ୟବହାରରୁ

ଜାଣିଲି। ଆମେ ତିନି ଜଣ ପ୍ରାୟ ସମବୟସର। ବନ୍ଧୁଙ୍କର ପୁରୁଣାକାଳିଆ ବଙ୍ଗଳା। ନାଲିପଥରର ଘର। ଖାନ୍‌ଦାନୀ ପରିବାର, ମୋଟର ପାର୍ଟ୍‌ସର ବଡ଼ ବ୍ୟବସାୟ ପିଲାମାନେ ବୁଝନ୍ତି। ଆମେ ନିତ୍ୟକର୍ମ ସାରି ଏକାଠି ଜଳଖିଆ ଖାଇବା ପରେ ମହମ୍ମଦ ଓ୍ୱାସିକ୍ ମଧ୍ୟାହ୍ନଭୋଜନ ଆଗରୁ ଆସିବେ କହି ବାହାରିଗଲେ। ତିଓ୍ୱାରିଜୀ ଓ ମୁଁ ଗୋଟିଏ ଘରେ ବିଛଣାରେ ଆରାମ କଲାବେଳେ, ସେ ମତେ ସେଦିନର କାର୍ଯ୍ୟକ୍ରମର ସୂଚନାଦେଲେ।

'ଆପଣ ଜାଣିଥିବେ ଯେ ମରିବା ସମୟରେ ଜଣେ ଯାହା ଖୁବ୍ ଏକାଗ୍ରତାର ସହିତ ଭାବୁଥାଏ, ସୂକ୍ଷ୍ମ ଶରୀରରେ ସେଇ ଇଚ୍ଛା ବଳବତ୍ତର ହୋଇ ରହେ,' କହିଲେ ତିଓ୍ୱାରିଜୀ, 'ଶାହାଜାହାନ୍‌ଙ୍କ ଜୀବନର ଶେଷ ଦିନଗୁଡ଼ିକ ଅତି କରୁଣ ଓ ଦୁଃଖଦ ଥିଲା। ତାଙ୍କ ପୁଅ ଔରଙ୍ଗଜେବଦ୍ୱାରା ବନ୍ଦୀ ହୋଇ, ତାଜମହଲକୁ ଦେଖି ଓ ତାଙ୍କ ପ୍ରିୟତମା ମମତାଜମହଲଙ୍କ କଥା ଭାବି ତାଙ୍କର ବିଷାଦଗ୍ରସ୍ତ ମରଣ ହେବାରୁ ସେମାନଙ୍କ ଆତ୍ମା ସମାଧିପୀଠ ତାଜମହଲରେ ରହି, ପରସ୍ପର ସହିତ ଏକାଠି ବସବାସରେ ଶାନ୍ତି ପାଉଛନ୍ତି। ସୂକ୍ଷ୍ମ ଶରୀର ଅନୁଭବ କରେ ଦେହ ମାଧ୍ୟମରେ। ଭାଦ୍ରବ ମାସର ଜହ୍ନକିରଣରେ ତାଜମହଲକୁ ଦେଖି, ସେ ମମତାଜଙ୍କ ସହ ତାଙ୍କର ବିଗତ ସୁଖଦିନଗୁଡ଼ିକୁ ମନେପକାନ୍ତି।'

'ଭାଦ୍ରବ ମାସର ଜହ୍ନ କିରଣରେ କ'ଣ ବିଶେଷତ୍ୱ ରହିଛି ?' ମୁଁ ପଚାରିଲି।

'ଭାଦ୍ରବ ମାସରେ ବର୍ଷାଦିନ ସରିସରିଆସୁଥାଏ, କିନ୍ତୁ ବାୟୁମଣ୍ଡଳରେ ପ୍ରଚୁର ଜଳୀୟବାଷ୍ପ ଥାଏ। ସେତେବେଳେ ଜହ୍ନକିରଣ ସଫା ନୁହେଁ, ମହଳଣ ଓ କରୁଣ ଲାଗେ। ସେଇ କିରଣ ତାଜମହଲ ଉପରେ ପଡ଼ିଲେ, ଲାଗେ ଯେମିତି ଲୁହମିଶା କିରଣର ବର୍ଷା ହେଉଚି ଆଉ ସେଇ ବିରାଟ ମହଲ ଶୋକରେ ଅଭିଭୂତ। ବିଗତ ପାଞ୍ଚ ବର୍ଷ ହେଲା ଶାହାଜାହାନ୍‌ଙ୍କ ଏଇ କରୁଣ ଦୃଶ୍ୟ ମଣିଷ ଆଖିରେ ଦେଖି ଅନୁଭବ କରିବାର ଇଚ୍ଛା ପାଇଁ ମୁଁ ଏଇ ସମୟରେ ଆଗ୍ରା ଆସେ ଚାରିପାଞ୍ଚଦିନ ପାଇଁ। ଆଜି ରାତି ଦଶଟା ପରେ, ଆମେ ତିନି ଜଣ ତାଜମହଲର ନିକଟ ବଗିଚାରେ ରାତି କଟେଇବା। ଆପଣ, ଦାସଜୀ ସବୁ ଦେଖିବେ, ଜାଣିବେ। କିନ୍ତୁ ତା' ପୂର୍ବରୁ ଶାହାଜାହାନ୍‌ଙ୍କ ବାବଦରେ ଆପଣଙ୍କର ମୋଟାମୋଟି ଗୋଟିଏ ଧାରଣା ଥିବା ଦରକାର। ମୁଁ ସଂକ୍ଷେପରେ କହୁଚି, ଆପଣ ମନଦେଇ ଶୁଣନ୍ତୁ।' ଏତକ କହି ତିଓ୍ୱାରିଜୀ ପାଣି ପିଇଲେ ଓ ବିବରଣୀ ଆରମ୍ଭ କଲେ।

'ଆକବରଙ୍କ ପୁତ୍ର ସେଲିମ୍, ଜାହାଙ୍ଗୀର। ତାଙ୍କର ଚତୁର୍ଥ ପୁତ୍ର ଖୁରମ୍, ଶାହାଜାହାନ୍। ୧୫୯୨ ମସିହା ଜାନୁଆରି ମାସରେ ହିନ୍ଦୁ ରାଣୀଙ୍କଠାରୁ ଜନ୍ମନେଲେ।

ସେତେବେଳେ ଆକବର ସମ୍ରାଟ୍; ଖୁରମ୍‌ଙ୍କ ପ୍ରତି ଖୁବ୍ ଅନୁରକ୍ତ ଥିଲେ। ଜେଜେବାପା ଓ ଜେଜେମା'ଙ୍କ ତତ୍ତ୍ୱାବଧାନରେ ଓ ସୁଫୀ ମନୀଷୀ ଗୁରୁମାନଙ୍କ ଦ୍ୱାରା ବିଭିନ୍ନ ଶାସ୍ତ୍ରରେ ଜ୍ଞାନଲାଭ କଲେ। ବାବର ଥିଲେ ଶାହାଜାହାନ୍‌ଙ୍କର ଆଦର୍ଶ। ଜେଜେବାପା ଆକବରଙ୍କୁ ସେ ଏତେ ଭଲପାଉଥିଲେ ଯେ ତାଙ୍କର ମୃତ୍ୟୁଶଯ୍ୟାରେ ଥିବାବେଳେ, ନିଜ ଜୀବନକୁ ବିପନ୍ନ କରି ମଧ୍ୟ ସେ ତାଙ୍କୁ ଛାଡ଼ିଯାଇନଥିଲେ। ଶାହାଜାହାନ୍ ଜଣେ ସାହସୀ ଯୋଦ୍ଧା, ଦକ୍ଷ ସେନାପତି, ବିଚକ୍ଷଣ କୂଟନୀତିଜ୍ଞ ଓ ଦୟାଳୁ ସମ୍ରାଟ୍ ଥିଲେ। ଆକବର ଯେଉଁ ମୋଗଲ-ଭାରତର ଏକତ୍ରୀକରଣ ଆରମ୍ଭ କରିଥିଲେ, ତା'ର ପୂର୍ଣ୍ଣ ବିକାଶ ଘଟିଲା ଶାହାଜାହାନ୍‌ଙ୍କ ସମୟରେ। ସେତେବେଳେ ସମ୍ରାଟ୍‌ମାନଙ୍କୁ ଜୀବନର ଅଧା ସମୟ ଯୁଦ୍ଧ ଶିବିରରେ କଟାଇବାକୁ ପଡୁଥିଲା। ଉତ୍ତର-ଭାରତ, ପଶ୍ଚିମ-ଭାରତ ଓ ଦାକ୍ଷିଣାତ୍ୟର ପ୍ରାୟ ସବୁ ରାଜ୍ୟ ଶାହାଜାହାନ୍‌ଙ୍କ ପ୍ରତ୍ୟକ୍ଷ ବା ପରୋକ୍ଷ ଶାସନର ଅର୍ନ୍ତଭୁକ୍ତ ଥିଲା। ଶାସନ ଥିଲା କେନ୍ଦ୍ରାୟିତ ଏବଂ ସମ୍ରାଟ୍ ଥିଲେ ଶାସନର ମୁଖ୍ୟ ଓ ଆଦର୍ଶ। କେନ୍ଦ୍ରକୁ ବିଭିନ୍ନ ପ୍ରଦେଶ ଓ ପ୍ରଦେଶଗୁଡ଼ିକୁ ଅଞ୍ଚଳରେ ବିଭକ୍ତ କରାଯାଇଥିଲା। କୃଷିର ବିକାଶ ପାଇଁ ଶାହାଜାହାନ୍ ନିଜେ ସେ ବିଭାଗର କାର୍ଯ୍ୟକଳାପ ତଦାରଖ କରୁଥିଲେ ଓ ରାଜକୋଷରୁ ଯଥେଷ୍ଟ ଅଗ୍ରିମ ଋଣ ଦେବାର ବ୍ୟବସ୍ଥା ଥିଲା। ଚରିତ୍ରବାନ୍ ଓ ସାଧୁ ବ୍ୟକ୍ତିମାନଙ୍କୁ ପ୍ରାଦେଶିକ ମୁଖ୍ୟ ଭାବେ ନିଯୁକ୍ତି ଦିଆଯାଉଥିଲା ଓ ଦୁର୍ନୀତି ଓ ଅପାରଗତାକୁ ସହ୍ୟ କରାଯାଉନଥିଲା। ଯେକେହି ସାଧାରଣ ଲୋକ ଅନ୍ୟାୟ ଓ ଅତ୍ୟାଚାରର ଶିକାର ହେଲେ, ସିଧାସଳଖ ସମ୍ରାଟ୍‌ଙ୍କୁ ସାକ୍ଷାତ୍‌କରି ନିବେଦନ କରିପାରୁଥିଲା। ଦୋଷୀ ଯେତେ ମର୍ଯ୍ୟାଦାବନ୍ତ ପଦବିର ଅଧିକାରୀ ହେଉନା କାହିଁକି, ବା ସମ୍ରାଟ୍‌ଙ୍କର ଯେତେ ପ୍ରିୟ ହେଲେ ମଧ୍ୟ ଦଣ୍ଡିତ ହେଉଥିଲା। ଦୁର୍ଭିକ୍ଷ ସମୟରେ ରାଜକୋଷରୁ ଯଥେଷ୍ଟ ଅର୍ଥ ସହାୟତା ଦିଆଯାଉଥିଲା। ଯାତାୟାତ ପଥରେ ଡକାଏତମାନଙ୍କ ପ୍ରକୋପକୁ ମୂଳପୋଛ କରିଦିଆଯାଇଥିଲା। ଅପରାଧ କମାଇବା ପାଇଁ ଦଣ୍ଡ ଅମାନୁଷିକ ଓ ବର୍ବର ଥିଲା। ବିଚାରପତିମାନେ ତୁରନ୍ତ ବିଚାର କରୁଥିଲେ। ଆଭ୍ୟନ୍ତରୀଣ ଶାନ୍ତି ଥିଲା। ବହୁ ଶିକ୍ଷାନୁଷ୍ଠାନ, ବିଶେଷ କରି ମସଜିଦ୍‌ଗୁଡ଼ିକ ଶିକ୍ଷାକେନ୍ଦ୍ରର କାର୍ଯ୍ୟ କରୁଥିଲେ। କଳା, ସଙ୍ଗୀତ, ସ୍ଥାପତ୍ୟର ବିକାଶ ପାଇଁ ସମ୍ରାଟ୍ ଚେଷ୍ଟିତ ଥିଲେ। ବିଶୃଙ୍ଖଳାର ତୁରନ୍ତ ଦମନ, ଦୁର୍ନୀତିଗ୍ରସ୍ତମାନଙ୍କୁ ଉଚିତ ବିଚାର ପରେ ଭୟାବହ ଦଣ୍ଡ ଓ ଗରିବମାନଙ୍କୁ ଦାନ ଓ ସାହାଯ୍ୟ – ଏହା ଥିଲା ଶାହାଜାହାନ୍‌ଙ୍କ ଶାସନର ମୂଳପିଣ୍ଡ।

ସମ୍ରାଟ୍ ରାତି ଦୁଇଟାବେଳେ ଶଯ୍ୟାତ୍ୟାଗ କରି ନିତ୍ୟକର୍ମ ପରେ ସୂର୍ଯ୍ୟୋଦୟ ପର୍ଯ୍ୟନ୍ତ ମସ୍‌ଜିଦ୍‌ରେ ନିୟମିତ ପ୍ରାର୍ଥନା କରୁଥିଲେ। ମସ୍‌ଜିଦ୍‌ର ଝରକା ପାଖରେ ଘଣ୍ଟାଏରୁ ଅଧିକ ସମୟ ସର୍ବସାଧାରଣଙ୍କୁ ସାକ୍ଷାତ କରି ସେମାନଙ୍କ ସମସ୍ୟାର ପ୍ରତିକାର

ବ୍ୟବସ୍ଥା କରୁଥିଲେ। ଏହାପରେ ସାଧାରଣ ଦରବାର, ଗୁପ୍ତ ଦରବାରରେ ରାଜକାର୍ଯ୍ୟ ଦେଖି, ମଧ୍ୟାହ୍ନବେଳକୁ ମହଲକୁ ଫେରୁଥିଲେ ଓ ଅଳ୍ପ ବିଶ୍ରାମ ପରେ ନାନା ଜରୁରୀ କାର୍ଯ୍ୟର ତଦାରଖ ସାରି ରାତି ଦଶଟାବେଳକୁ ବିଶ୍ରାମ କରୁଥିଲେ। ଶାହାଜାହାନ୍‌ଙ୍କ କଣ୍ଠସ୍ୱର ଅତି ମଧୁର ଓ ସେ ଶୋଇଲାବେଳେ ସଙ୍ଗୀତ ବା ବାବରଙ୍କ କାହାଣୀ ଶୁଣିବାକୁ ଭଲପାଉଥିଲେ। ସେ ନିଷ୍ଠାବାନ୍ ସୁନ୍ନୀ ମୁସଲମାନ ଥିଲେ ଓ ଶାସନକାଳର ପ୍ରଥମ ଦଶ ବର୍ଷ ପର୍ଯ୍ୟନ୍ତ ବହୁ ହିନ୍ଦୁମନ୍ଦିର ଭାଙ୍ଗିବାକୁ ଇଙ୍ଗିତ ଦେଇଥିଲେ। ପରେ ଏ ନୀତି ସଂଶୋଧନ କରି ଆକବରଙ୍କ ଉଦାର ଧର୍ମନୀତିର ବହୁଳ ପ୍ରଚଳନ କରିଥିଲେ। ତାଙ୍କ ଦରବାରରେ ଅନେକ ହିନ୍ଦୁରାଜା ବିଶିଷ୍ଟ ଓ ବିଶ୍ୱସ୍ତ ସେନାଧ୍ୟକ୍ଷ ଥିଲେ। ହିନ୍ଦୁ କବି ଓ ପଣ୍ଡିତମାନେ ଦରବାରରେ ଉପଯୁକ୍ତ ସ୍ଥାନ ଓ ସମ୍ମାନ ପାଉଥିଲେ। ସମ୍ରାଟ୍ ଥିଲେ ଶାସନର କେନ୍ଦ୍ରବିନ୍ଦୁ, କିନ୍ତୁ ସ୍ୱେଚ୍ଛାଚାରୀ ନ ଥିଲେ। ପ୍ରଚଳିତ ସାମାଜିକ ନୀତି ନିୟମ, ଧର୍ମଶାସ୍ତ୍ରର ଉପଦେଶକୁ ମାନିବାକୁ ପଡୁଥିଲା। ଜଣେ ବୈଦେଶିକ ପର୍ଯ୍ୟଟକ ଟାଭାରନିଅର ଶାହାଜାହାନ୍‌ଙ୍କ ରାଜୁତିକାଳରେ ଭାରତର ବିଭିନ୍ନ ଜାଗା ବୁଲି ଲେଖିଥିଲେ ଯେ ଶାହାଜାହାନ୍ ପ୍ରଜାଙ୍କୁ ରାଜା ପରି ଶାସନ ନ କରି ପିତା ପରି ଶାସନ କରୁଥିଲେ। ଶେଷ ଦୁଃଖଦ ଜୀବନକାଳ ବ୍ୟତୀତ, ଶାହାଜାହାନ୍ ସମ୍ରାଟ୍ ଥିବାବେଳେ ମଦ୍ୟପାନକୁ ଘୃଣାକରୁଥିଲେ। ସଂକ୍ଷିପ୍ତରେ କହିଲେ, ପ୍ରଜାହିତୈଷୀ କେନ୍ଦ୍ରାୟିତ ଶାସନ। ସମାଜରେ ଜନସଂଖ୍ୟା ବୃଦ୍ଧି ପାଇଁ ଓ ଯୌନ ବ୍ୟଭିଚାରକୁ ପ୍ରଶ୍ରୟ ନ ଦେବାପାଇଁ ସର୍ବସାଧାରଣ ବହୁବିବାହ କରିପାରୁଥିଲେ। ସାମ୍ରାଜ୍ୟ ବୃଦ୍ଧି ଓ କୂଟନୈତିକ କାରଣରୁ ସମ୍ରାଟ୍‌ଙ୍କୁ ବହୁବିବାହ କରିବାକୁ ପଡୁଥିଲା। ଶାହାଜାହାନ୍‌ଙ୍କ ସମୟରେ ଭାରତର ରାଜଧାନୀ ଆଗ୍ରାରୁ ଦିଲ୍ଲୀକୁ ଆସିଲା।'

ଏତକ କହିବା ପରେ ତିୱାରିଜୀ ଖଟରୁ ଉଠି ଚାଲବୁଲ ହୋଇ ଗୋଡ଼ ସିଧାକଲେ। ମୋ' ପାଖକୁ ଆସି ଗୋଟିଏ ପେନ୍‌ସିଲ୍‌ରେ ଅଙ୍କିତ ଜଣେ ଅତି ସୁନ୍ଦରୀ ନାରୀର ଚିତ୍ର ଦେଖାଇ କହିଲେ, 'ଏଥର ଆମେ ଅସଲ ବିଷୟକୁ ଆସିବା। ଏଇ ଚିତ୍ରଟି ହେଉଚି ମମତାଜ ମହଲଙ୍କର। ତିନି ବର୍ଷ ତଳେ ଶାହାଜାହାନ୍ ମୋ' ଭିତରକୁ ଆସି ତାଙ୍କ ପତ୍ନୀଙ୍କର ଚିତ୍ର ଆଙ୍କିଦେଇଥିଲେ। ସେଇଦିନୁ ମୁଁ ଏହାକୁ ଖୁବ୍ ହେପାଜତରେ ରଖିଛି। ଆଗ୍ରା ଆସିଲାବେଳେ ଏଇ ଚିତ୍ରଟି ସାଙ୍ଗରେ ଆଣିବାକୁ ଓ ତାଜମହଲ ପାଖରେ ରାତ୍ରିଆସରବେଳେ ପାଖରେ ରଖିବାକୁ ସେ ନିର୍ଦ୍ଦେଶ ଦେଇଥିଲେ।' ଚିତ୍ରଟିକୁ ପୁଣି ପକେଟ୍‌ରେ ରଖି ସେ କହିଲେ, 'ମମତାଜମହଲ ଶାହାଜାହାନଙ୍କ ଦ୍ୱିତୀୟ ସ୍ତ୍ରୀ। ଡାକନାମ ବାନୁବେଗମ୍, ମାନେ ଏଇ ନାଁରେ ସମ୍ରାଟ୍ ତାଙ୍କୁ ଡାକୁଥିଲେ। ତାଙ୍କର ଚଉଦଟି ସନ୍ତାନ ଭିତରୁ ସାତ ଜଣ ବଞ୍ଚିଲେ, ଚାରିଜଣ ପୁତ୍ର ଓ ତିନି ଜଣ କନ୍ୟା।

ବିବାହର ଊଣେଇଶ ବର୍ଷରେ, ଶେଷ କନ୍ୟାସନ୍ତାନଙ୍କୁ ଜନ୍ମଦେବାର ଠିକ୍ ପରେ ପରେ, ତାଙ୍କର ମୃତ୍ୟୁ ହେଲା। ମୃତ୍ୟୁ ସମୟରେ ଶାହାଜାହାନ୍‌ଙ୍କୁ ଦରବାରରୁ ଡକାଇପଠାଇ, ସେ କିଛି ଦାୟିତ୍ୱ ଦେଇ ଏକପ୍ରକାର ପ୍ରତିଜ୍ଞା କରାଇନେଇଥିଲେ ବୋଲି ଲିପିକାରମାନେ ଲେଖିଛନ୍ତି, କିନ୍ତୁ ସେ ଦାୟିତ୍ୱ କ'ଣ ଥିଲା, ସେ ବିଷୟରେ ସଠିକ ଭାବରେ କିଛି ଲିଖିତ ନାହିଁ।

ବାନୁବେଗମ୍‌ଙ୍କୁ ତାଙ୍କର ସ୍ୱଭାବ ଯୋଗୁଁ ଶାହାଜାହାନ୍ ଅତ୍ୟନ୍ତ ଭଲପାଉଥିଲେ। ସବୁ ଧର୍ମ ପ୍ରତି ଉଦାର ମନୋଭାବ ପୋଷଣ ପଛରେ ବାନୁବେଗମ୍‌ଙ୍କ ପ୍ରେରଣା ଓ ସେମାନଙ୍କ ପ୍ରଥମ ରାଜପୁତ୍ର ଦାରାଶିକୋଙ୍କ ଉତ୍ସାହ କାର୍ଯ୍ୟ କରୁଥିଲା ବୋଲି ଲିପିବଦ୍ଧ ଅଛି। ପ୍ରତିଦିନ ବାନୁବେଗମ୍ ସର୍ବସାଧାରଣଙ୍କ ଅଭିଯୋଗ ଶୁଣି ସେଗୁଡ଼ିକୁ ଲିଖିତ ଆକାରରେ ଶାହାଜାହାନ୍‌ଙ୍କ ପାଖକୁ ପଠାଉଥିଲେ। ସେଥିରେ ଦରିଦ୍ରମାନଙ୍କୁ ଆର୍ଥିକ ସାହାଯ୍ୟ, ଅନ୍ୟାୟ ପ୍ରପୀଡ଼ିତମାନଙ୍କୁ ଉଚିତ ନ୍ୟାୟ, ପାରିବାରିକ ଭୁଲ ବୁଝାମଣାର ସମାଧାନ ପାଇଁ ସୁପାରିସ୍‌ଗୁଡ଼ିକ ସମ୍ରାଟ୍ ବିଚାର କରି ବିହିତ ବ୍ୟବସ୍ଥା କରୁଥିଲେ। ତାଙ୍କର ଏଇ ଦରଦୀ ଗୁଣ ପ୍ରଥମ ରାଜକନ୍ୟା ଜାହାନାରା ବେଗମ୍ ପ୍ରଚୁର ଭାବରେ ପାଇଥିଲେ। ଶାହାଜାହାନ୍‌ଙ୍କ ବନ୍ଦୀଜୀବନରେ ତାଙ୍କର ସେବାଶୁଶ୍ରୂଷା କରିଥିଲେ ଜାହାନାରା। ଶାହାଜାହାନ୍‌ଙ୍କର ଚତୁର୍ଥପୁତ୍ର ଔରଙ୍ଗ୍‌ଜେବ ପିତାଙ୍କ ବିରୋଧରେ ଯୁଦ୍ଧ କରି ରାଜଗାଦିରେ ବସିଲେ ଓ ଅନ୍ୟ ତିନିଭାଇଙ୍କୁ ହତ୍ୟାକଲେ। ସେ ଅତିମାତ୍ରାରେ ଧର୍ମାନ୍ଧ, ସନ୍ଦେହୀ ଓ କୁଟିଳ ଥିଲେ। ତାଙ୍କ ଯୋଗୁଁ ମୋଗଲ ସାମ୍ରାଜ୍ୟର ପତନ ହେଲା। ଯୁଦ୍ଧ ପରେ ପରାସ୍ତ ସମ୍ରାଟ୍‌ପିତା ଶାହାଜାହାନ୍‌ଙ୍କୁ ସେ ଆଗ୍ରାଦୁର୍ଗରେ ବନ୍ଦୀ କରି ରଖିଲେ ଓ ସେଠାରୁ ପ୍ରିୟତମାଙ୍କ ସମାଧି ତାଜମହଲକୁ ଦେଖି ଶାହାଜାହାନ୍ ଯାହା ଟିକେ ଶାନ୍ତି ପାଉଥିଲେ। ୧୬୬୬ ମସିହା ଜାନୁଆରି ମାସରେ ଝରକାରୁ ତାଜମହଲକୁ ଚାହିଁରହି, ଶାହାଜାହାନ୍ ଅନ୍ତିମ ନିଶ୍ୱାସ ତ୍ୟାଗ କଲେ। ଔରଙ୍ଗ୍‌ଜେବ ତାଙ୍କୁ ଦେଖିବାକୁ ଆସିଲେ ନାହିଁ କି ଅନ୍ତିମ କ୍ରିୟା ପାଇଁ ରାଜକୋଷରୁ କୌଣସି ଅର୍ଥ ମଞ୍ଜୁର କଲେ ନାହିଁ। ଏତେବଡ଼ ସମ୍ରାଟ୍‌ଙ୍କୁ ବିନା ରାଜସମ୍ମାନରେ ମମତାଜଙ୍କ ସମାଧି ପାଖରେ ସାଧାରଣ ପ୍ରଜାପରି, ଜାହାନାରା ବେଗମ୍‌ଙ୍କ ତତ୍ତ୍ୱାବଧାନରେ ସମାଧି ଦିଆଗଲା। ମମତାଜଙ୍କ ମୃତ୍ୟୁର ବର୍ଷକ ପରେ, ତାଜମହଲ ତିଆରି କାମ ଆରମ୍ଭ ହୋଇଥିଲା ଓ ଶେଷ ହେବାକୁ ସତର ବର୍ଷ ଲାଗିଥିଲା। କୋଡ଼ିଏ ହଜାର ମିସ୍ତ୍ରି ଓ ସେତେବେଳେ ତିନି କୋଟି ଟଙ୍କା ଖର୍ଚ୍ଚ। ପାରସ୍ୟର ସ୍ଥପତିମାନେ ବାହ୍ୟଗୃହ ନିର୍ମାଣ କଲେ ଓ ହିନ୍ଦୁ ସ୍ଥପତିମାନଙ୍କୁ ଭିତର ସାଜସଜ୍ଜାର ଭାର୍ ଦିଆଯାଇଥିଲା।'

'ଆପଣ ତ ପୂରା ଇତିହାସ ପଢ଼ାଇଲେଣି,' ମୁଁ କହିଲି। ସେ ହସିଲେ ଓ

କହିଲେ, 'ମୋ ଭିତରେ ଶାହାଜାହାନ୍ ପ୍ରବେଶ କଲାପରେ, ଆପଣ ତାଙ୍କୁ ସମ୍ରାଟୋଚିତ ସମ୍ବୋଧନ କରିବେ ଓ ମାନ୍ୟ ଦେବେ।'

'ତାହା କିପରି ?' ମୁଁ ପଚାରିଲି।

'ସାହାନ୍‌ସାହା ଶାହାଜାହାନ୍ ମହମ୍ମଦ ଶାହାଜାହାନ୍ ଜାହାଁପନା, ଆଲମ୍ ପରହା, ଖୁଭାନ, ମେରେ- ଦିଲ୍- ଏ- ସୁବ୍‌ହାନି ମହାବଲି। ତା'ପରେ ମୁଣ୍ଡ ତଳକୁ କରି କପାଳ, ଆଖିକୁ ଓ ହାତରେ ଚାରିଥର ଛୁଇଁବେ। ଆଉ ଶୁଣନ୍ତୁ, ବାନୁବେଗମ୍, ଜାହାନାରା ବେଗମ୍ ଓ ଦାରାଶିକୋଙ୍କ କଥା ପଡ଼ିଲେ ସେ ଆନନ୍ଦିତ ହୁଅନ୍ତି। ଦାକ୍ଷିଣାତ୍ୟ ବିଜୟ ସ୍ମୃତି ତାଙ୍କୁ ଶୁଣିବାକୁ ଖୁବ୍ ଭଲଲାଗେ। ସମ୍ରାଟ୍ ଜାହାଙ୍ଗୀର, ତାଙ୍କୁ ଦାକ୍ଷିଣାତ୍ୟ ଯୁଦ୍ଧର ଦାୟିତ୍ୱ ଦେଇଥିଲେ। ସେ ବିଜୟ ଲାଭ କରିବା ପରେ ରାଜଦରବାରରେ ଜଣେ ଦକ୍ଷ ସେନାପତି ଓ କୂଟନୀତିଜ୍ଞ ଭାବେ ତାଙ୍କ ସମ୍ମାନ ବଢ଼ିଗଲା ଓ ତାଙ୍କୁ ଶାହାଜାହାନ୍ ଉପାଧିରେ ଭୂଷିତ କରାଗଲା। ସେ ଯେତେ ଚେଷ୍ଟାକଲେ ମଧ୍ୟ କାନ୍ଦାହାର ରାଜ୍ୟକୁ ପାରସ୍ୟ ଅଧୀନରୁ ମୁକୁଳାଇ ଭାରତରେ ମିଶାଇ ପାରି ନ ଥିଲେ, ତିନି ଥର ଯୁଦ୍ଧରେ ହାରିଲେ – ଏହା ତାଙ୍କ ଜୀବନର ସବୁଠାରୁ ବଡ଼ ଅବସୋସ। ଔରଙ୍ଗଜେବ୍ କଥା ଉଠିଲେ ସେ ଦୁଃଖରେ ଭାଙ୍ଗିପଡ଼ନ୍ତି।' ତା'ପରେ ଟିକେ ହସି ତିୱାରିଜୀ କହିଲେ, ' ସମ୍ରାଟ୍‌ମାନେ ତୋଷାମଦକୁ ଭଲପାଆନ୍ତି, ମନେରଖିବେ ଯେ ଉଚିତ ମୌକାରେ ତାହା କଲେ ତାଙ୍କ ମିଜାଜ୍‌ର ଉଦାରପଣ କେତେ ଗଭୀର, ଜାଣିବେ।'

ତିୱାରିଜୀଙ୍କ ଇତିହାସ କ୍ଲାସ୍ ସରିଲା। ମୁଁ ଖଣ୍ଡେ କାଗଜରେ ସମ୍ବୋଧନର ବାକ୍ୟ ଟିପିରଖିଲି, ମୁଖସ୍ଥ କରିବାକୁ ହେବ। କିଛି ସମୟ ପରେ ୱାସିକ୍ ଖାନ୍ ପହଞ୍ଚିଗଲେ। ଆମେ ଖାଇବାସାରି ବିଶ୍ରାମ କଲୁ। ସନ୍ଧ୍ୟା ଚା' ଓ ତା'ପରେ ହାଲୁକା କିଛି ଖାଇ ରାତି ଦଶଟାବେଳକୁ ୱାସିକ୍ ସାହେବଙ୍କ ଗାଡ଼ିରେ ତାଜମହଲ ବାହାରିଲୁ। ଶାହାଜାହାନ୍ ଯାହା ପିନ୍ଧୁଥିଲେ, ତିୱାରିଜୀ ତାହା ପିନ୍ଧିଲେ: ଚିପା ପାଇଜାମା, ଲମ୍ବା କୋଟ୍, ଦାଢ଼ି ମୁଛ ସେଇପରି ସଜାଇଥାନ୍ତି। ୱାସିକ୍ ଭାଇ ମଧ୍ୟ ପାଇଜାମା ଓ ଲମ୍ବା କୋଟ୍ ପିନ୍ଧିଥାନ୍ତି। ମୁଁ ଟ୍ରାଉଜର-କୁର୍ତ୍ତାରେ ବାହାରିଥିଲି। ୱାସିକ୍ ତାଙ୍କ ଘରୁ ଗୋଟିଏ ଧଳା ଶାଲ୍ ଆଣି ମୋ' ଉପରେ ପକାଇଦେଲେ।

ଆମେ ତାଜମହଲର ବଡ଼ ଫାଟକର ଗୋଟିଏ କଡ଼ରେ ଗାଡ଼ିରଖି ଚାଲିଚାଲି ବଗିଚା ପ୍ରାଙ୍ଗଣ ଭିତରକୁ ପ୍ରବେଶକଲୁ। ବର୍ଷାକାଳ ହେତୁ ଟୁରିଷ୍ଟ୍‌ମାନେ ଏ ସମୟରେ ପ୍ରାୟ ନ ଥାନ୍ତି। ପରିବେଶ ପୂରାପୂରି ଜନଶୂନ୍ୟ ଓ ଶାନ୍ତ। ମତେ ଲାଗିଲା, ୱାସିକ ସାହେବଙ୍କର ସୁରକ୍ଷା କର୍ମୀମାନଙ୍କ ସହିତ ଆଗରୁ ଏ ବାବଦରେ କଥାବାର୍ତ୍ତା ହୋଇଛି ଓ ସେମାନେ ଆଜି ଆମ ଆସିବା କଥା ଜାଣିଥିଲେ। ଆମେ ବଗିଚା ପାଖକୁ ଲାଗି

ଗୋଟିଏ ଝଙ୍କା ଗଛ ତଳେ ପହଞ୍ଚିଲାବେଳକୁ, ଦୁଇଜଣ ଲୋକ ଗୋଟିଏ ବଡ଼ ଚୌକି ଆଣି ପକାଇଲେ। ତାଙ୍କ ପଛେ ପଛେ ଆଉ ତିନିଜଣ ତିନୋଟି କାଠଚୌକି ଆଣି ରଖିଲେ। ଓ୍ୱାସିକ୍ ଭାଇ ବଡ଼ ଚୌକିକୁ ଟର୍ଚ୍ଚ ପକାଇ ସିଲ୍‌କ ଗାମୁଛାରେ ଝାଡ଼ିଲେ, ତନ୍ନତନ୍ନ କରି ଦେଖିଲେ ଯେ ଚାରିଆଡ଼େ କେଉଁଠି ଟିକେ ଧୂଳି ମଇଳା ନାହିଁ। ମୁଁ ଦେଖିଲି, ରାଜାମହାରାଜାମାନଙ୍କ ଘରେ କାରୁକାର୍ଯ୍ୟଭରା ଭେଲଭେଟ୍ ବା ରେଶମ କନାର ଯେଉଁ ଚୌକି ପଡ଼ିଥାଏ, ଏଇ ଚୌକିଟି ସେଇପରି। ଗୋଟିଏ ଅତରଶିଶିରୁ କିଛି ପାପୁଲିରେ ନେଇ ଚୌକି ଭିତରେ ଆଉଁଶିଦେଇ ଗଲେ। ଚାରିଆଡ଼ ମହମହ ବାସିଲା। ବୁଝାଇଦେବା ଢଙ୍ଗରେ ତିଓ୍ୱାରିଜୀ କହିଲେ, 'ବହୁତ ଦାମୀ ହେନା ଅତର, ସମ୍ରାଟ୍‌ଙ୍କ ଖୁବ୍ ପସନ୍ଦ।' ମୁଁ ସେତିକିବେଳେ ତାଙ୍କୁ ଚୁପ କରେଇ ପଚାରିଲି - 'ଆଚ୍ଛା, ସମ୍ରାଟ୍ କେତେବେଳେ ଆସିବେ, ମୁଁ କେମିତି ଜାଣିବି ?'

'ସେ ଯେଉଁ ସୂକ୍ଷ୍ମ ଦେହରେ ଆସିବେ,' କହିଲେ ତିଓ୍ୱାରିଜୀ, 'ମୁଁ କେବଳ ଜାଣିପାରିବି। କାରଣ ସେତେବେଳେ ମୁଁ ସେଇ ବିଦେହଜଗତ ସହିତ ଏକାତ୍ମ ହୋଇଯିବାରୁ ମୋର ଆଖିରେ ସେମାନଙ୍କୁ ଦେଖିବାର ଶକ୍ତି ଆସିଥାଏ, ସେଇ ଜଗତର ସମସ୍ତ ଦୃଶ୍ୟ ବିନା ଆଲୋକରେ ପ୍ରାଞ୍ଜଳ ଦିଶେ। ଆପଣ କିନ୍ତୁ ମୋ ହାବଭାବରୁ ଠଉରାଇନେବେ। ସ୍ଥୁଳ ଦେହରେ ସୂକ୍ଷ୍ମ ଦେହ ପ୍ରବେଶ କଲେ ଆଖିର ପତା ପଡ଼େ ନାହିଁ, କିନ୍ତୁ ଅନ୍ଧାରରେ ତାହା ଆପଣ ଠଉରାଇପାରିବେ ନାହିଁ। ଆଉ ସମ୍ରାଟ୍ ମୋ' ଭିତରେ ଥିବା ପର୍ଯ୍ୟନ୍ତ ମୋ'ର ପାଦ ଥରୁଥିବ, ମୋ' ସ୍ୱର ପୂରାପୂରି ଅଲଗା ଶୁଭିବ। ସେ ତାଙ୍କ ନିଜ ସ୍ୱରରେ କଥାବାର୍ତ୍ତା କରିବେ। ଓ୍ୱାସିକ୍‌ଭାଇ ଏସବୁରେ ଅଭିଜ୍ଞ, ଆପଣ ତାଙ୍କୁ ଦେଖି ସବୁ ବୁଝିପାରିବେ।'

ତିଓ୍ୱାରିଜୀ ସିଂହାସନ-ଚୌକିରେ ବସିବା ଆଗରୁ ମୁକୁଟ ପିନ୍ଧିଲେ, ଅଣ୍ଟାରେ ଖଡ୍ଗ ଧାରଣ କଲେ, ଅନ୍ୟପ୍ରକାରର ଜୋତା ପିନ୍ଧିଲେ, ବେକରେ ଦୁଇଟି ହାର ପକାଇଲେ। ସେ ବସିବା ପରେ ଓ୍ୱାସିକ୍ ଭାଇ ତାଙ୍କ ପୋଷାକରେ ଅତର ମାରିଲେ। ଟିକେ ଦୂରରେ ହେନା ବାସ୍ନାରେ ଧୂପକାଠି ଜାଳିଲେ। ଆମେ ଦୁଇଜଣ ଚୌକିରେ ବସିବାବେଳେ ସେ ବୁଝାଇବା ସ୍ୱରରେ କହିଲେ, 'ଦାସ୍‌ଜୀ, ବିଦେହୀ ଆତ୍ମାମାନେ ଗନ୍ଧଦ୍ୱାରା ହିଁ ସବୁ ଉପଭୋଗ କରନ୍ତି।' ସାମ୍‌ନା ଚୌକିରେ ତିଓ୍ୱାରିଜୀ ବସି ତାଜମହଲ ଆଡ଼କୁ ଚାହିଁରହିଥିବା ପରି ମତେ ଲାଗିଲା।

ବାତାବରଣ ସଂପୂର୍ଣ୍ଣ ନୀରବ। ଉପରେ ପୂର୍ଣ୍ଣିମୀର ଜହ୍ନ। ମେଘ ସହିତ ଜ୍ୟୋତ୍ସ୍ନା ମିଶି ମଇଳା ଆଲୋକର ଆକାଶ, ପରିବେଶ। ତାଜମହଲର ଶୁଭ୍ର ଶଙ୍ଖମର୍ମର ପଥର ଝାପ୍‌ସା ଓ କ୍ଳାନ୍ତ ଦିଶୁଚି। ଗଛ ଉପରେ ପକ୍ଷୀ ବସାରୁ ମଝିରେ ମଝିରେ ଖସ୍‌ଖସ୍ ଶବ୍ଦ।

ଗଛର ପତ୍ରଟିଏ ବି ହଲୁ ନାହିଁ। ହେନାର ସୁବାସ, ବାୟୁମଣ୍ଡଳର ଓଦା ଓଦା ଅବସ୍ଥା ଓ ସମ୍ପୂର୍ଣ୍ଣ ନୀରବତା- ଟିକିଏ ଆଗରେ ତାଜମହଲ - ମୁଁ ନିରେଖି ଦେଖିଲାରୁ ଲାଗିଲା ଯେମିତି ସେଇ ବିରାଟ ମହଲ ଆମ ଆଡ଼କୁ ଘଞ୍ଚିଆସୁଚି କି ? ମତେ ଡର ଲାଗିଲା। ମୁଁ ତନ୍ଦ୍ରାଛନ୍ନ ହୋଇ ପଡୁଥିଲି। କୋଡ଼ିଏ ମିନିଟ୍‌ରୁ ବେଶି ସମୟ ଏଇପରି କଟିଥିବ, ଦୂରରେ ଦୁଇ ତିନୋଟି କୁକୁର ଭୁକିବାକୁ ଲାଗିଲେ। ମୋ ଆଖି ଖୋଲିଗଲା। ୱାସିକ୍ ଖାଁ ଠିଆହୋଇ କୋମଳ କଣ୍ଠରେ ଅଭିନନ୍ଦନ ଜଣାଉଥିଲେ, 'ପଧାରିୟେ, ପଧାରିୟେ, ଶାହାଜାହାନ୍ ମହମ୍ମଦ ଶାହାଜାହାନ୍ ଜାହାଁପନା, ଆଲମ୍‌ପନା, ଖୁଦ୍‌ଭାନ, ମେରେ-ଦିଲ- ଏ- ସୁବହାନି, ମହାବଲି, ତସରିଫ୍ ଫରମାଇଏ।' ମୁଁ ମଧ୍ୟ ସେଇପରି ଉଚ୍ଚାରଣକୁ ଗୁଣୁଗୁଣେଇଲି। ତା' ପରେ ଆମେ ଦୁହେଁ ମୁଣ୍ଡ ନୁଆଁଇ କପାଳ ଓ ଆଖିକୁ ହାତରେ ଚାରିଥର ଛୁଇଁ, ଯେଝା ଚୌକିରେ ବସିଲୁ। ତିୱାରିଜୀଙ୍କ ମୁହଁରୁ ଆଉଏକ ସ୍ୱର, ହିନ୍ଦୀମିଶା ଉର୍ଦ୍ଦୁ ଶୁଭିଲା। ସମ୍ରାଟ୍ ଶାହାଜାହାନ୍ ୱାସିକ୍ ଭାଇଙ୍କ ଆଡ଼େ ଚାହିଁ ଦେଶର ହାଲ ଓ ଯମୁନାନଦୀରେ ପ୍ରଦୂଷଣ ବୃଦ୍ଧିପାଉଚି ଓ ତା'ର କି ପ୍ରତିକାର ସରକାର କରୁଛନ୍ତି, ପଚାରିଲେ। ଉଚ୍ଚ ନ୍ୟାୟାଳୟରେ ଏ ବିଷୟରେ ଆଗ୍ରାର ଜନସାଧାରଣ ତୁରନ୍ତ ଆବେଦନ କରିବା ଉଚିତ୍ ବୋଲି କହିଲେ। ତାଙ୍କ ସହିତ କଥା ହେଉ ହେଉ ମୋ ଆଡ଼କୁ ଅନାଇବାରୁ ମୁଁ ମୋ ପରିଚୟ ଦେଲି। ସେ ଓଡ଼ିଶା କଥା ମନେପକାଇ କହିଲେ ଯେ ତାଙ୍କ ପିତା ସମ୍ରାଟ୍ ଜାହାଙ୍ଗୀରଙ୍କ ବିରୋଧରେ ବିଦ୍ରୋହ କରି ସେ ଦାକ୍ଷିଣାତ୍ୟରୁ ଓଡ଼ିଶା ବାଟେ ବଙ୍ଗଳା ଯାଇଥିଲେ। ସେଠାରେ ବହୁତ ଗୁଡ଼ାଏ ନଦୀ ପାରିହେବାକୁ ହେଲା।

'ସବୁଠୁ ବଡ଼ ନଦୀର ନାଁ କ'ଣ, ମୁଁ ଭୁଲିଯାଇଚି।' ଶାହାଜାହାନ୍ ପଚାରିଲେ।

'ମହାନଦୀ।' ମୁଁ କହିଲି।

ମୋର ଭୟ ଓ ତନ୍ଦ୍ରାଭାବ କଟିଗଲାଣି। ମୋର ବନ୍ଧୁ ତିୱାରୀ ଯେ ସେଠାରେ ବସିଛନ୍ତି, ଏହା ମୋ' ମନକୁ ସେତେବେଳେ ଆଦୌ ଆସିଲା ନାହିଁ। ମୋର ମାନସିକ ପ୍ରକ୍ରିୟା ଏକପ୍ରକାର ସ୍ତମ୍ଭୀଭୂତ, ଅଥଚ କ୍ରିୟାଶୀଳ ଥିଲା। ମୁଁ ଯେ ଶାହାଜାହାନ୍‌ଙ୍କ ସହ କଥା ହେଉଛି ଓ ଏହା କିପରି ସମ୍ଭବ, ଏପ୍ରକାରର କୌଣସି ସନ୍ଦେହ ମୋ' ମନକୁ ସ୍ପର୍ଶ କଲା ନାହିଁ। ମୁଁ ଖୁବ୍ ସହଜ ହୋଇପଡ଼ିଲି। ସମ୍ରାଟ୍, ୱାସିକ୍ ଭାଇଙ୍କୁ ପାନ ପେଶ୍ କରିବାକୁ କହିଲେ। ସେ ଗୋଟିଏ ରୁପାଥାଳିଆରେ କେତେବେଳେ ପାନ ଆଣି ରଖିଥିଲେ, ମୁଁ ଅନ୍ଧାରରେ ନିଘା ରଖିନଥିଲି। ସେ ଠିଆହୋଇ ମୁଣ୍ଡ ନୁଆଁଇ ପାନଥାଳିଆ ବଢ଼ାଇଲେ ଓ ସମ୍ରାଟ୍ ଗୋଟିଏ ଭଙ୍ଗାପାନ ପାଟିରେ ଦେଲେ ଓ ମୋ ଆଡ଼େ ଚାହିଁ ପଚାରିଲେ, 'କ'ଣ କିଛି କହିବେ ? କହନ୍ତୁ, ଯାହା ମନକୁ ଆସୁଚି ପଚାରନ୍ତୁ, ଯଦି କିଛି ଦରକାର କହନ୍ତୁ, ମୁଁ ସବୁ ଯୋଗାଇଦେବି।'

ସେ କଥାରେ ଯାଦୁ ଥିଲା । ଗୋଟିଏ ମୁହୂର୍ତ୍ତରେ ମୋତେ ଲାଗିଲା, ସେ ଯେମିତି ମୋର ଅତି ଆପଣାର, ପୂରା ହୃଦୟ ତାଙ୍କଠାରେ ଖୋଲିଦେଇହେବ । କଥା କେଉଁଠୁ କେମିତି ଆରମ୍ଭ କରିବି, ବୁଝିନପାରି କହିପକାଇଲି, 'ଆପଣ ଏତେ ବଡ଼ ସମାଧିମହଲ, ତାଜମହଲ କାହିଁକି ତିଆରି କଲେ ?'

'ଜଗତ ଜାଣେ ଯେ ମୋର ପ୍ରିୟତମା ପତ୍ନୀଙ୍କ ସ୍ମୃତିରେ ମୁଁ ଏତେବଡ଼ ମହଲ ତିଆରି କଲି । କିନ୍ତୁ ପ୍ରକୃତ କଥା କେହି ଜାଣନ୍ତି ନାହିଁ ।' ସମ୍ରାଟ୍ କହିଲେ ।

'ଦୟାକରି କହିବେ ଜାହାଁପନା ?' ମୁଁ ପଚ଼ାରିଲି ।

'ହଉ ଶୁଣନ୍ତୁ,' ତାଙ୍କ କଥା ସେଇ ପାଖରୁ ଆସୁଥିଲେ ବି ଲାଗୁଥିଲା ଯେମିତି, ବହୁଦୂରରୁ ଜଣେ କହୁଚି ଓ ତାହା ମୋ' କାନର ଗଭୀରତମ ପ୍ରଦେଶକୁ ଭେଦିଯାଉଚି । 'ବାନୁବେଗମ୍ କେବଳ ସାମ୍ରାଜ୍ଞୀ ନ ଥିଲେ, ସେ ଥିଲେ ମୋର ବ୍ୟକ୍ତିତ୍ୱର, ଆତ୍ମାର ଅଂଶବିଶେଷ । ସରଳତା ଥିଲା ତାଙ୍କର ସୌନ୍ଦର୍ଯ୍ୟ, ତାଙ୍କ ମୁହଁରେ ଥିଲା ଏକ ଅଦ୍‌ଭୁତ ଭାବାନୁକଂପନ, ଯାହାକୁ କଥାରେ ପ୍ରକାଶ କରିହେବ ନାହିଁ । ତାଙ୍କର କୃଷ୍ଣକେଶର ତାରୁଣ୍ୟ ସେଇ ମୁହଁକୁ ଆହୁରି ଦୀପ୍ତିମୟ କରିଦେଉଥିଲା । ତାଙ୍କ ଦେହ ଗଠନରେ ସେମିତି କିଛି ବିଶେଷତା ନଥିଲା । ଯେକୌଣସି ସ୍ୱାସ୍ଥ୍ୟବତୀ ନାରୀର ଦେହ ପରି ଥିଲା ତାଙ୍କ ଅଙ୍ଗସୌଷ୍ଠବ । କିନ୍ତୁ ଆକର୍ଷଣୀୟ ଥିଲା ତାଙ୍କ ବ୍ୟକ୍ତିତ୍ୱର ଉଭାସ । ଆଉଟିକେ ଦେଖିବାକୁ, ତାଙ୍କ ସହ ଆଉ କିଛି କାଳ କଟାଇଦେବାକୁ ମନ ଚାହୁଥିଲା । ସଂଭ୍ରାନ୍ତ ଗୋପନୀୟତା ସହିତ ସହଜ ଖୋଲାପଣ, ଯାହାକୁ କେବଳ ପ୍ରେମ ଦେଇ ବୁଝିହୁଏ, ପୁଣ୍ୟ ଥିଲେ କଳିହୁଏ । ମୋ' ଉପରେ ଅଗାଧ ବିଶ୍ୱାସ ଥିଲା ମୋ' ପାଇଁ ତାଙ୍କର ସବୁଠାରୁ ବଡ଼ ସୁଗୁଣ, ଅନ୍ୟର ସେବା କରିବା, ଗରିବ ଦୁର୍ବଳ ପ୍ରଜାର ଗୁହାରି ଶୁଣିବାର ଆଗ୍ରହ ଥିଲା ତାଙ୍କର ଦୁର୍ବଳତା । ମୋର ଅନେକ ରାଣୀ ଥିଲେ, କେହି ମୋତେ ଚାହୁଁ ନ ଥିଲେ, ଚାହୁଁଥିଲେ ନିଜର ପ୍ରତିପତ୍ତି, ସେମାନଙ୍କଠୁ ଜନ୍ମିଥିବା ରାଜପୁତ୍ରମାନଙ୍କ ପାଇଁ ଶାସନକଳରେ ଦୃଢ଼ ଆସନ । କିନ୍ତୁ ବାନୁବେଗମ୍ କେବେ ଏସବୁଥିରେ ଆଗ୍ରହ ଦେଖାଉ ନ ଥିଲେ, ମତେ କେବେ କିଛି ମାଗୁନଥିଲେ । ନାରୀର ସବୁଠାରୁ ବଡ଼ ଶୋଭା କ'ଣ ଜାଣନ୍ତି, ଜନାବ୍ ?' ସେ ମୋ' ଆଡ଼କୁ ଚାହିଁ ପଚାରିଲେ ଓ ମୁଁ ଚୁପ୍ ରହିବାରୁ କହିଲେ, 'କିଛି ଗ୍ରହଣ କରିବା ପାଇଁ କୁଣ୍ଠା । ନାରୀ ହେଉଚି ପ୍ରକୃତିର ପ୍ରତିନିଧି । ପ୍ରକୃତି କେବେ କିଛି ନେବାକୁ ଚାହେନା, ଦେବାକୁ ଭଲପାଏ ।'

ଶାହାଜାହାନ୍ ତାଜମହଲକୁ ଚାହିଁ ଚୁପ୍ ହୋଇଗଲେ । ସତେ ଯେମିତି ମମତାଜମହଲଙ୍କୁ ସେ ସେଠାରେ ଦେଖି ଭାବଗଦ୍‌ଗଦ ହୋଇପଡୁଛନ୍ତି । ଟିକେ ପରେ କହିଲେ, 'ନାରୀ ଓ ପୁରୁଷ ବହୁଦିନ ଧରି ଏକତ୍ର ରହିଲେ ଯେ ପ୍ରେମାନୁଭବ ଆସେ,

ଏକଥା ନୁହେଁ। ଆତ୍ମିକ ସମନ୍ୱୟରୁ ପ୍ରେମ ଜାତ ହୁଏ। ତା'ର ଜନ୍ମପାଇଁ ମାସ ମାସ, ବର୍ଷ ବର୍ଷ ଧରି ସମ୍ପର୍କ ରଖିବାକୁ ପଡ଼େ ନାହିଁ। ଗୋଟିଏ ମୁହୂର୍ତ୍ତରେ ତାହା ଆପେ ଆପେ ସୃଷ୍ଟିହୋଇଯାଏ, ନତୁବା ଆଦୌ ହୁଏନା। ଆମର ଶେଷ ସନ୍ତାନ ଗଉହର ଆରାବେଗମ୍‌କୁ ଗର୍ଭରେ ଧାରଣ କରିବା ପରେ ସେ ଦିନେ ରାତିରେ ମତେ କହିଲେ – ସମ୍ରାଟ୍, ମୋତେ ଲାଗୁଚି ଯେ ମୁଁ ଆଉ ବେଶିଦିନ ପାଇଁ ନୁହେଁ। ଯୌବନକାଳରେ ପ୍ରେମ ଅଭିଭାବକ, ପ୍ରୌଢ଼ ଅବସ୍ଥାରେ ସହାୟକ ଓ ବୃଦ୍ଧ ଅବସ୍ଥାରେ ଏହା ମହାତୃପ୍ତିର କାରଣ ହୁଏ ବୋଲି ମୁଁ ବିଜ୍ଞ ଗୁରୁମାନଙ୍କଠାରୁ ଶିକ୍ଷାଛଳରେ ଶୁଣିଚି ଓ ବିଶ୍ୱାସ କରିଚି। କିନ୍ତୁ ପ୍ରୌଢ଼ ବା ବୃଦ୍ଧାବସ୍ଥା ପାଇଁ ମୋର ଆୟୁଷ ନ ଥିବା ପରି ମତେ ଲାଗୁଛି।'

'ମୁଁ ତାଙ୍କର ବ୍ୟଥିତ ମୁହଁରୁ ଏତକ ଶୁଣି ଖୁବ୍ କଷ୍ଟ ପାଇଲି ଓ ଗର୍ଭଧାରଣବେଳେ ଏପରି ବିଷାଦଗ୍ରସ୍ତ ହେବା ଅନୁଚିତ ବୋଲି ତାଙ୍କୁ ଯେତେ ବୁଝାଇଲେ ମଧ୍ୟ ସେ ଅବୁଝା ହେଲେ ଓ କହିଲେ, ଏସବୁ ବିଷୟରେ ସେ ବାରମ୍ବାର ସ୍ୱପ୍ନ ଦେଖିଛନ୍ତି। ତାଙ୍କର କେଉଁଥିରେ ଇଚ୍ଛାପୂରଣ ହେବ ଓ ମାନସିକ ଶାନ୍ତି ଫେରିଆସିବ ବୋଲି ପ୍ରଶ୍ନ କଲାରୁ ସେ କହିଲେ- 'ସମ୍ରାଟ୍, ଆପଣଙ୍କ ସହାୟିକା ହେବା ଏ ଦେହରେ ସମ୍ଭବ ନୁହେଁ ବୋଲି ମୁଁ ଜାଣିଲିଣି। କିନ୍ତୁ ଯୁଗ ଯୁଗ ଧରି ଆମେ ଏକାଠି, ଏକାତ୍ମ ହୋଇ ରହିବାକୁ ମୋର ଇଚ୍ଛା। ଆପଣ ମୋ ଲାଗି ଏକ ସମାଧି ମହଲ ତିଆରି କରିବେ ଓ ଆମେ ସେଇଠି ଏକାତ୍ମ ହୋଇ ଯୁଗ ଯୁଗ ଶାନ୍ତିରେ ବିତାଇବା। କଥା ଦିଅନ୍ତୁ।'

'ଜଣେ ଦିବଙ୍ଗତ ରାଣୀ ପାଇଁ ସମାଧି ମହଲଟିଏ ତିଆରି କରିବା ଜଣେ ସମ୍ରାଟ୍ ପକ୍ଷରେ ନିହାତି ସହଜ ଓ ତାଙ୍କର ଏପ୍ରକାର ପାଗଳାମିର କୌଣସି ଯଥାର୍ଥତା ନାହିଁ ବୋଲି ଅନେକଥର ମୁଁ ତାଙ୍କୁ ବୁଝାଇବାର ଚେଷ୍ଟାକରିଛି। ସେ କିନ୍ତୁ ତାଙ୍କର ବିଶ୍ୱାସ ବା ମାନସିକ ସଂକେତ ଉପରେ ଅଟଳ। ବରଂ ମତେ କହିଲେ ଯେ ସମାଧି ମହଲର ନକ୍ସା, ସେ ସ୍ୱପ୍ନରେ ଦେଖିସାରିଛନ୍ତି।'

'ସେଇ ନକ୍ସା କାଟି ମୋତେ ଦେଖେଇଲ?' ମୁଁ ପଚାରିଲି। କହୁଥିଲେ ଶାହାଜାହାନ୍, "କିନ୍ତୁ ବାନୁବେଗମ୍ ଯେଉଁ ଚିତ୍ର କରି ଦେଖାଇଲେ, ସେଥିରୁ ବିଜ୍ଞ ସ୍ଥପତିମାନେ କିଛି ବୁଝିପାରିଲେ ନାହିଁ। ବାନୁବେଗମ୍‌ଙ୍କ ଅବସାଦ କମିଲା ନାହିଁ। ଦିନେ ଦେୱାନିଆମ୍‌ର ସାଧାରଣ ଦରବାରରେ ବସିଚି, ଆଗନ୍ତୁକ ଦର୍ଶନାଭିଳାଷୀଙ୍କ ତାଲିକାରେ ଦେଖିଲି ଯେ ଜଣେ ସ୍ଥପତି ବିଶାରଦ ମତେ ଦେଖାକରିବାକୁ ଅପେକ୍ଷା କରିଛନ୍ତି। ତାଙ୍କ ପାଳି ପଡ଼ିଲା। ସେ ଥିଲେ ଜଣେ ବୃଦ୍ଧ। ମୋ' ସାମ୍‌ନାକୁ ଆସି ଖୁବ୍ ଧୀର ସ୍ୱରରେ କହିଲେ ଯେ ସେ ଏକ ଅନନ୍ୟ ସମାଧି ମହଲର ନକ୍ସା ଧରି ଆସିଛନ୍ତି।

କଥାଟା ଶୁଣିଦେଲାରୁ ମୋ ଶରୀରର ରକ୍ତପ୍ରବାହର ଗତି ଖୁବ୍ ବଢ଼ିଗଲା। 'କାହିଁ, କାହିଁ? ଦେଲେ ଦେଖିବା!' ମୁଁ ବ୍ୟଗ୍ର ହୋଇ ପଚାରିଲି।"

'ଆପଣଙ୍କୁ ନୁହେଁ, ଆପଣଙ୍କ ମୁଖ୍ୟ-ସ୍ଥପତିଙ୍କୁ ମୁଁ ଏହା ଦେଖାଇବି।' ଆଗନ୍ତୁକ କହିଲେ। ତାଙ୍କର ଏପରି କଥା ମୋ' ପ୍ରତି ଅବମାନନା ପରି ବୋଧ ହେଲେ ମଧ୍ୟ ମୁଁ ସେଥିପ୍ରତି ଧ୍ୟାନ ନ ଦେଇ ଦରବାରରେ ବସିଥିବା ମୁଖ୍ୟ ସ୍ଥପତିଙ୍କୁ ଆସିବାକୁ ଇସାରା ଦେଲି। ସେ ଆସି ପହଞ୍ଚିଲା ପରେ ଆଗନ୍ତୁକଙ୍କୁ ନକ୍ସା ଦେଖାଇବା ପାଇଁ ହାତଠାରି ନିର୍ଦ୍ଦେଶ ଦେଲି। ଆଗନ୍ତୁକ ତାଙ୍କ ପୋଷାକ ତଳୁ ଗୋଟିଏ ଛୋଟ ଶିଶି ବାହାର କଲେ ଓ ତା' ଭିତରେ ଥିବା ଜଳସଦୃଶ ପାନୀୟକୁ ପିଇଦେବା ଲାଗି ମୁଖ୍ୟ ସ୍ଥପତିଙ୍କୁ ଅନୁରୋଧ କରିବାରୁ ସେ ମୋର ସହମତି ପାଇଁ ଚାହିଁରହିଲେ। ମୋର ସମ୍ମତି ପାଇ ଶିଶିରୁ ପାନୀୟତକ ପିଇଦେଲେ। ବୃଦ୍ଧ ଆଗନ୍ତୁକ ପଚାରିଲେ, 'ନକ୍ସା ଏଥର ଦେଖିପାରୁଛନ୍ତି ତ?'

'ହଁ, ହଁ, ମୁଁ ତ ପୂରା ମହଲ ତିଆରି ହୋଇଥିବାର ଦେଖିପାରୁଛି,' କହିଲେ ମୁଖ୍ୟ ସ୍ଥପତି।

'କ'ଣ ଦେଖୁଛନ୍ତି?' ମୁଁ ଆଗ୍ରହ ସହକାରେ ପଚାରିଲି।

'ଏବେ ତା'ର ନକ୍ସା କରି ଆପଣଙ୍କ ନିକଟରେ ପେଶ୍ କରୁଛି' କହି ମୁଖ୍ୟ ସ୍ଥପତି ତାଙ୍କ ବିଭାଗ କାର୍ଯ୍ୟାଳୟକୁ ଚାଲିଗଲେ।

ଆଗନ୍ତୁକ କେତେବେଳେ ଦରବାର ତ୍ୟାଗକରି ଚାଲିଗଲେଣି, ମୁଁ ଜାଣିପାରିଲି ନାହିଁ। ହୋସ୍‌କୁ ଫେରି ତାଙ୍କୁ ଖୋଜିବାପାଇଁ ଚାରିଆଡ଼େ ଲୋକ ପଠାଇଲି, କିନ୍ତୁ ତାଙ୍କର ପତ୍ତା ମିଳିଲା ନାହିଁ। ମୁଖ୍ୟ ସ୍ଥପତି ଦୁଇ ଘଣ୍ଟା ପରେ ସମାଧି ମହଲର ସମ୍ପୂର୍ଣ୍ଣ ଚିତ୍ର ପ୍ରସ୍ତୁତ କରି ମତେ ଦେଖାଇଲେ। ସେ କହିଲେ ଯେ ଆଗନ୍ତୁକ ଦେଇଥିବା ପାନୀୟ ପିଇଦେବାମାତ୍ରେ ସମାଧି ମହଲର ଦୃଶ୍ୟ ତାଙ୍କ ମନରେ ଗଭୀର ଛାପ ହୋଇ ରହିଗଲା। ମୁଁ ସେଇ ଚିତ୍ର ବାନୁବେଗମ୍‌ଙ୍କୁ ଦେଖାଇଲି। ସେ ଠିକ୍ ଏଇ ମହଲକୁ ସ୍ୱପ୍ନରେ ଦେଖିଥିଲେ ବୋଲି କହିଲେ।

'ରାଜକାର୍ଯ୍ୟରେ ବ୍ୟସ୍ତ ରହି ମୁଁ ଏକଥାକୁ ଭୁଲି ନ ଥିଲେ ବି ବିଶେଷ ଗୁରୁତ୍ୱ ଦେଇପାରି ନ ଥିଲି। କନ୍ୟାପ୍ରସବ ବେଳେ ଅତ୍ୟଧିକ ରକ୍ତସ୍ରାବ ହେତୁ ବେଗମ୍‌ଙ୍କ ଅବସ୍ଥା ଶୋଚନୀୟ ବୋଲି ହକିମ୍‌ମାନେ ଦଉଡ଼ିଲେ। ମୁଁ ଦରବାରରେ ଥାଇ ଖବର ରଖୁଥାଏ। ମୋତେ ତୁରନ୍ତ ଯିବା ପାଇଁ ଖବର ଆସିଲା। ସେତେବେଳେ ତାଙ୍କର ଅନ୍ତିମ ଅବସ୍ଥା। ମୋତେ ପାଖରେ ବସିବାକୁ ଇଙ୍ଗିତ କଲେ। ନାରଙ୍ଗି ରଙ୍ଗର କପାଳରୁ ଝରିପଡ଼ିଲା ଦୁଇ ତିନୋଟି ସ୍ୱେଦଧାର। ତାଙ୍କ ଆଖିର ସ୍ନିଗ୍ଧତା ମୋତେ ଆନନ୍ଦ ଓ

କରୁଣାରେ ବିଗଳିତ କରିଦେଲା। ତାଙ୍କ ମୁହଁକୁ ମୁଁ ଚାହିଁରହିଲି। ମୋ ଭିତରେ ପରାକ୍ରମୀ ଯୋଦ୍ଧା ଓ କଡ଼ା ଶାସକର ଯେଉଁ ଅହଙ୍କାର ଥିଲା ତାହା ହୃଦୟ ଓ ଦୁଇ ଜଙ୍ଘରେ ଶିହରଣ ଖେଳାଇ ପାଦ ଦେଇ ନିଗିଡ଼ିଯିବାପରି ଲାଗିଲା। ହଠାତ୍ ତାଙ୍କ ହାତ ମୋ ପାଦକୁ ସ୍ପର୍ଶ କଲା। ମନେହେଲା, ଯେପରି ଶହ ଶହ ବିଜୁଳି ମୋ ସାରା ଅବୟବରେ ଶୀତ୍କାର ଖେଳାଇ ଲୁଚିଗଲେ। ଆବେଗ ଓ ସଂବେଗରେ ମୁଁ ବାକ୍‌ଶୂନ୍ୟ ହୋଇ ସେଇ କମନୀୟ ମୁହଁକୁ କେବଳ ଚାହିଁରହିଲି, ଆଖି ଫେରାଇପାରିଲି ନାହିଁ। ସେ ପାଦ ଉପରେ ସେଇପରି ହାତରଖି ଧୀର କଣ୍ଠରେ କହିଲେ, 'ସମ୍ରାଟ୍, ପ୍ରତିଶ୍ରୁତି ମନେରଖିବେ।' ଶାହାଜାହାନ ଭାବପ୍ରବଣ କଣ୍ଠରେ କହୁଥାନ୍ତି ।

'ପରିଚାରିକା ସଦ୍ୟପ୍ରସୂତ କନ୍ୟାକୁ ପାଖ କୋଠରିକୁ ନେଇଗଲା। ସେ ଆଖି ବୁଜିଲେ। କେହି ଜଣେ ତାଙ୍କ ମୃତ ଶରୀର ଉପରେ ଧଳା ଚଦରଟିଏ ଲମ୍ବାଇଦେଲା। ମୁହଁ କେବଳ ଦିଶୁଥାଏ। ସେଇ ମୁହଁକୁ ମୁଁ ଅନାଇରହିଥାଏ। ସେଠାରେ ଗଭୀର ଯନ୍ତ୍ରଣାର ଛାପ ତ ଥିଲା, କିନ୍ତୁ ଅଖଣ୍ଡ ବିଶ୍ୱାସ ମିଶିଯାଇ ତାକୁ କରୁଣା-କମନୀୟ କରିଦେଇଥିଲା। ସକାଳ କୁହୁଡ଼ିକୁ ଖରା ଟାଣିନେଲାପରେ ପୁଷ୍ପିତ ତରୁଟି ଯେପରି ଅଧିକ ସତେଜ ଓ ପ୍ରାଣବନ୍ତ ଦିଶେ, ପ୍ରାଣ ନ ଥାଇ ମଧ୍ୟ ସେଇ ମୁହଁର ଶୋଭା ମୋତେ ଏତେ ମୁଗ୍ଧ କରି ରଖିଲା ଯେ ମୁଁ ସେଇଠି ବସି ତାକୁ ଦେଖି ବିଷାଦରୁ ତୃପ୍ତି ଆଡ଼କୁ ମୁହାଁଇଲି। ପରବର୍ତ୍ତୀ ସମୟରେ ବିଭିନ୍ନ ଦୁଃଖର ଭାରାକ୍ରାନ୍ତ ଦିନଗୁଡ଼ିକରେ ମୁଁ ସେଇ ମୁହଁକୁ ଆଖିବୁଜି ଓ ଦେଖି ସାନ୍ତ୍ୱନା ପାଏ। ମୁଁ ଦୁର୍ଗରେ ବନ୍ଦୀ ହୋଇଥିବା ବେଳେ ତାଜମହଲର ଗୋଟିଏ ଝରକାରେ', ହେଇ ସେଇଠି କହି ସମ୍ରାଟ୍ ଇସାରା କଲେ, 'ମୁଁ ସେଇ ମୁହଁକୁ ଦେଖି ମୋର ପରାଜୟ, ଅପମାନ ଓ ମୋର କନିଷ୍ଠପୁତ୍ରର ମୋ' ପ୍ରତି ଚରମ ଦୁର୍ବ୍ୟବହାର ଯନ୍ତ୍ରଣା – ସବୁ ଭୁଲିଯାଏ। ବିକ୍ଷୁବ୍ଧ ଚଢ଼େଇଟିଏ, ବାଣୁଆ ଜଗିଥିବା ନଦୀ ଉପରେ ଯେପରି କେବଳ ଚକ୍କର କାଟୁଥାଏ, କିନ୍ତୁ ଜଳକୁ ଛୁଇଁପାରେ ନାହିଁ, ମୋର ଜୀବିତ ଅବସ୍ଥାରେ ମୁଁ ସେଇ ମୁହଁକୁ ନିଜର କରିପାରୁନଥିଲି। ମୋର ମୃତ୍ୟୁରେ ସେଇ ତୃଷା ମେଣ୍ଟିଲା।'

ଟିକେ ରହି ଶାହାଜାହାନ୍ ପାଣି ପିଇବାର ଇସାରା ଦେଲେ । ଖ୍ୱାସିକଭାଇ ଗୋଟିଏ ରୁପା ଟ୍ରେ' ଉପରେ ରୁପା ଗ୍ଲାସ୍ – ତା' ଉପରେ ରୁପାର ଘୋଡ଼ଣୀ; ପାଣିନେଇ ମଥା ନୁଆଁଇ ପେସ୍ କଲେ । ପାଣି ପିଇ ସମ୍ରାଟ୍ କଥାର ଖିଅ ଧରିଲେ : 'ମମତାଜଙ୍କ ଦେହାନ୍ତ ମତେ ଏତେ ମର୍ମାହତ କରିଦେଲା ଯେ ଦୁଇତିନି ବର୍ଷ ମୁଁ ଠିକ୍‌ଭାବେ ଶାସନକାର୍ଯ୍ୟ ବୁଝିପାରିଲି ନାହିଁ। ମୁଁ ତାଙ୍କୁ ଭୁଲିଯିବାକୁ ଯେତେ ଚେଷ୍ଟା କଲି, ତାହା ଅଗ୍ନିକୁ ତେଲ ଢାଳି ଲିଭାଇବା ପରି ହେଲା। ସମ୍ରାଟ୍‌ଙ୍କ ନିହାତି ବ୍ୟକ୍ତିଗତ ବ୍ୟାପାର

ପ୍ରଜାମାନଙ୍କ ଦୁଃଖ ବା ସୁଖର କାରଣ ହୋଇଥାଏ, ଏଥିପ୍ରତି ମୁଁ ସଚେତନ ଥିଲେ ମଧ୍ୟ ନାଚାର ଥିଲି। ମୁଁ କେତେକ କ୍ଷମତାସମ୍ପନ୍ନ ଜାଗିରଦାର, ମାନସୁବାଦାର ଓ ସେନାଧ୍ୟକ୍ଷଙ୍କୁ ସେମାନଙ୍କ ଜନସାଧାରଣଙ୍କ ଉପରେ ଦୁର୍ବ୍ୟବହାର ଓ ଅତ୍ୟାଚାର ପାଇଁ ଦଣ୍ଡ, ଜୋରିମାନା ଦେଇଥିଲି। ରାଜକାର୍ଯ୍ୟରେ ମୋର ଅବହେଳାର ସୁଯୋଗ ନେଇ ସେମାନେ ମୋ ବିରୋଧରେ ଷଡ଼ଯନ୍ତ୍ର କରିବା ଆରମ୍ଭ କରିଦେଲେ। ସେଇମାନେ ଔରଙ୍ଗଜେବଙ୍କୁ ସମର୍ଥନ କରି, ବିଦ୍ରୋହ କରାଇ, ମୋତେ ଆଜୀବନ ବନ୍ଦୀ କରି ରଖିବା ଚେଷ୍ଟାରେ ସଫଳ ହେଲେ।' ସମ୍ରାଟ୍ ତାଙ୍କର ବକ୍ତବ୍ୟର ଶେଷ ଆଡ଼କୁ ଭାବପ୍ରବଣ ହୋଇପଡ଼ିଥିଲେ। ମୁକୁଟ ଓହ୍ଲାଇ ମଥାର ଝାଳ ପୋଛିଲେ।

ୱାସିକ୍ ଖାନ୍ ଖୁବ୍ ନମ୍ର ଭାବେ କହିଲେ, 'ଜାହାଁପନା, ତାଜମହଲର ଏଇ ନକ୍ସା ବିଷୟରେ ଏତେକଥା ଆମେ ଜାଣିନଥିଲୁ।

'ଏହାର ହସ୍ତଲିପି ଏବେ ମଧ୍ୟ ପାରସ୍ୟର ସଂଗ୍ରହାଳୟରେ ସୁରକ୍ଷିତ ରହିଛି। ଆପଣ ଯାଇ ଦେଖିପାରନ୍ତି।' କହିଲେ ଶାହାଜାହାନ୍।

'ନାହିଁ, ନାହିଁ ତା'ର କୌଣସି ଆବଶ୍ୟକତା ନାହିଁ, ଆପଣଙ୍କଠାରୁ ଶୁଣିଲା ପରେ, ଆଉ ଦରକାର କ'ଣ ?' କହିଲେ ୱାସିକ୍‌ଜୀ।

'ମୁଁ ଶୁଣିଚି, ସେତେବେଳେ ଏଇ ସମାଧି ତିଆରିପାଇଁ ତିନି କୋଟି ଟଙ୍କା ଖର୍ଚ୍ଚ ହୋଇଥିଲା, ଯାହା ଆଜି ତିରିଶ କୋଟି ଟଙ୍କାରୁ ବେଶି ହେବ,' ମୁଁ କହିଲି।

'ଆପଣ କ'ଣ ଭାବୁଛନ୍ତି ଯେ ସେ ଅର୍ଥ ରାଜକୋଷରୁ ଖର୍ଚ୍ଚ କରାଯାଇଛି ? ନା, ରାଜକୋଷରୁ ଗୋଟିଏ ମୋହର ମଧ୍ୟ ସେଥିପାଇଁ ଖର୍ଚ୍ଚ କରାଯାଇ ନାହିଁ।'

'ମାଫ୍ କରିବେ ଜାହାଁପନା, ମୁଁ ବୁଝିପାରିଲି ନାହିଁ।' ମୁଁ ଅନୁନୟ ସ୍ୱରରେ କହିଲି।

'କର, ଶୁଳ୍କ ଆକାରରେ ପ୍ରଜାମାନଙ୍କଠାରୁ ଆଦାୟ ଅର୍ଥ ରାଜକୋଷରେ ଗଚ୍ଛିତ ରହେ। ସେ ଅର୍ଥ ପ୍ରଜାମାନଙ୍କର। ମୋଗଲ ରାଜତ୍ୱରେ ଏଇ ନିୟମ ଥିଲା ଯେ ସେଇ ଅର୍ଥ ଉପରେ ସମ୍ରାଟ୍‌ଙ୍କର କିଛି ବ୍ୟକ୍ତିଗତ ଅଧିକାର ନାହିଁ। ତା'ର ରକ୍ଷଣ ଓ ଉଚିତ ବିନିଯୋଗ ହେଉଚି ସମ୍ରାଟ୍‌ଙ୍କ କର୍ତ୍ତବ୍ୟ। କିନ୍ତୁ ରାଜ୍ୟଜୟ ଓ ବିଦ୍ରୋହ ଦମନବେଳେ ଯେଉଁ ଅର୍ଥ, ଚୁକ୍ତିପତ୍ରଦ୍ୱାରା ପରାଜିତ ରାଜା ବା ବିଦ୍ରୋହୀଙ୍କଠାରୁ ଅସୁଲ ହୁଏ, ତା'ର କିଛି ଅଂଶ ରାଜକୋଷରେ ଜମା ଦେଇ ବଳକାତକ ସମ୍ରାଟ୍, ସେନାଧ୍ୟକ୍ଷ ଓ ସୈନ୍ୟମାନଙ୍କ ଭିତରେ ବାଣ୍ଟିଦିଆଯାଏ। ସମ୍ରାଟ୍‌ଙ୍କ ସେଇ ଭାଗ ତାଙ୍କର ବ୍ୟକ୍ତିଗତ ସଂପଦ। ମୋର ବ୍ୟକ୍ତିଗତ ସଂପଦ ବ୍ୟୟରେ ତାଜମହଲ ନିର୍ମିତ।' ବୁଝାଇଦେଲେ ଶାହାଜାହାନ୍ ।

ତା'ପରେ ସମ୍ରାଟ୍ ଟିକିଏ ହସିଲେ ଓ କହିଲେ, 'ଅଧିକାଂଶ ସମୟରେ ସମ୍ପତ୍ତି ସ୍ୱ-ଉପାର୍ଜିତ ହେଉ କି ରାଜକୋଷର ହେଉ ବା ବଂଶାନୁକ୍ରମିକ ସ୍ୱତ୍ୱ ଭାବେ ହେଉ, ତାହା ପ୍ରବଳ ଦୁର୍ଭାଗ୍ୟ ଓ ଦୁର୍ଗତିର କାରଣ ହୁଏ। ସେଇ ସମ୍ପତ୍ତିକୁ ଅକ୍ତିଆର କରିବାର ଲାଳସାରେ ଭାଇ ଭାଇକୁ ଖୁନ୍ କରେ, ପୁଅ ବାପାକୁ ବିଷ ଦିଏ। ସେଇ ପାପର ଓଜନରେ ମୋଗଲ ସାମ୍ରାଜ୍ୟ ଧ୍ୱଂସ ହୋଇଗଲା।'

'ଶୁଣିଚି, ଆପଣ ଅନେକ ହିନ୍ଦୁମନ୍ଦିର ଧ୍ୱଂସ କଲେ ଓ କେତେକ ମନ୍ଦିରକୁ ମସ୍‌ଜିଦ୍‌ରେ ପରିଣତ କରିଦେଲେ?' ମୁଁ ପଚାରିଲି।

'ନା, ତାହା ମୋର କୂଟନୀତିକ ଚାଲ ଥିଲା। ନଚେତ୍ ମୋର ଜ୍ୟେଷ୍ଠ ପୁତ୍ର ଦାରାଶିକୋ ହିନ୍ଦୁ ଓ ମୁସଲମାନ ଧର୍ମ ପ୍ରତି ସମଭାବ ପୋଷଣ କରିବାକୁ ମୁଁ ପ୍ରୋତ୍ସାହନ ଦେଇ ନଥାନ୍ତି। କିନ୍ତୁ କ'ଣ ହେଲା? ଦରବାରର ସଂଖ୍ୟାଧିକ ସ୍ୱାର୍ଥୀ ମୁସଲମାନ ଜାଗିରଦାର, ମାନସୁବାଦାରଙ୍କ ଷଡ଼ଯନ୍ତ୍ରର ଶିକାର ହୋଇ ମୁଁ ତାଙ୍କୁ ସମ୍ରାଟ୍ ବୋଲି ଘୋଷଣା କଲେ ମଧ୍ୟ, ଔରଙ୍ଗ୍‌ଜେବ ତାଙ୍କୁ ହତ୍ୟା କଲେ, ମୁଁ ବନ୍ଦୀ ହେଲି। ମୋର ହିନ୍ଦୁବିଦ୍ୱେଷ ନୀତି ନ ଥିଲା। ଅହମଦାବାଦର ଜଣେ ବଣିକ ଗୋଟିଏ ବଡ଼ ହିନ୍ଦୁମନ୍ଦିର ନିର୍ମାଣ କରିବାରୁ ମୁଁ ତାଙ୍କୁ ନଗର-ଶେଠ୍ ଉପାଧି ପ୍ରଦାନ କରିଥିଲି। ପଣ୍ଡିତ ସୁନ୍ଦର ଦାସ, କବି ଚିନ୍ତାମଣି, ପଣ୍ଡିତ ଜଗନ୍ନାଥ, ଏମାନେ କେବଳ ମୋ ଦରବାରର ସଭାସଦ୍ ନ ଥିଲେ, ସେମାନେ ଥିଲେ ମୋର ବ୍ୟକ୍ତିଗତ ବନ୍ଧୁ,' କହିଲେ ସମ୍ରାଟ୍।

ସେ ପୁଣି ପାନ ମାଗି, ୱାସିକ୍‌ଜୀଙ୍କୁ ପଚାରିଲେ, 'ଦେଶର ହାଲ କ'ଣ?'

'ଚାରିଆଡ଼େ ବିଶୃଙ୍ଖଳା, ନୃଶଂସତା, ହାଣକାଟ, ଚୋରି ଡକାୟତି, ଇଏ ତ ଖାଲି ଭାରତରେ ନୁହେଁ, ସାରା ପୃଥିବୀକୁ ଧ୍ୱଂସ କରିବାକୁ ବସିଲାଣି। ଭାରତରେ ଜନଜୀବନ ବିପନ୍ନ, ନ୍ୟାୟ ଅତିମାତ୍ରାରେ ବିଳମ୍ବିତ। ଅନ୍ୟାୟୀ ଓ ଦୁର୍ନୀତିଗ୍ରସ୍ତ ଲୋକମାନେ ବେଶ୍ ଖୁସିରେ ଅଛନ୍ତି। ସଚ୍ଚୋଟ, ସାଧୁଲୋକ ଏଇମାନଙ୍କ ହାତରେ ଅକାରଣରେ ଦଣ୍ଡ ଭୋଗୁଚି। ସାଧୁ, ଚରିତ୍ରବାନ୍ ଲୋକମାନେ ରାଜନୀତି, ରାଜଦରବାରଠାରୁ ଦୂରରେ ରହିବାକୁ ଉଚିତ୍ ମନେକରୁଛନ୍ତି। କାରଣ ତାଙ୍କ ପ୍ରତି କାହାର ସମ୍ମାନ ନାହିଁ, ତାଙ୍କୁ କେହି ଲୋଡ଼ୁନାହାନ୍ତି। ହିନ୍ଦୁମାନଙ୍କୁ ତାଙ୍କ ଜାତି-ବିଭେଦ ନଷ୍ଟ କରିଦେଲା। ଯେତେ ଜାତି, ସେତେ ନେତା। ଦେଶର ଏକତା, ଉନ୍ନତି ଏସବୁ ଭାଷଣବାଜିରେ ହିଁ ରହିଗଲାଣି।'

ଶାହାଜାହାନ୍ ଗମ୍ଭୀର ହୋଇ ବସିଲେ, ଆକାଶ ଆଡ଼କୁ ଚାହିଁଲେ। ବିସ୍ତାରିତ କଳାମେଘ ଭିତରେ ଜହ୍ନ ଘୋଡ଼େଇହୋଇ ଆକାଶ ପୂରା ଅନ୍ଧାର ଦିଶୁଚି। ସେଇ

ଛାଇଅନ୍ଧାର ପରିବେଶରେ ତାଜ୍ ଆଲୋକିତ ଦିଶୁଥିବା ପରି ମତେ ଲାଗିଲା, ସତେକି ଈଷତ୍ କୃଷ୍ଣ ଜଳରାଶି ଭିତରେ ଏକ ଆଲୋକିତ ଜାହାଜ। ଓ୍ୱାସିକ୍‌ଜୀଙ୍କୁ ଓ ମୋତେ ପ୍ରଶ୍ନ କଲେ : 'ମୁଁ ଆପଣଙ୍କଠାରୁ ଶୁଣିଥିଲି, ଏବେ ପ୍ରଜାମାନେ ଅଧିକ ମତଦେଇ ସମ୍ରାଟ୍ ଠିକ୍ କରି ଗାଦିରେ ବସାଉଛନ୍ତି। ତାକୁ କ'ଣ କହନ୍ତି ତ...ଜନତନ୍ତ୍ର। ଜନତନ୍ତ୍ର ହେଉ କି ରାଜତନ୍ତ୍ର ହେଉ, କେନ୍ଦ୍ରର ଶାସକ ବା ଶାସିକା ଯଦି ଦୃଢ଼ ଏବଂ ଆଦର୍ଶବାନ୍ ନ ହୁଅନ୍ତି, ତେବେ ଶାସନ ଉପରୁ ଲୋକଙ୍କର ଆସ୍ଥା କମିଯିବ। ତେଣୁ ବିଶୃଙ୍ଖଳା ବଢ଼ିବ ହିଁ ବଢ଼ିବ। ସାଧାରଣ ପ୍ରଜା ଯଦି ଜଣେ ଆଦର୍ଶବାନ୍ ପୁରୁଷକୁ ବାଛନ୍ତି ଓ ତା' ଉପରେ ବିଶ୍ୱାସ ରଖି ନିଜର ସ୍ୱାର୍ଥ, ଦରକାର ପଡ଼ିଲେ, ସମର୍ପଣ କରିବାକୁ ପ୍ରସ୍ତୁତ ଥାଆନ୍ତି, ତେବେ ସେଇ ଜନତନ୍ତ୍ରରେ ଏକପ୍ରକାର ଏକଚ୍ଛତ୍ରବାଦ ରହିଲେ ମଧ୍ୟ ସ୍ୱେଚ୍ଛାଚାରିତା ରହିବ ନାହିଁ। ଦୁର୍ନୀତିଗ୍ରସ୍ତ ଲୋକଙ୍କ ପ୍ରତି ଦଣ୍ଡବିଧାନ ତଥା ଅବିଳମ୍ବେ ଅଭିଯୋଗର ବିଚାର ଶାସନ ଉପରେ ବିଶ୍ୱାସ ଆଣେ। ଏତେବଡ଼ ସୈନ୍ୟବାହିନୀ କ'ଣ ବିଦ୍ରୋହ ଓ ନୃଶଂସତାକୁ ମୂଳପୋଛ କରିପାରୁ ନାହାନ୍ତି ? ତେବେ ମୂଳକଥା ହେଲା ଯେ ଶାସକ ଆଦର୍ଶସଂପନ୍ନ ନ ହେଲେ, ଶାସନରେ ନାନା ବିଭ୍ରାଟ ଘଟିବ। ସେଥିପାଇଁ ମତେ ସବୁ ସମୟରେ ସଜାଗ ରହିବାକୁ ପଡୁଥିଲା। କଥାରେ, କାର୍ଯ୍ୟରେ, ଆଚରଣରେ ନିତିଦିନିଆ ଜୀବନରେ, ସଂପର୍କରେ, ଶାସ୍ତି ଦେବାରେ, କୋରାନ୍ ପ୍ରଚଳିତ ବିଚାର ଓ ସାଧୁବ୍ୟକ୍ତିଙ୍କ ପରାମର୍ଶ ଉପରେ ନିର୍ଭର କରିବାକୁ ମୁଁ ଉଚିତ ମଣୁଥିଲି। ମଣିଷମାନଙ୍କ ଭିତରେ ଧର୍ମ ବୋଲି ଗୋଟିଏ ଭାବ ଜନ୍ମନେଲା ପରଠାରୁ ସେଇ ଭାବ ସମାଜକୁ ଏକତ୍ରିତ, ଶୃଙ୍ଖଳିତ ଓ ମାର୍ଜିତ କରିଛି। ସାମ୍ରାଜ୍ୟକୁ ଏକାଠି ଓ ଶାନ୍ତିପୂର୍ଣ୍ଣ କରି ରଖିବାକୁ ଧର୍ମ ଅନୁମୋଦିତ ନୀତିନିୟମକୁ ସରକାରଙ୍କ ନିୟମକାନୁନ୍‌ରେ ପରିଣତ କରିଦେବାକୁ ହୁଏ। ଧର୍ମକୁ ହରାଇ କେବେ ସୁଶାସନ ସମ୍ଭବ ନୁହେଁ। ରାଜନୀତିରୁ ଧର୍ମ ହଟିଗଲେ ବୀଭତ୍ସତା ପଶିଯାଏ। ଧର୍ମାନ୍ଧତା, ପରଧର୍ମକାତରତା ତଥା ନିଜ ଧର୍ମର ମିଥ୍ୟା ଉପସ୍ଥାପନା, ଏଇ ବୀଭତ୍ସ ଶାସନ ନୀତିକୁ ତିଷ୍ଠିରହିବାରେ ସାହାଯ୍ୟ କରେ। ଆଉଗୋଟିଏ କଥା ଜାଣିରଖନ୍ତୁ, ଯେଉଁ ଶାସନ ଗୋଲାମ ଓ ଦଲାଲମାନଙ୍କଦ୍ୱାରା ଚାଲେ, ଚରିତ୍ରହୀନ, ଚୁଗୁଲିଖୋର, କ୍ରୂର, ଅହଙ୍କାରୀ ଅଧିକାରୀମାନେ ଯେଉଁଠି ଦାୟିତ୍ୱପୁରୁଷ ବୋଲି ଗଣାଯାଆନ୍ତି, ସେହି ସାମ୍ରାଜ୍ୟ, ସେଇ ଦେଶ, ବିନାଶ ଆଡ଼କୁ ଖୁବ୍ ଦ୍ରୁତ ଗତିରେ ଧାଉଁଥାଏ। ଔରଙ୍ଗଜେବଙ୍କ ସମୟରେ ତାହାହିଁ ଘଟିଲା।'

ଏତିକିବେଳେ ଓ୍ୱାସିକ୍ ଖାନ୍ କହିଲେ, 'ଆପଣଙ୍କ ରାଜତ୍ୱକାଳ ତ ମୋଗଲ ଭାରତର ସୁବର୍ଣ୍ଣଯୁଗ। ସେ ପ୍ରକାର ଶାସନ ବିରଳ।'

ଶାହାଜାହାନ୍ ଖୁବ୍ ଖୁସି ହେଲେ। କହିଲେ, 'ଜନାବ୍, ଧ୍ରୁପଦ୍ ଶୁନାଇଏ।' ଓ୍ୱାସିକ୍ ଖାନ୍‌ଙ୍କର କଣ୍ଠସ୍ୱର ଅତି ମଧୁର, ସେ ଗାଇଲେ। ସେତେବେଳକୁ ଦୂରରେ ନଗର ଘଡ଼ିରେ ତିନିଟା ବାଜିଲା। ସମ୍ରାଟ୍ ଗୀତ ଶୁଣିସାରି ପଚାରିଲେ, 'କାହାର ରଚନା ?'

ଓ୍ୱାସିକ୍ ଖାନ୍ କବିଙ୍କ ନାଁ କହିଲେ।

'କବି ମାତ୍ରେ ହିଁ ଦୁଃଖୀମଣିଷ। ମାନସିକ ସ୍ତରରେ ଯେତେ ଉଚ୍ଚକୁ ଗଲେ ମଧ୍ୟ ସେ ଚିରକାଳ ଲୁହର ପରିଖା ଭିତରେ ବନ୍ଦୀ।' ଏତକ କହିବା ପରେ ବିଦାୟ ମାଗିଲେ।

■

କୁମାର ସାହେବଙ୍କ ଏକ୍‌ଜିମା

ଏଇ କାହାଣୀର ମୁଖ୍ୟ ଚରିତ୍ର ହେଲେ ଅଭିଜିତ ପ୍ରସାଦ ସିଂହଦେଓ ଓରଫ୍ କୁମାର ସାହେବ। ମୁଁ କଥକ, ଲିଙ୍ଗରାଜ ମିଶ୍ର, ବୟସ ପଞ୍ଚାବନ। ଗତ ଦୁଇବର୍ଷ ହେଲା ପି.ଡବ୍‌ଲ୍ୟୁ ଡିପାର୍ଟମେଣ୍ଟରେ ମୁଖ୍ୟଯନ୍ତ୍ରୀ ଭାବେ ଭୁବନେଶ୍ୱରରେ ଅବସ୍ଥାପିତ। ଆମ ଦୁହିଁଙ୍କ ଘର ପଶ୍ଚିମ ଓଡ଼ିଶାର ଗୋଟିଏ ଗାଉଁଲି ସହରରେ। ସ୍ୱାଧୀନତା ପୂର୍ବରୁ ରାଜାଙ୍କ ଶାସନ ଥିଲା। ସେତେବେଳେ ଏହାକୁ ଜିଲ୍ଲା ନ କହି ଗଡ଼ କହୁଥିଲେ। କୁମାର ସାହେବ ବର୍ତ୍ତମାନର ବୁଢ଼ାରାଜାଙ୍କ ତିନି ନମ୍ବର ଭାଇଙ୍କ ଏକମାତ୍ର ସନ୍ତାନ। କୁମାର ସାହେବଙ୍କ ବାପାଙ୍କୁ ସମସ୍ତେ 'ଟିକି ସାହେବ' ବୋଲି ଡାକନ୍ତି। ପାଞ୍ଚହାତ ଲମ୍ବା, ଚଉଡ଼ା ବି ସେଇପରି। କୁଞ୍ଚୁକୁଞ୍ଚିଆ ଗହଳ କେଶ। ଧୋତିକୁ ମାଲ୍ କଚ୍ଛା ମାରି ପିନ୍ଧନ୍ତି। ତା' ଉପରେ ଧଳା ବା ରଙ୍ଗିନ ହାଫ୍‌ସାର୍ଟ୍। ସର୍ବଦା ଦିନବେଳେ ପ୍ରାୟ ହାଲକା ନୀଳ ରଙ୍ଗର ଚଷମା ପିନ୍ଧିଥାନ୍ତି। ପିଲାଦିନେ, ମୁଁ ଦେଖିବାରେ ଆମ ଗଡ଼ରେ ଥିଲା ତିନିଟି ମଟରଗାଡ଼ି ଓ ଗୋଟିଏ ଛାତଶୂନ୍ୟ ଜିପ୍। ଟିକି ସାହେବଙ୍କ ଗାଡ଼ିଟି ଥିଲା ସବୁଠୁ ସୁନ୍ଦର ଓ ଛୋଟ।

ଆମର ଗୌଂତିଆ ଘର, ଦୁଇଶ' ଏକରରୁ ଅଧିକ ଚାଷଜମି। ଧାନ, ମୁଗ, ବିରି, ରାଶି ଇତ୍ୟାଦି ଭଲ ଫସଲ ହୁଏ। ବଜାରରେ ତିନିଟା ଦୋକାନଘର ଭଡ଼ାରେ ଲାଗିଛି। ମୁଁ ଶିଶୁ ଶ୍ରେଣୀରୁ ପଞ୍ଚମ ପର୍ଯ୍ୟନ୍ତ ଆମ ସାହିଠୁ ଅଧକିଲୋମିଟର ଦୂର ଉ.ପ୍ରା. ସ୍କୁଲରେ ପଢୁଥିଲି। ମୋ ତଳେ ମୋ'ଠାରୁ ଦୁଇବର୍ଷ ଛୋଟ ମୋ' ଭଉଣୀ ମଧ୍ୟ ସେଇଠି ଭର୍ତ୍ତି ହେଲା। ଆମ ବାପା ମଟରସାଇକେଲରେ ଯା'ଆସ କରନ୍ତି। ପାଖଆଖ ଗାଁରେ ଅମଳ ପରେ ବିକ୍ରିବଟା, ଭଡ଼ା ଆଦାୟ, ନ୍ୟାୟ ନିଶାପରେ ତାଙ୍କୁ ଆଦୌ ବେଳ ନଥାଏ। ଆମର ସେଇ ପିଲାଦିନ କଥା ଏବେ ବେଶ୍ ମନେଅଛି। ମାସରେ ଦୁଇତିନିଥର ବାପା ନିଶ୍ଚୟ ରାୟପୁର ଯିବେ। ଆମ ଗଡ଼ଠୁ ରେଳରେ କି ବସ୍‌ରେ

ଶହେ କିଲୋମିଟର ଭିତରେ, ରାୟପୁର, ସେତେବେଳେ ମଧ୍ୟପ୍ରଦେଶରେ ଥିଲା, ଏବେ ଛତିଶଗଡ଼ର ରାଜଧାନୀ। ବାପା ଯେବେ ରାୟପୁର ବାହାରିବେ, ମା' ଝଗଡ଼ା କରିବ, ଥାଳି କଂସା ଫିଙ୍ଗାଫୋପଡ଼ା କରିବ, ଆମକୁ ବିନାକାରଣରେ ମାରିବ। ବାପା ତାଙ୍କ ରାୟପୁର ଗସ୍ତର କାରଣ ମା' ନିକଟରେ ଏଇପରି ଭାବେ ବୁଝାନ୍ତି: ଜଣେ କିଏ ବିନୋବା ବୁଢ଼ା ବାବାଜି ଭାରତଯାକ ବୁଲୁଚି। ବେଶି ଜମିବାଡ଼ିଥିବା ଲୋକଙ୍କଠୁ ଜମି ଦାନରେ ମାଗି ନଉଚି। ସରକାରୀ କଳ ତାକୁ ସାହାଯ୍ୟ କରୁଚି। ଯଦି ଆମ ଜମିର ବେଶି ଭାଗ ଦାନ ମାଗି ନେଇଯାଏ, ତେବେ ଆମେ ତ କାଂଗାଳ ହୋଇଯିବା। ସେଥିଲାଗି ରାୟପୁର ଯାଇ ସେଠାକା ବଡ଼ବଡ଼ କାରଖାନା ମାଲିକଙ୍କ ସହିତ ମସୁଧା କରି ଆମ ଅଞ୍ଚଳରେ ବାପା ଗୋଟେ ବଡ଼ କାରଖାନା ଖୋଲିବେ। ବିନୋବା ବୁଢ଼ା କିଛି ଜମି ନେଲେ ନେଇଯାଉ।

ବାପାଙ୍କ ରାୟପୁର ଯିବାଲାଗି ଏଇ କୈଫିୟତ୍, ମା' ଗୋଟିଏ ହୁଁ ରେ ଉଡ଼େଇଦିଏ ଆଉ କହେ: 'ଚାଲ ମୁଁ ତମ ପଛେପଛେ ଆସୁଚି, କିଏ ତମକୁ କିମିଆ କରିଚି, ତା ଗୋଡ଼ ହାତ ଭାଙ୍ଗିବି।' ପରେ ହେତୁ ହେବାରୁ ଜାଣିଲି ଯେ ବାପାଙ୍କ ରାୟପୁର ଗମନ ତାଙ୍କ ମଉଜ ଓ ଫୁର୍ତ୍ତି ପାଇଁ। ବିନୋବା ବୁଢ଼ାର ଜମି ମାଗିବା, ବାପାଂକ କାରଖାନା ପ୍ରସ୍ତାବ, ସବୁ ଝୁଟ୍ । ବୋଧହୁଏ ସେଇ ମଉଜକେନ୍ଦ୍ରରୁ ବାପା ଏଇ ବୁଦ୍ଧିଟି ପାଇଲେ ଯେ ପୁଅକୁ ରାୟପୁରର ରାଜକୁମାର କଲେଜରେ ନାମ ଲେଖାଇ ଦିଅ, ହଷ୍ଟେଲରେ ରହିବ। ମାସକୁ ଥରେ ଦି'ଥର, ଛୋଟ ପିଲାଟା କେମିତି ଅଛି, କ'ଣ ଖାଉଛି ଆଳ ଦେଖେଇ ରାୟପୁର ବାହାରିଲେ ଘରେ ଆଉ କାହା ତୁଣ୍ଡ ଖୋଲିବ ନାହିଁ।

ବାସ୍, ବାପାଙ୍କୁ ଆଉ ଆମ ଅଞ୍ଚଳରେ କାରଖାନା କରିବାର ମିଛ କୈଫିୟତ ଦେବାକୁ ପଡ଼ିଲା ନାହିଁ। ରାଜକୁମାର କଲେଜରେ ଷଷ୍ଠ ଶ୍ରେଣୀରେ ମୋ' ନାଁ ଲେଖାହେଲା। ହଷ୍ଟେଲରେ ସିଟ୍ ମିଳିଲା। ବାପାଙ୍କ ମାସିକିଆ ରାୟପୁର ଗସ୍ତ ପାଇଁ ଆଉ କୌଣସି ବାହାନା ଖୋଜିବା ଦରକାର ହେଲା ନାହିଁ।

ରାୟପୁର ସହରର ଉପାନ୍ତରେ ଭିଲାଇ ଯିବା ରାସ୍ତାରେ ରାଜକୁମାର କଲେଜ। ଶହେ ଏକରରୁ ଅଧିକ ଜାଗାରେ ଷଷ୍ଠ ଶ୍ରେଣୀରୁ ଦ୍ୱାଦଶ ଶ୍ରେଣୀ ପର୍ଯ୍ୟନ୍ତ ଶିକ୍ଷାଦାନର ବ୍ୟବସ୍ଥା। ସ୍କୁଲଟି ରାଜବାଟୀ ପରି ଦିଶେ, ବଡ଼ବଡ଼ କ୍ଲାସରୁମ୍, ଲାଇବ୍ରେରି, ହଷ୍ଟେଲ ମଧ୍ୟ ସେଇପରି ରାଜକୀୟ ଢାଞ୍ଚାରେ ତିଆରି ହୋଇଚି। ସ୍ୱାଧୀନତା ପୂର୍ବରୁ କେବଳ ରାଜବଂଶର ଛାତ୍ରମାନେ ଏଇ କଲେଜରେ ପାଠପଢୁଥିଲେ। ସାଧାରଣ ଛାତ୍ରଙ୍କର ପ୍ରବେଶାଧିକାର ନଥିଲା। ଏବେ ରାଜବଂଶର ପିଲାଙ୍କ ସହିତ ଧନୀ, ଶିଳ୍ପପତିଙ୍କ ପିଲା

ମଧ୍ୟ ଧୀରେ ଧୀରେ ଭର୍ତ୍ତି ହେଲେଣି। ରାଜକୁମାର କଲେଜରେ ପିଲାମାନଙ୍କ ଲାଗି ନାନା ଆଦବକାଇଦା। ଡ୍ରେସ ଓ ଟାଇ, ଚକ୍‌ଚକ୍ କଳାଜୋତା ବିନା, କ୍ଲାସରେ ବସିବା ମନା। ହଷ୍ଟେଲରେ କେହି ଖାଲିଦେହରେ ରହିବେ ନାହିଁ, ପାଇଜାମା-କୁର୍ତ୍ତା ନଚେତ୍ ନାଇଟ ସୁଟ୍। ବାପା ମତେ ନେଇ ଦୁଇଦିନ ଧରି ମୋର ସବୁ ଦରକାରୀ ଜିନିଷ କିଣିଦେଲେ। ସେଇ ମାର୍କେଟରେ ଭେଟହେଲେ ଆମ ଟିକି ସାହେବ। ସେଇଠି ଜଣାଗଲା ଯେ ତାଙ୍କ ପୁଅ ମଧ୍ୟ ଷଷ୍ଠ ଶ୍ରେଣୀରେ ନାମ ଲେଖାଇ ହଷ୍ଟେଲରେ ସିଟ୍ ପାଇଛନ୍ତି। ମୁଁ କୁମାର ସାହେବଙ୍କୁ ଆଗରୁ ଦେଖିନଥିଲି। ଶୁଣିଲି ଯେ ସେ ପଞ୍ଚମ ଶ୍ରେଣୀ ପର୍ଯ୍ୟନ୍ତ ଘରେ ମାଷ୍ଟର ଡକାଇ ପାଠ ପଢୁଥିଲେ। ନାମ ଲେଖାଇବା ପୂର୍ବରୁ ରାଜକୁମାର କଲେଜରେ ପ୍ରବେଶିକା ପରୀକ୍ଷା ଦେଇ ଷଷ୍ଠ ଶ୍ରେଣୀରେ ପଢ଼ିବା ପାଇଁ ଯୋଗ୍ୟତା ହାସଲ କଲେ।

କ୍ଲାସରେ ମୋର 'ଏ' ସେକ୍‌ସନ ଓ ତାଙ୍କର 'ବି'; ହଷ୍ଟେଲରେ ଆମେ ଅଲଗା ଅଲଗା ରୁମରେ। ଦେଖାହୁଏ କେବଳ ଏମ୍. ଆଇ. ଏଲ୍. କ୍ଲାସରେ। ଦୁର୍ଗାପୂଜା, ବଡ଼ଦିନ ବା ଖରାଛୁଟି ହେବାର ଦିନେଦୁଇଦିନ ଆଗରୁ ପିଲାଙ୍କ ଅଭିଭାବକ ରାଜା ବା ରାଜବଂଶଜମାନେ ରାଜକୁମାର କଲେଜରେ ଅତିଥିଶାଳାରେ ଭିଡ଼ କରନ୍ତି। ଖୁବ୍ ଖାନାପିନା, ନାଚତାମସା ଚାଲେ। ଗୋଟିଏ ଦିନ ସବୁ ପିଲା ଓ ଶିକ୍ଷକଙ୍କ ସହିତ ଅଭିଭାବକମାନଙ୍କର ପରିଚୟ ମିଟିଂ ହୁଏ, ରାଜା ବା ରାଜବଂଶଜମାନେ ରାଜକୀୟ ପାରିପାଟୀ, ପଗଡ଼ି-ଟୋପିରେ ହାଜର ହୁଅନ୍ତି। ମୋ ବାପା ଏପରି ମିଟିଂକୁ କେବେ ଆସନ୍ତି ନାହିଁ। ଟିକି ସାହେବ ତାଙ୍କ ବେବି ଅଷ୍ଟିନ୍‌ରେ ପୁଅକୁ ନେବାକୁ ଆସିଥାନ୍ତି, ବାପା କହିଥିବେ କି କ'ଣ, ଯିବାବେଳେ ମତେ ଖୋଜି ସାଙ୍ଗରେ ନେଇଯାଆନ୍ତି। କୁମାର ସାହେବଙ୍କୁ ତାଙ୍କ ଘରେ ଛାଡ଼ି ମୋତେ ଛାଡ଼ିବାକୁ ଆମ ଘରକୁ ଆସନ୍ତି। ଗାଡ଼ିରୁ ଓହ୍ଲାଉ ଓହ୍ଲାଉ ଡାକପକାନ୍ତି: 'କାଣା କରୁଛ ବୋ ଗୌଂତିଆ, ତୁମହର୍ ସୁନାକେ ନେଇଆସିଛେ, ଚାଲହୋ ଟିକେ ଟିକେ ପିଇମା।' ମୁଁ ଘରେ ପଶେ ଓ ବାପା ଦାଣ୍ଡଘରକୁ ଆସି ଟିକି ସାହେବଙ୍କ ଡାକରାରେ କୃତକୃତ୍ୟ ହୋଇ ଆସର ବ୍ୟବସ୍ଥାରେ ଲାଗିଯାଆନ୍ତି। ମା' ରୋଷଘରକୁ ଚାଖଣା ଯୋଗାଡ଼ରେ ଦୌଡ଼ନ୍ତି। ମୋର ଘରଫେରା ଗୌଣ ହୋଇଯାଏ। ବୁଢ଼ୀମା' ଯାହା ମୁଣ୍ଡରୁ ଗୋଡ଼ଯାଏ ଆଉଁଶି ମତେ କୋଳେଇ ନିଏ।

ଦଶମଶ୍ରେଣୀଯାଏ ପ୍ରତିବର୍ଷ କ୍ଲାସ ପ୍ରମୋସନ୍ ପାଇ ସିନିୟର ହେବାରୁ ସେ ବର୍ଷ ଚାରିଜଣିଆ ରୁମ୍ ପରିବର୍ତ୍ତେ ହଷ୍ଟେଲରେ ଦୁଇଜଣିଆ ରୁମ୍ ପାଇଲୁ। କୁମାର ସାହେବ ଓ ମୁଁ ଗୋଟିଏ ରୁମ୍‌ରେ ଶେଷ ତିନିବର୍ଷ ରହି ଖୁବ୍ ଘନିଷ୍ଠ ଓ ଅନ୍ତରଙ୍ଗ ହେଲୁ। ପରସ୍ପରକୁ ଭଲ ଭାବେ ଜାଣିଲୁ। ସେତେବେଳକୁ କୁମାର ସାହେବ ବେଶ୍

ହୃଷ୍ଟପୁଷ୍ଟ, କଲେଜ ଫୁଟବଲ୍ ଟିମ୍‌ର ଲେଫ୍‌ଟ ବ୍ୟାକ୍। ତାଙ୍କ ବାପାଙ୍କ ଚେହେରା ତାଙ୍କଠି ଧୀରେଧୀରେ ଫୁଟିଉଠୁଥାଏ। ସ୍ୱଭାବରେ ବାପାଙ୍କ ପରି ଦିଲ୍‌ଦାର, ଖାଦ୍ୟପ୍ରେମୀ। ଶାନ୍ତ ଓ ସରଳ। ହଷ୍ଟେଲ ମେସ୍ ମାସର ଶେଷଦିନ ବନ୍ଦ୍‌ରହେ। ପିଲାମାନେ ସହରୀ ରେଷ୍ଟୁରାଂଟ୍‌କୁ ଖାଇବାକୁ ଦଉଡ଼ନ୍ତି। କୁମାର ସାହେବ ଗେଟ୍ ପାଖ ଚାଳିଆ ହୋଟେଲରେ ଭାତ, ମାଂସ କି ମାଛ ତରକାରି ଖାଇ ଆସି ବିଛଣାରେ ତୃପ୍ତିରେ ଗଡ଼ନ୍ତି। ସେ ଭଲ ପଢ଼ନ୍ତି, ଗଣିତରେ ରଖନ୍ତି ଶହେରୁ ଶହେ ଅଥବା କେବେ କେବେ ଅଠାନବେ। ତାଙ୍କ ସ୍ମରଣ ଶକ୍ତି ଅତି ପ୍ରଖର। ସ୍ପୋର୍ଟସରେ ସେ ଅନେକ କପ୍ ପ୍ରତିବର୍ଷ ଜିତନ୍ତି। ଭଲ ଛାତ୍ର, ଭଲ ଖେଳାଳି ଦେଖିବାକୁ ସୁନ୍ଦର ଚେ଼ହେରା, ଅନ୍ୟାନ୍ୟ ରାଜବଂଶୀୟ ପିଲାଙ୍କଠାରୁ ସେ ଅଲଗା ଲାଗନ୍ତି। ସେଥିକୁ ଗର୍ବ ଅହଂକାର ନାହିଁ। କାହା କଥା ଧରନ୍ତି ନାହିଁ । କ୍ଲାସ ଛୁଟି ପରେ ଅଧିକାଂଶ ଦିନ ଲାଇବ୍ରେରିରେ ଘଣ୍ଟା ଘଣ୍ଟା କଟାନ୍ତି। ମୁଁ ମେରିଟ୍‌ରେ ପ୍ରତିବର୍ଷ ପାସ୍ କରିଯାଏ ସିନା, କେଉଁ ଗୋଟିଏ ବିଷୟରେ ସନ୍ତୋଷଜନକ ନମ୍ବର ରଖିପାରେ ନାହିଁ। ମୋର ଲହକା ପତଳା ଚେହେରା, ସ୍ପୋର୍ଟ୍‌ସ ପ୍ରତିଯୋଗିତାରୁ ନିଜକୁ ଦୂରେଇରଖେ। କବିତା ଲେଖେ। ରାତିରେ ପଢ଼ାପଢ଼ି ସାରି ଶୋଇବାକୁ ଯିବା ଆଗରୁ ନାନା ବିଷୟରେ କିଛି ସମୟ ଆମେ ଦୁହେଁ ଗପକରୁ। ମୋ କବିତା ତାଙ୍କୁ ପଢ଼ି ଶୁଣାଏ। ଗପ ହେଲାବେଳେ ବା କବିତା ଶୁଣିଲାବେଳେ କୁମାର ସାହେବ ତାଙ୍କ ବାଁ ଗୋଡ଼ର ପାଇଜାମା ଟେକି ଆଣ୍ଠୁ ତଳକୁ ପେଣ୍ଡା ଉପରେ ହାତ ବୁଲାଇ କୁଣ୍ଡେଇହେଉଥାନ୍ତି କି ସେଇ ଜାଗାଟିକୁ ସାଉଁଳେଇହେଉଥାନ୍ତି। ସେ ନଜାଣନ୍ତୁ, କିନ୍ତୁ ମୁଁ ଦେଖିପାରୁଛି, ଏଇ ଭାବରେ ଦେଖି ଜାଣିଲି ସେଠାରେ ବଡ଼ ଗୋଲ ଯାଦୁଟିଏ ଟହଟହ ଦିଶୁଛି। ତା'ର ବ୍ୟାସ ଦୁଇ ଇଞ୍ଚରୁ ବେଶି ହେବ, ଲାଲ-ଅଂଶିଆ। ଛୋଟ ଛୋଟ ଅଂଶାରେ ସେଇତକ ରିବ୍ ରିବ୍। ଥରେ କହିଦେଲି : 'ଏତେ ବଡ଼ ଯାଦୁ ତମ ଗୋଡ଼ରେ, ଡାକ୍ତରକୁ ଦେଖାଉନା କାହିଁକି ? ବଢ଼ିଯିବ ଯେ।' ସେ କହିଲେ: 'ଏଇ ଯାଦୁଟି ପାଞ୍ଚ ବର୍ଷ ବୟସରୁ ଏଇଠି ଏମିତି ରହିଚି। ସବୁ ପ୍ରକାର ଚିକିତ୍ସା: ଡାକ୍ତରୀ, କବିରାଜି, ହୋମିଓପାଥି ଏପରିକି ଝଡ଼ାଫୁଙ୍କାରେ ଫଳ କିଛି ହେଲା ନାହିଁ। ଏଟା କୁଆଡ଼େ ଅତି ନଛୋଡ଼ବନ୍ଧା ଯାଦୁ- ଏକ୍‌ଜିମା। ଏହା ସାଇକୋସୋମାଟିକ୍ - ମନ ଭିତରେ ରହିଚି କେଉଁଠି ଏହାର ମଞ୍ଜି। ବାହାର ଔଷଧ କାଟୁ କରୁନାହିଁ।'

: 'ତା' ହେଲେ ଏଇ ଯାଦୁଟି କ'ଣ ଏମିତି ଜୀବନସାରା ରହିବ ?' - ମୁଁ ପ୍ରଶ୍ନ କଲି। ସେ ହସିଲେ ଓ କହିଲେ: 'ରହୁ ରହୁ, ଜୀବନଯାକ ଥାଉ।'

ତାଙ୍କ ଉତ୍ତରରେ ମୁଁ ଆଶ୍ଚର୍ଯ୍ୟ ହେଲି। କହିଲି, 'ଏଟା ଗୋଟାଏ ଚର୍ମରୋଗ, ବଢ଼ିଲେ ଗୋଡ଼ସାରା କଦାକାର ଦିଶିବ, ଲୋକେ ଘୃଣା କରିବେ।'

: 'ଏତେଦିନ ହେଲାଣି ବଢ଼ିନାହିଁ, ଯାର ଆଉଗୋଟିଏ ଭଲ ଗୁଣ ଅଛି। କହିଲେ ତମେ ବିଶ୍ୱାସ କରିବ ନାହିଁ।' କହିଲେ କୁମାର ସାହେବ।

: 'କେମିତିକା ଗୁଣ ?' ମୁଁ ପଚାରିଲି।

: 'କ୍ଲାସରେ ପଢ଼ାହେଲାବେଳେ କେତେକ ଅଙ୍କର ସୂତ୍ର ମୁଁ ଧରିପାରିନଥିଲେ, ହୋମ୍ ଓ୍ୱାର୍କ କଲାବେଳେ ପ୍ରଶ୍ନକୁ ଠିକ୍ ଭାବେ ଯଦି କଷିପାରେ ନାହିଁ, ସେତିକିବେଳେ ଯାଦୁକୁ ସାଉଁଳାଏ, ସୂତ୍ରଟି ମନକୁ ଆସିଯାଏ, ଉତ୍ତର ଠିକ୍ ହୁଏ।' କୁମାର ସାହେବ କହିଲେ।

ଏହା କୁମାର ସାହେବଙ୍କର ମନର ଭ୍ରମ ହୋଇଥାଇପାରେ। ମାତ୍ର ଆମେ ସମସ୍ତେ ଜାଣୁ ଯେ ଷଷ୍ଠ ଶ୍ରେଣୀରୁ ଆଜିଯାଏ ସବୁ ଶ୍ରେଣୀରେ ସେ ଗଣିତରେ ଶୀର୍ଷରେ। କୁମାର ସାହେବ ବାଆଁ ହାତର ମଝି ଅଙ୍ଗୁଳି ସେଇ ଯାଦୁ ଉପରେ ବୁଲାଇ ଗେହ୍ଲା କରୁ କରୁ କହିଲେ - 'ଫୁଟ୍‌ବଲ ଖେଳରେ ମୁଁ ଲେଫ୍‌ଟ ବ୍ୟାକ୍, ବାଁ ଗୋଡ଼ରେ ସଟ୍ ମାରେ। ମୋର ବାମ ଗୋଡ଼ ଦକ୍ଷିଣ ଅପେକ୍ଷା ବେଶି ଶକ୍ତ। ମତେ ଲାଗେ ଯେ ଏଇ ଏକ୍‌ଜିମା ଭିତରେ ମୋ ଜୀବନୀ ଶକ୍ତି ଯେମିତି ଅତି ଗାଢ଼ଭାବେ ଠୁଳ ହୋଇ ରହିଚି।'

ରାଜକୁମାର କଲେଜରେ ଆମ ପାଠପଢ଼ା ଶେଷ ହେଲା। ମୁଁ ପ୍ରଥମ ଶ୍ରେଣୀରେ ପାସ୍ କଲି। କୁମାର ସାହେବ ଥିଲେ ସେ ବର୍ଷର ଟପ୍ପର। ଆମେ ଦୁହେଁ ବୁର୍ଲା ଇଞ୍ଜିନିୟରିଙ୍ଗ କଲେଜରେ ପଢ଼ିଲୁ, ସେ ଇଲେକ୍‌ଟ୍ରିକାଲ ଓ ମୁଁ ସିଭିଲ। ଗୋଟିଏ ହଷ୍ଟେଲରେ ରହିଲୁ। ଆମ କଲେଜର ଗୋଟିଏ ରୁମ୍ ନେଇ ଆମ ଇଞ୍ଜିନିୟରିଙ୍ଗ କଲେଜରେ କେତେକ ଛାତ୍ର ରବିବାର ସଂଧ୍ୟାରେ କବିତାପାଠ ଆସର କରୁଥିବା ଖବର ପାଇ ମୁଁ ଗୋଟିଏ ଥର ଯାଇ, ନିୟମିତ ଯିବାକୁ ଲାଗିଲି। ମେଡିକାଲ କଲେଜର କେତେକ ଛାତ୍ର ମଧ୍ୟ ସେଠାକୁ ଆସୁଥିଲେ। ଆମ ଉପର ବ୍ୟାଚ୍‌ର ନୀଳକଣ୍ଠ ସାମନ୍ତ ମେଡିକାଲ କଲେଜ ଛାତ୍ର, ବିଦ୍ରୋହୀ ବିପ୍ଳବୀ କବି। ଆମେ ପରସ୍ପରର ନିକଟତର ହେବାକୁ ଲାଗିଲୁ। ମୋର କବିତା ଲେଖା ବଢ଼ିଲା। ନୀଳକଣ୍ଠ ବାବୁଙ୍କ ବ୍ୟାଚର ଆଉ ଜଣେ ମେଡିକାଲ ଛାତ୍ର। ସେ ମଧ୍ୟ ଧୀରେ ଧୀରେ ଅନ୍ତରଙ୍ଗ ହେଲେ- ନିବାରଣ ସାହୁ। ସପ୍ତାହରେ ତିନିଚାରିଦିନ, କୁମାର ସାହେବ, ନୀଳକଣ୍ଠ, ନିବାରଣ ଓ ମୁଁ ଏକାଠି ହୋଇ ସଞ୍ଜବେଳେ ବୁଲିବାକୁ ଯାଉ। କେବେ ସମ୍ବଲପୁରରେ ଭଲ ସିନେମାଟିଏ କେଉଁ ହଲରେ ଲାଗିଥିଲେ ଆମେ ଉକାହକା ହେଉ। ଯୌବନର ଫୂର୍ତ୍ତି ସେତେବେଳେ ଆମ ସମସ୍ତଙ୍କ ଦେହମନରେ ଜମିଆସୁଥାଏ। ଆମ ସମସ୍ତଙ୍କ ଭିତରେ କୁମାର ସାହେବ ତାଙ୍କର ସୁନ୍ଦର ଚେହେରା ପାଇଁ ବାରିହୋଇଯାଆନ୍ତି। ଆମମାନଙ୍କ

ଆଲୋଚନାବେଳେ ସେ ସବୁ ଶୁଣନ୍ତି, କିନ୍ତୁ ଆମ ସହିତ ଏକମତ ହୋଇପାରନ୍ତି ନାହିଁ, କାହିଁକି ?

ଆମ ଗ୍ରୁପ୍ ଭ୍ରମଣବେଳେ, ନୀଳକଣ୍ଠ ଓ ମୁଁ କବିତା ଉପରେ ଆଲୋଚନା କରୁ। ସେତେବେଳେ ଟି.ଏସ୍. ଏଲିଅଟ୍‌ଙ୍କ 'ହଲୋମେନ୍' କବିତା ବିଶ୍ୱକବିତା ଜଗତରେ ହଟଚମଟ ଖେଳାଉଚି - କବିତାଟିର ପ୍ରଥମ କେତେ ଧାଡ଼ି ଓ ଶେଷ ତିନିପଦ ମୋର ମୁଖସ୍ଥ। ନୀଳକଣ୍ଠଙ୍କୁ ଶୁଣାଉଥିଲି, ଯାହାର ଓଡ଼ିଆ ଅନୁବାଦ:

ଆମେ ଫମ୍ପା ମଣିଷ ଜାତି
ଭିତର ଆମ ଭର୍ତ୍ତି ଅଛି
ଏକାଠି ହୋଇ ଯାଉଛୁ ବାଙ୍କି
ମଗଜ ଆମ ଭୁଷିରେ ଭରା।

: 'ଓଃ କି କବିତା !' ମୁଁ ଓ ନୀଳକଣ୍ଠ ବର୍ତ୍ତମାନ ମଣିଷର କବିଙ୍କ ନିଖୁଣ ଚିତ୍ର ବାବଦରେ ଆଲୋଚନା କରୁଥାଉ - 'ଆଜିର ମଣିଷ କି ଅସହାୟ, କି ଫମ୍ପା, ମଗଜରେ ତା'ର ନଡ଼ା ଭୁଷି ଛଡ଼ା ଆଉ କିଛି ନାହିଁ।' ତା' ପରେ ସେଇ ଯେଉଁ ଶେଷ ତିନିଧାଡ଼ି - ତିନିଥର କୁହାଯାଇଚି।

ଏଇ ପରି ଜଗତର ହୁଏ ଶେଷ
କାନଫଟା ଶବ୍ଦରେ ନୁହେଁ
ଖାଲି ଟିକେ ଫୁସ୍।

ଟିକେ ପଛରେ କୁମାର ସାହେବ ଚାଲୁଥିଲେ। ଏଇ କବିତା କେଇପଦ ଶୁଣି ଚିହିଁକି ପଡ଼ିଲେ। ପଚାରିଲେ -ସେଟା କିଏ ହୋ, ମଣିଷକୁ ଏତେ ଅସାର ଏତେ ଦରିଦ୍ର କରିଦେଲା ?

ମୁଁ ଉତ୍ତର ଦେଲି - 'ବିଶ୍ୱବିଖ୍ୟାତ କବି ଟି.ଏସ୍. ଏଲିୟଟ୍, ନୋବେଲ ପୁରସ୍କାର ମିଳିଚି ତାଙ୍କୁ। ମଣିଷ ଜୀବନର ବ୍ୟର୍ଥତା, ହାରିଯିବାକୁ ନେଇ ଏମିତି ଜୀବନ୍ତ ଚିତ୍ରଣ !'

- 'ଚାଟୁଆ ସେଇ ଜୀବନ୍ତ ଚିତ୍ରଣ,' ସେ କହିଲେ- 'ମଣିଷ ଜୀବନ ଏତେ ମହନୀୟ; ତା' ମୁଣ୍ଡଟା କ'ଣ ଫମ୍ପା ଆଉ ସେଥିରେ ଖାଲି ଭୁଷା ଭର୍ତ୍ତିହୋଇଛି ? ଆମେ ସବୁ ପରାସ୍ତ ହୋଇ ବନ୍ଧାହୋଇ ଏକାଠି ପଡ଼ିଚେ ? ଛି.... ଛି.....!'

: 'ମଣିଷର ଅବସ୍ଥା ବର୍ତ୍ତମାନ ତ ଏଇପରି।' ମୁଁ କହିଲି।

- ତମ ଅବସ୍ଥା ଯଦି ସେମିତି, ତା'ହେଲେ ସେଇ କବିତାକୁ ରଟୁଥାଅ। ମଣିଷର ଅବସ୍ଥା କିନ୍ତୁ ତା' ନୁହେଁ: ପୂର୍ଣ୍ଣମଦଂ ପୂର୍ଣ୍ଣମଦଂ....। ଆମେ ପ୍ରତ୍ୟେକ ପୂର୍ଣ୍ଣ,

ଅନ୍ୟକୁ ପୂର୍ଣ୍ଣ କରି ସେଇ ପୂର୍ଣ୍ଣ ହିଁ ରହୁଚେ - ଗୋଟିଏ ଜ୍ୱଳନ୍ତ ଦୀପ, କେତେ ଦୀପକୁ ଜଳାଇ ଯେମିତି ତା'ର ଆଲୋକକୁ ଅବ୍ୟାହତ ରଖେ। ମଣିଷ ଜୀବନ କେତେ ମହାନ୍, ତାକୁ ତମେ ଘୁଷୁରି ଗୋଠ ଠାରୁ ହୀନ କରିଦେଇ.... !'

ମୁଁ ଆଲୋଚନାକୁ ଆଗକୁ ବଢ଼ାଇଲି ନାହିଁ। ଏମାନେ ରଜାଗୋଜା, ଯାହା ବୁଝିଥିବେ ସେଇଆ। ତା' ଛଡ଼ା, ଏତେ ସୂକ୍ଷ୍ମ ଅସହାୟବାଦକୁ ସେ ଧରିପାରୁନାହାନ୍ତି- ଏପରି ଭାବି ମୁଁ ଚୁପ୍‌ରହିଲି।

ମାର୍କ୍‌ସଙ୍କ ପରେ ସ୍ଥିତିବାଦର ପ୍ରବକ୍ତା ସାର୍ତ୍ତ, କିଅର୍କଗୋରଙ୍କ ଉପରେ କିମ୍ବା ଆଲବର୍ଟ କ୍ୟାମୁଙ୍କ ସାହିତ୍ୟ କୃତି ଉପରେ ଆମେ ଖୁବ୍ ପ୍ରଶଂସା କରି ଆଲୋଚନାକଲେ ସେ ଚିଡ଼ିଯାଆନ୍ତି। କହନ୍ତି - ମଣିଷ ସମାଜର ଯେଉଁ ସାମଗ୍ରିକ ଉନ୍ନତି, ପଜିଟିଭ୍ ଟୋଟାଲ ଇଭୋଲ୍ୟୁସନ୍, ଏଇମାନେ କରାଇଦେଲେ ନାହିଁ। ଭୁଲ୍‌ବାଟରେ ନେଇଗଲେ। ଗୋଟିଏ ଅସହାୟ ଲୋକର ଅସହିଷ୍ଣୁ ଦର୍ଶନ କିଛିଦିନ ପାଇଁ ସଭ୍ୟତାକୁ ଖାତରେ ପକାଇଦେଇପାରେ । ଆମେ ପ୍ରତିବାଦ କରୁ: ତମେ ରାଜା ସାହେବ, ଏତେ ବଡ଼ ବଡ଼ ଦାର୍ଶନିକମାନଙ୍କ ଦର୍ଶନକୁ ନପଢ଼ି ନଜାଣି କ'ଣ ଏମିତି ମନ୍ତବ୍ୟ କରୁଚ ?

- 'ମୁଁ ନଜାଣିନପଢ଼ି ଏମିତି କହୁଚି ବୋଲି ତମେ କେମିତି ଜାଣିଲ ? ଅସଲ କଥା ହେଲା ଏମାନେ ମାନସିକ ରୋଗୀ। ସେଇ ରୋଗରେ ପୀଡ଼ିତ ହୋଇ ସମସ୍ତଙ୍କୁ ସେଇ ରୋଗରେ ଆକ୍ରାନ୍ତ କରାଇଦିଅନ୍ତି। ସାଧାରଣ ଲୋକ କିଛି ଗୋଟିଏ ଇଜ୍‌ମ୍‌କୁ, ଗୋଟିଏ ଜୀବନଦର୍ଶନକୁ ଆଶ୍ରାକରି ବଞ୍ଚିବାକୁ ଚାହେ - ଏମାନେ ପାଗଳାମିର ଦର୍ଶନଟିଏ ଧରାଇ ଦିଅନ୍ତି। ଆପଣ ଜାଣନ୍ତିକି ଯେ କିଅର୍କଗୋରଙ୍କୁ ପାଗଳ ହେଗେଲ ବୋଲି ଲୋକେ କହୁଥିଲେ ? କାରଣ ପୂର୍ବ ଗ୍ରୀକ୍ ଦାର୍ଶନିକ ଯାହା କହିଥିଲେ ଯେ ମୁଁ ଭାବେ, ତେଣୁ ମୁଁ ଅଛି, ତାକୁ ଉଡାଇଦେଇ କିଅର୍କଗୋର କହିଲେ, ମୁଁ ଆଘାତ ଦିଏ, ତେଣୁ ମୁଁ ବଂଚିଚି । ସେ ଜଣେ ଅବସାଦଗ୍ରସ୍ତ ଅସୁଖୀ ଅସଫଳ ପ୍ରେମିକ, ସମାଜ ପ୍ରତି ବୀତସ୍ପୃହ ଅପରାଧବୋଧର ବ୍ୟକ୍ତିତ୍ୱ । ତାଂକ ଛାତ୍ରଜୀବନରେ ରେଗିନା ବୋଲି ଗୋଟିଏ ଝିଅ ସହିତ ପ୍ରେମ ସଂପର୍କ ରଖି, ତାହା ଭାଂଗିଗଲାରୁ ସେ ଝିଅଠୁ କ୍ଷତିପୂରଣ ଦାବି କରିଥିଲେ । ତାଂକ ସମୟର ସମସ୍ତ ଶିଳ୍ପକଳା ସଂସ୍ଥାନକୁ ସେ ଘୃଣାଚକ୍ଷୁରେ ଦେଖୁଥିଲେ । ସାଧାରଣ ସରଳ ମଣିଷ ଏମାନଙ୍କ ପାଲରେ ପଡ଼ି ଲକ୍ଷ୍ୟହରା ତଥା ଦିଗହରା ହୋଇଯାଏ।'

କୁମାର ସାହେବଙ୍କ ଆଉଗୋଟିଏ ଓଲଟା ଯୁକ୍ତି ଶୁଣିବେ ? ଥରେ ଆମେ ଚାରିଜଣ ହୀରାକୁଦ ବନ୍ଧ ଉପରେ ବୁଲଥାଉ। ମୁଁ ସେତେବେଳର ଓଡ଼ିଶା ସରକାରଙ୍କର ଏଇ ଦୂରଦୃଷ୍ଟିକୁ ଖୁବ୍ ପ୍ରଶଂସା କଲି, 'ବନ୍ଧଟି ହେଲାରୁ ମହାନଦୀର ପାଣି ଯାହା ସମୁଦ୍ରରେ

ପଡ଼ି ନଷ୍ଟ ହେଉଥିଲା, ଏବେ କିନ୍ତୁ କାମରେ ଲାଗିଲା। କେତେ ଜମି ଜଳସେଚିତ ହେବାରୁ ଫସଲ ଉତ୍ପାଦନ ବଢ଼ିଲା, ତା' ସାଙ୍ଗକୁ ବିଜୁଳିଶକ୍ତି ଉପଲବ୍ଧ ହେଲା।' ସେ କିନ୍ତୁ ମୋ' କଥାରେ ସହମତି ପ୍ରକାଶ କଲେ ନାହିଁ। କହିଲେ- 'ପ୍ରକୃତିର ଗତିରେ ବାଧା ଦେବାକୁ ତମେ କିଏ ? ପ୍ରକୃତିକୁ ତମେ ବାନ୍ଧିରଖିବାକୁ ଉଦ୍ୟମ କଲେ ଫଳ ବିଷମୟ ହେବ ହିଁ ହେବ। ସେ ଯେତେବେଳେ ତମ ବନ୍ଧନକୁ ଛିନ୍ନ କରିବାକୁ ଚାହିବ ସେତେବେଳେ ଏ ସଭ୍ୟତା ଅସମୟରେ ଧ୍ୱଂସପାଇବ ଜାଣିରଖ।'

– 'ଆଉ ଏତେ ଜମିରେ ପାଣି ମାଡ଼ିଲା, ଭଲ ଫସଲ ହେଲା, ତମେ କ'ଣ ଦେଖିପାରୁ ନାହଁ?' ମୁଁ ପଚାରିଲି।

– 'ସବୁ ନଦୀକୁ ପରସ୍ପର ସହିତ ଯଦି ସଂଯୋଗ କରିଦିଆଯାଏ, ତେବେ ଜଳସେଚନ ସୁବିଧା ଗୋଟିଏ ଅଞ୍ଚଳରେ ସୀମିତ ନ ରହି ବହୁ ଅଞ୍ଚଳକୁ ବ୍ୟାପିଯାଆନ୍ତା। ବନ୍ୟାର ପ୍ରକୋପ ରହନ୍ତା ନାହିଁ।'

– 'ତମେ ଗୋଟେ ବହି ଲେଖ।' ମୁଁ ବ୍ୟଙ୍ଗକରି କହିଲି।

ସେ ହସି ହସି ମୋ' ପିଠି ଆପୁଡ଼ାଇଲେ।

ବୁର୍ଲା ଇଞ୍ଜିନିୟରିଂ କଲେଜରେ ପ୍ରଥମ ଦୁଇବର୍ଷ ମୋର ଖୁବ୍ ଭଲରେ କଟିଲା। ମୁଁ କବିତା ପ୍ରତିଯୋଗିତାରେ ସବୁବେଳେ ପ୍ରଥମ। ମୋ ଦେଇ ତ ଖେଳକସରତ ହେଲା ନାହିଁ। ପ୍ରାଇଜ୍, ସିଲ୍ଡ, କପ୍ ବା କିଏ ଦବ ! ଏଇ କବିତା ଆସରରେ ପ୍ରଦତ୍ତ ପ୍ରାଇଜ୍‌କୁ ମୁଁ ମୋ ପଢ଼ାଟେବୁଲରେ ସମସ୍ତଙ୍କ ଦୃଷ୍ଟି ପଡ଼ିଲାପରି ସ୍ଥାନରେ ରଖିଥାଏ। ପ୍ରାଇଜ୍‌କୁ ଦେଖିବାକୁ ମୋତେ ଭଲ ଲାଗେ। ମାତ୍ର ପାଗଳା କୁମାର ସାହେବଙ୍କ ମୁଣ୍ଡରେ କି ଦୁର୍ବୁଦ୍ଧି ସବାର ହେଲା ଯେ ସେ କଲେଜ ସ୍ପୋର୍ଟସ୍‌ରେ ଭାଗନେଲେ ନାହିଁ। ବୁଝୁ ବୁଝୁ, ସଞ୍ଜବେଳିଆ ଗ୍ରୁପ୍ ଭ୍ରମଣବେଳେ, ରହସ୍ୟଟା ପଦାକୁ ଆସିଲା। କୁମାର ସାହେବ କହିଲେ, 'ବୁଝିଲେ କି ମୋର ବିଜ୍ଞ ବନ୍ଧୁବର୍ଗ, ଏଇ ପ୍ରତିଯୋଗିତା ହେଉଚି ହିଂସା, ଦ୍ୱେଷ, ଯୁଦ୍ଧ, ପରଶ୍ରୀକାତରତା ଆଦିର ମୂଳ ବୀଜ। କେମିତି କେଉଁ ଉପାୟରେ ମଣିଷ ଅନ୍ୟକୁ ହରାଇବ, ନିଜେ ଜିତିବ, ନିଜର ଅହଂକୁ ଜିତାଇ ଅପରକୁ ଅଧୀନକୁ ଆଣିବ, ଏଇ ତ ଆମ ଦୁର୍ଦ୍ଦିନର କାରଣ।'

– 'ଅଡ଼ିବସିଥାଅ, କେତେ କେତେ ଟ୍ରଫି, କପ୍, ସିଲ୍ଡ ଜିତିଥାନ୍ତ, କିନ୍ତୁ ଏ ଦୁର୍ବୁଦ୍ଧି ଯୋଗୁ ଏତେ ବଡ଼ ସ୍ପୋର୍ଟ୍‌ସମ୍ୟାନ ହେଇ ମଧ୍ୟ ତମେ ଅଜଣାଅଶୁଣା ରହିଗଲ।' ମୁଁ କହିଲି।

– 'ମଣିଷ ଯେତେ ଅଜଣା ରହେ, ସେତେ ଭଲରେ ରହେ। ପରିଚିତ ହେବାର ପ୍ରୟାସ ଦୁଃଖକୁ ଡାକିଆଣେ।' କହିଲେ କୁମାର ସାହେବ।

ପାଠପଢ଼ାର ତୃତୀୟ ବର୍ଷରେ ଆମ ଗ୍ରୁପ୍‌ଟି ଭାଙ୍ଗିଗଲା। ସେତେବେଳେ ତରୁଣୀ ସଙ୍ଗମ ପାଇଁ ସମସ୍ତେ ପାଗଳ। ଏଣିକି ଯେ ଯାହା ବାଟରେ ମୌକା ଖୋଜି ମେଡିକାଲ କଲେଜରେ ଲେଡିଜ୍ ହଷ୍ଟେଲ ପାଖଆଖ ରାସ୍ତାରେ ପଇଁତରା ମାରିଲେ। ସେଠିକା ଜଳଖିଆଦୋକାନ ଭଲ ବୋଲି ସେଠି ଚା' ଜଳଖିଆ ଖାଇ ତରୁଣୀମାନଙ୍କ ସଙ୍ଗସୁଖ ନିଶାରେ ଆଖିବୁଜି ବିଲେଇ ପରି କ୍ଷୀର ପିଇଲେ। ମତେ ଅବଶ୍ୟ ସେତେ କଷ୍ଟ କରିବାକୁ ପଡ଼ିଲା ନାହିଁ। ମୋତେ ସାହାଯ୍ୟ କଲା ମୋ କବିତା। ଆମ କବିତା ଆସରକୁ ଦୁଇତିନିଜଣ ତରୁଣୀ କବି ଆସୁଥିଲେ। ତାଙ୍କ ଭିତରୁ ଜଣେ ମେଡିକାଲ ଛାତ୍ରୀ ସାବିତ୍ରୀ ବହିଦାରଙ୍କୁ ମୁଁ ଟାର୍‌ଗେଟ୍ କରି ତାଙ୍କ କବିତାର ଭୂୟସୀ ପ୍ରଶଂସା କରନ୍ତେ ସେ ପ୍ରୀତ ହୋଇ ମୋ' ସହିତ ଗପ କରିବାକୁ ଆରମ୍ଭ କଲେ। ତାଙ୍କ ନିଜ ଘର ସେଇଠି। ତେଣୁ ଦିନେଦୁଇଦିନରେ ମୁଁ ତାଙ୍କ ଘରକୁ ଯାଇ ସଞ୍ଜ କଟାଏ, କବିତା ଆଲୋଚନା କରେ, ତାଙ୍କୁ ନେଇ କବିତା ଲେଖେ ଓ ପଢ଼ିବାକୁ ଦିଏ। ଆମ ହଷ୍ଟେଲରେ ଖବର ମିଳୁଥାଏ ଯେ କୁମାର ସାହେବଙ୍କର ଅନେକ ବାନ୍ଧବୀ, ସେ ଫ୍ଲର୍ଟିଂ ମାଷ୍ଟର। କିଛିଦିନ ପରେ ଦଶହରା ଛୁଟିରେ ଆମେ ଦୁହେଁ ଏକାଠି ବସ୍‌ରେ ଘରକୁ ଫେରିଲାବେଳେ, ତାଙ୍କର ଜଣେ ବାନ୍ଧବୀ ତାଙ୍କୁ ବିଦାୟ ଦେବାକୁ ବସ୍‌ଷ୍ଟାଣ୍ଡ୍ ପର୍ଯ୍ୟନ୍ତ ଆସି, ବସ୍ ଛାଡ଼ିଲାରୁ ହାତକୁ ଖୁବ୍ ହଲାଉଥାଏ।

: 'ଖୁବ୍ ପ୍ରେମ ଚାଲିଚି କୁମାର ସାହେବ!' ମୁଁ କହିଲି।

– 'ନାରୀକୁ ପୂରଣ କରିବା ହେଉଚି ପ୍ରେମ, ଯେଉଁଠି ପୁରୁଷ ନାରୀ ପଛରେ ଗୋଡ଼ାଏ ସେଇଠି ସେ କାପୁରୁଷ ଓ ତା'ର ବାହାର ଦେଖାଣିଆ ପ୍ରେମ ପ୍ରକୃତରେ କାମ।' ସେ ଗମ୍ଭୀର ହୋଇ କହିଲେ। ମୁଁ ଅଗତ୍ୟା ଚୁପ୍ ରହିଲି।

ଆମେ ଯଥାସମୟରେ ଇଞ୍ଜିନିୟରିଂ ଡିଗ୍ରୀ ହାସଲ କଲୁ। ହଷ୍ଟେଲରେ ବିଦାୟ-ସମ୍ବର୍ଦ୍ଧନାର ଭୋଜି ଖାଇଲୁ। କୁମାର ସାହେବ ଓ ମୁଁ ପାଖାପାଖି ହୋଇ ବସିଥିଲୁ। ହଠାତ୍ ମୋର ତାଙ୍କ ଏକ୍‌ଜିମା କଥା ମନେପଡ଼ିଲା। ରାଜକୁମାର କଲେଜରେ ସିନା ଏକାଠି ରହୁଥିଲୁ, ତା' ପରେ ସେକଥା ମୁଁ ପାସୋରିଦେଇଥିଲି। ପଚାରିଲି, 'ଆପଣଙ୍କ ଜିଗ୍‌ରି ଦୋସ୍ତ ସେଇ ଏକ୍‌ଜିମାଟି ଏବେ କେମିତି ଅଛନ୍ତି?'

– 'ସେ ମୋର ଗାଇଡ୍ ହୋଇ ଯାଇଛି।' କହିଲେ କୁମାର ସାହେବ।

– 'ମାନେ?' ମୁଁ ବ୍ୟାଖ୍ୟା ଚାହିଲି।

– 'ମନେକର, ମୋର ରାତି ଚାରିଟାବେଳେ ଉଠିବାର ଅଛି। ମୁଁ ତାକୁ ସାଉଁଳେଇ ମତେ ଉଠେଇଦେବାକୁ କହି ଶୋଇପଡ଼େ। ଠିକ୍ ଚାରିଟାବେଳେ ସେ ଏତେ କୁଣ୍ଡେଇହେବ ଯେ ନିଦ ଭାଙ୍ଗିଯିବ। ଥରେ ସାଙ୍ଗମାନଙ୍କ ସହିତ ଏକାଠି

ହୋଇ ଆମେ ମଦ ପିଇଲୁ ସମ୍ବଲପୁରର ଏକ ବାରରେ। ସେଦିନ ସେଇ ଏକ୍‌ଜିମା ଖୁବ୍ ତାତିଲା, ଏତେ ଜଳାପୋଡ଼ା ହେଲା ଯେ ରାତିସାରା ଶୋଇପାରିଲି ନାହିଁ । ମୁଁ ତା' ଉପରେ ପାଣି ଢାଳିଲି। ସେଇଦିନଠୁ ମଦ ଛୁଇଁବାକୁ ମୋର ବଡ଼ ଭୟ। ଏମିତି କେତେ ଦୁର୍ଯୋଗରୁ ସେ ମତେ ବଞ୍ଚାଇଛି, ବଞ୍ଚଉଛି ମଧ୍ୟ। ତା'ଠାରୁ ପରମ ମିତ୍ର ମୋର ଆଉ କିଏ?' ତାଙ୍କଠାରୁ ଏସବୁ ଶୁଣିଲାବେଳେ ମତେ ତାଙ୍କ ଆଖି ଦେଖି ଲାଗିଲା ଯେ ସେ ଯେମିତି ଆଉ ଏକ ଦୁନିଆରେ ବିଚରଣ କରୁଛନ୍ତି, ଆମର ତଥାକଥିତ ଜଗତଠାରୁ ଦୂରରେ... ବହୁ ଦୂରରେ।

ମୁଁ ସରକାରୀ ଚାକିରି ପାଇଲି। କୁମାର ସାହେବ ଚାକିରି କଲେ ନାହିଁ। ଚାକିରି କଲେ କୁଆଡ଼େ ମଣିଷର ନିଜତ୍ୱ ଚାଲିଯାଏ, ସେ କ୍ଳୀବ ହୋଇଯାଏ। ତେଣୁ ସେ ବ୍ୟବସାୟ କଲେ। ପ୍ରଥମେ ସମ୍ବଲପୁରରେ ଅଳ୍ପ ମୂଳଧନରେ। ଧୀରେ ଧୀରେ ବ୍ୟବସାୟ ବଢ଼ିଲା। ମୁଁ ଅନୁଭବ କଲି ଯେ ତାଙ୍କଠାରେ ଗୋଟିଏ କଳା ଅଛି, ସେ ଅନ୍ୟକୁ ଭଲଲାଗନ୍ତି। ଏତେ ସାଙ୍ଗ ଥିଲେ ବି ସେ ମୋର ବାରମ୍ବାର ମନେପଡ଼ନ୍ତି। ତାଙ୍କ ସାଙ୍ଗରେ କିଛି ସମୟ ବିତାଇଲେ ମନର ସତେଜତା ଓ ଫୂର୍ତ୍ତି ବହୁଗୁଣିତ ହେଲା ପରି ଲାଗେ। ସରକାରୀ ଚାକିରିରେ ଓଡ଼ିଶାର ବିଭିନ୍ନ ସ୍ଥାନରେ ମୋର ପୋଷ୍ଟିଂ। କିନ୍ତୁ ଛୁଟିରେ ଘରକୁ ଫେରିଲାବେଳେ ତାଙ୍କ ବାଟଦେଇ ନଗଲେ ଭଲ ଲାଗେ ନାହିଁ। କିଛି ଗୋଟାଏ ରହିଗଲା ପରି ଲାଗେ।

ଚାକିରିର ଦୁଇବର୍ଷ ପରେ ମୁଁ ଡାକ୍ତର ସାବିତ୍ରୀ ବହିଦାରଙ୍କୁ ବିବାହ କଲି। କବିତା ପାଠ ଆସରରୁ ସେଇ ଯେଉଁ ସଂପର୍କ, ବିବାହରେ ପୂର୍ଣ୍ଣହେଲା। ବିବାହର କିଛିଦିନ ପୂର୍ବରୁ ଘରକୁ ଫେରିବାବେଳେ ସମ୍ବଲପୁରରେ କୁମାର ସାହେବଙ୍କୁ ଭେଟି ଏଇ ଖବରଟି ଦେଲି। ସେ ଖୁବ୍ ଖୁସିହେଲେ। କହିଲେ- ବୁଝିଲ କବି, ଏଇ ଜଗତରେ ଆକସ୍ମିକ ବା ଅକସ୍ମାତ୍ କିଛି ହୁଏ ନାହିଁ, ସବୁ ବିଧିନିର୍ଦ୍ଧାରିତ।

- 'ସବୁ ଯଦି ବିଧିନିର୍ଦ୍ଧାରିତ ତେବେ ମଣିଷ ଈଶ୍ୱରଙ୍କୁ ବିଶ୍ୱାସ କରିବ କାହିଁକି? ଭଲକାମ କର, ଅନ୍ୟକୁ ଭଲପାଅ, ପରଦୁଃଖରେ ଦୁଃଖୀ ହୁଅ- ଏଇସବୁ ଯାହା ଆମ ଧର୍ମ, ନୀତିଶାସ୍ତ୍ରରୁ ପଢୁଚେ, ପ୍ରବଚନରେ ଶୁଣୁଚେ- ଏଇସବୁ କରି ଲାଭ କ'ଣ?'

- 'କଷ୍ଟର ଭାର କିଛିପରିମାଣରେ କମିଯାଏ ଓ କଷ୍ଟ ସହିବାର କ୍ଷମତା ବଢ଼ିଯାଏ।' ସେ ଉତ୍ତରଦେଲେ।

ସେ ମୋ' ବାହାଘରରେ ବରଯାତ୍ରୀ ହୋଇ ଯାଇଥିଲେ। ବର୍ଷକ ପରେ ତାଙ୍କର ବିବାହ ହେଲା ଭୋପାଳ ରାଜବଂଶଜ କନ୍ୟାଙ୍କ ସହିତ। ସେତେବେଳେ ମୋର ପୋଷ୍ଟିଂ ବାଲେଶ୍ୱରରେ। ପାଞ୍ଚଛଅଦିନର ଛୁଟି ମିଳିଲା ନାହିଁ, ତେଣୁ ବରଯାତ୍ରୀ

ହେବାର ଋଣ ମୁଁ ଶୁଝିପାରିଲି ନାହିଁ। ସେଇବର୍ଷ ଦଶହରା ଛୁଟିରେ ଘରକୁ ଯିବା ରାସ୍ତାରେ ଆମେ ପତିପତ୍ନୀ ଗୋଟିଏ ରାତି କୁମାର ସାହେବଙ୍କ ଘରେ ବିତାଇଲୁ। ତାଙ୍କ ସ୍ତ୍ରୀଙ୍କ ସହିତ ସାବିତ୍ରୀର ଦୋସ୍ତି ହେଲା। ସେଦିନ ରାତିରେ ଖାଇସାରିବା ପରେ ଆମେ ଦୁହେଁ ଖୁବ୍ ରାତିଯାଏ ଗପ କଲୁ, ରାଜକୁମାର କଲେଜ, ବୁର୍ଲା ଇଞ୍ଜିନିୟରିଂ କଲେଜର ଅତୀତ ଦିନଗୁଡ଼ିକୁ ମନେପକାଇଲୁ। ଗପ ମଝିରେ ମୁଁ ପଚାରିଲି, 'ତମ ଅନ୍ତରଙ୍ଗ ଏକ୍‌ଜିମା ଏବେ କିପରି ?'

– 'ତୋବା ତୋବା !' ସେ ଉତ୍ତରଦେଲେ, 'ଦିନକୁଦିନ ସେ ଆହୁରି ପ୍ରାଣବନ୍ତ ହୋଇଉଠୁଚି। କୌଣସି ବ୍ୟବସାୟ ଚୁକ୍ତିରେ ଲାଭ ହେବ କି କ୍ଷତି, ସେଇ ଆଶଂକାରେ ପଶିବା ଉଚିତ ହେବନାହିଁ- ଏକ୍‌ଜିମା ମତେ ଆଗରୁ ସତର୍କ କରେଇଦିଏ।'

– 'କେମିତି ?' ମୁଁ ପଚାରିଲି।

– 'ଯଦି ବ୍ୟବସାୟ ପ୍ରସ୍ତାବରେ ମୋର କ୍ଷତି ହେବ, ସେଇ ପ୍ରସ୍ତାବ ଉପରେ କଥାବାର୍ତ୍ତା ଇତ୍ୟାଦି କଲାବେଳେ ଏକ୍‌ଜିମାର ବାଁପଟ ଭୀଷଣ କୁଣ୍ଡେଇହେବ। ଥରିଲା ପରି ଡେଇଁବ, ଭଲ ଫଳ ମିଳିବାର ଥିଲେ ଡାହାଣ ଅଂଶଟି ସେଇପରି କୁଣ୍ଡେଇହୋଇ ବହୁତ ସମୟଯାଏ ଡେଇଁବ।'

ରାଜକୁମାର କଲେଜରେ ଅଷ୍ଟମ ଶ୍ରେଣୀ ବର୍ଷ କିଛି ଦିନ ମୋ ବାଁ ଆଖିର ଉପରପତା ଖୁବ୍ ଡେଇଁଲା। ପରେ ପରେ ମତେ ଜଂଡିସ୍ ଓ ଟାଇଫଏଡ୍ ଗୋଟିକ ପରେ ଗୋଟିଏ ହେଲା। ରୋଗରେ ପଡ଼ିବା ଆଗରୁ ଆଖି ଡେଇଁବା ନେଇ ମୁଁ ଡାକ୍ତରଙ୍କ ପାଖକୁ ଗଲାରୁ ସେ କହିଲେ ଯେ ଏହା ଏକପ୍ରକାର ସ୍ନାୟବିକ ଦୁର୍ବଳତା, ତମ ଆଖି ଠିକ୍ ଅଛି। ରାଜକୁମାର କଲେଜର ମୋର ଏକ ମାସରୁ ଅଧିକ ଅସୁସ୍ଥତା କଥା ମନେପଡ଼ିଲା। ମୁଁ କୁମାର ସାହେବଙ୍କୁ କହିଲି।

– 'ସ୍ନାୟବିକ ଦୁର୍ବଳତା ନୁହେଁ, ଏସବୁ ସ୍ନାୟବିକ ସଙ୍କେତ, ତୁମ ନିଜର ବିଶ୍ୱାସ ଉପରେ ନିର୍ଭର କରେ। ଜଗତ ପ୍ରାଣ- ଶକ୍ତିରେ ପରିଚାଳିତ ଆଉ ତା'ର ମୂଳ ହେଉଚି ମହାପ୍ରାଣ, ଯାହାକୁ ଆମେ ଈଶ୍ୱର, ବିଧି, ପ୍ରକୃତି... ଏମିତି ନାନା ନାମରେ ବୁଝିବାକୁ ଚେଷ୍ଟାକରୁ। ସେଇ ମହାପ୍ରାଣ ଅତି ମଙ୍ଗଳମୟ, ତେଣୁ ଅମଙ୍ଗଳର ପୂର୍ବ-ସୂଚନାଦେଇ ତମକୁ ସତର୍କ କରାଇଦିଏ।'

ବାଲେଶ୍ୱରରେ ମୋର ତିନିବର୍ଷ ବେଶ୍ ଭଲରେ କଟିଲା। ମୋର କବିତା-ସ୍ଫୂର୍ତ୍ତି ଅନୁକୂଳ ବାତାବରଣ ପାଇବାରୁ, ଗୁଡ଼ାଏ କବିତା ଲେଖାହେଲା। ମୋ' ଅଧୀନରେ କାମ କରୁଥିବା କଣ୍ଟ୍ରାକ୍ଟରମାନଙ୍କଠାରୁ ସାହିତ୍ୟ ତିଷ୍ଠିରହିବା ପାଇଁ ବିଭିନ୍ନ ଗୋଷ୍ଠୀକୁ ବିଜ୍ଞାପନ ଓ ଆର୍ଥିକ ସାହାଯ୍ୟ କରାଇଦେଲି। କିନ୍ତୁ ମୋର

ଉଦ୍ଦେଶ୍ୟ ଥିଲା, ଏସବୁ କରି ଗୁଡ଼ାଏ ମାନପତ୍ର, ସମ୍ମାନ ଓ ପ୍ରାଇଜ ପାଇବା। ତାହା ବିନା ବାଧାରେ ଘଟିଲା ଏବଂ କଟକ ଓ ଭୁବନେଶ୍ୱର ପର୍ଯ୍ୟନ୍ତ ମାଡ଼ିଗଲା। କଟକ ଭୁବନେଶ୍ୱର ହେଉଚି ଓଡ଼ିଆ ସାହିତ୍ୟର କ୍ରିକେଟ୍ ପଡ଼ିଆ। ସେଠାରେ ସମାଲୋଚକ, ପତ୍ରିକା ଓ ଖବରକାଗଜବାଲାଙ୍କୁ, ଯାହାର ଯାହା ଲୋଡ଼ା, ସନ୍ତୁଷ୍ଟ କରି ମୁଁ ଏବେ ଜଣେ ନାମଜାଦା କବି। ବାଲେଶ୍ୱରରୁ ଅନୁଗୁଳ, ସେଠାରୁ ସୁନ୍ଦରଗଡ଼, ତା'ପରେ ବ୍ରହ୍ମପୁର, ଏହିପରି କୋଡ଼ିଏ ବର୍ଷର ଚାକିରି ପରେ ମୁଁ ବର୍ତ୍ତମାନ ଭୁବନେଶ୍ୱର ନିର୍ମାଣ ବିଭାଗରେ ଚିଫ୍- ଇଞ୍ଜିନିୟର। ମୋର ଅଠର ବର୍ଷର ଗୋଟିଏ ଝିଅ, ପୁଅକୁ ପନ୍ଦର ବର୍ଷ। ସେମାନେ କଲେଜରେ ପଢୁଛନ୍ତି। ଝିଅର ତିନିବର୍ଷ ବେଳୁ ଧବଳଛଉ ହୋଇ ତା' ଦେହ ମୁହଁ ଠାଏଠାଏ ବିକୃତ ଦିଶୁଚି। ବ୍ରହ୍ମପୁର ରହଣିବେଳେ ସାବିତ୍ରୀକୁ ମଧ୍ୟ ସେଠିକା ଡାକ୍ତରଖାନାକୁ, ଧରାଧରି କରି, ବଦଳିକରାଇ ନେଇଆସିଥିଲି। ରୋଷେଇଘରେ ଅସାବଧାନତା ଯୋଗୁ ତା' ଦେହରେ ନିଆଁଲାଗି ସେ ମରୁ ମରୁ ବଞ୍ଚିଗଲା। ସ୍ନାୟୁ ଷାଠିଏ ଭାଗରୁ ବେଶି ଆକ୍ରାନ୍ତ ହେବାରୁ ଟିକେ ଗରମ ସେ ସହ୍ୟ କରିପାରେ ନାହିଁ। ଡାକ୍ତରଖାନାରେ, ଘରେ, ସବୁଠି କଷ୍ଟପାଏ।

ସମ୍ବଲପୁରର ବ୍ୟବସାୟକୁ ବଢ଼ାଇ କୁମାର ସାହେବ ଗତ ଦଶବର୍ଷ ହେଲା ଭୁବନେଶ୍ୱରରେ। ମଞ୍ଚେଶ୍ୱରରେ ତାଙ୍କର ଇଲେକ୍ଟ୍ରିକ୍ ଟ୍ରାନ୍ସଫର୍ମର ଫ୍ୟାକ୍ଟ୍ରି। ଭାରତର ବିଭିନ୍ନ ପ୍ରଦେଶରୁ ଭଲ ଅର୍ଡ଼ର ମିଳୁଚି। ତାଙ୍କ ଦୁଇ ପୁଅ ରାଜକୁମାର କଲେଜରେ। ଗୋଟିଏ ଫ୍ଲାଟ୍ କିଣି ସେମାନେ ଦୁଇପ୍ରାଣୀ ନୟାପଲ୍ଲୀରେ ରହୁଛନ୍ତି। ଆମର ସମ୍ପର୍କ ବଢ଼ିଚି। ଦିନେ ସଞ୍ଜବେଳେ କୌଣସି ପୂର୍ବସୂଚନା ନଦେଇ ସେ ଆମ ଘରକୁ ପଶିଆସିଲେ। ମୁଁ ଡ୍ରଇଁ ରୁମ୍‌ରେ ଟି.ଭି. ଦେଖୁଥାଏ। ବସୁବସୁ ପଚାରିଲେ, 'ତମେ ସେଇ ଯଉ କବିତାଟା ବୁର୍ଲାରେ ବାରମ୍ବାର ବୋଲୁଥାଅ, କହିଲ ଟିକେ।'

– ଓ... ଏଲିୟଟ୍‌ଙ୍କ ହଲୋ ମେନ୍ ତ !

ମୁଁ ଖୁବ୍ ଖୁସିରେ ପଚାରିଲି ଆଉ ଦୋହରାଇଲି :

ଉଇ ଆର୍ ଦି ହଲୋ ମେନ୍
ଉଇ ଆର୍ ଦି ଷ୍ଟଫ୍‌ଡ ମେନ୍
ଲିନିଙ୍ଗ ଟୁଗେଦର୍
ହେଡ୍ ପିସେସ୍ ଫିଲଡ଼ ଉଇଥ୍ ଷ୍ଟ୍ର... ।

– ମୁଁ କବିତାର ପ୍ରଥମ ଷ୍ଟାଞ୍ଜାଟି ଆବୃତ୍ତି କରି ରହିଗଲି।

– 'ଠିକ୍ କଥା।' କହିଲେ କୁମାର ସାହେବ।

– 'ମୁଁ ଜାଣିଥିଲି, ଦିନେ ନା ଦିନେ ତମେ ଏଇ କବିତାର ମର୍ମ ବୁଝିବ।' ମୁଁ ପରମତୃପ୍ତିରେ କହିଲି।

– 'ମଣିଷର କାହିଁକି ଏ ଅବସ୍ଥା ଜାଣିଚ ?' ସେ ପଚାରିଲେ।

– 'ନା', ମୁଁ ସେ ବିଷୟରେ ଭାବି ନାହିଁ।' ମୁଁ କହିଲି।

– 'ଅପସଂସ୍କୃତି। ମଣିଷ ଜାଣେ ନା ସେ କାହିଁକି ଏତେ ପଇସା ଓ ଧନ ପଛରେ ଗୋଡ଼େଇଚି। କେତେ ବଡ଼ ବଡ଼ ସୁନ୍ଦର ଘରକୁ ମହଲ ପରି ସଜାଇଚି, କିନ୍ତୁ ସେଠାରେ କେଇ ଘଣ୍ଟା ରହିବା ପାଇଁ ତା' ପାଖରେ ଫୁରସତ୍ ନାହିଁ। ସୁନାଗହଣା ଦୋକାନରେ ଭିଡ଼ ଯେ ଭିଡ଼, କିନ୍ତୁ ସେଇ ସୁନା ଯେ କିଣୁଚି ସେ ଚୋରଡକାୟତ ଭୟରେ ଦିନେହେଲେ ପିନ୍ଧିପାରୁନାହିଁ। ପଇସା କର, ପଇସା କର, ଏଇ ଧନ୍ଦାରେ ଟିକେ ଶାନ୍ତିରେ କାହା ସହିତ ଦୁଇପଦ କଥାହେବା ଲାଗି ସମୟ ନାହିଁ, ଜୀବନ-ଯୌବନ ବିଶୃଙ୍ଖଳିତ। ସ୍ତ୍ରୀକୁ ଚାକିରି କରାଇ ପଇସା ରୋଜଗାର ନକଲେ ଦାମ୍ପତ୍ୟଜୀବନ ବିଫଳ। ଆଉ ଏଇ ତମ ଟି.ଭି. ଖବରକାଗଜ, ଯାହାକୁ ଏବେ ଆମେ କହୁ ମିଡିଆ- ହତ୍ୟା, ଲୁଟତରାଜ, ଜୁଆ, ଚୋରି, ଠକାମି, ଏଇ ଖବରଗୁଡ଼ିକୁ ଅତି ଗୁରୁତ୍ୱପୂର୍ଣ୍ଣ ଭାବେ ଚିତ୍ରଣ କରି, ବାରମ୍ବାର ମଣିଷ ମନକୁ ସେଇପ୍ରକାର ଅଘଟଣରେ ଆକ୍ରାନ୍ତ କରାଇ ନଷ୍ଟ କରିଦେଲାଣି। ସେ କବି ଯାହା ଲେଖିଚି ଠିକ୍।' ମୁଁ ଏତକ ଶୁଣିବା ପରେ କୁମାର ସାହେବଙ୍କ ଲାଗି ଚା' ମଗାଇଲି।

ଗତ ବର୍ଷ କୁମାର ସାହେବ ଗୋଟେ ସଡ଼କ ଦୁର୍ଘଟଣାରେ ମରୁ ମରୁ ବଞ୍ଚିଗଲେ। ବାରିପଦାରୁ ଭୁବନେଶ୍ୱର ଫେରୁଥିଲେ, ତାଙ୍କ କାର୍ ଧକ୍କା ଖାଇଲା ସାମ୍‌ନାରୁ ଦ୍ରୁତଗତିରେ ଆସୁଥିବା ଗୋଟିଏ ଟ୍ରକ୍ ସହିତ। ଡ୍ରାଇଭର ସେଇଠି ଶେଷ। କୁମାର ସାହେବଙ୍କ ବାଁ ଗୋଡ଼ ଚୂରମାର, ବାଁ ହାତର ଦୁଇ ଜାଗାରେ ହାଡ଼ ଭାଙ୍ଗିଲା। ତିନିମାସ ଡାକ୍ତରଖାନାରେ ପଡ଼ିଲେ। ବାଁ ଗୋଡ଼ର ଆଣ୍ଠୁତଳକୁ କାଟି ଦେବାକୁ ପଡ଼ିଲା। ଘା' ଶୁଖିବା ପରେ ସେ କୃତ୍ରିମ ଗୋଡ଼ ଲଗେଇ ଏବେ ଚଲାବୁଲା କରୁଛନ୍ତି। ତାଙ୍କର ଏଇ ଅସୁବିଧା ସମୟରେ ମୁଁ ଟିକେ ସମୟ ପାଇଲେ ଡାକ୍ତରଖାନା ଓ ପରେ ତାଙ୍କ ଘରକୁ ଚାଲିଯାଏ। ଥରେ ପଚାରିଲି, 'ଈଶ୍ୱର ଭଲ ଲୋକମାନଙ୍କୁ ଏତେ କଷ୍ଟ ଦିଅନ୍ତି କାହିଁକି ?'

– 'କଷ୍ଟ ପାଇଲେ ମଣିଷର ଈଶ୍ୱରଙ୍କ ବିରୋଧରେ ବିଦ୍ରୋହ ମନୋଭାବ ଆସେ। ବିଦ୍ରୋହ ତୀବ୍ର ରୂପ ଧାରଣ କଲେ ମନରେ ଏକାଗ୍ରତା ଆସେ। ହିଂସାରହିତ ବିଦ୍ରୋହ, ପ୍ରାର୍ଥନା ହୋଇଯାଏ। ସେହି ପ୍ରାର୍ଥନା ଭିତରେ ଯେଉଁ ଶାନ୍ତି ଆସେ, ତାକୁ କେବଳ ଅନୁଭବ କରିହୁଏ, ପ୍ରକାଶ କରିହୁଏନା।'

ଦୁଇମାସ ତଳେ ତାଙ୍କ ଡ୍ରଇଁରୁମ୍‌ରେ ଆମେ ବସି ଗପ କରୁଚୁ, ସେ କହିଲେ, 'ବୁଝିଲ କବି, ଆଜିକାଲି ନିଦରେ ସେଇ ଏକ୍‌ଜିମା ଜାଗାଟା ବହୁତ କୁଣ୍ଡେଇହେଉଚି। ମୋତେ ଶୋଇଦେଉନାହିଁ।'

କୁମାର ସାହେବଙ୍କ ଏକ୍‌ଜିମା କଥା ମୁଁ ପୂରା ଭୁଲିଯାଇଥିଲି। ଏବେ ମନେପଡ଼ିଲା, ତାଙ୍କର ବାଁ ଗୋଡ଼ ଆଣ୍ଠୁତଳକୁ ଆଉ ନାହିଁ। ସେଠାରୁ କାଠଗୋଡ଼ ଲାଗିଚି । ମୁଁ ସେକଥା କହିଲାରୁ ସେ କହିଲେ, 'ହଁ ଗୋଡ଼ଟି ସିନା ନାହିଁ, ହେଲେ ଏକ୍‌ଜିମାଟି ମୋତେ ଛାଡ଼ିଯାଇପାରୁ ନାହିଁ। ଟିକେ ନିଦ ହେଲେ, ସେଇ ଜାଗାଟା ଏମିତି କୁଣ୍ଡେଇହଉଚି ଯେ ନିଦ ଭାଙ୍ଗିଯାଉଚି, ମୁଁ ଶୋଇପାରୁ ନାହିଁ। କ'ଣ କରିବି ?'

ଏବେ ଆଠଦିନ ତଳେ ତାଙ୍କ ଘରେ ବସିଥିଲୁ। ମୋର ତାଙ୍କ ଏକ୍‌ଜିମା ଉତ୍ପାତ ମନେ ପଡ଼ିଲା। ପଚାରିଲି, 'ତମ ଏକ୍‌ଜିମାର ଖବର କ'ଣ ?'

– 'ମୁଁ ସେଇ କୃତ୍ରିମ ଗୋଡ଼ରେ ମୋର ପୂର୍ବ ଏକ୍‌ଜିମା ଯେଉଁଠି ଥିଲା, ବ୍ଲେଡ୍‌ରେ କାଟି ଅବିକଳ ଏକ୍‌ଜିମାଟିଏ ତିଆରି କରିଚି, ରାତିରେ କୁଣ୍ଡେଇହେଲେ, ସେଇ ଜାଗାକୁ କୁଣ୍ଡାଏ, ଆରାମ ପାଏ। ଭାବୁଚି, ମୋର ସେଇ ଏକ୍‌ଜିମା ଏବେ ମୋର ଏଇ କୃତ୍ରିମ ଗୋଡ଼କୁ ଧୀରେ ଧୀରେ ଅନୁପ୍ରବେଶ କରୁଛି।'

ମୁଁ ଅବିଶ୍ୱାସରେ ତଟସ୍ଥ ହୋଇ ତାଙ୍କୁ ଚାହିଁଲି। ସେ କହିଲେ, 'ମନ ଚଙ୍ଗା ତୋ କଠୌତି ମେ ଗଙ୍ଗା।' ସନ୍ଥ ରାଇ ଦାସଙ୍କ ଏଇ ଉକ୍ତିର ସତ୍ୟତା ଏବେ ମୁଁ ଉପଲବ୍ଧି କରୁଛି।'

■

ଦ୍ୱିତୀୟ କ୍ଷୁଧାର ତୀର୍ଥ

ପ୍ରଖର ସୂର୍ଯ୍ୟକିରଣରେ ନେହାର ଚେତା ଫେରିଲା । ତଥାପି ତାକୁ ଲାଗୁଥିଲା, ଯେମିତି ଗୋଟାଏ ଉଷ୍ମ ପ୍ରବାହ ଭିତରକୁ ତାକୁ ଠେଲିନେଉଚି ଅଣାୟତ୍ତ ପବନ । ସେ ଯେତେ ଚେଷ୍ଟାକଲେ ବି ସେଇ ଭୟାବହ ଆବର୍ତ୍ତରୁ ମୁକୁଳିପାରୁନାହିଁ । ସେ ଏବେ କେଉଁଠି ଅଛି ? ମୁଣ୍ଡବାଳ ଭିତରେ ପଶିଯାଇଥିବା ଧୂଳି ବାଲି ଖରାତେଜରେ କଣ୍ଟା ପରି ଲାଗୁଚି । ଆଗକୁ ଚାହିଁଲା । ବିଭିନ୍ନ ଆକୃତିର ଛୋଟ ଛୋଟ ବାଲିମନ୍ଦା ଭିତରେ ସେ ପଡ଼ିରହିଚି । ସେଇ ବାଲିମନ୍ଦାଗୁଡ଼ିକ ପରେ ଛୋଟ ଛୋଟ ବାଲିର ସ୍ତୂପ ଓ ସେଗୁଡ଼ିକ ଶେଷହେବା ପରେ କ୍ରମଶଃ ଉଚ୍ଚ ଜଣାଯାଉଥିବା ବାଲି ପାହାଡ଼ମାନଙ୍କ ସମାହାର । ସେ ଏଠାରେ ଏତେ ସମୟ ଧରି ଏକାକୀ କ'ଣ କରୁଚି ? ତା' ସ୍ୱାମୀ ଏବେ କେଉଁଠି ? ତା' ଦଳର ଅନ୍ୟମାନେ କାହାନ୍ତି ? ଆଖି ଯେତେ ଦୂର ପାଉଚି, କୌଣସି ମଣିଷର ସତ୍ତା ଦିଶୁ ନାହିଁ । କେବଳ ପ୍ରଚଣ୍ଡ ଖରା ଓ ଅନ୍ଧ ନୀରବତା । ସେ ଏବେ କ'ଣ କରିବ ? ତାକୁ ଲାଗିଲା, ଯେମିତି ସେଇ ବାଲିପାହାଡ଼ ଭିତରୁ ମୃତ୍ୟୁ ଦୁଇ ହାତ ପ୍ରସାରି ତା' ଆଡ଼କୁ ମାଡ଼ିଆସୁଚି । ଆଉ ଟିକେ ପରେ ହୁଏତ ତା' ଗଳା ଦବାଇଦେବ । ମୃତ୍ୟୁ ଅନିବାର୍ଯ୍ୟ । ଦୁଇ ଆଣ୍ଠୁ ସନ୍ଧିରେ ମୁହଁ ଲୁଚାଇ ସେ କଇଁକଇଁ କାନ୍ଦିବାକୁ ଲାଗିଲା ।

ରାଜସ୍ଥାନର ଥର୍ ମରୁଭୂମିର ସେମାନେ ବାସିନ୍ଦା । କେଉଁ କାଳରୁ କେଜାଣି । ସେମାନଙ୍କର ଘର ନାହିଁ । ଯାଯାବର ଜୀବନ, ତମ୍ବୁ ଭିତରେ । ଗାଁରୁ ଗାଁ ବୁଲି ସେମାନେ ବ୍ୟବସାୟ କରନ୍ତି । ଛେଳି-ମେଣ୍ଢା ଚମଡ଼ାର ବ୍ୟାଗ୍, ବଡ଼ବଡ଼ ଘାସର ମସିଣା, କାଚକୁ ଘାଗରାରେ ସିଲାଇ କରି ବିକିବା ସେମାନଙ୍କ ଜୀବିକା । ଦକ୍ଷିଣପଶ୍ଚିମ ଆରାବଳି ପର୍ବତ ସମୂହର ପାଖାପାଖି ପ୍ରାୟ ଦୁଇଶହ ବର୍ଗମାଇଲ ଭିତରେ ସେମାନଙ୍କ ଦଳ ବୁଲନ୍ତି । ଗୋଟିଏ ଗାଁରୁ ଆର ଗାଁକୁ ଯିବାକୁ ହେଲେ ମରୁଭୂମିର ରାସ୍ତା ଦେଇ

ଯିବାକୁ ହୁଏ । ମରୁଭୂମି ପାରିହେବାକୁ କେବେ ଦୁଇତିନିଦିନ ଲାଗେ ତ ଆଉକେବେ ସାତ ଆଠଦିନ । ତାଙ୍କ ଦଳରେ ବୟସ୍କ-ବୟସ୍କା, ଯୁବକ-ଯୁବତୀ ଓ ପିଲା, ସମସ୍ତେ ମିଶି ପ୍ରାୟ ତିରିଶ ଜଣ । ଗୋଟିଏ ଓଟ ପିଠିରେ ତିନିଚାରିଟା ତମ୍ବୁ, ଆବଶ୍ୟକ ବାସନ, ଲୁଗାପଟା ଓ ଖାଦ୍ୟସାମଗ୍ରୀ ନେଇ ଗାଁରୁ ଗାଁ ବୁଲିବା ସେମାନଙ୍କର ଅଭ୍ୟାସ ।

କୋଡ଼ିଏ ବର୍ଷର ନେହା, ତିନିବର୍ଷ ତଳେ ବାହାହୋଇଥିଲା ତା' ଦଳର ଜଣେ ଯୁବକକୁ । ବିବାହର ବର୍ଷକ ପରେ ତା'ର ବାପମା' ଖୁବ୍ କମ୍ ଦିନର ବ୍ୟବଧାନରେ ମରିଯାଇଥିଲେ । ତା'ର ସଂସାର କେବଳ ତା' ସ୍ୱାମୀକୁ ନେଇ । ପ୍ରଥମ କେତେ ଦିନ ଖୁବ୍ ଭଲରେ କଟିଥିଲା ସେମାନଙ୍କ ବିବାହିତ ଜୀବନ । ନେହା ଅସାଧାରଣ ସୁନ୍ଦରୀ ନ ଥିଲେ ବି ତା' ଆଖି, ନାକ ଓ ଛାତିରେ ପ୍ରବଳ ଆକର୍ଷଣ ଶକ୍ତି ଅଛି ବୋଲି ତା ସ୍ୱାମୀ ଅନେକଥର କହନ୍ତି । ସ୍ୱାସ୍ଥ୍ୟବତୀ ହେବା ସତ୍ତ୍ୱେ ସେ ଗର୍ଭବତୀ ହୋଇପାରି ନଥିଲା । ଗୋଟାଏ ଛୋଟ ସହରରେ ବ୍ୟବସାୟ କରି ବୁଲିବାବେଳେ, ସେ ଓ ତା'ର ସ୍ୱାମୀ ଜଣେ ହକିମ୍‌କୁ ଭେଟିଥିଲେ । ଦୁଇଜଣଙ୍କୁ ତନ୍ନ ତନ୍ନ କରି ବହୁ ପରୀକ୍ଷା କରିବା ପରେ ସେ ଯେଉଁ ଔଷଧ ବତାଇଲା, ତା'ର ଦାମ୍ ଶୁଣିବା ପରେ ସେମାନେ ମୁହଁ ଶୁଖାଇ ଫେରିଆସିଥିଲେ । ହକିମ୍ ପାଖରୁ ଫେରିଆସିବା ଦିନଠାରୁ ନେହା ଅନୁମାନ କଲା ଯେ ତା' ପ୍ରତି ତା' ସ୍ୱାମୀର ଶ୍ରଦ୍ଧା ଧୀରେ ଧୀରେ କମି ଆସୁଚି । ପିଲା ନ ହେବା ଲାଗି ସେ ଯେମିତି ସଂପୂର୍ଣ୍ଣ ଦାୟୀ ଓ ଦୋଷୀ । କଥା କଥାକେ ସ୍ୱାମୀ ତାକୁ ଧିକ୍‌କାରି କହେ ଯେ ଥରେ ଯିଏ ମରୁଭୂମି, ସେ ସବୁବେଳେ ମରୁଭୂମି । ମରୁଭୂମିକୁ ପରିବର୍ତ୍ତନ କରିବା ସମ୍ଭବ ନୁହେଁ । ଏମିତି ଏକ ଭୁଲ୍ ବୁଝାମଣାର ଜୀବନ ନେହାକୁ ଶୁଖାଇ ଦେଉଥିଲା ଓ ତା' ସ୍ୱାମୀର ପୂର୍ବ ପ୍ରେମ ଫେରିପାଇବାର ଆପ୍ରାଣ ଚେଷ୍ଟା ଏଯାବତ୍ କୌଣସି ଫଳ ଦେଇପାରିନଥିଲା ।

ଦୁଇଦିନ ତଳେ ମରୂଦ୍ୟାନରୁ ଜିନିଷପତ୍ର ନେଇ ସେମାନେ ସଂଧ୍ୟାରେ ବାହାରିଥିଲେ । ଶୁକ୍ଳପକ୍ଷର ଆଲୋକରେ ମରୁରାସ୍ତା ଅତିକ୍ରମ କରିବା ସହଜ ହୁଏ । ଗଭୀର ରାତ୍ରିଯାଏ ସେମାନେ ଚାଲନ୍ତି । ତା' ପରେ ମୁକ୍ତ ଆକାଶ ତଳେ କିଛି ସମୟ ଶୋଇଯାଆନ୍ତି, ସୂର୍ଯ୍ୟ ଉଠିବା ଯାଏ । ରାତିର ଶିଶିରପାତରେ ଦେହ ଓଦା ହୋଇଯାଇଥାଏ ପାହାନ୍ତା ବେଳକୁ; ସେଇ ହେଉଚି ଗାଧୋଇବା । ସକାଳୁ ମଧ୍ୟାହ୍ନଯାଏ ଚାଲନ୍ତି ଓ ତା' ପରେ ସନ୍ଧ୍ୟା ପର୍ଯ୍ୟନ୍ତ ତମ୍ବୁ ଭିତରେ ବିଶ୍ରାମ । ମରୂଦ୍ୟାନରେ ଥିବାବେଳେ ତିନିଚାରିଦିନ ଲାଗି ଦରକାର ଶୁଖିଲା ଖାଦ୍ୟ, ସେମାନେ ତିଆରି କରି ନେଇଥାନ୍ତି । ଏଥର ମରୁରାସ୍ତାକୁ ଅତିକ୍ରମ କରିବାକୁ ପାଞ୍ଚଦିନ ଲାଗିବା

କଥା । ଦ୍ୱିତୀୟଦିନ ରାତିରେ ଭୀଷଣ ଧୂଳିଝଡ଼ ଆରମ୍ଭ ହେଲା, କେବଳ ଓଟକୁ ବାଦ୍ ଦେଲେ ଦଳର ସମସ୍ତେ ଛିନ୍ନଛତ୍ର ହେଇଗଲେ । ସେଇ ଝଡ଼, ଦଉଡ଼ିରେ ଉଠାଇଲା ପରି, ଦେହକୁ ଆକାଶକୁ ଟାଣିନେବା କଥା ତା'ର ମନେପଡୁଛି । ତା' ପରେ ସେ ଅଚେତ। କେତେଦିନ ସେ ଏମିତି ବେହୋସ୍ ହୋଇ ଶୋଇଛି, ଜାଣିବା ସମ୍ଭବ ନୁହେଁ । କେତେଦିନ ବିତିଯାଇଥିବ ? ଖୁବ୍ ଶୋଷହେଉଛି । କିନ୍ତୁ ପାଣି କେଉଁଠି ମିଳିବ ? ତେବେ କ'ଣ ଏଇ ମରୁଭୂମିରେ ଭୋକଶୋଷ ଓ ଖରାର ଦାଉରେ ସେ ଜଳିଯିବ ? ତା'ସ୍ୱାମୀ କଥା ମନେପଡ଼ିଲା । ସେ କଣ ଜାଣି ଜାଣି ତାକୁ ଏଇ ଅପନ୍ତରାରେ ମରିବାକୁ ଛାଡ଼ିଦେଇ ଚାଲିଗଲେ ?

ଦେହ ଏତେ ଅବଶ ଲାଗୁଛି ଯେ ପୁଣି ସେଇ ବାଲି ଉପରେ ଶୋଇବାକୁ ଇଚ୍ଛା ହେଉଛି । କିନ୍ତୁ ଆଉ କେଇଘଣ୍ଟା ପରେ ଉତ୍ତପ୍ତ ସୂର୍ଯ୍ୟର କିରଣ ତାକୁ ଜାଳିଦେବ । ସେ ଉଠି ଠିଆହେଲା ଓ ଦଉଡ଼ିବାକୁ ଚେଷ୍ଟା କଲା । ଦୂରରେ ଦିଶୁଥିବା ସମତଳ ଭୂମିଆଡ଼କୁ ଖୁବ୍ ଜୋର୍‌ରେ ଚାଲିବାକୁ ଲାଗିଲା । ପ୍ରାୟ ଦୁଇଘଣ୍ଟା ଚାଲିବା ପରେ ରାସ୍ତା ଦିଶିଲା । ଏଇ ରାସ୍ତା ଦେଇ ସେମାନେ ଆସିଥିଲେ, କିନ୍ତୁ ଦିଗ ବାରିହେଉନାହିଁ । କେଉଁ ଆଡ଼କୁ ଯାଇଥିବ ସେମାନଙ୍କ ଦଳ ? ସେ ଠିକ୍ କଲା ଯେ ଆଗକୁ ଚାଲିବ ଓ ଯଦି ମରିବାର ଥାଏ, ତେବେ ପ୍ରାଣ ଥିବାଯାଏ ଚାଲିବ ଓ ମରିଯିବ । ପ୍ରାୟ ଅଧଘଣ୍ଟାଏ ଚାଲିବା ପରେ ବହୁ ଦୂରରେ ଓଟ ଉପରେ ଜଣେ ସବାର ଆସୁଥିବା ପରି ଦିଶିଲା । ଆଖିର ଭ୍ରମ ନୁହେଁ ତ ! ଆଖି ମଳି ଆଉ ଥରେ ସେ ଚାହିଁଲା । ଦୃଶ୍ୟ କ୍ରମଶଃ ସ୍ପଷ୍ଟ ହେଉଚି । ଓଟ ଉପରେ କେହି ଜଣେ ବସିଚି । ଓଃ ! ରକ୍ଷାପାଇଯିବ ତେବେ । ପ୍ରାଣରକ୍ଷା ।

ଦିଲ୍‌ବର୍‌କୁ ଦୂରରୁ ଯାହା ଦିଶୁଥିଲା, ବିଶ୍ୱାସ ହେଉନଥିଲା । ସେ କ'ଣ ସ୍ୱପ୍ନ ଦେଖୁଚି ? କିନ୍ତୁ ଭୂତପ୍ରେତ ନୁହେଁ ତ ! ମରୁରାସ୍ତାରେ ଏକାକୀ ନାରୀର ଯିବାଆସିବା ସେ କେବେ ଦେଖିନାହିଁ । ଅସମ୍ଭବ । ଆଠ ଦଶବର୍ଷ ହେଲାଣି, ଏଇ ରାସ୍ତାରେ ତା'ର ଯାତାୟାତ । ବି.ଏ. ପାସ୍ କରିବା ପରେ ଚାକିରି ପାଇବାର ଆଶା ନଥିଲା । କିଛି ଟଙ୍କା ଯୋଗାଡ଼ କରି ସେ ଛୋଟ ବ୍ୟବସାୟ ଆରମ୍ଭ କରିଥିଲା ଦଶବର୍ଷ ତଳେ । ବିଭିନ୍ନ ମରୂଦ୍ୟାନକୁ ଖାଦ୍ୟପଦାର୍ଥ ଓ ଅନ୍ୟାନ୍ୟ ବ୍ୟବହାର୍ଯ୍ୟ ସାମଗ୍ରୀ ଯୋଗାଇ ସେଇ ଲାଭରେ ସେ ବେଶ୍ ଚଳିଯାଇପାରୁଥିଲା । ସମାଜ ତାକୁ ଠକିଦେଇଚି ବୋଲି ଏକ ପ୍ରଚ୍ଛନ୍ନ ଅଭିମାନ ଦିଲ୍‌ବର୍‌କୁ ଏକପ୍ରକାର ବିଦ୍ରୋହୀରେ ପରିଣତ କରିଦେଇଥିଲା । ସଂସାର ନ କରି ବେପରୁଆ ଭାବରେ ଜୀବନ କଟାଇଦେବାକୁ ସେ ସିଦ୍ଧାନ୍ତ ନେଇଥିଲା । ତିରିଶ ଫୁଟ୍ ବ୍ୟବଧାନରେ ଦିଲ୍‌ବର୍ ଦେଖିଲା, ସାମ୍‌ନାରେ ଖୁବ୍

ଜୋର୍‌ରେ ତା' ଆଡ଼କୁ ଚାଲିଆସୁଚି ଜଣେ ସୁନ୍ଦରୀ ତରୁଣୀ । ଓଟ ପାଖକୁ ସେ ଦଉଡ଼ିଆସି ମାଗିଲା ଟିକେ ପାଣି ।

: 'ତୁ କିଏ ? ତୁ ଏଠାକୁ କେମିତି ଆସିଲୁ ?'- ପଚାରିଲା ଦିଲ୍‌ବର୍ ।

: 'ମୁଁ ସବୁ କହିବି, ମତେ ଟିକେ ପାଣି ଦେଇସାର୍ ।' - ଉତ୍ତର ଦେଲା ତରୁଣୀ ।

ନେହାକୁ ଲାଗିଲା ଯେ ସେ ଯାହା ପିଉଚି, ତା' ପାଣି ନୁହେଁ, ନୂତନ ଜୀବନର ଉତ୍ସ । ତା'ର ସର୍ବାଙ୍ଗକୁ ତାହା ଶୀତଳ କରିଦେଉଚି । ନେହାର କାହାଣୀ ଶୁଣିବା ପରେ ଦିଲ୍‌ବର୍ କହିଲା, 'ପରବର୍ତ୍ତୀ ମରୁଦ୍ୟାନ ଆଉ ଦୁଇଦିନ ପରେ ପଡ଼ିବ । ତୁ ଚାହୁଁଚୁ ତ ତତେ ମୁଁ ସେଠାରେ ପହୁଚାଇ ଦେବି, ଓଟ ଉପରକୁ ଉଠିଆ । ବିନା ଦ୍ୱିଧାରେ ନେହା ଓଟ ଉପରକୁ ଉଠିଗଲା ଓ ଦିଲ୍‌ବର୍‌କୁ ପିଠି କରି ଓଟ ଉପରେ ବସିଲା । ଓଟ ଚାଲିବାକୁ ଆରମ୍ଭ କଲା ।

ଏପରି ଏକ ଅନୁଭୂତି ଅଭୂତପୂର୍ବ ଥିଲା ଦିଲ୍‌ବର୍ ପାଇଁ । ଜଣେ ନାରୀର ଦେହକୁ ଲାଗି ଏତେ ସମୟ ସେ କେବେ ବସି ନଥିଲା । ଅବଶ୍ୟ ଦରକାର ବେଳେ ସେ ତା' ଯୌନକ୍ଷୁଧା ଅର୍ଥ ବିନିମୟରେ ମେଣ୍ଟାଉଥିଲା; କିନ୍ତୁ ସୁନ୍ଦରୀ ତରୁଣୀକୁ ହାରାହାରି କୋଳରେ ବସାଇ ନେଇଯିବାର ଯେଉଁ ସୀତ୍‌କାର, ତା' ପାଇଁ ଥିଲା ଏହା ପ୍ରଥମ । ନେହାର ଗୋରା ମୁହଁ ଓ ବେକ ଖରାରେ ଲାଲ୍ ପଡ଼ିଆସୁଥିଲା । ଛାତିର ସମ୍ଭାର ଓଟର ଝୁଲିବା ସହିତ ଖାପ୍ ଖାଇ ଆବେଗକୁ ଅଧିକ ଆନ୍ଦୋଳିତ କରୁଥିଲା । ସବୁଠୁ ଚମତ୍କାର ଦିଶୁଥିଲା ତା'ର ଦୁଇ ଛୋଟ ଗୋରା ପାଦ । ଦିଲ୍‌ବର୍ ମୋହଗ୍ରସ୍ତ ହେଉଥିଲା କ୍ରମଶଃ । ହଠାତ୍ ନେହାର କାନ୍ଧ ଉପରେ ସେ ହାତ ରଖିଦେଲା । ଓଟ ଉପରୁ ତଳକୁ ଡେଇଁପଡ଼ିଲା ନେହା ।

: 'ଏଥିରେ ଏତେ ଚମକିପଡ଼ିବାର କ'ଣ ଅଛି ଯେ !' - ପଚାରିଲା ଦିଲ୍‌ବର୍ ।

: 'ନାଇଁ ନାଇଁ, ସେମିତି କଲେ ମୁଁ ମରିଯିବି ପଛେ, ତମ ସାଂଗେ ଯିବି ନାହିଁ । ମୁଁ ବିବାହିତା ଶୁଣି ମଧ୍ୟ ମୋ' ଦେହରେ ହାତ କାହିଁକି ଦେଉଛ ?'

: 'ହଉ ଆସ, ଆଉ ସେମିତି ତୋ'ଠି ହାତ ଦେବି ନାହିଁ'- ବିଡ଼ି ଜଳାଉଜଳାଉ କହିଲା ଦିଲ୍‌ବର୍ ନିଃସଂକୋଚରେ ।

ଦୁଇଘଣ୍ଟା ପରେ ତୀକ୍ଷ୍ଣ କିରଣରେ ଆଉ ଯିବା ସମ୍ଭବ ହେଲା ନାହିଁ ।

ତମ୍ବୁ ଖୋଲି ଓଟକୁ ଠିଆ କରାଇଲା ଦିଲ୍‌ବର୍ । ନେହାକୁ ତମ୍ବୁ ଭିତରେ ବସିବାକୁ କହିଲା । ଖାଦ୍ୟଥାଳି ଓ ପାଣି ତମ୍ବୁ ଭିତରକୁ ନେଇଆସି ଖାଇବସିଲା । ଶୁଖିଲା ରୁଟି, ଶୁଖା ମାଂସର ଭଜା, ଖଜୁରି କୋଳି । ଦିଲ୍‌ବର୍ ନିଜେ ଖାଉଥିଲା ଓ

ନେହା ଆଉ଼କୁ ଚାହୁଁ ନଥିଲା । ନେହା ଆଉ ସମ୍ଭାଳି ନ ପାରି କହିପକାଇଲା, 'ମତେ ବି ଖୁବ୍ ଭୋକ ହେଉଚି । ସେଥିରୁ କିଛି ରୁଟି ନେଇ ଖାଇବି ?'

: 'ନା', ନିଷ୍ଠୁର ସ୍ୱରରେ ଉତ୍ତର ଦେଲା ଦିଲ୍‌ବର୍ ।

ନେହା ବଲ୍‌ବଲ୍ କରି ଚାହିଁଲା ଦିଲ୍‌ବର୍ ମୁହଁକୁ । ଏଇଟା ମଣିଷ ନା ରାକ୍ଷସ ? ମୋର ସବୁକଥା, ଅବସ୍ଥା ଶୁଣିସାରିଲା ପରେ ବି ଲୋକଟା ମନରେ ଟିକେ ଦୟା ଆସୁ ନାହିଁ ? ଅଥଚ ଖାଦ୍ୟ ଅଛି ଯଥେଷ୍ଟ । କହିଲା, 'ତମେ ଜାଣ ଯେ ଦୁଇଦିନ ହେଲା ମୁଁ କିଛି ଖାଇନାହିଁ । ତମ ପାଖରେ ଥିବା ରୁଟିକୁ ଆମେ ଦୁଇଜଣ ଖାଇଲେ ବି ତିନିଦିନ ଯିବ । ତମେ ଏତେ ନିର୍ମମ ହେଉଛ କାହିଁକି ?'

ଦିଲ୍‌ବର୍ ନେହା ମୁହଁକୁ ଚାହିଁଲା ରୁଟି ଚୋବାଉ ଚୋବାଉ । ପାଣି ପିଇ କଣ୍ଠ ସଫା କରି କହିଲା - 'ତତେ ଦୁଇଦିନ ହେଲା ଗୋଟିଏ ପ୍ରକାରର ଭୋକ ବ୍ୟସ୍ତ କରୁଚି; କିନ୍ତୁ ମୁଁ ପନ୍ଦର କୋଡ଼ିଏ ଦିନ ହେଲା ଆଉଗୋଟେ ପ୍ରକାର ଭୋକ ମେଣ୍ଟାଇ ନ ପାରିବାରୁ ତା' ଦାଉରେ ଛଟପଟ ହେଉଚି । ସେ ଭୋକର ଖାଦ୍ୟ ଭରି ରହିଚି ତୋ' ପାଖରେ; କିନ୍ତୁ ମୁଁ ବଳପ୍ରୟୋଗ କରି ଖାଇବି ନାହିଁ । ବଳାତ୍କାର ଆସ୍ୱାଦନରେ କୌଣସି ଶିହରଣ ନାହିଁ । ମୋର ଗୋଟିଏ ସର୍ତ୍ତ, ଆମେ ପରସ୍ପରର ଭୋକ ମେଣ୍ଟାଇବା । ତୁ ରାଜି ତ ସେଥିରୁ ରୁଟି ଓ ମାଂସ ନେଇ ଖାଇପାରୁ; ନଚେତ୍ ଆଗ ମରୂଦ୍ୟାନ ପର୍ଯ୍ୟନ୍ତ ପ୍ରାଣ ବଂଚାଇବା ପାଇଁ ମୁଁ ଖାଲି ପାଣି ଟିକେ ଟିକେ ତତେ ଦେବି, ଖାଦ୍ୟ ନୁହେଁ ।'

- 'ତା'ହେଲେ ମୋର ରୁଟି ଦରକାର ନାହିଁ' - କହିପକାଇଲା ନେହା ।

ସଂଧ୍ୟାରେ ପୁଣି ସେମାନେ ଯାତ୍ରା ଆରମ୍ଭ କଲେ । ପରସ୍ପରଙ୍କ ଜୀବନର ମୁଖ୍ୟ ଘଟଣା ଅନ୍ୟ ନିକଟରେ ବର୍ଣ୍ଣନା କଲେ । ନେହା ଭାବିଲା, ତା' ଜୀବନର କରୁଣ କାହାଣୀ ଶୁଣିଲାପରେ ଦିଲ୍‌ବର୍ ତା' ପ୍ରତି ସମ୍ବେଦନଶୀଳ ହୋଇଉଠିବ । କିନ୍ତୁ ରାତ୍ରିଭୋଜନ ଓ ବିଶ୍ରାମ ବେଳର ସଂଳାପ ମଧ୍ୟାହ୍ନ ଉପାଖ୍ୟାନ ପରି ହିଁ ହେଲା । ନେହାକୁ ଶୋଇବାକୁ ପଡ଼ିଲା କେବଳ ପାଣି ପିଇ । ଅଧରାତିରେ ତା'ର ନିଦ ହଠାତ୍ ଭାଂଗିଗଲା । ଦିଲ୍‌ବର୍ ତା'ର ଖୁବ୍ ପାଖରେ ବସି ତା' ଦେହକୁ ଅନାଇ ରହିଚି । ସେ ଡରିଗଲା: ଇଏ ବଳାତ୍କାରର ପୂର୍ବାଭାସ ନୁହେଁ ତ ! ପଚାରିଲା : 'ପେଟ ତ ପୂରିଚି, ଶୋଉନ କାହିଁକି ? ମତେ ଏମିତି କାହିଁକି ଅନାଇଚ ?'

- 'ତତେ ବାରମ୍ବାର ଦେଖିଲେ, ତୋ' ସତୀତ୍ୱ ଯେ ନଷ୍ଟ ହେବ, ଏକଥା ତ କେଉଁଠି ଲେଖା ନାହିଁ ? ତା'ଛଡ଼ା, ତୋ' ସ୍ୱାମୀ ବ୍ୟତୀତ ଅନ୍ୟ ଜଣେ ପୁରୁଷ ତତେ ଛୁଇଁଦେଲେ, ତୁ ଅସତୀ ହୋଇଯିବୁ ବୋଲି କାହିଁକି ଭାବୁଚୁ ?'

– 'ନୁହେଁ ତ କ'ଣ ? ଆମ ଦଳର ମୁଖିଆ ବୁଢ଼ା ପିଲାଦିନରୁ ଆମକୁ ସେଇଆ ପଢ଼େଇଛନ୍ତି । ତମେ ତ ଜାଣ, ମୋ' ସ୍ୱାମୀର ବର୍ତ୍ତମାନ କୌଣସି ପତ୍ତା ନାହିଁ । ତମକୁ ବାହା ହେବାପାଇଁ ମୁଁ ରାଜି । ତା' ପରେ ମତେ ତମେ ଛୁଇଁପାର' – କହିଲା ନେହା ।

– 'ନାଇଁ, ମୁଁ ବାହାହେବି ନାହିଁ' – ଉତ୍ତରଦେଲା ଦିଲ୍‌ବର୍ ।

– 'କାରଣ ମୁଁ ବନ୍ଧ୍ୟା ।' ବାକ୍ୟକୁ ପୂର୍ଣ୍ଣ କଲା ନେହା ।

– 'ନାଇଁ ସେଥିପାଇଁ ନୁହେଁ । ଏଇ ବିବାହ ବା ପରିବାର ଗଠନ ଓ ବଂଶବୃଦ୍ଧିରେ ମୋର ବିଶ୍ୱାସ ନାହିଁ । ବିବାହ ଦୁଇ ଦେହ ଓ ମନର ମିଳନ ନୁହେଁ, ଏହା କେବଳ ଏକ ବନ୍ଧନ । କାରଣ ସର୍ବୋଚ୍ଚ ଆତ୍ମାର ସତ୍ତା ବହନ କରିଆସିଥିବା ମଣିଷ ସବୁବେଳେ ସ୍ୱାଧୀନ ଓ ବନ୍ଧନମୁକ୍ତ ହେବା ପାଇଁ ଚାହେ । ବଂଶବୃଦ୍ଧି ବା ମଣିଷ ସତ୍ତାର ରକ୍ଷା ପାଇଁ ଏଇ ବିବାହ ଅନୁଷ୍ଠାନକୁ ସମାଜ ମଣିଷ ଉତ୍ପତ୍ତିର ବହୁ ପରେ ତିଆରି କରିଚି । ତେଣୁ ବଂଶବୃଦ୍ଧି କରିବା ବ୍ୟତୀତ ବିବାହର ଆଉକୌଣସି ବିଶେଷ ଉପଯୋଗିତା ନାହିଁ । ମଣିଷ ବର୍ତ୍ତମାନ ଏମିତି ଏକ ସ୍ତରକୁ ଚାଲିଆସିଲାଣି ଯେ ସେ ଅତି ନିର୍ମମ, ନୃଶଂସ ଓ ଅତିମାତ୍ରାରେ ହିଂସ୍ର ହୋଇପଡ଼ିଚି । ସେ ଯେଉଁଠି ରହିବ, ତା' ଚାରିପାଖରେ ଦୈନ୍ୟ ଦୁର୍ଦ୍ଦଶା ଓ ବିଭ୍ରାନ୍ତି ଘେରିରହିବ । ଏଇ ବିଶ୍ୱର ସମସ୍ତ ବିଶୃଙ୍ଖଳାର କାରଣ ବର୍ତ୍ତମାନ ମଣିଷର ମନସ୍ତତ୍ତ୍ୱ । ଏଇପରି ଆଉ ମଣିଷ ଜନ୍ମ ନେବା ପାଇଁ ମୋର ଇଚ୍ଛା ନାହିଁ ।'

– 'ପିଲାଛୁଆ ନ ହେଲେ ବି, ସବୁବେଳେ ମୁଁ ତମ ପାଖେ ରହିବି। ତମର ଭଲମନ୍ଦ ବୁଝିବି, ସେଇ କ'ଣ ଯଥେଷ୍ଟ ନୁହେଁ?' ନେହା ପଚାରିଲା ।

– 'ହଁ, ସେଇଥିପାଇଁ ତ ବର୍ତ୍ତମାନର ବିବାହ; ପରସ୍ପର ପ୍ରତି କେବଳ ଉପଯୋଗୀ ହେବା ଓ ଗୋଟିଏ ଯୌନଇଲାକାକୁ ନେଇ ଆସକ୍ତ ହେବା ତ ତା' ଉପରେ କୌଣସିପଟୁ ଯେମିତି ଜବରଦଖଲ ନ ଆସୁ, ତାହା ଦେଖିବା ଓ ତାକୁ ରକ୍ଷା କରିବା । ତେଣୁ ଆସକ୍ତି ଅଧିକାରପ୍ରବଣ କରାଇ ସ୍ୱାଧୀନତାକୁ ସଂକୁଚିତ କରେ ।'

– 'କ'ଣ ଗୁଡାଏ ଇଆଡୁସିଆଡୁ କହୁଚ?' କିଛି ବୁଝି ନ ପାରି ନେହା ପଚାରିଲା ।

– 'ପ୍ରଥମ କିଛିଦିନର ଆସକ୍ତିର ସମାପ୍ତି ଘଟିଲାପରେ, ସ୍ୱାମୀ ସ୍ତ୍ରୀ ବହୁ କ୍ଷେତ୍ରରେ ପରସ୍ପରକୁ ଘୃଣାକରନ୍ତି । ମୁଁ ତତେ ବା କେଉଁ ନାରୀକୁ କେବେ ଘୃଣା କରିବାକୁ ଚାହେନା । ପୃଥିବୀ ମଣିଷପେଟର ଭୋକ ମେଣ୍ଟାଏ ବୋଲି ଆମେ ତାକୁ ପୂଜା କରୁ । ନାରୀ ମଧ୍ୟ ସେଇପରି ଏକ ତୀର୍ଥସ୍ଥାନ ।'

ନେହା ମୁଣ୍ଡରେ ଏଗୁଡ଼ାସବୁ କିଛି ପଶୁ ନଥିଲା । ସେ ମୁହଁମାଡ଼ି ଶୋଉ ଶୋଉ କହିଲା, 'ଏଥର କେତେ କ'ଣ ଦେଖିବ, ଦେଖୁଥା ।'

ସୂର୍ଯ୍ୟୋଦୟ ପୂର୍ବରୁ ଶିଶିରରେ ସେମାନେ ନିଜ ନିଜ ଦେହକୁ ପରିଷ୍କାର କରୁଥିଲେ । ଶୋଇଥିବା ଓଟକୁ କାନ୍ଥ କରି ନେହା ତା'ର ସର୍ବାଙ୍ଗ ମାଜୁଥିଲା । କଣେଇ କଣେଇ ଦିଲ୍‌ବର୍ ଦେଖୁଥିଲା ସେଇ ଦୃଶ୍ୟ, କିନ୍ତୁ ତା'ର ପୂର୍ବ ଶିହରଣ ବା ଆଗ୍ରହ ନଥିଲା । ସେମାନେ ଆଜି ବି ଯାତ୍ରାରେ ସଂପୂର୍ଣ୍ଣ ଭାବେ ଚୁପ୍‌ଚାପ୍ ଥିଲେ । ମଧ୍ୟାହ୍ନଭୋଜନ ବେଳେ ଗୋଟିଏ ଛୋଟିଆ କାଗଜ ଥଳିରେ ରୁଟି ଓ ମାଂସ ବାଡ଼ି ନେହା ଲାଗି ରଖିଦେଲା ଦିଲ୍‌ବର୍ । ନେହା ଆଶ୍ଚର୍ଯ୍ୟ ହେଲା । ଲୋକଟାର ଏତେବଡ଼ ପରିବର୍ତ୍ତନ ହଠାତ୍ ଘଟିଲା କେମିତି ? କେତେଥର ପଚାରିବ ବୋଲି ଭାବିଲେ ବି ଦିଲ୍‌ବର୍‌ର ମୁହଁକୁ ଅନାଇବାମାତ୍ରେ ସେ ପାଟି ଖୋଲି ପାରୁନଥିଲା । ସନ୍ଧ୍ୟାର ଯାତ୍ରା ଓ ଭୋଜନ ପରେ ସେମାନେ ବାଲିରେ ଅଳ୍ପ ବିଛଣା ପକାଇ ପରସ୍ପରଠାରୁ ଯଥେଷ୍ଟ ଦୂରତ୍ୱ ରଖି ଶୋଇଥିଲେ । ଆଜି ଦିଲ୍‌ବର୍ ନେହା ସହିତ ପଦେ କଥା ବି ହୋଇ ନଥିଲା । ତା' ନିଦକୁ ଭାଂଗିଦେଲା ନେହାର ସ୍ପର୍ଶ । ଆଖିଖୋଲି ଦେଖେ ତ ନେହା ତା'ର ଖୁବ୍ ପାଖରେ ବସିଚି ଓ ତା'ର ଛାତି ଆଉଁଶୁଚି ।

: 'କ'ଣ ଦରକାର ?' - ପଚାରିଲା ଦିଲ୍‌ବର୍ ।

- 'ତମ ପାଇଁ ମୁଁ ପ୍ରସ୍ତୁତ, ଆସ ।' ଖୁବ୍ ଧୀର କଣ୍ଠରେ କହିଲା ନେହା ।

ପଶ୍ଚିମ ଆକାଶରେ ବିଦାୟ ନେଉଥିବା ଜହ୍ନ ଖୁବ୍ ମଳିନ ଦିଶୁଥିଲା । ବ୍ୟାପ୍ତ ମରୁଭୂମିର ବାଲି ଉପରେ ଜଣେ ପୁରୁଷ ଓ ଜଣେ ନାରୀର ନଗ୍ନ ଦେହ ଦିଶୁଥିଲା ଖୁବ୍ ସତେଜ । ପୁରୁଷ ନାରୀକୁ ପଚାରିଲା, 'ତୁ ରାଜି ହେଲୁ କାହିଁକି ?'

- 'ଅନ୍ୟ ଜଣକୁ ଶାନ୍ତ ଓ ତୃପ୍ତ ଦେଖିବାଠାରୁ ମହନୀୟ ମୁହୂର୍ତ୍ତ ବୋଧେ ଆଉ କିଛି ନାହିଁ ଜୀବନରେ । କିନ୍ତୁ ସତରେ ତମେ କ'ଣ ଏତେ କ୍ଷୁଧିତ ଥିଲ ?' ନାରୀ କଣ୍ଠରୁ ଶୁଭିଲା ।

- 'ତୋ'ର କେହି ଭାଇଭଉଣୀ ନାହାନ୍ତି ବୋଲି ତୁ ମତେ କହିଚୁ । କିନ୍ତୁ ମୋର ସାନଭାଇ ମୋଠୁ ପାଞ୍ଚବର୍ଷ ସାନ । ତଥାପି ମୋ'ଠାରୁ ବଳରେ, ବୁଦ୍ଧିରେ, ସାହସରେ ସେ ଖୁବ୍ ଉଚ୍ଚରେ । ମଣିଷ ଜନ୍ମହେବା ବେଳେ ଏକପ୍ରକାରର କ୍ଷୁଧା ନେଇ ଆସେ । ଆଉ ଏକ କ୍ଷୁଧାର ମଂଜି ଗଛଟିଏ ପରି ବଢ଼େ ଯୌବନରେ । କିନ୍ତୁ ଏଇ ଦ୍ୱିତୀୟ କ୍ଷୁଧା ପ୍ରଥମ କ୍ଷୁଧାଠାରୁ ବହୁଗୁଣରେ ବଳବାନ୍ ।' ଦିଲ୍‌ବର୍ କହିଲା ।

- 'କାଲି ସକାଳୁ ଘଣ୍ଟାଏ ଦୁଇ ଘଣ୍ଟା ପରେ ଆମେ ମରୂଦ୍ୟାନରେ ପହଂଚିଯିବା ଓ ତା' ପରେ ତମେ ମତେ ଭୁଲିଯିବ ।' - କହିଲା ନେହା ।

– 'ନାଇଁ, ସେମିତି ହେବ ନାହିଁ । ତୁ କେବଳ ମୋର ଏକମାତ୍ର ତୀର୍ଥସ୍ଥାନ । ତୀର୍ଥସ୍ଥାନକୁ ବାସସ୍ଥଳୀ କରିହୁଏନି । କିନ୍ତୁ ଏଇ ତୀର୍ଥସ୍ଥାନ ଅବଶ୍ୟ ସବୁଦିନ ମୋ ମନ ଭିତରେ ରହିବ ସତେଜ ଫୁଲଟିଏ ପରି ।' – କହିଲା ଦିଲ୍‌ବର୍ ।

ସେମାନଙ୍କ ଦେହରେ ଲାଗିଥିବା ଶିଶିରବିନ୍ଦୁସମୂହକୁ ପୁଣି ସେମାନେ ମିଳିତ କରାଇବାର ଚେଷ୍ଟାକଲେ ।

ଦିନେ ରାତିରେ ଭିକାରି ବଳ

କାଲି ରବିବାର ଥିଲା । ଦିନେ ଦୁଇଦିନ ତଳେ ଆଷାଢ଼ ମାସର ପ୍ରଥମ ବର୍ଷା ଆକାଶକୁ ନିର୍ମଳ କରିଦେଇଥିଲା । ଅଫିସ୍ ତଦାରଖ ପାଇଁ ମୁଁ କଟକରୁ ବାରିପଦା ଗସ୍ତରେ ଯାଉଥିଲି । ମୋ ରହଣି ଇତ୍ୟାଦିର ବ୍ୟବସ୍ଥା, ବାରିପଦାର ବିଭାଗୀୟ କର୍ମଚାରୀମାନେ ଆଗରୁ ମତେ ଜଣାଇ ଦେଇଥିଲେ । କିନ୍ତୁ ମୋର ଜଣେ ସାନଭାଇ ହିସାବ, ଏଠାରେ ବନ ବିଭାଗରେ ଚାକିରି କରେ । ତା' ନାଁ ରଂଜନ; ସେ ଆମ ସାହି ପିଲା ଓ ମୋ'ଠୁ ଚାରିବର୍ଷ ସାନ । ସ୍କୁଲରେ ପଢ଼ିଲାବେଳେ ଅଙ୍କ ବୁଝିବାକୁ ମୋ' ପାଖକୁ ବରାବର ଆସୁଥିଲା । କଟକରେ ବି ଆମ ଘରକୁ କେତେଥର ଆସିଚି, ଖାଇଚି । ତାକୁ ଫୋନ୍ କରି ମୋ' ବାରିପଦା ଆସିବା କଥା ଜଣାଇଲି । ସେ ଖୁବ୍ ଖୁସି ହେଲା ଓ କହିଲା, 'ବିକାଶଭାଇ, ବାରିପଦାରେ ତମେ ମୋ' କୁଣିଆ । ମୁଁ ତମ ଅଫିସ୍‌ବାଲାଙ୍କୁ ପଚାରି ସବୁ ବନ୍ଦୋବସ୍ତ କରିଦେବି ।' ମୁଁ ଖୁସି ହେଲି ।

କଟକ ଆଡ଼ୁ ବାରିପଦା ଟାଉନ୍‌ରେ ପହଂଚିବାର ତିନିଚାରି କିଲୋମିଟର ପୂର୍ବରୁ ବାଁହାତି ବନବିଭାଗର ବଂଗଳା ପଡିବ । ସେଇଠି ମୋ' ରହିବା ବ୍ୟବସ୍ଥା, ରଂଜନ କହିବା ଅନୁସାରେ, କରାଯାଇଥିଲା । ପ୍ରଥମେ ବୁଦାବୁଦା ଗଛ ଓ ପରେ ଦେବଦାରୁ ଜଂଗଲ ଦେଇ, ଭିତରକୁ କିଛି ବାଟ ଗଲାପରେ, ବଂଗଳା ହତାରେ ଗେଟ୍ ପଡ଼ିବ । ବିରାଟ ପଡ଼ିଆ ପରିସରର ଗୋଟିଏ ପାଖକୁ ବ୍ରିଟିଶ୍ ଅମଳର ଦୁଇବଖୁରିଆ ପିଣ୍ଡା ଥିବା କଡ଼ି-ବର୍ଗା-ଟାଇଲିଛପର ଘର । ବଂଗଳାର ଗୋଟିଏ ପାଖରେ ବିରାଟ ଆମ୍ବତୋଟା ଓ ପଛରେ ଶାଳବଣ । ସନ୍ଧ୍ୟା ପାଂଚଟା ବେଳକୁ ମୁଁ ସେଠାରେ ପହଂଚିଲି, ରଂଜନ ଓ ମୋ ଅଫିସ୍‌ଲୋକ ଅପେକ୍ଷା କରିଥିଲେ । ଏକାଠି ବସି ଚା' ପିଇସାରିବା ପରେ ରଂଜନ ସେମାନଙ୍କୁ ଏକରକମ ଘଉଡେଇଦେଲା ।

ମୁଁ ତା' ଅତିଥି, ତେଣୁ ବାରିପଦାରେ ସଂପୂର୍ଣ୍ଣ ତା' ଅକ୍ତିଆରରେ ।

ମୋ' ବିଭାଗୀୟ ଲୋକମାନେ ଚାଲିଗଲା ପରେ, ଆମେ ଦୁହେଁ କିଛି ବେଳ ଦୁଃଖସୁଖ ହେଲୁ । ଦଶବର୍ଷର ବିବାହ ପରେ, ପିଲାଛୁଆ ନ ହେବାରୁ, ରଂଜନଦମ୍ପତି ଖୁବ୍ ଚିନ୍ତିତ । କଥାଟା ଭାବି ମୁଁ ଟିକେ ଦୁଃଖିତ ହୋଇଆସୁଛି, ରଂଜନ ହଠାତ୍ ଖୁବ୍ ଖୁସି ହେଲାପରି କହିଲା, 'ଭାଇ, ତମେ ଗୋଟେ ଭଲ ଦିନରେ ଆସିଲ । ଆଜି ପରା ଆମ ଭଜନ ପଂଜର। ସଂଜବେଳକୁ ।'

'ଭଜନ-ପଂଜର କ'ଣ କିହୋ ?' ମୁଁ ବୁଝି ନପାରି ପଚାରିଲି ।

'ଆମେ ଚାରିପାଂଚଜଣ ଏକାଠି ବସି ମଦ ପିଉ ଓ ଭିକାରି ବଳଙ୍କ କ୍ୟାସେଟ୍ ଶୁଣୁ । ଓଃ, କି କଣ୍ଠ ଖଣ୍ଡେ ପାଇଚି ! ସବୁ ରବିବାର ସଂଜକୁ ଏଇଠି ଆଖଡ଼ା ବସେ । ଏହାପରେ ସେ ଭିକାରି ବଳଙ୍କ ଭଜନ ବୋଲିବାର ଲୁହ-ଧୁଆ ସ୍ୱର ଉପରେ ଖୁବ୍ ତାରିଫ୍ କରି ଭାଷଣଟିଏ ଦେଲା ।

'ହଁ ହଁ, ଭିକାରି ବଳଙ୍କୁ ମୁଁ ବି ଶୁଣେ ଯେ, କିନ୍ତୁ ସକାଳେ । ରାତି ଅଧିଆ ମଦ ପିଇ ଭଜନ ଶୁଣିବା ତମଠୁ ଆଜି ପ୍ରଥମ ଶୁଣିଲି,' ମୁଁ କହିଲି।

'ଆଚ୍ଛା, ତମେ କେତେବେଳେ ଭଜନ ଶୁଣ, କହିଲ ?' ରଂଜନ ପଚାରିଲା ।

'ସକାଳେ, ଚା' ପିଇପିଇ ଖିଅର ହେଉଥିବାବେଳେ...'

'ତେବେ, ତମେ ଭିକାରି ବଳଙ୍କୁ ଚୋପାଟା ବୁଝିବ ।'

'କାହିଁକି ?' ମୁଁ ପଚାରିଲି ।

'ଗୋଟେ ହାତରେ ଚା' କପ୍ ଧରିଚ, ଆର ହାତରେ କ୍ଷୁର ଧରିଚ ଗାଲ ପାଖରେ । ଆର୍ଶିକୁ ଚାହିଁଚ, ଟିକେ ଚା' ପିଉଚ, ମନ ଅଧା ଚା' ପାଖରେ, ଅଧା କ୍ଷୁର ଓ ଆର୍ଶି ଉପରେ, ଭଜନ ସେଠି କଉଠି ପଶିବ ?' ରଂଜନ ବ୍ୟଂଗକରି କହିଲା ।

'ଆଉ କେମିତି ଶୁଣନ୍ତି ତା'ହେଲେ ?' ମୁଁ ପଚାରିଲି ।

'ଭିକାରି ବଳଙ୍କ ଭଜନ ଶୁଣିବା ହେଉଛି, ଛାତି ଭିତରେ ଗଛ ଗୋଟିଏ ଲଗେଇବା । ଟାଙ୍ଗରା ଭୂଇଁରେ କ'ଣ ଗଛ ଉଠିବ ? ପ୍ରଥମେ ଜମିକୁ ଓଦା କରିବ, ଟିକେ ମାଲ୍ ପିଇ । ତା' ଉପରେ ପଡ଼ିଯିବ ଭିକାରି ବଳ, ଓଃ ସେ ଭାବ ଆଉ କାହୁଁ ପାଇବ ?' ରଂଜନ ବୁଝେଇଦେଲା ।

ଏତିକି ଆଭାସ ଦେଇ, ଘରେ ଧୂଆଧୋଇ ହୋଇସାରି ସାଂଗମାନଙ୍କୁ ଧରି ଆସିବାକୁ କହି ରଂଜନ ଚାଲିଗଲା । କିଛି ସମୟ ଏକା ଏକା ପିଣ୍ଡାରେ ବସିଲାପରେ ମୁଁ ବାହାରକୁ ଆସିଲି । ଖଣ୍ଡେ ଦୂରରେ, ବଂଗଳାର ଜଗୁଆଳି ଓ ପୂଝାରୀ ପଡ଼ିଆ ସଫାକରି ଟେବୁଲ ଚୌକି ପକାଉଥିଲେ, ଗ୍ଲାସ୍ ପ୍ଲେଟ୍ ଧୋଇଧାଇ ରଖୁଥିଲେ। ସୂର୍ଯ୍ୟ ଅସ୍ତ ଯାଉଥିଲେ ବି ସମ୍ପୂର୍ଣ୍ଣ ଅନ୍ଧାର ଏ ଯାଏଁ ଘୋଟିନଥିଲା । ଗୁଡାଏ ଧୂଆଁଳିଆ

ପବନ କେଉଁଠୁ ଆସି ଅନ୍ଧାରକୁ ପାଣିଚିଆ କରିଦେଇଥିଲା । ମୁଁ ଚାଲବୁଲ କଲି । ଠାଏ ଠାଏ ଘାସବୁଦା ଓ କେଉଁଠି କେମିତି ଖାଲ ଜାଗାରେ, କାଲି ବର୍ଷାର ଚଳାଏ ଚଳାଏ ପାଣି ରହିଯାଇଥିଲା । ସର୍ କରି ଗୋଟାଏ କ'ଣ ସେଇ ପାଣିରୁ ବାହାରି ଆମ୍ବତୋଟାର ଗହଳ ଭିତରକୁ ପଶିଗଲା । ସେ ଆଡ଼କୁ ଚାହିଁଲି, କାହିଁକି ଭାରି ଭଲ ଲାଗିଲା । ସେଇଠି ଅନ୍ଧାର ସମ୍ପୂର୍ଣ୍ଣ, ପାଣିଚିଆ ନୁହେଁ । ଗଛ ଡାଳରୁ ପକ୍ଷୀଟିଏ ଉଡ଼ି ପାଖ ଗଛର ଭିତର ଡାଳକୁ ପଶିଗଲା । ବର୍ଷା ପରେ ଆମ୍ବଗଛଗୁଡ଼ିକ ଖୁବ୍ ପରିଷ୍କାର ଦିଶୁଥିଲା । ତୋଟାର ଖୁବ୍ ପାଖ ହିଡ଼ ଉପରେ ବସି ତୋଟାର ସୌନ୍ଦର୍ଯ୍ୟରେ ମୁଁ ଅଭିଭୂତ ହୋଇପଡ଼ିଲି । ସତେକି କଳାମଚମଚ ପତ୍ରର ଗୋଟିଏ ଗୋଟିଏ ଗୁମ୍ଫା । ମତେ ଲାଗିଲା ଯେ ଏ ସୃଷ୍ଟିର ସମସ୍ତ ପର୍ବ ସେଇ ଗଛ-ଗୁମ୍ଫା ଘରଗୁଡ଼ିକ ଭିତରେ ବାରମ୍ବାର ଘଟିତ ହୋଇଯାଉଚି । କିନ୍ତୁ ଆମେ ଜାଣିପାରୁ ନାହୁଁ । କେତେବେଳ ଏମିତି ସେଇ ନିର୍ବେଦ ଅନ୍ଧାରକୁ ଅନେଇବସିଛି, ମୋର ଖିଆଲ ନାହିଁ, କାହା ଡାକରେ ସମ୍ବିତ୍‌କୁ ଫେରିଲି ବିକାଶଭାଇ...ବିକାଶଭାଇ... । ଆରେ ଏ ତ ରଂଜନ ଡାକୁଚି ! ପଢ଼ିଆ କଣରେ ସେମାନେ ବସି ଡାକୁଥିବା ଜାଗାକୁ ଯିବା ପାଇଁ ହିଡ଼ ଉପରକୁ ଧୀରେ ଉଠିଲାବେଳକୁ ଦେଖିଲି ଯେ, ଚାରି ପାଂଚ ଫୁଟ ଆକାର ଲହରି ପରି ଦୋଳିଲା ପବନର ବଳୟ ମୋ ପାଖଦେଇ, ମୋ ଦେହ ଛୁଇଁ ତୋଟା ଭିତରକୁ ଚାଲିଗଲା । ପାଣି ଉପରେ ତେଲ ପଡ଼ିଥିଲେ ଯେଉଁ ପ୍ରକାର ଏକ ପତଳା ରଂଗ, କଣେଇ ଅନେଇଲେ ଦୃଶ୍ୟହୁଏ, ବଳୟଟିର ରଂଗ ଥିଲା ସେପରି । ତା' ଭିତରଯାକ ଗାଢ଼ା, ବହୁତ ଗୁଡାଏ ବିନ୍ଦୁ । ଲାଗିଲା, ଯେମିତି ମୁଁ ଜାଣିନଥିବା ଅଲଗା ପ୍ରକାର ଜୀବ, ନୌକା ବାହି, ଆମ୍ବତୋଟା ଭିତରକୁ ପଶିଗଲେ ।

କ'ଣ ଦେଖିଲି ? ପବନ ଦେଖିଲି ? ମୁଁ ଠିକ୍ ଅଛି ନା ନାହିଁ ଜାଣିବାକୁ ଗାଲବେକ ଚିମୁଟିଲି । ଛାତିରେ ଛେପ ପକାଇଲି । ରଂଜନ ପଛଆଡ଼ୁ ବଡ଼ପାଟିରେ ଡାକୁଥିଲା, 'ବିକାଶ ଭାଇ, ଆସ, ଆସ ।' ଏଇ ସ୍ୱର ସହିତ ଆଉଗୋଟିଏ ସ୍ୱର ଆମ୍ବତୋଟା ଭିତରୁ ମତେ ସ୍ପଷ୍ଟ ଶୁଣାଗଲା, 'ଭିଖ୍ୟାଛାଇଇ, ଆଛଛ, ଆଛଛ ।' ପଛରୁ ତ ରଂଜନ ଡାକୁଚି, ଏପଟୁ କିଏ ଡାକୁଚି ? ଆମ୍ବତୋଟାରେ କ'ଣ ତା'ର ଡାକିବା ପ୍ରତିଧ୍ୱନିତ ହୋଇ ଏପରି ଶୁଭୁଛି ! ମୁଁ ଆସର ଜାଗାକୁ ଫେରିଲି । ମୁଁ ପାଖ ହୋଇଯିବାରୁ ରଂଜନ ଡାକୁଥିବାର ଶୁଣିଲି, 'ବିକାଶ ଭାଇ, ତମେ ଏମିତି ଚାଲୁଚ ଯେ ଯେମିତି ମଦ ନାଆଁ ଶୁଣୁଶୁଣୁ ତମକୁ ନିଶା ।' ରଂଜନ ପାଖରେ ଯେଉଁ ବାବୁଜଣକ ବସିଥିଲେ, ସେ ଟିପ୍‌ପଣୀ ଦେଲେ, 'ସାର୍ ତାହେଲେ ମୋ ପରିକା, ନାଆଁ ଶୁଣୁଶୁଣୁ ନିଶା ।'

ମୁଁ ଆସରରେ ମିଶିଗଲା ପରି ପାଖେଇଆସିଲିଣି । ସମୟ ବୋଧେ ସାତଟା

ଉପରେ ହେବ । ପୂର୍ଣ୍ଣିମା ଦୁଇଦିନ ପର ଜହ୍ନ ହେବକି କ'ଣ, ଅଳ୍ପ ଉଠି ଏତିକି ଆଲୋକିତ କରିଚି, ଯେତିକିରେ ମଣିଷ କେତେଜଣ ପାଖରେ ବସିଛନ୍ତି ବୋଲି ଜାଣିହେବ । ରଂଜନ ତା' ଚଉକିରୁ ଉଠି ମୋ ପାଖକୁ ଆସିଲା ଓ ମୋର ସବୁଠୁ ପାଖରେ ଥିବା, ଟିପ୍ପଣୀ ଦେଇଥିବା ବାବୁଙ୍କୁ ଆଗ ଚିହ୍ନେଇଲା: 'ଇଏ ହେଲେ ବୀରବର ସାମନ୍ତ । ବଜାରରେ ସବୁଠୁ ବଡ଼ ଲୁଗା ଦୋକାନ ୟାଙ୍କର । ତିନିପୁଅ, ବଡ଼ ଏଇଠି ରହେ ଓ ଦୋକାନ କଥା ଏବେ ପୂରା ବୁଝୁଚି, ମଝିଆଁ ପାଖ ଗାଁ ହାଇସ୍କୁଲରେ ହେଡ୍‌ମାଷ୍ଟର । ଏକାନ୍ନ ପରିବାର, ଦୁଇପୁଅ ବୀରବାବୁଙ୍କ କଥାକୁ ବେଦଗାର ମଣନ୍ତି । ସାନ, ଆମେରିକାରେ କମ୍ପ୍ୟୁଟର ଇଂଜିନିୟର । ଆରମାସରେ ଏଇଠି ତା' ବାହାଘର । ଝିଅ ଦେଖିବାକୁ ପୁଅ କ'ଣ ଆମେରିକାରୁ ଆସିବ । କହିଲା, 'ବାପା ! ତମର ଯେଉଁଠି ମତ, ମୋର ସେଠି ହଁ ।' ବୀରବାବୁ ଠିଆହେଲେଣି । ରଂଜନ ଆହୁରି ବଖାଣୁଥିଲା, 'ସ୍ତ୍ରୀ ଚାରିବର୍ଷ ତଳେ ମରିଗଲେ, ସେଇଦିନଠାରୁ ଇଏ ଆମ ଘଣିକି ଆସିଲେ । ଗାନାବଜାନାରେ ପିଲାଟିଦିନରୁ ଶ୍ରଦ୍ଧା, କହିବ ତ ଆଜି ରାତିରେ ଗୋଟେଅଧେ ଗାଇକି ଶୁଣେଇଦେବେ ।'

ରଂଜନ ଏତକ କହିଲାବେଳକୁ, ବୀରବାବୁ ମତେ ନମସ୍କାର କରି ଅଧ-କୁଣ୍ଠା କରିସାରିଥିଲେ । ଷାଠିଏ ପାରି ହୋଇଥିବା ବେଶ୍ ସ୍ୱାସ୍ଥ୍ୟବାନ୍ ମଣିଷ । ଲୁଗା ଓ ଦାମୀ ସିଲ୍କ କନାର ଜାମା ପିନ୍ଧିଥିଲେ । ଦୁଇହାତ ଆଙ୍ଗୁଠିରେ ଗୁଡାଏ ମୁଦି ପିନ୍ଧିଥିଲେ କି କଣ, ସେମିତି ଦିଶିଲା । କାନ ପାଖରେ ଅତର ବାସିଲା । ଅନ୍ଧାରରେ ଯେତିକି ଦିଶିଲା ତାଙ୍କ ମୁହଁକୁ ଅନେଇଲି: ଖୁସିବାସିଆ ଲୋକ । ମୁଣ୍ଡବାଳ ମଝିରେ ସୂଚ୍ଛା କରି କୁଣ୍ଡେଇଥିଲେ । ଟିପ୍ପଣୀ ଦେଲାବେଳଠୁ ଜାଣିଥିଲି ଯେ ତାଙ୍କ ସ୍ୱର କୋମଳ ।

ବୀରବାବୁ ଟିକେ ପଛକୁ ହଟିଗଲେ ଓ ତାଙ୍କ ପାଖରେ ବସିଥିବା ବାବୁ ଠିଆହୋଇ ମୋ ସହିତ ହାତ ମିଳାଇଲେ । ରଂଜନ କହିଲା – ତାଙ୍କ ନାଆଁ ରତିରମଣ ଦେ । ନାଆଁଟା ସିନା ବଂଗଳା ଶୁଭୁଛି, ସେ କିନ୍ତୁ ଖାଣ୍ଟି ଓଡ଼ିଆ । ମୁଁ ଦେଖିଲି, ବାବୁଙ୍କ ବୟସ ପଚାଶ ଭିତରେ ହେବ । ମୁହଁ ଲମ୍ବାକୁ ମୋଟା ନିଶ ମାନୁନଥିଲା । ସେ ପ୍ୟାଣ୍ଟ ଉପରେ ପଂଜାବି ପିନ୍ଧିଥିଲେ ଓ ଆମେ ହାତ ମିଳାଇସାରିଲାପରେ ସିଗାରେଟ୍ ଲଗାଇ ଡାହାଣ ହାତ ଅଙ୍ଗୁଳିରେ ରଖିଲେ ଓ ବାଁ ହାତ ପକେଟ୍‌ରେ ପୂରାଇଲେ । ମୋଟା ଚଷମା ତଳୁ ଦୁଇଟି ଗମ୍ଭୀର ଆଖି, ମୋ ଆଡ଼େ ପଡ଼ିଆ ଆଡ଼କୁ ଚାହୁଁଥିବା ପରି ଦେଖି, ମରା-ମୁର୍କି ହସଟିଏ ଛାଡ଼ିଦେଲେ ଓ ବସିଲେ ।

ମୁଁ ଚୌକି ପଛ ଦେଇ ତୃତୀୟ ବ୍ୟକ୍ତିଙ୍କ ପାଖକୁ ଗଲି । ସେ ଠିଆହେଲେ । ଆମେ ପରସ୍ପରକୁ ନମସ୍କାର ହେଲାବେଳେ କହିଲେ, 'ଆଜ୍ଞା ମୋ ନାଆଁ ବିପିନବିହାରି

ଖମାରୀ । ମୁଁ ରାସ୍ତା ଓ ଗୃହନିର୍ମାଣ ବିଭାଗର ଯନ୍ତ୍ରୀ ।’ ରଂଜନ କହୁଥିଲା, ଖମାରୀବାବୁ ବାରିପଦାରେ ଏକଲା ରହନ୍ତି, ପିଲାମାନେ କଟକରେ, ଛୁଟି ହେଲେ ଆସନ୍ତି । କିନ୍ତୁ ଆଜି ରାତିର ଖାଇବା, ତାଙ୍କ ଘରୁ ତିଆରି ହୋଇ ଆସିବ । ବାବୁମାନେ ଯେଉଁ ଜିପ୍‌ରେ ଆସିଲେ, ସେଇଟି ତାଙ୍କୁ ମିଳିଚି ।’ ମୁଁ ଦେଖିଲି, ଉଚ୍ଚା ଠାକରା ଚେହେରା । ପୂରାହାତ ଜାମା ପିନ୍ଧିଛନ୍ତି, କିନ୍ତୁ ହାତବୋତାମ କଷିନଥିବାରୁ ହାତ ଉଠାଇଲାବେଳେ କନା ପରି ଦୋହଲୁଚି । ଖୁବ୍ ପାନ ଖାଉଥାନ୍ତୁ କି ଅନ୍ଧାରରେ ମତେ ଠିକ୍ ଦିଶୁନାହିଁ, ଦାନ୍ତସବୁ କଳା । ଠିଆହେଲାବେଳେ ପଡ଼ିଯିବେ କି କ’ଣ ହଉଥିଲେ । ଟିକେ ପାଟିଲାଗେ, ପରେ କଥା ହେଲାରୁ ଜାଣିଲି ।

ମୁଁ ଆସରର ଶେଷ ଭଦ୍ରବ୍ୟକ୍ତିଙ୍କ ପାଖକୁ ଚାଲିଆସିଲି । ସେ ଠିଆହେଲେ । କଳା ଶେରଓ୍ୱାନି ପିନ୍ଧିଥିଲେ ଓ କଳା ଚଷମା ଲଗାଇଥିଲେ । ହାତ ମିଳାଇଲାବେଳେ ଲାଗିଲା, ଯେମିତି ନିହାତି କୁନିପିଲାର କୋମଳ ହାତ । ମୁହଁ ମଧ୍ୟ ଏମିତି ଗୋଲାପୀ ଲାଲ୍ ଦିଶୁଥିଲା, ଯେମିତିକି ଏଇ ଜନ୍ମ ହୋଇଥିବା ଛୁଆର ଚମଡ଼ା । ରଂଜନ କହିଲା – ‘ଚନ୍ଦ୍ରଭାନୁ ଭଂଜଦେଓ । ଆମ ରାଜା ସାହାବ, ବାରିପଦା ମହାରାଜାଙ୍କ ଦୂର-ସମ୍ପର୍କୀୟ । ବଜାରରେ ଅଧାଅଧି ଦୋକାନ ଘରର ମାଲିକ, ଏଇ ରାଜା ସାହେବ, କିନ୍ତୁ ତିରିଶବର୍ଷ ଭିତରେ କାହାକୁ ଭଡ଼ା ବଢ଼େଇବାକୁ କେବେ କହିନାହାନ୍ତି । ଯିଏ ଯାହା ଦେଲା, ଭଡାଟିଆଙ୍କ ଇଚ୍ଛା । ସମସ୍ତେ ମାନନ୍ତି, କାରଣ ସେ କାହାକୁ କିଛି କହନ୍ତି ନାହିଁ । ସବୁଠୁ ଦୁଃଖର କଥା, ଆଲୁଅ ତାଙ୍କର ଚିରଶତ୍ରୁ । ଏମିତିକି ମେଘୁଆ ଖରାର ଧାରଟିଏ ଯଦି ତାଙ୍କ ଦେହରେ ଦୈବାତ୍ ଲାଗିଯାଏ, ସେ ଜାଗା ଫଳିଯାଇ ଘା’ ହୋଇଯିବ ଓ ବଡ଼ କଷ୍ଟରେ ଶୁଖିବ । ଜହ୍ନଆଲୁଅରେ ସେମିତି ଘା’ ହୁଏ ନାହିଁ, କିନ୍ତୁ ବେଶି ଫରଚାହେଲେ ଦେହ ଖୁବ୍ ପୋଡ଼ାଜଳା କରେ । ତେଣୁ ରାଜା ସାହାବଙ୍କ ପାଇଁ ଦିନ ଓ ରାତି ସମାନ; ସେଇ ଅନ୍ଧାର ଘର ।’ ଏତକ ବିବରଣୀ ଦେଇସାରିଲାପରେ ରଂଜନ କହିଲା – ‘କିନ୍ତୁ କି ଆଶ୍ଚର୍ଯ୍ୟ ବିକାଶଭାଇ ! ରାଜା ସାହାବ ଅନ୍ଧାର ଭିତରେ ଜାଲ୍‌ଜାଲୁଆ କୁହୁଡ଼ିରେ ଦେଖିଲା ପରି ସବୁ ଦେଖିପାରନ୍ତି, ଯାହା ଆମେ ତମେ ଦେଖିପାରିବା ନାହିଁ ।’ ମୁଁ ତାଙ୍କ ପାଖ ଚୌକିରେ ବସିଲି । ସାରା ପରିବେଶ ସଂଜବେଳଠୁ କାହିଁକି ଅନ୍ଧାର ରଖାଯାଇଚି, ଜାଣିଲି ।

ଆମେ ଗୋଲେଇ ହୋଇ ବସିଥିଲୁ । ମଝି ଟେବୁଲରେ ମଦବୋତଲ ଉପରେ ଫୁଲମାଳ ଗୁଡ଼ାହୋଇଥିଲା । ରଂଜନ ତା’ ଚୌକି ପାଖରେ ଟେପ୍ ରେକର୍ଡ଼ର ରଖିଥିଲା ଓ ଗୁଡ଼ାଏ ଧୂପକାଠି ସେଇଠି ଜଳେଇଥିଲା । ବୀରବାବୁ ବୟସରେ ସବୁଠୁ ବଡ଼, ସେ ବୋତଲ ଖୋଲି ସମସ୍ତଙ୍କ ଗ୍ଲାସରେ ଢାଳିଲେ । ଆଉ କିଏ କିଏ ପାଣି, ସୋଡ଼ା

ଢାଳିଲେ । ପୂରା ଗ୍ଲାସ୍‌ଗୁଡ଼ିକୁ ଆମେ ସମସ୍ତେ ଆକାଶ ଆଡ଼କୁ ଟିକିଏ ଟେକି ପିଇବା ଆରମ୍ଭ କଲୁ । ବୀରବାବୁ ପିଇବା ଆଗରୁ, ମଝି ଆଙ୍ଗୁଠିରେ ତିନିଥର ଗ୍ଲାସରୁ ବାହାରେ ଛାଟିଲେ, ତା'ପରେ ପିଇଲେ । ଆଜି ସଭାରେ ଆମିଷ ପଶିପାରିବ ନାହିଁ । କାଜୁ, ଛେନା ଓ ଫଳରେ କାମ ଚଳାଇବାକୁ ପଡ଼ିବ ।

ସଭା ନିୟମ ଅନୁସାରେ ଗ୍ଲାସଗୁଡ଼ିକ ଦ୍ୱିତୀୟ ଥର ପାଇଁ ପୂରଣ ହେଲାପରେ ଭିକାରି ବଳଙ୍କୁ ଅଣାଯିବ । ଏବେ ସେଇ ସମୟ । ରଂଜନ ଜୟ ଜଗନ୍ନାଥ କହିଲା ଓ ଟେପ୍ ରେକର୍ଡ଼ର ବୋତାମ ଚିପିଲା । ସେଇ ଭିତରୁ ଭିକାରି ବଳ ଗାଉଥିଲେ: ଆହା ମୋ ଜୀବନଧନୀ ଜୀବନେ କି ଥିବୁରେ...ଗୀତକୁ କାନଦେଇ ବନ୍ଧୁମାନଙ୍କ ଆଡ଼କୁ ଲକ୍ଷ୍ୟ କଲି । ଦେ'ବାବୁ ସିଗାରେଟ୍ ଡାହାଣ ହାତମୁଠାରେ ଧରି ଲମ୍ବା ଦମ୍ ନେଉଥିଲେ, ବାଁ ହାତକୁ ମୁଠାକରି ଚୌକିବାଡ଼ ଉପରେ ଠୁକୁଥିଲେ ଓ ଟିକେ ଦୂରରେ ଶୋଇଥିବା ବୁଲାକୁକୁର ଆଡ଼କୁ ଅନେଇ ନିଜକୁ ନିଜେ ଗୁଣୁଗୁଣୁ ହୋଇ କ'ଣସବୁ କହୁଥିଲେ । ରାଜା ସାହାବ ରଂଜନ ଆଡ଼କୁ ଚୌକି ଟାଣିନେଇ ତା'ସହିତ, ତାଙ୍କ ଜମି ଉପରେ କେଉଁ ଗଛ ଲଗାଇଲେ ବେଶି ଲାଭଦାୟକ ହେବ, ସେ ବିଷୟରେ ଆଲୋଚନା କରୁଥିଲେ, ଧୀରଗଳାରେ । ଯନ୍ତ୍ରୀ ମହୋଦୟ ହାଇମାରି ପାଟି ପାଖରେ ଚୁଟ୍‌କି ମାରିଲେ । ବୀରବାବୁଙ୍କ ଉପରେ ଆଖିପଡ଼ିଲାରୁ ଦେଖିଲି, ସେ ଗୀତ ସହ ନିଜ ସ୍ୱର ମିଶାଇ ଗାଉଛନ୍ତି । ପୂରା ମଜଗୁଲ । ବର୍ଷାରେ ଡାଳରୁ ଫୁଲ ଗୋଟିଏ ଗୋଟିଏ ଝଡ଼ିପଡ଼ିଲା ପରି, ଶବ୍ଦ ଝରିପଡୁଛନ୍ତି, ଗାୟକଙ୍କ ଭାବବିହ୍ୱଳ କଣ୍ଠରୁ : ଏଇ ବିରହରେ ମୋ ଜୀବନଧନୀ କ'ଣ ସତରେ ବଂଚିଥିବ କି ? ଗଭୀର ରାତିରେ ଆଶାପଲଙ୍କରେ ବସି ଭାଷା ଲେଖୁଥିବ କି କ'ଣ ! କେଶ ମୁକୁଳା ହୋଇ ଗଳାର ମୋତିମାଳା ଇତସ୍ତତଃ ହୋଇ ପଡ଼ିଥିବ। ଜୀବନଧନୀ ବିନା ମୁଁ ଏଠି ଆଉ କିପରି ବଂଚିବି ? ଗୀତଟି ସରିଆସୁଛି : କହେ ଉପଇନ୍ଦ୍ର, କବିକୁଳ ଚନ୍ଦ୍ର...ବୀରବାବୁ ଆହା ଆହା କରି ସେଇ ବିଭୋର ଭାବରେ ଚୌକିରୁ ଉଠି ବଂଗଳା ପାଖ ଗୋଲାପ ବଗିଚାଆଡ଼କୁ ଛୁଟିଲେ ।

ପ୍ରାୟ ଦଶମିନିଟ୍ ପରେ, ପରିସ୍ରା ଯିବାକୁ ମୁଁ ବଂଗଳାଘର ଭିତରକୁ ଗଲି ଓ ଫେରି ଦେଖିଲି ଯେ ବୀରବାବୁ ଗୋଟିଏ ଗୋଲାପଗଛକୁ ସାଉଁଳେଇ ସେଇଠି ଠିଆହୋଇରହିଛନ୍ତି । ମତେ ଦେଖି, ମୋ' ସାଂଗେ କଥାହେବା ଆରମ୍ଭକଲେ, 'ଖୁବ୍ ଗରମ ହେଉଚି ନା ?'

'ହଁ ଯେ, କିନ୍ତୁ ଆପଣ ଏଠି ଏତେବେଳଯାଏଁ ଠିଆହୋଇ କ'ଣ କରୁଛନ୍ତି ?'

'ମୋ ସ୍ତ୍ରୀଙ୍କୁ ଦବାପାଇଁ ଫୁଲଟିଏ ଛିଣ୍ଡେଇବି ଯେ ଗଛକୁ କହୁଚି, ଫୁଲକୁ ମନଉଚି ।'

ଘରକୁ ଯାଇ ସ୍ତ୍ରୀଙ୍କ ଫଟୋ ଉପରେ ଦେବେ ବୋଧେ, ମୁଁ ଭାବିଲି ।

'ଆଚ୍ଛା, ବିଧାତା ସବୁ ଦବ, କିନ୍ତୁ ଟିକେ କେଁ ଲଗେଇଦେଇଥିବ । ଏମିତି କାହିଁକି ହୁଏ କହିଲେ ସାର୍?' ବୀରବାବୁ ଫୁଲକୁ କହିଲାପରି, ମତେ ପଚାରିଲେ ।

'କାଳେ ଆପଣ ବିଧାତାକୁ ଭୁଲିଯିବେ, ସେଇଥିପାଇଁ ବୋଧେ' ମୁଁ କହିଲି ।

ତା'ପରେ ବୀରବାବୁ କହିଲେ, ସେ ରଂଜନଠାରୁ ଜାଣନ୍ତି ଯେ ମୁଁ କ'ଣସବୁ ଲେଖାଲେଖି କରେ ଓ ଦର୍ଶନଶାସ୍ତ୍ରରେ ପାଠପଢ଼ିଚି । ତାଙ୍କର ଗୋଟାଏ ବଡ଼ ସମସ୍ୟା ଅଛି, ସେ ମୋ'ଠୁ ତା'ର ଗୋଟାଏ କିଛି ସମାଧାନ ବା ଉତ୍ତର ଚାହାନ୍ତି । ବୀରବାବୁ ଏ ଭିତରେ ସନ୍ତର୍ପଣରେ ଦୁଇଟି ପତ୍ର ସହିତ ଫୁଲଟିକୁ ଛିଣ୍ଡାଇସାରିଥିଲେ ଓ ତାକୁ ଛାତି ପକେଟରେ ରଖିଲେ । ଦୁଆରମୁହଁ ପାହାଚକୁ ତାଙ୍କ ଲୁଗାକାନିରେ ଝାଡ଼ିଦେଲେ । ଆମେ ସେଇଠି ବସିଲୁ ଓ ମୁଁ ବୀରବାବୁଙ୍କୁ ମନଦେଇ ଶୁଣିଲି ।

ବୀରବାବୁଙ୍କ ଜୀବନର କେବଳ ସମସ୍ୟା ହେଉଚି, ତାଙ୍କ ପିଲାଦିନର ସାଥୀ ଘନ – ଘନଶ୍ୟାମ ରାଉତ । ପିଲାଦିନଠୁ ଏବେ ବୁଢ଼ାକାଳଯାଏ ତାଙ୍କୁ ଆଦୌ ସହିପାରେ ନାହିଁ, ସବୁବେଳେ ହଇରାଣ କରୁଚି ।

ସ୍କୁଲରେ ଓ ପରେ କଲେଜରେ ଆଇ.ଏ. ପର୍ଯ୍ୟନ୍ତ ସେମାନେ ଏକାଠି ପଢୁଥିଲେ । ପଢ଼ା ସେତିକିରେ ସାରି ଦୁହେଁ ଯେ ଯାହାର ପୈତୃକ ବ୍ୟବସାୟ ବୁଝିଲେ । ଘନବାପାଙ୍କର ଭଲ ଚାଉଳ ବ୍ୟବସାୟ; ପାଖଆଖ ଗାଁରୁ ଚାଉଳ ସଂଗ୍ରହ କରି କଟକ ଚାଲାଣ କରନ୍ତି । ଘନର ପିଲାଟିଦିନରୁ ଗୋଟିଏ ବଡ଼ ଖରାପ ପ୍ରକୃତି, ତାକୁ ଏ ଯାଏଁ ବି ଛାଡ଼ିଲା ନାହିଁ, ସେଇଟା ବଡ଼ ନୁଙ୍ଗୁରା, ନାରୀ-ରଙ୍କୁଣା । ବୀରବାବୁଙ୍କୁ ଏ ବେହିଆ ଢଙ୍ଗ ଭଲଲାଗେ ନାହିଁ । କିରେ, ଏତେ ସୁନ୍ଦର କରି ଦୈବ ଏ ଯେଉଁ ଯୁବତୀ ଚିଜ ଗଢ଼ିଚି, ସେଥିପାଇଁ ତାଙ୍କୁ କେତେ ସାଧନା, କେତେ କଷ୍ଟ ସହିବାକୁ ପଡ଼ିନଥିବ! ତେଣୁ ସବୁ ଝିଅ, ସବୁ ନାରୀ, ତାଙ୍କୁ ଅପ୍‌ସରା ପରି ସୁନ୍ଦର ଓ ଫୁଲ ପରି କୋମଳ ଲାଗନ୍ତି । ଏଇ ଯେଉଁ ଫୁଲଟି ଏବେ ଗଛରୁ ତୋଳିଲେ, କେତେ ଗେହ୍ଲାରେ, କେତେ ଆଦରରେ; ନାରୀ ସହିତ ସମ୍ପର୍କ ସେଇପରି । ଭାରି ନରମ ହେବାକୁ ପଡ଼ିବ, ନ ହେଲେ ଫୁଲଟି ଝାଉଁଳିଯିବ କି ଦଳିହୋଇଯିବ, କ'ଣ ଲାଭ ପାଇବ? କିନ୍ତୁ ଘନ ମୋଟେ ବୁଝିପାରେ ନାହିଁ ।

ଯୁବାବେଳେ, ଦୁହେଁ ବ୍ୟବସାୟ କାମରେ ଏକାଠି କଟକ ଯାଉଥିଲେ । ମାଲ୍‌ଗୋଦାମ କାମ ଦୁଇଦିନି ଦିନ ଲାଗେ । ଥରେ ରାତିରେ ସିନେମା ଯିବା ବୋଲି

ବୀରବାବୁଙ୍କୁ ଫୁସୁଲେଇ ଘନ ଆଉଗୋଟେ ଆଖଡ଼ାକୁ ନେଇଗଲା । ଘରର କବାଟ ଝର୍କା ସବୁ ବନ୍ଦ ଥିଲା ଓ ଘନର କଟକୀ ସାଂଗ ତିନିଚାରିଟା ଟୋକା, ଗୋଟେ ଛୋଟ ପ୍ରୋଜେକ୍ଟର, ପରଦା ଓ ରିଲ୍ ଯୋଗଡ଼ କରି ବସିଥିଲେ । ଏମାନେ ପହଂଚିଲାରୁ ଘର ଅନ୍ଧାର କରି ସିନେମା ଆରମ୍ଭ ହେଲା । ଏଁ, ଏଁ, ଏ କ'ଣ ? ଏଗୁଡା କ'ଣ ଗୋରା ଦେଶର ସିନେମା ? ଦୁଇଟା ଯୁବକ, ତିନିଜଣ ଝିଅପିଲା ଲଂଗଳା ହୋଇପଡ଼ିଲେ । ପୁରୁଷ ଓ ସ୍ତ୍ରୀ ପରସ୍ପର ଗେହ୍ଲା ତ ହେଉ ନାହାନ୍ତି, ପୁରୁଷ ଦୁଇଜଣ ବାଡ଼ି ବାହାର କରି ଝିଅଗୁଡ଼ାଙ୍କୁ ବାଡ଼େଇ ଯେମିତି ଝୁଣିପକଉଛନ୍ତି । ଝିଅଗୁଡ଼ା ଓଃ ଆଃ ଚିତ୍କାର କରି, ଏ ଉପଦ୍ରବକୁ ସହୁଛନ୍ତି । ବାଟଅବାଟ ନାହିଁ, ତୁଣ୍ଡମୁଣ୍ଡ ନାହିଁ ... ଛି...ଛି...ଛି..ବୀରବାବୁ ଆଉ ଦେଖିପାରିଲେ ନାହିଁ, କବାଟ ଅଣ୍ଡାଳି ବାହାରକୁ ପଳେଇ ଆସିଲେ । ସେଇଦିନଠାରୁ ନାରୀ ସହିତ ଏଇ ପ୍ରକାର ବ୍ୟବହାର ପାଇଁ ତାଙ୍କ ମନ ଛି ହୋଇଗଲା । ଘନ କିନ୍ତୁ ସରିବାଯାଏ ସବୁ ଦେଖିଲା, ବସାକୁ ଫେରିଲାବେଳକୁ ସେଇଗୁଡ଼ାକୁ ବର୍ଣ୍ଣନା କରୁଥିଲା, ବଜାରୀ !

ଆଉଥରେ, ବୀରବାବୁଙ୍କୁ ମିଛ କହି କଟକ ରେଲଷ୍ଟେସନ୍ ପାଖରେ ଗାଟେ ବେଶ୍ୟାଘରକୁ ନେଇ ଯାଇଥିଲା। ଗୋଟିଏ ବଖରାରେ ତାଙ୍କୁ ଜବରଦସ୍ତ ପୂରେଇ ଘନ ବାହାରପଟୁ କବାଟ କିଳିଦେଲା । ଖଟ ଉପରେ ଜଣେ କିଏ ଚଦର ଘୋଡେଇ ହୋଇ ଶୋଇଥିଲା । କବାଟ ବନ୍ଦ୍‌ହେବାରୁ ଚଦରଟା ବାହାରକୁ ପକେଇଦେଲା । ବୀରବାବୁ ଦେଖିଲେ, କୋଡିଏ ବର୍ଷର ସୁନ୍ଦରୀ ଗୋରୀଟିଏ ଖଟ ଉପରେ ଶୋଇ ତାଙ୍କ ଆଡ଼କୁ ଅନେଇ ଆଖି ମାରିଦେଲା । ଆହା ! ସତେକି ମଖମଲ ପିତୁଳାଟିଏ । ବୀରବାବୁ ତାକୁ ଅନେଇ କହିଲେ: ତମେ ନିଶ୍ଚେ ସ୍ୱର୍ଗଦେଶର ଅପ୍‌ସରା । ଖଟ ଉପରୁ କଥା ଶୁଭିଲା: 'କେତେ ସାକୁଲେଇ ହଉଚ ମ' କାମ ଆଗରୁ, ଦେଲ ଦେଖି ଅଧିକା ପାଂଚ ଟଙ୍କା ?' ବୀରବାବୁ ପକେଟ୍‌ରୁ ଦଶଟଙ୍କିଆ ନୋଟ୍‌ଟିଏ କାଢ଼ି ବଢ଼େଇଦେଲେ । ଝିଅଟି ଅବାକ୍ ହୋଇ ହସି, ଟଙ୍କା ତକିଆତଳେ ରଖୁ ରଖୁ କହିଲା: 'ଦିଅ, ଖୋଲ, ତମକୁ ତରତର କରିବି ନାହିଁ ।' କିନ୍ତୁ ବୀରବାବୁଙ୍କୁ ତରତର ହେବା ଦରକାର ପଡ଼ିଲା ନାହିଁ । ନାରୀକୁ ଦେଖିଲେ, ତାକୁ ଆଉଁଶିଲେ, ବୀରବାବୁ ତୃପ୍ତହୋଇ ଯାଆନ୍ତି । ପଶୁପଣ କରିବାକୁ କେବେ ମନ ବଳେ ନାହିଁ । ଅଧଘଣ୍ଟାଏ ବୀରବାବୁ ସେଇ ଅପ୍‌ସରା ପାଖରେ ରହିଲେ । ଗଲାବେଳକୁ ଅପ୍‌ସରାଟି କହିଲା : 'ଯା' ବାବୁ, ତମ ଦେଇ ହବ ନାହିଁ ।' ଏ ଘଟଣା ପରେ ଘନ ସହିତ ସେ ଆଉ କେବେ କଟକ ଆସିଲେ ନାହିଁ । କିନ୍ତୁ ଘନ ବାରିପଦାର ବନ୍ଧୁମହଲରେ ପ୍ରଚାର କରିଦେଇଥିଲା ଯେ ବୀରଟା ପୂରା ଅଣପୁରୁଷା ।

ପଶୁପଣ ଯଦି ପୁରୁଷପଣ, ତେବେ ବୀରବାବୁଙ୍କର ସେମିତି ହେବାକୁ ଜମ୍ମା ମନ ହେଲା ନାହିଁ । ଠିକ୍ କରିଥିଲେ ଯେ ବାହାହେବେ ନାହିଁ । କିନ୍ତୁ ତାଙ୍କ ବାପା ତା' କରେଇଦେଲେ ନାହିଁ ... ତୁ ମୋର ଗୋଟିଏବୋଲି ପୁଅ, ବାହାହବୁନି, ବଂଶ ରକ୍ଷା ହବ କେମିତି ? ପିତୃଆଜ୍ଞାରେ ବୀରବାବୁ ବାହାହେଲେ, ସ୍ତ୍ରୀଙ୍କ ନାଁ ମନ୍ଦୋଦରୀ । ରୂପ ଯେମିତି, ସ୍ୱଭାବ ସେମିତି; ବୀରବାବୁଙ୍କ ମନକୁ ଏକଦମ୍ ଖାପ ଖାଇଲା । ଦୋକାନରୁ ଛାଟିପିଟି ହୋଇ ବୀରବାବୁ ଘରକୁ ପଳାଇଆସନ୍ତି, ଏକାଠି ଗାଧୁଅନ୍ତି, ଗୋଟିଏ ଥାଳିରେ ଖାଆନ୍ତି, ଧରାଧରି ହୋଇ ଶୁଅନ୍ତି । ବୀରବାବୁଙ୍କୁ ଖୁବ୍ ଭଲ ଲାଗେ । ମନ୍ଦୋଦରୀ କୁହନ୍ତି: 'ତମେ ଏଡ଼େ ଭଲଟିଏ ଯେ...କିଛି ନହେଲା ନାଇଁ, ମୁଁ ଏମିତି ଚଳେଇନେବି। ଦେଖୁନ, ଚାଲିବା ଆଗରୁ ତମେ କେମିତି ପହଂଚିଯାଉଛ !' ମନ୍ଦୋଦରୀ ଉପରେ ସନ୍ତୋଷରେ ବୀରବାବୁଙ୍କ ଆଖିକୁ ଲୁହ ଚାଲିଆସେ । ମନ୍ଦୋଦରୀ ସହିତ ଦୁଇବର୍ଷ ଏମିତି ମହାସୁଖରେ କଟାଇଲାବେଳକୁ ଦିନେ ବାପା ଖବର ପଠାଇ ଡକେଇଲେ ଓ ପଚାରିଲେ : 'କିରେ ବୀର, ଦୁଇବର୍ଷ ହେଲାଣି, ପିଲା କରୁନାହଁ, ବଂଶରକ୍ଷା ହେବ କେମିତି ?'

ବାପାଙ୍କ ଏଇ ତାଗିଦାରେ ଦଶବର୍ଷଯାଏ, ତିନିଚାରିମାସରେ ବୀରବାବୁ ସସ୍ତ୍ରୀକ ତୀର୍ଥ ଓ ନୂଆନୂଆ ସ୍ଥାନ ଭ୍ରମଣରେ ଗଲେ । ସାଂଗରେ ତାଙ୍କ ସାଂଗ ଓ ଗୀତ ଗାଇଲାବେଳେ ତାବଲା ସଂଗତ କରୁଥିବା ପ୍ରାଣବନ୍ଧୁଙ୍କୁ ନେଇଯାଆନ୍ତି । ସେ ବିଶ୍ୱସ୍ତ, ନୀତି ଜାଣେ, ଭାଉଜ ବୋଇଲେ ପାଣି ପିଏନାହିଁ । ତା'ରିଠାରୁ ବଡ଼ ଦୁଇପୁଅ; ପ୍ରାଣବନ୍ଧୁ ତା' ଭାଉଜର ଯେମିତି ପ୍ରାଣ; ସବୁକଥା ଗୋପନରେ ରଖେ । ମଲାବେଳକୁ ବୀରବାବୁଙ୍କ ବାପା ଶାନ୍ତିରେ ମଲେ, ଦୁଇ ନାତି ତାଙ୍କ ପାଖ ଛାଡ଼ି କୁଆଡ଼େ ଯାଇନଥିଲେ । ବଂଶରକ୍ଷା ହେଲା । ମନ୍ଦୋଦରୀଙ୍କ ବଡ଼ ଭିଣୋଇ ଆଦର୍ଶ ପୁରୁଷ ବୋଲି, ସେ ତାଙ୍କୁ ବାହାହେବା ଆଗରୁ ଖୁବ୍ ଶ୍ରଦ୍ଧା ଭକ୍ତି କରୁଥିଲେ ବୋଲି ବୀରବାବୁଙ୍କୁ ଜଣା । ବାପା ମରିବାପରେ, ବୀରବାବୁଙ୍କ ହାନିଲାଭ ବୁଝିବାକୁ ସେ ତାଙ୍କ ଘରକୁ ବର୍ଷରେ ଛଅସାତଥର ଆସନ୍ତି । ଥରେ ଆସିଲେ, ମନ୍ଦୋଦରୀ ଛାଡ଼ନ୍ତି ନାହିଁ, ଦୁଇଚାରି ଦିନ ତାଙ୍କୁ ଅଧିକ ରହିବାକୁ ପଡ଼େ । ସବାସାନ ପୁଅ ଦେଖିବାକୁ ତାଂକ ପରି, ସ୍ୱଭାବ ମଧ୍ୟ ଆଣିଚି ସେମିତି: ଶାନ୍ତ, ସୁଧୀର ।

ବୀରବାବୁଙ୍କର ଏଇ ବଢ଼ତି, ଏଇ ପୂରିଲା ସଂସାର ଘନକୁ ଜମ୍ମା ସହ୍ୟ ହୁଏ ନାହିଁ । ଦିନାକେତେ ସବୁଦିନେ ରାତିକୁ ବୀରବାବୁଙ୍କ ଘରକୁ କିଛି ଗୋଟେ ବାହାନା କରି ଗଡ଼ିଲା । ଟା' ପାଣି ମାଗି ମନ୍ଦୋଦରୀଙ୍କ ଉପରେ ପଡ଼ି ଥଟ୍ଟାତାମ୍‌ସା କରିବାକୁ ଖୁବ୍ ଚେଷ୍ଟାକଲା । ବୀରବାବୁ ଜାଣନ୍ତି, ସେଇଟା ପିଲାଦିନୁ ବଜାରୀ । ଘନ ଉପରେ

ତାଙ୍କ ମନ କେବେ ମାନିଲା ନାହିଁ । ଘନ ଘରକୁ ଆସିଲେ, ବୀରବାବୁ ମନ୍ଦୋଦରୀଙ୍କୁ ସାହି ବୁଲିବାକୁ ପଠେଇଦିଅନ୍ତି । ସେଇଦିନଠୁ ଘନ ଆଉ ତାଙ୍କ ଘର ମାଡ଼ିଲା ନାହିଁ; ଚାରିଆଡ଼େ ପ୍ରଚାର କଲା ଯେ ବୀରଟା ଖାଲି ଅଣପୁରୁଷା ନୁହେଁ, ମସ୍ତ ବୋକା; ଏଇ ତିନିଟା ପୁଅର ସେ ବାପା ନୁହଁ।

କଥା ଅଧା ରଖି ବୀରବାବୁ ମତେ ସିଧା ଅନେଇ ପଚାରିଲେ : ଆଜ୍ଞା, କହିଲେ, ସବୁ ସୁଖୀଲୋକ କ'ଣ ବୋକା ?'

'କିଏ କହିଲା ?' ମୁଁ ଛୋଟ ଉତ୍ତରଟିଏ ଦେଲି ।

ଏବେ ତାଙ୍କ ଉପରେ ବାଦ ସାଧିବାକୁ ସେଇ ଘନଶ୍ୟାମ ରାଉତ ଚାଉଳ ବ୍ୟବସାୟ ସାଂଗକୁ ଗୋଟାଏ ଲୁଗାଦୋକାନ ଖୋଲିଚି । ଚାରିଆଡ଼େ ପ୍ରଚାର କରୁଚି ଯେ ବୀର ତା'ର କୋଉ ପୁଅର ବାପ ନୁହେଁ । ବୀରବାବୁ ଏମିତି ବଦମାସ୍‌ର ମୁହଁକୁ କେମିତି ବନ୍ଦ କରିବେ ? ପିଲାମାନେ ଯଦି ଶୁଣନ୍ତି, ତେବେ ତାଙ୍କର ଏଡେ ଡଉଲଡାଉଲ ସଂସାରଟା ଫାଟିଯିବନି ? ମନ୍ଦୋଦରୀ ପାଖରେ ଥିଲେ କେଡ଼େ ଭରସା । କିନ୍ତୁ ସେ ବି ନାହାନ୍ତି ।

ବୀରବାବୁ ଆଗରୁ କେବେ ମଦ ପିଉ ନଥିଲେ। ମନ୍ଦୋଦରୀ ମରିଯିବାର କିଛି ଦିନ ପରେ ଦିନେ ସଂଜରେ ଭାରି ମନ ଊଣାକରି ଦୋକାନରେ ବସିଥିଲେ, ରଂଜନ ଜବରଦସ୍ତ କରି ତାଙ୍କୁ ଦଳରେ ଭର୍ତ୍ତି କରିଦେଲା । ଭଲକଲା । ସେଇଦିନଠୁ, ଏଠି ଟିକେ ମଦ ପିଇ, ଭଜନ ଶୁଣି, ବୀରବାବୁ ମନଟାକୁ ପୂରା ମନ୍ଦୋଦରୀସର୍ବସ୍ୱ କରି ବିଛଣାରେ ପଡ଼ିଲା ମାତ୍ରେ, ଛାଇନିଦ ଲାଗିଥିବ କି ନାହିଁ, ମନ୍ଦୋଦରୀ ଆସିବେ, ତାଙ୍କ କଥା, ପିଲାଙ୍କ ଭଲମନ୍ଦ କଥା ପଚାରିବେ, ତାଙ୍କ ମୁଣ୍ଡ ସାଉଁଳିଦେବେ । ଆଉ ମାଗିବେ, 'ମୋ' ଫୁଲ ?' ଶୋଇଲା ଆଗରୁ ତକିଆ ପାଖରେ ବୀରବାବୁ ଯେଉଁ ଗୋଲାପଫୁଲଟି ରଖିଥାଆନ୍ତି, ମନ୍ଦୋଦରୀ ପାଆନ୍ତି । ବୀରବାବୁ ଦୁଃଖ କରି କହନ୍ତି, 'ତମେ ପଳେଇଲେ, ଏଠି ଆଉ ଏତିକି ଟିକେ ବି ମୋର ରହିବାକୁ ଇଚ୍ଛା ନାହିଁ ।' ମନ୍ଦୋଦରୀ ବୀରବାବୁଙ୍କ ଛାତି ଉପରକୁ ଉଠି ଆସି, ମୁହଁ ରଖି ବୁଝାନ୍ତି, 'ମତେ ବି କ'ଣ, ତମେ ନ ଥିଲେ, କିଛି ଭଲ ଲାଗୁଚି ? କିନ୍ତୁ କ'ଣ କରିବା ?' ମୋ କାମ ସରିଚି, ତମର ବାକି ଅଛି । ସରିଲେ ତମେ ଆସିବନିକି ? ଆଉ କେତେ ଦିନ ଯେ ଏତେ ବ୍ୟସ୍ତ ହଉଚ ?

କଟକ ପାଖ କେଉଁ ଗାଁରେ ରହୁଥିବା ଜଣେ ସାଧୁଙ୍କ ନାଆଁ କହି ବୀରବାବୁ ମତେ ପଚାରିଲେ: 'ବାବାଙ୍କୁ ଆପଣ ଜାଣନ୍ତି ? ସେ ମୋ' ଗୁରୁଦେବ ।' ମୁଁ ନାହିଁ କଲି । ବୀରବାବୁ ଜୋର୍ ଦେଲା ପରି କହିଲେ, 'ଆଜ୍ଞା, ସେ ସବୁ ଜାଣିପାରନ୍ତି, ସେ ସର୍ବଜ୍ଞ ।'

'କେମିତି ଜାଣିଲେ ?' ମୁଁ ପଚାରିଲି ।

'ଆଶ୍ରମରେ ମୁଁ ପହଁଚିଗଲେ, ଦଣ୍ଡେ ମତେ ଛାଡ଼ିବେ ନାହିଁ । ବୀର, ତୋ' ପରିକା ଆଉ ଜନ୍ମ କାହାର ନାହିଁରେ । ତୋ' ପାଇଁ ସବୁ ତ କରି ରଖିଚି, ତୋ'ର କରିବାର ନାହିଁଟି କିଛି । ଆରେ ବୀର, ତୋର କ'ଣ ନାହିଁ? ଏତେ ବଡ଼ ବ୍ୟବସାୟ, କୋଠାଘର, ଟଙ୍କାସୁନା, ଧନୁର୍ଦ୍ଧର ପାରିବାର ତିନିତିନିଟା ପିଲା, ସୁଖର ସଂସାର । କିନ୍ତୁ କହିଲୁ, ଏଥିପାଇଁ ତୁ କେବେହେଲେ କୁଟାକୁ ଦି'ଖଣ୍ଡ କରିଚୁ? ଏଇ ସବୁ ତୋ' ପୂର୍ବଜନ୍ମର ପୁଣ୍ୟର ଫଳ । ଏ ଜନ୍ମରେ କାହାକୁ ହିଂସା କରିବୁ ନାଇଁ, ଯାହା ହେବାର ଅଛି, ହବ । ସବୁ ଭଲ ହେବ । ଆର ଜନ୍ମରେ ଆହୁରି ସୁଖରେ ରହିବୁ ।'

ବୀରବାବୁଙ୍କ ମୁହଁ ଆନନ୍ଦରେ ଖୁବ୍ ତେଜୀୟାନ୍ ଓ ତୃପ୍ତ ଦିଶୁଥିଲା । ସେଇ ଆନନ୍ଦର ଫୁଆରା ମତେ ସଂକ୍ରମିତ କରିବାକୁ ବେଶି ବେଳ ନେଲା ନାହିଁ । ସତ, ସତ; ମୁଁ ଭାବିଲି, ମଣିଷ ପାଖରେ ବିଧାତା ଖୁବ୍ ଶକ୍ତିଶାଳୀ, ଅଥଚ ଜଳଜଳ ଏତେ ବଢ଼ିଆ ଜିନିଷଟିଏ ରଖିଚି, ଯାହାର ନାଆଁ ମନ । ତାକୁ ଯେମିତି ବୁଝେଇଦେବ, ସେ ସେମିତି ବୁଝିବ । ଆମର ଦୁର୍ଭାଗ୍ୟ ଯେ ଆମେ ତାକୁ ଆନନ୍ଦ ନବୁଝାଇ, ଦୁଃଖ ବୁଝଉଚେ, ହିଂସାକରି କହୁଚେ, ଆମେ ଯେଉଁପରି ତାକୁ ବୁଝାଉଚେ, ସେ ତାହା କରୁଚି ।

ଆମେ ସେଇ ଆନନ୍ଦ ଭିତରେ ଆଉଟିହେଲାପରି ହୋଇ, ସମସ୍ତେ ବସିଥିବା ଜାଗା ଆଡ଼କୁ ଫେରିଆସୁଥିଲୁ । ମନ ଏତେ ଉଦ୍ଦାମ ଯେ ଗୋଡ ତଳେ ଲାଗୁ ନାହିଁ, କିନ୍ତୁ ବାଟ ଚାଲିହୋଇଯାଉଚି । ସେଇ ମାନସିକତାରେ କଟକ ଯିବାକୁ ପଡ଼ିଲେ, ଚାଲିକରି ଦୁଇ ଘଣ୍ଟାରେ ଯେମିତି ପହଂଚିଯାଇହେବ । ଭାବିଲି, ଆଦିଶଙ୍କର ଧର୍ମ ସମନ୍ୱୟ ପାଇଁ, ଭାରତର କନ୍ଦିବିକନ୍ଦି ଯେତେବେଳେ ବୁଲିଲେ, ତାଙ୍କଠାରେ ଏଇ ପ୍ରକାର ଉଦ୍ଦାମ, ଆନନ୍ଦ ନିଶ୍ଚୟ ସ୍ଥାୟୀ ଭାବରେ ଘଟିତ ହୋଇଥିବ । ନଚେତ୍ ଜଣେ ସାଧାରଣ ମଣିଷ ପାଦରେ ଚାଲି ଏତେ କମ୍ ସମୟରେ ସାରା ଭାରତ ବୁଲିପାରିଥାନ୍ତା କିପରି ? ଆସର ପାଖକୁ ଆସିଗଲୁଣି । ବୀରବାବୁ ପଚାରିଲେ, 'ଆଚ୍ଛା, ଏଇ ଘନଟା କ'ଣ ମୋ' ଭେଳା ବୁଡେଇଦବ ସତରେ, ଆପଣ କ'ଣ ଭାବୁଛନ୍ତି ?'

'ନାଇଁ ନାଇଁ, ଘନଫନ କେହି ଆପଣଙ୍କର କିଛି କରିପାରିବେ ନାହିଁ ।' ମୁଁ ତାଙ୍କ କାନ୍ଧରେ ହାତରଖି କହିଲି। 'ଯାହା ହେବ ତ ଆପଣଙ୍କର ଭଲ ହେବ, ଚିନ୍ତା କ'ଣ ?' ବୀରବାବୁଙ୍କ ସହିତ ଝିଟିପିଟି ବି ହଁ ମାରିଲା ।

ଆମେ ଯେଝା ଜାଗାରେ ବସି ପିଇବାରେ ମନ ଦେଲୁ । ରଂଜନ ବୀରବାବୁଙ୍କ ଉପରେ ରାଗୁଥିଲା : 'ଭଜନ ନହେଉଣୁ ଓଡ଼ିଶୀଟିଏ ଶୁଣି, ତମେ ସିଆଡ଼େ, ବିକାଶଭାଇ

ସିଆଡ଼େ । କେତେ ବଛାବଛା ଭଜନ ପଳେଇ ଗଲାଣି ।' ଏବେ ଜହ୍ନଆଲୁଅରେ ଆଉଟିକେ ପରିଷ୍କାର ଦେଖିହଉଚି । ବୀରବାବୁ ଓ ମୁଁ ମୁହଁ ଚହାଁଚୁହିଁ ହୋଇ ବସିଲୁ । ଆସରର ନିୟମ ଅନୁସାରେ, ସିନେମା ହଲ୍‌ରେ ଖେଳ ଆରମ୍ଭ ହବା ଆଗରୁ ଯେମିତି ବିଜ୍ଞାପନର ଛବି ଚାଲେ, ସେପରି ଅସଲ ମଂଜ ଭଜନକୁ ଯିବା ଆଗରୁ ଏଠି ଗାୟକ ବଳଙ୍କ ଗୋଟେ ଦି'ଟା ଓଡିଶୀ କି ଚମ୍ପୂ ହୁଏ । ସେ ବେଳ ଚାଲିଗଲାଣି, ଏବେ ଚାଲିଚି ଅସଲ ଭଜନ । ଭିକାରି ବଳ ସବୁ ପ୍ରବଣତାର ସହିତ ଗାଉଛନ୍ତି: 'ଏ କି କଲ, ପ୍ରଭୁ ଏ କି କଲ/ ଭିକଦେଲ ନାହିଁ ଥାଳ ଭାଂଗିଦେଲ/ କଲ ମତେ ସାତପର ।' ତା' ପରେ ଧାଡ଼ିଗୁଡ଼ିକରେ ଜଗନ୍ନାଥଙ୍କ ପାଖରେ ଫରିଆଦ୍ ଓ କିଛି ନଶୁଣି ଦାରୁ-ଅକର୍ମା ହୋଇ ବସିଥିବାରୁ ଦୋଷାରୋପ । ବନ୍ଧୁମାନଙ୍କର ତୃତୀୟ ଗ୍ଲାସ ସରିସରି ଆସୁଥିଲା । ମୁଁ ଦେଖିଲି ଖମାରୀବାବୁ ଗୀତ ସହିତ ବାୟା ପରି ମୁଣ୍ଡ ହଲଉଚନ୍ତି ଓ ମଝିରେ ଧକେଇ ଧକେଇ କାନ୍ଦୁଛନ୍ତି । ମୁଁ ରଂଜନ ପାଖରେ ଖାଲିଚୌକିକୁ ଉଠିଆସି, ତାକୁ ଚୁପ୍ କରିପଚାରିଲି, 'ୟାଙ୍କର କ'ଣ ହେଲା କି ?' ରଂଜନ, ମୋ କାନ ପାଖରେ କହିଲା, 'ବାବୁ ବ୍ରହ୍ମପୁରରେ ଥିବା ସମୟରେ ଜଣେ ଶିକ୍ଷୟିତ୍ରୀର ପ୍ରେମରେ ପଡ଼ିଗଲେ । ପୁଅଟିଏ ହେଲା । ଏବେ ଚତୁର୍ଥରେ ପଢୁଛି । ବୁଝୁବୁଝୁ, ସ୍କୁଲରେ ପିଲାର ବାପା ନାଁ ସ୍ତମ୍ଭରେ ଖମାରୀବାବୁଙ୍କ ନାଆଁ । ବ୍ରହ୍ମପୁରରେ ଥିବା ତାଙ୍କ ଶତ୍ରୁମାନେ ସରକାରକୁ ଲେଖିଲେ, ବିଭାଗ ତରଫରୁ ତଦାରଖ ଚାଲିଚି । ତାଙ୍କ ଓକିଲ କହୁଛନ୍ତି : ଯା, ସେଇ ସ୍ତ୍ରୀଲୋକଠୁ ଲେଖେଇ ଆଣ ଯେ ସ୍କୁଲରେ ସେ ଯେଉଁ ବାପା ନାଆଁ ଦେଇଛି, ସେ ଆଉଜଣେ ଖମାରୀବାବୁ, ତମେ ନୁହଁ । କିନ୍ତୁ ଏଥିପାଇଁ ଶିକ୍ଷୟିତ୍ରୀ ନାରାଜ: ମୁଁ ତମକୁ ଜୀବନରେ କିଛି ମାଗିନଥିଲି କି ମାଗିବି ନାହିଁ । କିନ୍ତୁ ପୁଅର ବାପା ନାଁକୁ ମିଛରେ କହିପାରିବି ନାହିଁ । ଖମାରୀବାବୁଙ୍କ ଚାକିରି ଯିବା ଉପରେ ।'

ଖମାରୀବାବୁଙ୍କ ପ୍ରଳାପ, ପୂର୍ବ ଭଜନ ସରି ଆଉଗୋଟିଏ ଭଜନ ବାଜୁଥିଲେ ବି ସେଇପରି ଚାଲିଥିଲା । ମୁଁ ଦେ'ବାବୁଙ୍କ ଆଡ଼େ ଅନେଇଲି । ସେ ଗ୍ଲାସ ବନ୍ଦ୍ କଲାପରି, ତା' ଉପରେ ଡାହାଣ ହାତ ରଖି, ବାଁ ହାତକୁ ମୁଠାକରି ସେମିତି ଚୌକି ଦାଢ଼ ଉପରେ ବାଡ଼ଉଥିଲେ । ରଂଜନକୁ ପଚାରିଲି, 'ୟାଙ୍କ ବାବଦରେ ଟିକେ କହିଲ ।'

'ଆମ ଦେ' ବାବୁ ଗୋଟାଏ ସମାଜ ସହାୟ ସଂସ୍ଥାର ମୁଖ୍ୟ ଭାବେ କୋଡ଼ିଏ ବର୍ଷ ବାରିପଦାରେ କଟେଇଲେଣି । ତାଙ୍କ ଅଧୀନରେ ସେବେଠୁଁ ଚାକିରି କରିଥିବା ଜଣେ କେରଳୀଝିଅ ସାଂଗରେ ତାଙ୍କର ଭାବ-ପ୍ରୀତି । ଏକଥା ବାରିପଦାରେ କାହାକୁ ଅଛପା ନୁହେଁ । ନାରୀବନ୍ଧୁଙ୍କ ବୟସ ଚାଳିଶ ଟପିଲାଣି, କିନ୍ତୁ ଏବେ କ'ଣ ମୁଣ୍ଡରେ

ପଶିଲା, ମୁଁ ବାହାହେବି । କାହାକୁ ? ନା ସେଠିକା କଲେଜର ଜଣେ କେରଳୀ ଅଧ୍ୟାପକଙ୍କୁ । ତାଙ୍କର ଯୁକ୍ତି ହେଲା ଯେ ବୟସ ବଢୁଚି, ଦେହପା ଅଛି । ସେତେବେଳକୁ ତାଙ୍କ ପାଇଁ ସାହାଭରସା କେହି ନାହିଁ । ଦେ'ବାବୁ କିନ୍ତୁ ଅମଂଗ । ତାଙ୍କ ପୁରୁଷପଣକୁ ବାଧିଚି । ମୁଁ କ'ଣ ଦଉନାହିଁ ଯେ ସେ କେରଳୀ ବୁଢ଼ାଟା ଦେଇପକାଇବ ? ଦେ'ବାବୁ ଅଡ଼ିବସିଛନ୍ତି !'

ପୁଣି ଦେ' ବାବୁଙ୍କ ଆଡ଼େ ଚାହିଁଲି । ଲମ୍ବା ନିଶକୁ ବାଁ ହାତରେ ମୋଡୁଛନ୍ତି । ତାଙ୍କ ଚୌକି ପାଖରେ ଶୋଇଥିବା ବୁଲାକୁକୁର ବହୁତ ବେଳଯାଏ କିଛି ଅଇଁଠା ନ ପାଇ, ଟେବୁଲ ଉପରେ ପ୍ଲେଟ୍‌କୁ ଅନାଇ ଭୁକୁଥିଲା । ଦେ'ବାବୁ, ଗର୍ଦା ରଖାଥିବା ପ୍ଲେଟ୍‌କୁ କୁକୁର ଆଡ଼କୁ ଘୋଷାରି ପେଲି ଫୋପାଡ଼ିଦେଲେ: କୋଡ଼ିଏ ବର୍ଷ ହେଲାଣି ଖାଇ ଖାଇ ଏଇ ଯେତକ ଗର୍ଦା ଏଠି ଅଛି, ଖା'ରେ ବୁଢ଼ା, ଖା, ଖା ।

ଭିକାରି ବଳ ମହୋଦୟ ହୃଦୟଛୁଆଁ ଭଜନଟିଏ ଗାଉଛନ୍ତି : ସବୁଥାଇ ମୋର କିଛି ନାହିଁ/ତୁମେ ଅଛ ବୋଲି ଅଛି ମୁହିଁ । କବି ପ୍ରଭୁଙ୍କୁ ଜଣାଉଚି ଯେ ମୋର ସବୁ ଅଛି, କେଉଁଥିରେ ଅଭାବ ନାହିଁ, କିନ୍ତୁ ମୋର କେହି କିଛି କାମରେ ଲାଗନ୍ତି ନାହିଁ । ମୋ' ପାଇଁ ସେମାନଙ୍କ ଥିବା ନଥିବା ସମାନ । ମୁଁ କିନ୍ତୁ ବଂଚିଛି, କାରଣ ତମେ ଅଛ, ତମ ପାଇଁ ମୁଁ ବଂଚିଛି । ମୋର ଭାଗ୍ୟ ନଥାଇ କପାଳ ଥାଉ ପଛେ ।

ରାଜା ସାହାବ ଆଉ ପିଉନଥିଲେ କି କିଛି ଖାଉନଥିଲେ । ମୁଁ ରଂଜନ ପାଖରୁ ଉଠି, ମୋ' ପୁରୁଣା ଜାଗା, ରାଜା ସାହାବଙ୍କ ପାଖ ଚୌକିକୁ ଫେରିଗଲି । ଚଉକିଘୋଷରା ଶବ୍ଦରେ ସେ ତଳକୁ କରିଥିବା ମୁହଁ ଉପରକୁ ଉଠାଇଲେ ଓ ପଚାରିଲେ, 'ଆଉ କ'ଣ ଖବର ?'

'ଆପଣଙ୍କର ଏମିତି ଅବସ୍ଥା କ'ଣ ଜନ୍ମବେଳୁ ?' ଖରାପ ଭାବିଥିବେ କି କ'ଣ ପଚାରି ତ ଦେଲିଣି ।

ଶିକାର କରିବା ରାଜା ସାହାବଙ୍କର ବଡ଼ ସଉକ । ଶିମିଳିପାଳ ଜଙ୍ଗଲରେ ଖୁବ୍ ସମୟ କଟାନ୍ତି । ବାହାହବାର ଦୁଇ ବର୍ଷ ହୋଇଥିବ କି କ'ଣ, ରାଣୀଙ୍କୁ ଧରି ଶିକାର କରି ଯାଇଥିଲେ । ରାତିରେ ଦୁଇଟା ହରିଣ ମାରିଲେ । ସକାଳୁ ଚଢ଼େଇଶିକାରକୁ ବାହାରିଛନ୍ତି, ବଂଗଳା ହତାରେ ଗୋଟିଏ ଡାଳରେ ଦି'ଟା କୁଆ ରତି କରୁଥିବାର ଦେଖିଲେ । କ'ଣ ମନହେଲା ବନ୍ଧୁକ ଉଠାଇ ଢୋ' କରି ମାରିଲେ । ତଳ କୁଆଟା ଗଳିପଡ଼ିଲା । ଦେଖୁ ଦେଖୁ ଶହ ଶହ କୁଆଙ୍କ ହାଟ ବସିଲା । ଗୋଟେ କୁଆ, ମୁର୍ଦାରକୁ ଥଣ୍ଟରେ ଟେକି ଟେକି, ଗଛ ସେପାଖକୁ ନେଇଗଲା । ରାଣୀ ଘରୁ ବାହାରିଆସି ସବୁ ଜାଣିଲେ ଓ ରାଜା ସାହାବଙ୍କୁ କହିଲେ: କାକ ରତି ଦେଖିବା ବଡ଼

ଖରାପ, ତମେ ତାଙ୍କୁ ମାରୁଥିଲ କାହିଁକି ? ସେ କାହିଁକି ମାରୁଥିଲେ ? ନିଜକୁ ପଚାରି କିଛି ଉତ୍ତର ପାଇଲେ ନାହିଁ । ତା' ପରେପରେ ସେ ଖରାକୁ ସମ୍ଭାଳିପାରିଲେ ନାହିଁ କି ଚାହିଁପାରିଲେ ନାହିଁ । ଦିନୁଦିନ ରୋଗ ବଢ଼ିଲା । ଏଣିକି ସାମାନ୍ୟ ଆଲୋକ ତାଙ୍କର ଶତ୍ରୁ । ଅନ୍ଧାରଘରେ ରହି ରହି ଜୀବନ ପ୍ରତି ସମ୍ପୂର୍ଣ୍ଣ ବିତୃଷ୍ଣାରେ ସେ ଏଇ ଦୁନିଆରେ ଥାଇ ବି ନାହାନ୍ତି । ଧନ, ଖାଇବା, ପିଇବା, ପୋଷାକ, ନାରୀ, ପଦବି, ଯଶ, କେଉଁଥିପାଇଁ ତାଙ୍କର ଆଉ ତିଳେ ଇଚ୍ଛା ନାହିଁ ।

'ସବୁବେଳେ ଅନ୍ଧାରରେ ରହିରହି ତ ଖୁବ୍ କଷ୍ଟ ପାଉଥିବେ ?'

'କଷ୍ଟ କଥା କାହିଁ କହୁଛନ୍ତି, ପ୍ରଥମ ବର୍ଷ ଦି'ବର୍ଷ ତ ନର୍କରେ ରହିବାଠୁ ବୋଧେ ବେଶି କଷ୍ଟ ଲାଗିଲା । ଧୀରେଧୀରେ ସବୁ ଅଭ୍ୟାସରେ ପଡ଼ିଗଲାଣି । କିନ୍ତୁ ଏଥିରେ ମୋ' ପାଇଁ ଗୋଟେ ବଡ଼ କାମ ହୋଇଚି । ଏକା ବସି ବସି ମୁଁ ମୋ ପଛ ଜୀବନ କଥା ଭାବେ, ନହେଲେ ଆଉ କ'ଣ କରିବି ! ଏମିତି ଭାବୁଭାବୁ ସବୁ ମୋ'ର ମନେପଡ଼େ । ମୁଁ ବତିଶବର୍ଷରେ ଅନ୍ଧାରରେ ରହିଲି, କିନ୍ତୁ ଗତ ବତିଶବର୍ଷ ଜୀବନର ସବୁ ଘଟଣା, ଦିନ ପୂର୍ବଦିନ, ଦିନ-ପୂର୍ବଦିନ, ସବୁ ମୋର ଏବେ ମନେଅଛି । ମତେ ଏବେ ମୋ'ର ଛ'ମାସରୁ ଛ'ବର୍ଷର ପିଲାଦିନ ଭାରି ଭଲଲାଗି ସବୁବେଳେ ମନେପକେଇବାକୁ ଇଚ୍ଛାହୁଏ । ସେତେବେଳେ ଆମର ରାଜୁତି ଥିଲା, ବାପା ଜେଜେବାପା ସମସ୍ତେ ଥିଲେ ଓ ସେମାନେ ଖୁବ୍ ଧାର୍ମିକ ଓ ଦୟାଳୁ ଥିଲେ ।' ରାଜା ସାହାବ ଏତକ କହି ଖଣ୍ଡେ ଆଳୁଭଜା ଖାଇଲେ ।

ମୁଁ କେଉଁଠି ଜଣେ ମହାପୁରୁଷଙ୍କ ବାଣୀ ପଢ଼ିଥିଲି ଯେ ସବୁ ଧ୍ୟାନର ଲକ୍ଷ୍ୟ ହେଉଛି ସ୍ମୃତିବାହୀ ଚେତନାକୁ ଜାଗରିତ କରାଇବା । ପଛକଥା ମନେପକାଇ, ଜଣେ ତା'ର ଜନ୍ମ ମୁହୂର୍ତ୍ତରେ ପହଂଚିଯାଇପାରିବ । ଇଚ୍ଛାକଲେ, ସେ ସେଠାରୁ ତା'ର ପୂର୍ବଜନ୍ମ କଥା ବି ମନେପକେଇପାରିବ । ସେଇ ଘଟଣା ସମୟର ବହିର୍ଭୂତ ହୋଇଥିବାରୁ ଗୋଟିଏ ପୂର୍ବଜନ୍ମ ଦଶ ମିନିଟ୍‌ରେ ପୂରା ମନେପକେଇଦେଇ ହେବ । ଏମିତି ମନେପକେଇ ସେ ତା'ର ପ୍ରଥମ ଜନ୍ମକୁ ଚାଲିଯିବ । ଜନ୍ମ-ବନ୍ଧନରୁ ମୁକ୍ତି । ମତେ ଲାଗିଲା, ରାଜା ସାହାବ ଏବେ ତାଙ୍କର ପିଲାଦିନରେ ଅଛନ୍ତି, ତା' ପରେ ହୁଏତ ସବୁ ପୂର୍ବଜନ୍ମକୁ ମନେପକେଇପକେଇ ମୁକ୍ତି ପାଇଯିବେ ।

'ଆପଣଙ୍କର ଆଉ କୌଣସି ସାଂସାରିକ ଇଚ୍ଛା ନାହିଁ ?' ମୁଁ ପଚାରିଲି ।

'ମରିବା ଆଗରୁ ଥରେ ଜଗନ୍ନାଥଙ୍କୁ ଦେଖନ୍ତି । କିନ୍ତୁ ତାହା ହବ କେମିତି ! ଯେତେ ଘୋଡେଇହୋଇ ମନ୍ଦିର ପାଖରେ ପହଂଚିଲେ ବି ମନ୍ଦିର ଭିତରର ଆଲୋକ, ଜଗନ୍ନାଥଙ୍କ ପାଖରେ ଜଳୁଥିବା ଦୀପର ଆଲୋକ, ମୋ' ଦ୍ୱାରା ବରଦାସ୍ତ ହେବ ନାହିଁ ।'

'ଓହୋ,' ମୋ' ପାଟିରୁ ବାହାରିପଡ଼ିଲା ।

ଚତୁର୍ଥ ଗ୍ଲାସ ପର୍ଯ୍ୟନ୍ତ ପିଇବାରେ ଶୃଙ୍ଖଳା ଥିଲା । ତା' ପରେ ଦେ'ବାବୁ, ଖମାରୀବାବୁ ଓ ରଂଜନ, ସେମାନଙ୍କ ଇଚ୍ଛା ଅନୁସାରେ ଢାଳି ପିଉଥିଲେ । ବୀରବାବୁ ଟେବୁଲ ଉପରେ ଗୋଡ଼ ରଖି ଅଧାଶୁଆ ଅବସ୍ଥାରେ ଚୌକିରେ ଆଖିବୁଜି ପଡ଼ିଥିଲେ । ମୁଁ ବଂଗଳାକୁ ଫେରି ଥରେ ଗ୍ଲାସ ମୁହଁରେ ଦେଇଛି, କେମିତି ଗୋଟେ ଗନ୍ଧ ହେଲା, ସେତିକିବେଳଠୁଁ ମୋର ଗ୍ଲାସ୍ ସେଇପରି । ରାଜା ସାହେବ ଦେଢ଼ ଗ୍ଲାସ୍‌ରୁ ବେଶି ନେଇପାରନ୍ତି ନାହିଁ । ଭିକାରି ବଳଙ୍କର ଗୋଟିଏ ଲୋକପ୍ରିୟ ଭଜନ, କାନରେ ପଡ଼ିଲା । କବି ତାଙ୍କ ପୁଅକୁ କହୁଛନ୍ତି - କୁମରମଣିରେ, ଏଇ ଜୀବନରେ ଏତିକି ମାତ୍ର ମନ ବଳିଚି ଯେ ମୁଁ ମଲେ ମୋ' ଶବକୁ ତୁ ନୀଳାଚଳ ଧାମ ନେଇଯିବୁ । ତାକୁ ଏମିତି ଜାଗାରେ ପୋତିବୁ, ଯେଉଁଠୁ ମତେ ନୀଳଚକ୍ର ବାନା ଦିଶୁଥିବ । ମୋ ଆଖିଡୋଳାକୁ ଧରି ଖୋଲା ରଖିଥିବୁ ଯେ ମୁଁ ଚକାଡୋଳାଙ୍କୁ ଦେଖୁଥିବି । ପାଟିକୁ ଖୋଲା ରଖିଥିବୁ କୈବଲ୍ୟ ପଡ଼ିବା ଆଶାରେ । ମହାପ୍ରଭୁଙ୍କ ନାମ ଯେଉଁଆଡୁ ଶୁଭୁଥିବ, ସେଇ ଆଡ଼କୁ ମୋ' କାନ ପାତି ଦବୁ । ମୋ' ଦୁଇହାତକୁ ପ୍ରଣାମ କରିବା ପରି ସଜାଡ଼ି ଦେବୁ, ବଡ଼ଦାଣ୍ଡ ଧୂଳିକୁ ଚନ୍ଦନ ପରାଏ ମୋ ମଥାରେ ବୋଳିଦବୁ ।

'ଏ ପିଲାଟା ଏତିକି କରନ୍ତା କି!' ରାଜା ସାହାବ ନିଜକୁ ନିଜେ କହିଲେ । ପରେ ରଂଜନଠୁ ପଚାରି ବୁଝିଲି ଯେ ତାଙ୍କର ପୁଅ ନଥିବାରୁ ରାଣୀ ଯାହାକୁ ପୋଷ୍ୟପୁଅ କଲେ, ସେ ମଟର ସାଇକେଲ ଧରି, ତା' ସାଂଗମାନଙ୍କ ସହିତ ପଇସା ଉଡାଇବା ଛଡା, ଆଉକିଛି ଜାଣେ ନାହିଁ । ରାଣୀ ଏବେ ରାଜନୀତିରେ । ରାଜା ସାହାବଙ୍କ ସହିତ ପୁଅର ବର୍ଷରେ ଦୁଇ ଚାରିଥର ଭେଟ ହୁଏ ।

ରାତି ବାରଟା ଟପିଲାଣି । ସଭା ଭାଂଗିବା ଆଗରୁ ରଂଜନ କ୍ୟାସେଟ୍‌ଗୁଡ଼ିକ ସଜାଡ଼ି ରଖିଥିଲା । ବଳିଥିବା ମଦବୋତଲ ଆଉଗୋଟେ ବ୍ୟାଗ୍‌ରେ ରଖିଲା । ବଂଗଳାର ପିଅନ ପୂଜାରୀ, ଦରଓ୍ୱାନକୁ ଡକାଇ, ଯାହା ବଳିଥିଲା, ତାକୁ ନେଇ ଖାଇବାକୁ କହିଲା । କିଛି ସମୟ ପରେ ସେମାନେ ପାଂଚଜଣ ଜଣକପରେ ଜଣେ ମୋ ସହିତ ହାତ ମିଳେଇ ଜିପ୍‌ରେ ବସିଲେ ଓ ଚାଲିଗଲେ । ରଂଜନ କହିଗଲା - କାଲି ସକାଳେ ଚା' ନିଜେ ଆଣିକି ଆସିବି ।

ଖାଇବା ଜିନିଷ ଓ ପ୍ଲେଟ୍ ଇତ୍ୟାଦି ଉଠାଇନେଇ ପିଅନମାନେ ଚାଲିଗଲେଣି । କୁକୁର ଯଥେଷ୍ଟ ଖାଇ ଗୋଟେ ଚୌକି କଡ଼ରେ ଶୋଇଚି । ବାହାରେ କିଛି ସମୟ ବସିବାକୁ ଇଚ୍ଛା ହେଲା । ମୁଁ ଅଧାଶୋଇ ରହି ଆକାଶକୁ ଅନେଇଲି । ଜହ୍ନ ପଛରୁ

ଗୁଡାଏ ତାରା ଟଗର ଗଛରେ ଭରା ଫୁଲ ପରି ଦିଶୁଥିଲେ । ଦକ୍ଷିଣଆଡୁ ଧବଳଧାର ଉତ୍ତରଆଡ଼କୁ ବୋହିଗଲା ପରି ପଡ଼ିଥିଲା । ସମସ୍ତ ବାତାବରଣ ନିହାତି ଶାନ୍ତ ଥିଲା, ପବନ ବହୁ ନଥିଲା । ପିଅନମାନେ କେତେବେଳୁ ଖାଇପିଇ ସାରି ଆଲୁଅ ଲିଭାଇ ବଂଗଳା ପିଣ୍ଡାରେ ଶୋଇଲେଣି ।

ଆଜି ରାତି ଆସରର ଚରିତ୍ରମାନଙ୍କ କଥା ଭାବୁଥିଲି । ବୀରବାବୁ ଓ ରାଜା ସାହାବ, ଜୀବନର ଏତେ ବଡ଼ବଡ଼ ଅଭାବ ସହିତ ସାଲିସ୍ କରିନେଇ ଜଣେ ମହାଆନନ୍ଦର ଉପଲବ୍ଧିରେ ଅଛି, ଆଉଜଣେ ତ୍ୟାଗ ଦେଇ ସେଇ ଶିଶୁ-ସୁଲଭ ଆନନ୍ଦ ଭିତରେ ଅନ୍ଧାର ଘରେ ବି ଶାନ୍ତିରେ ଅଛି । ଅଥଚ ଏ ବାକି ତିନିଜଣ, ରଂଜନର ସନ୍ତାନକାମନା, ଦେ'ବାବୁଙ୍କ ପ୍ରେମିକା ପ୍ରତି ଆସକ୍ତି, ଆଉ ଖମାରୀବାବୁଙ୍କ ଅଯଥା ଅନୁରୋଧ ଫଳିପାରୁନାହିଁ ବୋଲି ଜୀବନ ସେମାନଙ୍କ ପାଇଁ ତିକ୍ତ । ଏସବୁ କିଏ କରଉଚି ? ଉତ୍ତର ଶୁଭିଲା... ସେଇ ମନ, ମନ, ମନ । ଗୋଟିଏ ପୁରୁଣା କଥା ମନେପଡ଼ିଲା ।

ବହୁଦିନ ପୂର୍ବେ ବାରାଣସୀରେ ଜଣେ ସନ୍ଥ ଥିଲେ, ତାଙ୍କ ନାଆଁ ରାଇଦାସ । ସେ ମୋଚି । ଦିନେ ସକାଳୁ ଦୋକାନରେ ଜୋତା ସିଲେଇ କରୁଚନ୍ତି, ଦେଖିଲେ, ତାଙ୍କ ପାଖଘର ବ୍ରାହ୍ମଣ ଗଂଗାକୁ ଗାଧୋଇଯାଉଛି । ତାକୁ ଦି' ପଇସିଟିଏ ଦେଲେ, ଗଂଗାରେ ପକେଇ ଦେବୁ । ବ୍ରାହ୍ମଣ ଗାଧୋଇସାରି ଆଗ ତା' ଆଠଣି ପକେଇଲା, ତାପରେ ଦି'ପଇସିଟି ହେୟ କରି ପାଣିକୁ ଫୋପାଡ଼ିଦେଲା । ତୁରନ୍ତ ପାଣିଭିତରୁ ଗୋଟିଏ ସୁନ୍ଦର ନାରୀହାତ କଙ୍କଣଟିଏ ଧରି ଉଠିଲା । ବ୍ରାହ୍ମଣକୁ ଶୁଭିଲା : ରାଇଦାସକୁ ଦେଇଦବୁ । ବ୍ରାହ୍ମଣ ଘରକୁ ଫେରି ଲୋଭ କଲା, ସୁନାରି ପାଖକୁ ବିକିବାକୁ ନେଲା । ଏଡେ ସୁନ୍ଦର କଙ୍କଣ । ସେଇ ସୁନାରିଠୁ ବଡ଼ ସୁନାରି, ଏମିତି ହୋଇ ହୋଇ କଙ୍କଣ ରାଜାଙ୍କ ପାଖରେ ପହଂଚିଲା । ରାଣୀ କହିଲେ, ଗୋଟିଏ କଙ୍କଣ ପାଇ ମୁଁ କ'ଣ କରିବି, ଏମିତି ଆଉଗୋଟିଏ ଆଣ । ମୂଳ କଙ୍କଣ-ମାଲିକକୁ ଖୋଜାହେଲା । ବ୍ରାହ୍ମଣଠାରୁ ସବୁ ଶୁଣି ରାଜା ରାଇଦାସଙ୍କ ପାଖରେ ପହଂଚିଲେ... ଚାଲ ଚାଲ ମୋଚିଭାଇ, କିଛି ପଇସା ପକେଇ ଆଉଗୋଟିଏ କଙ୍କଣ ଗଂଗାଙ୍କଠୁ ହାସଲ କର, ରାଣୀ ପିନ୍ଧିବେ । ଦୋକାନରେ ଭିଡ଼ ଥିଲା, ରାଇଦାସ କହିଲେ - ଏତେ ଗରାଖ ଛାଡ଼ି ମୋର ଗଂଗାକୁ କିଏ ଯିବ ? ପୁରୁଣା ଜୋତା ଧୋଇବା ଲାଗି କାଠପଲମରେ ଯେଉଁ ପାଣି ରଖିଥିଲେ, ସିଏ ତ ସେଇ ଗଂଗାପାଣି, ମଇଳା ହେଉପଛେ । ସେଇଠି ଗୋଟିଏ ପଇସା ପକେଇ ରାଇଦାସ କହିଲେ, ଦେଲୁ ଦେଲୁ ଆଉ ଗୋଟେ କଙ୍କଣ, ଏ ରାଜାଟା ନେଇ ତା' ଘରକୁ ଯାଉ, ମୋ' ଗରାଖ ଖଇଚା କରୁଚି । ପୁଣି ସେଇ

ସୁନ୍ଦର ହାତ କଙ୍କଣ ସହ କାଠପଲମ ପାଣିରୁ ବାହାରିଲା । ରାଜା ଅବାକ୍ । ରାଇଦାସ ହସିଲେ, ମନ ଚଂଗା ତୋ କଠଉତି ମେ ଗାଂଗା ।

କାହାଣୀଟି ମନେ ମନେ ଭାବିଲି ଓ ମନକୁ ପଚାରିଲି - ଆଚ୍ଛା ମଣିଷର ତ ମନ ଅଛି: କିନ୍ତୁ ଏଇ ଗଛ, ପାହାଡ, ପର୍ବତ, ନଦୀ, ତାରା, ଏମାନଙ୍କର କ'ଣ ମନ ନାହିଁ? ଆକାଶକୁ ଅନେଇଚି । ଗୋଟିଏ ଉଲ୍‌କା ଟିକିଏ ଆଲୁଅ କରି ଆମ୍ବତୋଟା ଉପର ଆକାଶରେ ଅଦୃଶ୍ୟ ହୋଇଗଲା । ମୁଁ ଜାଣିପାରିଲି ଯେ ଗଛମାନଙ୍କର ବି ମନ ଅଛି । ମୁଁ ମୋ' ମନକୁ ଇଂଗିତ ଦେଲେ, ସେ ଗଛ ମନ ହୋଇଯାଇପାରିବ । ଦେହ ଭିତରଟାଯାକ ଶିହରିଗଲା । ସେଇ ଆମ୍ବତୋଟା ଭିତରୁ ଗୁଡାଏ ବସାବସା ଅଲଗା ସ୍ୱର ଶୁଭିଲା, ଭିଖାଛାଇ, ଆଛଆଛ, ଆଛଛଛଛ । ମୁଁ ଅକ୍ଷର ମାଧ୍ୟମରେ ଏଠି ଯେତେ ବୁଝାଇଲେ ବି ତାକୁ ଠିକ୍ କରି କହିପାରିବି ନାହିଁ । କାରଣ ଆମ ଅକ୍ଷରରେ ତାକୁ ଲେଖିହବ ନାହିଁ ।

ସେଇ ସ୍ୱର ପୁଣି ଶୁଭିଲା । ମୁଁ ଆମ୍ବତୋଟା ଆଡକୁ ଚାହିଁଲି ଓ ନିଜକୁ କହିବାର ଶୁଣିଲି, ଗଛମାନେ ମତେ ଡାକୁଚ କିରେ? ସତରେ ଯଦି ଡାକୁଥାଅ, ହେ, ସେଇ କଡ଼ଗଛ ତୋ' ସବା ଉପର ଡାଳ ହଲେଇଲୁ । ମୁଁ ଆଖିରେ ରଖିଥିବା ଡାଳଟି ତିନିଚାରିଥର ହଲିଲା । ପବନ ଆଦୌ ନଥିଲା ।

: ଆରେ ମଝି ଗଛ, ତୋ ମଝିଡାଳ ଭୂଇଁ ଆଡ଼କୁ ନେଲୁ । ମୁଁ କହିଚି କି ନାଇଁ ସେଇ ଡାଳ ଭୂଇଁଆଡ଼କୁ ନଇଁଆସିଲା । ଭିତରେ ଭୟ ମୋର ଆଦୌ ରହିଲା ନାହିଁ । ଏତେ ତୀବ୍ର ଆନନ୍ଦ ମୁଁ କେବେ ଅନୁଭବ କରିନଥିଲି । ସଂସାର ଗୋଟାକଯାକ କୋଳେଇନେବାର ଭାବ । ସେହି ଭାବ ମତେ ଆଉ ଚୌକିରେ ବସେଇଦେଲା ନାହିଁ । ମୁଁ ଆମ୍ବତୋଟା ଆଡ଼କୁ ସଚେତନ ଥାଇ ଚାଲିଲି ଓ ସଂଜବେଳେ ଯେଉଁ ହିଡ଼ ଉପରେ ବସିଥିଲି, ସେଇଠି ଯାଇ ବସିପଡ଼ିଲି ।

ମୁଁ ଗଛମାନଙ୍କ ସହ କଥା ହୋଇପାରୁଚି । ସେମାନେ ଯେ ସମସ୍ତେ ଆନନ୍ଦଅଧୀର ହୋଇ ମୋ' ଆଗରେ ଉପସ୍ଥିତ, ଏକଥା ମୁଁ ଅନୁଭବ କରିପାରୁଚି । କେତେ କ'ଣ କଥା ହେଲୁ, ତାଙ୍କ ଜୀବନ, ତାଙ୍କ ଦୁଃଖସୁଖ । ତାଙ୍କ କଷ୍ଟ, ତାଙ୍କ ଆନନ୍ଦ । ସେଇ କଥାବାର୍ତ୍ତାରୁ ଜାଣିଲି ଯେ ସେମାନଙ୍କର ବି ଗୋଟିଏ ପ୍ରକାରର ଦୁଃଖ, ସୁଖ, ଭଲପାଇବା ଅଛି, ଆମ ଅନୁଭବ ପରି ଏତେ ଶାଣିତ ନୁହେଁ । କିନ୍ତୁ ତାଙ୍କ କଷ୍ଟରେ ହିଂସା ନାହିଁ କି ସୁଖରେ ଦାବି ନାହିଁ । ଯେମିତି ଅଛୁ, ଭଲ ଅଛୁ । ଡାଳଟିଏ କାଟିଦେଲେ ବେଶି କଷ୍ଟ ହୁଏନା, କିନ୍ତୁ ଚେରଟିକେ କାଟିଲେ ଭାରି କଷ୍ଟ । ତାଙ୍କ ଫଳ ଅନ୍ୟ କେହି ତୋଳିନେଲେ, ସେଇ ସୁଖଠାରୁ, ସେମାନେ ନିଜେ ଦେଲେ

ଆହୁରି ଆନନ୍ଦ ପାଆନ୍ତି । ମତେ କହିଲେ : ସେଇ ଶେଷ ଗଛରେ ଦୁଇଟି ଆମ୍ବ ରହିଯାଇଚି, ଏଇନେ ତଳକୁ ପକେଇଦବୁ, ନିଅ । ଅନ୍ଧାର ରାତିରେ ତୋଟା ଭିତରେ ପଶିବାକୁ ମତେ ଡର ଲାଗିଲା । ଗୋଟିଏ ଗଛ କହିଲା - ମଣିଷ କ'ଣ ଗଛକୁ କେବେ ଡରେ ? ମୁଁ ତୋଟା ମଝି ଦେଇ ଶେଷ ଗଛ ପାଖରେ ପହଂଚିଲା ମାତ୍ରେ ଦୁଇଟି ଦରପାଚିଲା ଆମ୍ବ ଦୁଲ୍‌ଦାଲ୍ ହୋଇ ଗଛରୁ ପଡ଼ିଲା । ଆମ୍ବ ଧରି ସେମାନଙ୍କଠୁ ବିଦାୟ ନେଇ ମୁଁ କେତେବେଳେ ମୋ' ଚୌକି ପାଖକୁ ଫେରିଆସି ସେଇଠି ଘୁମେଇପଡ଼ିଚି, ମୋର ଖିଆଲ ନାହିଁ । ପାହାନ୍ତାବେଳକୁ ପିଅନର ଡାକରେ ନିଦ ଭାଂଗିଲା: 'ଆଜ୍ଞା, ସାରା ରାତିଟା ଏଇଠି କାକରରେ ଶୋଇଲେ ନା କ'ଣ ? ଏଇ ଅଦିନ ଆମ୍ବ ଦୁଇଟା କଉଠୁ ପାଇଲେ ?'

■

ମଲାବେଳକୁ ରମାକାନ୍ତ ରଥ

ହେମଲତାର ଶବଦାହ ପରେ, ମୁଁ ଏବେ ଶ୍ମଶାନରୁ ଫେରୁଚି । ଆଜି ସକାଳ ଛ'ଟାବେଳେ, ବର୍ଷେ ହେଲା ଗର୍ଭାଶୟରେ ଦାରୁଣ କର୍କଟ ରୋଗ ଯନ୍ତ୍ରଣା ଭୋଗକରୁଥିବା ହେମଲତା ତା'ର ଶେଷ ନିଃଶ୍ୱାସ ଛାଡ଼ିଲା । ଏମିତି ଶାନ୍ତିରେ ସେ ମରିପାରିବ ବୋଲି ଚାରିଦିନ ତଳେ ସମ୍ବଲପୁରରୁ କଟକ ଗଲାବେଳେ ମୁଁ ଆଦୌ ଆଶାକରିନଥିଲି । କଟକରୁ ଗତକାଲି ସକାଳୁ ଫେରିବା ପରଠୁ ଆଜି ସକାଳ ପର୍ଯ୍ୟନ୍ତ ମୁଁ ତା'ର ପାଖେ ପାଖେ ଥିଲି । ମୋର କଲେଜ ବେଳର ବନ୍ଧୁ ଓ ତା'ର ସ୍ୱାମୀ ଲଲାଟେନ୍ଦୁ, ମୁଁ ଆସିଲାବେଳଠୁ, ଖଟଦାଢ଼ରେ ସ୍ଥାଣୁ ହୋଇ ବସିରହିଥିଲା । କେତେବେଳେ କେମିତି ହେମଲତାର ଗୋଡହାତରେ, ହାତ ମାରି ଜୀବନ ଅଛି କି ନାହିଁ ପରଖୁଥିଲା, ଆଉଁଶିଦେଉଥିଲା । ମୁଁ ଗତ ଚବିଶ ଘଣ୍ଟାରୁ ବାଇଶ ଘଣ୍ଟା କେବଳ କବିତା ପଢୁଥିଲି, ଦୋହରାଉଥିଲି । କବି ରମାକାନ୍ତ ରଥଙ୍କର *ଶ୍ରୀପଳାତକ* । କଟକର ଜଣେ ବହିଦୋକାନ ମାଲିକଙ୍କ ଜରିଆରେ ରାମାକାନ୍ତ ରଥଙ୍କୁ ଦୁଇଦିନ ତଳେ ଭୁବନେଶ୍ୱରରେ ଭେଟିଥିଲି । ସେ ହେମଲତା ପାଇଁ ତାଙ୍କ ସଦ୍ୟପ୍ରକାଶିତ *ଶ୍ରୀପଳାତକ* ଖଣ୍ଡେ ମୋ' ହାତରେ ପଠାଇଥିଲେ । କାଲି ସକାଳରୁ ଆଜି ଭୋର୍‌ଯାଏ, ମୁଁ ସେଇ ବହିରୁ କବିତା ପଢ଼ି ହେମଲତାକୁ ଶୁଣାଉଥିଲି । ମରଣ ବେଳେ ହେମଲତାକୁ ଏହାଠାରୁ ବଳି ଶ୍ରେଷ୍ଠ ପାର୍ଥିବ-ଅପାର୍ଥିବ ଉପହାର ଆଉ କ'ଣ ମିଳିଥାଆନ୍ତା ?

କବିତା ପଢ଼ି ମୁଁ ଶୁଣାଉଥିଲାବେଳେ, ଅଧିକାଂଶ ସମୟରେ, ହେମଲତାର ମୁହଁ ତୃପ୍ତି ଓ ଆତ୍ମପ୍ରସାଦରେ ଖୁବ୍ ନିର୍ମଳ ଓ ସ୍ନିଗ୍ଧ ଦିଶୁଥିଲା । ନିଜକୁ ଯେପରି ସମ୍ପୂର୍ଣ୍ଣ ଭାବରେ ସେ ବୁଝିପାରିଚି, ପାଇପାରିଚି । କବି ଯେମିତି ତା' ମନକଥା ତା'ର ହୋଇ ଲେଖିଛନ୍ତି, ପ୍ରକୃତି, ଈଶ୍ୱର ବା ଅଦୃଶ୍ୟ ଶକ୍ତି ଯେ କେହି ମଣିଷର ଜନ୍ମ,

ଜୀବନ ଓ ମରଣ ଲାଗି ଦାୟୀ, ସେଇ ପରମପୁରୁଷ ଉପରେ ବ୍ୟଂଗ-ଶ୍ରଦ୍ଧାଳୁ ଅଭିମାନ, ସନ୍ତାନପ୍ରତିମ ବିଦ୍ରୋହ ଓ ବେପରୁଆ ଆତ୍ମସମର୍ପଣ ଭାବ।

କବିତାପଢ଼ା ଆରମ୍ଭ ହେବା ପରଠୁ ରୋଗର ଅସହଣୀୟ କଷ୍ଟ ପ୍ରାୟ ଅଶୀ ଭାଗ କମିଯାଇଥିଲା । ଘନଘନ ଅସ୍ଥିର ନିଃଶ୍ୱାସ କ୍ରମେ ଶାନ୍ତ ହୋଇଯାଇଥିଲା । ମଝିରେ ମଝିରେ ପାଂଚଦଶ ମିନିଟ୍‌ଯାଏ ହେମଲତାର ଶ୍ୱାସକ୍ରିୟା ବନ୍ଦ୍ ହୋଇଯାଉଥିଲା; ଆଖି ଦୁଇଟି ସ୍ଥିର ହୋଇ ଉପରକୁ ଚାହିଁ ହସୁଥିଲେ ଓ ପଲକ ପଡୁନଥିଲା । ଆମେ ଭାବୁଥିଲୁ, ତା'ର ଶେଷ ନିଃଶ୍ୱାସ ହୋଇଗଲା ବୋଲି, କିନ୍ତୁ କିଛି ସମୟ ପରେ ସେ ପୁଣି ଶରୀର ଭିତରକୁ ଫେରିଆସି ନିଃଶ୍ୱାସ ଛାଡୁଥିଲା, ହାଇ ମାରିପାରୁଥିଲା ବା ପାଣି ମାଗୁଥିଲା । ଶୁଣିଥିଲି ଯେ ଇଚ୍ଛା ଅନୁସାରେ ନିଜ ଶ୍ୱାସ-ପ୍ରଶ୍ୱାସକୁ ସ୍ଥଗିତ ରଖି, ଦେହ ଛାଡ଼ି ଆଉ ଏକ ଜଗତକୁ ଚାଲିଯିବା ଓ କିଛି ସମୟ ପରେ ପୁଣି ସ୍ୱଦେହକୁ ଫେରିଆସିବା, ଖୁବ୍ ଉନ୍ନତ ସ୍ତରର ଯୋଗୀମାନଙ୍କ ପକ୍ଷରେ କେବଳ ସମ୍ଭବ । କନ୍ତୁ ଏଇପରି ଅବସ୍ଥା ହେମଲତା ଘଟାଉଥିଲା କିପରି ? ମୁଁ ହେମଲତାକୁ ପାଂଚବର୍ଷ ହେଲା ଘନିଷ୍ଠ ଭାବରେ ଜାଣିଚି । ସେ କୌଣସି ଯୋଗ ବିଦ୍ୟାଳୟ, ମଠ, ମନ୍ଦିର ଇତ୍ୟାଦି ଯିବା ମୁଁ କେବେ ଦେଖିନାହିଁ । ଘରେ ତାଙ୍କର ଯେଉଁ ଠାକୁର ଥାଆନ୍ତି, ସେ ସର୍ବତୋଭାବେ ଲଲାଟେନ୍ଦୁର । ତାଙ୍କ ସହିତ ହେମଲତାର ପଡ଼େ ନାହିଁ ବର୍ଷେ ହେଲା । ରୋଗୀ ହୋଇ ହେମଲତା ରାତିରେ ଶୋଇପାରୁନଥିଲା । କିନ୍ତୁ ଏହା ପୂର୍ବରୁ ସେ ଯୋଗୀ ନଥିଲା କି ଭୋଗୀ ନଥିଲା, ତେବେ ଅଚାନକ ହେମଲତାର ମନ-ଶକ୍ତିରେ ଏପ୍ରକାର ପରିବର୍ତ୍ତନ କିପରି ସମ୍ଭବ ହେଲା ? କ'ଣ କାଲି ସକାଳଠୁଁ ଶ୍ରୀପଳାତକର ଧାରାବାହିକ ପଠନ ଶୁଣୁଶୁଣୁ ହେମଲତା ଏକ ଉନ୍ନତ ଯୋଗମୟ ସ୍ତରରେ ପହଂଚିଗଲା ? କିଏ ଜାଣେ ? ମୁଁ ମାନେ କି ନମାନେ, ଲଲାଟେନ୍ଦୁ ଏକଥା କେବେ ସ୍ୱୀକାର କରିବ ନାହିଁ ।

ଯେଉଁଥିପାଇଁ ହେଉ, ମଲାବେଳକୁ ହେମଲତା ଶାନ୍ତିରେ ଗଲା, ସେଇ ମୋ' ପାଇଁ ଯଥେଷ୍ଟ । କାରଣ ମୁଁ ହେମଲତାକୁ ଭଲପାଏ । ମୋ' ଧାରଣାରେ ତା' ସ୍ୱାମୀଠାରୁ ମୁଁ ତାକୁ ବେଶି ଭଲପାଏ । ମୁଁ ତା'ର ଅନ୍ତଃକରଣକୁ ଯାହା ଉପଲବ୍ଧି କରିଥିଲି, ସେସବୁ ଲଲାଟେନ୍ଦୁର ଧାରଣା ବାହାରେ । ସେସବୁ ସୂକ୍ଷ୍ମ ଅନୁଭୂତି ଜାଣିବାକୁ ତା'ର କୌଣସି ଆଗ୍ରହ ନଥିଲା । ସେଥିପାଇଁ ସ୍ତ୍ରୀକୁ ହରାଇଥିବାରୁ ଲଲାଟେନ୍ଦୁ ମର୍ମାହତ ହୋଇଥିଲାବେଳେ ତା'ର କ୍ଲାନ୍ତି-ମୁକ୍ତି ପାଇଁ ମୁଁ ଏକପ୍ରକାର ତୃପ୍ତ ।

ଆଜିଠୁଁ ପନ୍ଦରବର୍ଷ ତଳେ ମୁଁ ଓ ଲଲାଟେନ୍ଦୁ, ଗଂଗାଧର ମେହେର କଲେଜରେ ଶେଷବର୍ଷର ଡିଗ୍ରୀ ଛାତ୍ର ଥିଲୁ। ସେ ବିଜ୍ଞାନ ପଢୁଥିଲା, ତେଣୁ ପଦାର୍ଥବିଜ୍ଞାନରେ

ଆହୁରି ଉପରକୁ ପଢ଼ିଲା, ମୁଁ ଇତିହାସରେ ଏମ୍.ଏ. ପଢ଼ିଲି । ଡିଗ୍ରୀ କ୍ଲାସର ଶେଷ ଦୁଇବର୍ଷ ଆମେ ହଷ୍ଟେଲରେ ଗୋଟିଏ ରୁମ୍‌ରେ ରହୁଥିଲୁ । କିନ୍ତୁ ଆମର ପାଠ ଓ ସ୍ୱଭାବରେ କୌଣସି ସାମଞ୍ଜସ୍ୟ ନଥିବାରୁ, ଆମ ଭିତରେ ଗଭୀର ମନ-ମେଳ ବା ଆନ୍ତରିକତା ନଥିଲା । ମୁଁ ଆରମ୍ଭରୁ ଫୁଲାଫାଙ୍କିଆ ଥିଲି ଓ ଯଥାକଥା ପାସ୍ କରିଯାଉଥିଲି । ମୁଁ ଜାଣିଥିଲି ଯେ ପାଠ ସରିଲା ପରେ ମତେ ଚାକିରି କରିବାକୁ ପଡ଼ିବ ନାହିଁ । କାରଣ, ବରଗଡ଼ରେ ପାଠ୍ୟପୁସ୍ତକର ପୈତୃକ ବ୍ୟବସାୟ ବେଶ୍ ଲାଭଦାୟକ ଥିଲା ଓ ମତେ ସେଇଥିରେ ସାମିଲ କରାଇବା ଯୋଜନା ବାବଦରେ ମୁଁ ଅବଗତ ଥିଲି । ମୁଁ ଦରକାରଠୁଁ ଅଧିକ ପଇସା ଘରୁ ବରାବର ଆଣୁଥିଲି ଓ ବନ୍ଧୁଗୋଷ୍ଠୀଙ୍କୁ ଭଲ ହୋଟେଲରେ ଖୁଆଇବା, ସିନେମା ଦେଖାଇବା, ସିଗାରେଟ୍ ଟାଣି ଫୂର୍ତ୍ତି କରିବାରେ ଖର୍ଚ୍ଚ କରୁଥିଲି । ଶେଷ ବର୍ଷ ମହାବିଦ୍ୟାଳୟ ଛାତ୍ର ୟୁନିଅନ୍ ସଭାପତି ହେବାପାଇଁ ଗୁଡାଏ ଟଙ୍କା ଖର୍ଚ୍ଚ କଲି ଓ ହେଲି । ସେଥିପାଇଁ ଆମ ରୁମ୍‌ରେ ବନ୍ଧୁମାନଙ୍କର ଯେଉଁ ଆଡ୍‌ଡ଼ା ବସୁଥିଲା, ଲଲାଟେନ୍ଦୁକୁ କେବେ ଭଲଲାଗୁନଥିଲା ଓ ସେ ବିଦ୍ରୋହରେ କେତେଥର ରୁମ୍ ଛାଡ଼ି ଚାଲିଯାଇଥିଲା । ତା'ର ଜୀବନ ଥିଲା ନିହାତି ଶୃଙ୍ଖଳିତ । ଖୁବ୍ ସକାଳୁ ଉଠି ବ୍ୟାୟାମ କରିବା, ତା' ପରେ ଗଜାମୁଗ ଇତ୍ୟାଦି ପୁଷ୍ଟିକର ଦେଶୀୟ ଜଳଖିଆ ଖାଇ କଲେଜ ଦୌଡ଼ିବା, ଦିନବେଳା ନିରାମିଷ ଭୋଜନ ଓ ରାତିରେ ସ୍ୱଳ୍ପାହାର ଇତ୍ୟାଦି, ସବୁ ଥିଲା ରୁଟିନ୍‌ବନ୍ଧା । ସେ ସେଇ ଛାତ୍ରାବସ୍ଥାରୁ ଲୁଗା-ପଂଜାବି ପିନ୍ଧୁଥିଲା ଓ ଦାଢ଼ି ରଖିଥିଲା । ରାତିରେ ଆମ ଗପଆସରରେ ଚା'ସିଗାରେଟ୍ ଖୁବ୍ ଚାଲେ । ବଡ଼ପାଟି ଆଲୋଚନାରେ ରୁମ୍ ଉଛୁଳେ । ଏଗୁଡ଼ା ଲଲାଟେନ୍ଦୁ ଦେହରେ ଜମା ଯାଏ ନାହିଁ । ନାକରେ ଗାମୁଛା ଗେଂଜି ବାହାରକୁ ଗଲାବେଳେ ସେ ମତେ କେତେଥର ତାସଲ୍ୟରେ କହିଚି : ଏ ବିଷଗୁଡ଼ା କାହିଁକି ପିଉଚ ଖାଉଚ, ଆଉଏକ ଅଜ୍ଞାନ ଦଳକୁ ତମ ସହ ବୁଡ଼ାଉଚ ? ଥରେ ମୋ' ପାଟିରୁ ବାହାରିପଡ଼ିଲା : ବିଷ ତମ ଦାଢ଼ିକି ନିଅଣ୍ଟ । ମୋର ଏ ଉତ୍ତର ତା' ବ୍ୟଙ୍ଗୋକ୍ତି ସହିତ ଆଦୌ ତାଳ ଖାଉନଥିଲା । ଏମିତି କଥାଟାଏ ତାକୁ କାହିଁକି କହିଲି ? ପାଂଚ ବର୍ଷ ତଳେ, ଦଶ ବର୍ଷ ପରେ, ଆମେ ଆଉଥରେ ଭେଟାଭେଟି ହେଲାବେଳେ, ମୋର ହାତରେ ସିଗାରେଟ୍ ଦେଖି ଲଲାଟେନ୍ଦୁ କହିଲା : ଏବେ ବି ଏ ବିଷ କ'ଣ ମୋ' ଦାଢ଼ିକୁ ନିଅଣ୍ଟ ? ମୁଁ ବଡ଼ପାଟିରେ ହଁ କଲି । ଲଲାଟେନ୍ଦୁ ସହିତ ହେମଲତା ଥିଲା ।

ଡିଗ୍ରୀ ପାସ୍ କରିବାପରେ, ଆମର ଆଉ ଦେଖାହୋଇନଥିଲା । ଆମେ ଅଲଗା ହଷ୍ଟେଲରେ ରହିଲୁ । ଏହାର କେତେବର୍ଷ ପରେ ମୁଁ ଶୁଣିଥିଲି ଯେ ଲଲାଟେନ୍ଦୁ ପଦାର୍ଥ ବିଜ୍ଞାନରେ ସ୍ନାତକୋତ୍ତର ସାରି, ପ୍ରଥମେ ବେସରକାରୀ ଓ ପରେ ସରକାରୀ କଲେଜରେ

ଅଧ୍ୟାପକ ହେଇ, ବାରିପଦା ବା ସିଆଡ଼େ କୋଉଠି ଅଛି । ସେ ହେମଲତାକୁ ବାହାହୋଇଚି ।

ହେମଲତା ଆମଠାରୁ ଦୁଇ କ୍ଲାସ୍ ତଳେ ପଢୁଥିଲା ଓ ବିଜ୍ଞାନ ପଢୁଥିବାରୁ ଓ ଲଲାଟେନ୍ଦୁକୁ ଜାଣିଥିବାରୁ ତା'ଠାରୁ ସାହାଯ୍ୟ ନେଉଥିଲା । ସେଇ ସମୟରେ ସୁନ୍ଦରୀ ଛାତ୍ରୀମାନଙ୍କ ଭିତରେ ହେମଲତା ଥିଲା ଅନ୍ୟତମ: ଦୀର୍ଘଦେହ, ପତଳା, ଦେହଠୁ ମୁହଁ ବେଶି ସଫା । ନାକ ପାଖରେ ଛୋଟ କଳାଜାଇ, ଆଖି ଦୁଇଟି ଡବଡବ, କେତେ କ'ଣ କହିବକହିବ ହେଉଚି, କହିପାରୁ ନାହିଁ, ସେଇପରି ଦିଶେ । ଛାତ୍ର-ସଂସଦ ସଭାରେ କି କଲେଜର ଫଙ୍କସନ୍ ବେଳେ ଅନ୍ୟ ଝିଅମାନଙ୍କ ସହିତ ମିଶି ଗୀତ ଗାଇଲାବେଳେ, ମୁଁ ତାକୁ ବହୁବାର ପାଖରୁ ଦେଖିଚି, କିନ୍ତୁ କେବେ ତା' ସହିତ କଥା ହୋଇନାହିଁ । ସେ ଶିକ୍ଷୟିତ୍ରୀ ହେଲାପରେ, ଲଲାଟେନ୍ଦୁ ତାକୁ ବାହାହେବାକୁ ପ୍ରସ୍ତାବ ଦେଇଥିଲା ଓ ସେଥିରେ ହେମଲତାର ଆପତ୍ତି ନଥିଲା । ସ୍ୱାମୀ-ସ୍ତ୍ରୀ ଓଡ଼ିଶାର ଉତ୍ତରାଂଚଳ ବୁଲିବୁଲି, ଦୁଇଜଣଙ୍କର ଏକାଠି ସମ୍ବଲପୁର ବଦଳିକରାଇ ଘର ଖୋଜୁଥିଲେ। ସେତିକିବେଳେ ସେମାନଙ୍କ ସହିତର ମୋର ଭେଟ ।

ସମ୍ବଲପୁରରେ ପଢ଼ିଲାବେଳେ ମୁଁ ଗୁଡାଏ ବଦଭ୍ୟାସ କରି ବଦ୍‌ଖର୍ଚ୍ଚ କରୁଚି ବୋଲି ମତେ କିଛିଦିନ ବରଗଡ଼ ବହିଦୋକାନରେ ମୋ' ବଡ଼ଭାଇଙ୍କ କଡା ତତ୍ତ୍ୱାବଧାନରେ ରଖାଗଲା ଓ ପରେ ମତେ ବାହାକରିଦିଆଗଲା । ଆମ ବହି ବ୍ୟବସାୟ ସମ୍ବଲପୁରକୁ ମାଡ଼ିଯିବା ପାଇଁ ସେଠି ଗୋଟିଏ ଶାଖା ଖୋଲି ତା'ର ଦାୟିତ୍ୱ ମତେ ଦିଆଗଲା । ବୁଢ଼ାରଜା ପାହାଡ଼ ତଳକୁ ଆମର ପୈତୃକ ଜାଗା ଖଣ୍ଡେ ଥିଲା । ସେଇଠି ବଡ଼ ଭାଇ ଘର ତୋଳାଇଲେ । ଘରଟି ମଝି କାନ୍ଥଦ୍ୱାରା ଦୁଇ ଭାଗରେ ବିଭକ୍ତ । ଉଭୟ ପଟର ଘର ସଂଖ୍ୟା ସମାନ । ଗୋଟିଏ ପଟୁ ଆରପାଖକୁ, ଦରକାର ପଡ଼ିଲେ, ଯିବାପାଇଁ ମଝିରେ କବାଟ । ଘରର ଗୋଟିଏ ପଟ ମୋ ପାଇଁ ଓ ଅନ୍ୟଟି ଭଡାଦେବା ପାଇଁ ତିଆରି ହୋଇଥିଲା । ଏ ବ୍ୟବସ୍ଥା ସତ୍ତ୍ୱେ ମତେ ସମ୍ବଲପୁରରେ ଏକା ରହିବାକୁ ପଡୁଥିଲା । ଆମର ପାରିବାରିକ ବ୍ୟବସାୟ ବରଗଡ଼ରେ ମା' ବୁଝୁଥିଲେ ଓ ଅଳ୍ପ କିଛିଦିନ ହେଲା ବାପା ଜାମସେଦପୁରରୁ ଚାକିରିରୁ ଅବସର ନେଇ ଆସିଥିଲେ । ଏକାନ୍ନ ପରିବାର ଓ ବ୍ୟବସାୟ ତିଷ୍ଠିରହିବାରେ ମା'ଙ୍କ ଅବଦାନ ଯଥେଷ୍ଟ ଥିଲା । ସମ୍ବଲପୁରରୁ ବରଗଡ଼ର ଦୂରତ୍ୱକୁ ନେଇ ମା' ସିଦ୍ଧାନ୍ତ ନେଇଥିଲେ ଯେ ମୁଁ ସମ୍ବଲପୁରରେ ବ୍ୟବସାୟ ବୁଝାସୁଝା କରି ସପ୍ତାହରେ ଦିନେ ଦୁଇଦିନ ବରଗଡ଼ ଆସିବି ଓ ମୋ' ପିଲାମାନେ ସେଇଠି ପଢ଼ିବେ, ମା'ଙ୍କ ତତ୍ତ୍ୱାବଧାନରେ । ଏଇ ପ୍ରକାରର ଜୀବନ ସହ ମୁଁ ଅଭ୍ୟସ୍ତ ହୋଇଯାଇଥିଲି । ବହିଦୋକାନ ବୁଝିବା ଛଡ଼ା ଗୋଟିଏ

ଦୈନିକୀର ମୁଁ ପ୍ରତିନିଧିତ୍ୱ କରୁଥିଲି । ଲଲାଟେନ୍ଦୁ ସମ୍ବଲପୁର ଆସିବାର ମାସକ ଆଗରୁ, ଆମ ଘରର ଭଡ଼ା ଦିଆଯାଉଥିବା ଅଂଶଟି ଖାଲିପଡ଼ିଥିଲା । ଲଲାଟେନ୍ଦୁ ଓ ହେମଲତା ଘର ବୁଲାବୁଲି କରି ଦେଖିଲେ ।

ସେତେବେଳକୁ ସୂର୍ଯ୍ୟ ଅସ୍ତ ହୋଇ ବୁଢ଼ାରଜା ପାହାଡ଼ ପଛରେ ଲୁଚି ଯାଉଥିଲେ । ବାଡ଼କୁ ଲାଗି ପବନରେ ହଲୁଥିବା ଦୁଇଟି ଅଶୋକଗଛର ଛାଇ, ହତା ଭିତରେ ପଡ଼ି ଧୀରେ ଧୀରେ ଅନ୍ଧାର ସହ ମିଶି ମହଲଣ ପଡ଼ିଯାଉଥିଲା । ସେଇ ଦୃଶ୍ୟକୁ ହାତଦେଖାଇ ସ୍ୱାମୀ ଆଡ଼କୁ ଚାହିଁ ହେମଲତା ଯାହା କହିଲା, ମତେ ଶୁଭିଲା କେଉଁ ଏକ କବିତାର କିୟଦଂଶ । ସେତେବେଳେ ମୁଁ ବୁଝିପାରି ନଥିଲି । ଆମର ସଂପର୍କ, କେତେଦିନ ପରେ ଅନ୍ତରଂଗ ହେବା ପରେ ହେମଲତା ରମାକାନ୍ତ ରଥଙ୍କ *ସପ୍ତମ ଋତୁ* ର ପ୍ରାୟ ସବୁ କବିତା ମତେ ପଢ଼ି ଶୁଣାଇଥିଲା । ହେମଲତା ଏବେ କହିଥିବା ଧାଡ଼ିଟି ସେଥିରୁ ଗୋଟିଏ କବିତାର : *ତମେ ଆସ ପର୍ବତଙ୍କ ଛାଇ ଛାଇ ପାଦଦେଶ ଡେଇଁ, ବୋହୁଥିବା ପବନର ଶୀତଳ ସ୍ପର୍ଶରେ ।*

ଘର ପସନ୍ଦ ହେଲା । କାରଣ ଏଇ କବିତା ଧାଡ଼ିର ବାତାବରଣ, କୁଆଡ଼େ ଅବିକଳ ଆମ ପାହାଡ଼ତଳ ଘରର ପରିବେଶରେ ଉକୁଟିଉଠୁଥିଲା ବୋଲି ହେମଲତାକୁ ଲାଗିଲା । ହେମଲତାଠାରୁ କବିତା ଓ ଘର ପସନ୍ଦ ହେବା କଥା ଶୁଣିଲାପରେ, ଲଲାଟେନ୍ଦୁ ଏମିତି ମୁରୁକେଇ ହସିଲା, ଯେମିତି ତାଚ୍ଛଲ୍ୟ ଓ ବ୍ୟଂଗକୁ ଏକାଠି ଓଠ କୋଣରେ ମିଶାଉଚି ଓ କହିଲା : ପାଗଳ ।

ଲଲାଟେନ୍ଦୁ ମୋର ପଡୋଶୀ ହେବା ପରେ ଆମ ଭିତରେ ଘନିଷ୍ଠତା ବଢ଼ିଲା । ଲଲାଟେନ୍ଦୁର ଛାତ୍ରଜୀବନର ମାର୍ଜିତ ଓ ସମୟାନୁବର୍ତ୍ତୀ ଅଭ୍ୟାସ ଏବେ ବି ସେଇପରି ଥିଲା; ଖୁବ୍ ସକାଳୁ ଉଠି ଗୁଡ଼ାଏ ବାଟ ଚାଲିବା, ଗାଧୋଇସାରି ଯୋଗାସନ କରିବା, ନିରାମିଷ ଭୋଜନରେ ତୃପ୍ତ ହୋଇ କଲେଜ ଯିବା, ଆଉ ସଂଧ୍ୟାବେଳେ ଘରକୁ ଫେରି ବ୍ୟାୟାମ ପରେ ପିଲାଙ୍କୁ ଟିଉସନ୍ କରିବା ଓ ରାତିରେ ଗଜାମୁଗ, ଫଳ ଇତ୍ୟାଦି ଖାଇ ନିଜକୁ ସତେଜ ରଖିବା । ପରିଚ୍ଛନ୍ନତା ଓ ସଂହତିର ଉଦାହରଣ ତା'ର ଧୋତି-ପଂଜାବି ଓ ଅଛଧଳା ମସୃଣ କଳା ଦାଢ଼ି । ସୋଫା ସେଟ୍‌କୁ ସାତବର୍ଷ ହେଲାଣି; କିନ୍ତୁ ଚକ୍‌ଚକ୍ ମାରୁଚି, ଏଇ ଯେମିତି କାରଖାନାରୁ ଅଣାହୋଇ ଅବିକା ପଡ଼ିଛି । ପାଇଖାନା ଓ ଗାଧୁଆଘରକୁ ନିଜେ ସଫା କରି ଏମିତି ପରିଷ୍କାର ରଖିଥାଏ ଯେ ଯିଏ ହେଲେ ଭାବିବ, ଏଇ ଘରେ ବୋଧେ କେହି ରହନ୍ତି ନାହିଁ । କିନ୍ତୁ ଏସବୁ ପରିପାଟୀରେ ହେମଲତାର କୌଣସି ଆଗ୍ରହ ନଥିଲା । ତା'ର ଖାଇବା, ଗାଧୋଇବା ଓ ଶୋଇବା ସମୟର କୌଣସି ଠିକଣା ନଥିଲା । ସେ ଅନ୍ୟମନସ୍କ ରହୁଚି ଓ ଘର ବା ତା' ଝିଅର

ଏତେ ଟିକିଏ ଯତ୍ନ ନେଉନାହିଁ ବୋଲି ବହୁବାର ଲଲାଟେନ୍ଦୁ ଚେତାଇ ଦେବା ପରେ ମଧ୍ୟ ହେମଲତାର ହାବଭାବରେ କିଛି ଟିକେ ବି ପରିବର୍ତ୍ତନ ହୋଇନଥିଲା । ତେଣୁ ସ୍ତ୍ରୀ ଉପରେ ଗୁଣୁଗୁଣୁ ଚିଡ଼୍‌ଚିଡ୍ ହୋଇ ସେ ତା'ର ଲୁଗା ବ୍ଲାଉଜ୍ ଭାଂଗି ରଖିବା, ପରିବା କିଣିବା, ଝିଅକୁ ଗାଧୋଇ ଖୋଇ ସ୍କୁଲରେ ଛାଡ଼ିବା ଓ ଆଣିବା ଇତ୍ୟାଦି ସବୁ କାମ କରୁଥିଲା । ହେମଲତା ସକାଳୁ ଭାତ ଡାଲି ଚୁଲିରେ ବସେଇ ସ୍କୁଲ ଚାଲିଯାଏ ଓ ଫେରେ ଦିନ ବାରଟାରେ । ଲଲାଟେନ୍ଦୁ ବାକି ସବୁ ରୋଷେଇ ସାରେ, ଝିଅକୁ ସ୍କୁଲରେ ଛାଡ଼େ, ନିଜେ ଖାଏ ଓ କଲେଜ ଯାଏ । ହେମଲତା ଦି'ପହରେ ଘରକୁ ଫେରିବା ପରେ ସନ୍ଧ୍ୟାଯାଏ ଏକଲା ଥାଏ । ମୁଁ ଯେଉଁଦିନ ଖରାବେଳେ ଘରେ ଥାଏ, ସେପଟ ଘରେ ହେମଲତାର ପାଦଶବ୍ଦ ଠଉରାଏ । ଶୋଇବାଘରୁ ବୈଠକଘର...ରୋଷେଇଘର...ପୁଣି ଶୋଇବାଘର... ବୈଠକଘର... । ତା' ମାନେ ହେମଲତା ଖରାବେଳେ ଶୁଏ ନାହିଁ । ମୁଁ କବାଟ ଖୋଲି ବାରଣ୍ଡାକୁ ଆସେ, ଟିକେ ବିଲାବୁଲି କରି ଝରକା ଦେଇ ଘର ଭିତରକୁ ଉଣ୍ଡେ ଓ ପଚାରେ : ଏକା ବସିବସି ଖୁବ୍ ଖାଲିଖାଲି ଲାଗୁଚି ନା ? ହେମଲତା କବାଟ ଖୋଲି ଭିତରକୁ ଡାକେ ଓ ମୁଁ ହେମଲତାର ନିକଟସାନ୍ନିଧ୍ୟ ପାଇଁ ବିଭିନ୍ନ କଥାବାର୍ତ୍ତା ଭିତରେ, ସନ୍ତର୍ପଣରେ ଯତ୍ନବାନ୍ ଥାଏ । ହେମଲତା ନିଜ ଆଗ୍ରହରେ ଗୋଟିଏ ବହି ଉଠେଇଆଣେ ଓ ମୁଁ କିଛି କହିବା ଆଗରୁ ପଢ଼ା ଆରମ୍ଭ କରିଦେଇଥାଏ । ମୁଁ କବିତାବହିକୁ ଅନାଇବାର ବାହାନା କରି ହେମଲତା ମୁହଁକୁ ଅନେଇଥାଏ । କେବେକେବେ ଆଖିକୁ ତଳକୁ ନେଉନେଉ ଦେଖେ ଯେ ହେମଲତାର ଛାତିର ଗୋଟିଏ ଅଂଶରେ ଲୁଗା ନାହିଁ । ମନଟା ଚାଉଁକିନା ହୁଏ । ହେମଲତା କବିତାବହି ବନ୍ଦ କରି ତାରିଫ୍ କରେ : ଓଃ କି କବିତା ମ ! ମରଣକୁ ପୁଣି ଏମିତି ଅଟ୍ଟା ! କେମିତି ଟିକେ ଦେଖନ୍ତି କି ସେ ରମାକାନ୍ତ ରଥକୁ । ମୋ ଆଡ଼େ ଅନେଇ କହେ : ଆପଣ ପରା ବହି ବ୍ୟବସାୟ କରୁଛନ୍ତି ? କବି ରମାକାନ୍ତ ରଥଙ୍କୁ ଜାଣିନାହାନ୍ତି ?

: 'ମୁଁ ପଢ଼ାବହି ବିକିଲାବାଲା, କେବେ କବିତା ବହି ଆଣେ ନାହିଁ । ତାକୁ କିଏ କିଣିବ ?'

ହେମଲତା ଚା' ତିଆରି କରି ପିଆଏ, ପାଖ ତରାଟଗଛମୂଳକୁ ବୁଲିଯିବା ପାଇଁ ଡାକେ । ଗପ କରୁ କରୁ ଫୁଲ ଛିଣ୍ଡାଇ, ଆକାଶକୁ କାହା ଆଡ଼କୁ ଫୋପାଡ଼ିଲା ପରି ପକାଏ । ଥରେ ଅଧେଗୋଟେ ଫୁଲ ମୋ' ଉପରେ ପଡ଼ିଯାଏ । ମନଟା ପୁଣି ଚାଉଁକରେ । ଏଣିକି ମୁଁ ଦୋକାନ ଯିବାର ସମୟ କମାଇଦେଲି । ବେଶି ବେଳ ଲଲାଟେନ୍ଦୁ ନଥିବା ବେଳେ ତାଙ୍କ ବୈଠକଖାନାରେ କଟାଇଲି ଓ ଆମେ ତିନିଜଣ

ଏକାଠି ହେଲାବେଳେ, ହେମଲତାର ଗୁଣକୁ ତାରିଫ୍ ଓ ଲଲାଟେନ୍ଦୁର ଆଦର୍ଶ ଜୀବନ ନିହାତି ପାଣିଚିଆ ବୋଲି କହିବାକୁ ମତେ ଖୁବ୍ ଭଲଲାଗୁଥିଲା ।

ଏମାନେ ରହିବାର ବର୍ଷେ ହେଲାଣି, ଘଣା ସେମିତି ବୁଲୁଚି । କିନ୍ତୁ ତିନୋଟି କଥାର ମୁଁ ସଠିକ ସୁରାକ ପାଇଯାଉଥିଲି: ପ୍ରଥମ, ଏ ସ୍ୱାମୀ-ସ୍ତ୍ରୀ, ଏମାନଙ୍କର ଚରିତ୍ରରେ ଅସାମଞ୍ଜସ୍ୟ ଏତେ ବେଶି ଯେ ସେମାନେ ପରସ୍ପରକୁ ଆଦୌ ଭଲପାଆନ୍ତି ନାହିଁ । ମୁଁ ଆଉଟିକେ ଭାବେ ଯେ ଲଲାଟେନ୍ଦୁ ତା' ସ୍ତ୍ରୀକୁ ଘୃଣାକରେ ଓ ହେମଲତା ଲଲାଟେନ୍ଦୁ ପ୍ରତି ସମ୍ପୂର୍ଣ୍ଣ ବୀତସ୍ପୃହ । ଦ୍ୱିତୀୟ ସତ୍ୟଟି ହେଲା, ଏଇ ନାରୀଟି ରମାକାନ୍ତ ରଥ କବିତା ପାଇଁ ପାଗଳ । ତାଙ୍କ ସବୁଯାକ କବିତାବହି ବୈଠକଖାନାର ବିଭିନ୍ନ ରୁଚିବନ୍ତ ସ୍ଥାନରେ ଏମିତି ଶ୍ରଦ୍ଧା-ଆସନରେ ରଖାଯାଇଚି ଯେ ପ୍ରଥମେ ଦେଖିଲାଲୋକ ଭାବିବ, ଏଗୁଡ଼ିକ ବୋଧେ ରାମାୟଣ, ଭାଗବତ, ବାଇବେଲ, କୋରାନ୍ । ମୋ' ଭିତରେ ଯେଉଁ ପ୍ରେମିକଟି ମତେ ଛକାପଂଝା ଦେଉଥିଲା ସେ ହେମଲତାକୁ ଥରେ ବିଡ଼ି ବସିଲା; ମୁଁ ପଚାରିଲି: 'ମୁଁ ତ ବହି କିଣିବାକୁ ସବୁବେଳେ କଟକ ଭୁବନେଶ୍ୱର ଯାଉଚି; ଚାଲୁନାହାନ୍ତି ଥରେ ଏକାଠି ଯିବା, ଆପଣଙ୍କୁ ରମାକାନ୍ତ ରଥଙ୍କୁ ଭେଟେଇଦେବି? ହେମଲତାର ଉତ୍ତର ଥିଲା, 'ନାଇଁ, ମୋର କିଏ ଯାଉଚି! ଯାହାକୁ ଦେଖିବାର ଥିବ, ସେ ବଳେ ଆସିବନି!'

ଆଉ ତୃତୀୟ କଥାଟି ହେଲା, ମୁଁ ଭାବୁଚି ଯେ ଏଇ ସ୍ୱାମୀଉପେକ୍ଷିତା ନାରୀଟି ମୋ ସ୍ତ୍ରୀ-ଅନୁପସ୍ଥିତ ବ୍ୟକ୍ତିତ୍ୱ ଆଡ଼କୁ ନିଶ୍ଚୟ ଢଳିପଡ଼ିଲାଣି । ନଚେତ୍ ମଝରେ ମଝିରେ କଥାବାର୍ତ୍ତା କଲାବେଳେ ଛାତିରେ ଲୁଗା ନ ରହିବା ବା ଫୁଲ ଫୋପାଡୁ ଫୋପାଡୁ ମୋ ଉପରେ ପଡ଼ିବା କ'ଣ ସମସ୍ତଙ୍କ ପାଇଁ ହବ କି? ହଁ, ଏକଥା ସତ ଯେ ସେଇ ରଥ କବିର କବିତା ପାଇଁ ସେ ପାଗଳ । ହଉଥାଉ । କବିତା କବିତା ଜାଗାରେ, ଆଉ ପ୍ରୀତି ତା' ଜାଗାରେ। ନ ହେଲେ ମୋ' ପ୍ରସ୍ତାବରେ ରାଜି ହେଲା ନାହିଁ କାହିଁକି ହେମଲତା? କବିତା-ପ୍ରେମ ଆଉ ପୁରୁଷ-ପ୍ରେମ ନାରୀ ପାଇଁ ପୂରା ଅଲଗା ଅଲଗାରେ ଧନ । ହେମଲତା ଠିକ୍ କହିଚି, ତମ ସାଂଗରେ କଟକ-ଭୁବନେଶ୍ୱର ଯାଇ ନାଆଁ ପକେଇଲେ କି ଲାଭ? ଏଠି ପରା ଦୁଇ ଶୋଇବାଘର ମଝି କବାଟ ଖରାବେଳିଆ ଖୋଲିଦେଲେ ବନ୍ଧୁ-ମିଳନ ଯାହାକୁଯେତେ । ମୋ ତରଫରୁ ନିମନ୍ତ୍ରଣ ଅପେକ୍ଷାର ଇସାରା । ତମେ କବାଟ ଖୋଲିବାଯାଏ, ମୁଁ ମୋ' ପଟ କବାଟକୁ ଅନେଇ, ସେମିତି ବିଛଣା ଉପରେ ପଡ଼ି ଅପେକ୍ଷା କରିଥିବି । କବାଟ ହେମଲତା ସେପଟୁ ଫିଟାଇବା କଥା ଭାବିଦେଲାକ୍ଷଣି ଦେହଟା ଶୀତେଇଯାଏ; ମୁଁ ପାଣି ପିଏ ।

ଦିନେ, ରବିବାର । ଚାରିଟା ବେଳକୁ ଲଲାଟେନ୍ଦୁ ଘରେ ଏକା ଥିଲା । ତାକୁ

ଆମ ପଟକୁ ଡାକିଲି : ଆସ ଚା' ପିଇବା ଆଉ ଗପିବା । ଲଲାଟେନ୍ଦୁ ହର୍‌ଲିକ୍‌ସ ପିଇଲା ଓ ଇଆଡୁସିଆଡୁ କଥା ଗପୁ ଗପୁ ହଠାତ୍ କଥା ମଝିରେ ପଚାରିଦେଲା: ହଇହୋ, ସେ ରମାକାନ୍ତ ରଥଟା କିଏ କିହୋ ? ସେ କେଉଁଠି ରହେ ?

ମୁଁ କହିଲି : 'ମୁଁ ତ ତମରି ଘରେ ତାକୁ ଜାଣିଲି । ହଉ, ଏଥର କଟକ ଗଲେ ସବୁ କଥା ବୁଝିଆସିବି ।

: 'ବୁଝିବ ଆଉ ଛତୁ! ସେ ବଦ୍‌ମାସଟା ହେମଲତାକୁ ପାଲରେ ପକେଇ ତା' ଜୀବନଟା ଛାରଖାର କରିଦେଲାଣି ।' ଲଲାଟେନ୍ଦୁ ଉତ୍ୟକ୍ତ ହେଲାପରି ଲାଗିଲା ।

: 'କ'ଣ, କ'ଣ ?' ମୁଁ ଖୁବ୍ ଉତ୍ସୁକ ହୋଇ ପଚାରିଲି ।

ଲଲାଟେନ୍ଦୁ ତା' ସ୍ତ୍ରୀ ଓ ରମାକାନ୍ତ ରଥଙ୍କୁ ନେଇ ଯେଉଁ ଚୋରା ପ୍ରେମଗଛର ଚିତ୍ର କଲା, ତାହା ସଂକ୍ଷେପରେ ଏଇପରି: କଲେଜରେ ପଢ଼ିବାବେଳଠୁଁ ହେମଲତା କବିତା ଲେଖୁଥିଲା ଓ ପରେ କେତେବେଳେ ରମାକାନ୍ତ ରଥଙ୍କ ସବୁ କବିତାବହି ସେ କିଣି ସାଇତି ରଖିଚି, ଲଲାଟେନ୍ଦୁ ଜାଣେ ନାହିଁ । କିନ୍ତୁ ଏଇଗୁଡ଼ାକ ପଢ଼ିଲାପରେ ହେମଲତାର ମନ ବିଗିଡ଼ି ଯାଇଚି । ଲଲାଟେନ୍ଦୁର ଭୀଷଣ ସନ୍ଦେହ ଯେ ହେମଲତାର ସ୍କୁଲ ଠିକଣାରେ ବହୁଦିନ ଧରି ଖୁବ୍ ଗୁଡାଏ ଚିଠିପତ୍ର ଚାଲିଥିବ ଏବଂ କେବେକେମିତି ହେମଲତା ସ୍କୁଲ୍ କାମରେ ଯେତେବେଳେ କଟକ-ଭୁବନେଶ୍ୱର ଯାଏ, ସେଗୁଡ଼ାକ ଖାଲି ବାହାନା । ଅସଲ କଥା ଆଉ କେଉଁଠି । ନଚେତ୍ ଲଲାଟେନ୍ଦୁ ଭାଷାରେ ହେମଲତାକୁ ସେ ଓ ତା'ର ସଂସାର ଏମିତି ପିତା ଲାଗନ୍ତା କାହିଁକି ?

ଏଇ ପିତା ଲାଗିବା କଥାଟା ଶୁଣି ମୋ ମନଟା ଖୁସି ହୋଇଗଲା । ତା'ହେଲେ ମୋ' ବାଟ ସଫା । ନିଜକୁ ଧିକ୍କାରିଲି : ଅନେଇ ବସିଥା' ଦୁଇବର୍ଷ ହେଲା, ଡରୁଆ କେଉଁଠିକାର! ଆଉ ଟିକେ ସାହସ ନ କଲେ କ'ଣ ଏ ପ୍ରୀତି-ବାଟରେ ତୁ ଜମା ଆଗେଇପାରିବୁ ? ହଁ, ସତେ ତ । ମୁଁ' ଟା ପ୍ରକୃତରେ ମହାଛେରୁ । ଆମ ବହିଦୋକାନରେ ଘଟିଥିବା କେତେକ ଘଟଣା ମନେପକାଇଲି । ଥରେ ଜଣେ ଅଧ୍ୟାପିକା ବହି କିଣିବାକୁ ଆସି ମୋ' ସାମ୍ନାରେ ବସିଲେ ଓ ଟେବୁଲ ତଳେ ତାଙ୍କ ଗୋଡ଼ ଥରେ ଦୁଇଥର ମୋ ଗୋଡ଼ରେ ବାଜିଗଲା ଓ ସେ ବିଷ୍ଟୁ କରି ହସିଦେଲେ । କେତେ ଚେଷ୍ଟାକଲି, ମୁଁ ବି ଟିକେ ଜାଣିଜାଣି ଗୋଡ଼ ବଜେଇଦେବାକୁ, କିନ୍ତୁ ପାରିଲି କି ? ମୋ' ଗୋଡ ଦି'ଟା ସେ ଥିବା ପର୍ଯ୍ୟନ୍ତ ପୂରା ଅଚଳ । ଜଣେ ସ୍କୁଲର ମାଷ୍ଟ୍ରାଣୀ ତାଙ୍କ ସ୍କୁଲର ସବୁ ବହି ଆମ ଦୋକାନରୁ କିଣନ୍ତି । ତାଙ୍କୁ ଟିକେ ଅଧିକ କମିଶନ ଦିଏ । କେତେଥର ଡାକିଲେଣି ତାଙ୍କ ଘରଆଡ଼େ ଟିକେ ବୁଲିଆସିବାକୁ, ସମ୍ପର୍କ ବଢ଼ିବ । ପ୍ରାୟ ଶହେ ଥର ତାଙ୍କ ଘରକୁ ଯିବା ପାଇଁ ବାହାରିଥିବି । ତାଙ୍କ ଘର ଟିକେ

ଆଗରୁ ମୋଡ଼ ପାଖ ହେଲେ, ଗୋଡ଼ ଦି'ଟା ଜମା ମୋଡ଼ ବୁଲିବେ ନାହିଁ କି ବୋଲ ମାନିବେ ନାହିଁ, ସିଧା ଚାଲିବେ । ହେଉ ଯାହା ହେଲା, ହେଲା । ଏଥର କିନ୍ତୁ ପୁରୁଷ-ସାହସ ଟିକକ ଦେଖାଇବାକୁ ପଡ଼ିବ ।

ରାତିରେ କେତେ କଳ୍ପନାଜଳ୍ପନା କରୁ କରୁ ନିଦ ଆଦୌ ହେଲା ନାହିଁ । ତା'ପରେ ସୋମବାର ଦିନ ହେମଲତା ସ୍କୁଲରୁ ଫେରିବା ପରେ ତା' ପାଦଶବ୍ଦକୁ, ମୋ ବିଛଣା ଉପରେ ପଡ଼ିରହି, ଅନୁମାନ କଲି । ବୈଠକଘର ଖୋଲି ସେ ଶୋଇବାଘରେ ପଶିଲା, ପଂଖାଦେଲା, ବେସିନ୍‌ଠାରୁ ରୋଷେଇ ଘରକୁ ଗଲା, ସେଠୁ ବୋଧେ ଖାଇବାଥାଳି ଧରି ଶୋଇବାଘର ଖଟରେ ବସି ଖାଇଲା, ପୁଣି ରୋଷେଇଘରକୁ ଗଲା, ସେଠୁ ବେସିନ୍, ଶୋଇବାଘର ଖଟ ଉପରକୁ ଯିବାର ଶବ୍ଦ । ଏଇଟା ତ ଠିକ୍ ବେଳ; ଉଠ୍ ଉଠ୍ । ମୋ' ଭିତରେ ଭାରି ଗରମ ହୋଇ କିଏ ଗୋଟେ କହିଲା ।

ମୁଁ ଦୁଇ ବଖରାର ମଝିକବାଟ ଠକ୍ ଠକ୍ କଲି ଓ ହେମଲତା ସେପାଖ ଘର କବାଟ ଖୋଲିଦେଲା । ମତେ ଦେଖିଲାମାତ୍ରେ କହିଲା : ଭଲ ହେଲା, ଆପଣ ଡାକିଦେଲେ, ନ ହେଲେ ମୁଁ ଡାକିଥାନ୍ତି ।

ଆଃ, ଏକଦମ୍ ଜମିଯାଉଚି: ମୋ' ଭାଗ୍ୟକୁ ଓ ସାହସକୁ ଧନ୍ୟବାଦ ଦେଲି ଓ ଖଟର ଗୋଟିଏ ପଟରେ ବସିପଡ଼ିଲି । ଆରପାଖ ଖଟବାଡ଼ରେ ତକିଆ ଦେଇ ହେମଲତା ବସିଲା । ମୋ' ପାଟିରୁ ବାହାରିପଡ଼ିଲା: 'ଆଜି ସତରେ ମୋର କି ଭାଗ୍ୟ ମ!'

ମୋ' କଥା ଶୁଣି ହେମଲତା ମିନିଟ୍‌ଏ ଆଖିବୁଜି ବସିଲା । ମୁଁ ଦେଖିଲି, ଦେହରେ ଲୁଗା ପିନ୍ଧିବାର ଠିକଣା ନାହିଁ । ସଜାଡ଼ିଦେବି କି? ଭାବୁଚି, ସେ ଆଖି ଖୋଲିଲା ଓ କହିଲା, 'ଭାଗ୍ୟ କଥା କହୁଥିଲେ ପରା ? ଜାଣନ୍ତି, ଆମର ଭାଗ୍ୟରେ କ'ଣ ଅଛି?' ସେ ଏମିତି ନରମ ସ୍ନେହମୟ ଗଳାରେ କହିଲା ଯେ ମୋ' ପାଟିରୁ ବାହାରିପଡୁଥିଲା : ପ୍ରେମ । କିନ୍ତୁ ମୁଁ ଟିକେ ଥତମତ ହୋଇ ମୁହଁ ଖୋଲିବା ଆଗରୁ, ସେ କୋଳରେ ରଖିଥିବା କବିତାବହିଟି ଖୋଲି, ମୋ' ଆଡ଼େ ଚାହିଁଲା ଓ କହିଲା, ଶୁଣନ୍ତୁ ଆମର ଭାଗ୍ୟ । ଭାଗବତ ପଢ଼ିବାର ନିଷ୍ଠାରେ ସେ ପଢୁଥିଲା:

ମତେ ଯାହା ଛନ୍ଦିଦିଏ ପାହାଡ଼ ଓ ଆକାଶ ସହିତ
ଗଛ ଏବଂ ପବନ ସହିତ
ସେ ଆମ ବିମର୍ଷ ଭଗ୍ୟ ଘୂରିବୁଲେ ବର୍ଷରୁ ବର୍ଷକୁ
ଏହି ଭାଗ୍ୟ ଦିଶିଥିଲା ମୋ ସ୍ୱପ୍ନରେ ବହୁ ବର୍ଷ ତଳେ
ଛିଣ୍ଡା ଲୁଗା ପିନ୍ଧିଥିବା ସନ୍ନ୍ୟାସୀ ବେଶରେ ।

ମୁଁ ଏୟା ବୁଝିଲି ଯେ ପାହାଡ଼ ବା ଗଛ ପରି ସ୍ଥାଣୁ ଲୋକଟା ସହିତ ନିଜ ଭାଗ୍ୟକୁ ଛନ୍ଦିଦେଇ ହେମଲତା ପସ୍ତେଇ ହେଉଚି ଓ କବିତା ଛଳରେ ତା' ମନ କଥା କହିଦେଲାଣି । ଆଉ ପୁଣି ବି କହୁଚି ଯେ ଏଇ ଲଲାଟେନ୍ଦୁଟା ପ୍ରକୃତରେ ଛିଣ୍ଡାଲୁଗାପିନ୍ଧା ସନ୍ନ୍ୟାସୀଟାଏ । ତାକୁ ନେଇ ପ୍ରେମ କରିହେବ ନା ଘର କରିହେବ, ତେଣୁ ହେମଲତା କଥାରେ ହଁ ମାରି କହିଲି: 'ଠିକ୍ କହିଛନ୍ତି, ଭଗବାନ୍ ଭାଗ୍ୟ ଦେଇଥିଲେ, ଆପଣଙ୍କ ପରି ଲୋକଙ୍କ ସାନ୍ନିଧ୍ୟ ମିଳେ ।'

ଭଗବାନ୍ ନାଆଁଟା ଶୁଣି ହେମଲତା ଚିହିଁକି ଉଠିଲା ଓ କହିଲା: 'ଭଗବାନ୍ଙ୍କୁ କିଏ ଦେଖିଚି ? ସେ ଥିଲେ କେତେ ନଥିଲେ କେତେ ?

ହେମଲତା ଟିକେ ଉତ୍ୟକ୍ତ ହେବାର ଆଭାସ ପାଇ, ତାକୁ କୋହଳ କରିବାକୁ କହିଲି : ଭାଗ୍ୟ ଭଗବାନ୍ ଦଉ କି ଯିଏ ଦଉ, ଆମର ସମ୍ପର୍କ କିନ୍ତୁ ସତ୍ୟ, ଏ ଜୀବନଯାକ ରହିବ ।

ହେମଲତା ଟିକେ ହସିଲା ଓ କବିତାଟିଏ ପୁଣି ଆବୃତ୍ତି କଲା:

ହଁ, ହଁ, ସବୁ ମିଛ
ମୋର ଏଇ ସ୍ଥିତି ମିଛ
ଏପରିକି କାନ୍ଦ ଆଉ ହସ
ମିଛ, ତାକୁ ଆଙ୍କିଅଛି କାଗଜର ମୁଖାରେ ବିବ୍ରତ
ଚିତ୍ରକାର, ମୁଁ ଚାହେଁନି ପଛକୁ କଦାପି ।

ଏଇ ଧାଡ଼ିଗୁଡ଼ିକ ହେମଲତାର ମୁଖସ୍ଥ ଥିଲା । ତା'ପରେ ମତେ ପଚାରିବାଆଖିରେ କହିଲା : 'ଭଗବାନ୍ ମିଛ କି ସତ, କିଏ ଜାଣେ ? କିନ୍ତୁ ଆମେ ମିଛ ନା ସତ, ସେଇଟା ଜାଣିବା ସବୁଠୁ ବଡ଼କଥା ।'

: ଆମେ କାହିଁକି ମିଛ ହେବା ମ ? ଜୀବନଟାଯାକ ଆମେ ଆଜି ପରି ସତ ହୋଇ ରହିବା । ମୁଁ ଉତ୍ତର ଦେଲି ।

ହେମଲତା ଆଖି ମଲୁମଲୁ କହିଲା : 'ବୁଝିଲେ ପ୍ରମୋଦବାବୁ, ଯୁଗଯୁଗ ଧରି କେତେ କୋଟିକୋଟି ମଣିଷ ଏଇଠି ଥିଲେ, ବଂଚିଥିଲେ, ପ୍ରେମ କରୁଥିଲେ, ରତି କରୁଥିଲେ, ଆଶା କରୁଥିଲେ, ସ୍ୱପ୍ନ ଦେଖୁଥିଲେ, କୁଆଡ଼େ ଗଲେ ସେମାନେ ? କୁଆଡ଼େ ଗଲା ସେମାନଙ୍କ ଦୁଃଖସୁଖର ଅନୁଭବ ?'

ଦେଖିଲି, ଆଲୋଚନା ଜୀବନ ତତ୍ତ୍ୱ ଆଡ଼କୁ ଗଲାଣି । ଏମିତି ଶୁଖିଲା ବାଡ଼େଇହବାରେ ମିଳେ କ'ଣ ? ପାଣି ମାଗିଲି । ପାଣି ନେଲାବେଳେ ହେମଲତାର ଆଙ୍ଗୁଠି ଉପରେ ନ ଜାଣିଲା ପରି ମୋ' ଆଙ୍ଗୁଠି ଚଢ଼େଇ ଗ୍ଲାସ ହାତକୁ ନେଲି ।

ହେମଲତା ନିର୍ବିକାର ଥିଲା । ମନେ ମନେ ଭାବିଲି: ଆଜି ପ୍ରଥମ ତ, ହେମଲତା ଟିକେ ସମୟ ମାଗୁଚି ପୂରା ଲାଜ ଖୋଲିବାକୁ।

ତିନିଟା ଉପରେ ସମୟ ହେଲାଣି । ଲଲାଟେନ୍ଦୁ ଆଉ ଘଣ୍ଟାଏ ପରେ ଆସିବା କଥା । କିନ୍ତୁ ଯଦି ଆଗରୁ ଆସିଯାଏ ? ମନଟା ଛନ୍‌ଛନ୍ ହେଲା । ଉଠିବିଉଠିବି ହଉଚି, ହେମଲତା କହିଲା : 'ଚାଲନ୍ତୁ ବାହାର ଗଛଛାଇରେ ଟିକେ ବୁଲିବା।' ଆମେ ବୁଲିବୁଲି ତରାଟ ଗଛମୂଳକୁ ଆସି ଠିଆହେଲୁ । ହେମଲତା ଗଛକୁ ଖୁବ୍ ଆଉଁଶିଲା । ଫୁଲ ତୋଳି ଉପରକୁ ଫୋପାଡ଼ିଲା ଓ ମତେ ଅନେଇ ଗାଇବା କଣ୍ଠରେ କହିଲା: *ତମେ ରହିଥାଅ ତାରା ଓ ତରାଟ ଫୁଲଙ୍କ ଗହଣରେ, ରଖିଲେ ପଛକେ ରଖ ଆମ ଦୁହିଁଙ୍କର ଦୁର୍ଭାଗ୍ୟକୁ ଲୁକୁଡାଏ...*

ମୁଁ ଏହାର ଅର୍ଥ ବିଶେଷ କିଛି ବୁଝିପାରିଲି ନାହିଁ । କିନ୍ତୁ ଭାବିଲି, ହେମଲତା ଇସାରାରେ ହଁ କହୁଚି । ମତେ ନେଇ ତରା ଓ ତରାଟ ଫୁଲଙ୍କ ମଝିରେ ରଖିଲାଣି । ଆମ ଭାଗ୍ୟ, ଯାହାକୁ ସେ ଦୁର୍ଭାଗ୍ୟ କହୁଚି, ଏକାଠି ମିଶେଇଦେଲାଣି । ଚାଲୁ, ଚାଲୁ ।

ଆମେ ଚାଲଚାଲ ହୋଇ ଘର ପିଣ୍ଡା ଉପରକୁ ଉଠିଆସିଥିଲୁ ଓ ପାଖାପାଖି ଦୁଇଟି ଚୌକିରେ ବସିଲୁ । ମୁଁ ହାତ ବଜାବଜି ହେବାର ଚେଷ୍ଟାରେ ଅନବରତ ଥାଏ । ହେମଲତା ଆକାଶ ଆଡ଼କୁ ଅନେଇ କହିଲା : ବୁଝିଲେ ପ୍ରମୋଦବାବୁ, ପିଲା ଜନ୍ମକରିବା ବଡ କଷ୍ଟ ।

ବୁଝିଗଲି । ମନେ ମନେ କହିଲି : ଆଲୋ ବୟାଣୀଟା ଏଇ ଡର ପାଇଁ ଏତେ ଡେରି ନା ! ଖଟ ଉପରେ ବସିଥିଲାବେଳେ, ଯଦି ଏଇ ସମସ୍ୟା କଥା କହିଥାନ୍ତୁ, ତେବେ ପକେଟରୁ କାଢ଼ି ଦେଖେଇ ଦେଇଥାଆନ୍ତି । ମୁଁ ସାଂଗରେ ଆଣିଚି, ବ୍ୟସ୍ତ ହେବାର ନାହିଁ ।

ହେମଲତା ବ୍ୟାଖ୍ୟା କରୁଥିଲା : 'ପିଲାଟି ଯେତେବେଳେ ମାଆ ପେଟରୁ ମାଟିକି ପଡ଼େ, ସେତେବେଳେ ତା'ର କଷ୍ଟ ଅକଥନୀୟ । ତାକୁ ପେଟରୁ ଖସାଇଦାଉେ ମାଆର କଷ୍ଟ ମଧ୍ୟ ସେଇପରି । ଦୈବ ବୋଲି ଯଦି କିଛି ଗୋଟେ ଥାଏ, ତେବେ ସେ ଗୋଟାଏ ନିୟମ କରିଚି ଯେ ମଣିଷ ଅସହ୍ୟ କଷ୍ଟ ପାଉଥିବାବେଳେ, ବା ଅତି ଆନନ୍ଦ ଅବସ୍ଥାରେ ଉତ୍ତୀର୍ଣ୍ଣ ହେଲେ, ତା' ନିଜ ଜନ୍ମ, ଜୀବନ, ମରଣ ଅତୀତ ଓ ଭବିଷ୍ୟତ ଏବଂ ଏ ସୃଷ୍ଟିର ସବୁ କିଟିମିଟିଆ ତତ୍ତ୍ୱ ଖୁବ୍ ସହଜରେ, ନିମିଷକରେ ଉପଲବ୍ଧି କରିପାରେ । ପିଲାଟି ଜନ୍ମହେବା ବେଳେ ଶାରୀରିକ କଷ୍ଟ ଉଭୟ ପିଲା ଓ ମାଆ ପାଇଁ ଅତ୍ୟନ୍ତ ହୋଇଥିବାରୁ, ସେଇ କ୍ଷଣକ ପାଇଁ ସେମାନେ ସମଗ୍ର ବିଶ୍ୱରେ କାର୍ଯ୍ୟକାରଣର ସାମ୍‌ନାସମ୍‌ନି

ହୋଇଯାଆନ୍ତି । କିନ୍ତୁ ପରବର୍ତ୍ତୀ ମୁହୂର୍ତ୍ତରେ ପିଲା, ଇନ୍ଦ୍ରିୟମାନଙ୍କ ଆଗମନରେ, ତାକୁ ଭୁଲିଯାଏ । କେହି ମାଆ ବି ମନେ ରଖିପାରେନାହିଁ, ହଠାତ୍ ପିଲା ପ୍ରତି ଅହେତୁକ ଆସକ୍ତି ତାକୁ କାବୁ କରିଦିଏ । କିନ୍ତୁ ମୋ' ଝିଅ ଜନ୍ମ ହେଲାବେଳେ ମୁଁ ଏତେ ବୀତସ୍ପୃହ ଥିଲି ଯେ, ମୁଁ ସେଇ ଆସକ୍ତିର ଶିକାର ହେଲି ନାହିଁ ।'

ମୁଁ ମନେମନେ ବିରକ୍ତ ହେଉଥାଏ । ଆମେ ତ ପିଲା କରିବା ନାହିଁ, କଥା ଛିଣ୍ଡିଲା, ସେଥିପାଇଁ ମୁଁ ବ୍ୟବସ୍ଥା ଧରିକି ଆସିଚି । ଇଏ ପିଲାଜନ୍ମ ବେଳ ଉପରେ ଏତେ ଅଯଥା ଭାଷଣ କାହିଁକି ଦେଉଚି ? ତା' ଆଡ଼କୁ ଚାହିଁ କହିଲି, 'କହୁଚି ପରା, ତମେ ଆଉ ପିଲାଜନ୍ମ କଷ୍ଟ ପାଇବ ନାହିଁ ।'

: 'ନାଇଁ, ମୋ' କଷ୍ଟ ନୁହେଁ, ମୁଁ ରମାକାନ୍ତ ରଥଙ୍କ କଷ୍ଟ କଥା କହୁଚି ।'

: 'ତାଙ୍କର କ'ଣ କଷ୍ଟ ?' ଆଶ୍ଚର୍ଯ୍ୟ ହୋଇ ମୁଁ ପଚାରିଲି ।

: 'ଏଇ ପିଲା ଜନ୍ମ ହେବାର କଷ୍ଟ ।' ହେମଲତା ଗମ୍ଭୀର ହୋଇ କହିଲା ।

: 'ଅଜବ କଥା, ଜଣେ ପୁରୁଷପିଲା ଜନ୍ମ କଷ୍ଟ କେମିତି ଜାଣିବ ?' ମୁଁ ପଚାରିଲି ।

: 'କିଏ ଜାଣେ ? ସେ ହୁଏତ ସ୍ୱତଃସ୍ଫୂର୍ତ୍ତଭାବେ, ସେଇ ଗର୍ଭପାତ ବେଦନାକୁ କେବେ ନା କେବେ ଅନୁଭବ କରିଥିବେ। ସେଇ ଅତିଶୟ କଷ୍ଟ ବେଳେ ସବୁ ଜାଣିଯିବାର ଝଲକରୁ ତାଙ୍କ ସପ୍ତମ ଋତୁ ର ଜନ୍ମ ।' କହିଲାବେଳେ ହେମଲତାର ଆଖି ବନ୍ଦ୍ ଥିଲା ।

ଏମିତି ବଢ଼ିଆ ସମୟ ଭିତରେ ସେଇ କବିତାଟାକୁ ପୂରାଇ ଆଣିବାରୁ ହେମଲତା ଉପରେ ମତେ ଖୁବ୍ ଚିଡ଼ିମାଡ଼ିଲା । କିନ୍ତୁ ତାକୁ ଦେଖେ ତ, ସେ ବନ୍ଦ ଆଖିରେ ଖୁବ୍ ସରଳ ଓ ସୁନ୍ଦର ଦିଶୁଚି । ତା' ଗାଲ ଓ ମୁହଁରେ ହାତ ବୁଲାଇଆଣିବି କି ? ସାହସ ହେଲା ନାହିଁ । ତା' ଆଖି ଆଡ଼େ ଆଉଥରେ ଚାହିଁଲି । ବନ୍ଦ୍ ଆଖି ଭିତରେ ଦୁଇଟି ଦୀପ ଜଳୁଥିଲା। ମୋ' ଯୋଜନରୁ କ୍ଷାନ୍ତହେବାକୁ ବାଧ୍ୟ ହେଲି। ଆଉ ବସିବା ଠିକ୍ ହବ ନାହିଁ, ଲଲାଟେନ୍ଦୁର ଆସିବାବେଳ ହୋଇଗଲାଣି । ମୁଁ ଚୌକିରୁ ଉଠି ଠିଆହେଲି ଓ ମୋ' ଘରକୁ ଯିବାକୁ ବାହାରିଲି । ହେମଲତା ମୋ' ସହିତ ଠିଆହୋଇ ମୋ' ମୁଣ୍ଡବାଳରେ ଲାଗିଥିବା ତରାଟଗଛର ଶୁଖିଲା ଡେମ୍ଫଟାକୁ କାଢ଼ି ବାହାରକୁ ପକେଇଦେଲା ।

ନିଜର ଭାବୁଚି ତା'ହେଲେ ? ଯାଉଯାଉ ମନେମନେ ଆଶ୍ୱାସନା ପାଇଲି । ଆଶା ବଢ଼ିଲା ।

ଏ ଘଟଣା ଘଟିବାର ଦୁଇମାସ ବିତିଗଲାଣି । ହେମଲତାର ଦେହକୁ ପାଇବା ପାଇଁ ମୁଁ ପ୍ରାୟ ପାଗଳ ହୋଇଗଲିଣି । କିନ୍ତୁ ଏ ଭିତରେ ଦଶବାର ଥର ଆମେ

ଖରାବେଳେ, ସଂଜବେଳେ ଘଣ୍ଟାଘଣ୍ଟା ଏକାଠି ହୋଇଥିଲେ ବି ମୁଁ ଚାହିଁଥିବା କଥା ଆଦୌ ଘଟୁନାହିଁ । ମୁଁ ଏବେ ବାଟ ମଝିରେ, ପଛକୁ ଫେରି ହେଉ ନାହିଁ, ସବୁ ବଳ ସତ୍ତ୍ୱେ ଆଗେଇପାରୁନି ।

ଦିନେ ଶୁଣିଲି ଯେ ଲଳାଟେନ୍ଦୁ ହଠାତ୍ ଭବାନୀପାଟଣା ଚାଲିଯାଇଚି, ତା' ମାଆର ଅସୁସ୍ଥତା ଖବର ପାଇ । ରାତି ନଅଟା ବେଳକୁ ହେମଲତା ସହିତ କଥାହେବା, ବାହାନାକରି, ତା' ଘରକୁ ଗଲି । ଘଣ୍ଟାଏ ଖଣ୍ଡେ ମୁଁ କିଛି ବୁଝୁନଥିବା ତା' ଆଲୋଚନା ଶୁଣିବା ପରେ, ଆମ ଘରେ ବସି କଥାବାର୍ତ୍ତା ହେବା ପାଇଁ ତାକୁ ଡାକିଲି । ସେ ଆସିଲା । ଘରେ ଝିଅ ଶୋଇପଡ଼ିଥିବାରୁ ବୈଠକଘର କବାଟର ଶିକୁଳି ବାହାରୁ ଲଗେଇଦେଲା । ଠିକ୍ ଠିକ୍, କାଳେ ଝିଅଟା ଉଠିପଡ଼ି ଆମକୁ ଦେଖିବ, ତା'ର ପ୍ରତିକାର ହେମଲତା ଆଗରୁ ଚିନ୍ତାକରିଚି, ମନେ ମନେ ତା' ବୁଦ୍ଧିକୁ ତାରିଫ୍ କଲି ।

ଗପ କରୁକରୁ ସେ କହିଲା: ମୋ' ସ୍ୱାମୀଙ୍କ ଅପେକ୍ଷା ଆପଣ ମତେ ଯଥେଷ୍ଟ ବେଶି ବୁଝିଛନ୍ତି । ମୁଁ ମୋ' ବସିବାଜାଗାରୁ ଉଠିଯାଇ ତାକୁ ଗୁଂଜିହୋଇ ବସିପଡ଼ିଲି ଓ ତା' ବାଆଁ ହାତ ଧରି ସାଉଁଳେଇଲି ଦୁଇତିନିଥର । ସେ ପ୍ରତିବାଦ କଲା ନାହିଁ। ମୋ ଗାଲ ଟିକେ ଚିପିଦେଲା, ମୁଣ୍ଡବାଳ ଉପରେ ହାତ ବୁଲେଇଆଣିଲା ଓ କହିଲା ପୁଣି କବିତାର କେଇ ଧାଡ଼ି:

ଏ ଦେହ କେବଳ ଜାଣେ ଦୁଆର ଦୁଆରୁ
　　　　ବୁଲି ବୁଲି ମାଗିବାକୁ ଭିକ
ସନ୍ଧ୍ୟାବେଳ ବାସ୍ନା ପରି ତମର ନଗ୍ନତା
ବିଚ୍ଛୁରିତ ହେଲାବେଳେ ସନ୍ତୁଷ୍ଟ ହେବାକୁ
ଡାକବାଲା ପରି ବୁଲେ ଆତ୍ମା ଖୋଜି ନିଜର ଠିକଣା
ଶରୀର କି ଆଚ୍ଛାଦିତ ଅସତ୍ୟ ଫୁଲରେ...

ମୋ ହାତ ଧରି କହିଲା : ମୁଁ ଥରେ କହୁନଥିଲି କି ପିଲାଜନ୍ମବେଳେ ମାଆ କ୍ଷଣିକ ପାଇଁ ଏଇ ବିଶ୍ୱ ବାବଦରେ ସବୁ ଜାଣିପାରେ, କିନ୍ତୁ ଭୁଲିଯାଏ ! ମୁଁ କିନ୍ତୁ କିଛି ଭୁଲିପାରିନାହିଁ ।

ତା'ପରେ ସେ ବହୁତ ରାତିଯାଏ କାନ୍ଦିଲା । ରାତିସାରା ରହିଲା ମୋ' ଘରେ । ତା' କହିବା ଅନୁସାରେ ବର୍ଷେ ହେଲା ତା' ଗର୍ଭାଶୟରେ କର୍କଟରୋଗ ପଶିଗଲାଣି ଓ କ୍ଷତିର ଯଥେଷ୍ଟ ସୂଚନା ହେମଲତା ପାଇଲାଣି । ତା'ର ପରମାୟୁ ଆଉ ଦୁଇବର୍ଷ । ମୋ ଦେହସାରା ଗୋଟିଏ ଶୀତଳ-କରୁଣ ଭାବ ଘୋଟିଯାଇଥିଲା । ହେମଲତାକୁ କେତେଥର ଚାହିଁଲି । ମତେ ଲାଗିଲା ଯେ ହେମଲତା ଜନ୍ମହେବା ଆଗରୁ ମରିଯାଇଥିଲା ବା ସେ ମଲାଭାବେ ଜନ୍ମ ହୋଇଚି । ତା'ର ସାରା ଜୀବନ ମରଣରେ କଟିବ ।

କାରଣ ମରଣକୁ ଜାଣିବା ପରେ ସେ ମନେରଖିଚି, କିନ୍ତୁ ଆମେ ସବୁ ଭୁଲିପାରିଚେ, ତେଣୁ ବଂଚିଚେ ।

ମୋର ସମସ୍ତ ଯୌନତା ମତେ ଛାଡ଼ି କୁଆଡ଼େ ପଳେଇଗଲାଣି କେତେବେଲୁ । ପାହାନ୍ତା ବେଳକୁ ମୁଁ ପାଣି ଢାଳେ ଆଣି ତା' ମୁହଁ ଧୋଇଦେଲି । ମୋ ଗାମୁଛାରେ ଖୁବ୍ ଶ୍ରଦ୍ଧାରେ ପୋଛିଦେଲି ଓ ତାକୁ ତା' ଘରେ ନେଇ ଛାଡ଼ିଦେଇ ଆସିଲାବେଳେ ପଚାରିଲି : ଆପଣ ଏକଥା ଲଲାଟେନ୍ଦୁକୁ କହିନାହାନ୍ତି କାହିଁକି ?

: ଏତେ ଆଗରୁ କାହିଁକି ତାଙ୍କୁ ଅବସାଦ ଦେବି ! ମୋର ଦିନ ପାଖେଇଆସିଲେ ସେ ଜାଣିବେ ।

: ତା'ହେଲେ, କ'ଣ ଜନ୍ମରୁ ଆପଣଙ୍କର କୌଣସି ଇଚ୍ଛା ନାହିଁ କି ଆଶା ନାହିଁ ? ମୁଁ ପଚାରିଲି ।

: ନା, ଜନ୍ମବେଳଠୁ ମୋର ଇଚ୍ଛା ନାହିଁ, ତେଣୁ ଆଶା ନାହିଁ । କିନ୍ତୁ ଏଇ କେତେଦିନ ହେଲା ଗୋଟାଏ ଇଚ୍ଛା ଅଙ୍କୁରିତ ହେଲାପରି ଲାଗୁଚି ।

: କି ପ୍ରକାର ଇଚ୍ଛା ? ପଚାରିଲି ।

: ରମାକାନ୍ତ ରଥଙ୍କ ସହ ଏକାଠି ମରନ୍ତି ।

ମୁଁ ସ୍ତବ୍ଧ ହୋଇ ମୋ' ଘରକୁ ଫେରିଲି ।

ମୁଁ ଗତ ଦୁଇବର୍ଷ ଧରି ହେମଲତାର ଭାଂଗିପଡୁଥିବା ଜୀବନର ପାଖେପାଖେ ରହିଚି । ଗତ ତିନିମାସ ହେଲା ହେମଲତା ଶଯ୍ୟାଶାୟୀ ହେଲାପରେ ସମ୍ବଲପୁରରୁ ଦିନକ ପାଇଁ ବି ବାହାରକୁ ଯାଇନଥିଲି । ଗତ ତିନିଦିନ ତଳେ, ମାଲ୍ ଅଭାବରୁ ବହିଦୋକାନ ଅଚଳ ହୋଇଯିବାରୁ ମତେ ଅଗତ୍ୟା କଟକ ଯିବାକୁ ପଡ଼ିଲା । ବସ୍‌ରେ ସମ୍ବାଦପତ୍ରରେ ପ୍ରକାଶିତ ଗୋଟିଏ ଖବର ମତେ କ୍ଷତବିକ୍ଷତ କରିପକେଇଲା : ଦୁଇ ଭାଇ ଏକାଠି ସ୍କୁଟରରେ ବସି ପୁରୀରୁ ଭୁବନେଶ୍ୱର ଆସିଥିଲେ ଓ ସନ୍ଧ୍ୟାବେଳକୁ ଫେରୁଥିଲେ । ପିପିଲି ବଜାର ପାଖରେ, ସାନଭାଇ ଗାଡ଼ି ଚଳାଉଥିବା ବଡ଼ଭାଇକୁ ପଛରୁ ଦୁଇ ଚୋଟ ଭୁଜାଲିରେ ମାରିଲା ଓ ମୁଣ୍ଡ ଗଣ୍ଡି ଅଲଗା କରିଦେଲା । ମଲାବେଳକୁ 'ଆଲୋ ମା', ମୋ' ଭାଇଟା ମତେ ମାରିପକାଇଲା ଲୋ' ବୋଲି ଥରେ ଦି'ଥର ଚିତ୍କାର ରାସ୍ତା କଡ଼ ଲୋକ ଶୁଣିଲେ । ଜମିଜମା ବାଣ୍ଟ ନେଇ ଏ ନୃସଂଶ କାଣ୍ଡ ଘଟିଚି ବୋଲି କୁହାଯାଉଚି ।

ଭାବିଲି, ଜଣେ ମରଣକୁ ଜନ୍ମରୁ ଅପେକ୍ଷା କରି କରି ଅତିଷ୍ଠ, ଆଉଜଣେ ମରଣକୁ ଭୁଲିଯାଇ ହତ୍ୟାକାରୀ । ଜୀବନଟା ସତରେ ଗୋଟାଏ ବଡ଼ ବିଡମ୍ବନା, ଜାଣିଗଲେ ଆରାମ ନାହିଁ କି ନଜାଣିଲେ ଶାନ୍ତି ନାହିଁ ।

ସକାଳେ କଟକରେ ବହିକିଣା କାମ ସାରିବାପରେ, ଚାରିଟାବେଳକୁ ପ୍ରକାଶକ ବନ୍ଧୁ ପଚାରିଲେ: 'ଭୁବନେଶ୍ୱର ଯାଉଚି, ଯିବେ ?'

: 'ହଁ, ମୋର ଟିକେ ରମାକାନ୍ତ ରଥଙ୍କୁ ଭେଟିବାର ଥିଲା, ଆପଣ ନେଇଯିବେ ?' ମୁଁ ପଚାରିଲି । କାହିଁକି ମୋର ଏପରି ହଠାତ୍ ଇଚ୍ଛାହେଲା, ମୁଁ ଜାଣିନାହିଁ । ହେମଲତା ମଧ୍ୟ କେବେ କହିନାହିଁ ।

ରମାକାନ୍ତ ରଥଙ୍କ ଘରେ ପହଂଚିଲାବେଳକୁ ଛାଇଅନ୍ଧାର । ସେ ବୋଧେ ସନ୍ଧ୍ୟା କରିବାକୁ ଯାଉଥିଲେ । କାରଣ ଧଳା ଧୋତି ଓ ଚାଦର ପିନ୍ଧିଥିଲେ । ଝଡପବନ ଯୋଗୁ ବିଜୁଳିବତି ନଥିଲା । ଈଷତ୍ ଆଲୁଅରେ ମୁଁ ଦେଖିଲି ଯେ ମୋ' ଆଗରେ ଯିଏ ଠିଆହୋଇଛନ୍ତି ସେ ମଣିଷ ନୁହନ୍ତି, ଶହ ଶହ ବର୍ଷର ଧଳା କପୋତଟିଏ, ମରଣକୁ ବେକ ଦେଖାଇ ରହିଯାଇଛନ୍ତି ।

ହେମଲତାର ଜୀବନକାହାଣୀ ତାଙ୍କୁ କହିଦେବାକୁ ମନ ହେଲା ଓ ସଂକ୍ଷେପରେ ସବୁ କହିଲି । ଘଣ୍ଟାଏ ଖଣ୍ଡେ ବସି ତାଙ୍କଠୁ ବିଦାୟ ନେବାବେଳେ ସେ କହିଲେ : 'ଆପଣଙ୍କ ହେମଲତା ମୋ' ଜୀବନର ଶ୍ରେଷ୍ଠ ସମ୍ମାନ । ନିଜର ସଦ୍ୟପ୍ରକାଶିତ କବିତାସଂକଳନରେ ହେମଲତାର ନାଆଁ ଲେଖି ମୋ' ହାତରେ ଧରାଇଦେଲେ । କଟକ ଫେରି ଦେଖିଲି ଯେ ବହିର ନାଆଁ *ଶ୍ରୀପଳାତକ* । ପ୍ରଥମ ଖାଲିପୃଷ୍ଠାରେ ଲେଖାଥିଲା : *ଶ୍ରୀମତୀ ପଳାତକଙ୍କ ହାତରେ...ଶ୍ରୀପଳାତକ* ।'

ସମ୍ବଲପୁର ଫେରି ପ୍ରଥମେ ମୁଁ ହେମଲତାକୁ ବହି ଦେବାକୁ ଗଲି । ବହିର ପ୍ରଥମ ପୃଷ୍ଠା ଦେଖି ତା' ଆଖି ଦୁଇଟି କିଛି ସମୟ ତଟସ୍ଥ ହୋଇ ରହିଗଲେ । ଖୁବ୍ କ୍ଷୀଣ ସ୍ୱରରେ କହିଲା : 'ମଲାବେଳକୁ ଏମିତି ଦେଖାହେବ, ମୁଁ ଜାଣିଥିଲି ।' ଗତକାଲି ସାରାଦିନ *ଶ୍ରୀପଳାତକ*ର ସବୁ କବିତା ମୁଁ ଏକାଧିକଥର ହେମଲତାକୁ ଶୁଣାଇଚି । ଶେଷ ଅଧ୍ୟାୟଟି ବାରମ୍ବାର ପଢ଼ିବାକୁ ସେ କହୁଥିଲା ଓ ବିଶେଷ କରି ଏଇ କେତେ ଧାଡ଼ି:

ସେ ଯେତେ ପାଖେଇ ଆସେ ସେତେ ମନେହୁଏ
ଜୀବନ ସରିଲା କ'ଣ ଆଜିଯାଏ ପ୍ରଚ୍ଛନ୍ନ ସୁଖର
ଜୀବନ ତ ଏବେ ମାତ୍ର ଆରମ୍ଭ ହେଉଛି ।

ପାହାନ୍ତା ପବନରେ ତା' ବିଛଣା ପାଖେ ବସି ଲଲାଟେନ୍ଦୁ ଓ ମୁଁ ଟିକେ ଘୁମେଇ ପଡ଼ିଥିଲୁ । ସେ ହଲାଇ ଉଠାଇଦେଲା ଓ କହିଲା : 'ମୁଁ ଯାଉଚି, ଭଲ ଭଲ ।'

ଅବଲମ୍ବନ

ଆମେରିକାର ଭର୍ଜିନିଆ ସହରରୁ ନ୍ୟୁୟର୍କ ଯିବା ପାଇଁ ବିମାନ ବଂଦରକୁ ଯାଉଥିଲେ ଅସୀମ ବାବୁ । ତାଙ୍କ ମନ ଏତେ ଭାରାକ୍ରାନ୍ତ କେବେ ହୋଇନଥିଲା । ଜୀବନରେ ସେ ସବୁବେଳେ କେମିତି ଜିତିବାକୁ ହେବ, ଜାଣନ୍ତି । ଚେସ୍‌ବୋର୍ଡ୍‌ର କେଉଁ ଗୋଟିକୁ କେଉଁଠି ରଖିଲେ ବାଜି ଜିତିଯାଇହେବ - ଏଇ ଉର୍ବର ମସ୍ତିଷ୍କ ସେ ପାଠପଢ଼ି ପାଇନାହାନ୍ତି, ଏଟା ତାଙ୍କର ଜନ୍ମରୁ । ପଇସା କମେଇବା ଓ ନାରୀ ସଂଗ କରିବା, ଏଇ ଦୁଇଟି ତାଙ୍କର ନିଶା । ଛାତ୍ରଜୀବନରେ ସେ ଶ୍ରେଣୀର ସବୁଠୁ ଭଲ ଛାତ୍ର, ଖାଲିବେଳେ ତାଂକ ଶ୍ରେଣୀର କି ତଳ ଶ୍ରେଣୀର ଝିଅପିଲାମାନଙ୍କୁ କଷ୍ଟପାଠ ବୁଝାଇ ତାଙ୍କ ଦେହହାତ ଆଉଁଶିଦିଅନ୍ତି, ଗେହ୍ଲା କରନ୍ତି, ପିଠି ଥାପୁଡ଼ାନ୍ତି, କାଖସନ୍ଧିରୁ ହାତକୁ ଅଳ୍ପ ଆଗକୁ ନିଅନ୍ତି ଆଉ ପ୍ରଶ୍ନର ଭଲ ଉତ୍ତର ଦେଲେ ଚୁମା ବୋକ ଦିଅନ୍ତି। ପଢ଼ାଟେବୁଲ ତଳେ ଛାତ୍ରୀର ଗୋଡ଼ ନିଜ ଗୋଡ଼ରେ ଦଳିଦିଅନ୍ତି । ଉତ୍ତର ଭୁଲ୍ ଥିଲେ, ଜଙ୍ଘ ଚିମୁଟିଦିଅନ୍ତି; ଆଦୌ ଉତ୍ତର ଦେଇନପାରିଲେ ପାଠ ଭୁଲିଯାଉଚି ବୋଲି କହି ନିଜ ଆଡ଼କୁ ଝିଂକିଆଣି ପୂରା କୁଣ୍ଢେଇକି ପିଠିରେ ଦୁଇ ବିଧା ଦିଅନ୍ତି । ଛାତ୍ରଜୀବନଟାଯାକ ସବୁବେଳେ ତାଙ୍କର ଏଇ ପ୍ରକାର ଗୁରୁ-ଗିରି । ତିନିଚାରିଜଣ ଝିଅଙ୍କ ସହିତ ଏମିତି ସମୟ ବାଣ୍ଟିଦେଇଥାଆନ୍ତି ଯେ କେଉଁଠି କେବେ ଅସୁବିଧା ହୋଇନାହିଁ । ଗୋଟିଏ ସର୍ତ୍ତ - ସେ ପଢ଼ାଇଦେଉଛନ୍ତି ବୋଲି କେହି ଯେମିତି ନଜାଣେ । ସହପାଠୀମାନଙ୍କୁ ତାଙ୍କ ହଷ୍ଟେଲ ରୁମ୍‌ରେ ପଢ଼ାରେ ସାହାଯ୍ୟ କରିବାରୁ ସବୁ ସଂଧ୍ୟାବେଳେ ଚା' ଜଳଖିଆ ଦାୟିତ୍ୱ ପାଳିକରି ଜଣଜଣଙ୍କ ଉପରେ ପଡ଼େ । କାହାକୁ ସିଗାରେଟ୍ ଆଣିବାକୁ କୁହନ୍ତି; କାହାଠୁ ଦରକାର ନଥିଲେ ବି ଟଙ୍କା ଧାର୍‌ନେଇ ଫେରାନ୍ତି ନାହିଁ ।

ଏବେ ସେ କେବଳ ଏଠାରେ କମ୍ପ୍ୟୁଟର ଇଂଜିନିୟର ନୁହନ୍ତି, ତାଙ୍କ ପୁରୁଣା

ଖୋଇକୁ ବଜାୟ ରଖିଛନ୍ତି । ଖୁବ୍ ରୋଜଗାର ଓ ଏକାଧିକ ନାରୀ ସଂପର୍କ । ସେ ଜଣେ ସଫଳ କାରିଗର - ନେଇଆଣି ଥୋଇପାରିବା ତାଂକୁ ବେଶ୍ ଜଣା । ଜିତିବା ହେଉଚି ଜୀବନ, ସବୁ ନିୟମ-କାନୁନ, ନୀତି-ଅନୀତିର ତର୍ଜମା, ଜିତିବା ଲୋକର ସପକ୍ଷରେ । ଭାରତରେ ଥିଲାବେଳେ ସହକର୍ମୀ ବା ସାଂଗମାନଙ୍କ ସହିତ ପାର୍ଟିରେ ବା ବାର୍‌ରେ ସେ ଦର୍ଶନ ଆଲୋଚନା କରନ୍ତି: ମଣିଷ ପ୍ରଥମେ ନିଜକୁ ଅନ୍ୟମାନଙ୍କଠାରୁ ଚତୁର ଓ ପାରଂଗମ ବୋଲି ଭାବିବ ଓ ସେଥିପାଇଁ ସବୁବେଳେ ଗର୍ବ କରିବେ, ଯେମିତି ଗ୍ରୀକ୍ ଦାର୍ଶନିକ ସର୍ବଦା ଗର୍ବରେ ଫାଟିପଡୁଥିଲେ । ବୁଝିଲ ବନ୍ଧୁଗଣ ! ପ୍ଲାଟୋ ଅସୁସ୍ଥ ଥିଲାବେଳେ ତାଂକ ବନ୍ଧୁ ଆଣ୍ଟିସଥେନ୍‌ସ ତାଂକୁ ଦେଖିବାକୁ ଆସିଲେ, ସେତେବେଳେ ପ୍ଲାଟୋ ହାତଧୁଆ-ବେସିନ୍ ପାଖରେ ପିଉବାନ୍ତି କରୁଥିଲେ । ଆଣ୍ଟିସ୍‌ଥେନ୍‌ସ ଥଟ୍ଟାକଲେ, ‘ମୁଁ ଭାବିଥିଲି ତମେ ଗର୍ବଗୁଡ଼ା ବାନ୍ତିକରିପକଉଚ ।’ ପ୍ଲାଟୋ ଗର୍ବୀ ଥିବାରୁ ଏବେ ବି ସେ ଏତେବଡ଼ ଦାର୍ଶନିକ ବୋଲି ସମସ୍ତେ ମନେରଖିଛନ୍ତି ।

କମ୍ପ୍ୟୁଟର ଇଞ୍ଜିନିୟରିଙ୍ଗ୍ ପାସ୍ କରିବା ପରେ ଆମେରିକାରେ ରହୁଥିବା ଜଣେ ଦୂର ସମ୍ପର୍କୀୟଙ୍କ ସାହାଯ୍ୟ ନେଇ ସେ ଏଠାକୁ ପଳାଇଆସିଲେ । ପ୍ରଥମେ ଅଳ୍ପ ବେତନର ଚାକିରି, ପରେ ଗୋଟିଏ ବଡ଼ ସଂସ୍ଥାରେ ତାଙ୍କୁ ନିଯୁକ୍ତି ମିଳିଲା; ହୁ ହୁ ଦରମା ବଢ଼ିଲା । ଆଉ ଦୁଇବର୍ଷ ପରେ ସେ ମାଲିକଙ୍କ ଅତି ବିଶ୍ୱସ୍ତ ଭାବରେ ଦୁଇ ନଂବର ପଦବିରେ ରହି ମୁନାଫା ବଢ଼ାଇଲେ । ସେଇବର୍ଷ, ଭାରତ ଓ ଗାଁ ଛାଡ଼ିବାର ପଂଚବର୍ଷରେ, ସେ ଗୋଟିଏ ଓଡ଼ିଆ ଝିଅକୁ ବାହାହେଲେ ଓଡ଼ିଶାରେ । ପ୍ରତିବର୍ଷ ତିନିମାସରେ ପାଂଚ ସାତ ଦିନ ଲାଗି ଓଡ଼ିଶା ଯାଆନ୍ତି । ଘର ରୋଷେଇର ସ୍ୱାଦ ଭୋଗକରନ୍ତି । ଲଳିତା ତାଂକ ପାଇଁ ଘରୁଆ ସ୍ୱାଦ । କିଂତୁ ଘରୁଆ ସ୍ୱାଦକୁ କିଏ ତାରିଫ୍ କରେ ଯେ ଅଧିକାଂଶ ଦିନ ବାହାରେ ବୁଲି ବୁଲି ଖାଏ ? ତାଙ୍କ ସ୍ତ୍ରୀ ଲଳିତାକୁ ବୁଝାଇ ଦେଇଥିଲେ ଯେ ସେ କିଛି ପଇସା କମେଇ ଭାରତ ପଳାଇଆସିବେ ବର୍ଷେଦୁଇବର୍ଷରେ । ଆମେରିକା ତାଙ୍କୁ ଭଲ ଲାଗେ ନାହିଁ, ତେଣୁ ଲଳିତା ବର୍ତ୍ତମାନ ଆମେରିକା ନଯାଇ ତାଙ୍କ ଘରେ ବାପା, ମାଆ ଓ ସାନଭାଇର ପରିବାର ସହିତ ଭୁବନେଶ୍ୱରରେ ରହୁ । ଅବଶ୍ୟ ଆମେରିକା ରହଣି ଛାଡ଼ିବା ପୂର୍ବରୁ ସେ ତାକୁ ନେଇ ଥରେ ବୁଲାଇଆଣିବେ ଓ ଦୁହେଁ ଏକାଠି ଭାରତ ପଳାଇଆସିବେ । ଲଳିତା ଜଣେ ଖଣିମାଲିକଙ୍କ ଏକମାତ୍ର ଝିଅ ଓ ସେଇ ସୂତ୍ରରେ ଅସୀମବାବୁ ଯେ ପ୍ରଚୁର ଧନସଂପତ୍ତିର ମାଲିକ ହେବେ, ସେ ଜାଣିଥିଲେ । ତେଣୁ ପ୍ରତ୍ୟେକ ଦିନ ଅଫିସ୍‌ରେ ପହଞ୍ଚିଲାପରେ, ଲଳିତା ସହିତ ବହୁ ସମୟ ଧରି ପ୍ରେମାଳାପ କରି ତା’ ମନମଜେଇ ରଖିଥାନ୍ତି ।

ସେତେବେଳେ ଭାରତ ସମୟ ଅନୁସାରେ ଗଭୀର ରାତି, ଓଡ଼ିଆ ଭାଷାରେ ଫୋନ୍ ମାଧ୍ୟମରେ ବାକ୍‌ଶୃଙ୍ଗାର କରନ୍ତି ଅସୀମ ବାବୁ । ସେଇ କଂପାନିର ଆଉ ଦୁଇଜଣ ସୁନ୍ଦରୀ ନାରୀ ସହକର୍ମୀଙ୍କ ସହିତ ତାଙ୍କର ନିୟମିତ ସଂପର୍କ । ଏ କଥାର ସୁରାକ୍ ଲଳିତା ପାଇବାର ଆଶଂକା ନାହିଁ; ଆଉ ଅଫିସ୍‌ରେ ଲଳିତା ସହିତ ଓଡ଼ିଆ ଭାଷାରେ ବାକ୍-ରତି କଲାବେଳେ, ତାଙ୍କ ଅଫିସ୍‌ରେ କେହି ବୁଝିବା ସମ୍ଭବ ନୁହେଁ ।

ଏଇ ପ୍ରକାର ଏକ ବ୍ୟବସ୍ଥା କରିପାରିଥିବାରୁ ଅସୀମବାବୁ ନିଜ ବୁଦ୍ଧିକୁ ମନେ ମନେ ନିରୋଳାବେଳେ ପ୍ରଶଂସା କରନ୍ତି । ଘରେ ଭାରି ସୁନ୍ଦରୀ ସ୍ତ୍ରୀ ; ଭୁବନେଶ୍ୱରରେ, କଲିକତା ଓ ବମ୍ବେରେ ଶଶୁରଙ୍କର ଯେତିକି ସଂପତ୍ତି, ସେସବୁ ଦିନେ ତାଙ୍କର ହେବ । ଶଶୁର କେତେ କଳାଧନ କେଉଁଠି ରଖିଛନ୍ତି, ତା' ବିଷୟରେ ଖବରନେବାର କୌଣସି ଆବଶ୍ୟକତା ନାହିଁ । ସେ ତ ତିନିଚାରିବର୍ଷ ପରେ ସବୁଦିନ ପାଇଁ ଆମେରିକା ଛାଡ଼ିବେ ଓ ଏଠି ତାଙ୍କ ଅକ୍ତିଆରରେ ଥିବା ଡଲାର ପୁଞ୍ଜି ଭାରତୀୟ ମୁଦ୍ରାରେ ବହୁଗୁଣ ପାଇବେ । ଭାରତରେ, ବାଂଗାଲୋର, ହାଇଦ୍ରାବାଦ କି ଭୁବନେଶ୍ୱରରେ ନିଜର ସଂସ୍ଥା ଖୋଲିବେ ।

କିନ୍ତୁ ଅସୀମବାବୁଂକ ବିବାହର ଦୁଇବର୍ଷ ପରେ ତାଙ୍କ ଭାଗ୍ୟକୁ ଗୋଟିଏ ଭଲ ଘଟଣା ଘଟିଲା । କଂପାନିମାଲିକଙ୍କ ଦୁର୍ଘଟଣାରେ ଆକସ୍ମିକ ମରଣ । ଏବେ ତାଙ୍କର ଏକମାତ୍ର କନ୍ୟା ଏଲିସା କଂପାନିର ତତ୍ତ୍ୱାବଧାରିକା । ଅସୀମବାବୁ ସ୍ୱପ୍ନ ଦେଖିଲେ... ଆମେରିକାରେ ସେ ବିରାଟ ଶିଳ୍ପପତି, ରହିବା ପାଇଁ ନିଜର ବଂଗଳା, ଯିବାଆସିବା ପାଇଁ ବ୍ୟକ୍ତିଗତ ଉଡ଼ାଜାହାଜ ଅବସରବିନୋଦନ ପାଇଁ ଏକାଧିକ ଆମେରିକୀୟ ନାରୀ ସଂଗ । ଆଉ ଠିକ୍ ଏଇପରି ବ୍ୟବସ୍ଥା ଭାରତରେ; ନିଜର ବ୍ୟବସାୟ ସଂସ୍ଥା, ଏକାଧିକ ସ୍ଥାନରେ କୋଠାବାଡ଼ି, ଫ୍ଲାଟ୍ ବଂଗଳା, ନିଜର ଉଡ଼ାଜାହାଜ, ଘରେ ଓଡ଼ିଆ ସ୍ତ୍ରୀ ଓ ପିଲା ହେଲେ ଗୋଟେ ଦି'ଟା । ଏଇ ଯୋଜନାକୁ ନେଇଆଣିଥୋଇପାରିଲେ, ଚେସ୍ ଗୋଟି ଠିକ୍ ସମୟରେ ଠିକ୍ ଜାଗାରେ ବସାଇଦେଇପାରିଲେ, ଧନପ୍ରତିପତ୍ତି ଯାହାକୁଯେତେ । ସେ ଯେ ଭାରତ ଯାଇ ବାହା ହୋଇ ଫେରିଆସିଛନ୍ତି, ଏକଥା ସେ ମାଲିକଙ୍କୁ ତାଙ୍କ ଜୀବିତ ଅବସ୍ଥାରେ କି ଆଉ କାହାକୁ କେବେ କହିନଥିଲେ । ସମସ୍ତେ ଜାଣନ୍ତି ଯେ ସେ ଅବିବାହିତ; ଏଲିସା ମଧ୍ୟ । ତେଣୁ ଏଠି ଏଲିସାକୁ ବାହାହୋଇପଡ଼ିଲେ, ଆଉ ଦରମା ନୁହେଁ, ସେ ଲାଭାଂଶର ମୁଖ୍ୟ ଭାଗିଦାର ହୋଇଯିବେ । ଆଉ ଭାରତରେ ପୂରାପୂରି ଦିନ କାଟିବା କ'ଣ ଦରକାର ? ସେଠି କୋଉ ସୁଖସୁବିଧା ଅଛି ! ଆମେରିକାରେ ସଂପତ୍ତି ଆହରଣର ଏତେ ବଡ଼ ସହଜ ଉପାୟକୁ ଜଳାଞ୍ଜଳି ଦେଇ ସେ କ'ଣ ଏଡ଼େ ବୋକା ଯେ

ଆମେରିକା ଛାଡ଼ି ଭାରତ ପଳାଇବେ ? ଏଇ ନିଶାରେ ଅସୀମବାବୁ, ଟିକେ କାମପଡ଼ିଲେ, ଏଲିସା ସହିତ ପରାମର୍ଶ ବାହାନାରେ ବାରଂବାର ସାକ୍ଷାତ କରି, ତା' ବୁଦ୍ଧିମତ୍ତାର ତାରିଫ୍‌କରି ତା' ମନ କିଣିବା ଚେଷ୍ଟାରେ ରହିଲେ ।

ଏଲିସା ଦେଖିବାକୁ ଆଦୌ ଆକର୍ଷଣୀୟ ନଥିଲା । ଥରେ କୌଣସି କାମରେ ଏଲିସା ରୁମ୍‌କୁ ପଶିଗଲାବେଳେ ତାଙ୍କ ନଜରରେ ପଡ଼ିଯାଇଥିଲା ଯେ ଆଉଗୋଟିଏ ଝିଅ ସହିତ ସେ କୋଳାକୋଳି ହେଉଛି ସୋଫା ପାଖରେ । ଅସୀମବାବୁ ଦେଖିନଦେଖିବା ପରି ହୋଇ ତାଙ୍କ କାମ ବିଷୟରେ ଆଲୋଚନା କରି ଫେରିଆସିଲେ । ଏଲିସା ସମଲିଙ୍ଗୀ ହୋଇପାରେ, ଏଇପରି ଗୋଟାଏ ଭାବନା ତାଙ୍କର ବହୁଦିନ ତଳେ ହୋଇଥିଲା । ଅସୀମ ପୁରୁଷ ବା ନାରୀ ସମଲିଙ୍ଗୀମାନଙ୍କୁ ଘୃଣାଚକ୍ଷୁରେ ଦେଖନ୍ତି; ସେକ୍‌ସୁଆଲ୍ ପରଭର୍ଟ୍‌ସ୍ - ଯୌନ ବିପଥଗାମୀ । ଏଲିସା ଯାହାବିହେଉ, ତାଙ୍କର କିଛି ଯାଏଆସେ ନାହିଁ, ସେ ଏଲିସା ସହିତ କୌଣସି ସଂପର୍କ ସ୍ଥାପନ କରିବାକୁ କେବେ ମନ ବଳାଇ ନଥିଲେ । କିନ୍ତୁ ଏଇ ନୂଆ ଯୋଜନାର ସଫଳତା ପାଇଁ ତାଙ୍କୁ ଏଲିସାକୁ ପ୍ରେମକରି ବାହାହବାକୁ ପଡ଼ିବ, ନଚେତ୍ ସେ କାମରେ ଯେତେ ପାରଂଗମ ହୋଇଥିଲେ ବି ଆମେରିକା କମ୍ପାନିରେ ମୁଖ୍ୟ-ଅଂଶୀଦାର ହୋଇପାରିବେ ନାହିଁ । ତାଙ୍କ ଯୋଜନା ଠିକ୍ କାମକଲା ଓ ସେ ଏଲିସାକୁ ତିନିବର୍ଷ ହେଲାଣି ବାହାହେଲେଣି ।

ବାହାହେଲା ପରେ ସେ ଜାଣିଲେ ଯେ ତାଙ୍କର ଯେଉଁ ସନ୍ଦେହ, ତାହା ଠିକ୍ ଥିଲା । ପ୍ରଥମ ମିଳନରେ ଯେଉଁ ସ୍ୱାଭାବିକ ସ୍ଫୁରଣ ତା' ଏଲିସା ପାଖରେ ହେଲା ନାହିଁ । ସଂଭୋଗବେଳେ ଏଲିସା ତରଫରୁ କୌଣସି ସୀତ୍‌କାରର ବିଜୁଳି ତାଙ୍କୁ ଉତ୍ତେଜିତ କରି ଦେଉନଥିଲା । ତାଳିମାରିବାକୁ ଦୁଇଟି ପାପୁଲି ଏକାଠି ହେଲେ ବି ତାଳି ବାଜିବାର ଶବ୍ଦ ନାହିଁ କି ଉଚ୍ଚାଟନ ନାହିଁ । ଏଲିସା ଯେମିତି ବିଛଣାରେ ତାଙ୍କ ପ୍ରତି ବୀତସ୍ପୃହ ଓ ତାଙ୍କଠୁ ଦୂରରେ ରହିବାକୁ ଚାହୁଁଚି, ଏମିତି ଗୋଟାଏ ବାଧକ ଧାରଣା ତାଙ୍କୁ ଦଂଶନ କରି କ୍ଷତବିକ୍ଷତ କରୁ, ଏକଥା ସେ ଚାହୁଁନଥିଲେ । ଏଲିସା ଏକ ମାଧ୍ୟମ, ଏଇ ବ୍ୟବସାୟ ସଂସ୍ଥାର ମୁଖ୍ୟ ଭାଗୀଦାର ହେବାପାଇଁ ।

କିନ୍ତୁ ଦୁଇବର୍ଷ ହେଲାଣି ସେ ଚାକିରିଆରୁ ଅଂଶୀଦାର ହୋଇପାରିନାହାନ୍ତି । ଘରେ ବ୍ୟବସାୟ ସଂସ୍ଥା ବାବଦରେ କୌଣସି ଆଲୋଚନା କରିବାକୁ ଏଲିସା ଆଦୌ ପସନ୍ଦ କରେ ନାହିଁ; କେବେକେମିତି କୌଣସି ସମସ୍ୟାର ସମାଧାନ ଆଳରେ ଯଦି ଅସୀମବାବୁ ସେକଥା ଉଠାନ୍ତି, ସେ ତୁରନ୍ତ ତାକୁ ବନ୍ଦ୍ କରିଦେବାକୁ କୁହେ, ନଚେତ୍ ବସିବା ଜାଗାରୁ ଅନ୍ୟତ୍ର ଚାଲିଯାଏ । କଂପାନିର ଅନ୍ୟ ଡାଇରେକ୍ଟରମାନଙ୍କୁ ଧରି ବୋର୍ଡ୍ ମିଟିଙ୍ଗ୍‌ରେ ତା'ର ଡାଇରେକ୍ଟର ହେବା ପ୍ରସ୍ତାବକୁ ସେ ଏଜେଣ୍ଡାଭୁକ୍ତ

କରାଇଦେଇଥିଲେ ଦୁଇଥର । କିନ୍ତୁ ସବୁଥର ସେ ପ୍ରସ୍ତାବକୁ ଏଲିସା କାଟିଦେଇଛି, 'ଅପେକ୍ଷାକର, ଏବେ ନୁହେଁ,' ଏଇ ମନ୍ତବ୍ୟ ଦେଇ । ଏବେ ଦରମା ବଢ଼ିଲେ ବି ଆମେରିକାର ମିଲିଓନର୍ ହେବାର ଯୋଜନା ସଫଳ ହୋଇପାରୁନାହିଁ ।

ସେ ଗତମାସରେ ଓଡ଼ିଶା ଯାଇଥିଲେ । ସେଠାରେ ସମସ୍ତେ ତାଙ୍କ ଉପରେ ଅସନ୍ତୁଷ୍ଟ । ମାଆ କହିଲେ - ବିବାହର ସାତବର୍ଷ ହେଲାଣି, ପିଲାଛୁଆଙ୍କର ଦେଖା ନାହିଁ କି ତୋ'ର ସେଥିପାଇଁ କୌଣସି ଚେଷ୍ଟାନାହିଁ । ବର୍ଷରେ କୋଡ଼ିଏ ପଚିଶଦିନ ସ୍ୱାମୀ-ସ୍ତ୍ରୀ ଏକାଠି ରହିବେ, ଇଏ କି ପ୍ରକାର ରହଣି ? ଆମେରିକାର ସେ ପଇସା ରୋଜଗାର କରି ଲାଭ କ'ଣ ? ଏଠି ତୋର ସ୍ତ୍ରୀ ନାଁରେ ଅଚଳାଚଳ ସଂପତ୍ତି ଖାଲି କାଗଜକଲମରେ, ବ୍ୟାଙ୍କ ଜମାରେ । ସେଗୁଡ଼ା ଥାଇ ଲାଭ କ'ଣ, ଯଦି ସେ ତୋ' କାମରେ କି ତୋ' ବଂଶ ବଢ଼ିବାରେ ଲାଗିଲା ନାହିଁ ? ଶଶୁର ଆସି କହିଗଲେ ଯେ ତିନିମାସ ଭିତରେ ଆମେରିକାରୁ ପୂରା ପଳେଇଆସିବାର ବ୍ୟବସ୍ଥା କର, ନଚେତ ମୁଁ ଝିଅକୁ ନେଇଯିବି ଓ ଛାଡ଼ପତ୍ର କେସ୍ କରିବାକୁ ବାଧ ହେବି । ଏଇ ଚେତାବନୀ, ଧମକର ଗୋଟିଏ ଭଲ ଦିଗକୁ ଅସୀମବାବୁ ଚଟ୍‌କିନା ଧରି ପକେଇଥିଲେ ଯେ ଲଳିତାର ବାପା ତାଙ୍କ ଝିଅକୁ ଆମେରିକା ପଠାଇବାକୁ ଯୋଜନା କରୁନାହାନ୍ତି; ଲଳିତାର ମଧ୍ୟ ଆମେରିକା ଯିବାର ଯେଉଁ ଇଚ୍ଛା, ବାହାଘରର ପ୍ରଥମ ଦୁଇତିନି ବର୍ଷରେ ଖୁବ୍ ଗାଢ଼ଥିଲା, ତାହା ଏବେ ଫିକା ପଡ଼ିଗଲାଣି । ପରିବାର ପରିଜନ, ଓଡ଼ିଆ ସଂସ୍କୃତି ଓ ତାଙ୍କ କେଉଁଝର ଗାଁ, ଏସବୁ ଛାଡ଼ି ଆମେରିକାରେ ଯାଇ ସ୍ଥାୟୀବାସିନ୍ଦା ହେବାରେ ତା'ର ଇଚ୍ଛା ନାହିଁ । ଅସୀମବାବୁ ଏବେ ବଡ଼ ଅଡୁଆରେ । ଏଲିସା ତାଙ୍କୁ ଚାକିରିରେ ରହିବାକୁ ଦେଉଚି, ହେଲେ ମାଲିକାନାରେ ଅଂଶ ଦେବାକୁ ବର୍ତ୍ତମାନ ସୁଦ୍ଧା ଅରାଜି... ଅପେକ୍ଷା କର, ସେବେଳ ଆସିନାହିଁ, ଏସବୁ ମନ୍ତବ୍ୟର ଅର୍ଥ କ'ଣ ? ଏଲିସାକୁ ସିଧାସଳଖ ପଚାରିବାକୁ ଅସୀମବାବୁଙ୍କର ସାହସ ହେଉନାହିଁ । ତେବେ କ'ଣ କରାଯିବ ? ଅସୀମ କ'ଣ ହାରିଯିବ ? କେସ୍ ଗୋଟି ଦେଖିରଖି ଚଳାଇବାକୁ ପଡ଼ିବ । ଲଳିତା ଯଦି ମାଆ ହୋଇଯାଏ, ତେବେ ତା'ର ଓ ଉଭୟ ପରିବାରର ଅସନ୍ତୋଷ କମିଯିବ, ଆଉ ଏଇ ସଂସ୍ଥାରେ ଆଉଗୋଟିଏ ଶାଖା ନ୍ୟୁୟର୍କରେ ଖୋଲିଦେଲେ, ବର୍ଷର ଅଧେଦିନ ସେ ରହିବ ଭର୍ଜିନିଆରେ ଆଉ ଅଧେସମୟ ନ୍ୟୁୟର୍କରେ । ସେ ଛଅମାସ ଲଳିତାକୁ ଆଣି ନ୍ୟୁୟର୍କରେ ରଖିବ; ସ୍ତ୍ରୀ ହିସାବରେ ସ୍ଥାୟୀ ଭିସା ଯେମିତି ହେଲେ କରାଇନେବାକୁ ପଡ଼ିବ । କିନ୍ତୁ ଏଇ ଯୋଜନା ଏତେ ସହଜ ନୁହେଁ, ଏବେ ବ୍ୟବସାୟର ମାନ୍ଦାବସ୍ଥା, ଗତ ତିନିବର୍ଷ ହେଲାଣି ଏଇ ସଂସ୍ଥାର ବାର୍ଷିକ ଲାଭ କମିକମିଯାଉଛି, ଆଉ ନ୍ୟୁୟର୍କରେ ଶାଖା

କିଏ ଖୋଲିବ ? ତଥାପି ଅସୀମବାବୁ ହତୋତ୍ସାହିତ ହୋଇ ନାହାନ୍ତି । ବଜାର ଅବସ୍ଥା ସୁଧୁରୁଛି ।

ହୁଏତ ଆଉ ଦୁଇତିନି ବର୍ଷ ଅପେକ୍ଷା କଲେ, ପୂର୍ବ ଅବସ୍ଥା ଫେରିଆସିବ । ତେବେ ଏଇ ସମୟରେ ସେ ତିନିମାସ ଛୁଟି ନେଇ ଭାରତ ଚାଲିଗଲେ ଭଲ; ସେଇଠି ଏମିତିରେ ହେଉ କି କୃତ୍ରିମ ପ୍ରଜନନ ଦ୍ୱାରା ଲଳିତା ଯଦି ଗର୍ଭବତୀ ହୋଇଯାଏ, ତେବେ ଆଉ ଦୁଇ ତିନିବର୍ଷ ଆମେରିକା ଛାଡ଼ିଦେବା ପାଇଁ ଲଳିତା କି ତା'ବାପା ଜିଗର କରି ବସିବେ ନାହିଁ । ଦୁଇତିନିଦିନ ତଳେ ତିନିମାସ ଲଂବାଛୁଟିର ଦରଖାସ୍ତ ଦେଇଛନ୍ତି ଅସୀମ ବାବୁ; ମଂଜୁର କରିବ ଏଲିସା ।

କିନ୍ତୁ ଗତକାଲି ଅବେଳରେ ଲଳିତାଠାରୁ ଫୋନ୍ ପାଇ ତାଙ୍କ ସ୍ନାୟୁଗୁଡ଼ାକ ଏତେ ଜଡ଼ ଓ ଦୁର୍ବଳ ହୋଇଗଲେ ଯେ ସତେକି ସେ ମରିଯିବେ । ଆଜି ରାତିରେ ଲଳିତା ନ୍ୟୁୟର୍କରେ ପହଞ୍ଚିଛି ଓ କାଲି ସକାଳେ ସେଇଠି ବିମାନ ବଦଳାଇ ପହଞ୍ଚିବ ଭର୍ଜିନିଆରେ, ତାଙ୍କୁ ଭର୍ଜିନିଆ ଏରୋଡ୍ରମ୍‌କୁ ଆସିବାକୁ କହିଛି । ଅସୀମବାବୁଙ୍କ ମୁଣ୍ଡରେ ଚଡ଼କ ପଡ଼ିଲା; କ'ଣ କରିବେ ? ଜୀବନ ଚେସ୍‌ଖେଳର ଉର୍ବର ମସ୍ତିଷ୍କ ତୁରନ୍ତ ସମାଧାନ ଯୋଗାଇଦେଲା; ଅସୀମବାବୁ ନ୍ୟୁୟର୍କ ଯାଇ ଲଳିତାକୁ ଭେଟିବେ ଓ କହିବେ ଯେ ଭର୍ଜିନିଆର ତାଙ୍କ ଘରେ ମରାମତି କାମ ଚାଲିଛି, ଆହୁରି ମାସେ ଲାଗିବ । ତେଣୁ ଦୁହେଁ ହୋଟେଲରେ ରହିବେ; ଏଇ ଭିତରେ ତାଙ୍କ ଛୁଟି ମଂଜୁର ହୋଇଯାଇଥିବ, ତେଣୁ ତାଙ୍କ ଅଫିସ୍-ଅନୁପସ୍ଥିତିକୁ କେହି ସନ୍ଦେହ କରିବେ ନାହିଁ । ଲଳିତାକୁ ଆମେରିକା ବୁଲାଇ ତା'ର ଟୁରିଷ୍ଟ ଭିସା ସରିବାବେଳକୁ ସେମାନେ ଓଡ଼ିଶା ଫେରିଯିବେ । କିନ୍ତୁ ଭରଜିନିଆ ଏୟାରପୋର୍ଟ ଆସି ଅସୀମ ଜାଣିଲେ ଯେ ଯେଉଁ ବିମାନ ତାଙ୍କୁ ନ୍ୟୁୟର୍କ ନେବା କଥା, ତା'ର ଯନ୍ତ୍ରପାତି ଖରାପ ଯୋଗୁଁ ସେ ଆଉ ଯିବ ନାହିଁ; ଦୁଇ ଘଣ୍ଟା ପରେ ଆଉ ଯେଉଁ ଉଡ଼ାଜାହାଜ ଯିବ, ସେଥିରେ ଆଦୌ ଜାଗା ନାହିଁ, ଯେତେ ଜରୁରିକାଳୀନ ପରିସ୍ଥିତି ଦର୍ଶାଇଲେ ମଧ୍ୟ କୌଣସି ସିଟ୍ ତାଙ୍କୁ ମିଳିଲା ନାହିଁ । ଚାରିଘଣ୍ଟା ପରେ ଆଉ ଗୋଟିଏ ଫ୍ଲାଇଟ୍; କିନ୍ତୁ ସେଥିରେ ଯାଇ ସେ ନ୍ୟୁୟର୍କରେ ପହଞ୍ଚିବାର ଦୁଇଘଣ୍ଟା ଆଗରୁ ଲଳିତା ଭରଜିନିୟାରେ ପହଞ୍ଚିସାରିଥିବ । ସେ କରିବେ କ'ଣ ?

ଭର୍ଜିନିଆ ବିମାନବନ୍ଦରରେ ଲଳିତା ସ୍ୱାମୀକୁ ଅପେକ୍ଷା କରି ଘଣ୍ଟାଏ ରହିଲା, ଯେଉଁ ଘର ଠିକଣାରେ ଓଡ଼ିଶାରୁ ଆଚାର ବଡ଼ି, ଆମ୍ବୁଲ କେବେକେବେ ଆମେରିକା ଆସେ, ସେଇ ଠିକଣାରେ ଘରେ ପହଞ୍ଚି, କଲିଂବେଲ୍ ମାରିଲାରୁ, ପରିଚାରିକା ତାଙ୍କ ନାଁ ଓ କାହାକୁ ଖୋଜୁଛନ୍ତି ପଚାରିଲା । ଲଳିତା କହିଲା - ମୁଁ ଲଳିତା ଦାସ, ଅସୀମ

ଦାସ୍ ମୋ' ସ୍ୱାମୀ, ସେ କାହାନ୍ତି ? ପରିଚାରିକା ଦୌଡ଼ିଯାଇ ଏଲିସା ମାଡାମଙ୍କୁ ଖବରଦେଲା, ସେ ଆସି ତାକୁ ଘର ଭିତରକୁ ପାଛୋଟିନେଲେ ।

ଏଠାରେ ତିନିଦିନ ବିତିଗଲାଣି ଲଳିତାର । ଅସୀମବାବୁଙ୍କର ପତ୍ତା ନାହିଁ, ମୋବାଇଲ୍ ଫୋନ୍ ସୁଇଚ ଅଫ୍ । ସେ କୁଆଡ଼େ ଯାଇଥିବେ, ଅଫିସ୍‌ରେ କାହାକୁ କିଛି କହିନାହାନ୍ତି କି ସେ ସଂପର୍କରେ କିଛି ଖବର ନାହିଁ । ଏ ଭିତରେ ଲଳିତା ଓ ଏଲିସା ପରସ୍ପରକୁ ଜାଣିଲେଣି; ଲଳିତା ସବୁକଥା କହିଲାରୁ ଏଲିସା କହିଲା, ଦାସ ଏମିତି କିଛି ବଦମାସି କରିଥିବ ବୋଲି ମୁଁ ସନ୍ଦେହ କରୁଥିଲି, କିନ୍ତୁ କିଛି ଜାଣିପାରୁନଥିଲି । ସେ ତା' କାମରେ ଖୁବ୍ ପାରଂଗମ, କିନ୍ତୁ ବାକି ସମସ୍ତଙ୍କୁ ସେ ବୋକା ଓ ନିର୍ବୋଧ ଭାବେ । ଏଲିସା କହିଲା ଯେ ସେ ସମଲିଙ୍ଗୀ, କିନ୍ତୁ ଏ କଥା ଆମ ସଂସ୍ଥାରେ ପ୍ରଚାର ନହେଉ, ଏଥିପାଇଁ ଅସୀମର ପ୍ରସ୍ତାବରେ ରାଜିହୋଇ ମୁଁ ତାକୁ ବାହାହୋଇଚି । ତା'ର ମତେ ବାହାହେବାର ଉଦ୍ଦେଶ୍ୟ ମୁଁ ଜାଣେ । ଏଇ ସଂସ୍ଥାରେ ମାଲିକାନାରେ ସେ ଅଂଶୀଦାରଭାବେ ଡାଇରେକ୍ଟର ନହେଲେ ଆମେରିକା ଛାଡ଼ି ପଳାଇବ; ମୁଁ ତା' ଚାହେ ।

ଗଲାକାଲି ରାତିରେ ଖାଇସାରିବାପରେ ଏଲିସା ଓ ଲଳିତା ଗପ କରୁଥିଲେ । ଲଳିତା ପଚାରିଲା - କେତେକ ମଣିଷ ସମଲିଂଗୀ କାହିଁକି ହୁଅନ୍ତି ? କିଛି ସମୟ ଆଖି ବୁଜି ଚୁପ୍ ରହି ଏଲିସା କହିଲା - ଏହା ସେମାନଙ୍କ ଭାଗ୍ୟର ବିଡ଼ମ୍ବନା । ଜଗତର ପ୍ରତ୍ୟେକ ସୃଷ୍ଟି ପାଇଁ ଦୁଇଟି ଶକ୍ତିର ଦରକାର ହୁଏ; ପଜିଟିଭ୍ ଓ ନେଗେଟିଭ୍ । ଏଇ ପଜିଟିଭ୍ ଓ ନେଗେଟିଭ୍‌ଙ୍କ ମିଳନ-ବିଚ୍ଛେଦ-ମିଳନ, ସେମାନଙ୍କର ସଂକୋଚନ ଓ ପ୍ରସାରଣ, ଏଇଥିରୁ ହୁଏ ସୃଜନ, ପରମାଣୁ, ଅଣୁ, ବସ୍ତୁ, ଜୀବଜନ୍ତୁ - ସମସ୍ତେ ଏଇ ପଦ୍ଧତି ଦେଇ ଆସନ୍ତି । ତେଣୁ ମଣିଷ କ୍ଷେତ୍ରରେ ପୁରୁଷ ନାରୀକୁ ଓ ନାରୀ ପୁରୁଷକୁ ଆକର୍ଷଣ କରେ, ଏହା ପ୍ରାକୃତିକ ଓ ସ୍ୱାଭାବିକ । କିନ୍ତୁ କେତେକ କ୍ଷେତ୍ରରେ ମଣିଷ ଭିତରର ଏଇ ପୁରୁଷସତ୍ତା ନାରୀସତ୍ତା ସ୍ୱାଭାବିକ ପ୍ରାକୃତିକ ନିୟମରେ ଚାଲେନାହିଁ; ସେମାନଙ୍କ ନିକଟରେ - ଯାହାକୁ ଫ୍ରଏଡ୍ କହନ୍ତି ଲିବିଡ଼ୋ - ସେ ନଥାଏ; ତେଣୁ ସେମାନଙ୍କ ଜୀବନରେ ସନ୍ତୁଳନର ଘୋର ଅଭାବ; ସେମାନେ ସ୍ୱାଭାବିକ ଭାବରେ ଜୀବନକୁ ଉପଭୋଗ କରିପାରନ୍ତି ନାହିଁ, ଯଦିଓ ଦେଖାଯାଏ ଯେ ଏଇ ଅସ୍ୱାଭାବିକତା ସତ୍ତ୍ୱେ ସେମାନେ ବେଶ୍ ବୁଦ୍ଧିମାନ ଓ କାର୍ଯ୍ୟକ୍ଷମ । ପ୍ରାଚୀନ ଗ୍ରୀସ୍‌ର ବିକଶିତ ସଭ୍ୟତାରେ ଜଣେ ନାରୀକବି ଥିଲେ- ସାଫୋ । ତାଙ୍କ ରହିବା ଇଲାକାର ନାମ ଥିଲା ଲେସ୍‌ବସ୍ । ଅନ୍ୟ ନାରୀ ସହ ପ୍ରେମ ଆକର୍ଷଣର କଥା ସେ ବହୁ କବିତାରେ ଦର୍ଶାଇଛନ୍ତି; ସେତେବେଳେ ସମାଜ ଏତେ ସଂବେଦନଶୀଳ ନଥିଲା । ଏଇପରି ଅପ୍ରାକୃତ ସଂପର୍କ

ଧରାପଡ଼ିଲେ ସେମାନଙ୍କୁ ନାନା ପ୍ରକାର ଦଣ୍ଡ ଭୋଗକରିବାକୁ ପଡୁଥିଲା । ତଥାପି ସାଫୋ ଭୟ ପାଇନଥିଲେ; ଯାହା ତାଙ୍କ ଜୀବନରେ ଘଟିଥିଲା, ତା'ର ନିଛକ ପରିପ୍ରକାଶ କରିଥିଲେ । ତାଂକର ରହିବା ଇଲାକା ଲେସ୍‌ବସ୍‌କୁ କେନ୍ଦ୍ରକରି ନାରୀ-ସମଲିଂଗୀମାନଙ୍କୁ ଲେସ୍‌ବିଆନ୍ କୁହାଯାଏ । ତେବେ ଆମେମାନେ ପ୍ରାକୃତିକ ସୁରତ ବା ବପରୀତ ମିଳନ ଆବେଗରୁ ବଂଚିତ । ବେଲୁନ୍‌ଟି ଫାଟିଗଲେ ଆଉ ଅଛଟିକେ ରହିଥିବା ପବନରେ ସେ ହଲଚଲ ହେଉଥାଏ ସିନା, ଉଡ଼ିପାରେ ନାହିଁ । ଆମମାନଙ୍କର ଜୀବନ ସେଇ ଫଟାବେଲୁନ୍ ପରି କରୁଣ । ତେଣୁ ଆମମାନଙ୍କର ଜୀବନ ଅଭିଶପ୍ତ; ଆମ ଭିତରେ ବିପରୀତ ସହିତ ମିଶିବାର ଆଗ୍ରହ ନାହିଁ । ଚରିତ ଅଛି, କିନ୍ତୁ ଚରିତାର୍ଥ ନାହିଁ । ଆମ ଭିତରେ ସେଇ ସୃଜନ ଇଚ୍ଛା ସେଥିପାଇଁ ଅଂକାବଂକା । ଗୋଟିଏ କଥାରେ କହିଲେ, ଆମେମାନେ ଅଭିଶପ୍ତ- ତେଣୁ ଏଠିକା ସରକାର ଏଇ ସମଲିଂଗୀ ସଂପର୍କକୁ ଆଇନସମ୍ମତ କରିଦେଇଛନ୍ତି । ଏତକ କହିବାରେ ଏଲିସା ଲଳିତାକୁ ପଚାରିଲା, 'ଭାରତରୁ ଏତେ ସଂଖ୍ୟାରେ ଇଂଜିନିୟର, ଡାକ୍ତର, ଏମାନେ ଏଠାକୁ କାହିଁକି ଚାଲିଆସୁଛନ୍ତି ? ତମ ଦେଶରେ ସେମାନଙ୍କୁ ଯଥାବିଧି ରଖିବାର ସୁବିଧା, ସରକାର କରୁନାହିଁ କାହିଁକି ?'

'ସେଠାରେ ଜୀବନନିର୍ବାହ ଏତେ ଉଚ୍ଚମାନର ନହେଲେ ମଧ୍ୟ ଆମେମାନେ ସମସ୍ତେ ଭଲରେ ଅଛୁ,' କହିଲା ଲଳିତା । 'କେତେକ ମେଧାବୀ ଡାକ୍ତର, ଇଂଜିନିୟର ବା ଅନ୍ୟ କର୍ମଜୀବୀ ଅଧିକା ପଇସା ରୋଜଗାର ନିଶାରେ ଏଠାକୁ ଚାଲିଆସନ୍ତି; ଗୋଟିଏ ଡଲାର ଆଉ ଗୋଟିଏ ଟଙ୍କାର ଆନ୍ତର୍ଜାତିକ କିଣିବା - କ୍ଷମତା ତାରତମ୍ୟରୁ ଆମେରିକାର ଡଲାର ରୋଜଗାର ଭାରତୀୟ ଟଙ୍କା ରୋଜଗାରକୁ ବହୁଗୁଣିତ କରିଦିଏ । ଯେଉଁମାନେ କିଛିଦିନ ଆମେରିକାରେ ରହି, ରୋଜଗାର ସଂଚୟ କରି, ପୁଣି ଭାରତକୁ ଫେରିଯାଆନ୍ତି, ତାଙ୍କର ମନସ୍ତତ୍ତ୍ୱକୁ ବୁଝିହୁଏ । କିନ୍ତୁ ଯେଉଁମାନେ ଆମେରିକାରେ ସ୍ଥାୟୀ ବାସିନ୍ଦା ହୋଇ ରହିଯାଆନ୍ତି, ସେମାନେ ପ୍ରକୃତରେ ଭାଗ୍ୟହୀନ । ନା ସେ ଭାରତୀୟ ହୋଇପାରିଲେ, ନା ତାଙ୍କୁ ସଂପୂର୍ଣ୍ଣ ଭାବରେ ଗ୍ରହଣ କରିପାରିଲା ଆମେରିକା ।'

ଆଜି ଚତୁର୍ଥ ଦିନ; ଅସୀମ ଦାସଙ୍କର ଦେଖା ନାହିଁ। ଏଠାରେ ପହଞ୍ଚି ସେ ବିବାହିତ ବୋଲି ଜାଣି ଲଳିତା ଭାଙ୍ଗିପଡ଼ିଥିଲା । ଏବେ ଆଶ୍ୱସ୍ତ ହେଲାଣି, ତା'ର ଏଲିସା ପ୍ରତି ଈର୍ଷା ନୁହେଁ, ଦୟା ହୁଏ । ସେ ଭାବୁଚି ଯେ ଅସୀମ ଯଦି ଚାଲିଆସନ୍ତେ, ସେମାନେ ସବୁଦିନ ପାଇଁ ଆମେରିକା ଛାଡ଼ି ଓଡ଼ିଶା ପଳାନ୍ତେ । କିନ୍ତୁ ଅସୀମବାବୁ କାହାନ୍ତି ?

ଏକା, ଏକା, ସମଗ୍ର

ସେ ବାହାହୋଇଥିଲେ ଆଜକୁ ପଚାଶ ବର୍ଷ ତଳେ; ତାଙ୍କୁ ଯେତେବେଳେ ସତେଇଶ ବର୍ଷ । କଟକ କଚେରିରେ କିରାଣି ଚାକିରି ପାଇବାର ଦୁଇବର୍ଷ ପରେ । ତାଙ୍କ ସ୍ତ୍ରୀ ଜନ୍ମରୁ ମୋଟୀ; ଖୁବ ଉଚ୍ଚ ନୁହନ୍ତି ଓ ଦେଖିବାକୁ କାଳି; ତାଙ୍କଠାରୁ ତିନିବର୍ଷର ସାନ, ଅଧ୍ୟାପିକା । ବାହାହେବା ଦିନ ତାଙ୍କ ସାଙ୍ଗ ବରଯାତ୍ରୀମାନଙ୍କ ଭିତରୁ ଜଣେ କହିଥିଲା - 'ସୁଦାମକୁ ଇଏ ନଚେଇବ ।' ସତକୁସତ ବାହାଘର ପରେ ଗୋଟିଏ ବର୍ଷ ସୁଦାମବାବୁ ଖାଲି କଛିହେଲେ- ବଡ଼ ବଡ଼ ଗାତ ରାସ୍ତାରେ ବସ୍‌ରେ ଗଲାବେଳେ ଯେମିତି ଉଠ୍-ପଡ଼୍ । ମୁଣ୍ଡ ବାଜିଲାଣି ଛାତରେ ତ ଅଣ୍ଟା ବଥେଇଲାଣି ଜଖମ ହୋଇ। ସେ ନିଜଠାରୁ ଆହୁରି ସାନ ହେବାକୁ ଲାଗିଲେ । ଏଇ ସାନ ହେବାଟା ମଣିଷର ବଢ଼ିବା ଗତିଠାରୁ ଆହୁରି ଚଞ୍ଚଳ ଚଞ୍ଚଳ ଘଟେ । ସେ ଏଇ ବର୍ଷକ ଭିତରେ ଅନୁଭବ କଲେ ଯେ ମଣିଷ ଆଗକୁ ଯେମିତି ଯାଏ, ପ୍ରତିକୂଳ ପରିସ୍ଥିତିରେ ସେଇପରି ପଛକୁ ମଧ୍ୟ ଟାଣିହୋଇଯାଏ । ଏହାର ମୂଳ କାରଣ ସେ ଜାଣିଲେ ତାଙ୍କ ବିବାହିତ ଜୀବନ; ସେମାନେ ଦେହରେ, ମନରେ, ସ୍ୱଭାବରେ ପୂରାପୂରି ଅଲଗା । ସୁଦାମବାବୁ ପତଳା ନହକା ଡେଙ୍ଗା; ସାଙ୍ଗମାନଙ୍କ ଉପଦେଶରେ ପଖାଳ ତୋରାଣିଠାରୁ କେତେ ଡାକ୍ତରୀ କବିରାଜି ଔଷଧ; ଦେହରେ ଟିକେ ମାଂସ ଲାଗିଯାଆନ୍ତା - ହାଡ଼ ଦିଶନ୍ତା ନାହିଁ ମୋଟା ନ ହେଲେ ନାହିଁ ପଛେ । କିନ୍ତୁ ତିନିଚାରି ବର୍ଷ ଖୁବ ଧାଁ ଦଉଡ଼ ପରେ ସେ ତାଙ୍କ ଦେହର ଗଢ଼ଣ ସହିତ ସାଲିସ୍ କରିନେଲେ; ଏଇ ଦେହରେ ତାଙ୍କୁ ଜୀବନ ବିତାଇବାକୁ ପଡ଼ିବ । ଏଇ ପତଳା ଦେହ ଯୋଗୁଁ ସେ ସବୁବେଳେ ଟଂଗ୍‌ଟଂଗ୍, ଅସ୍ଥିର । ସୁବର୍ଣ୍ଣାଙ୍କ ଦେହ ମୋଟା ଓ ସେ ଘରେ ରହିବାକୁ, ବିଛଣାରେ ପଡ଼ି ବେଶି ସମୟ ଶୋଇବାକୁ ଭଲପାଆନ୍ତି । ସୁଦାମବାବୁ ବନ୍ଧୁ-ପ୍ରିୟ ଆଉ ସୁବର୍ଣ୍ଣା କାହା ସହିତ ମିଶିପାରନ୍ତି ନାହିଁ, ତାଙ୍କୁ ସବୁ ଅଡୁଆ ଲାଗେ । ସବୁ ଅଡୁଆ ଲାଗିବାରୁ ସେ ବଦ୍‌ରାଗୀ, ଅଶ୍ଳୀଳ ଭାଷାର

ଫୁଆରା ସେତେବେଳେ ତାଙ୍କ ମୁହଁରୁ ଶେଷ ହୁଏନା । ବେଶି ବର୍ଷାହୁଏ ସୁଦାମବାବୁଙ୍କ ଉପରେ । ଏସବୁ ଅମେଳ ସତ୍ତ୍ୱେ ତାଙ୍କର ପୁଅଟିଏ ହେଲା, ଭଲ ପାଠ ପଢ଼ିଲା, ବଡ଼ ହେଲାପରେ ହଷ୍ଟେଲରେ ରହି ଓ ଏବେ ଆମେରିକାରେ; ସେଇଠି ଗୋଟିଏ ବିଦେଶୀ ଝିଅକୁ ବାହାହୋଇ ଭଲରେ ଅଛି, ସୁଦାମବାବୁ ତା'ଠାରୁ ମାସେ ଦୁଇମାସରେ ଫୋନ୍ ଦ୍ୱାରା ଖବର ପାଆନ୍ତି । ସୁବର୍ଣ୍ଣା ଛଅବର୍ଷ ତଳେ କର୍କଟ ରୋଗରେ ଆଠମାସ ଖୁବ ଯନ୍ତ୍ରଣା ଭୋଗି ଆରପାରିକୁ ଗଲେଣି, କିନ୍ତୁ ସେତେବେଳେ ମଧ୍ୟ କାମ-ଜଞ୍ଜାଳ ଯୋଗୁ ପୁଅ ଟୁଟୁନ୍ ଆସିପାରିନଥିଲା । ଏବେ ଆଉ ତା'ର ଆସିବାକୁ ଆଦୌ ଇଚ୍ଛା ନାହିଁ ବୋଲି ସୁଦାମବାବୁଙ୍କୁ ଜଣାଇଦେଇଚି । ସୁବର୍ଣ୍ଣା ମରିଯିବା ପରେ ଲୋକେ ଜାଣିବାକୁ ସୁଦାମବାବୁ ଏକା । କିନ୍ତୁ ସୁଦାମବାବୁ ସ୍ତ୍ରୀଙ୍କଠାରୁ ଅଲଗା ହୋଇଯାଇଥିଲେ ବାହାହେବାର ବର୍ଷେ ନ ପୂରୁଣୁ । ଏମିତି ଅଲଗା ହେବା ପଛରେ ତାଙ୍କ ପରସ୍ପର ଦେହ - ମନ ଅମେଳ ହେବା ସେମିତି ବଡ଼ କାରଣ ନଥିଲା ।

ବାହାପର ଚତୁର୍ଥୀ ରାତିର ସୁବର୍ଣ୍ଣାଙ୍କ ସହିତ ଏକାଠି ହେଲାବେଳେ ସୁଦାମବାବୁ ଅନୁଭବ କଲେ ଯେ ଗୋଟାଏ ବିଚିକିଟିଆ ଦୁର୍ଗନ୍ଧ ତାଙ୍କ ସ୍ତ୍ରୀଙ୍କଠାରୁ ଆସି ତାଙ୍କୁ ଆକ୍ରମଣ କରି କାବୁ କରିନେଲା । ସେଇ ଗନ୍ଧ ତାଙ୍କ ନାକପୁଡ଼ାରେ, ପାଟି ଭିତରେ ପଶି ତାଙ୍କ ପାକସ୍ଥଳୀ, ଫୁସ୍‌ଫୁସ୍, ମସ୍ତିଷ୍କ ଓ ଧମନୀର ରକ୍ତପ୍ରବାହ, ସ୍ନାୟୁ ଓ ହାଡ଼ର ମଜ୍ଜା ଭିତରକୁ ପଶିଗଲାଣି । ସେ ଗନ୍ଧ ଏତେ କଦର୍ଯ୍ୟ ଥିଲା ଯେ ତୁଳନା କରିହେଲାନାହିଁ ଆଉ କୌଣସି ଦୁର୍ଗନ୍ଧ ସହିତ । ରୋଗୀ ଦେହରେ ଖୁବ୍ ବେଡ୍‌ସୋର ହେଲେ ଯେଉଁ ଦୁର୍ଗନ୍ଧ, କି ପଚିଯାଇଥିବା ମଲା ଗାଈ ବା କୁକୁର ପାଖରୁ ବାହାରୁଥିବା ବା ଚାରି ପାଞ୍ଚ ଦିନ ସଫା ନହୋଇ ବହୁଲୋକ ଝାଡ଼ା ଫେରୁଥିବା ଗୋଟିଏ ଜାଗାରୁ ଯେଉଁ ପଚା ଗନ୍ଧ ବାହାରେ - ଏ ସବୁକୁ ସୁଦାମବାବୁ ମନେ ପକେଇଲେ । ନା, ତାଙ୍କ ସ୍ତ୍ରୀଙ୍କଠାରୁ ଯେଉଁ ଦୁର୍ଗନ୍ଧ, ତା' ଆହୁରି ଘନ, ମୋଟା ଓ ବିଷାକ୍ତ । ଚତୁର୍ଥୀ ଦିନ ତାଙ୍କ ପୁଅ ଟୁଟୁନ, ସୁବର୍ଣ୍ଣାଙ୍କ ଗର୍ଭରେ ରହିଲା ଓ ସେଇ ରାତିରୁ ସୁଦାମବାବୁ ଅକାମୀ ହୋଇଗଲେ ।

କିଛିଦିନ ସ୍ୱାମୀ ସ୍ତ୍ରୀ ଗୋଟିଏ ଖଟରେ ଶୋଇଲେ, କିନ୍ତୁ ସୁଦାମବାବୁ ସେଇ ବିଷାକ୍ତ ଗନ୍ଧରେ ସବୁବେଳେ ନିଦେଇଯାଆନ୍ତି - ଚେଷ୍ଟାକରନ୍ତି, କିନ୍ତୁ କିଛି ହୋଇପାରେ ନାହିଁ - ସୁବର୍ଣ୍ଣାଙ୍କଠୁ ଗାଳି ଶୁଣି କଡ଼ଲେଉଟାଇ ଶୁଅନ୍ତି । ସୁବର୍ଣ୍ଣାଙ୍କଠାରୁ ଗାଳିଖାଇ କିଛିଦିନ ବିତିଲା ପରେ, ଆଉଗୋଟାଏ ଖଟ କିଣି ସୁଦାମବାବୁ ଦାଣ୍ଡଘରେ ଶୋଇଲେ । କିନ୍ତୁ ରାତିଅଧବେଳେ ସେଇ ଗନ୍ଧ ସୁବର୍ଣ୍ଣା ଶୋଇଥିବା ପାଖ ଘରୁ ଆସି ତାଙ୍କ ଦେହଯାକ ଚରିଯାଏ ଓ ସେ ଚେଇଁଥାଇ ଅବଶ ହୋଇପଡ଼ନ୍ତି । ଏମିତି ନିଦ ହେଉନଥିବା ନିଦୁଆ

ବିରକ୍ତିରେ ତାଙ୍କର ସକାଳ ହୁଏ ଆଉ ସେ ବିଛଣାରୁ ଉଠିଲାବେଳେ ଜାଣନ୍ତି ଯେ ସେ ଶୋଇପଡ଼ିଛନ୍ତି । ସେଇ ଶୋଇବା ଅଧା ଜାଗ୍ରତ ଅବସ୍ଥାରେ ଦିନଯାକ ସବୁକାମ କରନ୍ତି - ଅଫିସ୍, ବଜାର ସଉଦା, ବନ୍ଧୁଚର୍ଚ୍ଚା । ଏଇ ନିଦ ନଥିବା ଅବଶଭାବ ଦିନ ଚାରିଟା ପର୍ଯ୍ୟନ୍ତ ଖୁବ ଉଗ୍ର ଭାବେ ରହେ। ପୁଣି ରାତିରେ ସେ ଦୁର୍ଗନ୍ଧ ତାଙ୍କୁ ଗ୍ରାସ କରିନିଏ । ତାଙ୍କ ସ୍ତ୍ରୀଙ୍କ ଶେଷ ସମୟବେଳେ ସୁଦାମବାବୁ ଖୁବ୍ ସେବାକଲେ; ସେତେବେଳେ ସେଇ ଗଂଧ ଆହୁରି ଉତ୍କଟ, ଶ୍ୱାସରୁଦ୍ଧ କରି ମାରିଦେବକି ! ସୁବର୍ଣ୍ଣାଙ୍କ ମୃତ୍ୟୁପରେ, ସୁଦାମବାବୁ ଭାବିଲେ ଯେ ସେ ସେଇ ଗନ୍ଧରୁ ମୁକ୍ତି ପାଇଗଲେ; କିନ୍ତୁ ତାହା ହେଲା ନାହିଁ । ସେଇ ଗନ୍ଧ ସେଇ ଘରୁ ଆଗପରିଆସି ସୁଦାମବାବୁଙ୍କୁ ରାତିଯାକ ଅତିଷ୍ଠକଲା । ସୁବର୍ଣ୍ଣାଙ୍କ ଖଟ, ବିଛଣା, ଆଲମାରିରୁ; ତାଂକ ଲୁଗାପଟାସବୁ ସୁଦାମବାବୁ ଅନ୍ୟ ଜାଗାକୁ ପଠାଇଦେଲେ । କିନ୍ତୁ ସେଇ ଗନ୍ଧର ଉପଦ୍ରବ ହାଲକା ହେଲା ନାହିଁ । ଗନ୍ଧ ତାଙ୍କ ପିଛା ଛାଡ଼ିବାକୁ ନାରାଜ । ଏଇ ବିଷାକ୍ତ ଗନ୍ଧରେ ଦିନରାତି ଅସ୍ଥିର ହୋଇପଡୁଥିବାବେଳେ ସୁଦାମବାବୁ ଜାଣିଲେ ଯେ ତାଙ୍କ ଭିତରେ ଦୁଇଟି ଲୋକ ଅଛନ୍ତି । ପ୍ରଥମ ଲୋକଟିର ଚେତା ଅଛି, କିନ୍ତୁ ସେ ଖୁବ୍ ଭିତରେ ଅଛି ଆଉ କଇଁଛ ପରି ସେ କେବେ କେବେ ବାହାରେ ଓ ପୁଣି ଖୋଳପା ଭିତରେ ଲୁଚିଯାଏ । ଦ୍ୱିତୀୟ ଲୋକଟି ଅଚେତ, କିନ୍ତୁ ଚେତା ଥିବାର ଅଭିନୟ କରି ଚଳପ୍ରଚଳ ହେଉଥାଏ । ତାକୁ ସୁଦାମବାବୁ ଘୋଡ଼ଣି-ଲୋକ ବୋଲି ଚିହ୍ନନ୍ତି ।

ଚାକିରି ସମୟରେ ଥରେ ପୁରୁଣା ଫାଇଲ ଗଦାହୋଇ ରହିଥିବା ଅଂଧାରିଆ ଘରେ ଗୋଟିଏ ଦରକାରୀ ଫାଇଲ ଖୋଜିଲାବେଳେ, ସେ ଅରମାରୁ ଗୋଟିଏ ଗୋଖରସାପ ବାହାରି ତାଂକ ହାତକୁ ଚୋଟେ ମାରି କୁଆଡ଼େ ପଳେଇଲା । ତାଂକ ଅଫିସ୍‌କୁ ଦଉଡ଼ି ଫେରିଆସି ଏକଥା ସହକର୍ମୀଙ୍କୁ କହିଲାବେଳକୁ ବିଷଜ୍ୱାଳାରେ ତାଂକ ଚେତା ବୁଡ଼ିଯାଇଥିଲା । ପିଅନ ଦୌଡ଼ିଯାଇ କଚିରି ଗେଟ୍ ପାଖରେ ଖେଳ ଦେଖାଉଥିବା ସାପୁଆକେଳାକୁ ଡାକିଆଣିଲା । ସେ ସୁଦାମବାବୁଙ୍କ ସାପକାମୁଡ଼ା ଜାଗାରେ ମୁହଁ ଲଗାଇ ବିଷସବୁ ଟାଣିଆଣି ବାହାରେ ଥୁଥୁ କରି ପକାଉଥାଏ ଓ ସୁଦାମବାବୁ ସାଷ୍ଟାମ ହେଉଥାନ୍ତି । ଭଲ ହେଲା ପରେ ସୁଦାମବାବୁ ସେଇ କେଳା ସହିତ ଭାବଦୋସ୍ତି କରି ମୁହଁ ଲଗାଇ ସାପକାମୁଡ଼ିଥିବା ଲୋକଠାରୁ ବିଷଛଡ଼େଇବା ଶିଖିନେଲେ । ତା' ପରେ ପାଖଆଖ ବସ୍ତିବଜାର, ଯାହାକୁ ଯେଉଁଠି ସାପ କାମୁଡେ, ସୁଦାମବାବୁ ଜାଣିବାମାତ୍ରେ ଦୌଡ଼ନ୍ତି। ବିଷକାଢିବାବେଳେ ତାଂକ ନିଜ ଦେହହାତ ପୋଡ଼ିଗଲାପରି ଲାଗେ, ପାଟିରୁ ବାହାର କରି ଥୁ ଥୁ କରି ପକାଇଦେଲେ ଜ୍ୱାଳା କମେ । ଗୋଟିଏ ଲୋକର ଜୀବନ ବଂଚାଇଦେବାର ସୁଖ ସହ ତାଂକ ଦେହରେ କିଛି ସମୟ ପାଇଁ ଜ୍ୱାଳା ଯଂତ୍ରଣା

ଚରିଗଲାବେଳେ, ପ୍ରଥମ ଲୋକଟି ତାଙ୍କୁ ଆବୋରିନେଇଥାଏ ସେଇ ଅଳ୍ପ କିଛି ସମୟ ।

ବାହାହେବାର କିଛିଦିନ ଆଗରୁ ସହର ତଳ ନାଳକୂଳ ଅପନ୍ତରାରେ ପଚାଶବର୍ଷ ତଳେ ସୁଦାମବାବୁ ଯେଉଁ ଘର ଭଡ଼ାକୁ ନେଇଥିଲେ, ତାକୁ ଆଜିଯାଏ ଛାଡ଼ିପାରିନାହାନ୍ତି । ଜଣେ ଲୁଗାବେପାରୀ ରେଳଷ୍ଟେସନ୍‌ଠାରୁ କିଛି ଦୂରରେ ଛଅଟି ଦୁଇବଖୁରିଆ ଆଜ୍‌ବେଷ୍ଟସ୍ ଘର କରି ଗୋଟିକରେ ନିଜେ ପରିବାର ସହିତ ରହି, ବାକି ପାଞ୍ଚଟିକୁ ଭଡ଼ାରେ ଦେଇଥିଲା; ସେଥିରୁ ଗୋଟିକରେ ସୁଦାମବାବୁ ଏ ପର୍ଯ୍ୟନ୍ତ ଅଛନ୍ତି । ଘରଭଡ଼ା ଦୁଇଟା ଟଙ୍କା, ବିଜୁଳି ଓ ପାଣି ମିଟର ମାଲିକ ଘରେ - ଯାହା ଉଠିବ, ପାଞ୍ଚ ଭାଗରୁ ଜଣ ଜଣକ ଭାଗ ଭଡ଼ାଟିଆମାନେ ଦେବେ । ସହର ଏହା ଭିତରେ ବହୁତ ବଢ଼ିଗଲାଣି ଓ ଘରମାଲିକ କେବେଠୁ ମରିଗଲାଣି; ତା'ର ପୁଅମାନେ ବ୍ୟବସାୟକୁ ବଢ଼ାଇଦେଇ ଏବେ ଖୁବ୍ ପଇସାବାଲା; ତାଙ୍କ ଦୁଇବଖୁରିଆ ଘରକୁ ଭାଙ୍ଗି ବିରାଟ କୋଠା କରି ରହୁଛନ୍ତି, କିନ୍ତୁ ଆଉ ଯେଉଁ ପାଞ୍ଚଟି ପରିବାର ପଚାଶବର୍ଷ ହେଲାଣି ସେଇ ପୁରୁଣା ଘରଭଡ଼ାକୁ ଅଳ୍ପକିଛି ବଢ଼ାଇ ରହୁଛନ୍ତି, ସେମାନଙ୍କୁ ବାହାର କରି ହେଉନାହିଁ ।

ମାଲିକ କେବେ ଘର ଛାଡ଼ିବା କଥା କହିଲେ ସେମାନେ ସମସ୍ତେ ଏକଜୁଟ, ଆଉ ତାଙ୍କର ମୁଖପାତ୍ର ହେଉଛନ୍ତି ସୁଦାମବାବୁ । ଏଇ ପାଞ୍ଚଟି ଭଡ଼ାଟିଆଙ୍କୁ ଯଦି ବାହାର କରି ଦିଆଯାଇପାରନ୍ତା, ତେବେ ମାଲିକ ଲୁଗାବେପାରୀର ତିନିପୁଅ ସେ ଜାଗାକୁ ଫ୍ଲାଟ କରିବାକୁ ଦେଇ କୋଟି କୋଟି ଟଙ୍କାର ଅଧିକାରୀ ହୁଅନ୍ତେ ! ସେମାନଙ୍କ ଆଖି ସୁଦାମବାବୁଙ୍କ ଉପରେ । ଏଇ ନହକା ବୁଢ଼ାଟାକୁ କୌଣସି ଉପାୟରେ ଏଠୁ ତଡ଼ିଦେଲେ, ଆଉ ଚାରି ପରିବାରକୁ ଘର ଉଚ୍ଛେଦ କରାଇ ସେଇ ଜାଗାତକ ନିଜ ହାତକୁ ନେବା କଷ୍ଟକର ହେବ ନାହିଁ । ସେମାନଙ୍କ ସହିତ ଘରମାଲିକଙ୍କର ସଂପର୍କ ନାହିଁ କହିଲେ ଚଳେ । ଭଡ଼ା ଟଙ୍କା ମାଲିକ ପାଖରେ ପଇଠ କରିବାକୁ, ପ୍ରତିମାସର ଦୁଇ ତାରିଖରେ ଅନ୍ୟ ଭଡାଟିଆମାନେ ସୁଦାମବାବୁଙ୍କୁ ଟଙ୍କା ଦେଇଦିଅନ୍ତି ଓ ରସିଦ ନବାକୁ ଆସନ୍ତି ସଞ୍ଜବେଳେ । ଡ୍ରେନ୍ ସଫା ହୋଇ ନାହିଁ, ମ୍ୟୁନିସିପାଲିଟି ଗାଡ଼ି କଚରା ଉଠାଇବାକୁ ଦୁଇଦିନ ହେଲା ଆସିନାହିଁ, ସାମ୍‌ନା ରାସ୍ତାର ବିଜୁଳିବତି ଖୁଣ୍ଟରେ ବଲ୍‌ବ ପୋଡ଼ିଗଲାଣି ପନ୍ଦରଦିନ ହେଲାଣି - ଏଇ ପରି ପାଞ୍ଚ ଘର, କଲୋନିର ଯେତେ ଯାବତୀୟ କାମସବୁ ବୁଝନ୍ତି, କରନ୍ତି ସୁଦାମବାବୁ ।

କିନ୍ତୁ ଏତେସବୁ କଲେ ମଧ୍ୟ ଆଉ ଚାରିଘରେ ରହୁଥିବା ଭଡ଼ାଟିଆମାନେ ସୁଦାମବାବୁଙ୍କ ପ୍ରତି କେବେ କୃତଜ୍ଞତା ଜଣାଇନାହାନ୍ତି; ଏଇଟା ଯେମିତି ତାଙ୍କର

କାମ ଓ ସେ କରୁଛନ୍ତି । ଏତିକିବେଳେ ତାଙ୍କ ଭିତରର ଦୁଇଟି ଲୋକଙ୍କ ଭିତରୁ ଅତି ଭିତରେ ଥିବା ଲୋକଟି, ନିଦ ନଥାଇ ନିଦୁଆ ହୋଇ କାମ କରୁଥିବା ବାହାର ଲୋକଟି ଉପରେ ସବୁବେଳେ ଛିଗୁଲେଇ ହୁଏ: ସୁଦାମରେ ସୁଦାମ / ତୋର ନାହିଁ ସୁନାମ / କିସ ପାଇଁ ମାତୁଚୁ ଏତେ / ତୋର ଏଠି କି କାମ । ଏଇ ଛିଗୁଲେଇଲାବେଳେ କର୍ମଠ ସୁଦାମବାବୁ ଭାରି କଷ୍ଟପାଏ, ସେ ଅନ୍ଧାର ଭିତରକୁ ଠେଲିହୋଇ ଚାଲିଯାଏ, – ସେଇ ଅନ୍ଧାର ରାତିରଅନ୍ଧାର ପରି ସ୍ୱଚ୍ଛ ନୁହେଁ, ତାହା ଅତୀବ କଳାଆଲୁଅ ଜଳୁଥିବା ମରୁଭୂମି । ସେଠାକର ଅନ୍ଧାରୀ ପବନ ତାଙ୍କୁ ଧୂଳିମାଡ଼ କରି ବାଲିଚରରେ ଲୋଟାଇଦିଏ, ସେ ଉଠନ୍ତି, କିନ୍ତୁ ପୁଣି ବାଲିମାଡ଼ ଖାଇ ତଳେ ପଡ଼ିଯାଆନ୍ତି, କିନ୍ତୁ ମରନ୍ତି ନାହିଁ, ସେ ଜଘନ୍ୟ କଷ୍ଟ ପାଇଁ ମରିବାବେଳର ହାକୁଟିମାରନ୍ତି ଆଉ ସେଇ ହାକୁଟିମାରିବାବେଳେ ଭିତର ଲୋକଟି କିଛି ସମୟ ପାଇଁ ତା'ର ଅସ୍ତିତ୍ୱ ଜାହିରକରେ । ଏତିକିବେଳେ ଏକ ଅଲୌକିକ ତନ୍ମୟତା ତାଙ୍କୁ ଗ୍ରାସ କରିନିଏ, ତାଙ୍କର ଗୋଟାଏ ନୂଆଛାତି ବୁଢ଼ା ହୋଇ ଯାଉଥିବା ପଞ୍ଜରାହାଡ଼ ଉପରେ ପିଟିହେଉଥାଏ । ସେଇ ଛାତିର ଗୋଟିଏ ମନ ଥିବା କଥା ସୁଦାମବାବୁ ବୁଝନ୍ତି; ହିସାବ ରଖିବା ମନ ସେ ନୁହେଁ, ସେଇ ମନ ତାଂକ ମସ୍ତିଷ୍କଠାରୁ ଆଦେଶ ଖୋଜେନା – ସେ ନିଜେ ସଂପୂର୍ଣ୍ଣ ଓ ସମଗ୍ର ।

ଗତ ଛଅମାସ ତଳେ ବ୍ୟବସାୟ ଓ ଘରୋଇ ଆୟବ୍ୟୟ ତଦାରଖ କରିବାକୁ ଜଣେ ନୂଆ ମ୍ୟାନେଜର ଲୁଗାବେପାରୀ ପରିବାର ମୁତୟନ କଲେ, ପୁରୁଣା ମୁନ୍‌ସି ବାପାଙ୍କ ବେଳର, ଦେଖି ଦେଖି, ଗୁଡ଼ାଏ ଟଙ୍କାପଇସାର ହେରଫେର । ନୂଆ ମ୍ୟାନେଜର ଏଠିକା ସ୍ଥାୟୀ ବାସିନ୍ଦା, ଚତୁର । ସେ ବ୍ୟବସାୟର ଆୟବ୍ୟୟ ବୁଝିବାସହ ତିନିଭାଇଙ୍କ ମନ କିଣିବାକୁ ଭଡ଼ାଟିଆମାନଙ୍କୁ ଉଚ୍ଛେଦ କରିବାକୁ ଉସ୍‌କେଇଲା: 'ଏତେ ବଡ଼ ସୁନା ସଂପତ୍ତିକୁ ଏଇ ପାଞ୍ଚଟା ଖଣ୍ଟ କୋଇଲା ଭାଉରେ ହଡ଼ପ୍ କରି ରଖିଛନ୍ତି ଆଉ ଆପଣମାନେ ଆଖିବୁଜି ଦେଇଛନ୍ତି ।' ତହିଁକୁ ତିନିଭାଇ କହିଲେ: 'ହଇହେ ମେନ୍‌ଜର ! ଆମେ ବେପାରୀପିଲା ଆମ ସଂପତ୍ତିର ବଜାର ଦରଦାମ୍ କ'ଣ ଆମକୁ ଅଛପା ? କିନ୍ତୁ ଏଇ ପଚାଶବର୍ଷର ଭଡ଼ାଟିଆ ପାଞ୍ଚଟାଙ୍କୁ ବାହାରକରିବା କେମିତି ? ଆଗଚଲା କଚିରି କିରାଣି ଲହକା ସୁଦାମ ମଉସା ତାଙ୍କୁ ଦିନରାତି ଶିଖଉଚି ଯେ ଭୋଗ-ଦଖଲ ହେତୁ ସେମାନେସବୁ ଘରମାଲିକ, ଭଡ଼ା ନ ଦେଲେ ଆମେ କିଛି କରିପାରିବୁ ନାହିଁ; ଆମେ ବ୍ୟବସାୟ କରିବୁ ନା କୋର୍ଟକଚିରି କରି ଓକିଲଙ୍କ ପଛରେ ଗୋଡ଼େଇବୁ ?' ମ୍ୟାନେଜର ବାବୁ କହିଲେ: 'ମତେ କାମଟା ଛାଡ଼ିଦିଅନ୍ତୁ, ମୁଁ ପନ୍ଦର ଦିନରେ ସବୁ ଠିକ୍ କରିଦେବି ।' କେମିତି କରିବ କିହୋ – ଏତେ ଫୁଟାଣି କଥା

ଗପୁଚ ବୋଲି ତିନି ଭାଇ ଚଡ଼ଉ କଲାରୁ ମ୍ୟାନେଜର କହିଲା – ପାଞ୍ଚଟା ଭଡ଼ାଟିଆଙ୍କ ଭିତରୁ ଦୁଇଜଣ ମଲେଣି, ବାକି ଦି'ଟାଙ୍କୁ ମୁଁ ଖୁବ କ୍ଷତିପୂରଣ ଦେଲେ ସେମାନେ ଘର ଖାଲିକରି ଅନ୍ୟଆଡ଼େ ଚାଲିଯିବାକୁ ରାଜି କରେଇନେବି।

ତିନିଭାଇ କହିଲେ – 'ସେକଥା ଆମକୁ ଜଣା, କିନ୍ତୁ ସୁଦାମ ବୁଢ଼ା ଟଙ୍କା ନେଇ ଘରଛାଡ଼ିବାକୁ ଅମଂଗ, ସେଥିକୁ କି ଉପାୟ?' ମ୍ୟାନେଜର ହାତହଲାଇ ଦର୍ଶାଇଲା – 'ମୂଳୁ ମାଇଲେ ଯିବ ସରି, ଦେବଙ୍କ ସଙ୍ଗେ କିମ୍ପା କଳି ।' ତିନିଭାଇ ରାଜିହେଲେ ନାହିଁ – ଖରବରଦାର୍, ଆମେ ବେପାରିପିଲା, ଖୁନ୍ ଖରାବିର ଆମେ ଧାର ଧାରୁନା, ଆମକୁ କ'ଣ ହାଜତରେ ପୂରେଇବ?' ମ୍ୟାନେଜରବାବୁ ନରମା ପଡ଼ିଲେ, କହିଲେ, 'ହଉ, ଆଉ ଗୋଟାଏ ଉପାୟ ଅଛି – ଭଡ଼ାଟିଆଙ୍କ ବିଜୁଳି କାଟିଦେବା, ପାଣି ବନ୍ଦ୍‌କରିଦେବା, ଯିବେ କୁଆଡ଼େ ? ଏବଂ ଏସବୁ ଯଦି ଫେଲ୍‌ମାରେ, ପୁଲିସ ଲଗେଇଦେବା ।' ତିନି ଭାଇ ମସୁଧା କରି କହିଲେ ବିଜୁଳିବତି ପାଣି ବନ୍ଦ୍ କଲେ, ଗଣ୍ଡଗୋଳ ହେବ, ପୁଲିସ ଆସିବ ପଇସା ଟାଣିବ; ଏତେ କାହିଁକି ସୁଦାମବାବୁ ପଛରେ ପୁଲିସ୍ ଲଗେଇ ଦେଖ, ଯଦି କିଛି ଫଳ ହୁଏ ।'

ମ୍ୟାନେଜରବାବୁ ତା' କାମରେ ଲାଗିଲା । ପ୍ରଥମେ ସଞ୍ଜବେଳିଆ ସୁଦାମ ବାବୁଘର କବାଟ କେହି ଅଚିହ୍ନାଲୋକ ବାଡ଼େଇଲା, କବାଟ ଖୋଲିବାରୁ ଅସଭ୍ୟ ଅଶ୍ଳୀଳ ଭାଷାରେ ସୁଦାମବାବୁଙ୍କୁ ଗାଳିଗୁଲଜ କଲା, ଘର ନ ଛାଡ଼ିଲେ ଗୁଣ୍ଡା ଲଗେଇବ ବୋଲି ଚଦିଲା, କିନ୍ତୁ ବଚସା ବଢ଼ିଲା ସିନା, ଫଳ କିଛି ହେଲା ନାହିଁ । କିଛିଦିନ ପରେ ଦିନେ ସଞ୍ଜବେଳେ ତିନି ଚାରିଜଣ ପୋଲିସ ସୁଦାମବାବୁ ଘର କବାଟ ବାଡ଼େଇଲେ, ଖୋଲିବାରୁ ପଚାରିଲେ : 'ତମ ଅଫିମ ବ୍ୟବସାୟ କେମିତି ଚାଲିଚି? ଆମେ ଘର ଖାନ୍‌ତଲାସି କରିବୁ ।' ଘରୁ ଅଫିମ ବାହାରିଲା – ସବୁ ଭଡ଼ାଟିଆମାନେ ତଟସ୍ଥ ହେଲେ ଯେ ଚୋରାଅଫିମ ବ୍ୟବସାୟ କରୁଥିଲେ ସୁଦାମବାବୁ ରିଟାୟର ହେବାପରେ, ଏବେ ଧରାପଡ଼ି ବନ୍ଧାହେଇ ପୁଲିସ୍ ହାଜତରେ । ତିନିଦିନ ଥାନାରେ ରଖି ବେହୋସ ଅବସ୍ଥାରେ ରାତିରେ ତାଙ୍କ ଘରେ ପକାଇଦେଇ ପୁଲିସବାଲା ପଳେଇଲେ ।

ସୁଦାମବାବୁଙ୍କର କିନ୍ତୁ କିଛି ଶାରୀରିକ ପତନ ହେଲା ନାହିଁ, ଦେହରୁ ଜୋର କମିଗଲା ନାହିଁ କି ଅଙ୍ଗଗୁଡ଼ିକ ଅବଶ ହେଲେ ନାହିଁ । ସେ ଏକ ନୂଆଜୀବନ ଭିତରକୁ ପଶିଯାଇଥିଲେ ଯେଉଁଠି ସେଇ ବୀଭତ୍ସ ଗନ୍ଧ ତାଙ୍କୁ ରାତିଟାଯାକ ନିଦରୁ ଉଠେଇ ବିବ୍ରତ କରୁନଥିଲା। ସୁବର୍ଣ୍ଣା ମଲାପରେ ତାଙ୍କ ଦୁର୍ଗନ୍ଧରୁ ସୁଦାମବାବୁ ନିଜକୁ ମୁକ୍ତ କରିପାରିନଥିଲେ, କିନ୍ତୁ ପୁଲିସ ହାଜତରେ କ୍ଷଣେ ପାଇ ସେ ଅବଶ ହୋଇ

ପଡ଼ିଗଲାପରେ ଜାଣିଲେ ଯେ ସେ ଦୁର୍ଗନ୍ଧ ଆଉ ତାଙ୍କୁ ନିଦରୁ ଉଠାଉ ନାହିଁ । ସେଇ ଗନ୍ଧକୁ ଆଉଥରେ ଶୁଙ୍ଘିବାର ସବୁ ମାନସିକ ଚେଷ୍ଟା କରି ବିଫଳ ହୋଇ ସେ ଆନନ୍ଦରେ ଆତ୍ମହରା, ଅବଶ ହୋଇପଡ଼ିଛନ୍ତି । ତାଂକର ଏଇ ଅବଶ ଭାବ, ଯେମିତି ନଈରେ ଜାଣି ଜାଣି ଚିତ୍‌ପହଁରାରେ ଜଣେ ଅବଶ ହୋଇ ଆନନ୍ଦ ପାଉଥାଏ ।

ଆଉଗୋଟିଏ ବଡ଼ ଅନୁଭବ ତାଙ୍କର ଥାନା ହାଜତରେ ହେଲା, ପ୍ରାଣସତ୍ତାର ସାମାନ୍ୟତମ ଖର୍ଚ୍ଚରେ ସେ ତିଷ୍ଠିରହିବା ଶିଖିଗଲେ । ସେ ସ୍ୱପ୍ନ ଦେଖିଲା ପରି ଜାଣିଲେ ଯେ ଶାରୀରିକ ଶକ୍ତି-ସଂଗତିଠାରୁ ଆଉ ଏକ ସଂଗତି ଅଛି - ଯେଉଁଠାକୁ ଚାଲିଗଲେ ମଣିଷ ଉଦ୍‌ବେଗ - ସ୍ୱାଧୀନ ହୋଇଯାଏ । ସ୍ନାୟୁମାନେ ଏତେ ଶକ୍ତ ହୋଇଯାଆନ୍ତି ଯେ କୌଣସି ବାହ୍ୟିକ ଘଟଣାପ୍ରସୂତ ସୁଖଦୁଃଖ ଭାବରେ ସେମାନେ ଆକ୍ରାନ୍ତ ହୁଅନ୍ତି ନାହିଁ । ସେ ଅତି ନରମ ଭୂମିରେ ଶୋଇଛନ୍ତି, ବସୁଛନ୍ତି, ଚାଲୁଛନ୍ତି, ଫେଣ ପରି ନିଜକୁ ହାଲୁକା କରିଦେଇପାରୁଛନ୍ତି । ଜୀବନର ସବୁ ଦୟନୀୟତା ଓ ହୀନମନ୍ୟତା ମଣିଷମନର ତିଆରି, ସେ ଅନ୍ଧାର ମରୁଭୂମି ଖଣ୍ଡକ ପାର୍ ହୋଇଗଲେ ସବୁ ସଫା, ଆଉ ସେଇଠି ଲକ୍ଷ ଲକ୍ଷ ବିଭିନ୍ନ କିସମର ଜୀବ, କୃମିଠାରୁ ତାରକା ପର୍ଯ୍ୟନ୍ତ, ସମସ୍ତେ କେବଳ ଭାସୁଛନ୍ତି; ତା' ଭିତରେ ଲକ୍ଷ ଲକ୍ଷ ପାହାଡ଼, ଲକ୍ଷ ଲକ୍ଷ ସମୁଦ୍ର, କୋଟି କୋଟି ଜୀବଜନ୍ତୁ, ମଣିଷ, ସମସ୍ତେ ଏକତ୍ରିତ । ତା'ରି ଭିତରେ ଅତି ସରାଗରେ ଅଛନ୍ତି ସୁଦାମବାବୁ, ତାଙ୍କର ହାତଗୋଡ଼, ପେଟପିଠି, ସବୁ ଅଛି, କିନ୍ତୁ ତାଙ୍କର ନୁହନ୍ତି । ଏଠି କେହି ନାହାନ୍ତି, କିନ୍ତୁ ସମସ୍ତେ ଅଛନ୍ତି । ସମସ୍ତେ ଅଣୁ-ଜୀବ ଓ ସେଇ ମହାଜୀବନର ଅଂଶବିଶେଷ - ସେଇ ଜୀବଅଂଶ ମହାଜୀବନରେ ଖଞ୍ଜାହେଲାପରି ମୂଳକେନ୍ଦ୍ର ସହିତ ବନ୍ଧାହୋଇଛନ୍ତି । ପୁଣି ସେ ଜାଣିପାରିଲେ ଯେ କେହି ସ୍ଥାଣୁ ନୁହନ୍ତି, ପାହାଡ଼ ପର୍ବତ ଗଛ, ଆକାଶର ତାରା - ଯେଉଁମାନଙ୍କ ଗତି ମଣିଷର ସୀମିତ ଆଖିରେ ଧରାପଡୁ ନାହିଁ - ସେମାନେ ସମସ୍ତେ ଗତିଶୀଳ । ସମସ୍ତେ ଏକ ମହାପ୍ରବାହରେ ଅଛନ୍ତି ଓ କେହି କାହାଠାରୁ ଅଲଗା ହେଉନାହାନ୍ତି - ସମସ୍ତେ ସବୁବେଳେ ଏକାଠି ଓ ଗୋଟିଏ । ଆମେ ଆତଯାତ ହେଉଥିବା କାଳ ଓ ପରିସରଠାରୁ ଦୂରକୁ ଚାଲିଗଲେ, ଆଉଏକ ସହଜ ଛଳଛଳ ସମୟ ଓ ପରିସର । ସେଠି ଆଉ ଘରଦ୍ୱାର କ'ଣ ? ମୋର କ'ଣ, ତା'ର କ'ଣ ? ସବୁ ତ ଆମର ।

ସକାଳୁ ସକାଳୁ ତାଂକ ବାହାର କବାଟରେ କିଏ ଘନଘନ ହାତ ବାଡ଼େଇ ଡାକୁଚି । ପରମ ଆନନ୍ଦମୟ ତୃପ୍ତଜଗତରୁ ତାଂକ ଭିତରର ପ୍ରଥମ ଲୋକଟି ଧୀରେ ଧୀରେ ବାହାରି ତା' ଖୋଳପା ଭିତରେ ପଶିଗଲା । ଘୋଡ଼ଣି ଲୋକଟି କବାଟ ଖୋଲିଲା । ସୁଦାମବାବୁ କବାଟ ଖୋଲି ଦେଖିଲେ, ବେପାରୀ ତିନିଭାଇଙ୍କ ମଝିଆପିଲା

ନଟବର ତାଂକୁ ନେହୁରା ହୋଇ ଡାକୁଚି, 'ମଉସା ଦଉଡ଼ିଆସ, ବଡ଼ଭାଇକୁ ସାପ ମାରିଦେଇଚି ।' ସୁଦାମବାବୁ ସଂଗେ ସଂଗେ ଦଉଡ଼ିଲେ । ସାପକାମୁଡ଼ା ଜାଗାରେ ନିଜ ଲୁଗାଚିରି ଶକ୍ତ କରି ଗୁଡ଼େଇ, ଦୁଇ ହାତରେ ଚାପି ବିଷ ଟାଣିଲେ । ବେପାରୀ ପିଲାର ବିଷ ଛାଡ଼ିଆସୁଥାଏ; କିନ୍ତୁ କାହିଁକି କେଜାଣି ସୁଦାମବାବୁ ଆଉ ବିଷକୁ ମୁହଁରୁ କାଢ଼ି ଥୁଥୁ କରି ପକାଇପାରିଲେ ନାହିଁ । ଢୋକିଦେଲେ ଓ ତଳେ ପଡ଼ିଗଲେ; ଆଉ ଉଠିଲେ ନାହିଁ ।

■

ଆଭା ପଟ୍ଟନାୟକର ଶେଷ ନିଷ୍ପତ୍ତି

ରାତି ଆଠଟା। ବାଙ୍ଗାଲୋରର ଇସ୍‌କନ୍ ମନ୍ଦିର ପାଖରେ ଆଠମହଲା ଉପର ଗୋଟିଏ ଡବଲ ବେଡ୍‌ରୁମ ଫ୍ଲାଟ୍‌ରେ ଶୋଇଛନ୍ତି ତିରିଶ ବର୍ଷର ଯୁବକ ଦିବ୍ୟାଂଶୁ ରଥ ଓ ଅଠେଇଶ ବର୍ଷର ତରୁଣୀ ଆଭା ପଟ୍ଟନାୟକ। ଦିବ୍ୟାଂଶୁ ଚାରିବର୍ଷତଳେ ଏଠାକାର ଗୋଟିଏ କଲେଜରେ ଏମ୍. ସି. ଏ. ଶେଷ ବର୍ଷରେ, ପାଠ ନସରୁଣୁ ବିଦେଶୀ କମ୍ପାନିରେ ଚାକିରି ପାଇଲା। ଦୁଇବର୍ଷ ସେଠି କାମ କରି ଆହୁରି ବେଶି ବେତନରେ ଆଉଗୋଟିଏ ଆନ୍ତର୍ଜାତୀୟ କମ୍ପାନିରେ, ଏଇଠି ଦୁଇବର୍ଷ ହେଲାଣି ଅଛି। ଦିନରାତି ଖଟଣି। କମ୍ପାନିର ସର୍ବୋଚ୍ଚ ବ୍ୟବସ୍ଥାପକ- ଟପ୍ ମ୍ୟାନେଜମେଣ୍ଟ୍ ତା'ର କାର୍ଯ୍ୟସମ୍ପାଦନା କ୍ଷମତାରେ ବହୁତ ଖୁସି। ଏଇ ଦୁଇବର୍ଷ ଭିତରେ ସେ ଭାରତ ବାହାରକୁ ପନ୍ଦରକୋଡ଼ିଏଥର ଗଲାଣି; ଅଷ୍ଟ୍ରେଲିଆ, ଇଟାଲି, ହଲାଣ୍ଡ ଏଇ ତିନୋଟି ଜାଗାରେ କମ୍ପାନି ବଡ଼ କାମ ହାତ କରି ନେଇଚି। ଦୁଇବର୍ଷର ଅକ୍ଳାନ୍ତ ପରିଶ୍ରମ, ଭଲ ବ୍ୟବହାର ଓ ସଚ୍ଚୋଟପଣିଆ ଯୋଗୁ ଖୁବ୍ ଅଳ୍ପ ସମୟରେ ତା'ର ବେତନ ବୃଦ୍ଧି ଲାଗି ତା'ର ସହକର୍ମୀମାନେ ତା' ଉପରେ ଈର୍ଷା କରନ୍ତି। ସେ କିନ୍ତୁ ସେଥିକୁ ଖାତିର କରେନା। ଏବେ କମ୍ପାନି ଜାପାନକୁ କାର୍ଯ୍ୟକଳାପ ବିସ୍ତାର କରି, ସେଠି ଗୋଟେ ବଡ଼ କଣ୍ଟ୍ରାକ୍ଟ ହାତ କରିନେଇଚି। ସେଠି ଅଫିସ୍ ଖୋଲିବ ଓ ଦିବ୍ୟାଂଶୁ ହେବ ସେଇ ଜାପାନ ପ୍ରତିଷ୍ଠାନର ନମ୍ବର ଟୁ- ମାନେ ବର୍ତ୍ତମାନର ପାହ୍ୟାଠାରୁ ଅତି ଉପରେ। ବେତନ ବର୍ତ୍ତମାନର ଆମଦାନିଠାରୁ ଦୁଇଗୁଣ। ସେ ଆଜି ରାତି ଗୋଟାଏବେଳେ ପ୍ଳେନ୍‌ରେ ବାଙ୍ଗାଲୋର ଛାଡ଼ିବ।

ଆଭା ଏମ୍. ବି.ଏ. କରି ତିନିବର୍ଷ ହେଲାଣି ଗୋଟିଏ ବଡ଼ ଫାର୍ମ୍‌ର ବଜାର ବଢ଼ାଇବା ଦାୟିତ୍ୱରେ ଅଛି। ଦିବ୍ୟାଂଶୁ ଭଳି ତା'ର ରୋଜଗାର ଏତେ ନୁହେଁ; କିନ୍ତୁ ଯେତିକି ପାଏ ବାଙ୍ଗାଲୋରରେ ଚଳିବା, ମଉଜମସ୍ତି କରିବା ଓ ଜୀବନବୀମାରେ ଭବିଷ୍ୟତ ପାଇଁ କିଛି ସଞ୍ଚୟ କରିବା ପାଇଁ ଯଥେଷ୍ଟ। ତା' ବାପାଙ୍କର କଟକରେ ବଡ଼

ବ୍ୟବସାୟ- କେଉଁଝରରୁ ଖଣିଜ ପଥର ଓ ତାଳଚେରରୁ କୋଇଲା ପାରାଦ୍ୱିପରେ ପହଞ୍ଚାଇବା ଲାଗି ପଚାଶରୁ ଅଧିକ ଟ୍ରକ୍; ତା'ର ବଡ଼ ଭାଇ ଓ ବାପା ଏକାଠି ବେଶ୍ ପ୍ରଚୁର ପଇସା କମଉଛନ୍ତି। ଆଭା କବିତା ଲେଖେ; କିନ୍ତୁ ଇଂରାଜୀରେ। ଓଡ଼ିଆ ଭାଷା ଅନୁନ୍ନତ ଭାଷା ବୋଲି ସେ ତା'ର ବଂଧୁ, ସାଂଗ ମହଲରେ ଖୁବ୍ ଚର୍ଚ୍ଚା କରେ । ଖାଲି ଭାଷା କ'ଣ, ଓଡ଼ିଶାରେ ସବୁ ଅନୁନ୍ନତ; ରହିବାର ତରିକା, ସଂସ୍କୃତି, ସବୁ ଅଠରଶହ ଶତାବ୍ଦୀର, ସେଠି କ'ଣ ଲୋକ ରୁହନ୍ତି ? ରେଭେନ୍‌ସା କଲେଜରୁ ବି.କମ୍. ପାସ୍ କରିବା ପରେ, ସେ ସିଧା ଚାଲିଲା ଦିଲ୍ଲୀ: ଜେ. ଏନ୍. ୟୁ.। ସେଇଠି ବାକିତକ ପାଠସାରି, ଏବେ ବାଙ୍ଗାଲୋରରେ। ଜେ.ଏନ୍.ୟୁ.ରେ ଥିଲାବେଳେ ସେ ଷ୍ଟୁଡେଣ୍ଟ ଇଉନିୟନ୍‌ରେ ଯୋଗଦେଇ, କିଛିଦିନ କମ୍ୟୁନିଷ୍ଟ ଦର୍ଶନରେ ପ୍ରଭାବିତ ହୋଇଥିଲା। ଭାରତର ନାରୀ, ପୁରୁଷ ଦ୍ୱାରା ନିଷ୍ପେଷିତ, ନାରୀସ୍ୱାଧୀନତା ବିପନ୍ନ; ବିପନ୍ନ କ'ଣ, ନାହିଁ କହିଲେ ଚଳେ। ଆଚ୍ଛା, ପୁରୁଷ ଯାହା କରିବ, ନାରୀ କାହିଁକି ତା' କରିପାରିବ ନାହିଁ? ପୁରୁଷ ଯଦି ପ୍ୟାଣ୍ଟ ପିନ୍ଧିଲେ ତାକୁ ଯିବାଆସିବାକୁ, କାମ କରିବାକୁ ସୁବିଧା ଲାଗିବ, ତେବେ ନାରୀ ପ୍ୟାଣ୍ଟ ପିନ୍ଧିଲେ କାହାର କ'ଣ ଅସୁବିଧା ? ଘରେ ଆଜିକାଲି ପୁରୁଷମାନେ ହାଫ୍‌ପ୍ୟାଣ୍ଟ ବରମୁଣ୍ଡା ପିନ୍ଧୁଛନ୍ତି- ଖୋଲା ଲାଗୁଚି, ହାଲକା ଲାଗୁଚି; ତେବେ ସେଟା କ'ଣ ପୁରୁଷର ଏକଚାଟିଆ ? ନାରୀ କାହିଁକି ଗୋଡ଼ଠାରୁ ମୁଣ୍ଡ ପର୍ଯ୍ୟନ୍ତ ଚବିଶ ଘଣ୍ଟା ଢାଙ୍କିହୋଇ ବସିବ ? କେତେକ ରକ୍ଷଣଶୀଳ ଅହଂକାରୀ ପୁରୁଷ ଯୁକ୍ତିକରନ୍ତି ଯେ ନାରୀ ଓ ପୁରୁଷମାନଙ୍କର ଜୀବକୋଷରେ ପାର୍ଥକ୍ୟ ଅଛି- ବାୟୋଲୋଜିକାଲ ଡିଫରେସନ୍। ଆଭା ପଟ୍ଟନାୟକ ସେଥିରେ ଏକମତ ନୁହେଁ। ଖାଲି ପିଲା ଜନ୍ମ କରିବାର କେତେକ ଯନ୍ତ୍ରପାତି, ନାରୀଠାରେ ପ୍ରକୃତି ରଖି ଦେଇଚି। କିନ୍ତୁ ପିଲା ଜନ୍ମକରିବା ତ ନାରୀ ଜୀବନର ଲକ୍ଷ୍ୟ ନୁହେଁ କି ସେଥିରେ ତା'ର ପରାକାଷ୍ଠା ନାହିଁ। କେତେକ ସ୍ୱାର୍ଥପର ପୁରୁଷ ଏମିତିଗୁଡ଼ାଏ ମିଛ କଟକଣା କରି ସବୁ ସୁବିଧା ମାରି ନଉଚନ୍ତି। ତେଣୁ ଆଭା ପଟ୍ଟନାୟକ ତା'ର ସିଦ୍ଧାନ୍ତରେ ଅଟଳ ଯେ ସେ ପୁରୁଷପରି ରହିବ, ପୁରୁଷମାନେ ଯାହା କରିବେ, ସେ ତାହା କରିବ; କିନ୍ତୁ ବାହାହୋଇ ପୁରୁଷର ଗୋଲାମି କରିବ ନାହିଁ। ତେଣୁ ସେ ପୁରୁଷ ପରି ବେଶପୋଷାକ ପିନ୍ଧେ, ମଦ, ବିଅର ପିଏ, ସିଗାରେଟ୍ ଟାଣେ।

ଦେଢ଼ବର୍ଷତଳେ ଗୋଟେ ପବ୍‌ରେ ଦିବ୍ୟାଂଶୁ ସହିତ ପ୍ରଥମ ସାକ୍ଷାତ ଆଭାର। ଓଡ଼ିଶାରୁ ସେ ଆସିଚି ବୋଲି ଦିବ୍ୟାଂଶୁ ଯେତେବେଳେ ଓଡ଼ିଆରେ କଥାଭାଷା ହେବାକୁ ଆରମ୍ଭକଲା, ଆଭା ତାକୁ ବାରଣକଲା- 'ନୋ ଓଡ଼ିୟା, ଦ୍ୟାଟ୍ ବ୍ଲଡି ଲାଙ୍ଗୁଏଜ୍।' ଦିବ୍ୟାଂଶୁ ନିହାତି ଗରିବ ପରିବାରରୁ ଆସିଚି; ଜଗତ୍‌ସିଂହପୁର ଅଞ୍ଚଳରେ ତା' ବାପାଙ୍କର

ତେଜରାତି ଦୋକାନ। ମାଟ୍ରିକ ପାସ୍ ପରେ ସେ କଟକ ଆସି ମେସ୍‌ରେ ରହି ଟ୍ୟୁସନ୍ କରି ପାଠପଢ଼ିଲା। କାରଣ ତା' ଉପରେ ତିନି ଭଉଣୀ, ସେମାନଙ୍କ ବିବାହ ଇତ୍ୟାଦିରେ ତା' ବାପାଙ୍କର ଗୁଡ଼ାଏ ଋଣ ହୋଇ ଯାଇଥିଲା ଓ ତାକୁ ଆଉ ଆଗକୁ ପଢ଼ାଇବାର କ୍ଷମତା ତାଙ୍କର ନଥିଲା। ଦିବ୍ୟାଂଶୁ ନିଜ ଚେଷ୍ଟାରେ ମଣିଷ; ସେ ବିଶ୍ୱାସକରେ ଯେ ପାଶ୍ଚାତ୍ୟ ସଂସ୍କୃତି ହିଁ ଠିକ୍ ସଂସ୍କୃତି। ନିଜ ଚେଷ୍ଟାରେ ବଞ୍ଚ- ଅନ୍ୟ ଉପରେ ନିର୍ଭର କର ନାହିଁ, ସେ ପୁଅ ହେଉ କି ପୁତୁରା ହେଉ। ଏ କେମିତିକା ନ୍ୟାୟ ଯେ ଦିନରାତି ଖଟି ଜଣେ ଟଙ୍କା ରୋଜଗାର ଜଣେ କରିବ, ଆଉ ପୋଷିବ ବୁଢ଼ା ବାପାମାଙ୍କୁ; ଭଉଣୀମାନଙ୍କ ବାହାଘର ପାଇଁ ଅଜସ୍ର ପଇସା ଖର୍ଚ୍ଚ କରିବ, ସେମାନେ ଆଖିକାନ ବୁଜି ଉତ୍ପାଦନ କରିଥିବା ଝିଅମାନଙ୍କୁ? ତେଣୁ ଘରୁ ଚିଠି ଆସିଲେ, ସେ ତାକୁ ନ ଖୋଲି ଚିରି ଫୋପାଡ଼ିଦିଏ। ମଝିରେ ମଝିରେ କିଛି ଟଙ୍କା ପଠାଇଦିଏ। ବାସ୍, ଦ୍ୟାଟ୍‌ସ ଅଲ୍। ବାପାମାଆ ଯଦି ତାକୁ ଷୋଳସତର ବର୍ଷ ପର୍ଯ୍ୟନ୍ତ ବଢ଼େଇଲେ କି କିଛି ପାଠ ପଢ଼େଇଲେ, ତା'ହେଲେ ସେମାନେ ସେତେବେଳେ ଯାହା ଖର୍ଚ୍ଚ କରିଥିଲେ, ତାଙ୍କର ପ୍ରାପ୍ୟ ସେତିକି ନା ତାଠୁ ବେଶି? ଜୀବନଟା ଗୋଟିଏ ଚୁକ୍ତି- ଗୋଟିଏ କଣ୍ଟ୍ରାକ୍ଟ ନୁହେଁ କି? କୋଉଠି ଏଇ ଚୁକ୍ତି ହୋଇଚି ଯେ ପୁଅ ବଡ଼ ହୋଇଗଲେ ବାପାମାଆଙ୍କର ସବୁ ଦାୟିତ୍ୱ ନେବ? ତାଙ୍କୁ ରୋଗ ହେଲେ ଭଲ କରିବାର ଦାୟିତ୍ୱ ତା'ର? ବିଦେଶରେ ହେଉଚି କି? ତେଣୁ ଦିବ୍ୟାଂଶୁ କେବେ ଜଗତସିଂହପୁର ଯାଇନାହିଁ, ତା'ର କଟକ ଛାଡ଼ି ବାଙ୍ଗାଲୋର ଆସିବା ପରେ। ସେ ମଧ୍ୟ ଅତ୍ୟାଧୁନିକ; ଟଙ୍କା ଯଦି ରୋଜଗାର ହେଉଚି, ତେବେ ଯାକୁତାକୁ- ବାପା ମାଆ କି ଭଉଣୀ ଭିଣୋଇଙ୍କ ଖବର ବୁଝିବାରେ ଦେବା ଅପେକ୍ଷା ନିଜେ ଷ୍ଟାଟସ୍, ଷ୍ଟାଇଲରେ ଚଳିବା ଉଚିତ୍ ନୁହେଁ କି? ଦିବ୍ୟାଂଶୁର ବୃତ୍ତି ବା କ୍ୟାରିୟର ତା'ର ସର୍ବସ୍ୱ।

ପବ୍‌ରେ, କ୍ଲବ୍‌ରେ, ଦେଖାହେଉହେଉ ଦିବ୍ୟାଂଶୁ ଓ ଆଭା ଭିତରେ ଘନିଷ୍ଠତା ବଢ଼ିଲା। ସେମାନେ ଠିକ୍ କଲେ ଯେ ସେମାନେ ଏକତ୍ର ରହିବେ, ଗୋଟିଏ ଘରେ ରହିବେ, ଗୋଟିଏ ଟେବୁଲରେ ଖାଇବେ, ଗୋଟିଏ ଖଟରେ ଶୋଇବେ, ଚାହିଲେ ମୈଥୁନ; କିନ୍ତୁ କେହି କାହାର ଅଧୀନ ହେବେ ନାହିଁ। ଚୁକ୍ତି। ଏଇ ପରି ରହି ଉପଭୋଗ କରିବାରୁ ଆଉ ବିଶେଷ ସୁବିଧାଜନକ ରାସ୍ତା କିଛି ନାହିଁ। ଯେତେବେଳେ ଏକାଠି ରହିବାକୁ ମନ ନହେଲା, ବାସ୍ ରାମ୍ ରାମ୍; ଯେଝା ବାଟରେ ଯେ। ଏମିତି ସିଦ୍ଧାନ୍ତ କେବଳ ସେମାନେ ନେଇ ନାହାନ୍ତି, ବାଙ୍ଗାଲୋରରେ, ବମ୍ବେରେ, ଦିଲ୍ଲୀରେ ପ୍ରୋଗ୍ରେସିଭ୍ ଯୁବକଯୁବତୀମାନେ ଏଇ ପ୍ରକାର ରହିବାକୁ, ବିବାହ କରି ବାନ୍ଧିହୋଇ ପଡ଼ିବାଠାରୁ, ଅତି ଉତ୍ତମ ବୋଲି ଭାବୁଛନ୍ତି। ଠିକ କଥା; କିନ୍ତୁ ଏଇ ପ୍ରକାର ଜୀବନଚର୍ଯ୍ୟା

ରକ୍ଷଣଶୀଳ ସ୍ୱାର୍ଥୀ ସଂପର୍କୀୟମାନେ କେବେ ଗ୍ରହଣ କରିପାରିବେ ନାହିଁ କି ବରଦାସ୍ତ କରିପାରିବେ ନାହିଁ!

ବାଙ୍ଗାଲୋରରେ ଏଇପରି ବିବାହ ନକରି ଏକତ୍ର ବାସକରୁଥିବା ଯୋଡ଼ିଙ୍କ ସଂଖ୍ୟା ବହୁତ। ଯେଉଁ କଂପ୍ଲେକ୍ସ୍‌ରେ ଦିବ୍ୟାଂଶୁ ଓ ଆଭା ରୁହନ୍ତି, ସେଇଠି ଅଛନ୍ତି ଆଠ ଦଶଟି ଯୋଡ଼ି। ମଝିରେ ମଝିରେ ବାରି କରି ଗୋଟିଏ ଫ୍ଲାଟରେ ରବିବାର ସଞ୍ଜୀକୁ ସେମାନେ ଏକାଠି ହୁଅନ୍ତି, ମଦ, ବିଅର ପିଅନ୍ତି। ପାଶ୍ଚାତ୍ୟ ଗୀତ ଜୋର୍‌ରେ ବଜାଇ କୁଣ୍ଢାକୁଣ୍ଢି ହୋଇ ନାଚନ୍ତି- ଯାହାର ଯାହାକୁ ଧରି ନାଚିବାକୁ ମନହେଲା, କିଛି ବାଧା ନାହିଁ, ଜୋକ୍‌ସ ଚାଲେ, ହସରେ ଘର ଫାଟେ। ଏଇ ସମୂହ ଉତ୍ସବ ବା ଗେଟ୍‌ଟୁଗେଦର ବେଳେ ଆଭା ବହୁତ ଗପେ ଜିନ୍ ପିଇ। ସେ ଜେ.ଏନ୍. ୟୁ. ପ୍ରଡକ୍ଟ ତ! ତହିଁକୁ ପୁଣି ଇଂରାଜୀରେ କବିତା ଲେଖେ- ବହୁତ କଥା ଜାଣିଚି- ସବ୍‌ଜାନତା। ତା'ର ବକ୍ତବ୍ୟର ମୂଳ ଦର୍ଶନହେଲା, ବିବାହ କରି କେହି ଜୀବନରେ ସୁଖୀ ବା ସମ୍ପୂର୍ଣ୍ଣ ହୋଇ ନାହିଁ। ବିବାହିତମାନେ ପତ୍ନୀପ୍ରେମରେ ବେଶି କିଛି ପାଇ ନାହାନ୍ତି। ତେଣୁ ବିବାହ ଅଦରକାରୀ- ପୁରାତନପନ୍ଥୀ ଧାରଣା- ଓଲ୍‌ଡ଼ ଫ୍ୟାସନଡ଼୍ କନସେପ୍ଟ। ତା'ର କେତେଗୁଡ଼ିଏ ବକ୍ତବ୍ୟ ଏଇପରି! ରକ୍ଷୋଙ୍କୁ ଜାଣ ତ? (ଆଜିକାଲି କମ୍ପ୍ୟୁଟରଧୁରନ୍ଧର ବା ମ୍ୟାନେଜ୍‌ମେଣ୍ଟ, ମାର୍କେଟିଂ ପାଠ ପଢୁଥିବା ପିଲାମାନେ ରକ୍ଷୋଙ୍କୁ ଜାଣିବା କ'ଣ ନିହାତି ଦରକାର?)- ଗ୍ରୀକ୍ ଆଦିଦାର୍ଶନିକ- ତାଙ୍କ ସ୍ତ୍ରୀ ଥେରେସା- ଦିନେହେଲେ ସେମାନଙ୍କର ପଡିଲା ନାହିଁ। ତାଙ୍କର ଥିଲେ ଆଉ ଦୁଇଜଣ ପ୍ରେମିକା- ମାଡାମ ବି ଓୟାରନାସ୍ ଓ କାଉଣ୍ଟେସ୍ ଦି ମୁଡେତଭ୍। କିନ୍ତୁ ଏଇ ଦୁଇଜଣଙ୍କୁ ସେ କେବେ ବାହାହେବା ପାଇଁ ଚାହିନଥିଲେ। ହେଇ ଉଦାହରଣରେ ନିଆଯାଉ ଲିଓ ଟଲଷ୍ଟୟ, ବାହାରକୁ ଋଷି ପରି ଲାଗୁଥିଲେ ମଧ୍ୟ ଭୁଲ୍ କରି ବାହାହୋଇପଡ଼ିଲେ। ପତ୍ନୀ ସୋଫିଆ ତାଙ୍କୁ ଗୁଡ଼ାଏ ପୁଅଝିଅ ଦେଲେ। କିନ୍ତୁ ସେ ସ୍ୱାଧୀନଚେତା ମହିଳା ସ୍ୱାମୀକୁ ବୁଦ୍ଧି ଶିଖାଇବା ଲାଗି ନାନା ନିର୍ଯାତନା ଦେଉଥିଲେ। ଦେଉଥିଲେ ତ ଭଲ କଲେ, ଏତେଗୁଡ଼ିଏ ପିଲାଙ୍କୁ ଜନ୍ମ କରି ଦାୟିତ୍ୱ ସବୁ ସ୍ତ୍ରୀ ମୁଣ୍ଡରେ ବୋଳିଦେଲେ ସ୍ତ୍ରୀ ସହି ଯିବ କି? ଭାରତରେ ତାହା ହୁଏ କିନ୍ତୁ ଆଉ କୋଉଠି ନୁହେଁ। ଇଂରାଜୀ କବି ଟି.ଏସ୍. ଇଲିୟଟଙ୍କ ନାଁ ଶୁଣିଚ? ନୋବେଲ ପ୍ରାଇଜ୍ ପାଇଥିଲେ, କିନ୍ତୁ ତାଙ୍କ ପତ୍ନୀ ଭିଭିୟେନ୍ ଥିଲେ ତାଙ୍କ ଜୀବନରେ ଚରମ ଦୁଃଖର କାରଣ। ଏମିତି ଅବସ୍ଥା ହୁଏ ଯେ କେତେ ରାତି ସେ ରାସ୍ତାକଡ଼ ବେଞ୍ଚରେ ଶୋଇ ବିତାଇଛନ୍ତି। ଶେଷରେ ଇଲିୟଟ ଓ ଭିଭିୟେନ୍ ସମ୍ମତି ସହିତ ଛାଡ଼ପତ୍ରରେ ଅଲଗା ରହିଲେ। ଯେମିତି ଅଲଗା ହୋଇଗଲେ ଭିଭିୟେନ୍ ହୋଇଗଲେ ଇଲିୟଟ୍‌ଙ୍କ କବିତାର ଜଣେ ମୁଗ୍ଧ ପାଠିକା ଓ ପୃଷ୍ଠପୋଷିକା।

ଇଲିୟଟ ଦୀର୍ଘ ସମୟ ଧରି ତାଙ୍କର ସେକ୍ରେଟେରୀ ଭ୍ୟାଲେରୀ ଫ୍ଲେଚାରଙ୍କ ସହ ସମ୍ପର୍କିତ ଥିଲେ। ଅବଶ୍ୟ ସେ ଅଠସ୍ତରୀ ବର୍ଷ ବଞ୍ଚିଥିଲେ ଓ ମରିବାର ଶେଷ ଆଠବର୍ଷ ଆଗରୁ ଫ୍ଲେଚାରଙ୍କ ତାଡ଼ନାରେ ତାଙ୍କୁ ବିବାହ କରିଥିଲେ। ଋଷ ଭାଷାର ପ୍ରଖ୍ୟାତ୍ ଲେଖକ ଦସ୍ତୟୋଭସ୍କି- ପତ୍ନୀ ୟାନୀଙ୍କ ସହିତ ତାଙ୍କର କେବେ ପଟିଲା ନାହିଁ; ତାଙ୍କର ଆଉ ଦୁଇଜଣ ପ୍ରେମିକା ଥିଲେ: ମେରିୟା ଓ ଆଭାଜ୍ୟୋତିୟା। ସ୍ଥିତିବାଦର ପ୍ରବକ୍ତା ସାର୍ତ୍ତ- କେବେ ବିବାହ ଉପରେ ବିଶ୍ୱାସ ରଖିଲେ ନାଇଁ। ସାରା ଜୀବନ କଟିଗଲା ବାନ୍ଧବୀ ବାଭୋରଙ୍କ ସହିତ। ତେଣୁ ବନ୍ଧୁଗଣ, ବିବାହ ସବୁବେଳେ ସୃଜନଶୀଳତା, କର୍ମକ୍ଷମତାକୁ ନଷ୍ଟକରେ; ସାବଧାନ!

ଏଇପରି ଫୁଲାଫାଙ୍କିଆ ଜୀବନଚର୍ଯ୍ୟା ଗତ ଦେଢ଼ବର୍ଷ ଧରି ଦିବ୍ୟାଂଶୁ ଓ ଆଭା ବିତାଉଥିଲେ। ହଠାତ୍ ପନ୍ଦର ଦିନ ତଳେ ଦିବ୍ୟାଂଶୁ କହିଲା ଯେ ତାକୁ ପାଞ୍ଚ ବର୍ଷ କଂଟ୍ରାକ୍ଟରେ ଜାପାନ ଯିବାକୁ ପଡ଼ିବ।

ଆଜି ଏକତ୍ରବାସଚୁକ୍ତିର ଶେଷ ରାତି। ଗତମାସଠୁ ଆଭା ପଟ୍ଟନାୟକର ମନ ଭଲ ନାହିଁ। ଋତୁସ୍ରାବ ହୋଇନାହିଁ ତିନିଦିନ ହେଲାଣି । ମୁଣ୍ଡ ବୁଲାଉଚି, ବାନ୍ତି ଲାଗୁଚି ଓ ବେଳେବେଳେ ବାନ୍ତିହୋଇଯାଉଚି। ଡାକ୍ତରଙ୍କ ପରାମର୍ଶ- ପରିସ୍ରା ପରୀକ୍ଷା କରାଇନିଅ, ଲାଗୁଚି ତମ ପେଟରେ ପିଲା ଅଛି। ତା' କେମିତି ହେବ? ମୁଁ ତ ନିୟମିତ ଗର୍ଭନିରୋଧକ ପିଲ୍ ଖାଉଚି। ଆଭାର ଏ ପ୍ରଶ୍ନରେ ଦିବ୍ୟାଂଶୁ କହିଲା- କେତେ ଯେ ଭେଜାଲ ଔଷଧ ଏଠି ତିଆରି ହେଉଚି, ଖବରକାଗଜରେ ପଢୁନାହଁ? ପେଟ ସଫା କରେଇନିଅ । ଏତେ ଭାଙ୍ଗିପଡୁଚ କାହିଁକି? ଆଭା କହିଲା- ତମେ ଚାଲିଯିବ, ମତେ ବଡ଼ ଏକା ଏକା ଲାଗୁଚି। ଦିବ୍ୟାଂଶୁ ହସିଲା ଓ ଇଂରାଜୀରେ କହିଲା- ଏମିତି ମିଛ ଭାବପ୍ରବଣ କଥା ତମ ପରି ସ୍ୱାଧୀନଚେତା ଝିଅ ମୁହଁରେ ଶୋଭାପାଏନା। ମୁଁ ଚାଲିଗଲେ କ'ଣ ହେଲା, ତମେ ଆଉ କୋଉ ବନ୍ଧୁକୁ ଠିକ୍ କରି ନିଅ, ତା' ସହିତ ଏକାଠି ରହିବ। ଆମ ଚୁକ୍ତି ତ ସେୟା- ଅଲଗା ହେବାରେ କିଛି ବାଧା ନାହିଁ। ଆଭା ତା' ଛାତି ଉପରେ ଶୋଇଥିଲା। ଗରମ ଓଦା ଓଦା ଲାଗୁଚି ଛାତି; ଆଭା କାନ୍ଦୁଚି। ଉଠିଲାବେଳେ ଆଭା କହିଲା- ମୁଁ ମରିଯିବାକୁ ଚାହେଁ।

■

ବ୍ରହ୍ମୋତ୍ରୀ ମହାନ୍ତିଙ୍କ ପ୍ରେମିକ

ସରକାରୀ ଚାକିରିରେ ବଦଳି ହୋଇ ଦୁଇବର୍ଷ ହେଲା ମୁଁ ଏବେ ପୁରୀରେ ରହୁଚି । ଓଡ଼ିଆ ସାହିତ୍ୟର, ବିଶେଷକରି ସମସାମୟିକ ଓଡ଼ିଆ କବିତାର ମୁଁ ଜଣେ ଉତ୍ସାହୀ ପାଠକ । ସେଥିପାଇଁ ଏଠାରେ ରହୁଥିବା କବି, ଲେଖକମାନଙ୍କୁ ମୁଁ ଚିହ୍ନେ । ଗାଳ୍ପିକ ବିଜୟକୃଷ୍ଣ ମହାନ୍ତି ଚାକିରିରୁ ଅବସର ନେବା ପରେ, ଭୁବନେଶ୍ୱର ଛାଡ଼ି, ଏବେ ପୁରୀରେ ସ୍ଥାୟୀ ବାସିନ୍ଦା । ତାଙ୍କ ସ୍ତ୍ରୀ କବି ବ୍ରହ୍ମୋତ୍ରୀ ମହାନ୍ତି । ଏମାନଙ୍କ ସହିତ ମୋର ପରିଚୟ ବହୁଦିନର । ଛୁଟିଦିନ ବା ଅନ୍ୟଦିନ ଖାଲିସମୟରେ, ତାଙ୍କ ଘରଆଡ଼େ ମାଡ଼ିଯାଏ । ଗପ, କବିତା ଉପରେ ଆଲୋଚନା ହୁଏ । ସେମାନଙ୍କ ସହିତ ମୋ' ସମ୍ପର୍କ ଘନିଷ୍ଠ ନହେଲେ ହେଁ ସୌହାର୍ଦ୍ଦ୍ୟପୂର୍ଣ୍ଣ ।

ଆଜି ମେ' ମାସର ଦ୍ୱିତୀୟ ରବିବାର । ସ୍ତ୍ରୀ ଓ ପିଲାମାନେ ଖରାଛୁଟିରେ ଗାଁରେ । ଚାକରପିଲାକୁ ଛାଡ଼ିଦେଲେ, ମୁଁ ଘରେ ଏକା । ଖରାବେଳେ ଖାଇଲାବେଳେ ଖବରକାଗଜ ଉପରେ ଆଖି ବୁଲାଇବା ମୋର ପୁରୁଣା ଅଭ୍ୟାସ । ଆଜି ଦିନଦୁଇଟାବେଳେ ଖାଉ ଖାଉ ଖବରକାଗଜ ଓଲଟାଉଥିଲି । ମୃତ୍ୟୁସମ୍ବାଦ ସ୍ତମ୍ଭରେ ଜଣେ ମୃତବ୍ୟକ୍ତିଙ୍କ ଫଟୋ ଓ ପରିଚୟ ଦେଖି ଚମକିପଡ଼ିଲି । ଖାଇବା ସେଇଠି ସେମିତି ରହିଲା । ଚଟାପଟ ହାତଧୋଇ ବାହାରକୁ ଆସି ସ୍କୁଟର ଚଳାଇ ବିଜୟବାବୁଙ୍କ ଘର ସାମ୍ନାରେ ପହଂଚିଲି । ଏଇ ମୃତ୍ୟୁ ସମ୍ବାଦ ଶ୍ରୀମତୀ ମହାନ୍ତି ଯେ ଜାଣିବା ଉଚିତ, ଏହା ମୋର ଉଦ୍ଦେଶ୍ୟ ।

ଅଳସୁଆ ପୁରୀ ସହରର ଦିକ୍‌ଦାର ଝାଳବୁହା ଦିପହର । ବସ୍ତିର ରାସ୍ତା ଶୁନ୍‌ଶାନ୍ । ଗେଟ୍ ଖୋଲି କବାଟ ପାଖରେ ଠିଆହୋଇ ବେଲ୍ ମାରିଲି, ଦୁଇ ତିନିଥର । ଖରାଯୋଗୁଁ ଯେତେ ନୁହେଁ, ଏଇ ସମ୍ବାଦ ଜଣାଇବାର ଅହେତୁକ ଆଗ୍ରହମିଶା ଆତଙ୍କରେ ତୁହାକୁ ତୁହା ଝାଳ ବୋହି ମୋ ଜାମା ପୂରା ଓଦା ହୋଇଯାଇଥିଲା । ଭିତରଘର କବାଟ ଖୋଲିବାର ଶବ୍ଦ ହେଲା । ଠିକ୍ ଏତିକିବେଳେ ମୋ' ଭିତରେ

ଜଣେ କିଏ ଘନଘନ ଚେତାବନୀ ଦେଲା, ଆକଟ କଲା, ଏ ଖବରଟା ବ୍ରହ୍ମୋତ୍ରୀ ଦେବୀଙ୍କୁ ଜଣାଇଦେଲେ କ'ଣ ବଡ଼ କଥାଟାଏ ହେବ ? ତାଙ୍କ ମନରେ ଯେଉଁ ପ୍ରତିକ୍ରିୟା ସୃଷ୍ଟିହେବ ବୋଲି ତୁ ଭାବିଚୁ, ତାହା ତୋ' ମାନସିକ ବିରହ ସହିତ ଖାପ୍ ଖାଇବ ତ ?

ମନେ ମନେ ଠିକ୍ କଲି ଯେ ଏ ସମ୍ବାଦ ବର୍ତ୍ତମାନ ପାଇଁ ତାଙ୍କୁ ନ ଜଣାଇବା ଉଚିତ ହେବ । ତା' ଛଡ଼ା ବିଜୟକୃଷ୍ଣବାବୁ ଯଦି ଘରେ ଥାଆନ୍ତି, ତେବେ ଏ ବିଷୟରେ କିଛି ଆଲୋଚନା କରିବାକୁ ମତେ ନିଶ୍ଚୟ ଅଡୁଆ ଲାଗିବ । ବାହାର କବାଟ ଖୋଲିବା ଆଗରୁ ମୁଁ ସ୍କୁଟର ଛୁଟେଇ ମୋ' ଘରକୁ ପଳାଇଆସିଚି । ଖବରକାଗଜରେ ସେଇ ସ୍ତମ୍ଭକୁ ଅନେକଥର ନିଠେଇ ପଢୁଚି । ମୃତବ୍ୟକ୍ତିଙ୍କ ମଳିନ ଫଟେ ଓ ତାଙ୍କ ଜୀବନ ବିବରଣୀ ।

ଷାଠିଏ-ପଅଁଷଠି ବର୍ଷର ଧଳାଦାଢ଼ି ରଖିଥିବା ଲମ୍ବା ମୁହଁ । ଆଖି ଦୁଇଟା ପ୍ରାଂଜଳ ଓ ତୀକ୍ଷ୍ଣ । ଏଇ ଭଦ୍ରବ୍ୟକ୍ତି ମୋର ପରିଚିତ ହେଲେ ହେଁ, ମୁଁ ଆଜି ପ୍ରଥମଥର ପାଇଁ ଜାଣିଲି, ତାଙ୍କ ନାଆଁ ବିଶ୍ୱନାଥ ବିଶ୍ୱାଳ । ଆଠଗଡ଼ଠାରୁ ଦଶ କିଲୋମିଟର ଦୂର ଗୋଟିଏ ଗାଁରେ ତାଙ୍କ ଜନ୍ମ । ସେ ଗାଁ ହାଇସ୍କୁଲର ପ୍ରଧାନ ଶିକ୍ଷକଭାବେ ଆଠବର୍ଷ ତଳେ ଅବସର ନେଇଥିଲେ । ଭଲ ଶିକ୍ଷକ ଭାବେ ରାଜ୍ୟପାଳଙ୍କଠାରୁ ତାଙ୍କୁ ଉପାୟନ ମିଳିଥିଲା । ସେ ସାହିତ୍ୟାନୁରାଗୀ ଓ ସମାଜସେବୀ ଥିଲେ । ଗତ ଶୁକ୍ରବାର ଦିନ ତାଙ୍କ ମୃତ୍ୟୁସମ୍ବାଦ ପ୍ରଚାରିତ ହେବା ପରେ, ଅଂଚଳର ସବୁ ଶିକ୍ଷାନୁଷ୍ଠାନ ବନ୍ଦ୍ କରିଦିଆଗଲା ଓ ଶୋକସଭା ଅନୁଷ୍ଠିତ ହୋଇ ଆତ୍ମାର ସଦ୍‌ଗତି ପାଇଁ ପ୍ରାର୍ଥନା କରାଗଲା ବୋଲି ଖବରକାଗଜର ପ୍ରତିନିଧି ଜଣାଇଛନ୍ତି । ତାଙ୍କ ଫଟୋକୁ ତନ୍ନ ତନ୍ନ କରି ଦେଖୁ ଦେଖୁ ମୁଁ ଆତ୍ମବିସ୍ମୃତ ହୋଇ ଦଶବର୍ଷ ତଳକୁ ଫେରିଗଲି ।

ମୁଁ ସେତେବେଳେ କଟକରେ ଅବସ୍ଥାପିତ । ସାହିତ୍ୟ-ସଭାର ଆୟୋଜନ ପାଇଁ କିଛି ଚାନ୍ଦା କରାଇଦେଇଥିବାରୁ, ସଂସଦ ତରଫରୁ ସଭାପତି ହେବାପାଇଁ ମତେ ଡାକରା ମିଳିଥିଲା । ସେଦିନ ସଭାର ବିଷୟ ଥିଲା : ନିଛକ ପ୍ରକାଶ-ଧର୍ମୀ କବିତାର ସ୍ଥିତି ଓ ଗତି । ପ୍ରାୟ ଶହେ ଜଣ ଶ୍ରୋତା ଓ ତିନିଜଣ ଆଲୋଚକଙ୍କୁ ନେଇ ସନ୍ଧ୍ୟା ଛ'ଟାବେଳେ ସଭା ଆରମ୍ଭ ହେଲା । ରାତି ଦଶଟାଯାଏ ଚାଲିଲା । ଆଲୋଚକମାନେ ବିଭିନ୍ନ କବିଙ୍କ ସମେତ ମାର୍କିନ୍ ନାରୀକବି ଏଡ୍ରିଆନ୍ ରିଚ୍, ସିଲ୍‌ଭିଆ ପ୍ଲାଥ୍, ପାକିସ୍ତାନର ନାରୀକବି ସରା ଶଗୁଫତା ଓ ଭାରତର ଅମୃତା ପ୍ରୀତମ୍, କମଳା ଦାସ ଇତ୍ୟାଦିଙ୍କ କବିତାରୁ ବହୁ ଅଂଶ ଦର୍ଶାଇ, ସ୍ୱୀକାର-ଧର୍ମୀ କବିତା ବା କନ୍‌ଫେସନାଲ୍ ପୋଏଟ୍ରିର କ୍ରମବିକାଶ ଓ ବର୍ତ୍ତମାନର ସ୍ଥିତି ବିଷୟରେ ଖୁବ୍ ତର୍ଜମା କଲେ । କିନ୍ତୁ ରାତି ବଢ଼ିବା ସହିତ

ଶ୍ରୋତାମଣ୍ଡଳୀର ଆକାର କମିକମିଯାଉଥିଲା । ମୋ' ପାଳି ପଡ଼ିଲା ବେଳକୁ ସମଗ୍ର ଶ୍ରୋତା ଥିଲେ ତିନିଜଣ । ଆଗଧାଡ଼ିରେ ଗୋଟିଏ କୋଣରେ ବସିଥିଲେ ଆମ ଏଇ ମୃତବ୍ୟକ୍ତି । ମୁଁ ମୋ ଦି'ପଦିଆ ଚୁମ୍ବକ ଭାଷଣରେ ଜଣାଇଦେଲି ଯେ ଏ ପ୍ରକାର ସୃଷ୍ଟିକୁ ସ୍ୱୀକାର-ଧର୍ମୀ କହିବା ଠିକ୍ ହେବ ନାହିଁ । କାରଣ ସ୍ୱୀକାର କହିଲେ କୌଣସି ପାପ ବା ଅପରାଧକୁ କବୁଲ କରିବା ବୁଝାଏ । କିନ୍ତୁ ଆଲୋଚ୍ୟ ରଚନାଗୁଡ଼ିକରେ କୌଣସି ଦୋଷ ମାନିବା ଓ ଭୁଲ୍ ମାଗିବା ମନସ୍ତତ୍ତ୍ୱ ନଥାଏ । ତେଣୁ ଏଇ ଧରଣର ସୃଷ୍ଟିକୁ ଅଙ୍ଗୀକାରଧର୍ମୀ କହିବା ଅଧିକ ଯଥାର୍ଥ ହେବ । ଏହାର ଅନ୍ତଃକରଣରେ ଶୋଭା ଦେ' ବା ଖୁଶ୍‌ୱନ୍ତ ସିଂହଙ୍କ ପରିସ୍ଫୁଟ ଯୌନ-ଆବେଦନ ନଥାଏ । ଏଥିରେ ଥାଏ କବି ବା ଲେଖକର ଆତ୍ମ-ବିଶ୍ୱାସ ଓ ଭାବିବା କଥାକୁ ପ୍ରକାଶ କରିବାର ରୋକ୍‌ଠୋକ୍ ନିର୍ଭୀକତା । ଆମ ଭାଷାରେ ମଧ୍ୟ ଏ ପ୍ରକାର ସୃଷ୍ଟି ଯଥେଷ୍ଟ । ସମସାମୟିକ କବିତା କ୍ଷେତ୍ରରେ ଏଇ ପ୍ରକାର ଅଙ୍ଗୀକାରଧର୍ମୀ ସଫଳ କବିତା ରଚନାରେ ବ୍ରହ୍ମୋତ୍ରୀ ମହାନ୍ତି ଅଗ୍ରଗଣ୍ୟ। ଉଦାହରଣ ଦେଇ ଦର୍ଶାଇଥିଲି ଯେ ରାତିରେ ପ୍ରିୟତମା ଘରକୁ ଆସିବାକୁ ପ୍ରେମିକ ଭୟ ପାଇଲାବେଳେ, କବି ତାକୁ ସାହସ ଦେଇ ଡାକୁଛନ୍ତି: ସାହସ ସଂଚୟ କରି ଆସ ବନ୍ଧୁ/ ନିଭୃତ ଏ କକ୍ଷେ ମୋର ନିଃଶଙ୍କ ହୃଦୟେ/ସ୍ତିମିତ ପ୍ରଦୀପ ଶିଖା ପବନ ହିଲ୍ଲୋଳ! ଇଙ୍ଗିତେ ଆହ୍ୱାନ କରେ ଚନ୍ଦ୍ରର ଉଦୟେ ।

ଆଗ ଧାଡ଼ିରେ ଏଇ ବାବୁଜଣକ ତଳକୁ ମୁହଁପୋତି ଗୁମ୍‌ହୋଇ ବସିଥିଲେ । ମୋ କବିତା-ବୟାନ ତାଙ୍କ କାନରେ ବାଜିବାରୁ ଧଡ଼ପଡ଼ ହୋଇ ମୁଣ୍ଡଉଠାଇ ମତେ ଚାହିଁଲେ ଓ ମନକୁ ପାଇଥିବା ଭଂଗୀରେ ଅଳ୍ପ ହସିଲେ । ଧଳାଦାଢ଼ି ଭିତରେ ତାଙ୍କ ମୁହଁ ସତେଜ ଦିଶିଲା ସମର୍ଥନରେ । ଯଦିଓ ସେ ମୋ ଆଡ଼କୁ ଅନେଇଥିଲେ, ମତେ ଲାଗିଲା ଯେ ତାଙ୍କ ଦୃଷ୍ଟି ମତେ ଭେଦ କରି ଖୁବ୍ ଦୂରକୁ ପ୍ରସାରିତ ହୋଇସାରିଚି । ସେଠାରେ ସେ ଏମିତି ଏକ ଆନନ୍ଦ ଓ ତୃପ୍ତ ଅବସ୍ଥାରେ ଅଛନ୍ତି, ଯାହା ଆମ ସଂସାରରେ ଭେଟିବା ବିରଳ । ସଭା ସରିବା ପରେ, ସେ ମୋ ପାଖରେ ପହଂଚିଲେ ଓ ପଚାରିଲେ : ଆପଣ ବ୍ରହ୍ମୋତ୍ରୀ ମହାନ୍ତିଙ୍କ ସବୁ କବିତା ପଢ଼ିଛନ୍ତି ? ସେଗୁଡ଼ିକୁ ଗଭୀର ଭାବରେ ପ୍ରାଣଦେଇ ପଢ଼ିଲେ, ପାଠକ ଆଉଏକ ଆନନ୍ଦମୟ ସ୍ତରରେ ପହଂଚିଯାଏନା କି ?'

: 'ହେଉଥିବ । କିନ୍ତୁ ସେପରି ଅନୁଭୂତି ମୋର କେବେ ହୋଇ ନାହିଁ', ମୁଁ କହିଲି । ରାତି ବଢୁଥିଲା ଓ ସଂସଦର କର୍ମକର୍ତ୍ତାମାନେ ମତେ ଘରେ ପହଂଚାଇଦେବା ପାଇଁ ଉଦ୍‌ଗ୍ରୀବ । ଗାଡ଼ି ପର୍ଯ୍ୟନ୍ତ ମୋ ସଂଗେ ଯାଉ ଯାଉ ସେ ବାବୁ କହିଲେ : 'ଆଜ୍ଞା, ସୁବିଧା ହେଲେ କେବେକେମିତି ମୁଁ ଆପଣଙ୍କ ଘରଆଡ଼େ ଆସିବି, କବିତା ଆଲୋଚନା କରିବା ।' ମୁଁ ଉତ୍ତର ଦେବା ଆଗରୁ ଗାଡ଼ି କବାଟ ବନ୍ଦ୍ ହୋଇ ସାରିଥିଲା ।

ଏ ଘଟଣାର ମାସେ ପରେ, ଦିନେ ସଂଧ୍ୟାରେ, ଭଦ୍ରବ୍ୟକ୍ତି ଆମ ଘରେ ଆବିର୍ଭୂତ ହେଲେ ଓ ପଚାରିଲେ : 'ଆପଣ ଯଦି ଘଣ୍ଟାଏ ଦି' ଘଣ୍ଟା ସମୟ ଦିଅନ୍ତେ, ତବେ ବ୍ରହ୍ମୋତ୍ରୀ ମହାନ୍ତିଙ୍କ କିଛି କବିତା ପଢ଼ନ୍ତେ, କେମିତି ହୁଅନ୍ତା ?'

ମୁଁ କହିଲି: 'ବସନ୍ତୁ, ତାଙ୍କ ବହି ମୁଁ ପଢ଼ାଘରୁ ନେଇଆସୁଚି ।'

: 'ନାଇଁ ନାଇଁ, ଆପଣ ଆଣିବା ଦରକାର ନାହିଁ, ତାଙ୍କ ବହି ସବୁବେଳେ ମୋ' ପାଖେପାଖେ ଥାଏ ।'

ମୋ ପଢ଼ାଘରେ ଆମେ ବସିଲୁ । କବିଙ୍କ ଦୁଇଟି ସଂକଳନ ଶାନ୍ତିନିକେତନୀ ବ୍ୟାଗରୁ ବାହାର କରି ଟେବୁଲ୍ ଉପରେ ସେ ରଖିଲେ । କିଛି ସମୟ ଧ୍ୟାନସ୍ଥ ହୋଇ ବସିବା ପରେ କବିତା ସଂକଳନ ଅବତରଣର ପୃଷ୍ଠା ଓଲଟାଇ କବିତାଟିଏ ପଢ଼ିଲେ ଓ ଏଇ ପଂକ୍ତିଟିକୁ ଦୋହରାଇଲେ: ସ୍ୱାଗତ ମୁଁ ତେଣୁ କରେ ହେ ସଖା ସୁନ୍ଦର/ଆସିବାକୁ କକ୍ଷେ ମୋର ଅନ୍ଧ ଅନ୍ଧକାରେ, ଗାଇବାକୁ ଅନାଗତ ଅମୃତ ସଂଗୀତ/ତୋଳିବାକୁ ନବ ସୃଷ୍ଟି ବୀଣାର ଝଙ୍କାରେ ।

ପଢ଼ିସାରିଲା ପରେ ମୋ' ଆଡ଼କୁ ଚାହିଁ ପଚାରିଲେ: 'ଅନ୍ଧାରରେ ଏକାଠି ହେଲେ ଯେଉଁ ଅମୃତ ସ୍ଫୁରଣର ଉଦ୍ରେକ ହୁଏ ଓ ସେଥିରୁ ଯେଉଁ ନବ ସୃଷ୍ଟିର ସଂଚାର ହୁଏ, ତାକୁ ପାଇ ମୁଁ ଅଧୀର ହୋଇପଡୁଚି । ଆପଣଙ୍କୁ କିଛି ଲାଗୁନାହିଁ ?'

: କାଇଁ, ନାଇଁ ତ !

ସେ କବିତାବହିଟିକୁ ବନ୍ଦ୍ କରି ଟେବୁଲ ଉପରେ ରଖିଲେ । ଚୌକି ଉପରକୁ ଗୋଡ଼ ଟେକି ଚକାପକେଇ ବସିଲେ; ଘର ଛାତଆଡ଼କୁ ଚାହିଁ, ମତେ ପଚାରିଲେ; ଆଚ୍ଛା, ମଣିଷ ଓ ପଶୁ ଭିତରେ କ'ଣ ପାର୍ଥକ୍ୟ କହିଲେ ?

ମୁଁ ଆଶ୍ଚର୍ଯ୍ୟ ହେଲି । କବିତାରୁ ଇଏ କ'ଣ ହଠାତ୍ ତର୍କଶାସ୍ତ୍ର ଓ ଦର୍ଶନକୁ ଡେଇଁଲେଣି ! କହିଲି: 'ଆଜ୍ଞା, ଏସବୁ ପ୍ରଭେଦ ଆମେ କଲେଜରେ ପଢ଼ିଚୁ । ପଶୁର ବିବେକ ବା ବିବେଚନା ନାହିଁ, କିନ୍ତୁ ମଣିଷର ଅଛି । ତେଣୁ ତର୍କଶାସ୍ତ୍ର ଅନୁସାରେ ମଣିଷ ବି ବିବେକବନ୍ତ ପ୍ରାଣୀ, ହେଲା ?

: 'ପଶୁର ବିବେକ ନାହିଁ ବୋଲି ଆପଣ କେମିତି ଜାଣିଲେ ?' ସେ ପଚାରିଲେ ।

: 'ଅଛି ବୋଲି କିଏ ଆପଣଙ୍କୁ କହିଲା ?' ମୁଁ ଓଲଟା ପ୍ରଶ୍ନ କଲି ।

: 'ମୁନିବ ବିପଦରେ ପଡ଼ିଥିଲେ କୁକୁର ତା' ନିଜ ଜୀବନକୁ ପାଣିଛଡ଼ାଇ ତାକୁ ରକ୍ଷାକରେ । ତା'ର ବିବେକ ଅଛି ନା ନାହିଁ ? ପଶୁ ତା'ର ଜାତିଭାଇଙ୍କୁ କେବେ ମାରିଦିଏ ନାହିଁ । କେଉଁଠି ଗାଇ ଆଉ ଗୋଟିଏ ଗାଇକୁ କି ବାଘ ଆଉ

ଗୋଟିଏ ବାଘକୁ ମାରିବା ଆପଣ ଦେଖିଛନ୍ତି କି ଶୁଣିଛନ୍ତି ? କିନ୍ତୁ ମଣିଷ ମଣିଷକୁ ମାରେ । ତେବେ କାହାର ବିବେଚନା ଅଧିକ ?' ଏତିକି କହିବା ପରେ ସେ ପକେଟ ଅଣ୍ଟାଳି ପାନ ଖଣ୍ଡେ ପାଟିରେ ପୂରେଇଲେ ଓ ମତେ ସିଧା ଚାହିଁ ପଚାରିଲେ : 'ଆଚ୍ଛା ପାଶବିକ ଅତ୍ୟାଚାର ବୋଲି ଆମେ ଯାହା କହୁ, ତା'ର ମାନେ କ'ଣ ?'

: 'ଏଥିରେ ବୁଝିବାକୁ କ'ଣ ଅସୁବିଧା ଅଛି ଯେ ! ଯେଉଁଠି ମଣିଷ ପଶୁ ପରି ଅନ୍ୟଜଣେ ମଣିଷ ପ୍ରତି ଜଘନ୍ୟ ଆଚରଣ କରେ ଏବଂ ବିଶେଷକରି ଯୌନ-କାମନାରେ ଅନ୍ଧ ହୋଇ ବଳାତ୍କାର ଆଦି କୁକର୍ମ କରେ, ଆମେ ତାକୁ ତ ପାଶବିକ ଅତ୍ୟାଚାର କହୁ । ଏକଥା କିଏ ବା ନଜାଣେ !'

: 'ବିଡମ୍ବନା ତ ସେଇଠି । ପଶୁ ଯୌନ-କାମନାରେ କେବେ ବିବ୍ରତ ହୁଏ ନାହିଁ । ତା'ର ଯୌନକ୍ରିୟା କେବଳ ପ୍ରଜନନ ନିମିତ୍ତ ଓ ପକୃତିର ଅଧୀନ । ଗୋଟିଏ ଋତୁରେ ତାହା ଘଟେ ଓ ସରିଯାଏ । କିନ୍ତୁ ମଣିଷର ଯୌନଶକ୍ତି ପ୍ରକୃତିର ଅଧୀନ ନୁହେଁ । ସେ ଯେତେବେଳେ ଚାହେ, ତାକୁ ବ୍ୟବହାର ବା ଅପବ୍ୟବହାର କରିପାରେ । ତେଣୁ ଯୌନ-ବଳାତ୍କାରକୁ ମାନବିକ ଅତ୍ୟାଚାର ନା ପାଶବିକ ଅତ୍ୟାଚାର କହିବା ?'

କଥାଟା ଯଦିଓ ମୋ ମନକୁ ଟିକେ ପାଉଥିଲା, ମୁଁ ଏଇ ଆଲୋଚନାର ପୂର୍ବାପର ସମ୍ପର୍କ ବା ତାତ୍ପର୍ଯ୍ୟ ଠଉରେଇ ପାରୁନଥିଲି । କବିତାରୁ ଆରମ୍ଭ ହୋଇ ଆମ ଆଲୋଚନା କୁଆଡ଼େ ଯାଉଚି ? ମୋର ଧାରଣା ହେଲା ଯେ ଇଏ ଜଣେ ପାଗଳ ବା ଅଧା-ପାଗଳ ଲୋକ । କିଛି ଗୋଟିଏ ଯୁକ୍ତି କରି ନିଜ ସବ୍‌ଜାନ୍‌ତା ଗୁଣ ପାଇଁ ଗର୍ବ କଲେ ଏଇପରି ଲୋକଙ୍କ ମନ ବେଶ୍ ଖୁସି ହୁଏ । ଆମ ଆଲୋଚନାକୁ ଯଥାଶୀଘ୍ର ଶେଷ କରିବା ପାଇଁ ପଚାରିଲି: ଆଚ୍ଛା, ଆପଣଙ୍କ ଅନୁସାରେ ମଣିଷ ଓ ପଶୁ ଭିତରେ କ'ଣ ପ୍ରଭେଦ ?

: 'ପଶୁ ଭୂଇଁରେ ଚାଲୁଥିବା ରେଳଗାଡ଼ି ହେଲେ ମଣିଷ ହେଉଚି ଉଡାଜାହାଜ ।'

: 'ମାନେ ?'

: 'ପଶୁ ସବୁବେଳେ ତଳେ ଥାଏ; ଖାଏ ପିଏ, ଛୁଆ ଜନ୍ମ କରେ, ମରିଯାଏ ।' କିନ୍ତୁ ମଣିଷ ତଳେ ଚାଲିବା ପରି ଏସବୁ ତ କରେ, କିନ୍ତୁ ଇଚ୍ଛାକଲେ ଆକାଶରେ ବି ଉଡ଼ିପାରେ । ନିଜ ଇଚ୍ଛାରେ ସେ ବିସ୍ତାରିତ କରିଦେଇପାରେ ନିଜକୁ ଅସୀମ ଭାବରେ । ଏଇ ବିସ୍ତାରଣର କ୍ଷମତା ଜୀବଜଗତରେ କେବଳ ମଣିଷର ଏକଚାଟିଆ । ମଣିଷକୁ ବିସ୍ତାରକ୍ଷମ କରିବାପାଇଁ ପ୍ରକୃତି ମଣିଷକୁ ଅଜସ୍ର ଯୌନଶକ୍ତି ଦେଇଚି । ସେଇ ଶକ୍ତି

ଉପରେ ପ୍ରକୃତି ତରଫରୁ କୌଣସି କଟକଣା ନାହିଁ । ତାକୁ କୁହାଯାଏ ଲିବିଡୋବାସୁରତ୍ । ଏଇ ସୁରତ୍‌କୁ ମଣିଷ ଭୀଷଣ ଅପବ୍ୟବହାର କରେ; ଯଦ୍ୱାରା ନୃଶଂସତା, ଅମଣିଷତା ବଢ଼େ ଓ ସମାଜ ଧ୍ୱଂସ ହୁଏ ।

ମଣିଷର ଉଡ଼ିବା, ପୁଣି ଯୌନଶକ୍ତିଦ୍ୱାରା ଉଡ଼ିବା, ଏଗୁଡ଼ାକ ଯେ ନିହାତି ପାଗଳାମି ଓ ଭାଣ୍ଡ କଥା, ଏଥିରେ ମୋର ଆଦୌ ସନ୍ଦେହ ନଥିଲା । ତାଙ୍କୁ ରହସ୍ୟକରି ପଚାରିଲି: 'ଆଚ୍ଛା, ମତେ ଥରେ ଉଡ଼େଇଦେଲେ, ଦେଖିବା !'

ମୁଁ ମନେମନେ ହସିଲି, ଟାପରା କଲି: ଆମ ଏଇ ବାବୁଜଣକ ମହେଶ ଯୋଗୀଙ୍କ ଛୋଟକାଟିଆ ଗାଉଁଲି ସଂସ୍କରଣଟିଏ କି କ'ଣ ? ଆଚାର୍ଯ୍ୟ ରଜନୀଶଙ୍କ ସହ ମଧ୍ୟ କିଛି ଭାଗରେ ମିଶିଯାଉଚି । ମତେ ପରା କୁଆଡ଼େ ଉଡେଇବ ! କିନ୍ତୁ ମୁହଁରେ କହିଲି: 'ଏତେ କଥା ଗପିଲେଣି, କିନ୍ତୁ ଆପଣଙ୍କ ପରିଚୟ ତ ପାଇଲି ନାହିଁ ? ଆପଣ କ'ଣ କରନ୍ତି ? ଆପଣଙ୍କ ନାଁ କ'ଣ ?'

ସେ ଟିକେ ହସିଲେ ଓ କହିଲେ : 'ନାଆଁରୁ ଆପଣ କ'ଣ ପାଇବେ ? ମଣିଷର ତ କେତେ ନାଆଁ ଅଛି, ଗୋଟିଏ ନାଆଁରେ ତାକୁ ଚିହ୍ନିବେ କେମିତି ?'

ପୁଣି ଗୋଟିଏ ଗୋଲକ ଧନ୍ଦା, ଏମିତି ଭାବୁଚି, ସେ ପଚାରିଲେ: 'ଆଚ୍ଛା, ଆପଣଙ୍କ ନାଆଁ କ'ଣ କହିଲେ ?'

: 'ସଦାନନ୍ଦ ସାହୁ ।'

: 'କିନ୍ତୁ ଆପଣଙ୍କୁ ଦେଖିଲେ ପୀତବାସ ନାଆଁଟି ଆପଣଙ୍କୁ ଠିକ୍ ଖାପ୍‌ଖାଇବା ପରି ମୋ ମନ କହୁଚି । ତେଣୁ ମୋ' ପାଇଁ ଆପଣ ସଦାନନ୍ଦ ନୁହନ୍ତି, ପୀତବାସ, ବୁଝିଲେ ?' ଏତକ କହି ସେ ମୋ ଆଡ଼େ ଅନେଇଲେ । ଟିକେ ରହି କହିଲେ : ମଣିଷ କ'ଣ କରେ, କେଉଁଠି ରହେ, କ'ଣ ଖାଏ, ଏଗୁଡ଼ା ତା'ର ହାଲ୍‌କା ପରିଚୟ । ତା'ର ଅସଲ ପରିଚୟ ହେଉଚି, ସେ କ'ଣ ଭାବେ ଓ କିପରି ଭାବେ । ଏତିକି ଜାଣନ୍ତୁ ଯେ ମୁଁ ଜଣେ ପ୍ରେମିକ ।

: କାହା ପ୍ରେମିକ ? ଯାହାଙ୍କ କବିତା ବହି ବ୍ୟାଗ୍‌ରେ ଧରି ବୁଲନ୍ତି ?

ସେ ହଁ କି ନାହିଁ କିଛି କହିଲେ ନାହିଁ । ଆଉ କିଛି ପଚାରିବା ଆଗରୁ ବ୍ୟାଗ୍ କାନ୍ଧରେ ପକେଇ ମୋ'ଠୁ ବିଦାୟ ନେଇ ଚାଲିଗଲେ ।

କଥାଟା ମୋ' ମନରୁ ଗଲା ନାହିଁ । ଏଣିକି ଭୁବନେଶ୍ୱର ଗସ୍ତରେ ଗଲେ କାମ ସାରି କଟକ ଫେରିବା ରାସ୍ତାରେ ବିଜୟକୃଷ୍ଣବାବୁଙ୍କ ଘରକୁ ଯିବା ପାଇଁ ମନ ଉଚ୍ଛନ୍ନ ହୁଏ । ଖୁବ୍ ଇଚ୍ଛା ହୁଏ ଶ୍ରୀମତୀ ମହାନ୍ତିଙ୍କୁ ପଚାରିଦେବାକୁ ଯେ ତାଙ୍କର ଏଇ କବିତା-ସ୍ତାବକଙ୍କ ସହିତ ସମ୍ପର୍କ କେତେଦିନର, ସେ କିଏସେ ?

କିନ୍ତୁ ମୁଁ ତାଙ୍କ ଘରକୁ ଗଲାବେଳେ ବିଜୟକୃଷ୍ଣବାବୁ ଥାଆନ୍ତି । କାହିଁକି କେଜାଣି ତାଙ୍କ ସାମ୍ନାରେ ଶ୍ରୀମତୀ ମହାନ୍ତିଙ୍କୁ ଏକଥା ପଚାରିବାକୁ ସାହସ କୁଳାଏ ନାହିଁ । ପିଲାଦିନେ ଲେଖାଯୋଖା ଭାଇନା ଓ ନାନୀଙ୍କ ପ୍ରେମଚିଠି ନବାଆଣିବା କଲାବେଳେ କେତେଥର ମଉସା ମାଉସୀଙ୍କ ହାବୁଡ଼େ ପଡ଼ି ଯେମିତି ଚମ୍ପଟ ଦେବାକୁ ହେଉଥିଲା, ସେଇ ପ୍ରକାର ଅସ୍ୱସ୍ତିବୋଧରେ ମୁଁ ତାଙ୍କ ଘରୁ ପଳାଇଆସେ ।

ଦିନେ ସଂଜବେଳେ ତାଙ୍କ ଘରେ ପହଂଚି ଦେଖେ, ଶ୍ରୀମତୀ ମହାନ୍ତି ଏକଲା ଅଛନ୍ତି । ବସୁବସୁ ପଚାରିଦେଲି : 'ଆପଣଙ୍କ ସେଇ ଦାଢ଼ିବାଲା ପ୍ରେମିକ ଜଣକ ଆମ ଘରକୁ ଦି'ଥର ଆସିଲେଣି ।'

ଶ୍ରୀମତୀ ମହାନ୍ତି ଆକାଶରୁ ପଡ଼ିଲା ପରି କହିଲେ ; 'ମୋ ପ୍ରେମିକ ? ସେମିତି କାହାକୁ ତ ମୁଁ ଜାଣିନାହିଁ । ଆଉ କାହା କଥା ଆପଣ ଭୁଲ୍‌ରେ ଭାବିଥିବେ ।'

ଏ ବିଷୟରେ ଆଉ ଆଲୋଚନା କରିବାର ଅବକାଶ ନଥିଲା । ବିଜୟକୃଷ୍ଣବାବୁ ବାରଣ୍ଡାରେ ସାଇକେଲ୍ ରଖି ଘର ଭିତରକୁ ଆସିଲେ ଓ ମୋ ପାଖରେ ବସିପଡ଼ିଲେ ।

ଆମ ସାମ୍ନାରେ ବସିଥିଲେ ଶ୍ରୀମତୀ ମହାନ୍ତି । ମତେ ପରିଷ୍କାର ଉପଲବ୍ଧ ହେଲା ଯେ ବିଜୟକୃଷ୍ଣବାବୁ ଓ ମୁଁ ଗୋଟିଏ ଜଗତର । ତା'ଠାରୁ ଉପର ଆଉଏକ ଜଗତରେ ଶ୍ରୀମତୀ ମହାନ୍ତି । ତାଙ୍କର ଗୋଟିଏ ଗୋଡ଼ ଆମ ଜଗତରେ ଓ ଅନ୍ୟଟି ସେଇ ଉପର ଜଗତରେ । ବିଜୟକୃଷ୍ଣବାବୁ ତାଙ୍କ ପ୍ରାଣପଣେ ଏଠି ରଖିଥିବା ଗୋଡ଼କୁ ଜାବୁଡ଼ି ଧରିଛନ୍ତି । ଟିକିଏ କୋହଳ କଲେ ହୁଏତ ସେଇ ଗୋଡ଼ଟି ଉଠିଯିବ ଓ ଶ୍ରୀମତୀ ମହାନ୍ତିଙ୍କ ସମ୍ପର୍କ ଏ ଜଗତ ସହିତ ତୁଟିଯିବ । ଚା' ପାଇଁ ଦୁଧ ଆଣିବାକୁ ଯାଉଥିବା ବିଜୟକୃଷ୍ଣବାବୁଙ୍କ ବାସନ ଠନ୍‌ଠନ୍ ଶବ୍ଦରେ ମୋର ତନ୍ଦ୍ରା କଟିଲା । ସେ ଗଲାପରେ ଶ୍ରୀମତୀ ମହାନ୍ତିଙ୍କୁ କହିଲି: 'ସେ ବାବୁଙ୍କୁ ଦିନେ ଆପଣଙ୍କ ଘରକୁ ଆଣିବି କି ?'

: 'ଆଣିବେ ତ ଆଣନ୍ତୁ, ଆପଣଙ୍କ ଇଛା ।' ସେ ନିର୍ବିକାର ଭାବରେ କହିଲେ । ସେ ଚା' କରିବାକୁ ଚାଲିଗଲେ । କଥା ସେଇଠି ସରିଲା ।

ଦୁଇମାସ ପରେ ପୁଣି ସଂଜ-ଆସର ପାଇଁ ବନ୍ଧୁ ଆମ ଘରକୁ ଗଡ଼ିଲେ । ସେ ବସୁବସୁ ମୁଁ ପଚାରିଲି : 'ବ୍ରହ୍ମୋତ୍ରୀ ତ ଆପଣଙ୍କୁ ଚିହ୍ନିନାହାନ୍ତି ବୋଲି କହିଲେ ।'

: 'ଚିହ୍ନିଚନ୍ତି ବୋଲି ମୁଁ କେତେବେଳେ କହିଲି ?'

: 'ମୁଁ ପଚାରିବାରୁ ଆପଣ ଚୁପ୍ ରହିଲେ, ତେଣୁ ଆପଣ ମୋ' କଥା ସ୍ୱୀକାର କରୁଛନ୍ତି ବୋଲି ମୁଁ ଭାବିଲି ।'

: 'ଆଚ୍ଛା, ପ୍ରେମରେ ଜଣେ ଆର ଜଣକୁ ଜାଣିବା କ'ଣ ନିହାତି ଦରକାର ?'

ପାନଖଣ୍ଡିଏ ପାଟିରେ ପୂରେଇ ସେ ପୁଣି କହିଲେ: ଆପଣଙ୍କ ବହ୍ନୋତ୍ରୀ ମହାନ୍ତି ଦେଖିବାକୁ କେମିତି ?'

ଏ ଲୋକଟି ଜଣେ ମାନସିକ ରୋଗୀ ବୋଲି ମୋର ଧାରଣା ଦୃଢ଼ ହୋଇଯାଇଥିଲା । ତାଙ୍କଠୁ ନିସ୍ତାର ପାଇବାକୁ ବିରକ୍ତିରେ କହିଲି: 'ତାଙ୍କୁ ଏବେ ପଇଁଚାଳିଶ ଉପରେ ହେବ, ତାଙ୍କ ରୂପକୁ ବଖାଣିବାର ଦୃଷ୍ଟି ନେଇ ମୁଁ କେବେ ତାଙ୍କୁ ଦେଖିନାହିଁ । ଇଚ୍ଛାହେଉଚି ତ ଦିନେ ମୋ ସାଂଗରେ ଚାଲନ୍ତୁ, ଦେଖି ଆସିବେ ।'

: 'ନାଇଁ ନାଇଁ, ମୋର ତାଙ୍କୁ ଦେଖିବାର କୌଣସି ଆବଶ୍ୟକତା ନାହିଁ । ମୁଁ ଯେଉଁ ବହ୍ନୋତ୍ରୀ ମହାନ୍ତିଙ୍କୁ ଜାଣିଚି, ସେ ଚିର-ଯୌବନା । ଅପ୍‌ସରା ପରି ଦେଖିବାକୁ । ଆଣ୍ଠୁଯାଏ ବାଳ ଲମ୍ବିଥାଏ । ଚାଲିଗଲାବେଳେ ପବନରେ ଉଡ଼ି ଲାଗୁଥିବ ଯେ ଜହ୍ନର ପଛପଟରେ ମେଘମାନେ ଚାଲୁଥିବା ପରି । ଦୁଇଟି ନଦୀର ମଝିରେ ମଲ୍ଲୀଫୁଲ ବଣ ପରି ତାଙ୍କର ଆଖି । ସେ ଆଖିଦୁଇଟି ଅଳ୍ପ ଖୋଲିଥାଆନ୍ତି, କିନ୍ତୁ ଥରେ ସେଠି ପହଂଚିଗଲେ ସେ ବଣ ଟାଣିନିଏ ତା' ଭିତରକୁ । ଏମିତି ବିଭୋର କରାଇଦିଏ ଯେ ଛାଡ଼ି ଚାଲିଆସିବାକୁ କେବେ ମନ ଡାକେ ନାହିଁ । ଦିନଦିନ ଧରି ମୁଁ ସେଇଠି ରହିଯାଏ ।'

ଏତିକି କହିବା ପରେ ସେ ମତେ ନକହି ସିଧା ଉଠି ଚାଲିଗଲେ । ମୁଁ ଆଶ୍ୱସ୍ତ ହେଲି ଯେ ଆଜିର ଏଇ ପରୋକ୍ଷ ବଚସା ପରେ ସେ ଆଉ ମୋ ଦୁଆର ମାଡ଼ିବେ ନାହିଁ । କିନ୍ତୁ ସେ ପୁଣି ଆସିଲେ । ସେତେବେଳକୁ କଟକରୁ ମୋ ବଦଳି ନିର୍ଦ୍ଦେଶ ଆସିସାରିଚି । ଦୋଳ ପୂର୍ଣ୍ଣମୀ ଯିବାର ଦିନେ ଦୁଇଦିନ ହେବ । ଜହ୍ନ ଉଠିସାରିଥିଲା ଓ ବିଜୁଳିଆଲୁଅ ଅଧଘଣ୍ଟାଏ ହେଲା ଚାଲିଯାଇଥିବାରୁ, ଦୁଇଟି ଲଣ୍ଠନର ଆଲୁଅରେ ଆମ ଘରସାରା ହାଲ୍‌କା ଅନ୍ଧକାର ବ୍ୟାପି ରହିଥିଲା । ମୁଁ କିଛି କହିବା ଆଗରୁ ସେ ଅନୁନୟ ସ୍ୱରରେ କହିଲେ : 'ଆଜି ଗୋଟେ କବିତା ପଢ଼ି ଆଲୋଚନା କରିବାକୁ ମୋର ଖୁବ୍ ଇଚ୍ଛା । କେବଳ ଘଣ୍ଟାଏ ସମୟ ଦେବେ ।'

ଆମ ପଢ଼ାଘରେ ବସିଲୁ । ଟେବୁଲ ଉପରେ ମହମବତି ଜଳୁଥିଲା ଓ ସାମ୍ନା ଚୌକିରେ ସେ ବସିଲେ । ଟିକେ ଛାଡ଼ିକି ଦିବାନ୍ ଉପରେ ମୁଁ ସହଜ ଭାବରେ ଚକାପକାଇ ବସିଲି । ଝର୍କା ଖୋଲା ଥିଲା । ସେଇବାଟ ଦେଇ କିଛି ଜହ୍ନଆଲୁଅ ଖଟ ଉପରେ ପଡ଼ି ଚଟାଣକୁ ବୋହିଯାଇଥିଲା । ପାଖ ଆମ୍ବଗଛରୁ ବଉଳ ବାସ୍ନା ମଝିରେ ମଝିରେ ପଶିଆସି ଘର ଗୋଟାକଯାକ ମହକାଇଦେଉଥିଲା । ସେ ବ୍ୟାଗରୁ ବହି ବାହାର କରି ପୃଷ୍ଠା ଲେଉଟାଇଲେ ଓ ଗୋଟିଏ ଜାଗାରେ ରହିଯାଇ, ବହି ଅଧା

ବନ୍ଦ୍ କରି ମୋ' ଆଡ଼େ ଅନେଇ ପଚାରିଲେ: 'ଆପଣ ଏଇ କବିତାଟି ମନଧ୍ୟାନ ଦେଇ କେବେ ପଢ଼ିଛନ୍ତି ? ମୋର ସବୁଠୁ ପ୍ରିୟ କବିତା ।'

: କେଉଁ କବିତା ? ପଚାରିଲି ।

: 'ଆଶ୍ଚର୍ଯ୍ୟ ଇଚ୍ଛା' । ଅଧିକାଂଶ ବାକ୍ୟକୁ ଦୋହରାଇ ଦୋହରାଇ ସେ ପଢୁଥିଲେ ।

ନାରୀକବି ତାଙ୍କର ପୁରୁଷପ୍ରେମିକଙ୍କୁ କହୁଛନ୍ତି ଯେ ଏଇ ନିତିଦିନ ସେଇ ସମାନ ଗେଲବସର, କଅଁଳିଆ ଗେହ୍ଲା କଥା, ରାଗରୁଷା, ଅଭିମାନ ଚାଖିଚାଖି ମନ ଚିଟା ଧରିଗଲାଣି । ରତି ଆସ୍ୱାଦନ ଭିତରେ ଗତାନୁଗତିକତା ପଶି ତାକୁ ନିର୍ଜୀବ ନିରାନନ୍ଦ କରିଦେଲାଣି । ହଇହେ, ଚାଲମ ଏଇ ଗତାନୁଗତିକତାରୁ ପାର୍‌ହୋଇ ପଳେଇବା; କିଛି ଗୋଟେ ନୂଆ ଉପାୟରେ ପରସ୍ପରକୁ ଲଭିବା । ମନେକର, ତମେ ଆସନ୍ତ ଓ ମତେ ଟେକିନେଇ କନ୍ଦୁକ ସମାନ ଆକାଶକୁ ଫୋପାଡ଼ିଦିଅନ୍ତ । ଭୟରେ ଜଡ଼ସଡ଼ ହୋଇ, ମରିଗଲି ବୋଲି ଭାବି ମୁଁ ତଳକୁ ଖସିଲାବେଳକୁ ତମେ ଗୋଟାଏ ଝାପ୍‌କା ମାରି, ବାହୁପ୍ରସାରି, ମତେ ତୋଳିନିଅନ୍ତ ଓ ଶୂନ୍ୟେଶୂନ୍ୟେ ଆମେ ଏକାଠି ହୋଇଯାଆନ୍ତେ । ନହେଲେ ଆଉ ଗୋଟେ କଥା କରିବା କି ? ଗୋଟେ ଯୋଜନା କରି, ନଈକୂଳଆଡ଼େ ବୁଲିଯିବା ଲାଗି ତମେ ମତେ ଫୁସୁଲେଇ ଡାକିନିଅନ୍ତ । ନଈଦାଢ଼ରେ ହାତ ଧରାଧରି ହୋଇ ଆମେ ଚାଲୁଥିଲାବେଳେ, ଆଖିପିଛୁଳାକେ ତମେ ମତେ ନଈ ଭିତରକୁ ଠେଲିଦିଅନ୍ତ । ନାକରେ କାନରେ ପାଣି ପିଇ ବୁଡ଼ିମରିବାର ଆତଙ୍କରେ ମୁଁ ଶିହରି ଉଠିଲାବେଳକୁ ତମେ ଖପ୍‌କିନା ପାଣିକି ଡେଇଁ ମତେ ହାତ ବଢ଼ାଇଦିଅନ୍ତ । ପ୍ରାଣବିକଳରେ ମୁଁ ତମ ବେକରେ ଓହଳିରହିଥାନ୍ତି, ଆମେ ସେଇଠି ପାଣିରେ ପାଣିରେ...

ଏଇ ହେଲା କବିତାର ସାରାଂଶ । କବିତାର ଶେଷ ଧାଡ଼ିଗୁଡ଼ିକ ବନ୍ଧୁ ବାରମ୍ବାର ଦୋହରାଇଥିଲେ ଓ ବିଜୟକୃଷ୍ଣବାବୁଙ୍କ ସହିତ ମୁଁ ମନେ ମନେ ଗେଲ ହେଉଥିଲି : ମୋ ବଡ଼ଭାଇଟା ପରା । ଶ୍ରୀମତୀ ଭାଉଜଙ୍କ ଏମିତି ଉଭଟ ଇଚ୍ଛାରେ ଜମା ମାତିଯିବ ନାଇଁଟି ! ପହଁରା ଜାଣିଚ ତ ? ଜାଣିଥିଲେ ବି, ଖବରଦାର୍‌, ବୁଡ଼ିଯାଉଥିବା ଲୋକ ହାତରେ କେବେ ଧରାଦେବେ ନାହିଁ । ବେକରେ ଓହଳିବ କିଏ ମ ? ଭାଉଜ ଚାରିଆଡୁ ଏମିତି ଆପଣଙ୍କୁ ଛନ୍ଦିଦେବେ ଯେ ମୁକୁଳିବା ଅସମ୍ଭବ । ପାଣି ଭିତରେ ଆଉ କିଛି ହେଉ ନ ହେଉ, କିଛି ସମୟ ପରେ ପାଣି ଉପରେ କିନ୍ତୁ ଦୁଇଟି ଶବ ନିଶ୍ଚୟ ଭାସିବେ। ହଇହେ, ବଡ଼ଭାଇ, ଆମ ଭାଉଜ କ'ଣ ଦି'ମାସିଆ ଛୁଆ ଯେ ଦି'ଗୋଡ଼ ବୁଲେଇ ଆକାଶକୁ ଫୋପାଡ଼ିଦେବେ, ଆଉ ଟିକେ ବାଟ ଦଉଡ଼ିଯାଇ

କ୍ରିକେଟ୍ ବଲ୍ ଧରିଲାପରି କ୍ୟାଚ୍ ମାରିବ ? ହୁସିଆର, ହୁସିଆର, ଫାଶୀଦଣ୍ଡକୁ ନିମନ୍ତ୍ରଣ କର ନାହିଁ ।

ଭଦ୍ରବ୍ୟକ୍ତି କବିତାର ଶେଷ ପଦ ଆବୃତ୍ତି କରୁଥିଲେ: ତମକୁ ମୋ ରାଣ ଅଛି ଅନୁନୟ ରକ୍ଷାକର ମମ/ନଚେତ୍ ତୁମକୁ ଦେବି ଅପବାଦ, ଭୀରୁ ତମେ କାପୁରୁଷ ନିଷ୍ଠୁର ନିର୍ମମ ।

ଅଜାଣତରେ ମୋ ଆଖି ଝର୍କାଆଡ଼କୁ ଚାଲିଗଲା । ଦୁଇ ରେଲିଂ ମଝିରେ ଗୋଟିଏ ଉଜ୍ଜ୍ୱଳ ତାରା ଝକ୍‌ମକ୍ ହେଉଥିଲା ଆକାଶରେ । ମତେ ଲାଗିଲା, ସେ ତାରାର ଆମ ପରି ଜୀବନ ଅଛି, ସେ ହସୁଚି ଓ ମତେ ଡାକୁଚି । ଓଃ, କି ସୁନ୍ଦର ସେ ହସ ! ଦେହସାରା ଅଜଣା ଆନନ୍ଦର ଅଦ୍ଭୁତ ଶିହରଣ ଖେଳିଗଲା । ନାଇଁ, ଆଉ ରହିହେବ ନାହିଁ । ମୁଁ ଯେମିତି ସେଇ ନାରୀ; ଗତାନୁଗତିକ ସ୍ଥବିର ଜୀବନରେ ଅତିଷ୍ଠ ହୋଇ, ଆଉ କେଉଁଠି ନିସ୍ତାର ଖୋଜୁଚି । ଯେତେ ଭୟପ୍ରଦ, ବିପଦସଂକୁଳ ହେଉ ପଛେ, ଯାଏଆସେ ନାହିଁ । ମୁଁ ଧୀରେଧୀରେ ନାରୀ ହେବାକୁ ଲାଗିଲି । ପରିଣତି ସମ୍ପୂର୍ଣ୍ଣ ହେଲା ପରେ ଜାଣିଲି ଯେ ମୁଁ ଉଲଗ୍ନ । ମୋ ଦେହର ରକ୍ତସାରା ଏଇ କବିତା ଦୁଇଧାଡ଼ି ଅତି ବେଗରେ ବୁଲିବାକୁ ଲାଗିଲେ : ରାଣ ଅଛି, ରାଣ ଅଛି, ରକ୍ଷା କର, ରକ୍ଷା କର, ରକ୍ଷା କର,...ଅନୁନୟ ଅନୁନୟ ଅନୁନୟ ଅନୁନୟ...ନଚେତ୍ ଭୀରୁ ତମେ ଭୀରୁ ତମେ ଭୀରୁ ତମେ ଭୀରୁ ତମେ...ନିର୍ମମ, ନିର୍ମମ, ନିର୍ମମ, ନିର୍ମମ, ନିର୍ମମ...

ହୀରାକୁଦ ବନ୍ଧ ତଳେ ବନ୍ଦ୍ ଥିବା ଫାଟକର ଆରପାଖେ ଶୁଖିଲାଜାଗାରେ ଠିଆ ହୋଇଥିଲାବେଳେ, ହଠାତ୍ ଫାଟକ ଯଦି ଖୋଲିଯାଏ, ଶକ୍ତିଶାଳୀ ଜଳପ୍ରବାହ ମୁହୂର୍ତ୍ତକେ ଯେମିତି କାହିଁ କେତେ ଦୂରକୁ ଠେଲି ଫୋପାଡ଼ିଦେବ, ସେପରି ମୋ ଭିତରେ ହଠାତ୍ ବହମାନ ଏକ ଅଜଣା ଶକ୍ତିର ଧକ୍କାରେ, ଆକାଶରେ ମତେ ଡାକୁଥିବା ତାରା ପାଖରେ ମୁଁ ପହଂଚିଗଲି । ସେଠାରେ ଦିନ ନାହିଁ କି ରାତି ନାହିଁ, କିନ୍ତୁ ସୁନ୍ଦର ଫରଚାରେ ସବୁ ଦିଶୁଚି । ସେ ତାରା ପାଖରେ ଦେଖିଲି ଜଣେ ବିରାଟ ପୁରୁଷ । ତାଙ୍କ ସହିତ କୋଟି କୋଟି ନାରୀ ଏକାସମୟରେ ମିଶି ରତି-ସମ୍ପନ୍ନା ହୋଇ ଆନନ୍ଦ ରସରେ ମାତିରହିଛନ୍ତି । ମୁଁ ତାଙ୍କ ଭିତରେ ଜଣେ ହୋଇଗଲି । ଆକାଶକୁ ନିକ୍ଷେପିତ ହେଲାବେଳର ପ୍ରଥମ ଭୟ ଓ ଆଶଙ୍କା ଆଉ ମୋର ନଥାଏ । ଏତେ ପ୍ରାଣବନ୍ତ, ଆନନ୍ଦ-ବିଧୁର ମିଳନ ଛାଡ଼ି ନିମିଷଟିଏ ବି ଆଉ କେଉଁଆଡ଼େ ହେବାକୁ ମନ ଆଦୌ ଚାହୁଁନଥାଏ । ଭାରି ଆନନ୍ଦ; ସେ ଆନନ୍ଦ, ମୁଁ ଆନନ୍ଦ, ଆମେ ସମସ୍ତେ ଆନନ୍ଦ ।

ସେଇଠି କେଉଁଠି ଗୋଟିଏ ମୁହଁ ମତେ ଅନେଇଥିଲା ସବୁବେଳେ । ଚିହ୍ନାଚିହ୍ନା

ଲାଗିଲା । କେଉଁଠି ଦେଖିଚି ? ଆରେ, ଇଏ ତ ଆମ ଜଗନ୍ନାଥ ଦାଶ । ସେଇ ଗୋରା ତକ୍ ତକ୍ ମୁହଁ, ସେଇ ବିହ୍ୱଳ ଆଖି, ସେଇ ଚଢ଼ିଲା କପାଳ, ସମ୍ମୋହିତ ସର୍ବାଂଗ । ସେ ମୋ ପାଖକୁ ଆସିଲେ ଓ ମୁରୁକି ହସି ମତେ କଅଁଳେଇ ପଚାରିଲେ : କିରେ, ତୋର ବିଶ୍ୱାସ ହେଉ ନଥିଲା ଯେ ପୁରୁଷଦେହ-ପୋଷାକ ପିନ୍ଧା ନାରୀଟିଏ ହୋଇ ମୁଁ ତମ ସଂସାରରେ ଥିଲି ରାଧା ଭାବରେ । କହୁଥିଲୁ କ'ଣନା, ଏଗୁଡ଼ାସବୁ କପୋଳକଳ୍ପିତ । ପୁରୁଷଟା ନାରୀ ହେବ କେମିତି ? ଏବେ କହିଲୁ, ତୁ ପୁରୁଷ ଥାଇ କେମିତି ନାରୀ ପାଲଟିଗଲୁ ? ଆରେ ବୋକା, ଏଇ ସାରା ବିଶ୍ୱରେ କେବଳ ଜଣେ ପୁରୁଷ ଓ ବାକି ସମସ୍ତେ ତା' ସ୍ୱପ୍ନତିଆରି ନାରୀ । ତମେ ସ୍ଥୁଳ ଜଗତରେ ଅଙ୍ଗ ବିଭେଦରେ ଯେଉଁ ପୁରୁଷ ନାରୀର ପ୍ରଭେଦ, ତାହା ସୃଷ୍ଟି-ମାୟା । ସେ ମାୟା ସେଇଠି ଥାଏ । କେହି କେହି କୁହେଳିକାରୁ ପାରିହୋଇ ନିଜ ସ୍ୱରୂପର ଠିକ୍ ପରିଚୟ ପାଆନ୍ତି । ଏଇ ଅଥୟ ବିପୁଳ ଆନନ୍ଦ, ଚାଖିନେ, ଚାଖିନେ ।

: 'ମୁଁ ଏଠିକି କେମିତି ଆସିଲି ?' ମୁଁ ପଚାରିଲି ।

: 'ମନ-ମୁନ-ଚଇତନ ଏକ୍ ହେଲାରୁ ।' ସେ କହିଲେ ।

: 'ମୁଁ ଏ ଜାଗା ଛାଡ଼ି ଆଉ କୁଆଡ଼େ ଯିବି ନାହିଁ ଯେମିତି !' ମୁଁ ନେହୁରା ହେଲି ।

: ହେଉ, ହେଉ । କହୁକହୁ ସେ ମିଳାଇଗଲେ ।

ଦିବାନ ଉପରେ ଚେତାଶୂନ୍ୟ ହୋଇ କେବେଠୁ ମୁଁ ପଡ଼ିଚି । ସ୍ତ୍ରୀ ଆସି ଡକା ପକାଇବାରୁ ତନ୍ଦ୍ରା ଭାଂଗିଲା । ସେ ପାଟି କରୁଥିଲେ: 'ସେ ଲୋକଟା ତମକୁ ନିଶା-ମୋଦକ ନା ବିଷ-ମୋଦକ କ'ଣ ଖୋଇଦେଇ କୁଆଡ଼େ ପଳେଇଲା ? ରାତିଅଧ ହେଲାଣି, ତମେ ବେହୋସ୍ ହେଲାପରି ପଡ଼ିଚ ?'

ମୁଁ ଆଖି ଖୋଲିଲି । ବନ୍ଧୁବର ବସିଥିବା ଚୌକି ଖାଲିପଡ଼ିଥିଲା । ବିଜୁଳିବତି ଜଳୁଥିଲା ଓ ଝର୍କା ସେପାଖ ଆକାଶରେ ସେଇ ତାରା ଆଉ ଦିଶୁନଥିଲା । ସ୍ତ୍ରୀକୁ କିଛି ଉତ୍ତର ନ ଦେଇ ମୁଁ ଶୋଇବାଘରକୁ ଆସି ବିଛଣା ଉପରେ ପଡ଼ିଗଲି ।

ତିନିଚାରିଦିନ ପରେ ଆବେଶ ଧୀରେଧୀରେ ଅପସରିଗଲା । ମୁଁ ବୁଝିଲି ଯେ ସେଇ ରାତିର ଅନନ୍ୟ ଆନନ୍ଦ, ଯାହା ମୋ' ଜୀବନରେ ଏଯାବତ୍ ଥରଟିଏ ସମ୍ଭବହେଲା, ତାହା ବନ୍ଧୁଙ୍କ ଜୀବନରେ ଘଟୁଥିଲା ଏକାଧିକବାର । ବ୍ରହ୍ମୋତ୍ରୀ ମହାନ୍ତିଙ୍କ ଏଇ ଗାଢ଼ ଆବେଦନ କବିତାର ପ୍ରବଳ ଶକ୍ତିରେ, ସେ ସର୍ବଦା ଠେଲିହୋଇ ଚାଲିଯାଉଥିଲେ ସେଇ ଅପୂର୍ବ ମୁଲକକୁ । ନାରୀ ଭାବରେ । କିନ୍ତୁ ପ୍ରକୃତ ପକ୍ଷରେ ଆମେ ବୁଝୁଥିବା ନାରୀ ପୁରୁଷ ସେଠାରେ କେହି ନୁହନ୍ତି । ନଦୀର ଦୁଇ ଧାରକୁ

ଚିହ୍ନିବା ପାଇଁ ସେମାନେ କେବଳ ଦୁଇଟି ନାଁ । ଗୋଟିଏ ସୂତ୍ରରୁ ସେମାନେ ବାହାରି ନିଜ ଇଚ୍ଛାରେ ଏକରୁ ଦୁଇ ହେଲେ, ଏକାଠି ହେଲେ, ଏକ ହେଲେ, ଅଲଗା ହେଲେ, ଦୁଇ ହେଲେ...ଏକ ନିଜେ ନିଜେ ଦୁଇ ହୋଇଯାଏ, ଦୁଇମାନେ ପୁଣି ଏକ ହୁଅନ୍ତି, ଏକ ପୁଣି ଦୁଇ ହୁଏ...'

ଏବେ ଦଶ ବର୍ଷ ପରେ ଫଟୋ ଦେଖି ଭଦ୍ରବ୍ୟକ୍ତିଙ୍କୁ ଚିହ୍ନିଲି, ତାଙ୍କ ନାଆଁ, ଗାଁ, ଠିକଣା ସବୁ ପାଇଲି । କିନ୍ତୁ ସେ ଠିକ୍ କହୁଥିଲେ ଯେ ଏସବୁ ଜାଣି ଲାଭ କ'ଣ ? ଏଠି ଆମର ଯେଉଁ ନାଁ, ଯେଉଁ ପରିଚୟ, ତାହା ତାରା ପାଖରେ ପହଂଚିଗଲେ ସବୁ ଅଦରକାରୀ ମିଛ ।

ଖବରକାଗଜ ହାତଛଡ଼ା କରିବାକୁ ଇଚ୍ଛାହେଉନଥିଲା । ନଛୋଡ଼ବନ୍ଧା କଳାହାଣ୍ଡିଆ ଅବସାଦ ମତେ କାବୁ କରିନେଇଥିଲା । ବନ୍ଧୁଙ୍କ ଅନୁପସ୍ଥିତିରେ ବ୍ରହ୍ମୋତ୍ରୀ ମହାନ୍ତିଙ୍କ କବିତା ଭିତରେ ଥିବା ରକେଟ୍ ବଳକୁ କିଏ ସ୍ଫୁରଣ ଦେବ ? ବୋଧହୁଏ, ମୃତ୍ୟୁସମ୍ବାଦ ଶ୍ରୀମତୀ ମହାନ୍ତିଙ୍କୁ ନଜଣାଇ ମୁଁ ଠିକ୍ କରିଚି । ତାଙ୍କୁ କେମିତି ବୁଝାଇଥାଆନ୍ତି ଯେ ଏଇ ଲୋକଟି ତାଙ୍କ କବିତାର ଉଡାଜାହାଜରେ ଆକାଶକୁ ଉଡ଼ିଯାଇ ସେଠାରେ ଚରମ ରତିର ସ୍ୱାଦ ଚାଖିବାର ପୋଖତ ଯୋଗୀଟିଏ !

■

ଲାବଣ୍ୟବତୀ

ଏ ଗପ ନାୟକଙ୍କ ନାଆଁ ସ୍ୱୀକାର କୁମାର ରାଉତ । ସେ ଦୁଇବର୍ଷ ତଳେ ଆଇ.ଏ.ଏସ୍. ପାଇ ବର୍ତ୍ତମାନ ତାମିଲନାଡୁର ରାମେଶ୍ୱରମ୍ ଜିଲ୍ଲା ଅନ୍ତର୍ଗତ ଧନୁଷକୋଡିରେ ସବ୍-କଲେକ୍ଟର ଭାବେ ଅବସ୍ଥାପିତ । ଆଇ.ଏ.ଏସ୍. ପାଇବାର ଛ'ମାସ ପରେ ସେ ବିବାହ କଲେ ଓଡ଼ିଆ ଅଧ୍ୟାପିକା ଲାବଣ୍ୟ ନାୟକଙ୍କୁ । ଲାବଣ୍ୟ ଓଡ଼ିଆ ସାହିତ୍ୟରେ ଏମ୍.ଏ. କରି କବିସମ୍ରାଟ ଉପେନ୍ଦ୍ର ଭଞ୍ଜଙ୍କ ବିଭିନ୍ନ କାବ୍ୟ ଭିତରେ ଆଦିରସ ଜରିଆରେ ମାନସିକ ଉତ୍ତରଣକୁ ନେଇ ଗବେଷଣା କରି ପିଏଚ୍.ଡି. ପାଇବା ପରେ ବଲାଙ୍ଗିର ମହିଳା ମହାବିଦ୍ୟାଳୟରେ ଅଧ୍ୟାପନାରତ । ଆଠଦଶଦିନ ତଳେ, ଗୋଟିଏ ବର୍ଷର ଷ୍ଟଡି ଲିଭ୍ ନେଇ ଲାବଣ୍ୟ ବଲାଙ୍ଗିରରୁ ଏଠାକୁ ଆସିଲେ । ସରକାରୀ ଘର ତିଆରି ସମ୍ପୂର୍ଣ୍ଣ ହେବାକୁ ଆଉ ଦୁଇତିନିମାସ ଲାଗିବ । ତେଣୁ ସ୍ୱୀକାରବାବୁ ଓ ଲାବଣ୍ୟ ସେଇ ଛୋଟ ସହରରେ ଅବସ୍ଥିତ ସରକାରୀ ଅତିଥିଭବନରେ ରହୁଥିଲେ । ସ୍ୱୀକାରବାବୁ ବିଜ୍ଞାନ ଛାତ୍ର । ଘଟଣାଚକ୍ର ଏମିତି ହେଲା ଯେ ଲାବଣ୍ୟବତୀ କାବ୍ୟକୁ ପଢ଼ିବାର ସୁଯୋଗ ପାଇ, ତାକୁ ଅଂଗେ ନିଭାଇବାର ପ୍ରୟାସକରି, ଏଇ ସାତଆଠ ଦିନ ଖୁବ୍ ମଜଗୁଲ୍ ହୋଇ ସମୟ ବିତାଉଥିଲେ । ଆଜି ଗୋଟିଏ ଅଘଟଣ ଘଟି ସବୁ ଏପାଖସେପାଖ କରିଦେଲା । ସେଇ ଦୁର୍ଘଟଣାକୁ ଅବତାରଣା କରିବା ଆଗରୁ ସ୍ୱୀକାରବାବୁଙ୍କ ବିଶଦ ପରିଚୟ ଦେବା ନିହାତି ଦରକାର । ତା' ପୂର୍ବରୁ ପାଠକମାନଙ୍କୁ ଲାବଣ୍ୟବତୀ କାବ୍ୟର ସରାଂଶ କହିଦେବା ଉଚିତ ହେବ ।

ଓଡ଼ିଆ କାବ୍ୟ ସାହିତ୍ୟରେ କବିସମ୍ରାଟ ଉପେନ୍ଦ୍ର ଭଞ୍ଜ ହିଁ ଅଳଂକୃତ କାବ୍ୟ ଶୈଳୀର ସର୍ବପ୍ରଧାନ କବି । ଲାବଣ୍ୟବତୀ କବିଙ୍କର ଶ୍ରେଷ୍ଠ କାବ୍ୟ । କୁହାଯାଏ ଯେ ଜଗନ୍ନାଥ ଦାସଙ୍କ ଭାଗବତ ଓ ଉପେନ୍ଦ୍ର ଭଞ୍ଜଙ୍କ ଲାବଣ୍ୟବତୀ ନ ପଢ଼ିଲେ, ଓଡ଼ିଆ ସାହିତ୍ୟରେ ପ୍ରବେଶ ଅସମ୍ପୂର୍ଣ୍ଣ ହେବ । ଲାବଣ୍ୟବତୀର ଘଟଣା କଳ୍ପନା କବିଙ୍କର ନିଜସ୍ୱ ।

ହିମାଳୟ ପର୍ବତ ମହାଦେବ ଶିବଙ୍କ ବାସସ୍ଥଳୀ । ଜୀବଜଗତର ପରିତ୍ରାଣ ନେଇ ସେ ସବୁବେଳେ ବ୍ୟସ୍ତ । ତାଙ୍କ ସ୍ତ୍ରୀ ପାର୍ବତୀ ଦେବୀ । ଶିବଙ୍କ ଗସ୍ତରେ ତାଙ୍କୁ ବଡ଼ ଏକଲାଏକଲା ଲାଗିଲା । ଭାବିଲେ, ଗୋଟିଏ ସହଚରୀ ଥିଲେ ତା' ସଂଗରେ ପଶା ଖେଳି କି ଆଳାପକରି ସମୟ ବିତାଇହୁଅନ୍ତା । ତାଙ୍କ ମନ-ଶକ୍ତିକୁ ଏକତ୍ର କରି ଜଣେ ନାରୀ ସୃଷ୍ଟିକଲେ । ତା' ନାଆଁ ରଖିଲେ ବାଞ୍ଛାବତୀ। ବାଞ୍ଛାବତୀ ଦେଖିବାକୁ ଭାରି ସୁନ୍ଦରୀ । ପାର୍ବତୀ ଭାବିଲେ ଯେ ସୌନ୍ଦର୍ଯ୍ୟରେ ତାଙ୍କଠାରୁ ବି ତରୁଣୀଟି ବଳିଗଲା । ପୁରୁଷପକୃତି କ'ଣ ପାର୍ବତୀଙ୍କୁ ଅଗୋଚର! ମନକୁ ପାପ ଛୁଇଁଲା, ଶିବ ମହାରାଜ ଯଦି ଏ ତରୁଣୀଟିକୁ ଦେଖି ତା' ପ୍ରତି ଆକର୍ଷିତ ହେବେ, ତେବେ ତାଙ୍କ ଭେଳା ବୁଡ଼ିବ । ଭାବିଲେ, ପଶାଖେଳ, ଆଳାପ ନ ହେଲା ନାହିଁ ପଛେ, ଇଏ ଏଠୁ ଯାଉ । ହିମାଳୟ ପାଦଦେଶରେ ଘୋର ଜଙ୍ଗଲ ଭିତରେ ଶ୍ରୀକେଦାରେଶ୍ୱରଙ୍କ ମନ୍ଦିର । ସେଇ ପାଖଆଖରେ ମାନସଶକ୍ତିରେ ଘରଟିଏ ତୋଳାଇ ବାଞ୍ଛାବତୀଙ୍କୁ ଅଟକବନ୍ଦୀ କରି ରଖିବା ପାଇଁ ସେଠିକି ପଠେଇଦେଲେ । ଗଲାବେଳେ ଚେତାବନୀ ଦେଇଥିଲେ; ଖବରଦାର! ଯେଉଁଦିନ ତୁ ସେ ଘର ଦ୍ୱାରବନ୍ଧ ଡେଇଁବୁ, ତୋ' ଛାତି ଫାଟିଯିବ, ତୁ ମରିଯିବୁ । ବାଞ୍ଛାବତୀ କାନ୍ଦିଲେ । କହିଲେ: ମତେ ତମ ମନରୁ ଗଢ଼ିଲ, ଅଥଚ ମୋ' ଭାଗ୍ୟରେ ଟିକେ ହେଲେ ସୁଖ ଲେଖିଲ ନାଇଁ? ତମେ ଏଡେ ନିର୍ଦ୍ଦୟ! ପାର୍ବତୀଙ୍କ ହୃଦୟ ତରିଳିଗଲା, କହିଲେ: ହେଉ ହେଉ, ବ୍ୟସ୍ତ ହ'ନା । ଏ ଜନ୍ମରେ ତୋର ସ୍ୱାମୀସୁଖ ନାଇଁ ସତ, ମାତ୍ର ଏ ଜନ୍ମରେ ଯେଉଁ ପୁରୁଷ ତୋ' ହାତ ଧରିବ ବା ତତେ ଛୁଇଁବ, ସେ ଆରଜନ୍ମକୁ ତୋ'ର ପତି ହେବ । ମୁଁ ବ୍ୟବସ୍ଥା କରିଦେଉଚି ।

ବନ୍ଦୀଘରେ ବାଞ୍ଛାବତୀଙ୍କ କାଳ କଟୁଥାଏ । ଦିନଟାଯାକ କରିବେ ବା କ'ଣ? ଦ୍ୱାରବନ୍ଧ ନ ଡେଇଁପାରି ସେଇଠି ବସିଥାନ୍ତି, ଜଙ୍ଗଲର ପଶୁପକ୍ଷୀ ଦେଖି ମନ ଭୁଲାନ୍ତି । ଯା' ଭିତରେ କ'ଣ ହୋଇଚିନା, ପ୍ରଭାକର ନାମରେ ଜଣେ କ୍ଷତ୍ରିୟ ବୀର ଯୁବକର, ଯେତେ ବିବାହ ପ୍ରସ୍ତାବ ଆସିଲେ ମଧ୍ୟ, କୌଣସି ଝିଅ ତାଙ୍କ ମନଲାଖି ହେଲା ନାହିଁ । ବିରକ୍ତ ହୋଇ ତପସ୍ୟା କରିବାକୁ ପଳେଇଆସିଲେ କେଦାରେଶ୍ୱର ମନ୍ଦିର: ହେ ପ୍ରଭୁ! ମତେ ଗୋଟିଏ ଦିବ୍ୟନାରୀ ହୁକୁମ ହେଉ । ଯେତେ ଦେଖିଲିଣି, କେଉଁ ନାରୀଠାରେ ମୋର ମନ ମାନୁ ନାହିଁ ।

ତପସ୍ୟା ସମୟ ସରିଲା । ଜନବସତିକୁ ଫେରିବା ବାଟରେ ଆଖିରେ ପଡ଼ିଗଲା ଗୋଟିଏ ସୁଦୃଶ୍ୟ ଘର, ଆଉ ଦ୍ୱାରବନ୍ଧ ପାଖରେ ଠିଆହୋଇଚି ଅନିନ୍ଦ୍ୟ ସୁନ୍ଦରୀଟିଏ । ମନଟା ପ୍ରସନ୍ନ ହେଲା କେଦାରେଶ୍ୱରଙ୍କ ଉପରେ । ପାଖକୁ ଆସି ସବୁ ବୃତ୍ତାନ୍ତ ଶୁଣିଲେ । ସୁନ୍ଦରୀଙ୍କୁ କହିଲେ: ନାଇଁ! ତମକୁ ଛାଡ଼ି ମୁଁ ଆଉ କୁଆଡ଼େ ଯାଇପାରିବି ନାହିଁ,

ଦ୍ୱାରବନ୍ଧ ଏପଟେ ରହି ତମକୁ ଦେଖିଦେଖି ପ୍ରାଣତ୍ୟାଗ କରିବି ପଛକେ । କିଛିଦିନ ଅନାଅନି ହୋଇ ବିତାଇଲେ; କିନ୍ତୁ ଯେତେ ଯାହା ହେଲେ ବି ମନ କ'ଣ ସେତିକିରେ ମାନିବ କି ? ରାତିକି ଆହୁରି ଅସୁବିଧା, ଚକ୍ଷୁର ମିଳନ ପାଇଁ । ଦିନେ ଜହ୍ନରାତିରେ ଦୁହେଁ ଆଉ ସମ୍ଭାଳି ପାରିଲେ ନାହିଁ । ଟିକେ କୋଳାକୋଳି ହୋଇଛନ୍ତି, ବାଞ୍ଛାବତୀଙ୍କ ଜୀବନ ଠକ୍‌କରି ଛାଡ଼ିଗଲା । ପ୍ରଭାକର ଭାବିଲେ - ଯାହାକୁ ହୃଦୟ ଅଜାଡ଼ିଦେଲି, ସେ ତ ରହିଲା ନାହିଁ, ମୁଁ ଆଉ ଜୀବନ ରଖିବି କାହିଁକି ? ଯାଉଚି ଗଂଗାନଦୀରେ ବୁଡ଼ିମରିବି । ବୁଡ଼ିବା ଆଗରୁ ଶୂନ୍ୟବାଣୀ ହେଲା: ପାର୍ବତୀଙ୍କ ପ୍ରତିଶ୍ରୁତି ଅନୁସାରେ ତମେ ଦି'ଜଣ ପୁଣି ଜନ୍ମହେବ, କେତେ ସୁଖ ଭୁଞ୍ଜିବ, ଶାନ୍ତ ଚିତ୍ତରେ ଯା' । ଗୋଟିଏ ଜନ୍ମ ସରିଲା ।

ପ୍ରଭାକର ଜନ୍ମହେଲେ କର୍ଣ୍ଣାଟକଦେଶର ରାଜାଙ୍କ ଘରେ । ତାଙ୍କ ବାପା ଶଶିଶେଖର ଓ ମା' ରାଣୀ ଶଶିରେଖା । ପ୍ରଭାକରଙ୍କ ନାଆଁ ହେଲା ଚନ୍ଦ୍ରଭାନୁ । ଚନ୍ଦ୍ରଭାନୁ ଜନ୍ମ ହେବାର କିଛି ବର୍ଷ ପରେ ସିଂହଳ ଦେଶର ରାଜା ରତ୍ନେଶ୍ୱର ଓ ରାଣୀ ବିଦ୍ୟୁତ୍‌ଲତାଙ୍କ ପାଂଚ ପୁଅରେ ଝିଅଟିଏ ହେଲା - ସେଇ ବାଞ୍ଛାବତୀ - ତାଙ୍କ ନାଆଁ ହେଲା ଲାବଣ୍ୟବତୀ । ଚନ୍ଦ୍ରଭାନୁ ବୟସବୃଦ୍ଧି ସହିତ ସବୁ ବିଦ୍ୟାରେ ପାରଙ୍ଗମ ହୋଇଉଠୁଥାନ୍ତି । ଲାବଣ୍ୟବତୀ ମଧ୍ୟ ଯୌବନରେ ପଦାର୍ପଣ କଲେଣି । ଭାରି ଗୁଣର, ଭାରି ସୁନ୍ଦରୀ । ସିଂହଳଦେଶରେ ମଣିମାଣିକ୍ୟ ପ୍ରଚୁର ମିଳେ । କର୍ଣ୍ଣାଟକଦେଶକୁ ସାଧବମାନେ ବିକିବାକୁ ଆସନ୍ତି। ରାଜପରିବାରର ନାଗୁଆ ସାଧବ ମଣିମାଣିକ୍ୟ ବୁଜୁଳା ଧରି ରାଜାଙ୍କ ନଅରକୁ ବ୍ୟବସାୟ କରିବାକୁ ଆସିଚି, ଆଖି ପଡ଼ିଗଲା ଯୁବରାଜ ଚନ୍ଦ୍ରଭାନୁ ଉପରେ । ଭାବିଲା, ଏଇଟି ଆମ ଡଉଲଡାଉଲ ରାଜଜେମା ପାଇଁ ଉପଯୁକ୍ତ ବର । ସହଜେ ତ ଯୌବନ ବେଳ, ଆଉ ସାଧବଟି ଲାବଣ୍ୟବତୀର ରୂପମାଧୁରୀ ଏମିତି ବଖାଣିଲା ଯେ ଯୁବରାଜେ ଆଉ ଯାଆନ୍ତି କୁଆଡେ! ପାଗଳପରାଏ ମନକଥା ସାଧବ ଆଗରେ ବଖାଣିଲେ । ଅନ୍ୟପକ୍ଷରେ ରାଜଜେମାଙ୍କ ବିବାହ ପାଇଁ ଗୋଟିଏ ହାତଅଙ୍କା ଚିତ୍ରପଟ ଦେଇ ଜଣେ ଦୂତଙ୍କୁ ସିଂହଳରାଜା ବିଭିନ୍ନ ରାଜପରିବାରକୁ ପ୍ରେରଣ କରିଛନ୍ତି । ସେ ଦୂତଙ୍କ ନାଆଁ ଜ୍ଞାନାନନ୍ଦ ସନ୍ନ୍ୟାସୀ । ଫେରିବା ବାଟରେ ସେ କର୍ଣ୍ଣାଟକଦେଶ ଦେଇ ଆସିଲେ । ଚନ୍ଦ୍ରଭାନୁ ତାଙ୍କୁ ହାତ କରିନେଲେ । ଜ୍ଞାନାନନ୍ଦ ସନ୍ନ୍ୟାସୀ ସିଂହଳ ଫେରି ମୌକା ଦେଖି ଲାବଣ୍ୟବତୀ ଆଗରେ ଚନ୍ଦ୍ରଭାନୁର ରୂପ-ଗୁଣର ଏମିତି ତାରିଫ୍ ଶୁଣାଇଲେ ଯେ ସେ ଚନ୍ଦ୍ରଭାନୁଙ୍କୁ ପାଇବା ପାଇଁ ପାଣିପାଣି । ଉଭୟେ ପରସ୍ପରକୁ ସ୍ୱପ୍ନ ଦେଖିଲେ, ସ୍ୱପ୍ନ ସତ କି ନୁହଁ ଜାଣିବାକୁ ମନ ହାଇଁପାଇଁ ହେଲା । ଲାବଣ୍ୟବତୀ ତା' ପ୍ରିୟ ସଖୀକୁ ସେଠିକା ଶିବମନ୍ଦିରକୁ ପଠାଇ ସତକଥା

ଜାଣିଗଲେ ଯେ ସେ ଯେମିତି ଚନ୍ଦ୍ରଭାନୁ ପାଇଁ ପାଗଳୀ, ରାଜପୁତ୍ର ତାଙ୍କ ପାଇଁ ବି ସେମିତି ପାଗଳ । ଏପଟେ ଚନ୍ଦ୍ରଭାନୁ ଲାବଣ୍ୟବତୀଙ୍କ ମନ ଜାଣିବା ପାଇଁ ତାଙ୍କର ଜଣେ ବିଶ୍ୱସ୍ତ ଲୋକକୁ ଯାଦୁଖେଳ ଦେଖାଇବା ବାହାନାରେ ସିଂହଳ ରାଜପ୍ରାସାଦକୁ ପଠେଇ ଥାଆନ୍ତି । ସେ ଖବର ଆଣି ଆସିଲା ଯେ ଦେଖାନହୋଇଥିଲେ ବି କଥା ଶୁଣିଶୁଣି ଲାବଣ୍ୟବତୀ ଚନ୍ଦ୍ରଭାନୁ ପ୍ରତି ଏତେ ଆସକ୍ତ ଯେ ଆଉ ବିରହବେଦନା ସହିବା ଅବସ୍ଥାରେ ନାହାନ୍ତି । ମଧ୍ୟସ୍ଥିମାନେ ଯତ୍‌ପରୋନାସ୍ତି ଚେଷ୍ଟାକରି ରାମେଶ୍ୱରମ୍‌ର ଶିବମନ୍ଦିରରେ ଦୁଇ ଜଣଙ୍କ ସାକ୍ଷାତ କରାଇଦେଲେ । ଚନ୍ଦ୍ରଭାନୁଙ୍କୁ ନାରୀବେଶ ହୋଇ ଯିବାକୁ ପଡ଼ିଥିଲା । ଚିଠିପତ୍ରରେ ଦିନାକେତେ ଖୁବ୍ ରସାରସି ହେଲେ । ଅଭିଭାବକମାନଙ୍କ କାନରେ କଥା ପଡ଼ିଲା । ବିବାହପର୍ବ ଘଟିତ ହେଲା । ସିଂହଳରୁ ଲାବଣ୍ୟବତୀଙ୍କୁ ଧରି ଚନ୍ଦ୍ରଭାନୁ କର୍ଣ୍ଣାଟକ ଫେରିବା ବାଟରେ କାବେରୀ କୂଳରେ ହନିମୁନ୍ ପାଇଁ କିଛିଦିନ ରହିଗଲେ । ହନିମୁନ୍ ବା ପୁରୁଷ-ନାରୀଙ୍କ ବିବାହ ପରେ ପ୍ରଥମ ପର୍ଯ୍ୟାୟର ରତିକ୍ରୀଡାକୁ କବିସମ୍ରାଟ ଟିକିନିଖିଭାବେ କାବ୍ୟର ତେତିଶତମ ଛାନ୍ଦଠାରୁ ଅଠତିରିଶିତମ ଛାନ୍ଦ ପର୍ଯ୍ୟନ୍ତ ବର୍ଣ୍ଣନା କରିଛନ୍ତି । ରତିର ପୂର୍ବରାଗରେ ଆଲିଙ୍ଗନ, ଚୁମ୍ବନ, ସ୍ତନମର୍ଦ୍ଦନ, ନଖ-ଦନ୍ତ କ୍ଷରଣ, ରତି ସମୟରେ ବିଭିନ୍ନ ବନ୍ଧ ଇଂରାଜୀରେ ପୋସ୍‌ଚରର ବିଶଦ ବିବରଣୀ ଓ ରତି ଶେଷରେ ତୃପ୍ତିଜନିତ ପ୍ରେମାଳାପ ବର୍ଣ୍ଣନା ଯୋଗୁଁ ଉପେନ୍ଦ୍ରଙ୍କ ସମସ୍ତ କୃତି ଭିତରେ ଲାବଣ୍ୟବତୀ ସର୍ବାଧିକ ଲୋକପ୍ରିୟ । ବର୍ଣ୍ଣନା ଏତେ ଜୀବନ୍ତ ଯେ ବିବାହିତ ଯୁବକଯୁବତୀ ସେମାନଙ୍କ ଅତୀତରେ ମଧୁଶଯ୍ୟା ରାତିରେ ଘଟିଥିବା ଅପାରଗତାକୁ ମନେ ପକେଇ ଦୁଃଖକରିବେ ଓ ବାହାହେବାକୁ ଯାଉଥିବା ତରୁଣତରୁଣୀ ଏଇ ଭାବେ ରତିକ୍ରୀଡା କଲେ ଅଶେଷ ଆନନ୍ଦ ପାଇବେ ବୋଲି କୁହାଯାଏ ।

ମଣିଷ ଦି'ଟା ରତିରେ ଏତେ ଆନନ୍ଦ ପାଉଥିବାର ଜାଣି ଦେବତାମାନେ ଈର୍ଷାପରାୟଣ ହୋଇପଡ଼ିଲେ । ଋଷିମାନଙ୍କ ଯଜ୍ଞରକ୍ଷା କରିବାର ଆଳ ଦେଖାଇ ଚନ୍ଦ୍ରଭାନୁଙ୍କୁ ଲାବଣ୍ୟବତୀଠାରୁ ବର୍ଷେ ପାଇଁ ଉଡ଼େଇନେଇ ବିରହ କଷ୍ଟ ଦେଲେ । ପୁଣି ସେମାନେ ଏକାଠି ହେଲେ; ମିଳନ-ବିରହ-ମିଳନ । ସଂକ୍ଷେପରେ ଏଇ ହେଲା ଲାବଣ୍ୟବତୀ କାବ୍ୟର କାହାଣୀ ।

ଆମ ସ୍ୱୀକାର-ଲାବଣ୍ୟ କାହାଣୀରେ କ'ଣ କେମିତି ଘଟିବ, ଚାଲନ୍ତୁ ଦେଖିବା ।

ସ୍ୱୀକାରବାବୁ ବାଲେଶ୍ୱର ଅଞ୍ଚଳର ଲୋକ । ତାଙ୍କ ଯୌଥ-ପରିବାରରେ ତାଙ୍କ ବାପା, ମା' ତିନି ଭାଇଭଉଣୀ ସମସ୍ତେ ବଂଚିଛନ୍ତି । ଇଏ ସବୁଠୁ ସାନ, ମା' ଓ

ବଡ଼ଭାଇଙ୍କ କୋଡ଼ପୋଛା । ତାଙ୍କ ବାପା ସେ ଅଞ୍ଚଳର ଜଣେ ବଡ଼ ଚାଷୀ। ଘର ଚାରିପାଖରେ ଗଣ୍ଡାଏ ଦି'ଗଣ୍ଡା ମାଛପୋଖରୀ; ଥିଲାବାଲା ଘର । ସ୍ୱୀକାରବାବୁ ଭାଇଭଉଣୀମାନଙ୍କ ମଧ୍ୟରେ ସବୁଠାରୁ ସାନ, ସବାବଡ଼ ଭାଇ ନିରାକାରବାବୁଙ୍କ ବଡ଼ପୁଅ ତାଙ୍କରି ବୟସର । ନିରାକାରବାବୁଙ୍କ ବୟସ ପଚାଶ ଟପିଲାଣି । ଗାଁ'ରେ ଚାଷକାମ ଓ କରଜ ଦେଣ୍-ନେଣ୍ ବୁଝାବୁଝି କରନ୍ତି । କିନ୍ତୁ ସେ ନିର୍ମାୟା ପୁରୁଷ ହୋଇଥିବାରୁ ଅସଲ ଚାବିକାଠି ସ୍ତ୍ରୀ ମାଳତୀଦେବୀଙ୍କ ହାତରେ । ମାଳତୀଦେବୀ ନିରାକାରବାବୁଙ୍କ ପଛରେ ଲାଗି ଲାଗି କଟକର ହରିପୁର ରୋଡ୍‌ରେ କୋଠାଘରଟିଏ ତୋଳାଇଲେ । ତାଙ୍କ ଦିଅରମାନେ ଓ ପୁଅମାନେ ସେଇଠି ରହି ପାଠପଢ଼ି ମଣିଷ ହେଲେ । କଟକରୁ ଗାଁ, ଗାଁରୁ କଟକ, ମାସେ ପନ୍ଦରଦିନରେ ତାଙ୍କର ଯାଆସ । ନଣନ୍ଦମାନେ ତାଙ୍କ ପାରିବାପଣ ଯୋଗୁଁ ଅଳ୍ପ ଯୌତୁକରେ ଭଲ ଘରେ ଯୋଗ୍ୟ ଜ୍ୱାଇଁ ପାଇଲେ । ଦି'ଜଣ ବଡ଼ ଦିଅର - ଜଣେ ଡାକ୍ତର ଓ ଆରଜଣକ ବି.ଡି.ଓ. ଚାକିରିରେ ପଶ୍ଚିମ-ଓଡ଼ିଶାରେ ତାଙ୍କ ପିଲାଛୁଆ ଧରି ରହୁଛନ୍ତି । ଘରୁ ଚାଉଳଡାଲି ନିଅନ୍ତି । ସେମାନଙ୍କ ରୋଜଗାର ବେଶ୍ ଭଲ । କିନ୍ତୁ ଯେତେହେଲେ ପିଲାଲୋକ । ହାତରେ ପଇସା ପଡ଼ିଲେ ଖର୍ଚ୍ଚ କରିବାକୁ ମନ ଖଲ୍‌ଖଲ୍ ହେବ । ମାଳତୀଦେବୀ ମାସେ ଦି'ମାସରେ ସେମାନଙ୍କ ଘରକୁ ଗସ୍ତ ପକାଇ, ବେଶ୍ ଦି'ପଇସା ଆଦାୟ କରି ନେଇଆସନ୍ତି । ସେମାନେ ତାଙ୍କ ହାତରେ ମଣିଷ, ଏବେ ରୋଜଗାର କଲେ ବୋଲି କ'ଣ ସ୍ତ୍ରୀ ବୋଲକରା ହୋଇ ସବୁ ଉପାର୍ଜନ ଉଡେଇଦେବେ? ତାଙ୍କ ପାଖରେ ପଇସା ରହିବା ଯାହା, ବ୍ୟାଙ୍କ୍‌ରେ ରହିବା ତାହା । କାହାର ପଦେ ପାଟି ଫିଟେଇବାର ଜୁ, ନାହିଁ ।

କଟକରେ ପାଠପଢ଼ା ସାରି ସ୍ୱୀକାରବାବୁ ଖଡ଼ଗପୁର ଆଇ.ଆଇ.ଟି.ରୁ ପାସ୍ କଲେ । ଟାଟାନଗରରେ ଚାକିରି । ସେତେବେଳକୁ ତାଙ୍କ ସମବୟସ୍କ ପୁତୁରା ଓରଫ ସାଙ୍ଗ କେଦାର, ଆୟୁର୍ବେଦ ଓ ଏଲୋପାଥିର ମିଶାଗୋଳିଆ ଡାକ୍ତରି ପାଠ ଶେଷ କରି ବ୍ରହ୍ମପୁରରେ ସରକାରୀ ଡାକ୍ତର । ମଧ୍ୟସ୍ଥିମାନେ ବିବାହ ପ୍ରସ୍ତାବ ଆଣୁଥାଆନ୍ତି । କେଉଁ ଝିଅକୁ କେଦାର ଓ କାହାକୁ ସ୍ୱୀକାର ଦେଖିବାକୁ ଯିବ, ତାକୁ ଠିକ୍ କରନ୍ତି ମାଳତୀଦେବୀ । ପୁଅ ଅପେକ୍ଷା ଦିଅରଙ୍କର ପାଠ ଅଧିକ, ସେଥିପାଇଁ ଖର୍ଚ୍ଚ ଅଧିକ, ସେଇ ଅନୁସାରେ ଯୌତୁକର ପରିମାଣ । ପରିମାଣ ଅନୁସାରେ କନ୍ୟାକୁ କିଏ ଦେଖିବାକୁ ଯିବ, ଠିକଣା ହୁଏ ।

ଲାବଣ୍ୟକୁ ଦେଖିବା ଆଗରୁ ତାଙ୍କ ଭାଉଜଙ୍କ ନିର୍ଦ୍ଦେଶକ୍ରମେ ସେ ଆଉ ଦୁଇଟି ଝିଅ ଦେଖିଥିଲେ, କିନ୍ତୁ ଯୌତୁକ ବ୍ୟାପାରରେ କଥା କଟାକଟି ହେଲା, ମାଳତୀଦେବୀ

ଅଗେଇଲେ ନାହିଁ । ଲାବଣ୍ୟ ଥିଲାବାଲା ଘରର ଝିଅ । ତା' ବାପା ଭୁବନେଶ୍ୱରଠାରୁ କୋଡ଼ିଏ କିଲୋମିଟର ଦୂର ଆଠଦଶ ଖଣ୍ଡ ଗାଁର ପୁରୁଣା ଜମିଦାର। ଏବେ ବଡ଼ କୋଠାଟିଏ ଆଉ ପଚାଶ ଏକର ସରିକି ଭଲ ଚାଷଜମି ହାତରେ ରଖିଛନ୍ତି, ଟ୍ରାକ୍ଟର ଲଗେଇ ଚାଷକରନ୍ତି । ପୁଅ ଦି'ଜଣ ପାରିବାର ହୋଇ ଭୁବନେଶ୍ୱରରେ କାରଖାନା ବସାଇ ବେଶ୍ କମାଉଛନ୍ତି ବୋଲି ଖବର ମିଳିଚି। ତହିଁକି ଝିଅ ସରକାରୀ କଲେଜରେ ଅଧ୍ୟାପିକା । ମଧ୍ୟସ୍ଥିମାନେ ଖବର ଆଣିଛନ୍ତି ଯେ ଖାନଦାନୀ ଜମିଦାରଘରେ ଶହେ ତୋଳା ଗହଣା ଝିଅ ପାଇଁ କେଉଁ ଅମଳରୁ ସାଇତା ହୋଇ ରହିଚି । ବାକି ଜିନିଷପତ୍ର ସବୁ ମିଳିବ । ଦୁଇ ପୁଅରେ ଗୋଟିଏ ଝିଅ ଲାବଣ୍ୟ; ଦଶ ଏକର ଜମି ଜ୍ୱାଇଁଙ୍କ ନାଆଁରେ କରିଦେବାକୁ ତା'ର ବାପା ରାଜି । ତିନି ଚାରିଜଣ ବନ୍ଧୁଙ୍କୁ ନେଇ ଝିଅ ଦେଖା କାମ ସାରି ସ୍ୱୀକାରବାବୁ ଟାଟାନଗର ଫେରିଗଲେ । ସେଠାରେ ପହଂଚିଥିବେ କି ନାହିଁ ଖବର ମିଳିଲା ଯେ ସେ ଆଇ.ଏ.ଏସ୍. ପାଇଗଲେ । ଆଉ ଦେଖିବ କ'ଣ ? ଗାଁ ପୋଖରୀରେ ମାଛ ଧରାବେଳେ ଜାଲରୁ ବଡ଼ମାଛ ଓଝଳା ହେଲେ ଯେମିତି ସମସ୍ତେ ରୁଣ୍ଡ ହୋଇ ଦର ହାଙ୍କନ୍ତି, ଛଡାମଡ଼ା ହୁଅନ୍ତି, ସେଇ ଅବସ୍ଥା । କିଏ କହୁଚି ପଚାଶ ଲକ୍ଷ ନିଅ, କିଏ କହୁଚି ଭୁବନେଶ୍ୱରରେ ବିରାଟ କୋଠା, ଆଉ ତାକୁ ଅନେଇ ବ୍ୟାଙ୍କ ବାଲାନ୍ସ ଝିଅ ନାଆଁରେ, ଆସି ଦେଖିଯାଅ । ମାଳତୀଦେବୀଙ୍କ ମନଟା ଖାଲି ଛକ୍‌ଫକ୍ ହେଉଥାଏ । ଏତେ ଦିନକେ କୋଟିପତି ହେବା ସୁଯୋଗ ଏ ଟୋକାଟା ଦେଲା !

କିନ୍ତୁ ଘଟଣା ଘଟିଲା ଅନ୍ୟ ପ୍ରକାର ।

ଲାବଣ୍ୟର ଦି' ରୋଜଗାରିଆ ଭାଇ ଜାଣିନେଲେ ଯେ ଏତିକି ଯୌତୁକରେ ଏଇ ଆଇ.ଏ.ଏସ୍. ଆସାମୀଟାକୁ ଜ୍ୱାଇଁ କରିହେବ ନାହିଁ । ସେମାନେ ଟାଟା ଯାଇ ସ୍ୱୀକାରବାବୁଙ୍କୁ ଗୁପ୍ତରେ ଭେଟିଲେ; ବାହାଘର ହେଲେ ସ୍ୱୀକାରବାବୁ କୋଡ଼ିଏ ଲକ୍ଷ ଟଙ୍କା ଅଲଗା ପାଇବେ । ତାଙ୍କ ଘରେ କେହି ଜାଣିବେ ନାହିଁ । ସ୍ୱୀକାରବାବୁ ଏଇ ପ୍ରସ୍ତାବକୁ ତାଙ୍କ ଯୌଥ ପରିବାରର ପରିସ୍ଥିତି ସହ ମିଳାଇ ଚିନ୍ତାକଲେ । ଉପର ଦି'ଭାଇଙ୍କ ବାହାଘର ଯୌତୁକ ବାବଦକୁ ଯେଉଁ ତିନି ଚାରି ଲକ୍ଷ ଟଙ୍କା ମିଳିଥିଲା, ତାକୁ ମାଳତୀଦେବୀ ହାତପଇଠ କରି ନେଇଥିଲେ । ଏବେ ପିଲାମାନେ ପାରିବାର ହୋଇଗଲେଣି । କୋଠ ସମ୍ପତ୍ତି ଭାଇଭାଗ କଥା ଉଠିଲେ, ତାଲିକାରେ ଯୌତୁକ ଟଙ୍କା କଥା ଉଠୁ ନାହିଁ । ମାଳତୀଦେବୀଙ୍କ ଗହଣା ତିଆରି ଚାଲିଚି । ତାଙ୍କ ବଡ଼ ଦୁଇ ଭାଇଙ୍କ ରୋଜଗାରର କିଛି ଅଂଶ, ସେମାନେ ଦେବା ପାଇଁ ବାଧ୍ୟ । ଏଇ ପରିସ୍ଥିତିରେ ଏ ପ୍ରସ୍ତାବଟା କିଛି ମନ୍ଦ ନୁହେଁ । ତାଙ୍କୁ ବିକ୍ରି କରି ଯାହା ଆସିବ, ସବୁ ମାଳତୀଦେବୀଙ୍କ

ହାତରେ ରହିବ, ସେ କାଣିକଉଡିଟିଏ ପାଇବେ ନାହିଁ । ଆଉ ପଇସା ନଥିଲେ ଜୀବନର ମାନେ ନାହିଁ । ଏତେଗୁଡାଏ ଟଙ୍କା ତାଙ୍କ ହାତକୁ ଚାଲିଆସିବ, କେହି ଟେର୍ ପାଇବେ ନାହିଁ, ଏକଥା ଭାବି ମନଟା କୁରୁଳିଉଠିଲା । ସେ ହଁ ଭରିଲେ । ବର ବିକାକିଣାର ଏଇ ଯେଉଁ ପ୍ରହସନ ଚାଲିଚି, ସେଥିରେ ସେ ପଶିବେ ନାହିଁ ଓ ଲାବଣ୍ୟ ନାୟକକୁ ବାହାହେବେ ବୋଲି କଟକରେ ଖବର ମିଳିଲା ।

ମାଳତୀଦେବୀଙ୍କୁ ଲାଗିଲା, ତାଙ୍କ ମୁଣ୍ଡରେ ବଜ୍ରପଡ଼ିଲା କି କ'ଣ ! ଟାଟାନଗର ଧପାଲି ଦିଅରକୁ ଜେରା କଲେ: କିରେ ! ତୋର ଏ କି ବୁଦ୍ଧି ? ଏମିତି ତ ଆଗରୁ ନଥିଲୁ ! ସେ ଟୋକୀ ସାଙ୍ଗରେ ତୁ ତ ପ୍ରେମରେ ପଡ଼ିନାହୁଁ ଯେ ଜିଦ୍ କରିବୁ ? କହନ୍ତି ପରା ଆହାର, ଧନ; ଥରେ ହୁଡ଼ିଲେ, ଆସେ ନାହିଁ ଆଉ ଥିଲେ ଜୀବନ । କିନ୍ତୁ କିଛି ଫଳ ପାଇଲେ ନାହିଁ । ଫେରିଲେ ଖାଲିହାତରେ କଟକ; ଖାଲି ମନକୁ ଏମିତି ସାନ୍ତ୍ୱନା ମିଳିଲା ଯେ ବିବାହ ବଜାରର ବଡ଼ମାଛ ବିକା-କିଣା ତଉଲରେ ତାଙ୍କ ପୁଅ କେଦାର ନିଜକୁ କେରାଣ୍ଡିମାଛ ଭାବି ଯାହା ମନ ଶୁଖେଇଥିଲା; ସମତୁଲ ଯୌତୁକ ସମତୁଲ କନ୍ୟା - ନିକିତି ସମାନ, ତାକୁ ବାଧିବ ନାଇଁ । ହଉ ! ବାହାଘର ସରୁ, ଭୁବନେଶ୍ୱରରେ ଯୌତୁକ ବାବଦ ଦଶ ଏକର ଜମି ବିକିଦେଲେ ଭଲ ପଇସା ମିଳିବ ଯେ !

ମଶୋରିରେ ସ୍ୱୀକାରବାବୁଙ୍କ ଟ୍ରେନିଂ ଅଧା ହୋଇଚି, ବାହାଘର ହୋଇଗଲା କକା ପୁତୁରାଙ୍କର ଏକାଦିନରେ । ଚତୁର୍ଥୀ ରାତିଟା କିଛି ଭଲରେ କଟିଲା ନାହିଁ । ଖରାଦିନିଆ ବାହାଘର, କଟକର ଘର ତ ଖଂଜା ନୁହଁ, ତାଙ୍କର ଓ ତାଙ୍କ ପୁତୁରାଙ୍କ ଭାଗରେ ପିଲାଙ୍କ ଦୁଇଟି ପଢ଼ାଘର ପଡ଼ିଲା । ବାକି ସବୁଠି କୁଣିଆ ଖୁନ୍ଦାଖୁନ୍ଦି । ରାତି ଦଶଟାରୁ ବିଜୁଳିବତି ଗଲା ଯେ ତହିଁଆରଦିନ ଖରାବେଳ ଦି'ଟାବେଳକୁ ଆସିଲା । ଚତୁର୍ଥୀକାମ ହନିମୁନ୍‌କୁ ସ୍ଥଗିତ ରହିଲା । ଟ୍ରେନିଂ ସମୟରେ ଛୁଟିମିଳେ ନାହିଁ ବେଶି, ଦୁଇଦିନ ପରେ ସ୍ୱୀକାରବାବୁ ଲାବଣ୍ୟକୁ ନେଇ ମଶୋରି ଚାଲିଆସିଲେ। ମଶୋରି ଟ୍ରେନିଂ ଗଲାଦିନଠାରୁ ତାଙ୍କର ଅଣ୍ଟାବ୍ୟଥା ରୋଗ ବାହାରିଚି ବୋଲି ସେ ସମସ୍ତଙ୍କୁ କହୁଥାନ୍ତି । ପିଲାଦିନୁ ଖେଳକସରତର ଅଭ୍ୟାସ ନାହିଁ, ଶଳେ କି ଟ୍ରେନିଂ ଦଉଛନ୍ତି ସେଠି ! ସକାଳୁ ଦଉଡେଇବେ । ଆଠ ଦଶ ଦିନରେ ପାହାଡ ଚଢ଼େଇବେ । କ'ଣନା ଆଇ.ଏ.ଏସ୍. । ଗାଁ ଭାଇବନ୍ଧୁ ଯେଉଁମାନେ ଶୁଣିଲେ, କହିଲେ - କିରେ ସ୍ୱୀକାର ! ତୁ କ'ଣ ଏବେ ନିଜକୁ କମି ଲୋକଟିଏ ମଣୁଚୁ ? ତୁ ପରା ରଜା ହବୁ । ଆରେ, ଯିଏ ରଜା ହେବ, ସେ ସବୁ ବିଦ୍ୟାରେ ପାରଙ୍ଗମ ହୋଇଥିବନା' ।

ମଶୋରି ଯିବାଦିନ ଶଶୁରଘର ଆଡ଼େ ହୋଇ ଆସିଥିଲେ । ସେଇଠୁ ଆଣିଥାନ୍ତି ଦୁଇଫୁଟରେ ଦୁଇଫୁଟର ଚାରିକଣିଆ ଫୁଟେ ଉଞ୍ଚା ତକିଆଟିଏ । ଛୁଇଁଲାଲୋକକୁ

ଉପର ନରମ, ଭିତର ଟାଣ ଲାଗିବ । ସ୍ୱୀକାରବାବୁ ପରେ ସମସ୍ତଙ୍କୁ ବୁଝେଇଦେଲେ ଯେ ଏଇଟା 'ପାୱାର ପିଲୋ' ବା ଶକ୍ତିମନ୍ତ ତକିଆ, ବ୍ରିଟିଶ୍ ଅମଳର । ଶଶୁରଙ୍କ ଅଣ୍ଟାଧରା ଏଇଥିରେ ଲାଘବ ହୋଇଚି । ଜ୍ୱାଇଁଙ୍କ ଅବସ୍ଥା ଶୁଣି ତାଙ୍କୁ ବ୍ୟବହାର କରିବାକୁ ଦେଇଦେଲେ । ତକିଆ ଉପରେ ଭେଲ୍‌ଭେଟ୍ କନା ଗୁଡ଼ାହୋଇଚି; ଖୁବ୍ ପୁରୁଣା କାଳର, ଦେଖୁଦେଖୁ କହିଦେଇହେବ । ସ୍ୱୀକାରବାବୁ ଯେଉଁ ସମୟତକ କଟକରେ ରହିଲେ, ତକିଆଟି କେବେ କରଛଡ଼ା ହେଲା ନାହିଁ । ଝାଡ଼ା ପରିସ୍ରା ଗଲେ, ତକିଆଟିକୁ ଲାବଣ୍ୟ ହାତରେ ଦେଇଯାଆନ୍ତି । ସେଇ ତକିଆଟିକୁ ସାଂଗରେ ଧରି ମଶୋରି ଗଲେ । ମଶୋରିରେ ତାଙ୍କ ରୁମ୍‌କୁ କେହି ବନ୍ଧୁ ଆସି ଏଇ ଅବାଗିଆ ତକିଆ ବାବଦରେ ପଚାରିଲେ, ସ୍ୱୀକାରବାବୁ ତାଙ୍କ ଅଣ୍ଟାବଥା କାହାଣୀ ଆରମ୍ଭ କରନ୍ତି । ଏକଲା ଥିଲେ ତକିଆଟିକୁ ଆଉଁଶିଦେଇ ମନକୁମନ କୁରୁଳିଉଠନ୍ତି: ଭଲରେ ଥାଅରେ କୋଡ଼ିଏ ଲକ୍ଷ । ବେଳ ଆସିଲେ ବାହାରିବ ।

ତକିଆକୁ ଧରି ସିନା ସ୍ୱୀକାରବାବୁ ଆନନ୍ଦ ପାଇଲେ, କିନ୍ତୁ ଲାବଣ୍ୟଠାରୁ କିଛି ମଜା ପାଇପାରିଲେ ନାହିଁ ମଶୋରିରେ । ମଶୋରିରେ ପହଞ୍ଚି, ଜଳବାୟୁ ପରିବର୍ତ୍ତନ ଓ ଅତି ଶୀତ ଯୋଗୁଁ, ଲାବଣ୍ୟର ନାକ ଭଡ଼ଭଡ଼ ହେଉଥାଏ ସର୍ଦ୍ଦିରେ । ରାତିରେ ଯେତେ ଲୁଗାପଟା ଖୋଲିବାକୁ ଚେଷ୍ଟାକଲେ ଲାବଣ୍ୟ ଖାଲି ଛଡ଼େଇମଡ଼େଇ ହେଲା । କ'ଣନା, ଶୀତ କରୁଚି, କୁତ୍‌କୁତ୍ ଲାଗୁଚି । ହାବେଲିବାଣ ଖେଳକୁ ଖୁବ୍ ସମୟଯାଏ, ଖୁବ୍ ଉଚ୍ଚଯାଏ ଉଠେଇ ଖେଳିବାକୁ ତାଙ୍କ ସାଂଗମାନେ କାହିଁରେ କ'ଣ କେତେକଥା କହିନଥିଲେ ! କିନ୍ତୁ ସେ କରିବେ ବା କ'ଣ ? ଏ ଲାବଣ୍ୟ ଢଙ୍ଗ ଏମିତି କଲା ଯେ ନିଆଁ ଧରଉ ଧରଉ ଫୁସ୍ । ତାଙ୍କର ମନେପଡ଼ିଲା ଯେ ଯେଉଁଦିନ ସେ ତାଙ୍କର ତିନି ଚାରିଜଣ ସାଙ୍ଗଙ୍କୁ ନେଇ ପ୍ରଥମଥର ଝିଅଦେଖା ପର୍ବରେ ଲାବଣ୍ୟକୁ ଦେଖିବାକୁ ଗଲେ, ତାଙ୍କ ସାଂଗରେ ଯାଇଥିଲା ଆଦିତ୍ୟ। ମହାଛତରା । ମଦପିଏ, ମନା କରୁକରୁ ମାଲ୍‌ଟିକେ ପକେଇଦେଇ ଯାଇଥାଏ । ଲାବଣ୍ୟର ଅଣ୍ଟା ଓ ବ୍ଲାଉଜ୍ ମଝିରେ ଅଧା ପେଟକୁ ଦେଖାଇ ଯେଉଁ ଜାଗା ଖଣ୍ଡକ, ସେଇଠି ତା'ନଜର ସବୁବେଳେ । ସ୍ୱୀକାରବାବୁଙ୍କୁ ଖରାପ ଲାଗୁଥାଏ; କିନ୍ତୁ କିଛି କହିପାରୁନଥାନ୍ତି । ସମସ୍ତେ ଉଠିଆସିଲାବେଳକୁ ଆଦିତ୍ୟ ଧୀର ସ୍ୱରରେ କମେଣ୍ଟଟାଏ ମାରିଲା: ଭଞ୍ଜ ନାୟିକାଟିଏ ତ ! ଆଦିତ୍ୟ କ'ଣ କହିଲା ସ୍ୱୀକାରବାବୁ ବୁଝିପାରିଲେ ନାହିଁ । ବାଟରେ ପଚାରିଲେ: କିରେ ମଦୁଆ ! କ'ଣ କହୁଥିଲୁ ? ଆଦିତ୍ୟ କହିଲା: ଯା'ବେ ଶଳା, ତୁ'ଟା ତ ସାଇନ୍‌ସ ଷ୍ଟୁଡେଣ୍ଟ - ତତେ କ'ଣ ବୁଝେଇବି ? ଅସଲବେଳେ ଜାଣିବୁ, ହେଇଚି ତ ଖଣ୍ଡେ ! ଆଦିତ୍ୟ ତୁଣ୍ଡରେ ବାଡ଼ବତା ନ ଥାଏ । ସ୍ୱୀକାରବାବୁ ଆଉ କଥା ବଢ଼ାଇଲେ

ନାହିଁ । ସେଇ ଅଣ୍ଟାକୁ ଏବେ ଟିକେ ଛୁଇଁଦେଲାରୁ ବିଛଣାରେ ଲାବଣ୍ୟ ଡେଇଁପଡୁଚି; ଭାରି କୁତ୍‌କୁତ୍ ଲାଗୁଚି କୁଆଡ଼େ । ପିଠି ଆଉଁଶି ଟିକେ କାଖ ବାଟେ ଆଗକୁ ଗଲାବେଳକୁ ହାତକୁ ଜାକିଦେଇ ଜମା ଧରାଦେଉନାହିଁ – କୁଆଡ଼େ ଭାରି ସଲସଲ ଲାଗୁଚି । ସେ ମଶୋରିରେ ଥିବା ଭିତରେ ଥରେ, ଆଉ ରାମେଶ୍ୱରମ୍‌ରେ କଲେକ୍ଟରଙ୍କ ପାଖରେ ପ୍ରାକ୍‌ଟିକାଲ୍ ଟ୍ରେନିଂ ନେବା ଭିତରେ, ଦୁଇଥର ବଲାଙ୍ଗିର ଯାଇଛନ୍ତି । ଲାବଣ୍ୟ ଅନ୍ୟ ଅଧ୍ୟାପିକାଙ୍କ ସହିତ ଗୋଟିଏ ଭଡାଘର ନେଇ ରହୁଥାଏ । କଥା ଥାଏ ଯେ ସ୍ୱୀକାରବାବୁଙ୍କୁ ଆହାର କରିବାର ତୃପ୍ତି ମିଳିନାହିଁ । କ'ଣ କେମିତି ଗୋଟେ ଛଡାମଡ଼ା ଭିତରେ ଟିକେ ଲଗାଲଗି ଛୁଆଁଛୁଇଁରେ ଆହାର କରିବାର ଗୋଟାଏ ସାମୟିକ ତୃପ୍ତି ଭାବ ଆସିଯାଏ ସିନା, କିନ୍ତୁ ଖାଦ୍ୟକୁ ହାତରେ ଧରି, ନିରେଖି, ଚୋବାଇ ଖାଇ, ସେ ଚୋବାଇ ଚୋବାଇ ହେଇଟି ଖାଉଛନ୍ତି ଜାଣି ଯେଉଁ ଆନନ୍ଦ ମିଳେ ବୋଲି ଏତେ ବନ୍ଧୁଙ୍କଠାରୁ ଶୁଣିଛନ୍ତି ତା' କାଇଁ ?

ଅନ୍ୟ ସବୁଦିଗରୁ ରାମେଶ୍ୱରମ୍‌ରେ ଛ'ମାସର ଟ୍ରେନିଂ ସମୟ ବେଶ୍ ଭଲରେ କଟିଲା । ତା'ର ମୁଖ୍ୟ କାରଣ ଥିଲେ ସେଠାକା କଲେକ୍ଟର ଥିରୁ ଏସ୍. କନ୍ନନ । ସିଧାସଳଖ ଆଇ.ଏ.ଏସ୍. ପାଇନାହାନ୍ତି, ତଳ ପାହ୍ୟାରୁ ଉଠିଛନ୍ତି; କିନ୍ତୁ ଭାରି ସ୍ନେହୀ । ଅଧିକାଂଶ ଦିନ ରାତିବେଳା ସ୍ୱୀକାର ତାଙ୍କ ଘରେ ଖାଇନିଅନ୍ତି । କନ୍ନନ ଦମ୍ପତିଙ୍କର ଗୋଟିଏ ମାତ୍ର ଝିଅ ରାଜଲକ୍ଷ୍ମୀ, ବୟସ କୋଡ଼ିଏ ପାଖାପାଖି, ଏମ୍.ଏ. ପଢୁଛି । ସ୍ୱୀକାରବାବୁଙ୍କୁ ସୁକୁ-ଆନ୍ନା, ସୁକୁ-ଆନ୍ନା ଡାକି ଭାରି ଆଦରକରେ । ଯାହା ତାମିଲ ଟିକେ ଟିକେ ସେ ଶିଖିଥିଲେ, ରାଜଲକ୍ଷ୍ମୀ ଲାଗି କହିବା ଓ ଲେଖିବା ପୂରା ଆୟତ୍ତ କରିନେଲେ । ଅଫିସ୍‌ରେ ସବୁ ଠିକ୍‌ଠାକ୍ ଚାଲିଥାଏ ସିନା, ତକିଆକୁ ନେଇ ସ୍ୱୀକାରବାବୁ ଖାଲିବେଳରେ ଚିନ୍ତିତ ହୋଇପଡ଼ନ୍ତି । ଭାଉଜଙ୍କ ଆଖିରେ ଧୂଳି ଦେଇ ସେ ଯୌତୁକ ଟଙ୍କା ହଡ଼ପ କରି ନେଇଆସିଲେ ସିନା, ତାକୁ କେଉଁଠି ରଖିବେ ? ତାଙ୍କ ଅଣ୍ଟାରୋଗ-ତକିଆ ପ୍ରହସନ ସବୁଦିନ ଚାଲିପାରିବ ନାହିଁ, ତା'ଛଡ଼ା ଏତେଗୁଡାଏ ଟଙ୍କା ଘରେ ରଖିବା ନାନା ଦୃଷ୍ଟିରୁ ନିରାପଦ ନୁହେଁ । ଦିନେ ରାତିରେ ଖାଇସାରି କଲେକ୍ଟରଙ୍କ ଲନ୍‌ରେ ବସି ଖୁସି-ମିଜାଜରେ ଗପ ହେଲାବେଳେ ସ୍ୱୀକାରବାବୁ ତାଙ୍କୁ ଖୋଲି ସବୁକଥା କହିଦେଲେ । କନ୍ନନ ସାହେବ ପୋଖତ ଲୋକ, ଭଲ ଉପାୟଟିଏ ବତାଇଦେଲେ: ତମେ ସବ୍-କଲେକ୍ଟର ହୋଇ ସ୍ଥାୟୀ ପୋଷ୍ଟିଂ ପାଇଲାପରେ ସେଇ ଅଞ୍ଚଳରେ ଦଶ କୋଡ଼ିଏ ଏକର ଜାଗା ଲିଜ୍ ନେଇଯିବ । ସେଇଠି ଗୋଲମରିଚ ଚାଷ କରୁଛ ବୋଲି ଦେଖାଇବ । କୋଡ଼ିଏ ଏକର ଜମିରୁ ଗୋଲମରିଚ ଚାଷରେ ବର୍ଷକୁ ସବୁ ଖର୍ଚ୍ଚ ଯାଇ ଚାରିପାଂଚ ଲକ୍ଷ ଟଙ୍କା ରୋଜଗାର କିଛି ଅବିଶ୍ୱାସ କଲାଭଳି

କଥା ନୁହେଁ । ସେତକ ଟଙ୍କା ପ୍ରତିବର୍ଷ ବ୍ୟାଙ୍କରେ ଜମା ରଖିଦେଉଥିବ । ସ୍ୱୀକାରବାବୁଙ୍କ ବଡ଼ ସମସ୍ୟାଟିର ସମାଧାନ ହୋଇଗଲା । ସେଦିନ ରାତିରେ ବହୁତ ବେଳଯାଏ ସେ ଶୋଇପାରିଲେ ନାହିଁ । ପ୍ରଥମବର୍ଷ ଶେଷକୁ ସେ ପାଞ୍ଚ ଲକ୍ଷ ଟଙ୍କାର ସୁଧ ବାବଦକୁ ପଚାଶ ହଜାର ଟଙ୍କା ପାଇବେ, ତା' ଆରବର୍ଷକୁ ଲକ୍ଷେ, ପାଂଚବର୍ଷ ପୂରି ଗଲାବେଳକୁ ବର୍ଷକୁ ଖାଲି ସୁଧ ବାବଦକୁ ଦୁଇ ଲକ୍ଷ ଟଙ୍କା ପାଇବେ। ଦଶ ବର୍ଷ ସରିନଥିବ, ସେ ପଚାଶ ଲକ୍ଷରୁ ଅଧିକ ଟଙ୍କାର ମାଲିକ ହୋଇସାରିଥିବେ । ସବୁ ହ୍ୱାଇଟ୍ । ଯେଉଁଦିନ ସେ କଲେକ୍ଟରଙ୍କଠାରୁ ବିଦାୟ ନେଇ ଧନୁଷକେଡ଼ି ଆସିଲେ, କୃତଜ୍ଞତାରେ କନ୍ନନ ସାହେବଙ୍କ ପାଇଁ ତାଙ୍କ ଆଖି ଛଳଛଳ ହୋଇଗଲା।

ଧନୁଷକେଡ଼ି ରାମେଶ୍ୱରମ୍‌ଠାରୁ ଅଶୀ କିଲୋମିଟର । ସମୁଦ୍ରକୂଳଠାରୁ ପାଂଚ କିଲୋମିଟର ଦୂରରେ ଛୋଟିଆ ସହର। ଜଏନ୍ କଲାପରେ ଜାଣିଲେ ଯେ ସେ ଏଠାକାର ସର୍ବେସର୍ବା । ପୁଲିସ୍ ଡି.ଏସ୍.ପି., ତହସିଲଦାର, ବିଡିଓ, ମେଡିକାଲ ଅଫିସର, ସମସ୍ତେ ତାଙ୍କ ଅଧୀନସ୍ଥ କର୍ମଚାରୀ । ଛୋଟ ଅଫିସ୍; ତାଙ୍କ ନିଜର ବଶମ୍ୱଦ ଷ୍ଟାଫ୍, କିନ୍ତୁ ଏ ଅଞ୍ଚଳର ସବୁଠୁ ବଡ଼ ସମସ୍ୟା ହେଉଚି, ଶ୍ରୀଲଙ୍କାର ଏଲ୍.ଟି.ଟି.ଇ. ସନ୍ତ୍ରାସବାଦୀ ତାମିଲ ଟାଇଗରମାନଙ୍କର ଏଇ ବାଟ ଦେଇ ଭାରତସୀମା ଭିତରକୁ ଅନଧିକାର ପ୍ରବେଶ । ଏହି ସନ୍ତ୍ରାସବାଦୀମାନେ ପଥଭ୍ରଷ୍ଟ ଯୁବକ । ଶ୍ରୀଲଙ୍କାରେ ଅଲଗା ରାଜ୍ୟ ସେମାନଙ୍କର ଦାବି । ସେମାନେ ତାମିଲନାଡୁ ଭିତରକୁ ପଶିଆସି ଆନ୍ଦୋଳନ ଲାଗି ଅର୍ଥସଂଗ୍ରହ କରନ୍ତି । ଅନେକ ସମୟରେ ଜୋର ଜବରଦସ୍ତ ଲୁଟ୍‌ତରାଜ କରିବାକୁ ପଛାନ୍ତି ନାହିଁ । ତା' ଛଡ଼ା, ଭାରତସୀମା ଭିତରେ ରହି ଶ୍ରୀଲଙ୍କା ବାହାରେ ତାଙ୍କ ନେତାମାନଙ୍କ ସହିତ ରେଡିଓ ବା ଓୟାରଲେସ୍ ମାଧ୍ୟମରେ ଯୋଗାଯୋଗ କରିବା ସୁବିଧାଜନକ ହୁଏ । ଏଠାରେ ଭାରତର ସମୁଦ୍ରସୀମାଠାରୁ ନୌକାରେ ତିନିଚାରି ଘଣ୍ଟା ପରେ ଶ୍ରୀଲଙ୍କା ସୀମା ଆସିବ । ସେଥିପାଇଁ ସମୁଦ୍ରକୂଳରେ ସୀମାସିକ୍ୟୁରିଟି ଫୋର୍ସଙ୍କୁ ମୁତୟନ କରାଯାଇଚି । ଏଠାରେ ଡି.ଏସ୍.ପି. ଥିରୁ ଭିରାସ୍ୱାମୀ ବେଶ୍ ବପୁବାନ୍ ଲୋକ । ସ୍ୱୀକାରବାବୁଙ୍କୁ ଦେଖିଲେ ଡାହାଣ ଗୋଡ଼ ପାରୁପର୍ଯ୍ୟନ୍ତ କଟାଡ଼ି ଏମିତି ସାଲ୍ୟୁଟ୍ ମାରିବେ, ଯେମିତି କିଏ ବାଣ ଫୁଟାଇଲା । ନିଶ ଏତେ ବହଳ, ଦୀର୍ଘ ଓ ମୋଡ଼ାମୋଡ଼ା ଯେ ଗୁଣ୍ଡୁଚିମୂଷା ଲାଙ୍ଗୁଡ଼ ପରି ଦୂରରୁ ଦିଶେ । କେତେବେଳେ ଏଲ.ଟି.ଟି.ଇ. ଟାଇଗରଙ୍କ ସମ୍ପର୍କରେ ଆଲୋଚନା ହେଲେ ତାଙ୍କ ଡାହାଣ ହାତ ନିଶ ପାଖକୁ ଚାଲିଯାଏ । ସେ ସବୁବେଳେ ସବ୍-କଲେକ୍ଟର ସାହେବଙ୍କୁ ଆଶ୍ୱାସନା ଦେଇ ରଖିଛନ୍ତି ଯେ ସେ ଥିବା ଭିତରେ ତାମିଲ ଟାଇଗର ତ ଦୂରେ ଥାଆନ୍ତୁ, ତାଙ୍କ ଛାଇ ମଧ୍ୟ ଧନୁଷକେଡ଼ି ଭିତରକୁ ପଶିପାରିବ ନାହିଁ । ସ୍ୱୀକାରବାବୁ ଗସ୍ତରେ ଗଲେ ତାଙ୍କ

ପାଖେପାଖେ ଥାଆନ୍ତି । ଏଠାକୁ ଆସି ଜଏନ୍ କରିବାର ଆଠଦିନ ପରେ ତିନି ଚାରିଦିନ ଛୁଟି ପଡ଼ିଲା ରବିବାରକୁ ମିଶାଇ । ସ୍ୱୀକାରବାବୁ କଟକ ଯାଇ ବାହାଘର ବେଳେ ମିଳିଥିବା ଖଟପଲଙ୍କ, ସୋଫା, ଫ୍ରିଜ୍ ଟ୍ରକ୍‌ରେ ଏଠାକୁ ନେଇଆସିଛନ୍ତି । ପ୍ୟାକିଂ ଖୋଲା ନ ହୋଇ ଅଫିସ୍ ଗୋଦାମରେ ସେଗୁଡ଼ିକ ରହିଛି । ନୂଆ କ୍ୱାଟର୍ସ ରହିବାଯୋଗ୍ୟ ହେବାକୁ ଆଉ ଦୁଇମାସ ଲାଗିବ । ଏ ଅତିଥି ଭବନକୁ କେବଳ ଗୋଦ୍‌ରେଜ୍ ଆଲମାରି ଓ ତାଙ୍କ ଲୁଗାଭରା ସୁଟ୍‌କେଶ୍ କେତେଟା ଆଣିଛନ୍ତି । କଟକରେ ଲାବଣ୍ୟର ଘରୁ ଦୁଇଟା ପୁରୁଣା ଟ୍ରଙ୍କ ମଧ୍ୟ ତାଙ୍କ ଲୁଗାପଟା ସୁଟ୍‌କେଶ୍ ସହିତ ଅତିଥି ଭବନକୁ ଚାଲିଆସିଚି । ଲାବଣ୍ୟକୁ ଚିଠି ଓ ଫୋନ୍ କରି ଏଠାକୁ ତୁରନ୍ତ ପଳେଇଆସିବାକୁ ଯେତେ ତନାଘନା କଲେ ବି ତା'ର ଆସିବା ଡେରିହେଲା । ଛୁଟି ଅର୍ଡ଼ର ଆସିଯାଇଥିଲେ ବି, ସେଇ ବିଭାଗର କେବଳ ଅନ୍ୟ ଅଧ୍ୟାପିକା ଜଣକ ଛୁଟିରେ ଥିଲେ । ସେ ନ ଫେରିବାଯାଏଁ ଲାବଣ୍ୟକୁ ଛୁଟିରେ ଚାଲିଯିବାକୁ ଅନୁମତି ମିଳୁନଥିଲା ।

ଅତିଥି ଭବନଟି ସହରର ଛୋଟ ବଜାରଠାରୁ ଟିକିଏ ଦୂରରେ । ଦୁଇଟି ରୁମ୍; ସବୁ ସ୍ୱୀକାରବାବୁଙ୍କ ପାଇଁ ଉଦ୍ଦିଷ୍ଟ । ଗୋଟିଏ ଘରେ ଉଠା ଅଫିସ୍ ହୁଏ । ଆଉ ରୁମ୍‌ଟି ବେଶ୍ ବଡ଼, ତାଙ୍କ ରହିବା ଘର । ଘର ଆଗକୁ ଲମ୍ବାଚଉଡ଼ା ବାରଣ୍ଡା, ବସାଉଠା ଲାଗି ଚୌକି ପଡ଼ିଚି । ଅତିଥି ଭବନର ପୁରୁଣା ଜଗୁଆଳି କାର୍ତ୍ତିକେୟନ୍, ବୁଢ଼ା ଲୋକ । ଭବନର ପଛପଟକୁ ତା' ରହିବାଘର । ତା'ର କେହି ନାହାନ୍ତି, ରାତିବେଳା ସାହେବଙ୍କ ରୋଷେଇ କରେ ଓ ସେଇଠୁ ଖାଏ, ସକାଳେ ଚା' କରିଦିଏ । ସବ୍-କଲେକ୍ଟର ଏଠାରେ ଏବେ ରହୁଛନ୍ତି ବୋଲି ସହରଯାକ ସମସ୍ତେ ଜାଣନ୍ତି । କିଛି ଭୟ ନାହିଁ । ରାତିରେ ବାରଣ୍ଡା ଗ୍ରୀଲ୍ କବାଟ ଭିତରୁ ତାଲା ପକାଇ ଘର କବାଟ ପବନ ଆସିବା ପାଇଁ ମୁକୁଳା କରି, ସ୍ୱୀକାରବାବୁ ବିଶ୍ରାମ କରନ୍ତି । ପ୍ରତିଦିନ ସଂଜବେଳେ ଗୋଦ୍‌ରେଜ୍ ଆଲମାରି ଖୋଲି ତାଙ୍କ ପାଓ୍ୱାର ପିଲୋ ଠିକ୍ ସାଇତାହୋଇ ରହିଚି କି ନାହିଁ, ଦେଖି ନିଅନ୍ତି । ତାକୁ ଦେଖିଲାମାତ୍ରେ ମୁହଁଟା ତାଙ୍କର ପୂରିଉଠେ । ଆର୍ଶି ପାଖକୁ ଚାଲିଆସି ନିଜକୁ ଦେଖି ମନକୁମନ କୁହନ୍ତି: କୋଡ଼ିଏ ବର୍ଷରେ କୋଟିପତି, ମାଲାମାଲ୍!

ଅତିଥି ଭବନରେ ରହିବା ସମୟରେ ମାଡ଼ିମାଡ଼ିପଡ଼େ । କଥା ଦି'ପଦ ହେବାକୁ ପାଖରେ କେହି ହେଲେ ନାହାନ୍ତି । ଲାବଣ୍ୟର ପଢ଼ାବହି ଥିବା ଟ୍ରଙ୍କ ଖେଳାଉଖେଳାଉ ଦେଖିଲେ ଉପେନ୍ଦ୍ର ଭଞ୍ଜ ମହାଶୟଙ୍କ ଗ୍ରନ୍ଥାବଳୀ ଓ ଟୀକାସବୁ ଓ ଲାବଣ୍ୟର ପିଏଚ୍.ଡି. ଥେସିସ୍ । ସେଇଗୁଡ଼ିକ ପଢ଼ିବାକୁ ଲାଗିଲେ । ଆହା! ରତିକ୍ରୀଡା ଉପରେ କି ବର୍ଣ୍ଣନା କବି କରିଛନ୍ତି! ଟୀକାକାରମାନେ ମନ୍ତବ୍ୟ ଦେଇଛନ୍ତି ଯେ ବାତ୍ସାୟନଙ୍କ କାମସୂତ୍ର,

କୋକଶାସ୍ତ୍ର, ରତି ମଞ୍ଜରୀ - ଏଥିରେ ରତିକ୍ରିୟାର ଯେଉଁ ବିଭିନ୍ନ ପର୍ଯ୍ୟାୟ, ତାକୁ କବିସମ୍ରାଟ୍ ତାଙ୍କର ସବୁ ଚରିତ୍ରଙ୍କଠାରେ ଖୋଲାଖୋଲି ଭାବରେ ପରୀକ୍ଷା କରେଇଛନ୍ତି। ବର୍ଣ୍ଣନା ଏତେ ପ୍ରାଞ୍ଜଳ ଯେ ଆଖି ସାମ୍ନାରେ ରତିକ୍ରିୟା ଚାଲୁଥିଲା ପରି ଲାଗିବ । କବିସମ୍ରାଟ ତ ନୁହଁ, ତମେ ମୋର ଗୁରୁଦେବ, ଗୁରୁଦେବ ! ସ୍ୱୀକାରବାବୁ ମନେମନେ କୁହନ୍ତି । ଏ କାବ୍ୟଗୁଡ଼ିକ ପଢ଼ିନଥିଲେ ତାଙ୍କ ବୈବାହିକ ଜୀବନ ଏଯାଏଁ ଯେମିତି ବେକାର ଥଣ୍ଡାରେ ବିତିଚି, ସେମିତି ବିତିଯାଇଥାନ୍ତା କି କ'ଣ ! ଗ୍ରନ୍ଥାବଳୀରେ କବିସମ୍ରାଟ୍ଙ୍କର ଯେଉଁ ଫଟୋ ଥିଲା ତାକୁ ବଡ଼ ଓ ରଙ୍ଗିନ୍ କରାଇ ସ୍ୱୀକାରବାବୁ ତାଙ୍କ ରୁମ୍‌ରେ ଲଗାଇ ଫୁଲମାଳ ପିନ୍ଧାଇଛନ୍ତି ।

ଗବେଷଣା ପୁସ୍ତିକାରେ ରତିକ୍ରିୟା ବର୍ଣ୍ଣନା ପଢ଼ି ସ୍ୱୀକାରବାବୁଙ୍କ ଆଖି ଉପରକୁ ଖୋଷି ହୋଇଗଲା । ତାଙ୍କର ସ୍ତ୍ରୀ ଲାବଣ୍ୟ; ଟୋକୀ ଖଣ୍ଡକ ଏତେ କଥା ଜାଣିଚି, ଆଉ ବେଳ ଆସିଲେ କ'ଣନା କୁତ୍‌କୁତ୍ ଲାଗୁଚି, ସଲ୍‌ସଲ୍ ଲାଗୁଚି, ଛାଡ଼ବାଡ଼ ! ଏଇ ଦୁଇ ପୃଷ୍ଠାକୁ ସେ ବାରମ୍ବାର ପଢୁଥିଲେ । ଗବେଷଣା ବିଷୟ; ଭଞ୍ଜ ସାହିତ୍ୟରେ ଅତିମାନସ ଦିଗ, ଷଷ୍ଠ ପରିଚ୍ଛେଦ: ଲାବଣ୍ୟବତୀ କାବ୍ୟରେ ଶିବ ସ୍ୱରୋଦୟ, ପୃଷ୍ଠା ୨୪୨-୪୩ ।

ଲାବଣ୍ୟବତୀ କାବ୍ୟର ତେତିଶତମ ଛାନ୍ଦରେ ପ୍ରେମର ତିନିଗୋଟି ଅବସ୍ଥାର ବିଶଦ ବର୍ଣ୍ଣନା କରାଯାଇଚି । ସେଗୁଡ଼ିକ ହେଲା: ମିଳନର ପୂର୍ବରାଗ, ସମ୍ଭୋଗ ବା ମୈଥୁନ ଏବଂ ସମ୍ଭୋଗ ପରବର୍ତ୍ତୀ ବାର୍ତ୍ତାଳାପ । କବିସମ୍ରାଟଙ୍କ ଏହି ରତିକ୍ରୀଡା ବର୍ଣ୍ଣନା, କାଳିଦାସଙ୍କ କୁମାର ସମ୍ଭବରେ ଶିବ-ପାର୍ବତୀଙ୍କ ରତି ବର୍ଣ୍ଣନା, ନୈଷଧରେ ଶ୍ରୀହର୍ଷଙ୍କ ସ୍ତ୍ରୀ ଯୋନି ଓ ଭଗାଙ୍କୁରର ବର୍ଣ୍ଣନା, ଜୟଦେବଙ୍କ ଗୀତଗୋବିନ୍ଦରେ ରାଧାକୃଷ୍ଣ କେଳି ପ୍ରସଙ୍ଗରେ ଦନ୍ତ ଦଂଶନ ଓ ସ୍ତନ ପୀଡ଼ନର ବର୍ଣ୍ଣନାଠାରୁ କୌଣସି ଗୁଣରେ କମ୍ ନୁହେଁ ।

ଚନ୍ଦ୍ରଭାନୁ ଓ ଲାବଣ୍ୟବତୀ ଉଭୟେ ରତିପ୍ରିୟ । ରାତିର ନିରୋଳା ପ୍ରହରରେ ସଖୀମାନେ ଛନ୍ଦୋକ୍ତି କରି ଲାବଣ୍ୟବତୀଙ୍କୁ କେଳିସଦନର କବାଟ ପାଖରେ ଛାଡ଼ିଦେଇ ଚାଲିଯାଇଛନ୍ତି । ଲବଣ୍ୟବତୀ ଦରଆଉଜା କବାଟ ଦେଇ ଭିତରକୁ ଧୀରେ ପ୍ରବେଶ କଲେ ଓ କବାଟକୁ ଆସ୍ତେ ବନ୍ଦ୍ କଲେ । ଟିକେ ଦୂରରେ ସାମ୍ନାରେ ପଲଙ୍କ ଉପରେ ବସିଛନ୍ତି ଚନ୍ଦ୍ରଭାନୁ । ଗେହ୍ଲାରେ ଡାକିଲେ: ଆସ...ଘରକଣରେ ବଡ଼ ଦୀପଟିଏ ଜଳୁଚି । ଲାବଣ୍ୟବତୀ ଏକ-ବସ୍ତ୍ର ହୋଇ ଆସିଛନ୍ତି । ପତଳା ଲୁଗା ତଳୁ ବିପୁଳ ସ୍ତନର ଗଢ଼ଣ କ୍ଷୀଣ ଆଲୋକରେ ବେଶ୍ ବାରି ହୋଇଯାଉଚି । କବିସମ୍ରାଟ ଉପମାଦେଲେ ଯେ ସେ ସ୍ତନ ଦୁଇଟି ଦିଶୁଚି, ଯେମିତି ଅମୃତ କଳସ ଉପରେ କନା ଘୋଡ଼ା ହୋଇଚି ।

ଲାବଣ୍ୟବତୀ ପାଦ ଚିପିଚିପି ଆସିଲେ ଓ ଚନ୍ଦ୍ରଭାନୁଙ୍କ ସାମ୍ନାରେ ଲଜ୍ଜାବଶତଃ ମୁହଁ ତଳକୁ କରି ଠିଆହେଲେ। ଚନ୍ଦ୍ରଭାନୁ ତାଙ୍କୁ ଆସ୍ତେ ଟାଣିଆଣି କୋଳରେ ବସାଇଲେ । ଏହାକୁ କାମଶାସ୍ତ୍ରରେ ଲଘୁଆଲିଙ୍ଗନ କୁହାଯାଏ । ଏହି ଆଲିଙ୍ଗନ ପରେ ଚୁମ୍ବନ ବିଧି । ଚନ୍ଦ୍ରଭାନୁ ପ୍ରଥମେ ହାଲ୍‌କା ଚୁମ୍ବନ ଦେଲେ ଓ କ୍ରମାଗତ ଚୁମ୍ବନ ଗାଢ଼ ଓ ଗଭୀର ହେବାକୁ ଲାଗିଲା । ଏହିପରି ଘନଘନ ଚୁମ୍ବନ ରମଣୀର କାମଭାବକୁ ଉଦ୍ରେକ କରାଏ । ଏହାକୁ କୁହାଯାଏ ରତିଚେଷ୍ଟା ବା କାମଚେଷ୍ଟା । ଏଥିରେ ଯେତେବେଳେ ପୂର୍ଣ୍ଣତା ଆସିବ, ରମଣୀର ନିଃଶ୍ୱାସ-ପ୍ରଶ୍ୱାସ କ୍ଷିପ୍ର ହେବ ଏବଂ ସେ ପୁରୁଷର ହାତ ଦୁଇଟିକି ନେଇ ଆସି ତା'ର ସ୍ତନକୁ ଧରାଇଦେବ । ବର୍ତ୍ତମାନ ଲାବଣ୍ୟବତୀଙ୍କଠାରେ ସେୟା ଘଟିଲା । କବିସମ୍ରାଟ କହିଲେ ଯେ ସ୍ତନମର୍ଦ୍ଦନ କରୁକରୁ ଚନ୍ଦ୍ରଭାନୁ ଭାବୁଥାନ୍ତି ଯେ ଏହାଠାରୁ ଆଉ କେଉଁ ସ୍ୱର୍ଗ-ସୁଖ ଅଧିକ ହେବ ! ସ୍ତନ-ମର୍ଦ୍ଦନ ପରେ 'ରତିଲକ୍ଷ'କୁ ଯିବାର ରାସ୍ତା ଖୋଜଯାଏ । ଚନ୍ଦ୍ରଭାନୁ ମର୍ଦ୍ଦନରୁ ବିରତ ହୋଇ ସ୍ତନର ଅଗ୍ରଭାଗକୁ ଘନଘନ ଚୁମ୍ବନ ଦେବାରେ ଲାଗିଥାନ୍ତି ଓ ବେକ, ପିଠି ବାହାରେ ହାତ ବୁଲାଇ କାଖ ସନ୍ଧି ଭିତରେ ହାତରଖି ନଖରେ କୋମଳ ମାଂସକୁ ଚାପିଦେଲେ । ଏହା କଲାରୁ ଲାବଣ୍ୟବତୀଙ୍କ ଲୋମାବଳି ଟାଙ୍କୁରିଉଠିଲା ଓ ସେ ଚନ୍ଦ୍ରଭାନୁଙ୍କୁ ଗାଢ଼ ଆଲିଙ୍ଗନରେ ଆବଦ୍ଧ କରିନେଲେ । ଏହାକୁ ବିଦ୍ଧକ ଆଲିଙ୍ଗନ କୁହନ୍ତି । ଏହା ହେଉଚି ପୁରୁଷ ପାଇଁ ନାରୀର ବିଭିନ୍ନ ସ୍ଥାନରେ ନଖ-କ୍ଷତ ଓ ଈଷତ୍ ଦନ୍ତ-ଦଂଶନର ସମୟ । ଏହା ଯେତେବେଳେ ଚନ୍ଦ୍ରଭାନୁ ଆରମ୍ଭ କଲେ, ଲାବଣ୍ୟବତୀଙ୍କ ଅଧାରୁ ଅଧିକ ଲଜ୍ଜା ଦୂରହୋଇଗଲାଣି । ସେ ଚନ୍ଦ୍ରଭାନୁଙ୍କୁ ଗାଢ଼ ଆଲିଙ୍ଗନରେ ରଖି ତାଙ୍କ ଦେହର ବିଭିନ୍ନ ସ୍ଥାନକୁ ଚୁମ୍ବନ ଦେବାରେ ଲାଗିଲେ । ସବୁ ଲଜ୍ଜା ବରଫ ପାଣିଫାଟିଲା ପରି ତରଳହୋଇ ବୋହିଯିବାକୁ ବାହାରିଲାଣି । ଆଉ ଯେଉଁ ଟିକକ ଲଜ୍ଜା ଲାବଣ୍ୟବତୀଙ୍କୁ ଛାଡ଼ି ପାରୁନଥିଲା, ତାହାରି ପରିସମାପ୍ତି ପାଇଁ ଚନ୍ଦ୍ରଭାନୁ ଅଣ୍ଟାର ଲୁଗା ଗଣ୍ଠି ଖୋଲିଦେବାକୁ ବାହାରିଲାବେଳକୁ ଲାବଣ୍ୟବତୀ ମିଛ ବାରଣ କରି ଚେତାଶୂନ୍ୟ ହେଲା ପରି ପଡ଼ିଗଲେ; ଆଖି ବନ୍ଦ୍ । ତାଙ୍କୁ ବିବସ୍ତ୍ର କରାଇବାକୁ ଚନ୍ଦ୍ରଭାନୁ ବିଳମ୍ବ କଲେ ନାହିଁ ଓ ନିଜେ ବିବସ୍ତ୍ର ହୋଇ ରତିକ୍ରୀୟା ପାଇଁ ଅଗେଇଗଲେ । କବି ଚାତୁରୀରେ ଭଞ୍ଜ ମହାଶୟ ଲେଖିଲେ ଯେ ଏପରି ଶୋଭାବନ୍ତ ଦୁଇ ନର-ନାରୀଙ୍କୁ ଉଲଗ୍ନ ଦେଖିବାପାଇଁ ଦୀପଟି କେବଳ ଯେପରି ସାକ୍ଷୀ ଭାବରେ ଜଳୁଥିଲା । ବର୍ତ୍ତମାନ ସମ୍ପୂର୍ଣ୍ଣ ସମ୍ଭୋଗର ବେଳ; ଉଭୟଙ୍କ ଶରୀରରେ ନିଆଁ ଜଳିଲା ପରି ସେମାନେ ହେଉଛନ୍ତି; ବାହ୍ୟଜ୍ଞାନଶୂନ୍ୟ ହୋଇ କିଏ କେଉଁଠି ନଖ-କ୍ଷତ ଦେଉଚି, ଦନ୍ତ-ଦଂଶନ କରୁଚି, ତା'ର ଠିକଣା ରହୁନାହିଁ । 'ନାଗର ବନ୍ଧ'ରେ ରତିକ୍ରିୟା ଆରମ୍ଭ ହୋଇଚି, ଜଂଘମୂଳେ ବସି, ଛାତିକୁ

ଛାତି ଲଗାଇ, ଗ୍ରୀବାକୁ ଦୁଇ ହାତରେ ଧରି, ରତିଯୁକ୍ତ ହେବାକୁ ଏଇ ବନ୍ଧ କହନ୍ତି । ଏହାପରେ ଷୋହଳଟି ବିଭିନ୍ନ ବନ୍ଧରେ ରତିଯୁକ୍ତ ହୋଇ ଦୀର୍ଘ ସମୟ ଧରି ରତି ଚାଲିଚି । ଲାବଣ୍ୟବତୀ ଅନୁଭବ କଲେ ଚନ୍ଦ୍ରଭାନୁଙ୍କ ଦେହରେ ଝାଳ । ତାଙ୍କୁ ବିଶ୍ରାମ ଦେବାଲାଗି ବିପରୀତ ରତି ଆରମ୍ଭ କଲେ । ଏଇ ଦୀର୍ଘ ରତିର ଆନୁଷଙ୍ଗିକ ଉତ୍ତେଜକ କ୍ରିୟା, ଚୁମ୍ବନ, ନଖ-କ୍ଷତ, ଦନ୍ତ-ଦଶଂନ, ସ୍ତନ-ମର୍ଦ୍ଦନ, ଜିହ୍ୱାଚାଳନ ଇତ୍ୟାଦି ଜାରି ରହିଥାଏ । ଚନ୍ଦ୍ରଭାନୁ ଓ ଲାବଣ୍ୟବତୀ କ୍ଷେତ୍ରରେ ମଧ୍ୟ ସେହିପରି ଘଟିଲା । ଯେତେବେଳେ ଲାବଣ୍ୟବତୀଙ୍କ କପାଳ ଝାଳ ହୋଇଗଲା, ଚନ୍ଦ୍ରଭାନୁ ଠିକ୍ କଲେ ଯେ ଏହାହିଁ ହେଉଛି ଶୀର୍ଷକୁ ଯିବାର ଠିକ୍ ସମୟ ଓ ତାହା କରି ସେମାନେ ଚରମ ଆନନ୍ଦକୁ ପ୍ରାପ୍ତ ହେଲେ । ପ୍ରଥମେ ଲାବଣ୍ୟବତୀ ଓ ପରେ ଚନ୍ଦ୍ରଭାନୁ ଲୁଗା ଗୋଟେଇନେଇ ପିନ୍ଧିଲେ ଓ ପରସ୍ପରକୁ ଚିହ୍ନି ନ ଥିବା ପରି କିଛି ସମୟ ଶୋଇରହିଲେ । ଅବଶତା ଦୂର ହେବାରୁ ଚନ୍ଦ୍ରଭାନୁ, ଲାବଣ୍ୟବତୀଙ୍କୁ କୋଳ ଭିତରେ ଶୁଆଇ ନାନା ପ୍ରେମକଥାରେ ତାଙ୍କ ମନ ମଜେଇରଖିଲେ; ଦେଖୁ ଦେଖୁ ରାତି ପାହିଲା ।

କବିସମ୍ରାଟ ଉପେନ୍ଦ୍ରଭଞ୍ଜ ପୁରୁଷ-ନାରୀ ସମ୍ଭୋଗ ଚିତ୍ର ତଳେ ମଣିଷ ଶରୀର ଭିତରେ ଦୁଇ ନୈସର୍ଗିକ ଶକ୍ତିର ମିଳନ କଥା ଜ୍ଞାନୀ ପାଠକଙ୍କ ପାଇଁ ଦର୍ଶାଇଛନ୍ତି । ଶିଶୁ ଜନ୍ମହେବା ପରେ ପ୍ରଶ୍ୱାସ ମୁଖ୍ୟତଃ ଦୁଇଟି ନାଡ଼ି ମାଧ୍ୟମରେ ନିଏ । ବାମ ନାକପୁଡ଼ାରେ ପ୍ରଶ୍ୱାସ -ନିଶ୍ୱାସ ଗତିକୁ ଇଡ଼ା ବା ଚନ୍ଦ୍ରନାଡ଼ି ଓ ଦକ୍ଷିଣ ନାକପୁଡ଼ାରେ ପ୍ରଶ୍ୱାସ-ନିଃଶ୍ୱାସ ଗତିକୁ ପିଙ୍ଗଳା ବା ସୂର୍ଯ୍ୟନାଡ଼ି କୁହନ୍ତି । ତେଣୁ ଚନ୍ଦ୍ର-ଭାନୁ ବା ଇଡ଼ା-ପିଙ୍ଗଳା ପ୍ରତିମୁହୂର୍ତ୍ତରେ ବାହ୍ୟ ପ୍ରକୃତିରେ ଲିପ୍ତ ଥିଲେ ସୁଦ୍ଧା ପ୍ରକୃତରେ କର୍ଣ୍ଣପୁଟରେ ଅନାହତ ଶବ୍ଦ ମଧ୍ୟରେ ରହନ୍ତି । ତେଣୁ ଚନ୍ଦ୍ରଭାନୁଙ୍କ ଦେଶ ହେଉଚି କର୍ଣ୍ଣାଟଦେଶ । ସେଠାକାର ଯେ ରାଜା, ସେ ସବୁ ବିଦ୍ୟାରେ ପାରଙ୍ଗମ । ମଣିଷର ସମ୍ଭୋଗ ସ୍ଥାନର ଟିକିଏ ଭିତରକୁ ଥାଏ ମୂଳାଧାର ଚକ୍ର । ଏଠାରେ କୁଣ୍ଡଳିନୀ ସୁପ୍ତ ଅବସ୍ଥାରେ ଥାଏ । କବି ଏହାକୁ ଲାବଣ୍ୟବତୀ ରୂପେ ଛଦ୍ମନାମ ଦେଇଛନ୍ତି । ଲାବଣ୍ୟବତୀକୁ ଚନ୍ଦ୍ରଭାନୁ ଉଦ୍ରେକ କରାଇବ; ଅର୍ଥାତ୍ ପ୍ରଶ୍ୱାସ-ନିଃଶ୍ୱାସ ପ୍ରାଣାୟାମ ରତିଦ୍ୱାରା ମୂଳାଧାରଠାରେ ଥିବା କୁଣ୍ଡଳିନୀ ଶକ୍ତି ଜାଗ୍ରତ ହେବ । ଥରେ କୁଣ୍ଡଳିନୀ ଶକ୍ତି ଜାଗ୍ରତ ହେଲେ ସେ ବାହ୍ୟ ବସ୍ତ୍ର ବା ବାହ୍ୟ ସ୍ୱରୂପକୁ ଦୂରେଇଦେଇ, ସହସ୍ରାରରେ ମିଳିତ ହେବାକୁ ପାଗଳପରାଏ ହେବ । କୁଣ୍ଡଳିନୀ ଓ ସହସ୍ରାର ମିଳନ ଶକ୍ତି ଓ ଶିବଙ୍କ ମିଳନ ଏବଂ ଏହା ସମ୍ଭବ, ବିପରୀତ ପଥରେ ବା ତଳୁ ଉପରକୁ ଉଠିବା ଦ୍ୱାରା । ଛଳକରି ଏହାକୁ ବିପରୀତ ରତି ବୋଲି କବିସମ୍ରାଟ ଦର୍ଶାଇଛନ୍ତି । ଏହି ମିଳନ ଆଦିରସର ମିଳନ ବା ଆଦି ଅର୍ଥାତ୍ ସୃଷ୍ଟିର ପ୍ରଥମ ଅବସ୍ଥାକୁ ଚାଲିଯାଇ ଚରମ ଆନନ୍ଦରସ ଆସ୍ୱାଦନର ମିଳନ ।

ତେଣୁ କବି ସମ୍ରାଟ୍ ଉପେନ୍ଦ୍ରଭଞ୍ଜଙ୍କୁ ଯେଉଁମାନେ ସମ୍ଭୋଗଧର୍ମୀ କାବ୍ୟ ସୃଷ୍ଟିକରି ଅଶ୍ଳୀଳ ସାହିତ୍ୟ ରଚନାର କୁଖ୍ୟାତି ଦିଅନ୍ତି, ସେମାନେ ଅଜ୍ଞାନ।

ସ୍ୱୀକାରବାବୁ ଏଇ ପୃଷ୍ଠାଗୁଡ଼ିକୁ ବାରମ୍ବାର ପଢ଼ନ୍ତି । ରତି ବ୍ୟାଖ୍ୟାକୁ ବୁଝନ୍ତି ସିନା, କୁଣ୍ଡଳିନୀ-ସହସ୍ରାର ମିଳନ, ଶକ୍ତି-ଶିବ ଏକାଠି ହେବାର ଯେଉଁ ଆଲୋଚନା ଲାବଣ୍ୟ କରିଚି, ସେଥିରୁ କିଛି ବୁଝନ୍ତି ନାହିଁ । ରାତିରେ ବାରମ୍ବାର ପଢ଼ିଲେ ଦେହ ଗରମ ହୋଇଯାଇ ନିଦ ହୁଏ ନାହିଁ । ବିଛଣାରେ ଛଟପଟ ହୁଅନ୍ତି । ଲାବଣ୍ୟ ଉପରେ ରାଗ ଲାଗେ। ଆଲୋ ଚାଣ୍ଡାଳୀ ଏତେ କଥା ଜାଣିଚୁ, ଅଥଚ ମତେ ବତେଇଲୁ ନାହିଁ କାହିଁକି ? ତାଙ୍କୁ ଲାଗିଲା ଯେ ଲାବଣ୍ୟବତୀ କାବ୍ୟରେ ଯେଉଁ ରତିକ୍ରୀଡ଼ା କଥା ବର୍ଣ୍ଣନା କରାଯାଇଚି, ତାକୁ ପଞ୍ଚତାରକା ହୋଟେଲ୍‌ର ପାଞ୍ଚ-ପର୍ଯ୍ୟାୟ ଭୋଜନ ବ୍ୟବସ୍ଥା ସହିତ ତୁଳନା କରାଯାଇପାରେ । ପ୍ରଥମେ ଭୋକ ଉଦ୍ରେକ କରିବାକୁ ହାଲ୍‌କା ହାଲ୍‌କା କିଛି, ଯାହାକୁ ଇଂରାଜୀରେ ଆପିଟାଇଜର୍ କହନ୍ତି, ଆଉ ରତିକ୍ରୀଡାରେ ପୂର୍ବରାଗ ବା ମୃଦୁ ଆଲିଙ୍ଗନ ଚୁମ୍ବନ । ସେ ସରିଲାବେଳକୁ ପରଷିଦେବ, ଆଉଟିକେ ଗରିଷ୍ଠ ସ୍ୱାଦିଷ୍ଟ - ମାନେ ଗାଢ଼ ଆଲିଙ୍ଗନ, ସ୍ତନ-ମର୍ଦ୍ଦନ ଇତ୍ୟାଦି । ତା'ପରେ ଆସିବ ଆଉ ଟିକେ ଗୁରୁପାକ ବ୍ୟଞ୍ଜନ ଅର୍ଥାତ୍-ନଖ-କ୍ଷତ, ଦନ୍ତ-ଦଂଶନ, ନାହିରେ କାଣିଆଙ୍ଗୁଠି ଘର୍ଷଣ ଇତ୍ୟାଦି । ଏବେ ଅସଲ ଖାଦ୍ୟ ମେଜର ମିଲ୍ ଖାଇବାର ସମୟ ଆସିଗଲା । ପେଟଭରି ଚୋବାଇଚୋବାଇ ସ୍ୱାଦ ନେଇନେଇ ବହୁ ସମୟ ଧରି ଖାଇବ । ପେଟ ପୂରିଆସିଲାଣି - ନା ରେ ବାବା ଆଉ ନୁହେଁ, ସମ୍ଭୋଗରେ ମହାସନ୍ତୋଷ ଲାଭ ହେଲାଣି, ତେଣୁ ଏଉଡିଟିଏ ମାରି ଖାଇବା ସାରିବା । ଖାଇସାରି ହାତମୁହଁ ଧୋଇ ଆସିଲେ ମିଠାଫଳ ଇତ୍ୟାଦି ସବାଶେଷ କୋର୍ସ । ରତିକ୍ରିୟା ପରେ ଲୁଗା ପିନ୍ଧିବା ଓ ଧରାଧରି ହୋଇ ଏକାଠି ଶୋଇ ପ୍ରେମାଳାପ କରିବା ସହିତ ଏହା ତୁଳନୀୟ ।

ସ୍ୱୀକାରବାବୁ ନିଜକୁ ଧିକ୍କାରିଲେ । ଠିକ୍ ଭାବରେ ଅପିଟାଇଜର୍ ପିଆହୋଇନାହିଁ, ତା' ପରକୁ ଆଉ ଦୁଇଟା ତିନିଟା ପରଷା ବାକିଅଛି, ଆଉ ସେ ସବୁଠୁ ଗୁରୁପାକ ଆହାର ଉପରକୁ ମାଡ଼ିବସିଲେ। ଫଳ ଆଉ କ'ଣ ହୋଇଥାଆନ୍ତା ଯେ ! ଅଜୀର୍ଣ୍ଣ; ଅଜୀର୍ଣ୍ଣ ହେଲେ ତଳିପେଟରୁ ମଳବନ୍ଧ ହେଇ ଅସମୟରେ ଖଲାସ ହେବ ନାହିଁ । ଆଉ ଏଇ ଯେଉଁ ଅତର୍କ୍କ ହୋଇ ପେଟ ଖଲାସ କରିବା ଏଯାଏଁ ତାଙ୍କ ଯୌନଜୀବନରେ ଘଟିଚି, ତାକୁ ଆଗ ଠିକ୍ କରିବାକୁ ପଡ଼ିବ, ନଚେତ୍ ସେ ଉପେନ୍ଦ୍ର-ନାୟକ ହେବେ କେମିତି ? ସଂଗେ ସଂଗେ ପୁତୁରା ଓରଫ୍ ସାଂଗ କେଦାରନାଥ ରାଉତଙ୍କ ପାଖକୁ ଫୋନ୍ ହେଲା । ଡାକ୍ତରବାବୁ ଖାଇବାକୁ କିଛି ଲେହ୍ୟ ଓ ମାଲିସ୍ ପାଇଁ ତୈଳ ସୁପାରିସ କଲେ । ଆୟୁର୍ବେଦ ଔଷଧ ଦୋକାନରୁ

ସେଗୁଡ଼ିକ ତୁରନ୍ତ କିଣାହୋଇଆସିଲା । ଏବେ ସ୍ୱୀକାରବାବୁ ତାଙ୍କ ଦୁର୍ବଳତାକୁ ବାଗେଇ ନେଲେଣି ବୋଲି ନିଶ୍ଚିତ ଧାରଣା କରିନେଲେଣି । ଲାବଣ୍ୟ ବିହୁନେ ଲାବଣ୍ୟବତୀ କାବ୍ୟ ପଢ଼ି ପଢ଼ି ସ୍ୱୀକାରବାବୁ ଏକରକମ ପାଗଳ । ସେ ଚନ୍ଦ୍ରଭାନୁ ପରି ହେବେ, କବିସମ୍ରାଟ ଉପେନ୍ଦ୍ର ଭଞ୍ଜଙ୍କ ନାଆଁ ରଖିବେ । ଏଣିକି ଅଫିସ୍‌ରୁ ଫେରିଲେ ଆଉ ଟ୍ରାଉଜରପଞ୍ଜାବି ପିନ୍ଧନ୍ତି ନାହିଁ । ଚମ୍ପା ରଙ୍ଗର ସିଲ୍କ ଲୁଙ୍ଗି ଓ ତା' ଉପରେ ନାଲି ସିଲ୍କ ଗାମୁଛା । ଗଳାରେ ଗୋଟେ ଓସାରିଆ ସୁନାଚେନ୍ । କପାଳରେ, ଉପେନ୍ଦ୍ରଭଞ୍ଜ ରାଜପୁତ୍ର ଥିଲେ ବୋଲି ତାଙ୍କୁ ନକଲ କରି, ବୈଷ୍ଣବ-ମାର୍କା ଇଂରାଜୀ ଅକ୍ଷର 'ଇଉ' ପରି ନାଲି କଲି । ଏଣିକି ଖାଲି ଲାବଣ୍ୟକୁ ଅପେକ୍ଷା । ସେତେବେଳେ ସିଂହଳ-ଏବେ ଓଡ଼ିଶା; ସେତେବେଳେ ଜଳପଥ - ଏବେ ରେଳପଥ, ଏତିକି ତଫାତ୍ ଯାହା ।

ଆଠଦିନ ତଳେ ଲାବଣ୍ୟ ନାୟକ ଟ୍ରେନ୍ ଯୋଗେ ବଲାଙ୍ଗିରରୁ ଚିନ୍ନାଇରେ ପହଞ୍ଚିଲା ଓ ସ୍ୱୀକାରବାବୁ ପାଛୋଟିଆଣିବାକୁ ଚିନ୍ନାଇଯାଏ ଯାଇଥିଲେ । ତା' ପରଦିନ ରାମେଶ୍ୱରରେ ପହଞ୍ଚି ଥିବୁ କନ୍ନନ ପରିବାର ସହିତ ମଧ୍ୟାହ୍ନଭୋଜନ କରି ତାଙ୍କ କର୍ମକ୍ଷେତ୍ରକୁ ଯାତ୍ରାକଲେ । ବାଟରେ ରାମେଶ୍ୱରମ୍ ମନ୍ଦିର ଦର୍ଶନ କଲାବେଳେ ସ୍ୱୀକାରବାବୁ ପଚାରିଲେ, 'ଆଚ୍ଛା, ୟା ଆଗରୁ ତମେ ଏଠିକି ଆସିଥିଲ, ମନେପଡୁଚି ?'

ଲାବଣ୍ୟ ଆଶ୍ଚର୍ଯ୍ୟ ହୋଇ ତାଙ୍କ ଆଡ଼େ ଚାହିଁଲା, 'ମୁଁ ? ମୁଁ କାହିଁକି କେବେ ଇଆଡ଼େ ଆସିବି ମ ! ମୁଁ ପରା ବିଶାଖାପାଟଣା ଦେଖିନଥିଲି, ଏଥର ଟ୍ରେନ୍‌ରେ ଆସିଲାବେଳେ ଷ୍ଟେସନ୍‌ରେ ଯାହା ନାଆଁ ପଢ଼ି ଜାଣିଲି ।'

'ସେତିକି ତ ତଫାତ୍ ତମ ମୋ' ଭିତରେ,' ସ୍ୱୀକାରବାବୁ ଦାର୍ଶନିକ ଭଂଗୀରେ କହିଲେ । 'ମୋର ପୂର୍ବଜନ୍ମ କଥା ମନେଅଛି, ଅଥଚ ତମେ ସବୁ ଭୁଲିଯାଇଚ । ଆମେ ବହୁ ଆଗ ଜନ୍ମରେ ଚନ୍ଦ୍ରଭାନୁ ଓ ଲାବଣ୍ୟବତୀ ଥିଲେ ।'

'ତମେ ପାଗଳ ହେଲଣି ନା କ'ଣ ?' ଲାବଣ୍ୟ ହସି ହସି କହିଲା ।

'ଲାବଣ୍ୟବତୀ ପଢ଼ିଲେ ମଣିଷ ପାଗଳ ନ ହୋଇ ଆଉ କ'ଣ ହେବ ଯେ !' ସ୍ୱୀକାରବାବୁ ଉତ୍ତରଦେଲେ ।

ତାଙ୍କ ଅଫିସ୍ ଗାଡ଼ିରେ ଧନୁଷକେଡ଼ି ଆସିଲାବେଳେ ସ୍ୱୀକାରବାବୁଙ୍କ ମିଜାଜ୍ ଖୁବ୍ ତାଜା ଆଉ ମିଠାସ୍ ଥିଲା । ସ୍ତ୍ରୀକୁ ପଚାରିଲେ, 'ତମ ବହିବାକ୍ସରୁ ତମ ଥେସିସ୍ ପଢ଼ିଲି - ମାନେ ଅନେକଥର ପଢ଼ିଲି । ଏତେ କଥା ଲେଖିଚ ରତିକ୍ରୀଡ଼ା ବାବଦରେ, ଆଉ କାମରେ କ'ଣନା କୁତ୍‌କୁତ୍ ଲାଗୁଚି, ସଲ୍‌ସଲ୍ ଲାଗୁଚି ?'

'ମଲା, ସେଗୁଡ଼ାକ ପାଠ କଥା, ମୁଁ ସେମିତି କାହିଁକି କରିବାକୁ ଯିବି ମ !'

ସ୍ୱୀକାରବାବୁଙ୍କ ହାତ ଆଉଁଶୁ ଆଉଁଶୁ କହିଲେ, 'ରତିକ୍ରୀଡ଼ା ଭିତରେ କବି ସମ୍ରାଟ ଶରୀରଭେଦର ଗୂଢ଼ରହସ୍ୟ କଥା କହିଛନ୍ତି, ତମେ ତାକୁ ବୁଝିଲ ତ?'

'ଚାଲ, ରତିକ୍ରୀଡା କରି ମତେ ସବୁ ବୁଝେଇଦେବ । ଆଉ ଉପେନ୍ଦ୍ର ଭଞ୍ଜ ଯେଉଁ ପତ୍ନୀବ୍ରତ କଥା କହିଛନ୍ତି, ସେଥିରେ ମୁଁ ଆସ୍ଥା ରଖେ; ତମେ ତ ମୋର ସର୍ବସ୍ୱ, ସବୁ ସୁଖ' ସ୍ୱୀକାରବାବୁ ନାଟକୀୟ ଭଙ୍ଗୀରେ କହିଲେ ଓ ଠିକ୍ ସେତିକିବେଳକୁ ଝିଅ ଦେଖାବେଳେ ତାଙ୍କ ସ୍ତ୍ରୀଙ୍କୁ ଅଶ୍ଳୀଳ କମେଣ୍ଟ୍ ମାରିଥିଲା ବୋଲି ଆଦିତ୍ୟକୁ ମନେମନେ ଖୁବ୍ ଗାଳିଦେଲେ, 'ଶଳା ମଦୁଆ! ମୋ ସ୍ତ୍ରୀ ଉପରେ ଖରାପ ନଜର ପକେଇ, ତା' ପେଟ ଛାତି ଆଡ଼େ ଚାହିଁ ଚାହିଁ ଖରାପ କଥା କହିବୁ?'

ଅତିଥି ଭବନରେ ତାଙ୍କ ରହିବା ରୁମ୍‌ରେ ପହଂଚି କାନ୍ଥରେ କବି ସମ୍ରାଟଙ୍କ ବଡ଼ ରଙ୍ଗିନ୍ ଫଟୋ ଦେଖି ଲାବଣ୍ୟ ଆଶ୍ଚର୍ଯ୍ୟ ହୋଇ ପଚାରିଲେ, 'ଇଏ କ'ଣ?'

'ସେ ପରା ଆମ ଗୁରୁ, ସେ ଯେମିତି ପାଠ ବତେଇଛନ୍ତି, ଆମେ ସେମିତି ପଢିବା,' ସ୍ୱୀକାରବାବୁ ହସିହସି କହିଲେ ଓ ତାଙ୍କ ହାତରୁ ଗହଣାବାକ୍ସ ନେଇ ଗୋଦ୍‌ରେଜ୍ ଆଲ୍‌ମାରି ଖୋଲି ତାଙ୍କ ପାଓ୍ୱାରପିଲୋ ପାଖରେ ରଖି ପୁଣି ଚାବି ପକାଇଦେଲେ ଓ ଗ୍ଲାସ୍‌ରେ ପାଣି ଢାଳି ପିଇଲେ । ଦିନଟାଯାକ ଶୟନକକ୍ଷକୁ କେଳିସଦନ ଭାବେ ସଜାଇବାରେ ଗଲା ।

ଗୋଟେ ବଡ଼ ଠିଆଦୀପ ବଳିତା ତେଲ ସହ ଗୋଟିଏ କୋଣରେ ରଖାଯାଇଚି । ପଲଙ୍କର ମଶାରିବାଡ଼ରେ ସୁନେଲି ଜରିକାଗଜ ଓ ଫୁଲମାଳ ଓହଳାଯାଇଛି । ଦୀପ ଲିଭିଯିବ ବୋଲି ସିଲିଂଫ୍ୟାନ୍ ବନ୍ଦ୍ । ତା' ଜାଗାରେ ଟିକେ ଦୂରରେ ଷ୍ଟୁଲ୍ ଉପରେ ଟେବୁଲଫ୍ୟାନ୍, ପାଖକୁ ବିଞ୍ଚଣାଟିଏ । ପଲଙ୍କ ପାଖ ଟି'ପୟ ଉପରେ ପୁରାକାଳର କାଚକଳସୀ କେଉଁଠୁ ପାଇଲେ କେଜାଣି, ସେଥିରେ ମିଠା ସରବତ । ସେଇ ରାତିରେ ଲାବଣ୍ୟକୁ ଏକବସ୍ତ୍ରରେ ଲାବଣ୍ୟବତୀ ଭାବେ ସଜାଇ ଲାବଣ୍ୟବତୀର ତେତିଶତମ ଛାନ୍ଦରେ ଯୌନକ୍ରୀଡା ଠିକ୍ ନିୟମ ଅନୁସାରେ ସ୍ୱୀକାରବାବୁ ଘଟାଇଲେ । ଇଏ ତ ଆମ ମଶୋରି ହଷ୍ଟେଲ ହୋଇନାହିଁ କି ଲାବଣ୍ୟର ବଲାଙ୍ଗିର ଭଡ଼ାଘର ହୋଇନାହିଁ ଯେ ପାଖଲୋକ କିଏ ଜାଣିଯିବେ ବୋଲି ଶଙ୍କା ଲାଗିବ! ନିର୍ଜନ ଅତିଥି ଭବନ । ବାରଣ୍ଡାର ଭିତରପଟୁ ତାଲାପକାଇ, କବାଟ ଖୋଲାରଖି, ରତିକ୍ରୀଡ଼ା ହେଲା । ଲାବଣ୍ୟକୁ ଆଗ ଆପିଟାଇଜର୍ ପିଆଇ ନିଜେ ଅମୃତ ପିଇ ଯାଉଛନ୍ତି ବୋଲି କହି ତା' ଭୋକ ଜଗାଇଲେ । ଗୁରୁଦେବ ଭଞ୍ଜେ ଯାହା ପରେ ଯାହା କହିଛନ୍ତି, ଠିକ୍ ସେଇ ମାର୍ଗରେ ମନମତାଣିଆ ରତିକ୍ରୀଡାଟିଏ ହେଲା । ସ୍ୱୀକାରବାବୁ ମନେମନେ ବଡ଼ ଖୁସ୍, ତାଙ୍କ ପୁତୁରାକୁ ଭିତରେ ଭିତରେ

ବହୁତ ଧନ୍ୟବାଦ ଦେଲେ - 'ସାବାସ୍ ଡାକ୍ତର କେଦାର ରାଉତ ! ତମ ଔଷଧ ଫଳ ଦେଇଚି ।' ଆଦିତ୍ୟ କଥା ମନେପଡ଼ିଲା । ତାଙ୍କୁ ମନେମନେ କହିଲେ, 'ଶଳା ମଦୁଆଟା ସିନା, ସୁନା ଚିହ୍ନେ ବଣିଆ, ଠିକ୍ କହିଥିଲା ଲାବଣ୍ୟକୁ ଦେଖି - ଭଞ୍ଜ ନାୟିକାଟିଏ ତ !'

ଆଜି ନୂଆ ବାସରରାତିର ଅଷ୍ଟମ ରାତି । ଲାବଣ୍ୟବତୀ କାବ୍ୟ ଅନୁସାରେ ଷଡତିରିଶିତମ ଛାନ୍ଦ । ଚନ୍ଦ୍ରଭାନୁ ଓ ଲାବଣ୍ୟବତୀ ସ୍ୱଦେଶରେ ପହଞ୍ଚିଲେଣି, ରାଜଧାନୀରେ ନୁହେଁ । କିନ୍ତୁ ବାସରରାତିର ରତିକ୍ରୀଡା ପରି ରତିକ୍ରୀଡା ଚାଲିଚି । ସ୍ୱୀକାରବାବୁ ଯେତେ ରସ ଆସ୍ୱାଦନ କରୁଚନ୍ତି, ମନକହୁଚି - ଆହୁରି ଚାଲୁ, ଆହୁରି ଚାଲୁ ।

ଆଜି ରାତିରେ ସିନେମା ଦେଖି ଫେରି ଖାଉଖାଉ ବହୁତ ଡେରି ହୋଇଗଲା । ରାତି ବାରଟା ବେଳଠାରୁ ଚନ୍ଦ୍ରଭାନୁ-ଲାବଣ୍ୟବତୀଙ୍କ ରତି ଅଭିନୟ ଆରମ୍ଭ ହୋଇଚି । କିଛି ସମୟ ପରେ କାର୍ତ୍ତିକେୟନ ଯେଉଁ ବୁଲାକୁକୁର ଖାଇବାକୁ ଦେଇ ପୋଷିଚି, ସେ ଭୁକିବାରୁ ଲାବଣ୍ୟ ଅନ୍ୟମନସ୍କ ହେଲା । ସ୍ୱୀକାରବାବୁ ବୁଝେଇଦେଲେ ଯେ ଏ କୁକୁରଟା ମିଛଟାରେ ଏମିତି ଭୁକେ । ତା'ର କିଛି ସମୟ ପରେ ବାରଣ୍ଡା ଗ୍ରୀଲ୍ ପାଖରେ କ'ଣ ଟିକେ ଘଷିହୋଇଯିବାର ଶବ୍ଦ ହେଲାରୁ ଖୋଲାଦୁଆର କବାଟ ଆଡ଼କୁ ଟିକେ ଚାହିଁ ସେ ପୁଣି ଆଲିଙ୍ଗନରେ ମନ ଦେଉଦେଉ ଲାବଣ୍ୟକୁ ଶୁଣାଇଲା ପରି କହିଲେ, 'ଏ ଶଳା କୁକୁରର ଦେହଟାଯାକ ଯାଦୁ, ଏଇ ଗ୍ରୀଲ୍ ପାଖରେ ନିତି ଘଷିହେବ । ବାହାର କରୁଚି କାଲି ତାକୁ ।'

ଦୀର୍ଘରତି ସରିଲାଣି । ଦୁହେଁ ଲୁଗା ପିନ୍ଧି, ସରବତ୍ ପିଇ ବିଛଣାରେ ପଡ଼ି ଗପସପ ହେଉଛନ୍ତି, ଏଇ ସମୟରେ ଖୋଲାକବାଟ କୋଣରୁ ଗୋଟିଏ ଉଚ୍ଚସ୍ୱର ଶୁଭିଲା, 'ତାମିଲ୍ ଏଲାମ୍, ତାମିଲ୍ ଏଲାମ୍ ।' ସ୍ୱୀକାରବାବୁ ବିଛଣା ଉପରୁ ତଳକୁ ଡେଇଁପଡ଼ି ପାଟିକଲେ: 'କିଏ, କିଏ ?' ଓ ସୁଇଚ୍ ଚିପି ବିଜୁଳିବତି ଜଳାଇଦେଲେ । ସାମ୍ନାରେ ଦେଖିଲେ କବାଟ କୋଣରୁ ଭୂତ ପରି ଜଣେ ଠିଆ ହୋଇଚି । ନୀଳ ଜିନ୍ସ ପ୍ୟାଣ୍ଟ ଉପରେ କଳା ଗେଞ୍ଜି ପିନ୍ଧିଚି ଓ ହାତରେ ରିଭଲ୍‌ଭର ତାଙ୍କ ଆଡ଼କୁ କରିଚି । 'ତୁ କିଏ ?' ସ୍ୱୀକାରବାବୁ ଥରୁ ଥରୁ ପଚାରିଲେ ତାମିଲ ଭାଷାରେ ।

'ମୁଁ? ମୁଁ ଏଲ୍.ଟି.ଟି.ଇ. ଗରିଲା । ମଝିରେମଝିରେ ଇଆଡ଼େ ବୁଲିଆସେ । କିନ୍ତୁ ତମେ କିଏ ଏଠି ନୂଆଲୋକ, କହିଲ ? ମୁଁ ଆଗରୁ ଯେତେଥର ଆସିଚି, ଜଣେ ବୁଢ଼ା ଇଞ୍ଜିନିୟରକୁ ଡରେଇ ବହୁତ ଝଡେଇଚି । ସେଇଟା କୁଆଡ଼େ ଗଲା ? ତୁ ତା' ଜାଗାରେ ଆସିଚୁ ?'

ସେ ସ୍ୱୀକାରବାବୁଙ୍କ ଏଠାକାର ସର୍ବେସର୍ବା ବୋଲି ଚିହ୍ନିନାହିଁ ? ଅପମାନିତ

ଲାଗିଲା, କିନ୍ତୁ ସେ ନିଜକୁ ପ୍ରତ୍ୟୟଦେଇ କହିଲେ, 'ମୁଁ ଏଠାକାର ରାଜା, ସବ୍-କଲେକ୍ଟର, ଯା' ପଳା, ନହେଲେ ଗୁଳିକରି ମାରିଦେବି ।'

'ଗୁଳି କରିବୁ? କାହିଁ, ବାହାରକଲୁ ତୋ' ରିଭଲ୍‌ଭର? ରାତିଯାକ ତ ଏମିତି ଗୁଳି ଚଳେଇଚୁ ସେ ମାଇକିନା ଉପରେ ଯେ ମୁଁ ଅବାକ୍ ହୋଇ ସେତେବେଳଠୁ ଦେଖୁଚି । ସବୁ ଦେଖିଚି ଆରମ୍ଭରୁ ଶେଷଯାଏ । କି ବ୍ଲୁ ଫିଲ୍ମ କଲ ବେ! ଏଟା କେଉଁଠିକା କଲ୍ ଗାର୍ଲ୍? ଏତେ ବଢ଼ିଆ କେଉଁଠୁ ପାଇଲୁ?'

ସ୍ୱୀକାରବାବୁ ଜାଣିଲେ ଯେ ତାଙ୍କ ରିଭଲ୍‌ଭର ଏବେ ପାଖରେ ନାହିଁ । କେବେ ଦରକାର ପଡ଼ିବ ବୋଲି ସେ କଳ୍ପନା କରିନଥିଲେ, ସେଇଟା ଅଛି ତାଙ୍କ ପାଖ ରୁମ୍ ଅଫିସ୍ ଟେବୁଲ ଡ୍ରୟରରେ । ତାକୁ ଆଣିବେ କେମିତି? ସେ କହିଲେ, 'କଲ୍ ଗାର୍ଲ୍ ନୁହେଁ, ଏ ମୋ ସ୍ତ୍ରୀ । ଯା' ପଳା ଏଠୁ!'

'ମାଲ୍ ନନେଇ ପଳେଇବି? ଆଉ ଆସିଚି କାହିଁକି, ଏତେ ରାତିରେ?' ଗରିଲା ଟୋକା କହିଲା ।

'କି ମାଲ୍? ମାଲ୍ ଏଠି କିଛି ନାହିଁ, ମୁଁ ମାଲ୍ କେଉଁଠୁ ପାଇବି? ମୁଁ କ'ଣ ସେ ବୁଢ଼ା ଇଞ୍ଜିନିୟର?' ସ୍ୱୀକାରବାବୁ ନରମ ହୋଇ କହିଲେ ।

'ମାଲ୍ ନାହିଁ? ସେ ଆଲମାରିରେ କ'ଣ ରଖିଚୁ? ଖୋଲ୍ ତାକୁ ।' ଗରିଲା ଆଲମାରି ଆଡ଼େ ରିଭଲ୍‌ଭର ଉଠାଇ ପଚାରିଲା ।

'ସେଠି ଅଫିସ୍ କାଗଜପତ୍ର ଅଛି,' ସ୍ୱୀକାରବାବୁ କହିଲେ । ତାଙ୍କୁ ଏ ଟୋକାର ତୁ-ତା-ରେ-ରା ସମ୍ବୋଧନ ଖୁବ୍ ବାଧୁଥିଲା; କିନ୍ତୁ ସେ କରିବେ ବା କ'ଣ?

'ଆଣ ଚାବି, ମୁଁ ଦେଖେ ।' ଗରିଲା ଚାବି ନେବାପାଇଁ ବାଁ ହାତ ବଢ଼ାଇଲା ।

'ଚାବି ନାହିଁ, ହଜିଯାଇଚି,' ସ୍ୱୀକାରବାବୁ କହିଲେ ।

'ଚାବି ହଜିଯାଇଚି! ଦେଖେ, ମୁଁ ଟିକେ ଖୋଜେ ।' ରିଭଲ୍‌ଭର ଉଠାଇ ଇସାରାରେ ସେ ଦୁଇଜଣଙ୍କୁ ପଲଙ୍କର ତଳପଟକୁ ବସାଇ ତକିଆ, ବିଛଣା, ଚାଦର ଝାଡ଼ି ଚାବି ପାଇଲା ଓ ଆଲମାରି ଖୋଲିବା ଆଗରୁ ସାବଧାନ କରାଇଦେଲା, 'ବେଶି ଚାଲାଖି କରିବୁ ତ ଗୁଳି ଚଳେଇଦେବି, ସ୍ଥିର ହୋଇ ବସ୍ ।'

ସ୍ୱୀକାରବାବୁ କିଂକର୍ତ୍ତବ୍ୟବିମୂଢ଼ ହୋଇ ଦେଖୁଥାଆନ୍ତି – ଗରିଲା ଟୋକା ଗହଣାବାକ୍ସ ଫିଟେଇଦେଇ ଖୁସିରେ ହସିଦେଲା ଆଉ କହିଲା, 'ଏଗୁଡା କୋଉ ରଜାଘରୁ ଲାଞ୍ଚ ଆଣିଚୁ?' ସ୍ୱୀକାରବାବୁ ଚୁପ୍ ରହିଲା । ଗରିଲା ସବୁ ଗହଣାକୁ ହାତରେ ଟେକିରଖିଲା ଓ ପାଖର ପିଲୋକୁ ବାଁ ହାତ ବଢ଼ାଇ କାଢ଼ିଲାବେଳେ ସ୍ୱୀକାରବାବୁ ପାଟିକଲେ, 'ସେଇଟା ଛୁଁ'ନା, ସେଇଟା ମୋ ଅଣ୍ଟାବ୍ୟଥା ପାଇଁ ତକିଆ ।'

'ହଉ, ଦେଖିବା ଦେଖିବା, ତୁ ଏମିତି କହିଲେ କ'ଣ ମୁଁ ନଦେଖି ଛାଡ଼ିଦେବି ?' ଗରିଲା କହିଲା ଓ ବାଁ ହାତରେ ପ୍ୟାଣ୍ଟ୍ ପକେଟରୁ ଛୁରି ବାହାର କରି ଆଗ ଭେଲ୍‌ଭେଟ୍ ଖୋଳ ଓ ତା' ପରେ ପତଳା ଫୋମ୍ ଗଦିକୁ କାଟି ତଳକୁ ଫୋପାଡ଼ିଦେଲା । ଏଣିକି ରହିଲା କେବଳ କାଗଜଡବା । ତାକୁ ଛୁରି ମାରି ଅଜାଡ଼ିଦେଲାରୁ ନୋଟ୍ ବଣ୍ଡଲ୍ ସବୁ ଖସିବାକୁ ଲାଗିଲା । ଆହୁରି ମସ୍ତ ହୋଇ ଗରିଲା ପଚାରିଲା, 'ଶଳା ! ଭଲ ପାୱାରପିଲୋ ସାଇତିଚୁ! କୁଆଡ଼ୁ ପାଇଲୁ ଏତେ ?'

ପାଖ ଟେବୁଲ ଉପରେ ଯେଉଁ କନା ବିଛାହୋଇଥିଲା, ସେଥିରେ ନୋଟ୍‌ଥାକ ଓ ସବୁ ସୁନାଗହଣା ବାନ୍ଧି ଗଣ୍ଠିଲିଟିଏ କଲା । ଗଣ୍ଠିଲି ଧରି ରିଭଲ୍‌ଭର୍ ଉଞ୍ଚେଇ ବାହାରିଗଲାବେଳକୁ ଦ୍ୱାରବନ୍ଧ ପାଖରେ ଅଟକିଯାଇ ସ୍ୱୀକାରବାବୁ ଓ ଲାବଣ୍ୟକୁ ଚାହିଁଲା କିଛି ସମୟ ଓ କହିଲା, 'ମୋର ଗୋଟିଏ ସର୍ତ୍ତ ଅଛି । ରାଜିହେଲେ ଏଇ ଗଣ୍ଠିଲିଟା ତତେ ପୁଣି ଫେରାଇଦେବି ।'

'କ'ଣ କହ, କହ,' ସ୍ୱୀକାରବାବୁ ଆଶାନ୍ୱିତ ହୋଇ ପଚାରିଲେ ।

'ଏତେ ନାରୀ ମୁଁ ଭୋଗକରିଚି, କିନ୍ତୁ ଏଇ ଟୋକୀ ଭଳି ଖଣ୍ଡେ ଦେଖିନାହିଁ । ବିଜୁଳି ତ ! କି ସେକ୍ସି ! ଟଙ୍କା ମାଲ୍ ତ ଆଉ କେଉଁଠି ମିଳିବ, କିନ୍ତୁ ଏଭଳି ଟୋକୀ ମାଲ୍ ? ଏଇ ଗୋଟାକ ମୋ' ମନକୁ ଖୁବ୍ ପାଇଚି । ଦବୁ ?'

'ହଉ, ମୁଁ ଯାଉଚି ଆରଘରକୁ, ମତେ ଗଣ୍ଠିଲିଟା ଦେ । ତୋର ଯାହା କରିବା କଥା କର ।' ସ୍ୱୀକାରବାବୁ ଏତକ କହି ଚାଲିଯିବାକୁ ଉଦ୍ୟତ ହେଲାବେଳେ ଲାବଣ୍ୟ ତାଙ୍କୁ ଭିଡ଼ି ଧରିଥିଲା । ତା' ହାତକୁ ଜୋରଜବରଦସ୍ତ ଛଡାଇ ଉଠୁଥିଲାବେଳେ ସ୍ୱୀକାରବାବୁଙ୍କୁ ଗରିଲା ହାତ ଦେଖାଇ ବାରଣକଲା ।

'ତତେ ଏ ଘରୁ ଯିବାକୁ ଦେବି ନାହିଁ ! ଶଳା ! ଆରଘରେ ଯଦି ରିଭଲ୍‌ଭର ରଖିଥିବୁ ? ମତେ ଗୁଳିକରି ମାରିଦେବୁ ବୋଲି କହୁଥିଲୁ, କିଏ ଜାଣେ ? ଏଇଠି ରହ, ତୁ ଦେଖିଲେ ମୋର କିଛି ଆପତ୍ତି ନାହିଁ । ମୁଁ ତ ପୁଣି ସବୁ ଦେଖିଚି । ଗରିଲା ହାତ ମେଲା କରି କବାଟରେ ଛେକିଲା ପରି କହିଲା ।

ସେତେବେଳକୁ ଲାବଣ୍ୟ ଲୁହରେ ଅସ୍ତବ୍ୟସ୍ତ ହେଲାଣି । ଦି'ହାତରେ ସ୍ୱୀକାରବାବୁଙ୍କ ହାତ, ଅଣ୍ଟାକୁ କୁଣ୍ଢେଇଧରି କାନ୍ଦୁଚି। ସ୍ୱୀକାରବାବୁ ଟିକେ ପ୍ରକୃତିସ୍ଥ ହେଲେ । ଲାବଣ୍ୟର ବାଳ ଆଉଁଶିଦେଇ ଓଡ଼ିଆରେ କହିଲେ – ଯଦି ତମେ ରାଜି ହୋଇଯାଆନ୍ତ, ଆମେ ବହୁତ କ୍ଷୟକ୍ଷତିରୁ ବଞ୍ଚିଯାଆନ୍ତେ । ଏତେ ଗୁଡେ ଟଙ୍କା, ଏତେ ଗୁଡେ ଗହଣା...କ'ଣ କହୁଚ ?

'କ'ଣ ତମେ କହୁଚ !' ଲାବଣ୍ୟ କାନ୍ଦିକାନ୍ଦି ନେହୁରା ହେଲା ପରି କହିଲା, 'ଏଇ ଟଙ୍କା ଗହଣା ଲାଗି ସେ ଛତରା ପାଖରେ ତମେ ମତେ ବିକିଦେବ ?'

ବୁଝେଇବା ସ୍ୱରରେ ସେ କହିଲେ, 'ବିକୁଚି କିଏ ? ତମ ସହିତ ଥରେ ଶୋଇ ସେ ପଳେଇବ। ଏକଥା ଆଉ କେହି ଜାଣିବେ ନାହିଁ, ଯାଆ, ବିଛଣାରେ ବସ, ସେ ଗଣ୍ଡିଲି ଧରି ମୁଁ କବାଟକୋଣରେ ଠିଆହେଉଚି ।'

ସ୍ୱୀକାରବାବୁ ଲାବଣ୍ୟକୁ ହାତଛଡ଼ା କରି ବିଛଣା ଆଡ଼କୁ ଠେଲିଦେଲାବେଳକୁ ଗରିଲା ମୁହଁ ଖୋଲିଲା, 'ମୁଁ ମୋ' ମନ ବଦଳେଇଦେଲି । ସେଠି ଆମର ଏତେ ଭାଇ ରୋଜ୍ ମରୁଛନ୍ତି, ଆଉ ମୁଁ ଏଇ ମାଇକିନା ପାଲରେ ପଡ଼ି ସବୁ ଛାଡ଼ି ପଳେଇବି ? ଆମର ଏବେ ଟଙ୍କା ଦରକାର, ନଗଦ ଟଙ୍କା, ନଚେତ୍ ମୁଁ ଜୀବନକୁ ପାଣି ଛଡ଼େଇ ଇଆଡ଼େ ଆସିଥାନ୍ତି କାହିଁକି ? ଲାବଣ୍ୟ ଆଡ଼େ ଚାହିଁ କହିଲା, 'ହେ ସୁନ୍ଦରୀ ନାରୀ ! ବ୍ୟସ୍ତ ହ'ନା, ମୁଁ ତୋ' ଉପରେ ବଳାତ୍କାର କରିବି ନାହିଁ ।' ଗରିଲା ଗଣ୍ଡିଲି ଧରି ଥରେଦି'ଥର ପଛକୁ ଚାହିଁ ରିଭଲ୍‌ଭର୍ ଉଞ୍ଚାଇ, ବାରଣ୍ଡା ଖୋଲା ଗ୍ରୀଲ୍ କବାଟ ଦେଇ ବାହାରକୁ ଚାଲିଗଲା ଓ ସ୍ୱୀକାରବାବୁ ଦେଖିଲେ, ସେ ଗେଟ୍ ଡେଇଁ ଅଦୃଶ୍ୟ ହୋଇଯାଉଛି ।

ଗେଟ୍ ପାଖ ଆମ୍ବଗଛରେ କୁଆ କୋଇଲି ନିଦରୁ ଉଠି ରାବିବା ଶବ୍ଦ ଶୁଭିଲା । ପୂରା ଫର୍ଚ୍ଚା ହୋଇ ନାହିଁ । ରହିବା ଘର ଲାଇଟ୍ ସେମିତି ଜଳୁଚି । ସ୍ୱୀକାରବାବୁ ଦେଖିଲେ, ଲାବଣ୍ୟ ତା'ର ବଲାଙ୍ଗିରରୁ ଆଣିଥିବା ସବୁଠାରୁ ବଡ଼ ସୁଟ୍‌କେଶ୍‌ରେ ଲୁଗାପଟା ସଜାଇ ରଖୁଚି । ଏତେବେଳକୁ ଏଇ କାମ କରିବାକୁ ଥିଲା ? ସେ ମନେ ମନେ ତା' ଉପରେ ବିରକ୍ତ ହେଲେ । କିଛି ସମୟ ପରେ ସେ ଦେଖିଲେ, ଲାବଣ୍ୟ ସୁଟ୍‌କେଶ୍ ଧରି ଘରୁ ବାହାରିଯାଉଚି । କିଛି ବୁଝି ନପାରି ପଚାରିଲେ, 'ତମେ କୁଆଡ଼େ ଯାଉଚ ?'

'ନୀଚ ! ଧିକ୍ ତୋ' ପତ୍ନୀବ୍ରତ !' ଚାଲିଯାଉଯାଉ କହିଲା ଲାବଣ୍ୟ ।

■

ଅମର, ଅକ୍ଷର ହେଉ ହେଉ

ମଣିଷର ନାନା କିସମର ଭୋକ। ପେଟ ଭୋକ କଥା କିଏ ନ ଜାଣେ ? ପେଟ ପୋଷ, ନାହିଁ ଦୋଷ। ଏଇ ପେଟର ଭୋକକୁ ଶାନ୍ତ କରିବାକୁ ଯାହା କରିବା କଥା କର; ଦୋଷ ଲାଗିବ ନାହିଁ। ଆଉ ଗୋଟିଏ ଭୋକ ପେଟ ଭୋକଠାରୁ ଓଜନିଆ, ସେଇଟା ହେଲା ଯୌନ ଭୋକ। ଏଇ ଭୋକରେ, ଭୋକପଣିଆଠାରୁ ଲାଳସା ଭାଗ ବେଶି; ଛାଡ଼ନ୍ତୁ ସେ କଥା। ଫ୍ରଏଡ୍ ବୋଲି ଜଣେ ଦାର୍ଶନିକ ବୁଢ଼ା ଏଇ ଭୋକକୁ ମୁଣ୍ଡରେ ବସେଇଲା, ଯେତେ ପଣ୍ଡିମା ପାଠୁଆ ସମସ୍ତେ ତ ତଟସ୍ଥ; କୁଆଡ଼େ ଏଇ ଭୋକରୁ ମା' ତା' ପୁଅକୁ ଗେହ୍ଲା କରେ, ବାପା ତା' ଝିଅକୁ ସ୍ନେହ କରେ। ସ୍ଥୂଳ ଭୋକ ଅଳ୍ପ ବହୁତେ ଶାନ୍ତ ହୁଅନ୍ତି, କିନ୍ତୁ ଏଇ ଭୋକକୁ ଜଗିରଖି ତୃପ୍ତ କରିବାକୁ ହୁଏ, ନ ହେଲେ ବିପଦ। ଆଉ ଗୋଟିଏ ଭୋକ ହେଉଚି ବଡ଼ିମା-ଭୋକ । ଖବରକାଗଜରେ, ପତ୍ରପତ୍ରିକାରେ ମୋ' କଥା ଚର୍ଚ୍ଚା ହେଉଥିବ, ଫଟୋ ବାହାରୁଥିବ, ଟି.ଭି. କେନ୍ଦ୍ରକୁ ଡାକରା ଆସୁଥିବ, ସଭାସମିତିରେ ମଞ୍ଚ ଉପରେ ବସିବାକୁ ଲୋକେ ଡାକୁଥିବେ, ତେବେ ଯାଇ ଭୋକ ମରିବ, ମନଟିକେ ଶାନ୍ତ ଲାଗିବ। ଏଥିପାଇଁ ଏ ଭୋକିଲା ବର୍ଗ ନାନା ଉପାୟ, କେତେ ଫନ୍ଦିଫିକରରେ ଥାଆନ୍ତି। କିନ୍ତୁ ବାହାରକୁ ସବୁବେଳେ କହୁଥିବେ - ଏ ଖବରକାଗଜ-ଟି.ଭି.ବାଲା ପରା ପିଛା ଛାଡୁ ନାହାନ୍ତି, ତାଙ୍କଠାରୁ ମୁଁ ଯେତେ ଲୁଚିଲେ ବି କ'ଣ ରଖେଇଦଉଛନ୍ତି ? ଏଇ ଭୋକିଲା ବା ରୋଗଗ୍ରସ୍ତ ଲୋକକୁ ଇଂରାଜୀରେ କୁହନ୍ତି - ମିଡିଆମାନିଆକ୍। ଏଇ ଭୋକର ଆଉ ଗୋଟିଏ ଯାଆଁଳା ଭାଇ ଅଛି; ସେ ଯଦି ମଣିଷ ଭିତରେ ପଶିଗଲା, ତେବେ ତାକୁନା, ପାଗଳ କରିଦେବ। ଏମିତି କ'ଣଗୁଡ଼ାଏ କାର୍ଯ୍ୟକଳାପରେ ମୁଁ ପୁରୋଧା ହୋଇ ପଡ଼ନ୍ତି ଯେ ଲୋକେ କାଳକାଳକୁ ନାଁ ମନେପକଉଥାନ୍ତେ।

ଏବେ ନେତାମାନଙ୍କ ନିକଟରେ ଏଇ ଭୋକର ଉପଦ୍ରବ। ଅମୁକ କୋଡ଼ିଏ ମହଲା ପ୍ରାସାଦ, କି ବିଶ୍ୱବିଦ୍ୟାଳୟ, କି ଶିକ୍ଷାୟନ ଅମୁକ ମାନ୍ୟବର ମହାଶୟଙ୍କ କରକମଳରେ ଉଦ୍‌ଘାଟିତ। ମାର୍ବଲ କି ମୁଗୁନିପଥର ଫଳକ ଉପରେ ସୁନା କି ରୁପା ରଙ୍ଗର ଅକ୍ଷରରେ ଦିନ ତାରିଖ ସହ ବଡ଼ ବଡ଼ ଅକ୍ଷରରେ ଲେଖାହୋଇଥିବ। ସେଇ ଉଦ୍‌ଘାଟନ ବେଳର ଦୀପ ଜଳା, ଫୁଲମାଳପିନ୍ଧା, ବକ୍ତୃତା – ଠିଆ ଫଟୋ ସବୁ ଆଲବମ୍‌ରେ ସଂରକ୍ଷିତ ହୋଇ ଦରବାର ଘରର ମଝିଟେବୁଲ ମଣ୍ଡନ କରୁଥିବ। ସାକ୍ଷାତ ପାଇଁ ଅପେକ୍ଷା କରିଥିବା ଇତରଜନମାନେ ମିଠେଇ ଥାଳି ଦେଖିଲାପରି, ଭାରି ଲାଳୁଆ ହୋଇ ଦେଖୁଥିବେ। ଦରବାର କର୍ତ୍ତାଙ୍କୁ ଗୁହାରି ଶୁଣାଇଲାବେଳେ, ଚତୁର ଇତରଜଣକ ମୌକାଦେଖି କହିବ; ଆଜ୍ଞା ଆପଣଙ୍କ ହାତଟା ଲକ୍ଷ୍ମୀ-ହାତ, ଭାରି ଲକି। ଆପଣ ଛଅ ବର୍ଷତଳେ ତାକୁ ଯେଉଁ ଶୁଭ ଦେଇଥିଲେ, ସେ କାରଖାନା ଏମିତି ଉଧେଇଚି, ଯେ ସେତେବେଳେ ଦିନକେ ଛଅ ଘଣ୍ଟା ଚାଲୁଥିଲା, ଏବେ ଚବିଶ ଘଣ୍ଟାରୁ ଚବିଶ ଘଣ୍ଟା। ଟ୍ରକ୍ ପଛକୁ ଟ୍ରକ୍ ଲାଗିଚି – ମାଲବୁହା ଚାଲିଚି। ଖୁବ୍ ମୁନାଫା ହେଉଚି।" କର୍ତ୍ତା ତାଙ୍କ ଚାରି ମୁଦିପିନ୍ଧା ଡାହାଣ ହାତକୁ ଚାହିଁ ଭିତରେ କୁରୁଳେଇ ହୋଇ କହିବେ; "ନାହିଁ, ନାହିଁ ସେଥିରେ ମୋର କିଛି ବିଶେଷ ବାହାଦୁରି ନାହିଁ, କିନ୍ତୁ ସେଇ କାରଖାନାକୁ ଶୁଭଦେଇ ମୁଁ ସମଗ୍ର ଜନତାକୁ ତାହା ସମର୍ପଣ କରାଗଲା ବୋଲି ଘୋଷଣା କରିଥିଲି ତ, ଇଏ ବୋଧେ ସେଇ ତ୍ୟାଗ-ଭାବର ଫଳ।" ଇତର ଶ୍ରୋତା କୃତକୃତ୍ୟ ହେବେ – "ହଜୁର ଏଇ ତ୍ୟାଗ-ଭାବ ପାଇଁ ତ ଆପଣ ମହାନ୍।"

ଜନତାକୁ ସମର୍ପଣ – ଇଏ ଗୋଟେ ନୂଆ ଫାର୍ସ ଏବେ ଚାଲିଚି। ଜନତା କାହାନ୍ତି ? ତାଙ୍କୁ କିଏ କ'ଣ ସମର୍ପଣ କଲା, କଲାରୁ ସେଇ ଜନତାର କ'ଣ ଉପକାର ହେଲା, ଏଇ ପ୍ରଶ୍ନଗୁଡ଼ିକ କେବେ ପଚାରିବେ ନାହିଁ; ଅପ୍ରିୟ ହେବେ, କାଳୀଗାଈର ଭିନ୍ନେ ଗୋଠରେ ଛିଛାକର ପାଇବେ। ଏଇ ସମର୍ପଣ ତ୍ୟାଗ-ଭାବର ହାୱା କେତେ ଲେଖକ କବିଙ୍କ ଝରକାଦେଇ ତାଙ୍କଠାରେ ଘଷିହୋଇ ଭାରି ଉଚ୍ଛନ୍ନ କରେ। ଯେମିତି ପାଣ୍ଡୁଲିପିଟି ଛପା ସରିଗଲା, ଚାରିପାଞ୍ଚଖଣ୍ଡ ବହିଧରି ଦୌଡ଼ିଲେ ଭୁବନେଶ୍ୱର କି ଦିଲ୍ଲୀ – ରାଜ୍ୟପାଳ ନିବାସ, ରାଷ୍ଟ୍ରପତି ଭବନ, ମନ୍ତ୍ରୀଙ୍କ ବଙ୍ଗଳୋ। ସେଇଠି ଦିନ ରାତି ଧାଡ଼ି ଲଗେଇ ବସିଲେ – "ଆଜ୍ଞା ଟିକେ ଫୁରସତ୍ ବେଳେ ଏଇ ମୋ କୃତିଟିକକ ପାଠକଙ୍କ ଉଦ୍ଦେଶ୍ୟରେ ଲୋକାର୍ପଣ କରି ବହିଟି ଖୋଲି ଦେଖେଇଦେବେ, ମୁଁ ପାଖରେ ଠିଆହୋଇଥିବି। ଫଟୋ ବହି ପଛପଟେ ଶୋଭାପାଇବ।" ସେ ଯାହା ହେଉ, ଏମିତି ବଡ଼ଲୋକଙ୍କ ହାତ ତା' ବହିରେ ବାଜିଲାରୁ ଲେଖକ ଓ ତା' ଲେଖା ଅମର ଅକ୍ଷର ହୋଇ ରହିଗଲେ କି ନାହିଁ ?

କାହାଣୀ ଲେଖିବାକୁ ସଂପାଦକ କହିଥିଲେ; ମୁଁ ଭାଷଣ ଦେଲିଣି। ପ୍ଲଟ୍ ଉପରକୁ ଆସନ୍ତୁ। ମୁଁ ସରକାରୀ ଚାକିରିଆ। ଆଠ ବର୍ଷ ତଳେ ଆମ ବିଭାଗର ଆଞ୍ଚଳିକ ମୁଖ୍ୟ ହୋଇ ଜଣେ ବାବୁ ତିନି ବର୍ଷ ଆମ ଇଲାକାରେ ରହିଲେ। ଆମେସବୁ ତାଙ୍କ ଅଫିସ୍‌ର ତଳିଆ କର୍ମଚାରୀ। ଆମ ଇଲାକାରେ ତିରିଶଟି ଜାଗାରେ ଛୋଟ ବଡ଼ ଅଫିସ୍। ସାର୍‌ଙ୍କ କାମ ହେଲା, ଏଇ ଅଫିସ୍‌ଗୁଡ଼ିକରେ ଶୃଙ୍ଖଳାରେ କାମ ହେଉଚି କି ନାହିଁ, ଯେଉଁ ବାର୍ଷିକ- ଲକ୍ଷ୍ୟ ରଖାଯାଇଚି ତାହାର ପୂରଣ ଦିଗରେ ତଦାରଖ କରିବା। ସେ କିନ୍ତୁ ଏଇ କାମ ଉପରେ କମ୍ ଗୁରୁତ୍ୱ ଦେଉଥିଲେ। ତାଙ୍କର ନିଶା ହେଲା ବିଭାଗର ବିସ୍ତୃତି- ଏକ୍‌ସପାନ୍‌ସନ୍। ଆଉ ଦଶ ପନ୍ଦରଟା ଜାଗାରେ ନୂଆ ଅଫିସ୍ ଖୋଲିଲେ କ୍ଷତି କ'ଣ ? ଆରେ, ଇଏତ ଦୂରଦୃଷ୍ଟିର କଥା। ଲୋକ ସଂଖ୍ୟା ବଢୁଚି; ଆମ କାମ ବଢ଼ିବ, ଯେଉଁଠି ଆଜି ଦରକାର ମନେହେଉନାହିଁ, କାଲିକି ସ୍ୱତନ୍ତ୍ର ଅଫିସଟିଏ କରିବା ଦରକାର ପଡ଼ିବ । ସେତେବେଳକୁ ? ଟାଉନ୍‌ରେ ଜାଗା ନାହିଁ, ଆଜି ଯେଉଁ ଘର ଲକ୍ଷେ ଟଙ୍କାର ହବ, ପାଞ୍ଚ ବର୍ଷ ପରେ ଦଶ ଲକ୍ଷ ଲାଗିବ। ତେଣୁ ସେ ସପ୍ତାହରେ ଥରେ ଆମକୁ ଏକାଠି କରି ବିସ୍ତୃତିକରଣ ଚିଠା, ଯାହାକୁ ଇଂରାଜୀରେ କୁହନ୍ତି ଏକ୍‌ସପାନ୍‌ସନ ଫିଜିବିଲିଟି ରିପୋର୍ଟ, ତିଆରି କରିବାକୁ ପ୍ରବର୍ତ୍ତାଇଲେ। ସେଇ ଚିଠାର ସତୁରି ଭାଗ କପୋଳକଳ୍ପିତ, ବେଲୁନିଆ ମତଲବୀ। ସେଇ ଚିଠା ଧରି ସାଆନ୍ତେ କେନ୍ଦ୍ର କାର୍ଯ୍ୟାଳୟକୁ କେତେଥର ଦୌଡ଼ିଲେ। ପନ୍ଦରଟି ପାଇଁ ପ୍ରାର୍ଥନା ଥିଲା, ମଞ୍ଜୁର ହେଲା ଆଠଟି। ସେଇ ଆଠଟି ଜାଗାରେ ନୂଆ ଅଫିସ୍ ଖୋଲିବା ପାଇଁ ଜମି ନିଆହେଲା, ଘର ନକ୍ସା ତିଆରି ହେଲା; ଘର ତିଆରି ସରି ଅଫିସ୍ ବସିଲା। ଜମି ପୂଜାଠାରୁ ଶିଳାନ୍ୟାସ, ଘରପ୍ରତିଷ୍ଠା, ଅଫିସ୍ ଉନ୍ମୋଚନ ସବୁ କିନ୍ତୁ ହେବ ସାର୍‌ଙ୍କ ହାତରେ। ବଡ଼ ମୁଗୁନିପଥର ଉପରେ ଚକ୍‌ଚକ୍ ଅକ୍ଷରରେ ସାର୍‌ଙ୍କ ନାମ, ପ୍ରତିଷ୍ଠା ଓ ଉନ୍ମୋଚନର ତାରିଖ ଲେଖାହୋଇ ସର୍ବସାଧାରଣ ଦେଖିଲା ପରି ସେଇ ଅଫିସ୍ ଘରଗୁଡ଼ିକର ଆଗ କାନ୍ଥରେ ମରାହେଲା। ଏଇ ଥିଲା ବିଭାଗ ବିସ୍ତୃତିକରଣର ମୂଳ ଲକ୍ଷ୍ୟ। ପଞ୍ଚମ ଅଫିସ୍ ଉନ୍ମୋଚନ ବେଳକୁ ସାଆନ୍ତେ ଏତେ ଖୁସି ଓ ଆତ୍ମବିଭୋର ଥିଲେ ଯେ କାର୍‌ରେ ତାଙ୍କ ସହିତ ଗଲାବେଳେ ହନୁ ମଲାବେଳେ ସତ କହିଲା ନ୍ୟାୟରେ ତାଙ୍କ ମତଲବ ଧରାପଡ଼ିଗଲା । ମୁଁ କାର୍ ଆଗ ସିଟ୍‌ର ଡ୍ରାଇଭର ପାଖରେ ଓ ସେ ବାଁ କଡ଼ିଆ ପଛ ସିଟ୍‌ରେ। ବାଟଯାକ ତିନି ଚାରି ଥର ଗୋଟିଏ କଥା କହୁଥାଆନ୍ତି, "ବୁଝିଲ ପାଇକ୍‌ରେ (ସେ ପୂରା ପାଇକରାୟ କହିପାରନ୍ତି ନାହିଁ) ଏବେ ଚାଲିଚି ଠିକ୍ କାମ। ଆଉ ଗୋଟେ କଥା ଜାଣିଚ ନା ?" ମୁଁ ବୋକାଙ୍କ ପରି ମୁଣ୍ଡ ଟୁଙ୍ଗାରି ହେଲାରୁ ସେ ମୋ କାନ୍ଧ ଥାପୁଡ଼େଇ କହିଲେ "ଆମେସବୁ, ଆଜି ହଉ କି କାଲି ହେଉ, ଆମ ବିଭାଗରୁ ବିଦାୟ ନେବା,

କିନ୍ତୁ ରହିଯିବ ଆମର ଏଇ ଟିକକ ଖ୍ୟାତି, ଯାହା ମାର୍ବଲ ପ୍ଲେଟ୍ ଉପରେ ସର୍ବସାଧାରଣଙ୍କ ପାଇଁ ଯୁଗଯୁଗକୁ ରହିଥିବ। ଅମୁକ ଜଣେ ଥିଲା, ଆଉ ଯାହା କରିଗଲାନା'; କ'ଣ କହୁଚ ?"

"ସାର୍, ସାର୍," ମୁଁ ପୂରା ସମର୍ଥନ ଦେଲି, "ଅଫିସ୍‌ଗୁଡ଼ିକ କ'ଣ କି ସାର୍? କାର୍ଯ୍ୟ ମନ୍ଦିର ଆଉ ମନ୍ଦିର ତୋଳିଲେ ନାଁ ପଡ଼େ ବୋଲି ଆମ ଓଡ଼ିଆରେ ଗୋଟିଏ କଥା ଅଛି। ଆପଣଙ୍କ ନାଁ ପଡୁଚି, ପଡ଼ିବ, ପଡୁଥିବ।" ତିନି ବର୍ଷ ଉତ୍ତାରୁ ତାଙ୍କର ଅନ୍ୟତ୍ର ବଦଳି ଶୁଭେଚ୍ଛା ଭାଷଣରେ ଆମେ ସାର୍‌ଙ୍କର ଏଇ ଅମରଅକ୍ଷର ଚରିତ୍ରର ଭୂରିଭୂରି ପ୍ରଶଂସା କଲାରୁ ବାର୍ଷିକ ଚରିତ୍ର ରିପୋର୍ଟରେ ଆମେ ସବୁ ଅତିକର୍ମଠ, ଅତିଚରିତ୍ରବାନ୍ ଅତିସମୟାନୁବର୍ତ୍ତୀ ବୋଲି ସାର୍ ଲେଖିବାକୁ ପଛେଇଲେ ନାହିଁ।

ଏବେ ଆଠବର୍ଷ ପରେ, ଏଠିସେଠି ବୁଲି ସାର୍ ପୁଣି ଆମ ପାଖେ ହାଜର। ଏଥର ସେ ପ୍ରାଦେଶିକ ମୁଖ୍ୟ, ଏକ ନମ୍ବର। ମୋର ମଧ୍ୟ ପଦୋନ୍ନତି ଘଟିଚି, ମୁଁ ଏବେ ସାର୍‌ଙ୍କ ସେକ୍ରେଟେରି। ସାର୍ ନୂଆ ପାହ୍ୟାରେ ଯୋଗଦେଲେ; ମୁଁ ଯେ ତାଙ୍କ ପାଖରେ କାମ କରିବି, ସେଥିପାଇଁ ଖୁସି ହେଲେ। ୟା ଭିତରେ ଏକଶହ ଶତଚାଳିଶଟି ନୂଆ ଅଫିସ୍ ସାର୍‌ଙ୍କ କରକମଳରେ ଉନ୍ମୋଚିତ। ଫାଇଲ୍ ଦେଖିବେ ବୋଲି ମତେ ଡାକି ସେ ବାବଦରେ ଟିକେ କଥା ହୋଇଥିବେ କି ନାହିଁ, ଚାଲିଆସିବେ ତାଙ୍କ ପ୍ରିୟ ବିଷୟକୁ, କେଉଁଠିକା ଅଫିସ୍ କେବେ ଓ କେମିତି ନୂଆକରି ଖୋଲିଲା, ତାଙ୍କୁ କେତେ କଷ୍ଟ କରିବାକୁ ପଡ଼ିଲା, କେତେଥର କେନ୍ଦ୍ର ଅଫିସ୍‌କୁ ଦୌଡ଼, ଜମି, ନକ୍‌ସା, ଟଙ୍କା ମଞ୍ଜୁର କରାଅ, କ'ଣ କମ୍ ଝାମେଲା? ଏଇ ବ୍ୟାଖ୍ୟା ଚାଲିଲା ପନ୍ଦର ଦିନ। ସାର ଆଞ୍ଚଳିକ ମୁଖ୍ୟ ଥିଲାବେଳେ ମାର୍ବଲ-ମୁଗୁନି ପ୍ରତିଷ୍ଠା ସ୍ମୃତିଫଳକ ଭିତରେ ଅମର ହେବାର ଯେଉଁ ଭୂତ ଆଠବର୍ଷ ତଳୁ ସବାର ହୋଇଥିଲା ସେ ଭୂତର ଏବେ ଶତଗୁଣ ପାରାକ୍ରମ। କାରଣ ସାରଙ୍କର ସେତେବେଳର ନିଶା, ଏବେକୁ ପାଗଳାମି ପରି ଜଣାଗଲାଣି। ମତେ କେତେଥର କହିଲେଣି, "ପାଇକ୍‌ରେ, ଆଉ ଅଫିସ୍ ବଢ଼ାଇହେବ ନାହିଁ, ଆଉଗୋଟେ କ'ଣ ଚିନ୍ତା କର, ଯାହା କଲେ ଏଇ ତମ ପ୍ରଦେଶରେ ଲୋକେ ମତେ ଯୁଗ ଯୁଗ ଧରି ଭୁଲିପାରିବେ ନାହିଁ।"

"ସାର୍ ମୋ' ଛୋଟ ବୁଦ୍ଧିରେ ମୁଁ ଜାଣେ ଯେ ଯେଉଁମାନେ ମନ୍ଦିର, ମସଜିଦ୍, ନଦୀବନ୍ଧ, କାରଖାନା ଇତ୍ୟାଦି କରିଛନ୍ତି, ଲୋକେ ତାଙ୍କୁ ମନେରଖିବେ ହିଁ ରଖିବେ। କିନ୍ତୁ ଦେଖନ୍ତୁ ଜବାହରଲାଲ, ଲାଲବାହାଦୁର, ଇନ୍ଦିରା ଗାନ୍ଧୀ, ଅଟଳବିହାରୀ,

ଏମାନେ ସବୁ ଗୋଟିଏ ସମୟରେ ଭାରତର ଶାସନମୁଖ୍ୟ ଥିଲେ; ହେଲେ କ'ଣ ହେଲା, ସେମାନଙ୍କୁ ଲୋକେ ମନେପକାନ୍ତି, ଫଳକରେ ତାଙ୍କ ନାଁ ପଢ଼ିଲେ ଆଉ ଆପଣ କହୁଛନ୍ତି ଯେ ନୂଆ ଅଫିସ୍ ଖୋଲା ହବ ନାହିଁ, ଘର ତୋଳାହବ ନାହିଁ, ଉନ୍ମୋଚନଫଳକ ନ ଥିବ, ଆଉ ଆପଣ ଅମରଅକ୍ଷରରେ ରହିଥିବେ, କାଇଁ ମତେ ଆଉ କିଛି ଉପାୟ ଦିଶୁନାହିଁ!" ମୁଁ କହିଲି।

"ଚିନ୍ତାକର, ଚିନ୍ତାକର ।" ସାର୍ କହିଲେ।

ମୁଁ ଚିନ୍ତାକଲି। ଗୁଡ଼ାଏ ଇଆଡୁ ସିଆଡୁ ପଢ଼ିଲି। ଗୋଟିଏ କାହାଣୀ ମୋର ଭାରି ମନେପଡ଼ିଲା। ତାହା ଏଇପରି।

ବହୁ ଅତୀତରେ କୋଶଳ ରାଜ୍ୟରେ ଜଣେ ସୋମବଂଶୀ ରାଜା ଥିଲେ - କୁଳବର୍ଦ୍ଧନ। ସେ ଖୁବ୍ ପ୍ରତାପୀ, ବୀର, ବହୁ ରାଜ୍ୟ ବିଜୟୀ ଇତ୍ୟାଦି ବହୁ ବଡ଼ ବଡ଼ ଉପାଧିର ତାଲିକା ରାଜା ସିଂହାସନରେ ବିଜେ ହେଲାବେଳେ ଭାଟ, ସ୍ତୁତିକାରମାନେ ପଢୁଥିଲେ। କିନ୍ତୁ ତାଙ୍କ ପ୍ରତାପର, ତାଙ୍କ ବୀରତ୍ୱର କୌଣସି ପ୍ରମାଣ ନ ଥିଲା। ଯୋଗକୁ ସେତେବେଳେ ଶାନ୍ତିର ସମୟ; ଅଙ୍ଗ, କଳିଙ୍ଗ, ବଙ୍ଗ ମୁଲକର ଯେତେ ରାଜାମହାରାଜା, ଶାନ୍ତିଚୁକ୍ତି ଯୋଗୁଁ କେହି ଯୁଦ୍ଧ ଡାକରା ଦେଉନାହାନ୍ତି, ସେମାନେ କୁଳବର୍ଦ୍ଧନଙ୍କର ମିତ୍ର। କିନ୍ତୁ ଶିଳାଲିପି, ତାମ୍ରଲିପି, ଏ ସବୁରେ ଯଦି ରାଜାର ବୀରତ୍ୱ, କୀର୍ତ୍ତି କିଛି ଲିଖିତଆକାରରେ ନ ରହିଲା, ସେ କି ରାଜା ମ? ପ୍ରଜାମାନେ ଆଉ ସେଇ ରାଜାଙ୍କୁ ମନେପକେଇବେ କି? କୁଳବର୍ଦ୍ଧନଙ୍କୁ ଲିପିବଦ୍ଧ କରାଇ ଅମର କରିବାର ଆଉ ଗୋଟିଏ ଉପାୟ ଚତୁର ମହାମନ୍ତ୍ରୀଙ୍କ ମଥାକୁ ଜୁଟିଲା। ସବୁ ବର୍ଷ କିଛି ନା କିଛି ଶିକ୍ଷାକେନ୍ଦ୍ର, ଶିଳ୍ପବାଣିଜ୍ୟ ଅନୁଷ୍ଠାନ, ନାଟ୍ୟଗୃହ, ଇତ୍ୟାଦି ରାଜ୍ୟର ବିଭିନ୍ନ ଅଞ୍ଚଳରେ ଖୋଲାହୁଏ। ସବୁକୁ ଉଦ୍‌ଘାଟନ କରନ୍ତି ରାଜା କୁଳବର୍ଦ୍ଧନ। ବଡ଼ ଶିଳାରେ ଏଇ କୀର୍ତ୍ତିସବୁ ବିଶଦଭାବେ ଲିବିବଦ୍ଧ ହୋଇ ଅନୁଷ୍ଠାନର ଗୁରୁତ୍ୱପୂର୍ଣ୍ଣ ଜାଗାରେ ସର୍ବସାଧାରଣଙ୍କ ଅବଗତି ପାଇଁ ସ୍ଥାପିତ ହୁଏ। ପ୍ରତି ବର୍ଷର ଶେଷଆଡ଼କୁ ଦରବାରରେ ସେ ବର୍ଷ ରାଜ୍ୟର ପ୍ରଗତି ଓ ସାଧାରଣ ହାଲ କଥା ଆଲୋଚନା ହୁଏ। ଅର୍ଥମନ୍ତ୍ରୀ ଆୟବ୍ୟୟ, କୃଷି ମନ୍ତ୍ରୀ ଉତ୍ପାଦନର ଓ ବାଣିଜ୍ୟ ମନ୍ତ୍ରୀ ତାଙ୍କ ବିଭାଗର ଉନ୍ନତିର ଚିଠା ପଢ଼ନ୍ତି। ଶେଷକୁ ମହାମନ୍ତ୍ରୀ ସେ ବର୍ଷ ରାଜାଙ୍କ କୀର୍ତ୍ତି ଉପରେ, ବିଭିନ୍ନ ଉଦ୍‌ଘାଟନ ସମାରୋହର ବିସ୍ତୃତ ବିବରଣୀ ପଢ଼ନ୍ତି। ମହାମନ୍ତ୍ରୀପ୍ରରୋଚିତ ସଭାସଦ୍‌ମାନେ ଅସଲ ଜାଗାରେ ତାଳି ମାରନ୍ତି। ରାଜା ଖୁସ। କିନ୍ତୁ ଏ ଖୁସି ବେଶି ଦିନ ରହିଲା ନାହିଁ। କାରଣ ରାଜାଙ୍କୁ ଖୁସ୍ କରାଇବାପାଇଁ ଚାହିଦା ଅପେକ୍ଷା ଅଧିକ ସଂଖ୍ୟାରେ ଅନୁଷ୍ଠାନ

ଖୋଲାହେଲା; ଖାଲିପଡ଼ିଲା । ମହାମନ୍ତ୍ରୀ ପ୍ରମାଦ ଗଣିଲେ । ରାଜା କହୁଛନ୍ତି, "ମତେ କୀର୍ତ୍ତିବନ୍ତ କରାଅ, ମୋ' ନାମ ଅମର, ଅକ୍ଷର, ହେଉ ।" କିନ୍ତୁ ଉପାୟ ? ଗୋଟିଏ ଯୋଜନା ମହାମନ୍ତ୍ରୀଙ୍କ ମଥାକୁ ଢୁକିଲା । ଏମିତିକା ଉପାୟଟିଏ ତାଙ୍କ ମଗଜରେ କେମିତି ଜନ୍ମନେଲା, ସେ ମନେ ମନେ ନିଜକୁ ବହେ ତାରିଫ୍ କଲେ । ମହାରାଜଙ୍କ ଦରବାରରେ ମହାମନ୍ତ୍ରୀ ପୂରା ଅଣ୍ଟା ଭାଙ୍ଗି ଭଲ ପ୍ରଣିପାତଟିଏ ଜଣାଇ ମୁହଁ ତଳକୁ କରି ଠିଆହେବାରୁ ସିଂହାସନରୁ ପ୍ରଶ୍ନ ହେଲା; "ମହାମନ୍ତ୍ରୀ ମହାଶୟ, କିଛି କହିବେ କି ?"

"ହଜୁର, ଏ ଅଧମ ଆପଣଙ୍କ ଅନ୍ନରେ ପ୍ରତିପାଳିତ, ଆପଣଙ୍କ ପରାକ୍ରମ, ଦରଦୀ ହୃଦୟ, ନ୍ୟାୟ ବିଚାରପାଇଁ କେବଳ କୋଶଳର ପ୍ରଜାମାନେ ନୁହନ୍ତି, ପାଖାଆଖ ରାଜ୍ୟର ପ୍ରଜା, ପ୍ରଧାନମାନେ ଭୂରିଭୂରି ପ୍ରଶଂସା କରନ୍ତି ବୋଲି ଗୁପ୍ତଚରମାନେ ଖବରଦେଉଛନ୍ତି । ଆପଣ ଏପରି ଉଦ୍‌ଘାଟନଟିଏ କରିବେ, ଯଦ୍ଦ୍ୱାରା ଆପଣଙ୍କର ନାମ କାଳକାଳକୁ ଅମର ହୋଇ ରହିଯିବ । ମୋ' ମଥାରେ ଏଇ ବିଷୟଟି ମତେ ତିନିଦିନ ହେଲାଣି ଅନିଦ୍ରା କରି ରଖିଚି । ମହାରାଜା ଯାହା ଆଉଜି ବସିଥିଲେ, ଅଣ୍ଟା ସିଧା କରି ବସିଲେ ଓ ପଚାରିଲେ; "ଏତେ ବାକ୍ୟଆଡ଼ମ୍ବର ନ କରି ଚଞ୍ଚଳ କୁହନ୍ତୁ, କ'ଣ ଆପଣଙ୍କ ପ୍ରସ୍ତାବ ?"

"ଆମ ନଗରଠାରୁ ପାଞ୍ଚ କୋଶ, ପୂର୍ବ ଦିଗରେ ଯେଉଁ ମହତ ନଦୀଟି ବୋହିଯାଇଛି ଆପଣ ତାକୁ ଉଦ୍‌ଘାଟନ କରିବେ । ଏଯାବତ୍ ଶ୍ରୀହସ୍ତରେ ଯାହା ଉଦ୍‌ଘାଟିତ ହୋଇଛି, ସେଗୁଡ଼ିକ କାଳକ୍ରମେ ଲୀନବିଲୀନ ହୋଇଯାଇପାରେ, କିନ୍ତୁ ନଦୀ ତ ଚିରସ୍ରୋତା, ଆପଣ ସେଇ ନଦୀଟି ଉଦ୍‌ଘାଟନ କରି ଜନସାଧାରଣଙ୍କ କଲ୍ୟାଣ ପାଇଁ ପ୍ରଜାମାନଙ୍କୁ ଅର୍ପଣ କରିଦେବେ । ନଦୀର ନାମ ଆଉ ମହତ ନଦୀ ହେବ ନାହିଁ; ନୂଆ ନାଁ 'କୁଳବର୍ଦ୍ଧନ ନଦୀ' । ନଦୀ ଧନ୍ୟ, ପ୍ରଜାମାନେ ବି ଧନ୍ୟ ହେବେ । ଏତିକି ମାତ୍ର ମୋର ଛାମୁଙ୍କ ନିକଟରେ ନିବେଦନ ।" ବକ୍ତବ୍ୟ ଶେଷ କଲେ ମନ୍ତ୍ରୀ ମହାଶୟ ।

ରାଜାଙ୍କୁ ପ୍ରସ୍ତାବଟା ଅଖାଡୁଆ ଲାଗିଲା, "ହଇହେ", ଦରବାରର ସଭାସଦ୍‌ମାନଙ୍କ ଆଡ଼େ ଚାହିଁ ମହାରାଜା କହିଲେ, "ନଈ ତ କେତେ କାଳରୁ ବୋହିଯାଉଚି, ଆଉ ମୁଁ ତାକୁ ଗୋଟେ ଉଦ୍‌ଘାଟନ କରିବି କ'ଣ ମ ?" ସମସ୍ତେ ମହାମନ୍ତ୍ରୀଙ୍କ ଆଡ଼କୁ ଚାହିଁଲେ ।

"ମଣିମା, ଗଙ୍ଗାକୁ କିଏ ଆଣିଲେ ? ସେ କେଉଁଠି ଥିଲେ ?" ମନ୍ତ୍ରୀ ମୁଣ୍ଡପୋତି ପ୍ରଶ୍ନକଲେ ।

ସଭାସଦ୍‌ର ପୁରାଣବିଶାରଦ ତୁରନ୍ତ କହିଲେ - ଗଙ୍ଗାଙ୍କୁ ସଗର ବଂଶର ରାଜା

ଭଗୀରଥ ସ୍ୱର୍ଗରୁ ଆଣି ମର୍ତ୍ତ୍ୟଜଗତରେ ବୁହାଇଲେ ବୋଲି ସେ ନଦୀର ନାମ ଭାଗୀରଥି- ଗଙ୍ଗା, ଏକଥା କିଏ ନ ଜାଣେ ?"

"ଆଜ୍ଞା, ସ୍ୱର୍ଗ କେଉଁଠି ?" ମହାମନ୍ତ୍ରୀ ପଚାରିଲେ। ହଁ ତ ସ୍ୱର୍ଗ କେଉଁଠି ? କିଏ ଦେଖିଛି ?ସଭାସଦ୍‌ମାନଙ୍କ ଭିତରୁ ଏଇ ଗୁଞ୍ଜରଣ ଶୁଣାଗଲା । -"ମଣିମା, ଆପଣ କି ଆମେମାନେ, ଯଦି ସ୍ୱର୍ଗ କେଉଁଠି ତା'ର ଖୋଜଖବର ଜାଣିନାହୁଁ କି ଆମର ପୂର୍ବପୁରୁଷମାନେ କେହି ଜାଣିନାହାନ୍ତି, ତେବେ ଭଗୀରଥ ତାକୁ ଜାଣିଲେ କେମିତି ? ଆଉ ସେଠୁ ମଧ୍ୟ ଆଣିଲେ କେମିତି ?" ପଚାରିଲେ ମହାମନ୍ତ୍ରୀ ।

"ତେବେ ଆପଣ କ'ଣ କହିବାକୁ ଚାହାନ୍ତି ?" ମହାରାଜ ପ୍ରଶ୍ନ କଲେ।

"ଛାମୁ ଦୋଷ ମାଫ୍ କଲେ ଏତିକି କହିବି ଯେ ସଗର ରାଜାଙ୍କର ଗୁଡ଼ାଏ ରାଜକୁମାର, ଯୌବନ ଧନସମ୍ପତ୍ତି ଓ ପ୍ରଭୁତ୍ୱ ଯୋଗୁଁ ଅବିବେକୀ ହୋଇ କପିଳମୁନିଙ୍କୁ ହଇରାଣ କରିବାରୁ ମୁନି ଏମିତି ପାନେ ଦେଲେ ଯେ ରାଜପୁତ୍ରମାନେ ଶରୀର ଜଳାପୋଡ଼ାରେ ଅଥୟ ହେଲେ। ବୈଦ୍ୟମାନେ ପ୍ରତିକାର କରିପାରିଲେ ନାହିଁ, ଥଣ୍ଡା ଜାଗା ଖୋଜିଖାଜି ହିମାଳୟଠି ପହଞ୍ଚିଲେ। ସେଇଠି ଛୋଟିଆ କେନାଲ୍ ପରି, ଖରସ୍ରୋତା ନଦୀଟିଏ ଭଗୀରଥ ଠାବକଲେ। ଘଞ୍ଚ ଜଙ୍ଗଲ ଭିତର ଦେଇ ବୋହିଯାଉଚି। ନାନା ପ୍ରକାର ଔଷଧଗଛ, ଫଳଫୁଲ, ଡାଳ ସେଇ ନଦୀରେ ଅନବରତ ପଡୁଛନ୍ତି। କେତେକ ଗଛର ଚେର ଖାଇ ନଦୀ ବହୁଚି। ସେଇ ପାଣିରେ ରାଜାପୁଅଯାକ ପଡ଼ିରହିବାରୁ ତାଙ୍କ ଦେହ ଜ୍ୱାଳା କମିଲା। ଭଗୀରଥ ତ ଠାବ କରିଥିଲେ, ତେଣୁ ତାଙ୍କ ନାଁ ଯୋଡ଼ିଦେଲେ, କହିଲେ ଏ ନଦୀକୁ ମୁଁ ଆଣିଚି ବୋଲି ଲୋକେ ଜାଣନ୍ତୁ।"

ପୁରାଣ ପଣ୍ଡିତଙ୍କୁ ମହାମନ୍ତ୍ରୀଙ୍କ ବ୍ୟାଖ୍ୟା ଆଦୌ ଭଲଲାଗୁନଥିଲା। ସେ ଠିଆହୋଇପଡ଼ି କହିଲେ : 'ମହାମନ୍ତ୍ରୀ ତ ପୁରାଣକୁ ଚିରି ଫୋପାଡ଼ିଦେଲେଣି, ଆଚ୍ଛା କୁହନ୍ତୁ ତ, ଗଙ୍ଗାନଦୀ ଯଦି ହିମାଳୟ ଜଙ୍ଗଲ ଭିତରେ ବହୁଥିଲା, ସେ ନଦୀ ପୁଣି ହରଦ୍ୱାର, କାଶୀ ପ୍ରୟାଗ, ପାଟଳିପୁତ୍ର ଦେଇ ବଙ୍ଗଦେଶ ପର୍ଯ୍ୟନ୍ତ ଆସିଲା କେମିତି ?"

"ଠିକ କଥା", ମହାମନ୍ତ୍ରୀ ଗମ୍ଭୀର ସ୍ୱରରେ କହିଲେ, "ରଜାପୁଅମାନେ ତ କଷ୍ଟକରି ସେ ବଣଜଙ୍ଗଲ ଦୂରବାଟକୁ ନିତି ଯିବେ ନାହିଁ। କହିଲେ, ନଦୀକୁ ଆମ ରାଜ୍ୟକୁ ନେଇଯିବା; ରାଜ୍ୟଯାକର ଯେତେ ପ୍ରଜା, ବେଠି ଖଟିଲେ। ନଦୀ ପାହାଡ଼ରୁ ସମତଳ ରାଜବାଟୀ ପାଖକୁ ଚାଲିଆସିଲା। ତା'ପରେ ସମୁଦ୍ର ଖୋଜି ସେ ନିଜ ରାସ୍ତା କରିନେଲା, କିନ୍ତୁ ଅସଲ କଥା ହେଲା, ଇଏ କାହିଁ କେବେକା ଘଟଣା, କିନ୍ତୁ ରାଜା ଭଗୀରଥଙ୍କୁ ଅମର ଆସନ ମଳିଲା କି ନାହିଁ ? ଆଉ ମୁଁ ଯଦି ଛାମୁଙ୍କ ପାଇଁ ଭଗୀରଥ

ରାଜାଙ୍କ ସିଂହାସନ ପରି ଗୋଟିଏ ଅମର ସିଂହାସନର ପ୍ରସ୍ତାବ ଦେଲି, ଆପଣ ଏତେ ଈର୍ଷାପରାୟଣ କାହିଁକି ?"

ମଧ୍ୟାହ୍ନ ଭୋଜନର ସମୟ ଅତିକ୍ରାନ୍ତ ହୋଇଗଲାଣି, ବାରମ୍ବାର ଅନ୍ତଃପୁରରୁ ଖବର ଆସୁଚି। ରାଜା ଉଠୁ ଉଠୁ ତଥାସ୍ତୁ ଭଙ୍ଗୀରେ ହାତ ଉଠାଇଦେଲେ,"ସାବାସ୍ ମହାମନ୍ତ୍ରୀ, ଦିନ ଧାର୍ଯ୍ୟ କର।"

ଦୁଇ ମାସ ପରେ ରାଜ୍ୟର ଓ ନଗରର ବିଶିଷ୍ଟ ପ୍ରଜା ଓ ଜନସାଧାରଣଙ୍କ ବିରାଟ ସମାଗମରେ ମହାରାଜ କୁଳବର୍ଦ୍ଧନ ମହତ ନଦୀରୁ ସୁନାଗରାରେ ଗରାଏ ପାଣି ଟେକି ଆଣି, ନାନା ବେଦମନ୍ତ୍ର ଉଚ୍ଚାରଣ, ଶଙ୍ଖ, ବାଦ୍ୟ, ହୁଳୁହୁଳିର କାନଫଟା ଶବ୍ଦ ଭିତରେ, ସେଇ ପାଣିକୁ ପୁଣି ନଦୀରେ ଢାଳିଦେଲେ। ଅର୍ଥାତ୍ ନିର୍ଜୀବ ନଦୀକୁ ଜୀବନଦାନ ଦେଇ ଉଦ୍‌ଘାଟନ କଲେ। ବର୍ତ୍ତମାନ ଏଇ ନଦୀର ନାମ 'କୁଳବର୍ଦ୍ଧନୀ' ବୋଲି ଭାଟମାନେ ଚାରି ଦିଗରେ ଘୋଷଣା କଲେ। ଏହାର ବିବରଣୀ ଏବଂ ମହାରାଜଙ୍କ କୃତିତ୍ୱ କାହାଣୀ ଶିଳାରେ ଲିଖିତ ହେଲା ଏବଂ ନଦୀବନ୍ଧର ଉଚ୍ଚତମ ସ୍ଥାନରେ ଶୋଭାପାଇଲା। ମହାରାଜ ଅତ୍ୟନ୍ତ ପ୍ରୀତ। ନଅରକୁ ଫେରି ବୈଠକଖାନାରେ ଆନନ୍ଦମସ୍‌ଗୁଲ ହୋଇ ମଧ୍ୟାହ୍ନଭୋଜନ ପାଇଁ ଯିବେ ଯିବେ ହେଉଛନ୍ତି, ପଶିଆସିଲେ ସବୁଠୁ ସାନରାଣୀ। ଦୁଇ ବର୍ଷ ତଳେ ଶିକାର କରିବାକୁ ଯାଇ ଜଣେ ଆଦିବାସୀ ମୁଖିଆର ଏକମାତ୍ର କନ୍ୟା, ଶ୍ୟାମଳ-ସୁନ୍ଦରୀର ରୂପରେ ଆତ୍ମହରା ହୋଇପଡ଼ିଥିଲେ ମହାରାଜ। ଫେରିଲାବେଳେ ନଅରକୁ ନେଇଆସିଲେ। ରାଣୀ ଅନ୍ତଃପୁରରେ ବିହିତ ବ୍ୟବସ୍ଥା ପରେ ରାଜା ଜାଣିଲେ ଯେ ଏଇ କନ୍ୟାବୟସୀଟି ତାଙ୍କର ସତେଇଶ ସଂଖ୍ୟାର ରାଣୀ।

"ତୁ କ'ଣ ଆଜି ସକାଳେ ନଈକୁ ନୂଆ ଘାଟ ବସାଇବାକୁ ଯାଇଥିଲୁ କି, ମହାରାଜା ?" ରାଣୀ ପଚାରିଲେ।

ମହାରାଜ ମନେ ମନେ ହସିଲେ। ମୂର୍ଖ! ଘାଟ ଆଉ ଉଦ୍‌ଘାଟନର ପ୍ରଭେଦ ଏଇ ଅପାଠୋଇ ଜଙ୍ଗଲୀ ଝିଅଟା କାହୁଁ ବୁଝିବ ? ଦୁଇ ବର୍ଷ ହେଲା ପଣ୍ଡିତମାନେ ଯେତେ ଶିକ୍ଷାଦେଲେ ମଧ୍ୟ ସାମାନ୍ୟ ଭଦ୍ରତା ଶିଖିପାରିଲା ନାହିଁ। ତୁ' ତା' ଛଡ଼ା ଆଉ ମାନ୍ୟ ସଂବୋଧନ ତା' ପାଟିରେ ଆଦୌ ପଶିପାରିଲା ନାହିଁ। ଟିକେ ହସି କହିଲେ, "ଘାଟ ନୁହେଁ, ମୁଁ ନଦୀକୁ ଉଦ୍‌ଘାଟନ କଲି, ଭଦ୍ରେ। ଟିକେ ଭଦ୍ର ଆଚାରବ୍ୟବହାର ଶିଖ; ତୁ' ତା' ତୁମ ତୁଣ୍ଡରୁ ଏଯାଏ ବି ଗଲା ନାହିଁ ଯେ।"

'ସେଟା କ'ଣ ?' ରାଣୀ ପଚାରିଲେ।

"ମୁଁ ନଦୀର ଜଳକୁ ଜୀବନ ଦାନ ଦେଲି। ନଦୀ ପବିତ୍ର ହୋଇ ଆଉଥରେ ଆରମ୍ଭ ହେଲା।" ମହାରାଜ କହିଲେ।

"ତୁ ଆରମ୍ଭ କଲୁ? ଏ ନଦୀ ତ ତୋ' ଶହେ ପୁରୁଷ ଆଗରୁ ବୋହୁଚି। ତୁ ଆରମ୍ଭ କରିବାକୁ କିଏରେ?" ରାଣୀ ଏତକ କହିଲାବେଳେ ହସି ହସି ଗଡ଼ିଯାଉଯାଉ ମହାରାଜଙ୍କ ପାଖ ଖାଲିଚୌକିରେ ବସିପଡ଼ିଲେ।

ମହାରାଜ ଏଇ ବଣୁଆ ସୁନ୍ଦରୀର ଏପରି ଆକ୍ଷେପକୁ କିପରି ମୁକାବିଲା କରିବେ, ବୁଝିପାରିଲେ ନାହିଁ। ସଗର ବଂଶ, କପିଳ ମୁନି, ରାଜା ଭଗୀରଥ, ସ୍ୱର୍ଗରୁ ଗଙ୍ଗା ଆଣିବା, ଏସବୁରେ ଏଇ ବଣୁଆ ନାରୀକୁ କିଛି ବୁଝାଇହେବ ନାହିଁ। ମହାରାଜ ରାଣୀଙ୍କ ହାତକୁ ନିଜ ମୁଠାରେ ଜୋର୍ କରି ଧରିପକାଇ କହିଲେ."ମତେ ତୁ ଚିହ୍ନି ନାହୁଁ? କୋଶଳର ମହାରାଜ ଓ ନଦୀର ମାଲିକ।" ରାଣୀ ଆହୁରି ହସିଲେ। ହାତ ଛାଡ଼ଉଛଡ଼ଉ କହିଲେ, "ଆରେ ମହାରାଜ, ତୁ କ'ଣ ନଈକୁ ତୋ' ରାଜ୍ୟର ବଢ଼ିଲାଟୋକୀ ଭାବିଚୁ ଯେ ଯାହା ଉପରେ ଆଖି ପଡ଼ିବ, ନଅରକୁ ଜବରଦସ୍ତି ନେଇଆସି ମାଲିକ ହବୁ?

ରାଜାଙ୍କୁ ଏପ୍ରକାର ଆକ୍ଷେପ ଓ ଅଶାଳୀନ ବ୍ୟବହାର କ୍ରୋଧଜର୍ଜରିତ କରିଦେଲା, କହିଲେ "ଦେଖିବୁ?"

ମତେ କ'ଣ ଦେଖଉଛୁ? ତୁ ଟିକେ ନିଜ ଭିତରକୁ ଦେଖ୍। ଏତେଦିନରୁ ରାଜା ହେଲୁଣି, ପ୍ରଜାଙ୍କ ପାଇଁ କ'ଣ କଲୁ? ପାରିବୁ ତ ନଦୀରୁ ନାଳ ଖୋଳେଇ ପ୍ରଜାମାନଙ୍କ ଜମିକୁ ପାଣି ଦେ। ଫସଲ ଭଲ ହେଲେ ଲୋକେ ତୋତେ ବାହାବା' କରିବେ। ତା' ନ କରି ତୁ ଏଇ ଭଣ୍ଡେଇଦେବାରେ ଭାସିଯାଉଚୁ? ନଦୀରେ ତୋ' ନାଁ ନ ଯୋଡ଼ି, ଭଲ କାମ କରି ନଦୀର ନାଁ ତୋ' ନାଁରେ ଯୋଡ଼ିଦେ, ମହତ ମହାରାଜ କୁଳବର୍ଦ୍ଧନ।" ମହାରାଜ ଗୁମ୍ ମାରି ବସିଲେ। ଏଇ ନଙ୍ଗୁଳୀ ମୂର୍ଖ ରାଣୀଟା ଠିକ୍ କଥା କହୁଚି ତ!

ଆଜି ରବିବାର। ସାର୍ ଘରେ ଫୁରସତ୍‌ରେ ଥିବେ। ଏଇ କାହାଣୀର ଗୋଟିଏ ନକଲ ସାର୍‌ଙ୍କୁ ଦେବାକୁ ନେଇ ଯାଉଚି। ସେ ପଢ଼ି ଯଦି କିଛି ବୁଝିବେ ତ ଭଲ, ନଚେତ୍ ମୋ' ଚାକିରି.....

■

ମା'

୨୦୧୦ ମସିହା ଜୁନ୍‌ରେ ମୁଁ ଏଇ କାହାଣୀ ଲେଖୁଚି । ତିନିଚାରିମାସ ତଳେ, କେନ୍ଦ୍ର ସାହିତ୍ୟ ଏକାଡେମୀ ଦ୍ୱାରା ଗୋଟିଏ କବିତା ଆସରର ଆୟୋଜନ କରାଯାଇଥିଲା । ସ୍ଥାନ, ଭୁବନେଶ୍ୱର ପାନ୍ଥନିବାସ, ସମୟ ଦିନ ଦଶଟାରୁ ଦୁଇଟା । ଦଶଟା ପାଖାପାଖି ମୁଁ ହଲ୍ ଭିତରେ ପଶି ଦେଖିଲି ଯେ ଆଠଦଶଜଣ ବନ୍ଧୁ ବିଦ୍ୟମାନ । ଅନ୍ୟମାନେ ପ୍ରାୟ ଆଉ କୋଡ଼ିଏ ଜଣ, ପନ୍ଦର ମିନିଟ୍ ଭିତରେ ପହଞ୍ଚିଗଲେ । କିନ୍ତୁ କାର୍ଯ୍ୟକ୍ରମ ଆରମ୍ଭ ହୋଇପାରୁନାହିଁ, କାରଣ ମୁଖ୍ୟ ଅତିଥିଙ୍କର ଆସିବାରେ ଡେରି ହେଉଚି । କବି ହରପରିଚ୍ଛା ପଟ୍ଟନାୟକ, ମୁଖ୍ୟ ଅତିଥିଙ୍କୁ ଘନଘନ ତାଙ୍କ ସେଲ୍ ଫୋନ୍ ଯୋଗେ କେଉଁଠି ହେଲେଣି ବୋଲି ଖବର ନେଇ ଆମକୁ ଜଣାଉଥିଲେ । ଦଶଟା ତିରିଶ ବେଳକୁ ଆୟୋଜକ ଜଣାଇଲେ ଯେ ଆଉ ଜମା ଅଧଘଣ୍ଟାଏ ଧୈର୍ଯ୍ୟ ଧରିବାକୁ ପଡ଼ିବ ।

ମୁଖ୍ୟ ଅତିଥି ଗୋଟିଏ ରାଜନୈତିକ ଦଳର ଶୋଭାଯାତ୍ରାର ପଛରେ ରହି, ନା ଆଗକୁ ଯାଇପାରୁଛନ୍ତି, ନା ପଛକୁ ଫେରି ଅନ୍ୟ ରାସ୍ତା ଧରି ପାରୁଛନ୍ତି । ତିରିଶ ଜଣ କବିଙ୍କ ହାତରେ ଅଧ ଘଣ୍ଟାଏ ଖାଲିସମୟ । କେତେ ଜଣ କବି ଆଗଧାଡ଼ିରେ ବସିଥିବା ବଡ଼ ପାହିଆ କବିଙ୍କ ତିନି ପାଖରେ ଠିଆହୋଇ କୃତକୃତ୍ୟ ହେବା, ସେମାନଙ୍କ ମୁହଁରୁ ଜଣାଯାଉଚି । ଆଉମାନେ ଦୁଇ ତିନୋଟି ଗ୍ରୁପ କରି, ହଲରେ ପଛ ଆଡ଼କୁ ବସି ଗପ ହସମଜା କଥାରେ ମସ୍‌ଗୁଲ । ଏତେ ଦିନ ପରେ ଏକାଠି ଭେଟ । କବିଟି ପ୍ରାୟ ଚୁପଚାପ ରହେ; କିନ୍ତୁ ଉପଯୁକ୍ତ ସ୍ଥାନକାଳପାତ୍ର ପାଇଲେ ଏମିତି ଫାଟିବ ଯେ ନଈବଢ଼ି ଭଳିଆ ଖାଲି ବୋହିବ ତ ! ମୁଁ ଓ ଆଉଜଣେ କବିବନ୍ଧୁ ଏକଦମ ପଛ ସିଟ୍‌ରେ ଥାଇ ଏଇ ଦୃଶ୍ୟଗୁଡ଼ିକୁ ଉପଭୋଗ କରୁଛୁ । କବି ମନ ତ; ଖୋଜିଲା ଏହାର ଉପମା । ଅର୍ଥାତ୍ ନୀରବ କବିଗୋଷ୍ଠୀ ଏକ୍ଷଣି ଯେ ଏତେ ମୁଖର ଓ ବହମାନ; ତାକୁ ଉପମା ଦେଇ କହିଲ ?

ମୋର ଯେତେବେଳେ ଉପମାର ଆବଶ୍ୟକତା ହୁଏ, ମୋ ଛାତି ଭିତରେ ଥିବା ଦୁଇଟି ଜୀବ ହଠାତ୍ କ୍ରିୟାଶୀଳ ହୋଇଉଠନ୍ତି, ଉପମା ଯୋଗାଇଦିଅନ୍ତି। ଏତେଦିନର ସମ୍ପର୍କରେ ସେମାନଙ୍କ ବାବଦରେ ମୋର ବେଶ୍ ଧାରଣା ହେଲାଣି। ସେମାନେ ଛୋଟ କଇଁଛ ପରି ଦୁଇ ଗୋଟି ଜୀବ। ଗୋଟିଏ ଥାଏ ବାଁ ଛାତି ଆଡ଼କୁ, ଆରଟି ଡାହାଣ ଛାତିରେ। କଇଁଛ ପରି ଲାଗନ୍ତି, ଏଇଥିପାଇଁ ଯେ ଉପମା ଖୋଜିବାବେଳେ ହିଁ ଖୋଳପାରୁ ସେମାନେ ବାହାରି ଉପମାଗୁଡ଼ିକ ଅଣ୍ଡାପରି ଥୋଇଦେଇ, ପୁଣି ଖୋଳପା ଭିତରକୁ ଚାଲିଯାଆନ୍ତି। ବାଁ ପଟ ପ୍ରାଣୀର ମୁଁ ନାଆଁ ଦେଇଚି ଖେଚଡ଼ା ତ୍ରିପାଠୀ - କାରଣ ଯେତେକ ମଇଳା, ଅସଭ୍ୟ ଉପମା, ସେ ଯୋଗାଇବାରେ ଧୁରନ୍ଧର। ଦକ୍ଷିଣ ଛାତି ଆଡ଼କୁ ଯେଉଁ ଉପମା ଯୋଗାଳି, ତା' ନାଁ ରଖିଚି ସୁତୁରା ତ୍ରିପାଠୀ। ଏଇ ଯୋଗାଣକାରୀଟି ଦେଖିବାଛି, ଚିନ୍ତାକରି, ଉପମା ତିଆରି କରେ।

କବିକୁଳର ଏଇ ହର୍ଷ-ଉଲ୍ଲାସକୁ ଉପମାରେ କହିବାକୁ ଦୁଇ ଯୋଗାଡ଼ି ଉପସ୍ଥିତ। ଖେଚଡ଼ାକୁ ପ୍ରଥମେ ପଚାରିଲି। ସେ କହିଲା; ଏଥକୁ ଗୋଟିଏ ଉପମା ଠିକ ଖାପିବ। କ'ଣ ଭଲ କରି ବ୍ୟାଖ୍ୟା କରି କହ ବୋଲି ପଚାରିଲାରୁ ଖେଚଡ଼ା ତ୍ରିପାଠୀ ଏମନ୍ତ କହିଲା: ଧୁମ୍ ଖରାଦିନ ଖରାବେଳେ କେତେକ ଯୁବକ ବାହାଘର ପ୍ରୋସେସନ ଆଗରେ ନାନା ଅଙ୍ଗଭଙ୍ଗୀ କରି ଡେଉଁଛନ୍ତି, ଭାରି ଗୋଟାଏ କାତୁଆ ନାଚ ଦେଖାଇଲେ ବୋଲି ହସିବା ମୁହଁ; କିନ୍ତୁ ଲକ୍ଷ୍ୟହୀନ ନାଚ, ଝାଳବୋହିବା ହିଁ ସାର। ଏଇ କବିକୁଳ ନିଜ ନିଜର ପରାକାଷ୍ଠା ଦେଖାଇ ତାଙ୍କ ଭିତର ଖାଲିପଣିଆକୁ ଲୁଚାଇବା ପାଇଁ ହୋ-ହାଲ୍ଲାରେ ମସ୍ତ ସିନା, କଥାର ଲକ୍ଷ୍ୟ କିଛି ନାହିଁ। ଏଇ ଉପମାଟି ମନକୁ ପାଇଲା ନାହିଁ। ସୁତୁରା ତ୍ରିପାଠୀକୁ ତା'ଉପମା ପରିବେଷଣ ପାଇଁ କହନ୍ତେ ସେ କହିଲା: ଖେଚଡ଼ା ଯେଉଁ ବାହାଘର ପରିବେଶ କଥା କହିଲା, ତାହା ଠିକ ରାସ୍ତାରେ ଗଲାପରି ଥିଲା, କିନ୍ତୁ ହଠାତ୍ ଭେଣ୍ଡିଆମାନଙ୍କ ନାଚ ଆଡ଼କୁ ଯାହା ପଳେଇଲା, ମୋ ମନକୁ ପାଉନି। ବର ଆସିବାକୁ ବିଳମ୍ବ ହେଉଚି। ରୁଣ୍ଡ ହୋଇଥିବା ବରଯାତ୍ରୀ ଛୋଟ ଛୋଟ ଗ୍ରୁପ୍ କରି କେତେ ପଛକଥା, ତା'ଙ୍କ ନିଜ ବାହାଘରବେଳ କଥା ମନେପକାଇ କି କହି ହସାହସି, ଟାହିଟାପରା ହେଉଛନ୍ତି କି କ'ଣ, ମତେ ଦୂରରୁ ସେପରି ଦିଶୁଚି।

ଏଗାରଟାରେ କବିତା ଆସର ଆରମ୍ଭହୋଇ ଦୁଇଟାରେ ସରିଲା। ଖାଇବାକୁ ଦିଆଯିବ ଆଉ ଅଧଘଣ୍ଟାଏ ପରେ। ଆୟୋଜକ ଜଣାଇଲେ ଯେ ପ୍ରଖ୍ୟାତ କଣ୍ଠଶିଳ୍ପୀ ସୁଭାଷ ଦାସ ଉପସ୍ଥିତ। ସେ କବି ବୈକୁଣ୍ଠ ନାଥଙ୍କ ସେଇ ପ୍ରସିଦ୍ଧ କବିତାରୁ କିଛି ଶୁଣାଇବେ:

ଜୀବନ ପାତ୍ର ମୋ ଭରିଛ କେତେମତେ
ନ ଦେଲ ବୋଲି କିଛି କହିବି କିବା ଆଉ
ଜୀବନ ପ୍ରିୟତମ ହରିଛ ମୋ ଭରମ
ତରଣୀ ମୋର ତବ ସାଗରେ ବହିଯାଉ
... ମାନସ ହଂସ ମୁଁ ମାନସେ ଯିବି ଉଡ଼ି
ମୋ ଦୋଷେ ପଥହୁଡ଼ି ଭରମେ ଅବିରତ
ବୃଥା ମୁଁ ଅଭିମାନୀ ହୃଦେ ଧରଇ ଟାଣ
ମରତ ପ୍ରବାସୀ ମୁଁ ନ ଜାଣି ଆଣେ ଦାଉ ।

କବିତା ଆସରର ମୁଣ୍ଡି ଏଇଠି ପ୍ରକୃତରେ ପୂରଣ ହେଲାପରି ଲାଗିଲା । ପାଖରେ ବସିଥିବା କବିବନ୍ଧୁ କହିଲେ - ଏଇ ଗୀତଟି ଶୁଣିଲାବେଳେ ମୋ ମନକୁ ସର୍ବଦା ଗୋଟିଏ ରୂପକଳ୍ପ ଆସେ, କହିବି ?

ନିଶ୍ଚୟ ନିଶ୍ଚୟ, ମୁଁ କହିଲି ।

କବିବନ୍ଧୁ କହିଲେ: ଧାନ ଅମଳ କରିସାରି ଗରିବ ଚାଷୀଟି, ପାଳଗଦାକୁ ତକିଆ କରି, ବେଳ ବୁଡ଼ିଲାବେଳକୁ ଆକାଶ ଆଡ଼କୁ ଚାହିଁ ସେଇ ଅଦୃଶ୍ୟ ଶକ୍ତିକୁ ଯେମିତି କହୁଚି, କେତେ ପ୍ରକାରର ଫସଲ ଅଳ୍ପବହୁତ ତମେ ତ ଦେଇଆସୁଚ, ମୋର ଜୀବନରେ ଭଲ ଫସଲଟି ଅମଳ କରିବା ଛଡ଼ା ଆଉ କିଛି ଆକାଙ୍‌କ୍ଷା ନାହିଁ। ମୋର ଏ ଜମିଖଣ୍ଡିକ ମୋ ପାଖରେ ସବୁବେଳେ ଥାଉ । ମୋର ସବୁ ଅଭାବ ସହିତ ମୁଁ ସୁଖୀ ଓ ତୃପ୍ତ । ଦୁଃଖିଲାଦୁଃଖିଲା ସୁଖ ।

ଠିକ୍ , ଠିକ୍ ବଢ଼ିଆ କଥାଟିଏ କହିଲେ, ଦୁଃଖମିଶା ସୁଖ । ମୁଁ କବିବନ୍ଧୁଙ୍କୁ ଟାରିଫ୍ କରି, କଲିକତାରେ ପହଞ୍ଚିଗଲି, କବି ବୈକୁଣ୍ଠନାଥଙ୍କ କନ୍ୟା ସୁନନ୍ଦା ପଟ୍ଟନାୟକଙ୍କ ପାଖରେ ।

୨୦୦୩ -୦୪ ମସିହାରେ ମୋର କଲିକତାରେ ରହଣି; କେନ୍ଦ୍ର ସାହିତ୍ୟ ଏକାଡେମୀର ମିହିର କୁମାର ସାହୁ, ମତେ ଦିନେ ତାଙ୍କ ଘରକୁ ନେଇ ଚିହ୍ନା କରାଇଦେଇଥିଲେ । ମୋର କ୍ୱାର୍ଟର୍ସ ଓ ତାଙ୍କ ନିବାସ ଗୋଟିଏ ଇଲାକାରେ, ତେଣୁ ଯିବାଆସିବା, ଫୋନ୍ ଯୋଗେ କଥାବାର୍ତ୍ତା ଇତ୍ୟାଦିରେ ମୁଁ ତାଙ୍କୁ ଗଭୀରଭାବେ ଜାଣିବାକୁ ଆରମ୍ଭ କଲି । ଭାରତରେ ଶାସ୍ତ୍ରୀୟ ସଙ୍ଗୀତ କ୍ଷେତ୍ରରେ ତାଙ୍କର ସ୍ଥାନ ଓ ଅବଦାନକୁ ସମସ୍ତେ ସ୍ୱୀକାର କରନ୍ତି । ପରିବାରର ଭାଇ ଭଉଣୀମାନଙ୍କୁ ଯୋଗ୍ୟ କରିବାର ଦାୟିତ୍ୱ ନେଇ ସେ ବିବାହ କଲେ ନାହିଁ ବୋଲି ଶୁଣିଲି । ଭାରି ଜିଦ୍‌ଖୋର, ଦରକାରବେଳେ ଅତ୍ୟନ୍ତ ରାଗିଯାଆନ୍ତି, କାରଣ ସେ ଏକା ରହନ୍ତି ଓ ନିଜକୁ ସଂରକ୍ଷିତ କରି ରଖିବାକୁ ଏ ପ୍ରକାର ମୂର୍ତ୍ତି ଧାରଣ କରନ୍ତି ବୋଲି ମଧ୍ୟ ଶୁଣିଲି ।

ମିହିରବାବୁ ଓ ମୁଁ ଗୋଟିଏ ରବିବାର ଅପରାହ୍ନରେ ତାଙ୍କ ଘରର କଲିଂବେଲ୍ ବଜାଇଲୁ। ତାହା ଥିଲା ମୋ' ପାଇଁ ପ୍ରଥମ ସାକ୍ଷାତ। ସେ କବାଟ ଖୋଲିଲେ, ଗଳିରାସ୍ତା ଦେଇ ଆମେ ତାଙ୍କ ଘର ଭିତରକୁ ପଶିଲାବେଳେ ଅନ୍ଧାରୁଆ ବାତାବରଣରେ ମୁଁ ତାଙ୍କୁ ଦେଖିଲି। ବୟସ ପଞ୍ଚଷଠିରୁ ସତୁରି ଭିତରେ ହେବ ବୋଲି ଅନୁମାନ କଲି। ପତଳା ହାଲକା ଶରୀର। ମୁହଁଟି ଉଜ୍ଜ୍ୱଳ, ସେଠାରେ ବୟସର ଛାପ ତ ଥିଲା, ଯାହା ରହିବା ସ୍ୱାଭାବିକ, କିନ୍ତୁ ମୁଁ ଅନୁଭବ କଲି ଯେ ସେ ମୁହଁ ଯେମିତି ଜହ୍ନକିରଣରେ ଧୁଆହୋଇଚି। ଜହ୍ନ ବୁଡ଼ିବାବେଳେ ସେଇ ଆଲୋକତକ ଗୋଟାଇନେବାକୁ ଭୁଲିଯାଇଚି।

ତାଙ୍କ ସହିତ କଥାହେଲୁ ସଙ୍ଗୀତ ବିଷୟରେ, ବୈକୁଣ୍ଠନାଥଙ୍କ କବିତା ସଂପର୍କରେ, ସେ ନିଜେ ମଧ୍ୟ କବିତା ଲେଖନ୍ତି ପ୍ରାୟ ଇଂରାଜୀରେ। ଓଡ଼ିଶା କଥା, କଲିକତାରେ ତାଙ୍କୁ ଯେଉଁ ସଂଗ୍ରାମ କରି ନିଜ ପାଇଁ ଜାଗା କରିବା କଥା, ସେଥିରେ କେତେକ ବଙ୍ଗାଳୀ ସଙ୍ଗୀତଜ୍ଞଙ୍କ ଅକୁଣ୍ଠିତ ସାହାଯ୍ୟ ଇତ୍ୟାଦି।

ଥରେ ଥରେ ଜୀବନରେ ଏମିତି ଲୋକଙ୍କ ସହ ଦେଖାହୋଇଯାଏ ଯେ ଲାଗେ, ଯେମିତି ତମର ସମସ୍ତ ପରିଚିତ ବ୍ୟକ୍ତିମାନଙ୍କର ସ୍ୱଭାବକୁ ସେ ଜାଣନ୍ତି ଅଥବା ଠଉରାଇନିଅନ୍ତି। ଯେଉଁ ଘଟଣା ବିଷୟରେ ଚର୍ଚ୍ଚା ହୁଏ, ତାକୁ ତମେ ଯେଉଁ ଭାବେ ଉପଲବ୍ଧି କର, ସେ ତୁମ ସହିତ ତାଳଦେଇ ସେଇ ଉପଲବ୍ଧିରେ ସାମିଲ ହୋଇ ତୁମର ଅତି ନିଜର ହୋଇଯାଆନ୍ତି। ତେଣୁ ବାରମ୍ବାର ସାକ୍ଷାତ୍ ହେଲେ ଯେ ସମ୍ପର୍କ ଘନ ହୁଏ, ଏମିତି ଭାବିବା ଠିକ୍ ନୁହେଁ ବୋଲି ଜାଣିଲି। ଥରଟିଏ ସାକ୍ଷାତ ପାରସ୍ପରିକ ବୁଝାମଣାକୁ ଖୁବ ଦୃଢ଼ ଓ ସବଳ କରିଦିଏ, ଯାହା ଶହ ଶହ ଥର ଦେଖାଚାହାଁରେ ହୁଏନାହିଁ। ଏହା ନିର୍ଭର କରେ ମାନସିକ ବୋଧ ଉପରେ। ମୋର ମାନସିକ ବୋଧ ତାଙ୍କ ମାନସିକତା ସହିତ ବହୁ ଜାଗାରେ ଖାପ୍ ଖାଉଛି, ମତେ ଲାଗିଲା।

ଆମର ଏଇ ପ୍ରଥମ ସାକ୍ଷାତ ପରେ, ମୁଁ ମାସକୁ ଦୁଇତିନିଥର ଛୁଟିଦିନରେ କିମ୍ବା ରବିବାରରେ ତାଙ୍କ ଘରକୁ ଯାଏ। ମିହିରବାବୁ ଛୁଟିଦିନରେ ଯୋଗ ଦିଅନ୍ତି। ଧୀରେ ଧୀରେ ଜାଣିଲି ଯେ ତାଙ୍କର କେହି ବନ୍ଧୁ ବା ସଙ୍ଗୀ ନାହାନ୍ତି। କେହି ସେବକ ନାହାନ୍ତି କି କାହାକୁ ସେ ଲୋଡ଼ନ୍ତି ନାହିଁ। ଗୀତ ଶିଖିବାକୁ ଯେଉଁ ଜଣେ ଦି'ଜଣ ଛାତ୍ରୀ ତାଙ୍କ ଘରକୁ ଆସନ୍ତି, ତାଙ୍କୁ ସେ ନିଜ କାମରେ ଲଗାନ୍ତି ନାହିଁ। କେଉଁଠି ଗୋଟେ ପଢ଼ିଥିଲି ଯେ ଏଇ ପ୍ରକାରର ବ୍ୟକ୍ତିତ୍ୱ ନେଇ ଯେଉଁମାନେ ବଞ୍ଚିରହନ୍ତି, ସେମାନେ ଆତ୍ମନିମଗ୍ନ, ଏକପ୍ରକାରର ସ୍ୱୟଂସଂପୂର୍ଣ୍ଣତା ହାସଲ କରିନେଇଛନ୍ତି।

ତାଙ୍କ ଜୀବନର ଗୋଟିଏ ସତ ଘଟଣା, ଯାହା ଗପ ପରି ଲାଗିବ, ତାହା ଏଇପରି:

୧୯୭୨-୭୩ ମସିହାରେ କଲିକତା ଆସି ସୁନନ୍ଦାଦେବୀ ସାଉଥ୍‌ଇଣ୍ଡିଆନ ଗେଷ୍ଟ ହାଉସରେ ଗୋଟିଏ ରୁମ୍ ନେଇ ରହୁଥିଲେ। ଏଇ ଅତିଥିଶାଳା କଲିକତାର ହାଜରା ରୋଡ୍‌ରେ। ଦକ୍ଷିଣାଞ୍ଚଳରୁ ଆସୁଥିବା ଲୋକେ ମାସିକିଆ ଭଡ଼ାରେ ରୁମ୍ ନେଇ ରୁହନ୍ତି, ସେଠାରେ ନିରାମିଷାଶୀ ଖାଦ୍ୟ ସୁଲଭ ଦରରେ ମିଳେ। ସୁନନ୍ଦାଦେବୀ ଯେହେତୁ ମାଛମାଂସ ଖାଉନଥିଲେ, ସେ ଏଇ ପ୍ରକାର ନିରାମିଷ ବାତାବରଣକୁ ପସନ୍ଦ କରି, ସେଠାରେ ରହୁଥିଲେ। ଦିନେ ସକାଳେ ରୁମ୍‌ରେ ତାଲାପକାଇ ବାହାରିଲାବେଳକୁ ଦେଖନ୍ତି ଯେ ତାଙ୍କ ସାମ୍‌ନା ରୁମ୍‌ରେ ଗୁଡ଼ାଏ ଲୋକଙ୍କ ଭିଡ଼। ଘଟଣା କ'ଣ ? ସେଇ କୋଠରିରେ ମାସିକ ଭଡ଼ାରେ ତିରିଶ ବର୍ଷର ଜଣେ ଯୁବକ ରହୁଥାନ୍ତି। ତାଙ୍କ ନାଁ ଶିବରାମ ସେଟ୍ଟି। ଘର ମାଙ୍ଗାଲୋର୍, ବ୍ୟାଙ୍କ ଅଫ୍ ଇଣ୍ଡିଆରେ ଚାକିରି କରନ୍ତି। ଦେହ ଖୁବ୍ ଖରାପ। ତିନିଚାରିଦିନ ହେଲାଣି ଅଫିସ୍ ଯାଇନାହାନ୍ତି। ନୂଆ ନୂଆ ଆସିଛନ୍ତି। ଅଫିସରେ ବନ୍ଧୁମାନଙ୍କ ସହିତ ବିଶେଷ ଭାବଦୋସ୍ତି ହୋଇନାହିଁ। ଆଜି ସକାଳେ ଗେଷ୍ଟ୍ ହାଉସ୍‌ର ମ୍ୟାନେଜର ସେଟ୍ଟିଙ୍କ ଅସୁସ୍ଥତା ଖବର ବ୍ୟାଙ୍କ୍‌ରେ ଜଣାଇବାରୁ ସେଠାରୁ ଜଣେ କର୍ମଚାରୀ ଆସିଛନ୍ତି। ରୋଗୀର ଅବସ୍ଥା ଦେଖି, ତାଙ୍କ ପାଖ କୋଠରିରେ ରହୁଥିବା ଚାରିପାଞ୍ଚଜଣ ଲୋକ ରୋଗୀକୁ ଡାକ୍ତରଖାନା ନେଇ ଯିବାର ବ୍ୟବସ୍ଥା କରୁଛନ୍ତି। ଗେଷ୍ଟ ହାଉସ୍‌ରେ ରୋଗୀ କଥା ବୁଝିବ କିଏ ? ରୋଗୀଟି କିନ୍ତୁ ନେହୁରା ହୋଇ କହୁଚି, ଏଇଠି ମରିଯିବି ପଛେ, ମତେ ଡାକ୍ତରଖାନା ପଠାଅ ନାହିଁ।

ଠିକ୍ ଏତିକିବେଳେ ସୁନନ୍ଦାଦେବୀ ନିଜ ରୁମ୍‌ରେ ତାଲାଦେଇ ବାହାରକୁ ଯାଉଥିଲେ। ସେଟ୍ଟି ରୁମ୍‌କୁ ପଶିଗଲେ। ଶିବରାମ ସୁନନ୍ଦା ଦେବୀଙ୍କ ଗୋଡ଼ହାତ ଧରି, ଡାକ୍ତରଖାନାକୁ ନ ଯିବାପାଇଁ କାନ୍ଦିକଚାଡ଼ି ଅନୁନୟ କଲା। ସୁନନ୍ଦା ଦେବୀଙ୍କ ମନକୁ କ'ଣ ଜୁଟିଲା, ସେ କହିଲେ ଏଇ ରୋଗୀକୁ ଭଲ କରିବାର ଦାୟିତ୍ୱ ମୋର, ମୋ' ଉପରେ ଛାଡ଼ିଦିଅ। ତିନି ଜଣ ଡାକ୍ତରଙ୍କ ଦେଢ଼ମାସ ଚିକିତ୍ସା। ଶିବରାମ ଟାଇଫଏଡ୍ ଓ କାମଳ ରୋଗର କବଳରୁ ମୁକୁଳିଲେ। ଦେଢ଼ମାସର ଚିକିତ୍ସା କାଳରେ ସୁନନ୍ଦାଦେବୀ ଅଧିକାଂଶ ସମୟ ରୋଗୀର ସେବାକଲେ, ତା'ର ପଥ୍ୟ ରାନ୍ଧିଲେ। ଶିବରାମଙ୍କ ଘରୁ କାହାର ଦେଖା ନାହିଁ। ବୁଝୁ, ବୁଝୁ; ଜଣାଗଲା ଯେ ତାଙ୍କ ମା'ଙ୍କୁ ସେ ପିଲାବେଳୁ ହରାଇଛନ୍ତି। ନିରିହ ବାପା ସାବତମା'ର କାବୁରେ। ସାବତମାଆଠାରୁ ଦୁଇ ପୁଅ। ସେମାନଙ୍କ ବାହାଘର ହୋଇଗଲାଣି। ସ୍କୁଲ କଲେଜ ପାଠ ଶିବରାମ ବହୁତ ଅଭାବ ଭିତରେ, ମାଗିଯାଚି ପଢ଼ିଲେ। ଘରକୁ ଗଲେ ସାବତମା' ସୁଖ ପାଏ ନାହିଁ। ଏକା

ଜିଦି ଯେ ଅଲୋଡ଼ାର ଏ ସଂସାରରେ ବଞ୍ଚିବାରେ ଯଦି ସୁଖ ନାହିଁ, ତେବେ ମରିଯିବା ଭଲ । ବର୍ଷ ଭିତରେ ଯେତେ ଛୁଟି, ପ୍ରାୟ ହଷ୍ଟେଲରେ କଟାନ୍ତି। ବ୍ୟାଙ୍କ ପରୀକ୍ଷା ଦେଇ ଭଲ ଚାକିରି ପାଇଲେ। ଘରକୁ ଦୌଡ଼ିଲେ; କିନ୍ତୁ ଚାକିରି ଖବର ଜାଣି ତାଙ୍କ ବାପା ଯାହାଟିକେ ଲୁଚି ଲୁଚି ଖୁସିହେଲେ ଓ କହିଲେ, ଯା' ପଳା, ଏଇ ସ୍ତ୍ରୀଲୋକଠାରୁ ତୋର ସ୍ନେହ ଆଶା କରିବା ବୃଥା, ମୁଁ ନାଚାର। ଶିବରାମ ନରମ ସ୍ୱଭାବର ପିଲା, ସଂସାରରେ ଏକା। ଏକା ଜିଦି ଯେ ଅଲୋଡ଼ାର ବଞ୍ଚି କି ଲାଭ ? କାହାପାଇଁ ବଞ୍ଚିବେ ? ଦୁଇ ଥର ଆତ୍ମହତ୍ୟା ପାଇଁ ଚେଷ୍ଟାକରି ଗ୍ରହ ଟାଣରୁ ଅସଫଳ। କିନ୍ତୁ ଜୀବନଟା ଚିଟା ଲାଗୁଚି। ବ୍ୟାଙ୍କ ଚାକିରିରେ ବଦଳି ହୋଇ କଲିକତା ଆସି ମନସ୍ତାପ ଓ ସେଥିପାଇଁ ନିଜର ଖାଇବାପିଇବାରେ ବିଭ୍ରାଟ କରି ନିଜ ଉପରେ ଦାଉ ସାଧିଲାପରି ରହୁଥିଲେ। ଆତ୍ମହତ୍ୟା ନ ହେଲା ନାଇଁ, ରୋଗରେ ଆରପାରିକୁ ଚାଲିଗଲେ, ଗଲା। ଏକଥା ଶୁଣି ସୁନନ୍ଦାଦେବୀ କହିଲେ: କିରେ ମୂର୍ଖ, ଜୀବନଟା ବଞ୍ଚିବା ପାଇଁ ନା ମରଣ ପାଇଁ ? ସେକଥା ଆଉ କେବେ ତୁଣ୍ଡରେ ଧରିବୁ ନାହିଁ, ଖବରଦାର୍। ମୁଁ ତୋର ମାଆ।

ପ୍ରେମରେ ଦ୍ୱନ୍ଦ୍ୱ, ବାଦପ୍ରତିବାଦ ରହିପାରେ; କିନ୍ତୁ ମାଆର ସ୍ନେହରେ ନ ଥାଏ। ସବୁ ଭଲପାଇବାରେ ଭଲପାଉଥିବା ଲୋକଟିକୁ ଅକ୍ତିଆରରେ ରଖିବାର ଇଚ୍ଛା ଲୁଚିରହିଥାଏ। ଭଲପାଇବାର ସୁଖ ଅପେକ୍ଷା, ସେ ଯେ ମୋ ଅକ୍ତିଆର ଭିତରେ, ଏଇ ବୋଧେ ବେଶି ସୁଖ ଦିଏ, ତେଣୁ ଲୋକଟି ଆଉକାହାକୁ ଭଲପାଇଲେ କନ୍ଦଳ ହୁଏ। କିନ୍ତୁ ମା'ଟିଏ ପିଲାଟିକୁ ଜନ୍ମଦେଲାଦିନରୁ ଜାଣିଥାଏ ଯେ ସେ କେବେ ହେଁ ଜୀବନଯାକ ତା'ର ହୋଇ ରହିବ ନାହିଁ। ବଡ଼ ହେବ, ବାହାସାହା ହେବ, ତା' ସଂସାର ଭିତରେ ବୁଡ଼ିରହିବ, ସେତେବେଳେ ମା'ର ମମତାର ଆବଶ୍ୟକତା ନ ଥିବ, ତାହା ମୁତ୍‌ଫରକା ମନେହେବ ଓ ମା' ତାକୁ ସହିବ। ବିଜୁଳିଖୁଣ୍ଟରେ ଚଢ଼ି ତାର ସଜାଡୁଥିବା ମେକାନିକ୍ ଟୋକା ଅସତର୍କତା ହେତୁ ବିଜୁଳିର ପ୍ରବଳ ଚୋଟ ଖାଇ ତଳକୁ ଖସିପଡ଼ିଲା। ନିଶୁଣି ଧରିଥିବା ଲୋକଟି 'ମରିଗଲା ମରିଗଲା' ବୋଲି ଚିତ୍କାରକଲା। ପାଖ ରାସ୍ତାରେ ଯାଉଥିବା ରିକ୍ସାର ଲୋକ ଓହ୍ଲେଇପଡ଼ିଲା, ରିକ୍ସାବାଲା ସହିତ। ଲୋକ ରୁଣ୍ଡହେଉଛନ୍ତି - ନିଶୁଣି ଧରିଥିବା ଲୋକଟି ଚିତ୍କାର କରି କହୁଚି, ତା'ଦେହରେ ତାର ଖଣ୍ଡେ, ଖୁଣ୍ଟିରୁ ଛିଡ଼ି, ଲାଗିଯାଇଚି, ତାକୁ କେହି ଛୁଅଁନା। ବିଜୁଳି ବିଭାଗର ରେସ୍‌କ୍ୟୁ ଭ୍ୟାନ୍‌କୁ ଖବର ଦିଆଯାଇଚି। ମେକାନିକ୍ ପିଲାଟିର ମା' ଖବର ପାଇ, ଛୁଅଁନା ଛୁଅଁନା ବାରଣ ନ ମାନି, ପିଲାଟିକୁ କୋଳକୁ ନେଉ ନେଉ ନିଜେ ଟଳିପଡ଼ିଲା।

ଶିବରାମ ନୂଆ ଜୀବନ ପାଇଲେ। କିଛି ମାସ ପରେ ଶିବରାମବାବୁଙ୍କର

ପାଟନା ବଦଳି ହେଲା। ସୁନନ୍ଦାଦେବୀ, ଓଡ଼ିଶା ସରକାରଙ୍କ ସୁପାରିସରୁ, ସଲ୍‌ଟଲେକ୍‌ରେ ଗୋଟିଏ ଘର ପାଇଲେ, ପଶ୍ଚିମବଙ୍ଗ ସରକାରଙ୍କ ତରଫରୁ। ଶିବରାମବାବୁ ରୋଗୀ ଓ ଉଦାସୀ। ଏକାଯାଇ ପାଟନାରେ ଚଳିବ କେମିତି ? ସୁନନ୍ଦାଦେବୀଙ୍କୁ ଏଇ ଚିନ୍ତା ଲାଗିରହିଲା। ସେ ଶିବରାମ ପାଇଁ ଝିଅ ଖୋଜିଲେ। ଦୈନିକୀରେ ବିଜ୍ଞାପନ ଦିଆଗଲା। ମା' ବଛାବଛି କରି ଯେଉଁ ଝିଅଟିକୁ ଠିକ୍ କଲେ, ସେ ଜଣେ ଡାକ୍ତରାଣୀ। ସୁନନ୍ଦାଦେବୀଙ୍କ ମନ ଖୁସ୍। ଆଉ ଶିବରାମ ଲାଗି ଚିନ୍ତା ନାହିଁ। ଡାକ୍ତରାଣୀ ସ୍ତ୍ରୀ, ପୁଣି ତା' ବାପମା'ଙ୍କର ଗୋଟିଏ। ଏଣିକି ଶିବରାମର ଯତ୍ନନେବାପାଇଁ ପରଓ୍ୱା ନାହିଁ। ବାହାଘର ହେଲା।

ଝିଅଟି ସିନା ଡାକ୍ତରାଣୀ, କିନ୍ତୁ ସ୍ୱଭାବରେ ସେ ମୁଖରା, ସନ୍ଦେହୀ ଓ ସ୍ୱାର୍ଥୀ। ସୁନନ୍ଦା ଦେବୀଙ୍କ ସ୍ନେହକୁ ଜଣେ ଲୋଭୀ ଲୋକର ଫିସାଦ ବୋଲି ଭାବିଲା। ଏଇ ମାଆପଣିଆ, ଗୋଟିଏ ଚାଲବାଜି, ପଇସା ଖାଇବା ଫିକର। ଶିବରାମବାବୁ ବିବାହ ପର ପ୍ରଥମ ପହିଲାର ଦୁଇଦିନ ଆଗରୁ ତାଗିଦା ପାଇଲେ - ଦରମା ଯାହା, ମତେ ଆଣି ଧରେଇବ।

କାହିଁକି ? - ଶିବରାମ ପଚାରିଲେ।

'ସେ ବୁଢ଼ୀ ପରା ଟଙ୍କା ନବା ପାଇଁ ଫନ୍ଦି କରି ମାଆ ସାଜିଚି - ମୁଁ ବେଶ୍ ଚିହ୍ନିଲିଣି ସେଇ ବୁଢ଼ୀକୁ।'

ଶିବରାମ ତାଙ୍କ ସ୍ତ୍ରୀକୁ ବୁଝାଇଲେ ଯେ ତାଙ୍କ ମାଆଙ୍କୁ ସେ ଦିନେହେଲେ ପଇସାଟିଏ ଦେଇନାହାନ୍ତି ବରଂ ରୋଗରେ ପଡ଼ିଲାବେଳେ ସବୁ ଖର୍ଚ୍ଚ ନିଜେ କରିଛନ୍ତି । ସ୍ତ୍ରୀ ବୁଝିବାକୁ ନାରାଜ। ପାଟନାରୁ ଶିବରାମବାବୁଙ୍କୁ ପୁଣି କଲିକତା ବଦଳି କରାଇ ସ୍ତ୍ରୀ କହିଲା - ଘରେ ତ ମୋ' ବାପାମାଆଙ୍କ ଛଡ଼ା ଆଉ କେହି ନାହାନ୍ତି; ଚାଲ ସେଇଠି ରହିବା। ଜମାଇବାବୁ ଶଶୁରଘରେ ଚାକରପ୍ରାୟ ରହିଲେ। ସ୍ୱାମୀ-ସ୍ତ୍ରୀ ଭିତରେ କେବେହେଁ ପଟିଲା ନାହିଁ। ଶିବରାମ ସୁନନ୍ଦା ମାଆଙ୍କୁ ଯେଉଁ କଥା ଦେଇଥିଲେ ଯେ ସେ ଆତ୍ମହତ୍ୟା କରିବେ ନାହିଁ ଆଉ ବଞ୍ଚିରହିବେ, ସେଇ ବଞ୍ଚିରହିବା ଲାଗି ମଦପିଇବା ଆରମ୍ଭକଲେ। ଏବେ ମଦ ତାଙ୍କୁ ପିଉଚି। ଭାରି ଦୁର୍ବଳ ହେଲେଣି, ମଦ ଦେହରେ ଯାଉ ନାହିଁ, କିନ୍ତୁ ଛାଡୁ ନାହିଁ। ପୁଅଟିଏ; ୨୦୦୩ ମସିହାରେ ଏଗାର ବର୍ଷର ହୋଇଥିଲା, ଡାକ ନାଁ ରାଜା, ଜେଜେମା' ଡାକନ୍ତି ବୁଦ୍ଧ। ସେ ପିଲାଟି ତା'ବାପାମା' ପାଖରୁ ସବୁବେଳେ ଜେଜେମା' ପାଖକୁ ପଳାଇଆସେ। କାରଣ, ରାତି ପାହିଲେ ଦୁଇଜଣଙ୍କର ଝଗଡ଼ା ଆରମ୍ଭ ହୁଏ, ଅଶ୍ରାବ୍ୟ ଭାଷାରେ ଗାଳିଗୁଲଜ। ତା'ର ଇଚ୍ଛା, ଜେଜେମା' ପାଖରେ ରହିବାକୁ। କିନ୍ତୁ ଉଗ୍ର ଡାକ୍ତରାଣୀ ବୋହୂର କଟୂକ୍ତିରେ ସେ

ପିଲାଟିକୁ ପାଖରେ ରଖିପାରୁନାହାନ୍ତି । ପ୍ରତି ସପ୍ତାହରେ ଦୁଇ ତିନି ଥର ସେ ଖରା ବର୍ଷା ନ ମାନି, ନାତି ସହିତ ଗେହ୍ଲାହେବାକୁ ସ୍କୁଲକୁ ଦୌଡ଼ନ୍ତି ରିକ୍ସାରେ, ଖେଳଛୁଟି ସମୟରେ । ସେ ଯାହା ଖାଇବାକୁ ଭଲପାଏ, ଗୋଟିଏ ଡବାରେ ନେଇ ନିଜ ହାତରେ ଖୁଆଇଦେଇଆସନ୍ତି । ଗତ କିଛିଦିନ ତଳେ ଶିବରାମ ମରଣଦ୍ୱାରରେ ଆଉ ସୁନନ୍ଦାଦେବୀ ଜିତିବା ଜିତିବା ହୋଇ ହାରିଗଲେ । ପୁଣି ନୂଆ ଉତ୍ସାହ, ନାତିକୁ କେମିତି ମଣିଷ କରିବେ । ଏବେ କଲିକତାରେ ସଲ୍ଟଲେକ୍ ଇଲାକାରେ ଜମି ଦାମ୍ ଅନ୍ୟ ସ୍ଥାନ ଅପେକ୍ଷା ବେଶି । ଡାକ୍ତରାଣୀ ବୋହୂର ଆଖି ସୁନନ୍ଦାଦେବୀଙ୍କ ଘର ଉପରେ - ଏତେ ନାତିପ୍ରେମ ତ, ଦେଲ ଲେଖି ସେ ଘରଟା ତା' ନାଁରେ ?

ଏଇ ଆରୋପକୁ ସହିଯାଇ ବ୍ୟସ୍ତ ନ ହେବାକୁ ସେ ସେଇ, ତାଙ୍କ ବାପାଙ୍କ ଲେଖା ଗୀତଟି, ଯେଉଁଥିରେ କବିତା ଆସରର ମୁଣ୍ଡିମରାହେଲା, ମନେପକାନ୍ତି: ବୃଥା ମୁଁ ଅଭିମାନୀ ହୃଦେ ଧରଇ ଟାଣି, ମରତ ପ୍ରବାସୀ ମୁଁ ନ ଜାଣି ଆଣେ ଦାଉ ।

■

କେତେ ରାତିର ସକାଳ

ବର୍ତ୍ତମାନ ସମୟ ରାତି ଦଶଟା। ମୁଁ ମଧ୍ୟପ୍ରଦେଶର ଧାର ଜିଲ୍ଲାର ଅନ୍ତର୍ଗତ ମାଣ୍ଡୁର ଗୋଟିଏ ହୋଟେଲରେ ଆଜି ଦିନର ବିବରଣୀ ଲେଖିବାକୁ ବସିଚି। ମୁଁ ହାଇଦ୍ରାବାଦରେ ରହେ। ଛ'ଟା ବେଳେ ସେଠାରୁ ବିମାନ ଯୋଗେ ମୁମ୍ବାଇ ଓ ମୁମ୍ବାଇରୁ ଇନ୍ଦୋର ଆସିବା ପାଇଁ, ଘଣ୍ଟାରେ ଆଲାର୍ମ ଦେଇ, ମୁଁ ଓ ମୋର ସ୍ତ୍ରୀ ଭୋର ଚାରିଟା ବେଳେ ଉଠିଲୁ। ସୁରମା ଚା' ତିଆରି କରି ମତେ ଉଠାଇଲା। ଅଧାନିଦୁଆ ଥାଇ ପଲଙ୍କ ବାଡ଼ାକୁ ଡେରି ହୋଇ ମୁଁ ଚା' ପିଇଲି। ମୁଁ ଥରେ ଗସ୍ତରେ ବାହାରିଲେ, ଚାରିଦିନରେ ଫେରିବି ବୋଲି କହି କାମ ଚାପରେ ସାତ ଆଠ ଦିନ ଲଗାଇ ଦିଏ। ସୁବିଧା ନଥିଲେ ଫୋନ୍ କରି ମୋର ବେଶିଦିନ ରହିବା କଥା କେବେ କେବେ ଘରକୁ ଜଣାଇବା ସମ୍ଭବ ହୁଏ ନାହିଁ। ମୋ' ସ୍ତ୍ରୀ ସୁରମା ବ୍ୟସ୍ତ ହୁଏ, ମୁଁ ପହଂଚିଲେ ସେ କେମିତି ବିକଳ ହେଉଥିଲା, ମୋ' ଖବର ପାଇବାକୁ, କହି ଅଭିମାନ କରେ। ସବୁଥର ଘର ଛାଡ଼ିଲାବେଳକୁ ଖୁବ୍ ଉଷୁମ କଣ୍ଠରେ ଗେହ୍ଲାକରି ତାଗିଦ କରେ: ଘର ଛାଡ଼ିଲେ ତମର ଆଉ ଘର କଥା କିଛି ମନେ ରହେ ନାଇଁ; କହିବ ଗୋଟେ କରିବ ଆଉ ଗୋଟେ।' ଆଜି ସକାଳୁ ମୁଁ ଚା' ପିଇଲାବେଳେ, ସୁରମା ସେଇ ଫରିଆଦ୍ ମୋ' କୋଳରେ ମୁଣ୍ଡରଖି କରୁଥିଲା। ମୁଁ ତା ବାଳକୁ ସାଉଁଳେଇ ଦେଇଥିଲି କିଛି ସମୟ। ତା' ଅଭିମାନର ଉତ୍ତର ନିଦ ଛାଡ଼ିନଥିବାରୁ ଦେଇନଥିଲି। ଚା'ପିଆ ସରିଲା। ସୁରମା ଖାଲିକପ୍ ନେଇ ରୋଷେଇଘରକୁ ଯିବାକଥା ମୁଁ ଅଧାବୁଜା ଆଖିରେ ଜାଣିଲି। ମୋର ବାଥ୍‌ରୁମ୍‌କୁ ଯାଇ ପ୍ରସ୍ତୁତ ହେବା କଥା। ମନହେଲା ସମୟ ହାତରେ ଯଥେଷ୍ଟ ଅଛି, ସେଇ ଅଧାଶୁଆ ଅବସ୍ଥାରେ ଆଉ ଦଶମିନିଟ୍ ଘୁମେଇପଡ଼େ। ସକାଳଟା ବଡ଼ହାଲକା ଲାଗୁଥିଲା। ସୁରମା ଓ ପିଲାମାନଙ୍କୁ ଛାଡ଼ି ମୁଁ ଯେବେ ଗସ୍ତରେ ଯାଏ ବାହାରିବାର କେଇ ଘଣ୍ଟା ଆଗରୁ, ମନଟା ସାମୟିକ ବିଦାୟ ଜାଣିଲେ ବି, ଅଧିକ

ସ୍ନେହଶୀଳ ହୋଇପଡ଼େ। ତାକୁ ମିଶାଇ, ଲିସା ଯେ ଇନ୍ଦୋରରୁ ମତେ ମାଣ୍ଡୁ ନେଇ ଯିବାକୁ ଗାଡ଼ି ନେଇ ଆସିବ ବୋଲି କହିଚ଼ି, ତା'କଥା ଭାବି ମନଟା କାହିଁକି ଭାରି ଖୁସି ଲାଗୁଥିଲା। ଲିସା, ବାଇଶ ବର୍ଷର ସୁନ୍ଦରୀ ଝିଅ, ମତେ ବ୍ୟବସାୟରେ ମାଣ୍ଡୁରେ ବହୁତ ସାହାଯ୍ୟ କରୁଚ଼ି। ମୋ' ପାଖରେ ବର୍ଷେ ହେଲାଣି ତା'ର ରହିବା; ବଡ଼ ବିଚ଼କ୍ଷଣ ଝିଅ।

ମତେ ବର୍ତ୍ତମାନ ଚାଳିଶ ବର୍ଷ। ବାରବର୍ଷ ତଳେ ମୁଁ ସୁରମାକୁ ବାହାହେଲି ଓ ଦଶବର୍ଷ ହେଲାଣି ଆମେ ହାଇଦ୍ରାବାଦରେ ରହୁଚୁ। ମୋର ଝିଅ ବଡ଼, ତା' ତଳକୁ ଗୋଟିଏ ପୁଅ; ସପ୍ତମରେ ଓ ଚତୁର୍ଥରେ ଇଂରାଜୀ ସ୍କୁଲରେ ପଢୁଛନ୍ତି। ମୋ' ରହୁଥିବା ଫ୍ଲାଟ୍ ମୁଁ କିସ୍ତିରେ କିଣି ପୂରା ପଇସା ପଟେଇ ଦେଲିଣି। ଏଠି ରହିବା ଭିତରେ ମାରୁତି ଗାଡ଼ି ଓ ଗୋଟିଏ ଉଚ୍ଚ ମଧ୍ୟବିତ୍ତ ପରିବାର ଘରେ ଯେଉଁ ସବୁ ଚଳଣି ପାଇଁ ଦରକାର ବସ୍ତୁ, କରିନେଇଚ଼ି। ମୋଟାମୋଟି କହିବାକୁ ଗଲେ, ସୁରମାକୁ ବାହାହେବା ପରେ ସବୁଦିଗରୁ ମୋର ଉନ୍ନତି ଘଟିଚ଼ି। ସୁରମା ପୋଖତ୍ ଘରଣୀ, ଆସିବା ଦିନଠୁ। ମୋ'ଠୁ ପାଞ୍ଚ ବର୍ଷ ସାନ; କିନ୍ତୁ ଦେଖିଲେ ଲାଗିବ ଯେ ବୟସ ତିରିଶ ଟପି ନଥାଏ । ମତେ ଖୁବ୍ ଭଲପାଏ। ମୁଁ ଯାହା କହେ ବା ଚାହେ, ତା'ପାଇଁ ସେ କଥା ବେଦର ଗାର ପରି। ମୋ' ଉପରେ କେବେ ରାଗି ନାହିଁ, ଗହଣା, ଶାଢ଼ି ବା ଟଂକା ପଇସା, ଯେତିକି ପାଏ, ସେଥିରେ ତୃପ୍ତି - କେବେ ତା'ର ଦରକାର ପୂରଣ ହେଲା ନାହିଁ ବୋଲି ଫରିଆଦ୍ କରି ନାହିଁ। କୌଣସି ଆଡ଼ମ୍ବର ପାଇଁ ତା'ର ସ୍ପୃହା ନାହିଁ। ତା' ସଂସାର ଭଲରେ ତା'ର ଆନନ୍ଦ। ଖରାବେଳ ଖାଲି ସମୟରେ ପାଖଆଖ ଫ୍ଲାଟ୍‌ରେ ଏକାଠି ହୋଇ ମହିଳାମାନଙ୍କ ପରଚ଼ର୍ଚ୍ଚା ଆଖଡ଼ାକୁ କେବେ ଯାଏ ନାହିଁ। ଖାଲି ସମୟରେ ଭଜନ ଶୁଣେ; ନଚେତ୍ ସ୍ୱେଟର ବୁଣେ।

ପୁରାତନ କଳାକୃତି, ବିଳାସ ସାମଗ୍ରୀ, ପୁରୁଣା ମୂର୍ତ୍ତି, ଯାହାକୁ ଆମ ବ୍ୟବସାୟରେ ଆଣ୍ଟିକ୍ କୁହନ୍ତି, ରାଜା, ଜମିଦାର ବା ଖାନ୍‌ଦାନୀ ଘରୁ ଶସ୍ତାରେ ଯୋଗାଡ଼ କରି ବେଶି ଦାମରେ ଭାରତରେ ରଇସ ଶ୍ରେଣୀଙ୍କ ପାଖରେ ପହଂଚାଇବା ଓ ବିଦେଶ ବଜାରକୁ ଛାଡ଼ିବା ହେଉଚ଼ି ମୋର ନିତିଦିନିଆ କାମ। ମୋତେ ପାଂଚ ବର୍ଷ ବେଳେ ମା' ମରିଗଲା। ବାପା ଆଉଥରେ ବାହାହେଲେ। ମୋ' ପଢ଼ାପଢ଼ିର କିଛି ତତ୍ତ୍ୱ ନେଲେ ନାହିଁ। ବି.ଏ. ଫେଲ୍ ହୋଇ ନାଚ଼ପାର୍ଟିରେ ମିଶିଲି। କଟକରେ ଆଉ ଜଣକ ସହିତ ମିଶି ଏଇ ଧନ୍ଦା ଆରମ୍ଭ କରିଥିଲି। ନାଚ଼ପାର୍ଟିର ବର୍ଷରେ ବିଭିନ୍ନ ଛୋଟ ବଡ଼ ସହର ପରିକ୍ରମା ମତେ ଆଣ୍ଟିକ୍ ଜିନିଷ ଠାବ କରିବାକୁ ସୁବିଧା ଦେଉଥିଲା। ଧନ୍ଦା ବଢ଼ିଲାରୁ ନାଚ଼ପାର୍ଟି ଛାଡ଼ି କଟକ ଚ଼ାଲିଆସିଲି। କଟକରୁ ହାଇଦ୍ରାବାଦ। ଏଇଠି ସାତ ଆଠ ଜଣ

ମୋର ଛୋଟ ଅଫିସରେ କାମ କରୁଛନ୍ତି। ତିନି ଚାରି ପ୍ରଦେଶରୁ ଜିନିଷ ଯୋଗାଡ଼ ହୋଇ ଏଠାରୁ ଦିଲ୍ଲୀ, ମୁମ୍ବାଇ ଓ ବାହାରକୁ ଚାଲାଣ ହେଉଚି। ହାଇଦ୍ରାବାଦ ତ ଆଣ୍ଟିକ ବ୍ୟବସାୟର ପ୍ରଧାନ କେନ୍ଦ୍ର। ଏକଦା ଯେଉଁମାନେ ନବାବ ଥିଲେ, ସେମାନଙ୍କ ବଂଶଧର ମାନେ ଗରିବ। ସେଇମାନଙ୍କଠାରୁ ଅତି ପୁରୁଣା ଜିନିଷ ମିଳେ।

ଆଜିକୁ ଦେଢ଼ ବର୍ଷ ହେଲାଣି, ମୁଁ ବରାବର ମାଣ୍ଡୁ ଆସୁଚି। କେତେ ରାଜାରାଣୀଙ୍କ ପ୍ରେମ କାହାଣୀର କିମ୍ବଦନ୍ତୀ, ଅଧା ଭଙ୍ଗାରୁଜା ବିରାଟ ବିରାଟ ମହଲକୁ ନେଇ ମାଣ୍ଡୁ ସହର ସବୁବେଳେ ଅତୀତର ସ୍ୱପ୍ନରେ ଭାସୁଥିବା ପରି ଲାଗେ। ଟୁରିଷ୍ଟମାନଙ୍କର ସବୁବେଳେ ଭିଡ଼। ତିନି ଚାରିଟା ଖାନଦାନୀ ପରିବାର ପାଖରେ ବହୁ ମୂଲ୍ୟର ଆଣ୍ଟିକ୍ ସାମଗ୍ରୀ ଅଛି ବୋଲି ଖବର ପାଇ ମୁଁ ଏଠାକୁ ଆସିଥିଲି। ଖାନଦାନୀ ଘରୁ ଆଣ୍ଟିକ୍ ଜିନିଷ ହାତ କରିବାକୁ ହେଲେ, ଖାଲି ପଇସା ଦେଖାଇଲେ କାମ ହେବ ନାହିଁ। ଖାନଦାନୀ ଘରେ ପଇସା ନାହିଁ ସିନା, ଦମ୍ଭ ଭର୍ତ୍ତି ହୋଇ ରହିଚି। ଖୁବ୍ କାଇଦାରେ ସତର୍କତା ସହିତ, ସେମାନଙ୍କ ଅନ୍ଦରମହଲରେ ପଶି ଜିନିଷଗୁଡ଼ିକ ଠାବ କରିବାକୁ ପଡ଼ିବ। ତାଙ୍କ ପାଖରେ ନିଜର ହୋଇ ସେମାନଙ୍କ ବିଶ୍ୱାସଭାଜନ ହେବାକୁ ପଡ଼ିବ। ତା' ପରେ ଜିନିଷ ଗୋଟିଏ ଗୋଟିଏ କରି ଭାରି କଅଁଳିଆ ଭାବେ ଅଳ୍ପ ଦାମ୍ ଛିଣ୍ଡେଇ କିଣାଯିବ। ସେଥିପାଇଁ ଲିସା ମୋତେ ବହୁତ ସାହାଯ୍ୟ କରୁଚି। ମାଣ୍ଡୁରେ ରହୁଥିବା ମୋର ଜଣେ ପୁରୁଣା ବନ୍ଧୁଙ୍କର ସେ ସମ୍ପର୍କୀୟା। ତା'ର ବାପା,ମା' ବହୁଦିନରୁ ମରି ଯାଇଛନ୍ତି। ମୋ ସହିତ ତା'ର ଭେଟ ହେଲାବେଳକୁ, ସେ ଗୋଟିଏ ଅସ୍ଥାୟୀ ଚାକିରି କରୁଥିଲା ଓ ଛାଡ଼ିବଛାଡ଼ିବ ହେଉଥିଲା। ମୋ' ସହିତ ଏକାଠି ମିଶି ବ୍ୟବସାୟ କରିବାର ପସ୍ତାବରେ ରାଜି ହୋଇଗଲା। ତା' ମାଧ୍ୟମରେ ମୁଁ ଯେତେ ଜିନିଷ କିଣେ, ଲାଭାଂଶର କୋଡ଼ିଏରୁ ତିରିଶ ଭାଗ ତା'ର। ତା'ରି ଦ୍ୱାରା ଅଷ୍ଟଧାତୁର କେତେଗୁଡ଼ିଏ ପୁରୁଣା ସୁନ୍ଦର କାରୁକାର୍ଯ୍ୟର ମୂର୍ତ୍ତି ଆମକୁ ମିଳିଲା ଓ କମେଇ ମଧ୍ୟ ଭଲ ହେଲା। ଏମିତି ଗୋଟେ ଗୋଟେ ବଡ଼ମାଛ ମିଳିଗଲେ ଲିସା ଖୁବ୍ ଖୁସିହୋଇ ନାଚିଲା ପରି ହୁଏ। ସେଥରକ ଭଲ ଲାଭାଂଶ ହାତକୁ ଆସିଲା ପରେ, ମତେ ଖୁସିରେ କୁଣ୍ଢାଇପକାଇ ଚାରିଘେରା ବୁଲିଗଲା। ଏମିତି ହେଲା ଯେ ସେଇ ବୁଲିବାରେ ଭାରସାମ୍ୟ ହରାଇ ଆମେ ଦୁଇ ଜଣ ସୋଫା ଉପରେ ଜଣକ ଉପରେ ଜଣେ ଦୁଲ୍‌ଦାଲ୍ ହୋଇ ପଡ଼ିଲୁ। ଆରମ୍ଭରୁ ଲିସା ଭଲ ଏବଂ ଖୋଲାମନର ପ୍ରଗଲ୍‌ଭା ଝିଅଟିଏ ବୋଲି ମୁଁ ଯାହା ଭାବିଥିଲି, ତା' ଠିକ୍। ସବୁବେଳେ ହାତଗୋଡ଼ କଥା କହୁଥିବ। କଉଠି ସ୍ଥିର ହୋଇ ବେଶି ସମୟ ରହିପାରିବନାହିଁ। କୌଣସି ଭଲ କୃତିଟିଏ ମୋ' ନଜାଣିବାରେ ଯଦି ସେ ହାସଲ କରିନେଇଚି, ତେବେ ମତେ ଦେଖାଇବା ଆଗରୁ ବହୁତ ଗେହ୍ଲା ଝମେଲା

କରେ। ଏଠି ସେଠି ଲୁଚାଇ ମତେ ଖୋଜିବାକୁ କହେ; ପାଇଗଲେ ମୋ' ଗାଲ ଚିମୁଟିଦିଏ, କି ୱେଲ୍ ଡନ୍, ୱେଲ୍ ଡନ୍ କହି ଚୁମାଟିଏ ଦେଇଦିଏ। କେବେ କେବେ ମୋ' କୋଳରେ ପଡ଼ିଯାଏ। ପିଲାଟିଦିନରୁ ସ୍ନେହ ପାଇ ନାହିଁ ତ!

ଗତ ତିନିଚାରିମାସ ହେଲା ଆମ ବ୍ୟବସାୟ ଖଚାଖଚ ଚାଲିଚି। ମାଣ୍ଡୁରେ ଏତେ ଜିନିଷ ଥିବ ବୋଲି ମୋର ଧାରଣା ନଥିଲା; ଆମର ଲାଭ ବହୁତ ବଢ଼ିଯାଇଚି। ସେଇ ଅନୁପାତରେ ଲିସାର ମୋ' ସହିତ ଦୁଷ୍ଟାମି କରିବା ଓ ଆମ ଦୁଇଦେହ ଗୁଡ଼େଇତୁଡ଼େଇ ହେବାର ଅବକାଶ ମଧ୍ୟ ବଢ଼ିଯାଇଚି। ମୁଁ ଲିସା ଦେହର ବିଭିନ୍ନ ଅଙ୍ଗକୁ ଝାପ୍‌ସା ଝାପ୍‌ସା ଭାବେ ଅନୁଭବ କଲିଣି। ଭାରି ନିଦା; ଭାରି ଉଷୁମ। ଲିସା ତା'ଦେହ ମୋ ଦେହରେ ଘଷିହେଲେ, ମତେ ଭଲଲାଗେ ବୋଲି, ଥରକୁଥର ସେ ସେମିତି କରୁ ବୋଲି ମୁଁ ମନେମନେ ପାଞ୍ଚୁଥାଏ। ତା' ତୁଣ୍ଡର ଅଙ୍କଲ ଡାକରେ ବି ଗୋଟିଏ ପ୍ରକାରର ମାଧୁର୍ଯ୍ୟ ଥାଏ।

ମୁଁ ଆଠଦିନ ତଳେ ହାଇଦ୍ରାବାଦ ଆସିବା ପାଇଁ ଇନ୍ଦୋରରୁ ବିମାନ ଧରିଲି। ଲିସା ମତେ ଛାଡ଼ିବାକୁ ଆସିଥିଲା; ମତେ କୁଣ୍ଢେଇ ମୁହଁରେବେକରେ ଗେହ୍ଲା କଲା, ମୋ' ହାତକୁ ତା' ଦୁଇହାତ ଭିତରେ ବହୁତ ବେଳଯାଏ ଚାପି ଝାଳେଇଦେଲା। ମୋ' ଚାଲିଯିବାରେ ସେ ନିତାନ୍ତ ଏକା ହୋଇଯିବ ବୋଲି କହି ଆଖିରୁ ଦି'ଟୋପା ଲୁହ ଗଡ଼େଇଦେଲା। ମତେ ବାରବାର କହିଥିଲା ଯେ ମୋ ହାଇଦ୍ରାବାଦ ଛାଡ଼ିବାର ପୂର୍ବଦିନ ରାତିରେ ନଅଟା ବେଳକୁ ସେ ମୋ' ଅଫିସକୁ ଫୋନ୍‌କରିବ, ମୁଁ ଯେମିତି ନିଶ୍ଚିତଭାବେ ଥାଏ। କେଜାଣି କାହିଁକି ତା'ଠାରୁ ଫୋନ୍ ପାଇବାକୁ ମୁଁ ମନେମନେ ଦିନ ଗଣୁଥିଲି। କାଲି ରାତି ନଅଟାରେ ତା' ସହିତ କଥା ହେଲି। ସେ ସେଠାରୁ ଏମିତି କହିଲା ଯେ ମତେ ଛାଡ଼ି ସେ ଯେମିତି ବହୁତ ଭାଙ୍ଗି ପଡ଼ିଚି। ମତେ ନେବା ପାଇଁ ଇନ୍ଦୋର ଆସୁଚି। ଶୁଣିଲାରୁ ମତେ ତା' କଥା ବେଶି ଭାବିବା ପାଇଁ ସେତେବେଳଠୁ ଇଚ୍ଛା ହେଲା। ଲିସା, ମୋ ଘରକୁ ଫୋନ୍ ନକରି, ମତେ ଅଫିସକୁ କାହିଁକି ଡାକିଲା, ଏକଥା ଥରେଅଧେ ଭାବିଥିଲି; କିନ୍ତୁ ତା' ଉପରେ ଗୁରୁତ୍ୱ ଦେଲି ନାହିଁ। ଗୋଟିଏ ଦୃଷ୍ଟିରୁ ଲିସା ଭଲ କରିଚି କାରଣ ସୁରମା ବ୍ୟବସାୟ ବାବଦରେ ଚର୍ଚ୍ଚା, ଫୋନ୍‌ରେ ହେଉ କି ଲୋକଙ୍କ ସହିତ ହେଉ, ଘରେ ପସନ୍ଦ କରେ ନାହିଁ। ମୋ' ବ୍ୟବସାୟରେ ସୁରମା କେବେ ଦଖଲ ଦେଇ ନାହିଁ; ବ୍ୟବସାୟସମ୍ପର୍କିତ ଲୋକଙ୍କ ବିଷୟରେ ମତେ କେବେ ପଚାରି ନାହିଁ। ଲିସା କଥା, ସୁରମାକୁ କହିବାକୁ ମୁଁ ଦରକାର ମଣି ନାହିଁ।

କିନ୍ତୁ ଫୋନ୍ ସାରି ଘରକୁ ଆସି ସୁରମା ସହିତ ଖିଆପିଆ ସାରି ଶୋଇବାକୁ ଗଲାବେଳେ ଲିସା କଥା ଭାବିବାକୁ ମନ ଡାକିଲା; କେଉଁଠି କେମିତି ମତେ ଛନ୍ଦି

ଦେଇ, ତା' ଉପରେ ଜବରଦସ୍ତ ପକେଇଦେଇଥିଲା; ଭଲ କିଣାବିକାଟାଏ ହେଲେ, ଖୁସିରେ ମୋ କୋଳରେ ବସି ମତେ କେମିତି ଜାବୁଡ଼ିଧରିଥିଲା, ସେଇ ଘଟଣାଗୁଡ଼ିକର ସ୍ମରଣ ଖୁବ୍‌ବେଳଯାଏ ଲାଗି ରହିଲା । ଶୋଇବା ଆଗରୁ କିଛି ସମୟ ହାଲକା ବହି ବା ପତ୍ରିକା ଉପରେ ଆଖି ଗଡ଼ାଇବା ମୋର ଅଭ୍ୟାସ । କାଲି ରାତିରେ ଶୋଇଲାବେଳକୁ ମୋ' ଝିଅ ପଢୁଥିବା ଗୋଟିଏ ଗପବହି ଆମ ବିଛଣା ଉପରେ ପଡ଼ିଥିଲା । ମୁଁ ସେଇ ବହିର ଗୋଟିଏ ଗପ ଉପରେ ଆଖି ବୁଲାଉଥିଲି ଓ ମଝିରେ ମଝିରେ, ଆଉ ବାରଚଉଦ ଘଣ୍ଟା ପରେ ଲିସା ସହିତ ଭେଟ ହେବ ଭାବି, ମୋ ଭିତରେ ବଢୁଥିବା ଖୁସିକୁ, ପିଲାପାଟିରେ ଚକଲେଟ୍ ଦୋହରାଇଲା ପରି, ଏକଡ଼ସେକଡ଼ କରୁଥିଲି; କେତେବେଳେ ଗପର ବିଷୟବସ୍ତୁ ମତେ ଟାଣି ନେଲାବେଳକୁ, ମୁଁ ପୁଣି ଲିସା କଥା ଭାବିବାର ଘେର ଭିତରକୁ ଛାଏଁ ଛାଏଁ ଆସିଯାଉଥିଲି । ମୁଁ ଯେଉଁ ଗପଟି ପଢ଼ିଲି, ତାହା ଏଇପରି:

ପୁରାକାଳରେ ଉତ୍ତର ପାଣ୍ଡବ ବୋଲି ଏକ ସମୃଦ୍ଧ ରାଜ୍ୟ ଥିଲା; ରାଜାଙ୍କ ନାଁ ଲବଣ । ସେ ଭାରି ଜ୍ଞାନୀ ଓ ପ୍ରଜାବତ୍ସଳ । ଦିନେ ପାତ୍ରମନ୍ତ୍ରୀଙ୍କ ଗହଣରେ ଦରବାରରେ ବିଜେ ହୋଇଛନ୍ତି, ବେଳ ଅପରାହ୍ଣ । ରକ୍ଷୀ ଖବର ଦେଲା ଯେ କେହି ଜଣେ ବିଦେଶୀ ଆଗନ୍ତୁକ, ଯୋଗୀ କି ଯାଦୁକର ହୋଇପାରେ ବୋଲି ବେଶଭୂଷାରୁ ଜଣାପଡୁଛି, ରାଜାଙ୍କ ଦର୍ଶନପ୍ରାର୍ଥୀ । ନାଁ, ଠିକଣା, ସାକ୍ଷାତ କରିବାର କାରଣ, ଏମିତି ଯେତେଯାହା ପଚାରିଲେ କେବଳ ଗୋଟିଏ ଉତ୍ତର ଯେ ସେ ସବୁ କଥା ରାଜାଙ୍କୁ କହିବେ । ରାଜା ମହାମନ୍ତ୍ରୀଙ୍କୁ ଇସାରା କଲେ ଓ ଆଗନ୍ତୁକ ଦରବାରକୁ ଆସିବାର ଅନୁମତି ପାଇଲେ । ଦରବାରର ନିୟମ ଅନୁସାରେ ମହାମନ୍ତ୍ରୀ ଆଗନ୍ତୁକମାନଙ୍କୁ ପ୍ରଶ୍ନକରି ସେମାନଙ୍କ ସମସ୍ୟା ବୁଝି, ତାଙ୍କ ଗୁହାରି ରାଜାଙ୍କ ନିକଟରେ ମାଗୁଣି କରିବେ । ମହାମନ୍ତ୍ରୀ ପଚାରିଲେ: ତମେ କ'ଣ ଯାଦୁଖେଳ ଦେଖାଅ ?

: ହଁ, ସେମିତି କିଛି, ଆପଣ ଯାହା ଭାବିବେ – ଉତ୍ତର ମିଳିଲା । ଅବଜ୍ଞାରେ ଫୋପାଡ଼ିଦେବାପରି ଉତ୍ତର ପାଇ ମହାମନ୍ତ୍ରୀ ଟିକେ ଚିଡ଼ିଗଲେ । କହିଲେ: କେତେକେତେ ନାମଜାଦା ଯାଦୁକରଙ୍କ ଖେଳ ଦେଖି ଦେଖି ଆମେମାନେ ଥେଇଆ ହେଲୁଣି । ଯୁବତୀକୁ ବାକ୍‌ସରେ ପୂରାଇ, ରକ୍ତ ନବୁହାଇ, ଦି'ଗଡ଼ କରି ଦେଖାଇ ଦେବା, ପୁଣି ଯୋଡ଼ିଦେବା, ଖାଲି ବୋତଲରୁ ପାଣି ଢାଳିବା, ଗଛକୁ ଓ ଡେଉଁରିଆକୁ ଚଲେଇବା; ଏସବୁ ଦେଖିବାରେ ଆମର ଆଗ୍ରହ ନାହିଁ । ତମେ ଯାଇପାର ।

: ନା, ମୁଁ ସେମିତି କିଛି ଦେଖାଇବି ନାହିଁ ।

: ତେବେ, କ'ଣ ଦେଖାଇବାକୁ ଆସିଚ ? ତମ ସରଂଜାମ କାହିଁ ?

: ଯାହା ଦେଖାଇବି, ରାଜା ଦେଖିବେ ଓ ବୁଝିବେ – ଆଗନ୍ତୁକ ଉତ୍ତରଦେଲେ ।

: ଆଚ୍ଛା ଦେଖାଇଲ, କ'ଣ ଶିଖିଚ ଦେଖିବା; ରାଜା ଆଗନ୍ତୁକ ଆଡ଼କୁ ଅନାଇଲେ ଓ କହିଲେ।

ରାଜା ଯାଦୁକରଙ୍କୁ ଚାହିଁଦେବାମାତ୍ରେ ଚାରିଚକ୍ଷୁ ଏକାଠି ହୋଇଗଲେ। ରାଜାଙ୍କ ପାଇଁ ସବୁ ବଦଳିଗଲା। ତାଙ୍କ ଦରବାର ବିଚକ୍ଷଣ ମନ୍ତ୍ରିମଣ୍ଡଳ, ବିରାଟ ନବର, ରାଣୀହଂସପୁର ଓ ସେଠାକାର ଅନେକ ସୁନ୍ଦରୀ ରାଣୀ, ଏସବୁ ଘଡ଼ିକେ ମିଳେଇଗଲେ। ରାଜା ଦେଖିଲେ ଯେ ଗୋଟିଏ ଅମାନିଆ ଘୋଡ଼ାକୁ ଅକ୍ତିଆରରେ ଆଣିବା ପାଇଁ ସେ ତା' ଉପରେ ସବାର ହୋଇଛନ୍ତି। ଘୋଡ଼ା ଦ୍ରୁତଗତିରେ ଦଉଡୁଚି। କେତେ ନଗର, ନଦୀ, ନାଳ ଦେଇ ଘୋଡ଼ା ଘଞ୍ଚ ଅରଣ୍ୟ ଭିତରକୁ ଚାଲିଗଲାଣି; କିନ୍ତୁ ତାକୁ କାବୁ କରିହେଉନାହିଁ। ଏବେ ଜୋର୍‌ରେ ଜଙ୍ଗଲରେ ଅମାନିଆ ହୋଇ ଦୌଡୁଚି ଯେ କଂଟାଝଟା ଲାଗି ରାଜାଙ୍କ ଦେହ ଆଂଚୁଡ଼ି ହୋଇ ରକ୍ତାକ୍ତ ହେଲାଣି। ଘୋଡ଼ାର ବଳ କାଣିଚାଏ କମି ନାହିଁ, ଦୁଇ ଦିନ ଦୁଇ ରାତି ଖାଲି ଦଉଡୁଚି। ରାଜା କରନ୍ତି କ'ଣ? ଖରାଦିନ ଖରାବେଳ; ଉପରୁ ନିଆଁ ବର୍ଷୁଚି, ତଣ୍ଟି ଶୁଖିଯାଉଚି। ରାଜା ଜୀବନ ବଞ୍ଚାଇବାକୁ ନୂଆଣିଆ ଗଛର ଡାଳ ଧରି ଲଟକିଗଲେ ଓ ଘୋଡ଼ା ଆଗକୁ ଛୁଟିଯାଇ ଅଦୃଶ୍ୟ ହୋଇଗଲା। ଡାଳକୁ ଧରି ବେଶି ସମୟ ଶୂନ୍ୟରେ ଓହଳି ରହି ହେଲା ନାହିଁ। ରାଜା ଅଚେତପ୍ରାୟ ଅବସ୍ଥାରେ ତଳେ ପଡ଼ିଗଲେ; ଶୋଷରେ ପ୍ରାଣ ଛାଡ଼ିଯିବ କି ଲାଗୁଚି! ମରିବା ନିଶ୍ଚିତ। ରାଜା ଦେଖିଲେ, ଟିକେ ଦୂର ରାସ୍ତାରେ ଠେକିଶିକା ଲଟକାଇ, କିଏ ଜଣେ ଯାଉଚି କି କ'ଣ ଦିଶୁଚି; ଚିତ୍‌କାର କଲେ - ପାଣି, - ପାଣି; ବଞ୍ଚାଅ, ବଞ୍ଚାଅ।

ଟିକେ ସମୟ ପରେ ତାଙ୍କ ପାଖକୁ ଗୋଟିଏ ଠେକିଧରା ଯୁବତୀ ଆସି, ଟିକେ ଦୂରରେ ଠିଆହେଲା। ଗୋଟିଏ ପଦରେ କହିଲେ, ଦେଖିବାକୁ ରାକ୍ଷାସୁଣୀ। କାଳିକୋତରୀ, ଦେହଯାକ କୁଣ୍ଡିଆ, ବାଳରେ ଜଟ, ମୁହଁର ମାପରେ ଯେତେକ ଭୁଲ୍‌ଭାଲ୍। ରାଜା ଆତୁର ହୋଇ କହିଲେ: ଆଲୋ, ତୁ ଯିଏ ହୁଅ, ମତେ ପାଣି ମୁନ୍ଦେ ଦେଇ ଜୀବନ ବଞ୍ଚା ।

ଯୁବତୀଟି ଦେଖିଲା ଯେ ଟିକେ ଦୂରରେ ଦରମରା ହୋଇ ଯେଉଁ ଯୁବକ ପଡ଼ିଚି, ସେ ତାଙ୍କ ଜଙ୍ଗଲ ଜାତିଗୋଷ୍ଠୀର ନୁହଁ। ତା' ଚେହେରା ପୂରା ଅଲଗା। ପଚାରିଲା: ଆଗ ତୁ କହ, ତୁ କିଏ, ଏଠି ପଡ଼ିଲୁ କେମିତି? ପାଣି ଏଠି କଉଠି ମିଳିବ? ଦୁଇକୋଶ ଦୂରରେ ନଈ, ଯାଇ ଦେଖ୍।

: ସେ ଠେକିରେ କ'ଣ ଅଛି? ରାଜା ପଚାରିଲେ।

: ମୋ' ବାପା ପାଇଁ ଖାଇବା ନେଇ ଯାଉଚି। ସେ ଆଉ କୋଶେ ଦୂରକୁ କାଠ ହାଣିବାକୁ ଯାଇଚି। ଖୁଦପଖାଳ, ଏତେ ଖଟା ହୋଇଯାଇଚି ଯେ ଗୋଟେ

ଦି'ଟା ଧଳାପୋକ ଉପରେ ସାଲୁବାଲୁ ହଉଥିଲେ, କିନ୍ତୁ ବୁଢ଼ା ଆଖିକୁ ଦିଶିବନି, ଖାଇଦବ। କାହିଁକି ନା ତା' ସାଙ୍ଗକୁ ଅଛି ଘୁଷିରି ମାଉଁସ; ଶୁଖେଇ ରଖିଥିଲି, ତାକୁ ପୋଡ଼ିଦେଇଚି, ଟିକେ ତେଲ ଆଉ ବଣୁଆଲଙ୍କା ଚକଟି ଭଲ ରାଗୁଆ ପାଗଟାଏ କରିଚି।

ରାଜା ଅଥୟ ହୋଇଗଲେ ଯୁବତୀଠୁ ଆହାରର ବର୍ଣ୍ଣନା ଶୁଣି। ଏମିତି ସ୍ୱାଦିଷ୍ଟ ଯେ ଶୁଖିଲା ପାଟି ତଣ୍ଟିରୁ ବି, କଉଠି ଥିଲା, ଲାଳ ବୋହିପଡ଼ିଲାଣି। ରାଜା ନେହୁରା ହେଲେ: ଦେ, ଦେ, ସେଥିରୁ ମତେ ମୁନ୍ଦେ ଦେଇଦେ, ମୁଁ ବଞ୍ଚିଯାଏ।

: ନା, ତା' ହୋଇପାରିବ ନାହିଁ - ଅସୁନ୍ଦରୀ କହିଲା।

: ମୋ' ଛାତି ଫାଟିଯାଉଚି, ତୋ'ର ଟିକେ ଦୟା ହେଉନି? ରାଜା ବଡ଼ କଷ୍ଟରେ କହିଲେ।

: ତୋ ଛାତିଫାଟିଲେ, ତୁ ଦାୟୀ। କିନ୍ତୁ ତତେ ମୋର ଛୁଅନ୍ତା ତୋରାଣି ଦେଲେ... ଆମେ ତ ଅଜାତି, ମତେ ଯଉ ପାପ ଲାଗିବ, ମୁଁ ଆରଜନ୍ମକୁ ଘୁଷୁରି ହୋଇ ଜନ୍ମ ହେବି, ଆମ ସରଦାରଠୁ ଶୁଣିଚି। ତୋର ବଡ଼ ଜାତି ନା?

: ହଁ, ମୋର ବଡ଼ ଜାତି। ତୁ ଯା, ମୁଁ ଏଠି ମରେ, ରାଜା ବିରକ୍ତ ହୋଇ ଏତିକି କହି ଆଖିବୁଜି ପଡ଼ିରହିଲେ।

ଯୁବତୀଟିର ରଜାଙ୍କ ଉପରେ କେମିତି ଗୋଟାଏ ଲୋଭ ହେଲା। କହିଲା: ଗୋଟିଏ ଉପାୟ ଅଛି ଯେ; କିନ୍ତୁ ମତେ କହିବାକୁ ଲାଜମାଡୁଚି।

: କ'ଣ ଜଲ୍‌ଦି କହ, ଏତେ ନଖରା କରନା, ରାଜା ବ୍ୟସ୍ତ ହେଲେ।

: ମତେ ବାହାହେଲେ ତୁ ଆମ ଜାତିର ହୋଇଯିବୁ। ମୋର ଛୁଇଁଲା ତୋରାଣି ତତେ ଦେଲେ ଆଉ ମତେ ପାପ ଲାଗିବ ନାହିଁ।

: ନେ, ମତେ ବାହା ହ, ଆଉ ତୋରାଣି ଦେ - ରାଜା କଷ୍ଟରେ କହିଲେ।

ଯୁବତୀ କହିଲା, ସେ ଯିବ ତା' ବାପାକୁ ପଚାରି ଆସିବ, ତା'ପରେ ଯାହା। ଅଧଘଣ୍ଟାଏ ପରେ ସେମାନେ ଫେରିଲେ। ବୁଢ଼ା ରାଜାଙ୍କୁ ଚାହିଁ ପଚାରିଲା: ଏଇ ଅସୁନ୍ଦରୀ ଘା' ଘଉଡ଼ ଘୋଡ଼ୀଟା ପରା ମୋ' ଝିଅକୁ ବାହାହବାକୁ ଏବେ ଅକଲରେ ପଡ଼ି ହଁ କରୁଚୁ, କାଲି ତାକୁ ଛାଡ଼ି ପଳେଇଲେ?

ହେ ସୂର୍ଯ୍ୟ! ତମେ ସାକ୍ଷୀ... ଏମିତି କ'ଣ ରାଜା ଧକେଇହୋଇ କହୁଥିଲେ। ବୁଢ଼ା କହିଲା - ଥାଉ, ଥାଉ। ବାହାଘର ହେଲା। ତୋରାଣି ମିଳିଲା। ରାଜା ଘରଜୋଇଁ ହୋଇ ସ୍ତ୍ରୀ ବୋଲକରା ହୋଇ ସେଇଠି ରହିଲେ। ଚାରିପୁଅ ହେଲେ। ସେଥିରୁ ତିନିଟା ଭେଣ୍ଡା ହୋଇ ତାଙ୍କ ସଂସାର ଧରି ଭିତର ଦୂର ଜଙ୍ଗଲକୁ ବସବାସ ପାଇଁ ଘର

ଛାଡ଼ି ଚାଲିଗଲେଣି। ଶଶୁର ବୁଢ଼ା କେବେଠୁ ମଲାଣି। ତୋରାଣି ପିଇ ଯାହା ବାହାହୋଇଥିଲେ, ଆଖିକୁ ଅନ୍ଧାରକଣା - ପରଳ ଛାଇ ଗଲାଣି। ପାଖରେ ଗୋଟିଏ ତେର ଚଉଦବର୍ଷର ଗେଲବସରିଆ ପୁଅ, ତାଙ୍କର ବୁଢ଼ାକାଳକୁ। ଲଗାତାର ତିନିବର୍ଷ ହେଲା ବର୍ଷା ନାହିଁ। ଗଛ ଶୁଖି ଖରାରେ ଜଳିଲା ପରାଏ ଦିଶୁଛନ୍ତି। ଦମାକୁ ଦମା ନିଆଁ ଲାଗି ଜଙ୍ଗଲ ପୋଡ଼ିଯାଉଚି। ନଈ ଶୁଖିଗଲାଣି। ପଶୁମାନେ ଜୀବନ ବିକଳରେ ଅନ୍ୟଆଡ଼େ ପଳାଇଲେଣି।

କାନ୍ଧ, ମୁଣ୍ଡରେ ଯାହା ନେଇହେବ, ବୁଢ଼ାବୁଢ଼ୀ ସାନପୁଅକୁ ଧରି ଆହାର ମିଳିବା ଜାଗା ଆଶାରେ ତାଙ୍କ ବସତି ଛାଡ଼ିଦେଇ ଚାଲିଲେ। ଯେତେ ଚାଲୁଥାଆନ୍ତି, ଚାରିଆଡ଼େ ଶୁଖା। ଦୁଇଦିନ ବିନା ଆହାରରେ ଚାଲି, ତିନିଦିନ ବେଳକୁ ପୁଅ ଝୋଲା ମାରିବ ହେଲାଣି। ସେତେବେଳକୁ ସେମାନେ ଗୋଟିଏ ଉଚ୍ଚ ପାହାଡ଼ ଉପରେ ସରୁରାସ୍ତା ଦେଇ ଆରପଟକୁ ପାରି ହେଉଥିଲେ। ରାଜାଙ୍କୁ ଲାଗିଲା ଯେ ଗୋଡ଼ ଖସି ଯାଆନ୍ତାକି ହେଲେ, ତଳେ ଗହୀର ଖାଇରେ ପଡ଼ି ଜୀବନ ଗଲେ ସବୁଠୁ ତ୍ରାହି ମିଳନ୍ତା। ସଞ୍ଜ ହୋଇଆସିଲାଣି, ପୁଅ ଆଉ ଚାଲିପାରିବନି କହି, ରାସ୍ତା ବୁଦାମୂଳେ ଗଡ଼ିପଡ଼ିଲା। ତା' ପାଖକୁ ଲମ୍ବହୋଇ ପଡ଼ିଗଲା ତା' ମାଆ। ପୁଅ ଅଧା ଚେତା ହୋଇ ମାଗୁଚି: ବାପା ଲୋ, ମୋର କଅଁଳିଆ ହରିଣଛୁଆର ମାଉଁସପୋଡ଼ା ଖାଇବାକୁ ଭାରି ମନ ହେଉଚି। ଯୁଆଡ୍ରୁ ହେଲେ, ଯେମିତି ହେଲେ ମତେ ଆଣିଦେ'।

ରାଜା କାନ୍ଦକାନ୍ଦ ହୋଇ ଦୂରରେ ଦେଖିଲେ, ମନ୍ଦାକୁମନ୍ଦା ଜଙ୍ଗଲ ନିଆଁ ଜଳୁଚି। ତାଙ୍କ ଗଣ୍ଠିଲିରୁ କାଠକଟା ହତିଆର ବାହାର କରି ସେଇ ଦୂର ନିଆଁ ମନ୍ଦା ପାଖକୁ ଯାଉ ଯାଉ କହିଲେ: ପୁଅରେ, ଟିକିଏ ଜଗ। ଯାଉଚି ଦେଖେ, ହରିଣଛୁଆ ଯଦି ମିଳିଯାଏ, ତେବେ ତାକୁ ପୋଡ଼ିଦେଇ ସେଇ ଦୂର ନିଆଁ ଆଡ୍ରୁ ମୁଁ ତତେ ଡାକିବି। ହୁସିଆରିରେ ଯିବୁ, ତଳେ ଖାଇ ଅଛି। ମତେ ଖୋଜିବୁ ନାହିଁ, ମୁଁ ତତେ ଡାକିଦେଇ ପାଣି ଖୋଜିବାରେ ବାହାରିଯିବି। ତୋ' ମାଆ ଗଣ୍ଠିଲିରେ ଲୁଣ, ଲଙ୍କାଗୁଣ୍ଡ ଅଛି। ପୋଡ଼ାମାଉଁସ ଉପରେ ମନେକରି ପକେଇବୁ, ମାକୁ ଦି'ଖଣ୍ଡ ଦବୁ।

ନିଆଁ ପାଖରେ, ଶୁଖିଲାପତ୍ରକୁ ଏକାଠି କରି ରାଜା ବଡ଼ ଠୋଲାଟିଏ କଲେ। ଆଗ ନିଜ ଦୁଇଟି ଗୋଡ଼ ଓ ପରେ ଗୋଟିଏ ହାତ କାଟି ପୁଅକୁ ଡାକଦେଲେ: 'ଠୋଲାରେ ହରିଣ ମାଉଁସ ପୋଡିବାକୁ ରଖି ଦେଇ ମୁଁ ପାଣି ଖୋଜି ଯାଉଚି, ତୁ ଆସି ନେଇଯା'।' ପୁଅ ସେପଟୁ ହଁ କଲା। ରାଜା ତାଙ୍କ ମାଦଳ ଶରୀରକୁ ଖାଇରେ ଗଡ଼ାଇଦେଲେ।

ଦରବାର ସିଂହାସନରେ ରାଜା ଟିକେ ଘୁମେଇପଡ଼ି, ପୁଣି ପୂରା ଚେତାକୁ

ଫେରିବା କଥା ସମସ୍ତେ ଦେଖିଲେ। ରାଜାଙ୍କର ଯାଡ଼େ ଅବସ୍ଥା ଖରାପ; ସେ ବୁଝିପାରୁନାହାଁନ୍ତି ତାଙ୍କ ଦରବାର ସତ, ନା ତାଙ୍କ ମାଦଳ ଦେହକୁ ଖାଇକୁ ଗଡ଼ାଇ ଦେବା ସତ? ମହାମନ୍ତ୍ରୀଙ୍କୁ ପଚାରିଲେ: ଆପଣ ମହାମନ୍ତ୍ରୀ ଅମୁକ ତ! ମହାମନ୍ତ୍ରୀ ଜାଣିଲେ ଯେ ରାଜାଙ୍କ ତନ୍ଦ୍ରା ପୂରା କଟି ନାହିଁ। ଜଣାଇଲେ: ଛାମୁଙ୍କୁ କାଲି ରାତିରେ ଭଲ ନିଦ ହୋଇନଥିଲା କି କ'ଣ ଯେମିତି ସେ ଯାଦୁକରକୁ ଗାରେଡ଼ି କରି ଅନେଇଦେଇଛନ୍ତି, ଆପଣଙ୍କ ଆଖି ଟିକେ ବୁଜିହୋଇଗଲା।

: କେତେବେଳ ହେଲାଣି ମୁଁ ଶୋଇଚି? ରାଜା ପଚାରିଲେ।

: ମଶା ମାରିବାକୁ ଦୁଇହାତ ଯେତିକିବେଳ ଉପରକୁ ଉଠେ, ସେତିକି ସମୟ ହେବ। ରାଜା ଅନ୍ୟବେଳ ହୋଇଥିଲେ ଏମିତିକା ବାକ୍‌ଚାତୁରୀରେ ହୁଏତ ହସିଥା'ନ୍ତେ, ଏବେ କିନ୍ତୁ କ'ଣ ଦେଖିଲେ, ସେକଥା ଭାବି ତାଙ୍କ ଲୋମ ଟାଙ୍କୁରିଉଠୁଥିଲା; ଆଖି ଝପକା ମାରିବାର କେତୋଟି କ୍ଷଣ ଭିତରେ ସେ ଆଉଗୋଟିଏ ଜୀବନ ପୂରା ଅନୁଭବ କରିନେଲେ, ଯାହା ତାଙ୍କର ଥିଲା। କିନ୍ତୁ ଏହା କିପରି ସମ୍ଭବ? ଯାଦୁକରଙ୍କ ସେଇ ଆଖି ଦୁଇଟି କଥା ରାଜାଙ୍କ ମନେପଡ଼ିଲା। ଯାଦୁକର କାହାନ୍ତି,ଯାଦୁକର କାହାନ୍ତି? ରାଜା ଚିତ୍କାରକଲେ, ସମସ୍ତେ ଧାଇଁ ଦଉଡ଼ି ଖୋଜିଲେ। ଯାଦୁକରଙ୍କ ପତ୍ତା ନାହିଁ।

ଚା' ପିଇସାରିବା ପରେ ପଲଙ୍କବାଡ଼କୁ ଆଉଜି ମୁଁ ଯେତେବେଳେ ଆଉଟିକେ ଘୁମେଇ ପଡ଼ିବାକୁ ଆଖି ବୁଜିଲି, ଏଇ ଗପଟି ଠାଏଠାଏ ମନେପଡ଼ି, ମତେ ତନ୍ଦ୍ରା ଅବସ୍ଥାରେ ଛାଡ଼ିଦେଲା। ସେତେବେଳେ କେବଳ ଗୋଟିଏ ଧାଡ଼ି ମୋ କାନରେ ଖୁବ୍ ଚାପାଗଳାରେ, ଭାରି ସ୍ନେହମୟ କରି କହୁଥିବାର ଶୁଣାଯାଉଥାଏ। ସେଇ ସ୍ୱର ଓ କହିବାର ଢଙ୍ଗ ଏତେ ମଧୁର ଥିଲା ଯେ ସେ ମୋ' କାନରେ ବାଜୁ ବାଜୁ ମୁଁ ମିଳେଇଯାଇ, ଆଉ ଏକ ଜୀବନ ଚିତ୍ର ଦେଖିଲି।

ମୁଁ ଗାଁ ସ୍କୁଲରେ ପଢୁଥିଲି। ଦିନେ ସଞ୍ଜକୁ ଘରକୁ ଫେରି ଦେଖେ ତ, ଜଳଉଦର ରୋଗ ଭୋଗୁଥିବା ମା' ମରିଯାଇଚି। ମୋ' ବାପା ଖୁବ୍ ମଦ ପିଉଥିଲେ ଓ କଥାକଥାରେ ମଦ ନିଶାରେ ମତେ ନିସ୍ତୁକ ମାରୁଥିଲେ। ମାମୁଘରକୁ ପଳେଇଗଲି। ମୋ ଅଜା ମତେ ଭାରି ଗେହ୍ଲା କରୁଥିଲେ। ମାମୁମାନେ କହିଲେ: ଭଲ ପାଠ ପଢ଼ି ଇଂଜିନିୟର ହେବୁ, ତ ଖର୍ଚ୍ଚ ଆମର। ମୁଁ ଇଂଜିନିୟର ହୋଇ ବାହାହବାର ବର୍ଷକ ପରେ ଚାକିରି ଛାଡ଼ିଦେଇ, ଆଉଗୋଟିଏ ବଡ଼ ସହରକୁ ଆସି କାରଖାନା ଆରମ୍ଭ କଲି। ମୂଳଧନ ଯେଉଁ ସାଙ୍ଗ ଜଣକ ଯୋଗେଇଥିଲା ସେ ତା' ଭାଗ ପାଇ ଖୁସି। କାରଖାନା ଦାୟିତ୍ୱ ମୋର। କାରଖାନା ବଢ଼ିଲା, ସାତ ଆଠ ବର୍ଷ ଭିତରେ ଏତେ ବିସ୍ତାର ହେଲା ଯେ

ଅତି ଆଧୁନିକ ଅଫିସ୍ ତିଆରି ହେଲା, ସେଠାରେ ଶହେ ଲୋକ କାମ କରୁଥିଲେ, ମୁଁ କାରଖାନାର ତିନିହଜାର ଶ୍ରମିକ ଓ ଶହେ ଅଫିସ୍ କର୍ମଚାରୀଙ୍କ ମୁନିବ। ସେକ୍ରେଟେରିଟିଏ ମୋ' ପାଇଁ ଲୋଡ଼ାହେଲା। ମୁଁ ବାଛିଲି ଗୋଟିକୁ, ପ୍ରାୟ ଦଶ ଜଣଙ୍କ ଭିତରୁ; ତା' ନାଁ କାନ୍ତି। ନାଁଟା ଶୁଣି ପ୍ରଥମେ ଭଲ ଲାଗିଲା। ତା'ପରେ ଝିଅଟା ଇଣ୍ଟରଭ୍ୟୁ ପରେ ଯାଉ ଯାଉ କହିଲା: ଆପଣଙ୍କୁ ଦେଖିଲେ ଆମ ମଉସାଙ୍କ ଭଳି ଲାଗନ୍ତି ଭାରି ସୁନ୍ଦର, ଭାରି ନିଜର।

କାନ୍ତି ମୋ' ସେକ୍ରେଟେରି ହେଲାବେଳକୁ ତାକୁ ପଚିଶ ବର୍ଷ ହେବ; ସେ ବାହାହୋଇ ନଥିଲା ଓ ଖୋଜାଖୋଜି ଚାଲିଚି ବୋଲି କହିଲା। ମୋ' ପାଖରେ, ତା' ନୂଆ ଚାକିରିରେ ଜଏନ୍ କରିବାପରେ ଆଶୀର୍ବାଦ ନେବାକୁ ଆସି ଗୋଟିଏ ମିଠା ମଧ୍ୟ ଦେଇଥିଲା। ମୋ' ପାଦ ଛୁଇଁ ପ୍ରଣାମ କଲାବେଳେ ମୋ' ଦୁଇ ହାତରେ, ଦୁଇ ହାତ ତୋଳି ହେଲା ପରି ଚାଲି ଆସିଥିଲା, ମୁଁ ଜାଣିଲି। କାନ୍ତି ଧୀରେ ଧୀରେ ମୋର ବିଶ୍ୱସ୍ତ ହୋଇପଡ଼ିଲା ଓ ନିତାନ୍ତ ଗୋପନୀୟ ତଥ୍ୟ, କାଗଜପତ୍ର ମୁଁ ତା' ଭରସାରେ ଛାଡ଼ିଦେଇ ପାରୁଥିଲି। ସେ ମୋ' ସହିତ ବାହାରକୁ ଯାଉଥିଲା ଓ ପ୍ରଥମେ ପ୍ରଥମେ ଆମେ ଅଲଗା ଅଲଗା ଘରେ ଶୋଉଥିଲୁ। ତା' ପରେ ମୁଁ କାନ୍ତିକୁ ମୋ' ସହିତ କ୍ଲବ୍‌କୁ ନେଲି । ବଡ଼ବଡ଼ ବ୍ୟବସାୟୀ, ଶିଳ୍ପପତିମାନଙ୍କ ଆଲୋଚନା ଆସରରେ ସେକ୍ରେଟେରି ଟିକେ ଗିଲାସ ନଧରିଲେ, ପୁରୁଣାକାଳିଆ ଜଣାଯିବ ବୋଲି କହିବାରୁ କାନ୍ତି ମୋ' ସହିତ ଟିକେ ଟିକେ ପିଇବା ଆରମ୍ଭ କଲା। ତା'ପରେ ଆମେ ଗସ୍ତରେ ଗଲେ, ଗୋଟିଏ ଘରେ ଏକାବିଛଣାରେ ଶୋଇଲୁ। କିଛିଦିନ ପରେ କାନ୍ତି ଆମ ଅଫିସରେ ଥରେ ମତେ ଖାଇଲାବେଳେ କହିଲା ଯେ ତା' ଜୀବନ ହେଉଚି କାରଖାନା, ସେ କାରଖାନାର ପ୍ରେମରେ ପଡ଼ିଯାଇଚି। ତାକୁ ଛାଡ଼ି ବା ମତେ ଛାଡ଼ି ଆଉ କୁଆଡ଼େ ଯିବାକୁ ତା'ର ଇଚ୍ଛା ନାହିଁ। ତେଣୁ ସବୁ ବିବାହ ପ୍ରସ୍ତାବକୁ ସେ ଅମଙ୍ଗ, ବାହାହେବାର ଇଚ୍ଛା ନାହିଁ ।

: ତମ ବାହାହବାକୁ ତ କାରଖାନା ମନା କରୁ ନାହିଁ? ମୁଁ ପଚାରିଲି।

: ଘରେ ତମର ହରପ୍ରିୟା, ମୁଁ ତମର ଗସ୍ତପ୍ରିୟା, ଏ ଜୀବନ ପାଇଁ ବାସ୍ ଏତିକି।

ମୁଁ ଚାକିରି କରି ହରପ୍ରିୟାକୁ ବାହାହେବାପରେ, ମୋ'ର ଉନ୍ନତି ହୋଇଚି ବୋଲି ମୁଁ ବିଶ୍ୱାସ କରୁଥିଲି। ବ୍ୟବସାୟ ଆରଂଭ ବେଳେ ଆମେ ଘର ଭଡ଼ାରେ ନେଇ ରହୁଥିଲୁ। ମୁଁ ହରପ୍ରିୟାକୁ ଖୁବ୍ ଭଲ ପାଉଥିଲି ତ ସେ ମତେ ଆହୁରି ଅଧିକ ଭଲପାଉଥିଲା। ଆମର ଦୁଇ ପୁଅ ଥିଲେ ଓ ସେମାନେ ଭଲ ପଢୁଥିଲେ। ହରପ୍ରିୟା

ଧୀର ସ୍ୱଭାବର ଥିଲା ଏବଂ କଥାବାର୍ତ୍ତା କମ୍ କରୁଥିଲା। ବେଳେବେଳେ କାନ୍ତି ଅଫିସ୍ କାମରେ କି ମତେ ଛାଡ଼ିବା ପାଇଁ ଆମ ଘରକୁ ଆସୁଥିଲା। ଯା ଭିତରେ କାନ୍ତିର ମା' ମରିଯାଇଥିଲେ। ଭାଇ ଦୂର ଜାଗାରେ ତା' ପରିବାର ନେଇ ଥିଲା ଓ ବାପା ବହୁ ପୂର୍ବରୁ ନଥିଲେ। ଛୁଟିଦିନରେ କେବେକେବେ ଆମଘରେ ଖାଇ ସାରି ଘରକୁ ଯିବା ପୂର୍ବରୁ କାନ୍ତି ଆମ ଘରେ ଘଣ୍ଟା ଘଣ୍ଟା ରହିବା ପାଇଁ ଭଲ ପାଉଥିଲା ଓ ହରପ୍ରିୟା ଓ କାନ୍ତି ଦୁହିଁଙ୍କ ଭିତରେ ମିଳାମିଶା ବଢ଼ି ଯାଇଥିଲା। ମୋର କାରଖାନାର ଉନ୍ନତିର ଗତି ବେଗବାନ୍ ହେଉଥିଲା ଓ ମୁଁ ମୋ ପାଇଁ ଗୋଟେ ବଙ୍ଗଳା ପରି ବଡ଼ଘର କରିବାର ଯୋଜନା କଲି। ଘରେ ହରପ୍ରିୟା ତା ସଂସାର ନେଇ ବ୍ୟସ୍ତ ଥିଲା ଓ ଖୁସି ଥିଲା। ତେଣୁ ମୋ ମନରେ ଘରପାଇଁ ଚିନ୍ତାଦକ ନଥିଲା। କାନ୍ତି ବିଶ୍ୱସ୍ତ ଥିବାରୁ ମୁଁ କେତେଗୁଡ଼ିଏ ଗୁରୁତ୍ୱପୂର୍ଣ୍ଣ କାମ ତା' ଭରସାରେ ଛାଡ଼ିଦେଇଥିଲି। ଗସ୍ତ ସମୟରେ ତା' ଦେହରୁ ପ୍ରଚୁର ଆନନ୍ଦ ପାଉଥିଲି ଓ ମୋ ଭାଗ୍ୟକୁ ପ୍ରଶଂସା କରୁଥିଲି ଯେ କାନ୍ତିର କେତେ ବୁଦ୍ଧି ! ବାହାରଲୋକ ଆମ ସମ୍ପର୍କ ଉପରେ ଟିକେ ଯେମିତି ସନ୍ଦେହ ନକରେ, ଅନ୍ୟ ଆଗରେ ମୋ ପ୍ରତି ସେ ସେଇପରି ବ୍ୟବହାର କରୁଥିଲା। ଖାଲି ମୋର ସୁଖମୟ ଜୀବନରେ ଅଭାବ ଏତିକି ଥିଲା ଯେ ଧନ, ମାନ ଓ ସମାଜରେ ପ୍ରତିଷ୍ଠା ବଢ଼ିବା ସହିତ ମୋର ମଦପିଇବା ବଢ଼ିଯାଇଥିଲା । ରାତିରେ ବେଶି ପିଇ ଘରକୁ ଫେରିଲେ, ଶୋଇବା ଆଗରୁ ହରପ୍ରିୟା, ମତେ ତା' ଦେହ ଛୁଆଇଁ, ଠାକୁର ଛୁଆଇଁ ଏତେ ନ ପିଇବା ପାଇଁ ନାନା ରାଣନିୟମ ପକାଉଥିଲା। ପୁଣି ଦିନେ କି ଦୁଇଦିନ ପରେ, ରାତିରେ ମୁଁ ଆକଣ୍ଠ ପାନ କରି ଆସିଥିବାର ଦେଖିଲେ ହରପ୍ରିୟା ବହୁତ ଦୁଃଖରେ ଦୀର୍ଘନିଶ୍ୱାସ ପକାଇ କହୁଥିଲା: ତମେ କହିବ ଗୋଟେ, କରିବ ଆଉଗୋଟେ ! ତା'ପରେ ରାତିଯାକ ସେ କାନ୍ଦୁଥିଲା। ମଦ ନିଶାକୁ ଏଣେ ପାଖରେ ସ୍ତ୍ରୀର କାନ୍ଦରେ ମୁଁ ଚିଡ଼ିଯାଉଥିଲି ଓ କେତେବେଳେ କେମିତି ବିରକ୍ତ ହେଉଥିଲି: ମୁଁ ଏତେ ଚଞ୍ଚଳ ମରିବିନି, ତମେ ବ୍ୟସ୍ତ ହୁଅନା। ହରପ୍ରିୟା କିନ୍ତୁ ବୁଝୁନଥିଲା; କାନ୍ଦି କାନ୍ଦି ରହୁଥିଲା ସକାଳଯାଏ।

ଆମର ଘର ତିଆରି ଯୋଜନାବେଳକୁ କାନ୍ତି, ହରପ୍ରିୟାକୁ ମନେଇ ନେଇ ସାରିଥିଲା, ଯେ ନୂଆ ଘରେ, ଆମ ସହିତ ରହିବ। ତା' ଘରେ ଆଉ କେହି ନଥିବାରୁ, ତା ଭାଇ ସହିତ କଥା ହୋଇ, ତାକୁ ବିକିଦେବାର ଯୋଜନା କଲା। ଘରର ନକ୍ସା କେମିତି ହେବ, ହରପ୍ରିୟା କାନ୍ତି ଦେଖାଦେଖି କରୁଥିଲେ। କାନ୍ତି ଜାଣିଶୁଣି ସେମିତି ଗୋଟିଏ ନକ୍ସା ପାଇଁ ହରପ୍ରିୟାକୁ ମନେଇନେଇଛି ବୋଲି, ମୁଁ ତା'ଠାରୁ ପରେ ଶୁଣିଲି। ଆମେ ନୂଆ ଘରକୁ ଗଲାପରେ, କୋଠରି ବ୍ୟବସ୍ଥା ଦେଖି କାନ୍ତିର ବୁଦ୍ଧିକୁ ମୁଁ ଖୁବ୍ ତାରିଫ୍ କଲି। ଆମ ଶୋଇବାଘର, ତା' ପାଖକୁ ବାଥରୁମ୍, ବାଥରୁମ୍ ଆରପଟକୁ

ଯେଉଁ ଶୋଇବାଘର, ତାହା ପିଲାଙ୍କ ପାଇଁ କରାଯାଇଥିଲେ ବି କାନ୍ତି, ଆମ ଘରେ ରହିବା ପର୍ଯ୍ୟନ୍ତ, ସେଇଠି ରହିବ ବୋଲି ଠିକ୍ ହେଲା। ଦୁଇ ଶୋଇବାଘରେ ବାଥରୁମ୍‌କୁ ଯିବାପାଇଁ ଦୁଇପାଖକୁ ଦ୍ୱାର। ପିଲାମାନଙ୍କ ହେପାଜତ ପାଇଁ ଏମିତି କରିବା ଦରକାର ବୋଲି ସମସ୍ତେ ଜାଣିଲେ। କିନ୍ତୁ ରାତିରେ, ହରପ୍ରିୟା ଶୋଇପଡ଼ିଚି ବୋଲି ଜାଣିବାପରେ, ମୁଁ ବାଥ୍‌ରୁମ୍ ଯିବା ବାହାନାରେ କାନ୍ତି ସହିତ ବିନା ଭୟରେ ଘଣ୍ଟାଏ ଦେଢ଼ଘଣ୍ଟା କଟାଇବାର ସୁବିଧା ପାଇଲି। ଯେଉଁଦିନ କ୍ଲବ୍‌ରେ ବ୍ୟବସାୟିକ ଚୁକ୍ତି ଇତ୍ୟାଦି ପାଇଁ ପାର୍ଟି ଥାଏ, ଆମେ- କାନ୍ତି ଓ ମୁଁ - ଦୁହେଁ ପିଇ ଘରକୁ ଫେରୁ। ସେଦିନ ମୁଁ ବାଥ୍‌ରୁମ୍ ବାଡ଼ ଡେଇଁ କାନ୍ତି ଘରେ ହାଜର ହେବା ନିଶ୍ଚିତ। ହରପ୍ରିୟା ସରଳ ମଣିଷ, କିଛି ଜାଣିପାରୁନାହିଁ ବୋଲି ମୁଁ ମନେମନେ ନିଜକୁ ଧନ୍ୟ ଧନ୍ୟ କହୁଥିଲି। ଏମିତି ସବୁ ସୁରୁଖୁରୁରେ ଚାଲିଥିଲାବେଳେ ଅଚାନକ ସବୁ ବିଭ୍ରାଟ ହୋଇଗଲା।

ଥରେ ମୋ' ସହିତ କାନ୍ତି ବହୁତ ରାତିରେ ଘରକୁ ଫେରିଲା। କ୍ଲବ୍‌ରେ, ବିଦେଶୀ କମ୍ପାନିର ପ୍ରତିନିଧିମାନଙ୍କ ସହିତ ଗୋଟେ ବଡ଼ ଅର୍ଡ଼ର ପାଇବାର ଚୁକ୍ତିପତ୍ର ପାଇବା ଖୁସିରେ ଖିଆପିଆ ଚାଲିଥିଲା। ମୁଁ ପ୍ରଚୁର ପିଇଲି। କାନ୍ତିର କ'ଣ ହେଲା କେଜାଣି, ସେ ସବୁଥର ଚାଖିଲାପରି ପିଏ, କିନ୍ତୁ ଏଥର ବେଶ୍ ପିଇଲା ଓ ନିଶାରେ ଗୋଟାଏ କଥାକୁ ବାରମ୍ବାର ଦୋହରାଉଥିଲା। ଆସିଲାବେଳେ, ଗାଡ଼ିରେ ମତେ ଗୋଟେ ଅଜବ ପ୍ରସ୍ତାବ ଦେଲା ଯେ ଆଜି ସେ ଆମ ଶୋଇବାଘରେ ଶୋଇବ। ଆମ ତିନିଜଣଙ୍କ ଭିତରେ ପ୍ରଭେଦ ନାହିଁ। ମୁଁ ନିଶାରେ ଢୁଳଉ ଢୁଳଉ କହିଲି: ହରପ୍ରିୟା ସମ୍ଭାଳିବ ତ!

ହରପ୍ରିୟା ଆମ ଘରର କବାଟ ଖୋଲିଲା ପରେ, କାନ୍ତି ଆଜି ତା' ପାଖରେ ଶୋଇବ ବୋଲି କହି, ତା' କଡ଼ ବିଛଣାରେ ଶୋଇଗଲା। ମୁଁ ନିଶାରେ ଅଣାୟତ୍ତ ଥିଲି ଓ ମୋ' ପଟ ବିଛଣାରେ ଗଡ଼ିପଡ଼ିଲି। ମତେ ନିଦ ହୋଇଯାଇଥିଲା, କାନ୍ତିର ହାତ ସାଉଁଳାରେ ସବୁ ଖୋଲିଗଲା ଓ ଆମେ ଦୁହେଁ ଦବାନବା ହେଲୁ। ହରପ୍ରିୟାର ଉପସ୍ଥିତି, ମତେ ମଦ ନିଶାରେ ଅଟକାଇ ପାରିଲା ନାହିଁ। ସକାଳୁ ଉଠି ଦେଖିଲି ଯେ କାନ୍ତି ଆମ ବିଛଣାରୁ ଉଠି ଚାଲିଯାଇଚି। ଟିକେପରେ ହରପ୍ରିୟା ସବୁଦିନ ପରି ଚା' ନେଇ ଆସିଲା, କିନ୍ତୁ ମୁଁ ଯେଉଁ ଅସମ୍ଭାଳ ପରିସ୍ଥିତିର ଆଶଙ୍କା କରୁଥିଲି, ସେପରି କିଛି ଘଟିଲା ନାହିଁ। ସେ ଖାଲି ପଦେ କହିଲା: ତମେ ଜୀବନଯାକ କହିବ ଗୋଟେ, କରିବ ଆଉଗୋଟେ। ଏତିକି ଛଡ଼ା ସେ ଗତ ରାତିର ଘଟଣାକୁ ନେଇ କୌଣସି ପ୍ରତିକ୍ରିୟା ଦେଖାଇଲା ନାହିଁ।

ସେଇଦିନଠୁ ମୋର କ'ଣ ହେଲା କେଜାଣି, କାନ୍ତି ସହିତ ଅବୈଧ ସମ୍ପର୍କ ତୁଟାଇଦେବାକୁ ମନେମନେ ସ୍ଥିରକଲି ଓ ଖରାବେଳ ଲଂଚ୍‌ବେଳେ ତାକୁ କହିଲି: ଆଜିଠୁ ଆମେ ମଉସା-ଝିଆରୀ ହୋଇ ରହିବା । ସେ ଶୁଣି ଚିହିଁକିଉଠିଲା: 'ଛ' ବର୍ଷ ହେଲାଣି ବିଲେଇ ଆଖିବୁଜି ଦୁଧ ପିଉଥିଲା, ଚୋର ଧରାପଡ଼ିବାରୁ ଆଜିଠୁଁ କହୁଚି, ସାଧୁ ହବ ! ତମେ ସେ ବୁଢ଼ୀ ଆଗରେ ଏମିତି ମୂତିପକାଅ କାହିଁକି ?'

କାନ୍ତି ପାଇଁ ମୁଁ ଗୋଟେ ଛୋଟ ଫ୍ଲାଟ୍ କିଣି, ତାକୁ ସେଠାକୁ ଚାଲିଯିବାକୁ କହିଲି। ଆମର ସମ୍ପର୍କ ତିକ୍ତ ହେବାକୁ ଲାଗିଲା। କାନ୍ତି ମୋର ନିହାତି ଗୋପନୀୟ ଦଲିଲ୍ ଓ କାଗଜପତ୍ର ବିଷୟରେ ଅବଗତ ଥିଲା। ସେ ଏସବୁ କଥା ଜାଣିଥିଲା ଆଉ ତା' ପ୍ରକାଶ କରିଦେଲେ ମତେ ଜେଲ୍‌ଦଣ୍ଡ ଭୋଗିବାକୁ ପଡ଼ିପାରେ। କାନ୍ତି ତା' ଅଫିସ୍ କାମ କରୁଥିଲା, କିନ୍ତୁ ତା'ର ପୂର୍ବ ସ୍ପୃହା ନଥିଲା। ମୁଁ କାନ୍ତିକୁ ବେଶି ଡାକୁ ନଥିଲି। ଦିନେ ତା'ଠାରୁ ଶୁଣିଲି ଯେ ତା'ର ଦରମା ଦରକାର ନାହିଁ, ସେ ମୋ କାରଖାନା ଲାଭାଂଶରୁ ଭାଗ ଚାହେ। ମୋ' ହାଲକ ଶୁଖିଗଲା। ମୂଳଧନ ଦେଲାବାଲା ସାଙ୍ଗକୁ ମୁଁ ଟଙ୍କା ଶୁଝିଦେଇଥିଲି ଓ ମୋ ପୁଅ ଦି'ଜଣ କାରଖାନାର ମାଲିକ ହେବାର ସ୍ୱପ୍ନ ଦେଖୁଥିଲେ। କାନ୍ତିକୁ ରୋକ୍‌ଠୋକ୍ ମନାକରିବାକୁ ସାହସ ହେଉନଥିଲା। ଅଫିସ୍‌ରେ ନିଜ ପାଖରେ ମୁଁ ଛୋଟ ଲାଗିଲି।

ଘରେ ଅବସ୍ଥା ଆହୁରି ଖରାପ ଥିଲା। ହରପ୍ରିୟାର ମନ ସୁଖରେ ଅଛି କି ଦୁଃଖରେ ଜାଣିବାର ଉପାୟ ନଥିଲା। ସେ ଆଗପରି ସାଧାରଣ ଲାଗୁଥିଲା। କିନ୍ତୁ ମୁଁ ସବୁବେଳେ ଭାବୁଥିଲି ଯେ ସେଦିନ ରାତି ଘଟଣାକୁ ନେଇ ସେ ଯେମିତି ଉଦାସ ରହୁଚି। ମତେ ବଡ଼ କଷ୍ଟ ହେଉଥିଲା । କାନ୍ତି ସହିତ ମୋର ସମ୍ପର୍କ ତୁଟାଇଦେବା କଥା ତାକୁ କହିବା ପାଇଁ ମୌକା ଖୋଜି ପାଉନଥଲି। ସେ କେବେ ସେ ବାବଦରେ ବା କାନ୍ତି ବିଷୟରେ ମତେ ପଚାରୁନଥିଲା। କେଉଁ ଘଟଣାରୁ ଆରମ୍ଭକଲେ ମୁଁ ସଫେଇ ଦେଇପାରିବି, ଜାଣିପାରୁନଥିଲି। ଏକଥା ମତେ ବେଶି ଆଘାତ ଦେଉଥିଲା ଯେ କାନ୍ତି ସହିତ ସେ ରାତିଠୁ ମୁଁ ସିନା ଆଉ ମିଶୁ ନାହିଁ, କିନ୍ତୁ ହରପ୍ରିୟା ବୋଧହୁଏ ଭାବୁଥାଇପାରେ ଯେ ଆମ ଯୌନମିଳନର ସୁବିଧା ପାଇଁ ମୁଁ ତାକୁ ଫ୍ଲାଟ୍‌ରେ ରଖିଲିଣି। ହରପ୍ରିୟା ସାମ୍‌ନାରେ ବେଶି ସମୟ ରହିହେଉନଥିଲା।

ଅଫିସ୍ ଓ ଘରେ କେଉଁଠି ଟିକେ ଶାନ୍ତି ନ ପାଇ, ମୁଁ କ୍ଲବ୍‌ରେ ସମୟ କଟାଇଲି। ଏବେ ଦିନରେ, ରାତିରେ, ଏମିତିକି ସକାଳୁ ସକାଳୁ ମୁଁ ମଦ ପିଏ, କେବେ କେବେ। ମୁଁ ଏଇ ଅବସ୍ଥାରେ ଖୁବ୍ ଅଳ୍ପଦିନ ବଞ୍ଚିଲି; ଦୁଇ ଅଢ଼େଇ ବର୍ଷ। ଦିନେ କ୍ଲବ୍‌ରୁ ଖୁବ୍ ପିଇ ଆସି ଘରେ ଶୋଇବା ଅବସ୍ଥାରେ ହୃତ୍‌କ୍ରିୟା ବନ୍ଦ୍ ହୋଇଗଲା; ମରିଗଲି।

ଆଜି ସକାଳେ ତନ୍ଦ୍ରାରେ ଏଇ ଘଟଣା ଦେଖିଲା ପରେ ମୋ' ମନ କାହିଁକି ମରିଗଲା। ସୁରମାର ମୁହଁ ମତେ ଭାରି କରୁଣ ଦିଶିଲା। ଦୁଃଖରେ ଉଡ଼ାଜାହାଜରେ ବସିବା ବେଳଯାକ ସେଇକଥା ଭାବି ମନଟା ଖୁବ୍ ଉଦାସ ହୋଇଯାଇଥିଲା। ଇନ୍ଦୋରରୁ ମାଣ୍ଡୁ ଗଲାବେଳେ ଲିସା ମୋ' ମନ ଜାଣିପକେଇଲା କି କ'ଣ କହିଲା: ଅଙ୍କଲ୍ ତମେ ଆଜି ଭାରି ଶୁଖାଶୁଖା ଦିଶୁଛ।

: ହଁ, ଆଜି ସକାଳେ ଗୋଟେ ଖରାପ ସ୍ୱପ୍ନ ଦେଖିଲି ଯେ ସେଇଟା ମନେପଡ଼ିଯାଉଚି।

: ତମେ କ'ଣ ଜାଣିନା ଯେ ନିଜେ ଦେଖିଲେ, ଅନ୍ୟକୁ ଫଳେ! ତମେ କାହିଁକି ବ୍ୟସ୍ତ ହେଉଚ ? ଲିସା କହିଲା।

: ଏଁ, ଏମିତି କଥା! ଲିସା ଯେମିତି ମତେ ବଞ୍ଚେଇଦେଲା। ତା'ବେକରେ ଗୁଡ଼ାଏ ଗେହ୍ଲା କଲି ।

ଏବେ ହୋଟେଲରେ ବସି ଭାବୁଚି- ଲିସା କଥା ଠିକ୍ ତ!

■